御製

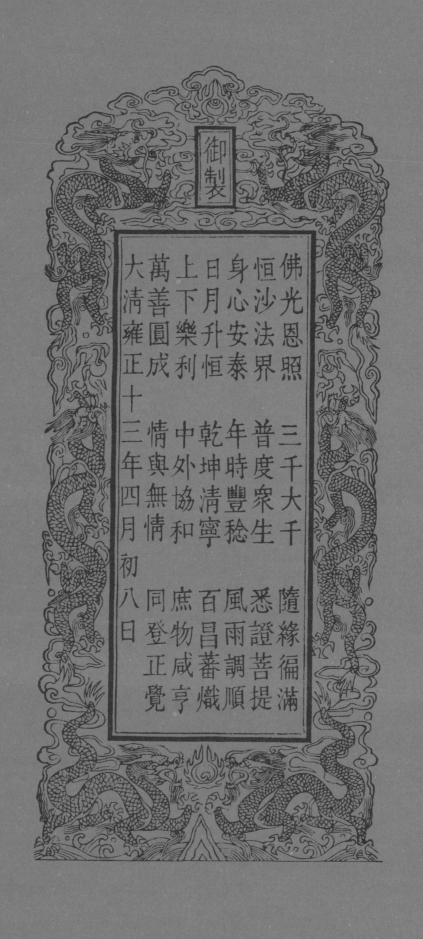

佛光恩照 三千大千 隨緣徧滿
恒沙法界 普度衆生 悉證菩提
身心安泰 年時豐稔 風雨調順
日月升恒 乾坤清寧 百昌蕃熾
上下樂利 中外協和 庶物咸亨
萬善圓成 情與無情 同登正覺
大清雍正十三年四月初八日

第五〇册 小乘經 阿含部（二）

# 中阿含經

東晉罽賓三藏瞿曇僧伽提婆譯

清刻龍藏佛說法變相圖



# 中阿含經卷第四十一

東晋罽賓三藏瞿曇僧伽提婆譯

## 梵志品梵摩經第二十

我聞如是一時佛遊鞞陀提國與大比丘衆俱彌時彌薩羅有梵志名曰梵摩極大富樂資財無量畜牧產業不可稱計封戶食邑種種具足豐饒彌薩羅乃至水草木謂摩竭陀王未生怨鞞陀提子特與梵封梵志梵摩有一摩納名優多羅爲父母所舉受生清淨乃至七世父母不絕種族生生無惡博聞總持誦過四典經深達因緣正文戲五句說梵志梵摩聞有沙門瞿曇釋種子捨釋宗族剃除鬚髮著袈裟衣至信捨家無家學道遊鞞陀提國與大比丘衆俱彼沙門瞿曇有大名稱周聞十方彼沙門瞿曇如來無所著等正覺

明行成爲善逝世間解無上士道法御天人師號佛衆祐彼於此世天及魔梵沙門梵志從人至天自知自覺自作證成就遊彼説法初妙中妙竟亦妙有義有文具足清淨顯現梵行復次聞彼沙門瞿曇成就三十二大人之相若成就大人相者必有二處眞諦不虚若在家者必爲轉輪王聰明智慧有四種軍整御天下由已自在如法法王成就七寶彼七寶者輪寶象寶馬寶珠寶女寶居士寶主兵臣寶是謂爲七千子具足顔貌端正勇猛無畏能伏他衆彼必統領此一切地乃至大海不以刀杖以法教令令得安隱若剃除鬚髮著袈裟衣至信捨家無家學道者必得如來無所著等正覺名稱流布周聞十方梵志梵摩聞已告曰優多羅我聞如是彼沙門瞿

曇釋種子捨釋宗族剃除鬚髮著袈裟衣至信捨家無家學道遊鞞陀提國與大比丘衆俱優多羅彼沙門瞿曇有大名稱周聞十方彼沙門瞿曇如來無所著等正覺明行成爲善逝世間解無上士道法御天人師號佛衆祐彼於此世天及魔梵沙門梵志從人至天自知自覺自作證成就遊彼説法初妙中妙竟亦妙有義有文具足清淨顯現梵行復次優多羅彼沙門瞿曇成就三十二大人之相若成就大人相者必有二處眞諦不虚若在家者必爲轉輪王聰明智慧有四種軍整御天下由已自在如法法王成就七寶彼七寶者輪寶象寶馬寶珠寶女寶居士寶主兵臣寶是謂爲七千子具足顔貌端正勇猛無畏能伏他衆彼必統領此一切地乃至大海不

以刀杖以法教令令得安隱若剃除鬚髮著袈裟衣至信捨家無家學道者必得如來無所著等正覺名稱流布周聞十方優多羅汝受持諸經有三十二大人之相若成就大人相者必有二處眞諦不虛若在家者必爲轉輪王聰明智慧有四種軍整御天下由己自在如法法王成就七寶彼七寶者輪寶象寶馬寶珠寶女寶居士寶主兵臣寶是謂爲七千子具足顏貌端正勇猛無畏能伏他衆彼必統領此一切地乃至大海不以刀杖以法教令令得安隱若剃除鬚髮著袈裟衣至信捨家無家學道者必得如來無所著等正覺名稱流布周聞十方優多羅答曰唯然尊我受持諸經有三十二大人之相若成就大人相者必有二處眞諦不虛若在家者必爲轉輪王聰明智慧有四種軍整御天下由己自在如法法王成就七寶彼七寶者輪寶象寶馬寶珠寶女寶居士寶主兵臣寶是謂爲七千子具足顏貌端正勇猛無畏能伏他衆彼必統領此一切地乃至大海不以刀杖以法教令令得安隱若剃除鬚髮著袈裟衣至信捨家無家學道者必得如來無所著等正覺名稱流布周聞十方梵志梵摩告曰優多羅汝往詣彼沙門瞿曇所觀彼沙門瞿曇爲如是爲不如是實有三十二大人之相耶優多羅摩納聞已稽首梵志梵摩足繞三帀而去往詣佛所共相問訊却坐一面觀世尊身三十二相彼見世尊身有三十相於二相疑惑陰馬藏及廣長舌世尊念曰此優多羅於我身觀三十二相彼見有三十相於二相疑惑

陰馬藏及廣長舌我今寧可斷其疑惑世尊知已即如其像作如意足如其像作如意足已令優多羅摩納見我身陰馬藏及廣長舌於是世尊即如其像作如意足如其像作如意足已優多羅摩納見世尊身陰馬藏及廣長舌廣長舌者從口出舌盡覆其面優多羅摩納見已而作是念沙門瞿曇成就三十二大人之相若成就大人相者必有二處眞諦不虛若在家者必爲轉輪王聰明智慧有四種軍整御天下由已自在如法法王成就七寶彼七寶者輪寶象寶馬寶珠寶女寶居士寶主兵臣寶是謂爲七千子具足顏貌端正勇猛無畏能伏他衆彼必統領此一切地乃至大海不以刀杖以法教令令得安隱若剃除鬚髮著袈裟衣至信捨家無家學道者必得如來無所著等正覺名稱流布周聞十方優多羅摩納復作是念我寧可極觀威儀禮節及觀遊行所趣於是優多羅摩納尋隨佛行於夏四月觀威儀禮節及觀遊行所趣優多羅摩納過夏四月悅可世尊威儀禮節及觀遊行所趣白曰瞿曇我今有事欲還請辭世尊告曰優多羅汝去隨意優多羅摩納聞世尊所說善受善持即從座起繞三匝而去往詣梵志梵摩所稽首梵志梵摩足却坐一面梵志梵摩問曰優多羅實如所聞沙門瞿曇有大名稱周聞十方爲如是爲不如是實有三十二大人相耶優多羅摩納答曰唯然尊實如所聞沙門瞿曇有大名稱周聞十方沙門瞿曇如是非不如是實有三十二相尊沙門瞿曇足安平立是謂尊沙門瞿曇大人

大人之相復次尊沙門瞿曇足下生輪輪有千輻一切具足是謂尊沙門瞿曇大人大人之相復次尊沙門瞿曇足指纖長是謂尊沙門瞿曇大人大人之相復次尊沙門瞿曇足周正直是謂尊沙門瞿曇大人大人之相復次尊沙門瞿曇足跟踝後兩邊平滿是謂尊沙門瞿曇大人大人之相復次尊沙門瞿曇足兩踝𦟛是謂尊沙門瞿曇大人大人之相復次尊沙門瞿曇身毛上向是謂尊沙門瞿曇大人大人之相復次尊沙門瞿曇手足網縵猶如鵝王是謂尊沙門瞿曇大人大人之相復次尊沙門瞿曇手足極妙柔弱濡輭猶兜羅華是謂尊沙門瞿曇大人大人之相復次尊沙門瞿曇肌皮濡細塵水不著是謂尊沙門瞿曇大人大人之相復次尊沙門瞿曇一一毛一一毛者身一一孔一毛生色若紺青如螺右旋是謂尊沙門瞿曇大人大人之相復次尊沙門瞿曇鹿腨腸猶如鹿王是謂尊沙門瞿曇大人大人之相復次尊沙門瞿曇陰馬藏猶良馬王是謂尊沙門瞿曇大人大人之相復次尊沙門瞿曇身形圓好猶尼拘類樹上下圓相稱是謂尊沙門瞿曇大人大人之相復次尊沙門瞿曇身不阿曲身不曲者平立伸手以摩其膝是謂尊沙門瞿曇大人大人之相復次尊沙門瞿曇身黃金色如紫磨金是謂尊沙門瞿曇大人大人之相復次尊沙門瞿曇身七處滿七處滿者兩手兩足兩肩及頸是謂尊沙門瞿曇大人大人之相復次尊沙門瞿曇其上身大猶如師子是謂尊沙門瞿曇大人大人之相復次尊沙

門瞿曇師子頰車是謂尊沙門瞿曇大人大人之相復次尊沙門瞿曇脊背平直是謂尊沙門瞿曇大人大人之相復次尊沙門瞿曇兩肩上連通頸平滿是謂尊沙門瞿曇大人大人之相復次尊沙門瞿曇四十齒平齒不踈齒白齒通味第一味是謂尊沙門瞿曇大人大人之相復次尊沙門瞿曇梵音可愛其聲猶如加羅毗伽是謂尊沙門瞿曇大人大人之相復次尊沙門瞿曇廣長舌廣長舌者舌從口出遍覆其面是謂尊沙門瞿曇大人大人之相復次尊沙門瞿曇承淚處滿猶如牛王是謂尊沙門瞿曇大人大人之相復次尊沙門瞿曇眼色紺青是謂尊沙門瞿曇大人大人之相復次尊沙門瞿曇頂有肉髻團圓相稱髮螺右旋是謂尊沙門瞿曇 大人大人之相復次尊沙門瞿曇眉間生毛潔白右縈是謂尊沙門瞿曇大人大人之相是謂尊沙門瞿曇成就三十二大人之相若成就大人相者必有二處眞諦不虛若在家者必爲轉輪王聰明智慧有四種軍整御天下由己自在如法法王成就七寶彼七寶者輪寶象寶馬寶珠寶女寶居士寶主兵臣寶是謂爲七千子具足顏貌端正勇猛無畏能伏他衆彼必統領此一切地乃至大海不以刀杖以法教令令得安隱若剃除鬚髮著袈裟衣至信捨家無家學道者必得如來無所著等正覺名稱流布周聞十方復次尊我見沙門瞿曇著衣已著衣被衣已被衣出房已出房出園已出園行道至村間入村已入村在巷入家已入家正牀已正牀坐已坐澡手已澡手

受飲食已受飲食食已食澡手呪願從座起
出家已出家在巷出村已出村入園已入園
入房已入房尊沙門瞿曇著衣齊整不高不
下衣不近體風不能令衣遠離身尊沙門瞿
曇被衣齊整不高不下衣不近體風不能令
衣遠離身尊沙門瞿曇常著新衣隨順於聖
以刀割截染作惡色如是彼聖染作惡色彼
持衣者不爲財物不爲貢高不爲自飾不爲
莊嚴但爲鄣蔽蚊䖟風日之所觸故及爲慙
愧覆其身故彼出房時身不低仰尊沙門瞿
曇出房時終不低身尊沙門瞿曇若欲行時
先舉右足正舉正下行不擾亂亦無惡亂行
時兩踝終不相振尊沙門瞿曇行時不爲塵
土所坌所以者何以本善行故彼出園時身
不低仰尊沙門瞿曇出園時終不低身往到
村間身極右旋觀察如龍遍觀而觀不恐不
怖亦不驚懼觀於諸方所以者何以如來無
所著等正覺故彼入村時身不低仰尊沙門
瞿曇入村時終不低身彼在街巷不低視亦
不仰視唯直正視於中不礙所知所見尊沙
門瞿曇諸根常定所以者何以本善行故彼
入家時身不低仰尊沙門瞿曇入家時終不
低身尊沙門瞿曇迴身右旋正牀而坐彼於
牀上不極身力坐亦不以手案髀坐牀彼坐
牀已不悒悒不煩惱亦復不樂受澡水時不
高不下不多不少彼受飲食不高不下不多
不少尊沙門瞿曇受食平鉢等羹飯食尊沙
門瞿曇摶食齊整徐著口中摶食未至不預
張口及在口中三嚼而咽無飯及羹亦不斷
碎有餘在口復內後摶尊沙門瞿曇以三事

解無上士道法御天人師號佛衆祐彼於此世天及魔梵沙門梵志從人至天自知自覺自作證成就遊彼說法初妙中妙竟亦妙有義有文具足清淨顯現梵行若有見如來無所著等正覺敬重禮拜供養承事者快得善利我寧可往見沙門瞿曇禮拜供養梵志梵摩告御者曰汝速嚴駕訖還欲往詣沙門瞿曇御者受教即速嚴駕訖還白曰嚴駕已畢尊自知時於是梵摩乘極賢妙車從彌薩羅出北行至大天㮈林欲見世尊禮拜供養爾時世尊在無量衆前後圍繞而爲說法梵志梵摩遥見世尊在無量衆前後圍繞而爲說法見已恐怖於是梵摩即避在道側至樹下住告一摩納汝往詣彼沙門瞿曇爲我問訊聖體康强安快無病起居輕便氣力如常耶作如是語瞿曇我師梵摩問訊聖體康强安快無病起居輕便氣力如常耶瞿曇我師梵摩欲來見沙門瞿曇於是摩納即受教行往詣佛所共相問訊却坐一面白曰瞿曇我師梵摩問訊聖體康强安快無病起居輕便氣力如常耶瞿曇我師梵摩欲來欲見沙門瞿曇世尊告曰摩納令梵志梵摩安隱快樂令天及人阿脩羅揵沓和羅刹及餘種種身安隱快樂摩納梵志梵摩欲來隨意於是摩納聞佛所說善受善持即從座起繞佛三匝而去還詣梵志梵摩所白曰尊我已通沙門瞿曇彼沙門瞿曇今住待尊唯尊知時梵志梵摩即從車下步詣佛所彼衆遥見梵志梵摩來即從座起開道避之所以者何以有名德及多識故梵志梵摩告彼衆曰諸賢各各復

坐我欲直往見沙門瞿曇於是梵摩往詣佛所共相問訊却坐一面爾時梵摩不壞二根眼根及耳根梵志梵摩坐巳諦觀佛身三十二相彼見三十相於二相有疑陰馬藏及廣長舌梵志梵摩即時以偈問世尊曰

如我昔曾所聞　三十二大人相
於中求不見二　尊沙門瞿曇身
爲有陰馬藏不　一切人尊深密
云何爲人最尊　不現視微妙舌
若尊有廣長舌　唯願令我得見
今實有疑惑心　願調御決我疑

世尊作是念此梵志梵摩求我身三十二相彼見三十於二有疑陰馬藏及廣長舌我今寧可除彼疑惑世尊知巳作如其像如意足作如其像如意足巳梵志梵摩見世尊身陰馬藏及廣長舌於中廣長舌者舌從口出盡覆其面世尊止如意足巳爲梵志梵摩說此頌曰

謂汝昔曾所聞　三十二大人相
彼一切在我身　滿具足最上正
調御斷於我疑　梵志發微妙信
至難得見聞　最上正盡覺　出世爲極難
最上正盡覺　梵志我正覺　無上正法王

梵志梵摩聞巳而作是念此沙門瞿曇成就三十二大人之相謂成就大人相者必有二處眞諦不虛若在家者必爲轉輪王聰明智慧有四種軍整御天下如法法王成就七寶彼七寶者輪寶象寶馬寶珠寶女寶居士寶主兵臣寶是謂爲七千子具足顔貌端正勇猛無畏能伏他衆彼必統領此一切地乃至

大海不以刀杖以法教令令得安隱若剃除鬚髮著袈裟衣至信捨家無家學道者必得如來無所著等正覺名稱流布周聞十方於是世尊而作是念此梵志梵摩長夜無諛諂無欺誑所欲所問者一切欲知非爲觸嬈彼亦如是我寧可說彼甚深阿毗曇世尊知已爲梵志梵摩即說頌曰

現世樂法故　饒益爲後世　梵志汝問事
隨本意所思　彼彼諸問事　我爲汝斷疑

世尊旣許問　梵志梵摩故　便問世尊事
隨本意所思　云何爲梵志　三達有何義
以何說無著　何等正盡覺

爾時世尊以頌答曰

滅惡不善法　立住釋梵行　修習梵志行
以此爲梵志　明達於過去　見樂及惡道
得盡無明訖　知是立牟尼　善知清淨心
盡脫婬恚癡　成就於三明　以此爲三達
遠離不善法　正住第一義　第一世所敬
以此爲無著　饒益天及人　與眼滅壞諍
普知現視盡　以此爲正覺

於是梵摩即從座起欲稽首佛足彼時大衆同時俱發高大音聲沙門瞿曇甚奇甚特有大如意足有大威德有大福祐有大威神所以者何此彌薩羅國所有梵志居士者梵志梵摩於彼最第一謂出生故梵志梵摩爲父母所舉受生清淨乃至七世父母不絕種族生生無惡彼爲沙門瞿曇極下意尊敬作禮供養奉事沙門瞿曇甚奇甚特有大如意足有大威德有大福祐有大威神所以者何此彌薩羅國所有梵志居士者梵志梵摩於彼

最第一謂學書故梵志梵摩博聞總持誦過四典經深達因緣正文戲五句說彼爲沙門瞿曇極下意尊敬作禮供養奉事沙門瞿曇甚奇甚特有大如意足有大威德有大福祐有大威神所以者何此彌薩羅國所有梵志居士者梵志梵摩於彼最第一謂財物故梵志梵摩極大富樂資財無量畜牧産業不可稱計封戶食邑種種具足豐饒彌薩羅乃至水草木謂王摩竭提未生怨鞞陀提子特與梵封彼爲沙門瞿曇極下意尊敬作禮供養奉事沙門瞿曇甚奇甚特有大如意足有大威德有大福祐有大威神所以者何此彌薩羅國所有梵志居士者梵志梵摩於彼最第一謂壽命故梵志梵摩極大長老壽命具足年百二十六彼爲沙門瞿曇極下意尊敬作禮供養奉事是時世尊以他心智知彼大衆心之所念世尊知已告梵志梵摩止止梵志但心喜足可還復坐爲汝說法梵志梵摩稽首佛足却坐一面世尊爲彼說法勸發渴仰成就歡喜無量方便爲彼說法勸發渴仰成就歡喜已如諸佛法先說端正法聞者歡悅謂說施說戒說生天法毀呰欲爲災患生死爲穢稱嘆無欲爲妙道品白淨爲說是已佛知彼有歡喜心具足心柔軟心堪耐心昇上心一向心無疑心無蓋心有能有力堪受正法謂如諸佛所說正心世尊具爲彼說苦集滅道梵志梵摩即於座上見四聖諦苦集滅道猶如白素易染爲色如是梵摩即於座上見四聖諦苦集滅道於是梵摩見法得法覺白淨法斷疑度惑更無餘尊不復由他無有

猶豫已住果證於世尊法得無所畏即從座起稽首佛足世尊我今自歸於佛法及比丘衆唯願世尊受我爲優婆塞從今日始終身自歸乃至命盡時梵志梵摩叉手向佛白曰世尊唯願明日垂顧受請及比丘衆世尊爲梵志梵摩故嘿然而受梵志梵摩知世尊嘿然受已稽首佛足繞三匝而去還歸其家即於其夜施設餚饌極妙上法種種豐饒食噉含消施設已訖平旦敷牀至時唱曰世尊飲食已辦唯聖知時於是世尊過夜平旦著衣持鉢比丘翼從世尊在前往詣梵志梵摩家於比丘衆前敷座而坐梵志梵摩知世尊及比丘衆衆坐已定自行澡水以上味餚饌種種豐饒食噉含消自手斟酌令極飽滿食訖收器行澡水竟取一小牀坐受呪願梵志梵摩坐已世尊爲彼說呪願曰

呪火第一齋　通音諸音本　王爲人中尊
海爲江河長　月爲星中明　明照無過日
上下維諸方　及一切世間　從人乃至天
唯佛最第一

於是世尊爲梵志梵摩說呪願已從座起去彌薩羅國住經數日攝衣持鉢則便遊行至舍衛國展轉進前到舍衛國住勝林給孤獨園於是衆多比丘舍衛乞食時聞彼彌薩羅梵志梵摩以偈問佛事彼便命終諸比丘聞已食訖中後收舉衣鉢澡洗手足以尼師壇著於肩上往詣佛所稽首作禮却住一面白曰世尊我等衆多比丘平旦著衣持鉢入舍衛乞食時聞彼彌薩羅梵志梵摩以偈問佛事彼便命終世尊彼至何處爲生何許後世

云何世尊答曰比丘梵志梵摩極有大利最後知法爲法故不煩勞我比丘梵志梵摩五下分結盡生彼得般涅槃得不退法不還此世爾時世尊記說梵摩得阿那含佛說如是梵志梵摩及諸比丘聞佛所說歡喜奉行

梵志品第二十竟

## 中阿含經卷第四十一

### 音釋

鞞陀提梵語國名也鞞駢迷切

輻方六切輪輳也輪中木之直指者爲輻

踝戶瓦切足骨也又腿兩傍曰內外踝

臃丑容切均也圓直也

網縵縵謨官切網縵謂佛手足指間皮相連如鵝鴈掌也

濡輭濡乳兗切弱也輭乳兗切柔也

紺古暗切含也謂青而含赤色也

腨時兗切腓腸也

蚊䖟蚊無分切䖟眉庚切蚊䖟並齧人飛蟲也

棖除庚切觸也

坌蒲悶切塵塕也

髀部禮切股也

悒一入切憂也

毀呰呰蔣氏切與訾同譏也亦毀也

樓簸簸補過切

餚饌餚何交切凡非穀而食曰餚饌雛戀切具食也

# 中阿含經卷第四十二

東晉罽賓三藏瞿曇僧伽提婆譯

根本分別品第十三（有十經） 第四分別誦

分別六界處　觀法溫泉林　釋中禪室尊
阿難說意行　拘樓瘦無諍　鸚鵡分別業

## 根本分別品分別六界經第一

我聞如是一時佛遊摩竭提國往詣王舍城宿於是世尊往至陶家語曰陶師我今欲寄陶屋一宿汝見聽耶陶師答曰我無所違然有一比丘先已住中若彼聽者欲住隨意爾時尊者弗迦羅娑利先已在彼住陶屋中於是世尊出陶師家入彼陶屋語尊者弗迦羅娑利曰比丘我今欲寄陶屋一宿汝見聽耶尊者弗迦羅娑利答曰君我無所違且此陶屋草座已敷君欲住者自可隨意爾時世尊從彼陶屋出外洗足訖還入内於草座上敷尼師壇結跏趺坐竟夜嘿然靖坐定意尊者弗迦羅娑利亦竟夜嘿然靖坐定意彼時世尊而作是念此比丘住止寂靜甚奇甚特我今寧可問彼比丘汝師是誰依誰出家學道受法世尊念已問曰比丘汝師是誰依誰出家學道受法尊者弗迦羅娑利答曰賢者有沙門瞿曇釋種子捨釋宗族剃除鬚髮著袈裟衣至信捨家無家學道覺無上正盡覺彼是我師依彼出家學道受法世尊即復問曰比丘曾見師耶尊者弗迦羅娑利答曰不見世尊問曰若見師者爲識不耶尊者弗迦羅娑利答曰不識然賢者我聞世尊如來無所著等正覺明行成爲善逝世間解無上士道法御天人師號佛衆祐彼是我師依彼出家

學道受法彼時世尊復作是念此族姓子依我出家學道受法我今寧可爲說法耶世尊念已語尊者弗迦羅娑利曰比丘我爲汝說法初善中善竟亦善有義有文具足清淨顯現梵行謂分別六界汝當諦聽善思念之尊者弗迦羅娑利答曰唯然佛告彼曰比丘人有六界聚六觸處十八意行四住處若有住彼不聞憂慼事不聞憂慼事已意便不憎不憂不勞亦不恐怖如是有教不放逸慧守護眞諦長養惠施比丘當學最上當學至寂分別六界如是比丘人有六界聚此說何因謂地界水界火界風界空界識界比丘人有六界聚者因此故說比丘人有六觸處此說何因謂比丘眼觸見色耳觸聞聲鼻觸嗅香舌觸嘗味身觸覺觸意觸知法比丘人有六觸處者因此故說比丘人有十八意行此說何因謂比丘眼見色觀色喜住觀色憂住觀色捨住如是耳鼻舌身意知法觀法喜住觀法憂住觀法捨住比丘此六喜觀六憂觀六捨觀合已十八行比丘人有十八意行者因此故說比丘人有四住處此說何因謂眞諦住處慧住處施住處息住處比丘人有四住處者因此故說云何比丘不放逸慧若有比丘分別身界今我此身有內地界而受於生此爲云何謂髮毛爪齒麤細膚皮肉骨筋腎心肝肺脾大腸胃糞如斯之比此身中餘在內內所攝堅堅性住內於生所受是謂比丘內地界也比丘若有內地界及外地界者彼一切總說地界彼一切非我有我非彼有亦非神也如是慧觀知其如眞心不染著於此地

界是謂比丘不放逸慧復次比丘不放逸慧若有比丘分別身界今我此身有内水界而受於生此爲云何謂腦髓眼淚汗涕唾膿血肪髓涎痰小便如斯之比此身中餘在内内所攝水水性潤内於生所受是謂比丘内水界也比丘若有内水界及外水界者彼一切總説水界彼一切非我有我非彼有亦非神也如是慧觀知其如眞心不染著於此水界是謂比丘不放逸慧復次比丘不放逸慧若有比丘分別此身界今我此身有内火界而受於生此爲云何謂熱身暖身煩悶身温壯身謂消飲食如斯之比此身中餘在内内所攝火火性熱内於生所受是謂比丘内火界也比丘若有内火界及外火界者彼一切總説火界彼一切非我有我非彼有亦非神也如是慧觀知其如眞心不染著於此火界是謂比丘不放逸慧若有比丘分別身界今我此身有内風界而受於生此爲云何謂上風下風脇風掣縮風蹵風非道風節節行風息出風息入風如斯之比此身中餘在内内所攝風風性動内於生所受是謂比丘内風界也比丘若有内風界及外風界者彼一切總説風界彼一切非我有我非彼有亦非神也如是慧觀知其如眞心不染著於此風界是謂比丘不放逸慧復次比丘不放逸慧若有比丘分別身界今我此身有内空界而受於生此爲云何謂眼空耳空鼻空口空咽喉動摇謂食噉含消安徐咽住若下過出如斯之比此身中餘在内内所攝空在空不爲肉皮骨筋所覆是謂比丘内

空界也比丘若有內空界及外空界者彼一切總說空界彼一切非我有我非彼有亦非神也如是慧觀知其如眞心不染著於此空界是謂比丘不放逸慧比丘若有比丘於此五界知其如眞知如眞已心不染彼而解脫者唯有餘識此何等識樂識苦識喜識憂識捨識比丘因樂更樂故生樂覺彼覺樂覺覺樂覺已即知覺樂覺若有比丘滅此樂更樂滅此樂更樂已若有從樂更樂生樂覺者彼亦滅息止知已冷也比丘因苦更樂故生苦覺彼覺苦覺覺苦覺已即知覺苦覺若有比丘滅此苦更樂滅此苦更樂已若有從苦更樂生苦覺者彼亦滅息止知已冷也比丘因喜更樂故生喜覺彼覺喜覺覺喜覺已即知覺喜覺若有比丘滅此喜更樂滅此喜更樂已若有從喜更樂生喜覺者彼亦滅息止知已冷也比丘因憂更樂故生憂覺彼覺憂覺覺憂覺已即知覺憂覺者若有比丘滅此憂更樂滅此憂更樂已若有從憂更樂生憂覺者彼亦滅息止知已冷也比丘因捨更樂故生捨覺彼覺捨覺覺捨覺已即知覺捨覺若有比丘滅此捨更樂滅此捨更樂已若有從捨更樂生捨覺者彼亦滅息止知已冷也比丘彼彼更樂故生彼彼覺滅彼彼更樂已彼彼覺亦滅彼知此覺從更樂更樂本更樂習從更樂生以更樂爲首依更樂行比丘猶如火母因鑽及人方便熱相故而生火也比丘彼彼衆多林木相離分散若從彼生火火數熱於生數受彼都滅止息則冷樵木也如是比丘彼彼更樂故生彼彼覺滅彼彼更樂故

彼彼覺亦滅彼知此覺從更樂更樂本更樂習從更樂生以更樂爲首依更樂行若比丘不染此三覺而解脱者彼比丘唯存於捨極清淨也比丘彼比丘作是念我此清淨捨移入無量空處修如是心依彼住彼立彼緣彼繫縛於彼我此清淨捨移入無量識處無所有處非有想非無想處修如是心依彼住彼立彼緣彼繫縛於彼比丘猶工鍊金上妙之師以火燒金鍛令極薄又以火擸數數足火熟鍊令淨極使柔輭而有光明比丘此金者於金師以數數足火熟鍊令淨極使柔輭而有光明已彼金師者隨所施設或纒繒綵嚴飾新衣指鐶臂釧瓔珞寶鬘隨意所作如是比丘彼比丘作是念我此清淨捨移入無量空處修如是心依彼住彼立彼緣彼繫縛於彼我此清淨捨移入無量識處無所有處非有想非無想處修如是心依彼住彼立彼緣彼繫縛於彼彼比丘復作是念我此清淨捨依無量空處者故是有爲若有爲者則是無常若無常者即是苦也若是苦者便知苦知苦已彼此捨不復移入無量空處我此清淨捨依無量識處無所有處非有想非無想處者故是有爲若有爲者則是無常若無常者即是苦也若是苦者便知苦知苦已彼此捨不復移入無量識處無所有處非有想非無想處比丘若有比丘於此四處以慧觀之知其如眞心不成就不移入者彼於爾時不復有爲亦無所思謂有及無彼受身最後覺則知受身最後覺受命最後覺則知受命最後覺身壞命終壽命已訖彼所覺一切滅息止

知至冷也比丘譬如然燈因油因炷彼若無人更增益油亦不續炷是爲前已滅訖後不相續無所復受如是比丘受身最後覺則知受身最後覺受命最後覺則知受命最後覺身壞命終壽命已訖彼所覺一切滅息止知至冷也比丘是謂比丘第一正慧謂至究竟滅訖漏盡比丘成就於彼成就第一正慧處比丘此解脫住眞諦得不移動眞諦者謂如法也妄言者謂虛妄法比丘成就彼第一眞諦處比丘彼比丘施設苦本必有怨家彼於爾時放捨吐離解脫滅訖比丘是謂比丘第一正慧施謂捨離一切世盡無欲滅息止比丘成就於彼成就第一慧施處比丘彼比丘心爲欲恚癡所穢不得解脫比丘此一切婬怒癡盡無欲滅息止得第一息比丘成就彼者成就第一息處比丘我者是自舉我當有是亦自舉我當非有非無是亦自舉我當色有是亦自舉我當無色有是亦自舉我當非有色非無色是亦自舉我當有想是亦自舉我當無想是亦自舉我當非有想非無想是亦自舉是貢高是憍慠是放逸比丘若無此一切自舉貢高憍慠放逸者意謂之息比丘若意息者便不憎不憂不勞不怖所以者何彼比丘成就法故不復有可說憎者若不憎則不憂不憂則不愁不愁則不勞不勞則不怖因不怖便當般涅槃生已盡梵行已立所作已辦不更受有知如眞說此法已尊者弗迦羅娑利遠塵離垢諸法眼生於是尊者弗迦羅娑利見法得法覺白淨法斷疑度惑更無餘尊不復由他無有猶豫已住果證於世

尊法得無所畏即從座起稽首佛足白曰世尊我悔過善逝我自首如愚如癡如不定如不善解不識良田不能自知所以者何以我稱如來無所著等正覺爲君也唯願世尊聽我悔過我悔過已後不更作世尊告曰比丘汝實愚癡汝實不定汝不善解謂稱如來無所著等正覺爲君也比丘若汝能自悔過見已發露護不更作者比丘如是則於聖法律中益而不損謂能自悔過見已發露護不更作佛說如是尊者弗迦羅娑利聞佛所說歡喜奉行

根本分別品分別六處經第二

我聞如是一時佛遊舍衞國在勝林給孤獨園爾時世尊告諸比丘我當爲汝說法初妙中妙竟亦妙有義有文具足清淨顯現梵行謂分別六處經諦聽諦聽善思念之時諸比丘白曰世尊唯當受教佛言汝等六處當知內也六更樂處當知內十八意行當知內三十六刀當知內於中斷彼成就是無量說法當知內三意止謂聖人所習聖人所習已衆可教無上調御士者調御士趣一切方是謂分別六處經事六處當知內者此何因說謂眼處耳鼻舌身意處六處當知內者因此故說六更樂處當知內者此何因說謂眼更樂爲見色耳更樂爲聞聲鼻更樂爲嗅香舌更樂爲嘗味身更樂爲覺觸意更樂爲知法六更樂處當知內者因此故說十八意行當知內者此何因說比丘者眼見色已分別色喜住分別色憂住分別色捨住如是耳鼻舌身意知法已分別法喜住分別法憂住分別法

捨住是謂分別六喜分別六憂分別六捨總說十八意行十八意行當知內者因此故說三十六刀當知內者此何因說有六喜依著有六喜依無欲有六憂依著有六憂依無欲有六捨依著有六捨依無欲云何六喜依著云何六喜依無欲眼見色已生喜當知二種或依著或依無欲云何喜依著眼知色可喜意念受色欲相應樂未得者欲得已得者憶已生喜如是喜是謂喜依著云何喜依無欲知色無常變易盡無欲滅息前及今一切色無常苦滅法憶已生喜如是喜是謂喜依無欲如是耳鼻舌身意知法已生喜當知二種或依著或依無欲云何喜依著意知法可喜意念愛法欲相應樂未得者欲得已得者憶已生喜如是喜是謂喜依著云何喜依無欲知法無常變易盡無欲滅息前及今一切法無常苦滅法憶已生喜如是喜是謂喜依無欲云何六憂依著云何六憂依無欲眼見色已生憂當知二種或依著或依無欲云何憂依著眼知色可喜意念愛色欲相應樂未得者不得已得者過去散壞滅變易生憂如是憂是謂憂依著云何憂依無欲知色無常變易盡無欲滅息前及今一切色無常苦滅法憶已作是念我何時彼處成就遊謂處諸聖人成就遊是為上具觸願恐怖知苦憂生憂如是憂是謂憂依無欲如是耳鼻舌身意知法已生憂當知二種或依著或依無欲云何憂依著意知法可喜意念愛法欲相應樂未得者不得已得者過去散壞滅變易生憂如是憂是謂憂依著云何憂依無欲知法無常

變易盡無欲滅息前及今一切法無常苦滅法憶已作是念我何時彼處成就遊謂處諸聖人成就遊是爲上具觸願恐怖知苦憂生憂如是憂是謂憂依無欲云何六捨依著云何六捨依無欲眼見色已生捨當知二種或依著或依無欲云何捨依著眼知色生捨彼平等不多聞無智慧愚癡凡夫爲色有捨不離色是謂捨依著云何捨依無欲知色無常變易盡無欲滅息前及今一切色無常苦滅法憶已捨住若有至意修習捨是謂捨依無欲如是耳鼻舌身意知法已生捨當知一種或依著或依無欲云何捨依著意知法生捨平等不多聞無智慧愚癡凡夫爲法有捨不離法是謂捨依著云何捨依無欲意知法無常變易盡無欲滅息前及今一切法無常苦滅法憶已捨住若有至意修習捨是謂捨依無欲是爲六喜依著六喜依無欲六憂依著六憂依無欲六捨依著六捨依無欲總說三十六刀當知內者因此故說於中斷彼成就是者此何因說謂此六喜依無欲取是依是住是也謂此六喜依著滅彼除彼吐彼如是斷彼也謂此六憂依無欲取是依是住是也謂此六憂依著滅彼除彼吐彼如是斷彼也謂此六捨依無欲取是依是住是也謂此六捨依著滅彼除彼吐彼如是斷彼也謂此六憂依無欲取是依是住是也謂此六喜依無欲滅彼除彼吐彼如是斷彼也謂此六捨依無欲取是依是住是也謂此六憂依無欲滅彼除彼吐彼如是斷彼也有捨無量更樂若干更樂有捨一更樂不若干更樂云何有捨

無量更樂若干更樂若捨爲色爲聲爲香爲味爲觸此捨無量更樂若干更樂云何捨一更樂不若干更樂謂捨或依無量空處或依無量識處或依無所有處或依非有想非無想處此捨一更樂不若干更樂謂此捨有一更樂不若干更樂取是依是住是也謂此捨有無量更樂若干更樂滅彼除彼吐彼如是斷彼也取無量依無量住無量謂此捨有一更樂不若干更樂取是依是住是也謂此捨有無量更樂若干更樂滅彼除彼吐彼如是斷彼也於中斷彼成就是者因此故說無量說法當知內者此何因說如來有四弟子有增上行有增上意有增上念有增上慧有辯才成就第一辯才壽活百歲如來爲彼說法滿百年除飲食時大小便時睡眠息時及聚會時彼如來所說法文句法句觀義以慧而速觀義不復更問於如來法所以者何如來說法無有極不可盡法文句法句觀義乃至四弟子命終猶如四種善射之人挽强俱發善學善知而有方便速徹過去如是世尊有四弟子有增上行有增上意有增上念有增上慧有辯才成就第一辯才壽活百歲如來爲彼說法滿百年除飲食時大小便時睡眠息時及聚會時彼如來所說法文句法句觀義以慧而速觀義不復更問於如來法所以者何如來無極不可盡無量說法當知內者因此故說三意止謂聖人所習聖人所習已衆可教者此何因說若如來爲弟子說法憐念愍傷求義及饒益求安隱快樂發慈悲心是爲饒益是爲快樂是爲饒益樂若彼弟子

而不恭敬亦不順行不立於智其心不趣向法次法不受正法違世尊教不能得定者世尊不以此爲憂慼也但世尊捨無所爲常念常智是謂第一意止謂聖人所習聖人所習已衆可教也復次如來爲弟子說法憐念愍傷求義及饒益求安隱快樂發慈悲心是爲饒益是爲快樂是爲饒益樂若彼弟子恭敬順行而立於智其心歸趣向法次法受持正法不違世尊教能得定者世尊不以此爲歡喜也但世尊捨無所爲常念常智是爲第二意止謂聖人所習聖人所習已衆可教也復次如來爲弟子說法憐念愍傷求義及饒益求安隱快樂發慈悲心是爲饒益是爲快樂是爲饒益樂或有弟子而不恭敬亦不順行不立於智其心不趣向法次法不受正法違世尊教不能得定者或有弟子恭敬順行而立於智其心歸趣向法次法受持正法不違世尊教能得定者世尊不以此爲憂慼亦不歡喜但世尊捨無所爲常念常智是謂第三意止謂聖人所習聖人所習已衆可教也三意止謂聖人所習聖人所習已衆可教者因此故說無上調御士者謂調御士趣一切方者此何因說謂調御士者此說調御士趣一方或東方或南方或西方或北方調御象者調御象趣一方或東方或南西北方調御馬者調御馬趣一方或東方或南西北方調御牛者調御牛趣一方或東方或南西北方也無上調御士者調御士趣一切方於中方者色觀色是謂第一方內無色想外觀色是謂第二方淨解脫身觸成就遊是謂第三方度

一切色想滅有對想不念若干想無量空是無量空處成就遊是謂第四方度一切無量空處無量識是無量識處成就遊是謂第五方度一切無量識處無所有是無所有處成就遊是謂第六方度一切無所有處非有想非無想是非有想非無想處成就遊是謂第七方度一切非有想非無想處想知滅盡身觸成就遊慧觀漏盡斷智是謂第八方無上調御士者調御士趣一切方者因此故說佛說如是彼諸比丘聞佛所說歡喜奉行

根本分別品分別觀法經第三

我聞如是一時佛遊舍衛國在勝林給孤獨園爾時世尊告諸比丘我當爲汝說法初妙中妙竟亦妙有義有文具足清淨顯現梵行謂分別觀法經諦聽諦聽善思念之時諸比丘白曰世尊唯當受教佛言比丘如是如是觀如汝觀已比丘心出外灑散心不住內不受而恐怖比丘如是如是觀如汝觀已比丘心不出外不灑散心住內不受不恐怖如是不復生老病死是說苦邊佛說如是已即從座起入室宴坐於是諸比丘便作是念諸賢當知世尊略說此義不廣分別即從座起入室宴坐比丘如是如是觀如汝觀已比丘心出外灑散心不住內不受而恐怖比丘如是如是觀如來觀已比丘心不出外不灑散心住內不受不恐怖如是不復生老病死是說苦邊彼復作是念諸賢誰能廣分別世尊向所略說義彼復作是念尊者大迦旃延常爲世尊之所稱譽及諸智梵行人尊者大迦旃延能廣分別世尊向所略說義諸賢共往詣

尊者大迦旃延所請說此義若尊者大迦旃延爲分別者我等當善受持於是諸比丘往詣尊者大迦旃延所共相問訊却坐一面白曰尊者大迦旃延當知世尊略說此義不廣分別即從座起入室宴坐比丘如是如是觀如汝觀已比丘心出外灑散心不住內不受而恐怖比丘如是如是觀如汝觀已比丘心不出外不灑散心住內不受不恐怖如是不復生老病死是說苦邊我等便作是念諸賢誰能廣分別世尊向所略說義我等復作是念尊者大迦栴延常爲世尊之所稱譽及諸智梵行人尊者大迦旃延能廣分別世尊向所略說義唯願尊者大迦旃延爲慈愍故而廣說之爾時尊者大迦栴延告曰諸賢聽我說喻慧者聞喻則解其義諸賢猶如有人欲得求實爲求實故持斧入林彼見大樹成根莖節枝葉華實彼人不觸根莖節實但觸枝葉諸賢所說亦復如是世尊現在捨來就我而問此義所以者何諸賢當知世尊是眼是智是義是法法主法將說眞諦義現一切義由彼世尊諸賢應往詣世尊所而問此義世尊此云何此何義如世尊說者諸賢等當善受持時諸比丘白曰唯然尊者大迦旃延世尊是眼是智是義是法法主法將說眞諦義現一切義由彼世尊我等應往詣世尊所而問此義世尊此云何此何義如世尊說者我等當善受持然尊者大迦旃延常爲世尊之所稱譽及諸智梵行人尊者大迦旃延能廣分別世尊向所略說義唯願尊者大迦旃延爲慈愍故而廣說之尊者大迦旃延告諸比

丘諸賢等共聽我所説諸賢云何比丘心出
外灑散諸賢比丘眼見色識食色相識著色
樂相識縛色樂相彼色相味結縛心出外灑
散如是耳鼻舌身意知法識食法相識著法
樂相識縛法樂相彼法相味結縛心出外灑
散諸賢如是比丘心出外灑散諸賢云何比
丘心不出外灑散諸賢比丘眼見色識不食
色相識不著色樂相識不縛色樂相彼色相
味不結縛心不出外灑散如是耳鼻舌身意
知法識不食法相識不著法樂相識不縛法
樂相彼法相味不結縛心不出外灑散諸賢
如是比丘心不出外灑散諸賢云何比丘心
不住内諸賢比丘離欲離惡不善之法有覺
有觀離生喜樂得初禪成就遊彼識著離味
依彼住彼緣彼縛彼識不住内復次諸賢比

丘喜覺觀已息内靜一心無覺無觀定生喜
樂得第二禪成就遊彼識著定味依彼住彼
緣彼縛彼識不住内復次諸賢比丘離於喜
欲捨無求遊正念正智而身覺樂謂聖所説
聖所捨念樂住室得第三禪成就遊彼識著
無喜味依彼住彼緣彼縛彼識不住内復次
諸賢比丘樂滅苦滅喜憂本已滅不苦不樂
捨念清淨得第四禪成就遊彼識著捨及念
清淨味依彼住彼緣彼縛彼識不住内復次
諸賢比丘度一切色想滅有對想不念若干
想無量空是無量空處成就遊彼識著空智
味依彼住彼緣彼縛彼識不住内復次諸賢
比丘度一切無量空處無量識處是無量識
處成就遊彼識著識智味依彼住彼緣彼縛
彼識不住内復次諸賢比丘度一切無量識

處無所有是無所有處成就遊彼識著無所有智味依彼住彼緣彼縛彼識不住內復次諸賢比丘度一切無所有處非有想非無想是非有想非無想處成就遊彼識著無想智味依彼住彼緣彼縛彼識不住內諸賢如是比丘心不住內諸賢云何比丘心住內諸賢比丘離欲離惡不善之法有覺有觀離生喜樂得初禪成就遊彼識不著離味不依彼不住彼不緣彼不縛彼識住內也復次諸賢比丘覺觀已息內靜一心無覺無觀定生喜樂得第二禪成就遊彼識不著定味不依彼不住彼不緣彼不縛彼識住內也復次諸賢比丘離於喜欲捨無求遊正念正智而身覺樂謂聖所說聖所捨念樂住室得第三禪成就遊彼識不著無喜味不依彼不住彼不縛彼

識住內也復次諸賢比丘樂滅苦滅喜憂本已滅不苦不樂捨念清淨得第四禪成就遊識不著捨及念清淨味不依彼不住彼不緣彼不縛彼識住內也復次諸賢比丘度一切色想滅有對想不念若干想無量空是無量空處成就遊彼識不著空智味不依彼不住彼不緣彼不縛彼識住內也復次諸賢比丘度一切無量空處無量識是無量識處成就遊彼識不著識智味不依彼不住彼不緣彼不縛彼識住內也復次諸賢比丘度一切無量識處無所有是無所有處成就遊彼識不著無所有智味不依彼不住彼不緣彼不縛彼識住內也復次諸賢比丘度一切無所有處非有想非無想是非有想非無想處成就遊彼識不著無想智味不依彼不住彼不緣

彼不縛彼識住內也諸賢如是比丘心住內也諸賢云何比丘不受而恐怖諸賢比丘不離色染不離色欲不離色愛不離色渴諸賢若有比丘不離色染不離色欲不離色愛不離色渴著彼欲得色求色著色住色色即是我色是我有彼欲得色著色住色色即是我色是我有已識捫摸色識捫摸色已變易彼色時識轉於色識轉於色已彼生恐怖法心住於中因心不知故便怖懼煩勞不受而恐怖如是覺想行比丘不離識染不離識欲不離識愛不離識渴諸賢若有比丘不離識染不離識欲不離識愛不離識渴者彼欲得識求識著識住識識即是我識是我有彼欲得識求識著識住識識即是我識是我有已識捫摸識識捫摸識已變易彼識時識轉於識識縛於識已彼生恐怖法心住於中因心不知故便怖懼煩勞不受而恐怖諸賢如是比丘不受恐怖諸賢云何比丘不受不恐怖諸賢比丘離色染離色欲離色愛離色渴諸賢若有比丘離色染離色欲離色愛離色渴者彼不欲得色不求色不著色不住色色非是我色非我有彼不欲得色不求色不著色不住色色非是我色非我有已識不捫摸色識不捫摸色已變易彼色時識不轉於色識不轉於色已彼不生恐怖法心不住中因心知故便不怖懼不煩勞不受不恐怖 如是覺想行比丘離識染離識欲離識愛離識渴諸賢若有比丘離識染離識欲離識愛離識渴者彼不欲得識不求識不著識不住識識非是我識非我有彼不欲得識不求識不著識不

住識識非是我識非我有已識不捫摸識識不捫摸識已變易彼識時識不轉於識識不轉於識已彼不生恐怖法心不住中因心知故便不怖懼不煩勞不受不恐怖諸賢如是比丘不受不恐怖諸賢謂世尊略說此義不廣分別即從座起入室宴坐比丘如是如是觀如汝觀已比丘心出外灑散心不住內不受而恐怖比丘如是如是觀如汝觀已比丘心不出外不灑散心住內不受不恐怖如是不復生老病死是說苦邊此世尊略說不廣分別義我以此句以此文廣說如是諸賢可往向佛具陳若如世尊所說義者諸賢等便可受持於是諸比丘聞尊者大迦旃延所說善受持誦即從坐起繞尊者大迦旃延三匝而去往詣佛所稽首作禮却坐一面白曰世尊向世尊略說此義不廣分別即從座起入室宴坐尊者大迦旃延以此句以此文而廣說之世尊聞已嘆曰善哉善哉我弟子中有眼有智有法有義所以者何謂師爲弟子略說此義不廣分別彼弟子以此句以此文而廣說之如迦旃延比丘所說汝等應當如是受持所以者何以說觀義應如是也佛說如是彼諸比丘聞佛所說歡喜奉行

中阿含經卷第四十二

音釋

筋（舉欣切骨絡也）腎（時泯切水藏也）肺（方吠切金藏也）脾（頻彌切土藏也）胃（于貴切穀府也）腦（乃老切頭髓也）髓（息委切骨中脂也）小便（便毗連切小便尿也）涎（徐連切口液也）痰（徒甘切病液也）脇（虛業切腋下也）蹙（子六切急也縮也）鑽（祖算切木鑽也）鍛（都玩切椎打也）

擥魯敢切撮持也火擥謂持火之具也鐶胡關切金鐶也釧樞絹切臂鐶也

憍傲憍居妖切恣也逸也傲魚到切慢也倨也捫摸捫莫奔切摸末各切捫摸謂捫搎摸索也

中阿含經卷第四十三

東晉罽賓三藏瞿曇僧伽提婆譯

根本分別品溫泉林天經第四

我聞如是。一時佛遊王舍城，在竹林迦蘭陀園。爾時尊者三彌提亦遊王舍城，住溫泉林。於是尊者三彌提夜將向旦，從房而出，往詣溫泉，脫衣岸上，入溫泉浴。浴已還出，拭體著衣。爾時有一天，形體極妙，色像巍巍，夜將向旦往詣尊者三彌提所，稽首作禮，却住一面。彼天色像威神極妙，光明普照於溫泉岸。彼天却住於一面已，白尊者三彌提曰：比丘受持跋地羅帝偈耶？尊者三彌提答彼天曰：我不受持跋地羅帝偈也。尊者問彼天：汝受持跋地羅帝偈耶？彼天答曰：我亦不受持跋地羅帝偈也。尊者三彌提復問彼天：誰受持跋地羅帝偈耶？彼天答曰：世尊遊此王舍城，在竹林迦蘭陀園，彼受持跋地羅帝偈也。比丘！可往面從世尊善受持誦跋地羅帝偈。所以者何？跋地羅帝偈者，有法有義，爲梵行本，趣智趣覺，趣於涅槃。族姓者至信，捨家無家學道，當以跋地羅帝偈善受持誦。彼天說如是，稽首尊者三彌提足，繞三帀已，即彼處沒。於是尊者三彌提天沒不久，往詣佛所，稽首作禮，却坐一面，白曰：世尊！我於今日夜將向旦，出房，往詣彼溫泉所，脫衣岸上，入溫泉浴。浴已便出，住岸拭身。爾時有一天，形體極妙，色像巍巍，夜將向旦來詣我所，稽首作禮，却住一面。彼天色像威神極妙，光明普照於溫泉岸。彼天却住於一面已，而白我曰：比丘受持跋地羅帝偈耶？我答彼天：不受持跋地羅帝偈

也我問彼天汝受持跋地羅帝偈耶彼天答曰我亦不受持跋地羅帝偈也我復問天誰受持跋地羅帝偈耶彼天答曰世尊遊此王舍城住竹林迦蘭陀園彼受持跋地羅帝偈也比丘可往面從世尊善受持誦跋地羅帝偈所以者何跋地羅帝偈者有義有法爲梵行本趣智趣覺趣於涅槃族姓者至信捨家無家學道當以跋地羅帝偈善受持誦彼天說如是稽首我足繞三帀已即彼處沒世尊問曰三彌提汝知彼天從何處來彼天名何耶尊者三彌提答曰世尊我不知彼天從何所來亦不知名也世尊告曰三彌提彼天子名正殿爲三十三天軍將於是尊者三彌提白曰世尊今正是時善逝今正是時若世尊爲諸比丘說跋地羅帝偈者諸比丘從世尊聞已當善受持世尊告曰三彌提諦聽諦聽善思念之我當爲汝說尊者三彌提白曰唯然時諸比丘受教而聽佛言

愼莫念過去　亦勿願未來　過去事已滅
未來復未至　現在所有法　彼亦當爲思
念無有堅强　慧者覺如是　若作聖人行
孰知愁於死　我要不會彼　大苦災患終
如是行精勤　晝夜無懈怠　是故常當說
跋地羅帝偈

佛說如是即從座起入室宴坐於是諸比丘便作是念諸賢當知世尊略說此教不廣分別即從座起入室宴坐

愼莫念過去　亦勿願未來　過去事已滅
未來復未至　現在所有法　彼亦當爲思
念無有堅强　慧者覺如是　若作聖人行

孰知愁於死　我要不會彼　大苦災患終
如是行精勤　晝夜無懈怠　是故常當說
跋地羅帝偈
彼復作是念諸賢誰能廣分別世尊向所略
說義彼復作是念尊者大迦旃延常爲世尊
之所稱譽及諸智梵行人尊者大迦旃延能
廣分別世尊向所略說義諸賢共往詣尊者
大迦旃延所請說此義若尊者大迦旃延爲
分別者我等當善受持於是諸比丘往詣尊
者大迦旃延所共相問訊却坐一面白曰尊
者大迦旃延當知世尊略說此教不廣分別
即從座起入室宴坐
慎莫念過去　亦勿願未來　過去事已滅
未來復未至　現在所有法　彼亦當爲思
念無有堅強　慧者覺如是　若作聖人行

孰知愁於死　我要不會彼　大苦災患終
如是行精勤　晝夜無懈怠　是故常當說
跋地羅帝偈
我等便作是念諸賢誰能廣分別世尊向所
略說義我等復作是念尊者大迦旃延常爲
世尊之所稱譽及諸智梵行人尊者大迦旃
延能廣分別世尊向所略說義唯願尊者大
迦旃延爲慈愍故而廣說之尊者大迦旃延
告曰諸賢聽我說喻慧者聞喻則解其義諸
賢猶如有人欲得求實爲求實故持斧入林
彼見大樹成根莖節枝葉華實彼人不觸根
莖節實但觸枝葉諸賢所說亦復如是世尊
現在捨來就我而問此義所以者何諸賢當
知世尊是眼是智是義是法法主法將說真
諦義現一切義由彼世尊諸賢應往詣世尊

所而問此義世尊此云何此何義如世尊說者諸賢等當善受持時諸比丘白曰唯然尊者大迦旃延世尊是眼是智是義是法法主法將說眞諦義現一切義由彼世尊我等應往詣世尊所而問此義世尊此云何此何義如世尊說者我等當善受持然尊者大迦旃延常爲世尊之所稱譽及諸智梵行人尊者大迦旃延能廣分別世尊向所略說義唯願尊者大迦旃延爲慈愍故而廣說之尊者大迦旃延告諸比丘諸賢等共聽我所說諸賢云何比丘念過去耶諸賢比丘實有眼知色可喜意所念愛色欲相應心樂搰摸本本即過去也彼爲過去識欲染著因識欲染著已則便樂彼因樂彼已便念過去如是耳鼻舌身實有意知法可喜意所念愛法欲相應心樂搰摸本本即過去也彼爲過去識欲染著因識欲染著已則便樂彼因樂彼已便念過去諸賢如是比丘念過去也諸賢云何比丘不念過去諸賢比丘實有眼知色可喜意所念愛色欲相應心樂搰摸本本即過去也彼爲過去識不欲染著因識不欲染著已則便不樂彼因不樂彼已便不念過去如是耳鼻舌身實有意知法可喜意所念愛法欲相應心樂搰摸本本即過去也彼爲過去識不欲染著因識不欲染著已則便不樂彼因不樂彼已便不念過去諸賢如是比丘不念過去也諸賢云何比丘願未來耶諸賢比丘若有眼色眼識未來者彼未得欲得已得心願因心願已則便樂彼因樂彼已便願未來如是耳鼻舌身若有意法意識未來者未得欲得

已得心願因心願已則便樂彼因樂彼已便願未來諸賢如是比丘願未來也諸賢云何比丘不願未來諸賢比丘若有眼色眼識未來者未得不欲得已得心不願因心不願已則便不樂彼因不樂彼已便不願未來如是耳鼻舌身若有意法意識未來者未得不欲得已得心不願因心不願已則便不樂彼因不樂彼已便不願未來諸賢如是比丘不願未來也諸賢云何比丘受現在法諸賢比丘若有眼色眼識現在者彼於現在識欲染著因識欲染著已則便樂彼因樂彼已便受現在法如是耳鼻舌身若有意法意識現在者彼於現在識欲染著因識欲染著已則便樂彼因樂彼已便受現在法諸賢如是比丘受現在法也諸賢云何比丘不受現在法諸賢比丘若有眼色眼識現在者彼於現在識不欲染著因識不欲染著已則便不樂彼因不樂彼已便不受現在法如是耳鼻舌身若有意法意識現在者彼於現在識不欲染著因識不欲染著已則便不樂彼因不樂彼已便不受現在法諸賢如是比丘不受現在法諸賢謂世尊略說此教不廣分別即從座起入室宴坐

慎莫念過去　亦勿願未來　過去事已滅　未來復未至　現在所有法　彼亦當爲思　念無有堅强　慧者覺如是　若學聖人行　孰知愁於死　我要不會彼　大苦災患終　如是行精勤　晝夜無懈怠　是故常當說　跋地羅帝偈

此世尊略說不廣分別我以此句以此文廣

說如是諸賢可往向佛具陳若如世尊所說義者諸賢等便可共受持於是諸比丘聞尊者大迦旃延所說善受持誦即從座起繞尊者大迦旃延三帀而去往詣佛所稽首作禮却坐一面白曰世尊向世尊略說此教不廣分別即從座起入室宴坐尊者大迦旃延以此句以此文而廣說之世尊聞已嘆曰善哉善哉我弟子中有眼有智有法有義所以者何謂師爲弟子略說此教不廣分別彼弟子以此句以此文而廣說之如迦旃延比丘所說汝等應當如是受持所以者何以說觀義應如是也佛說如是彼諸比丘聞佛所說歡喜奉行

根本分別品釋中禪室尊經第五

我聞如是一時佛遊舍衛國在勝林給孤獨園爾時尊者盧夷强耆遊於釋中在無事禪室於是尊者盧夷强耆夜將向旦從彼禪室出在露地禪室陰中於繩牀上敷尼師壇結跏趺坐爾時有一天形體極妙色像巍巍夜將向旦往詣尊者盧夷强耆所稽首作禮却住一面彼天色像威神極妙光明普照於其禪室彼天却住於一面已白尊者盧夷强耆曰比丘受持跋地羅帝偈及其義耶尊者盧夷强耆答彼天曰我不受持跋地羅帝偈亦不受義尋問彼天汝受持跋地羅帝偈及其義耶彼天答曰我受持跋地羅帝偈然不受義尊者盧夷强耆復問彼天云何受持跋地羅帝偈而不受義耶彼天答曰一時世尊遊王舍城住竹林迦蘭陀園爾時世尊爲諸比丘說跋地羅帝偈

愼莫念過去　亦勿願未來　過去事已滅
未來復未至　現在所有法　彼亦當爲思
念無有堅强　慧者覺如是　若學聖人行
孰知愁於死　我要不會彼　大苦災患終
如是行精勤　晝夜無懈怠　是故常當說
跋地羅帝偈

比丘我如是受持跋地羅帝偈不受持義尊者盧夷强耆復問彼天誰受持跋地羅帝偈及其義耶彼天答曰佛遊舍衛國在勝林給孤獨園彼受持跋地羅帝偈及其義也比丘可往面從世尊善受持誦跋地羅帝偈及其義也所以者何跋地羅帝偈及其義者有義有法爲梵行本趣智趣覺趣於涅槃族姓者至信捨家無家學道當以跋地羅帝偈及其義善受持誦彼天說如是稽首尊者盧夷强耆足繞三帀已即彼處沒天沒不久於是尊者盧夷强耆在釋中受夏坐訖過三月已補治衣竟攝衣持鉢往詣舍衛國展轉進前至舍衛國住勝林給孤獨園爾時尊者盧夷强耆往詣佛所稽首作禮却坐一面白曰世尊我一時遊於釋中在無事禪室世尊我於爾時夜將向旦從彼禪室出在露地禪室蔭中於繩牀上敷尼師壇結跏趺坐爾時有一天形體極妙色像巍巍夜將向旦來詣我所稽首作禮却住一面彼天色像威神極妙光明普照於其禪室彼天却住於一面已而白我曰比丘受持跋地羅帝偈及其義耶我答彼天不受持跋地羅帝偈亦不受義尋問彼天汝受持跋地羅帝偈及其義耶彼天答曰我受持跋地羅帝偈然不受義我復問天云何

受持跋地羅帝偈而不受義耶天答我曰一時佛遊王舍城住竹林迦蘭陀園爾時世尊爲諸比丘說跋地羅帝偈

愼莫念過去　亦勿願未來　過去事已滅
未來復未至　現在所有法　彼亦當爲思
念無有堅强　慧者覺如是　若學聖人行
孰知愁於死　我要不會彼　大苦災患終
如是行精勤　晝夜不懈怠　是故常當說
跋地羅帝偈

比丘我如是受持跋地羅帝偈不受持義也我復問天誰受持跋地羅帝偈及其義耶天答我曰佛遊舍衛國在勝林給孤獨園彼受持跋地羅帝偈及其義也比丘可往而從世尊善受持誦跋地羅帝偈及其義也所以者何跋地羅帝偈及其義者有義有法爲梵行本趣智趣覺趣於涅槃族姓者至信捨家無家學道當以跋地羅帝偈及其義善受持誦彼天說如是稽首禮足繞三帀已即彼處沒於是世尊問尊者盧夷强耆汝知彼天從何處來彼天名何耶尊者盧夷强耆答曰世尊我不知彼天從何處來亦不知名也世尊告曰强耆彼天子名般那爲三十三天軍將彼時尊者盧夷强耆白曰世尊今正是時善逝今正是時若世尊爲諸比丘說跋地羅帝偈及其義者諸比丘從世尊聞已當善受持世尊告曰强耆諦聽善思念之我當爲汝廣說其義尊者盧夷强耆白曰唯然當受教聽佛言

愼莫念過去　亦勿願未來　過去事已滅
未來復未至　現在所有法　彼亦當爲思

念無有堅強　慧者覺如是　若作聖人行
孰知愁於死　我要不會彼　大苦災患終
如是行精勤　晝夜無懈怠　是故常當說
跋地羅帝偈

強者云何比丘念過去耶若比丘樂過去色欲著住樂過去覺想行識欲著住如是比丘念過去也強者云何比丘不念過去若比丘不樂過去色不欲不著不住不樂過去覺想行識不欲不著不住如是比丘不念過去強者云何比丘願未來耶若比丘樂未來色欲著住樂未來覺想行識欲著住如是比丘願未來也強者云何比丘不願未來若比丘不樂未來色不欲不著不住不樂未來覺想行識不欲不著不住如是比丘不願未來強者云何比丘受現在法若比丘樂現在色欲著住樂現在覺想行識欲著住如是比丘受現在法強者云何比丘不受現在法若比丘不樂現在色不欲不著不住不樂現在覺想行識不欲不著不住如是比丘不受現在法佛說如是尊者盧夷強者及諸比丘聞佛所說歡喜奉行

根本分別品阿難說經第六

我聞如是一時佛遊舍衛國在勝林給孤獨園爾時尊者阿難爲諸比丘夜集講堂說跋地羅帝偈及其義也爾時有一比丘過夜平旦往詣佛所稽首作禮却坐一面白曰世尊彼尊者阿難爲諸比丘夜集講堂說跋地羅帝偈及其義也於是世尊告一比丘汝往至阿難比丘所作如是語阿難世尊呼汝彼一比丘受世尊教即從座起稽首佛足繞三帀

而去往至尊者阿難所而語曰世尊呼尊者阿難尊者阿難即往佛所稽首作禮却住一面世尊問曰阿難汝實爲諸比丘夜集講堂說跋地羅帝偈及其義耶尊者阿難答曰唯然世尊問曰阿難汝云何爲諸比丘說跋地羅帝偈及其義耶尊者阿難即便說曰

愼莫念過去　亦勿願未來　過去事已滅
未來復未至　現在所有法　彼亦當爲思
念無有堅强　慧者覺如是　若作聖人行
孰知愁於死　我要不會彼　大苦災患終
如是行精勤　晝夜無懈怠　是故常當說
跋地羅帝偈

世尊即復問曰阿難云何比丘念過去耶尊者阿難答曰世尊若有比丘樂過去色欲著住樂過去覺想行識欲著住如是比丘念過去也世尊即復問曰阿難云何比丘不念過去尊者阿難答曰世尊若比丘不樂過去色不欲不著不住不樂過去覺想行識不欲不著不住如是比丘不念過去世尊即復問曰阿難云何比丘願未來耶尊者阿難答曰世尊若比丘樂未來色欲著住樂未來覺想行識欲著住如是比丘願未來也世尊即復問曰阿難云何比丘不願未來尊者阿難答曰世尊若比丘不樂未來色不欲不著不住不樂未來覺想行識不欲不著不住如是比丘不願未來世尊即復問曰阿難云何比丘受現在法尊者阿難答曰世尊若比丘樂現在色欲著住樂現在覺想行識欲著住如是比丘受現在法世尊即復問曰阿難云何比丘不受現在法尊者阿難答曰世尊若比丘不

樂現在色不欲不著不住不樂現在覺想行識不欲不著不住如是比丘不受現在法世尊我以如是爲諸比丘夜集講堂說跋地羅帝偈及其義也於是世尊告諸比丘善哉善哉我弟子中有眼有智有義有法所以者何謂弟子在師面前如是句如是文廣說此義實如阿難比丘所說汝等應當如是受持所以者何此說觀義應如是也佛說如是尊者阿難及諸比丘聞佛所說歡喜奉行

根本分別品意行經第七

我聞如是一時佛遊舍衛國在勝林給孤獨園爾時世尊告諸比丘我今爲汝說法初妙中妙竟亦妙有義有文具足清淨顯現梵行謂分別意行經如意行生諦聽諦聽善思念之時諸比丘受教而聽佛言云何意行生若有比丘離欲離惡不善之法有覺有觀離生喜樂得初禪成就遊彼此定樂欲住彼此定樂欲住已必有是處住彼樂彼命終生梵身天中諸梵身天者生彼住彼受離生喜樂及比丘住此入初禪受離生喜樂此二離生喜樂無有差別二俱等等所以者何先此行定然後生彼彼此定如是修如是習如是廣布生梵身天中如是意行生復次比丘覺觀已息內靜一心無覺無觀定生喜樂得第二禪成就遊彼此定樂欲住彼此定樂欲住已必有是處住彼樂彼命終生晃昱天中諸晃昱天者生彼住彼受定生喜樂及比丘住此入第一禪受定生喜樂此二定生喜樂無有差別二俱等等所以者何先此行定然後生彼彼此定如是修如是習如是廣布生晃昱天

中如是意行生復次比丘離於喜欲捨無求遊正念正智而身覺樂謂聖所說聖所捨念樂住室得第三禪成就遊彼此定樂欲住彼此定樂欲住已必有是處住彼樂彼命終生遍淨天中諸遍淨天者生彼住彼受無喜樂及比丘住此入第三禪受無喜樂此二無喜樂無有差別二俱等等所以者何先此行定然後生彼彼此定如是修如是習如是廣布生遍淨天中如是意行生復次比丘樂滅苦滅喜憂本已滅不苦不樂捨念清淨得第四禪成就遊彼此定樂欲住彼此定樂欲住已必有是處住彼樂彼命終生果實天中諸果實天者生彼住彼受捨念清淨樂及比丘住此入第四禪受捨念清淨樂此二捨念清淨樂無有差別二俱等等所以者何先此行定

然後生彼彼此定如是修如是習如是廣布生果實天中如是意行生復次比丘度一切色想滅有礙想不念若干想無量空是無量空處成就遊彼此定樂欲住彼此定樂欲住已必有是處住彼樂彼命終生無量空處天中諸無量空處天者生彼住彼受無量空處想及比丘住此受無量空處想此二無量空處想無有差別二俱等等所以者何先此行定然後生彼彼此定如是修如是習如是廣布生無量空處天中如是意行生復次比丘度無量空處無量識是無量識處成就遊彼此定樂欲住彼此定樂欲住已必有是處住彼樂彼命終生無量識處天中諸無量識處天者生彼住彼受無量識處想及比丘住此受無量識處想此二無量識處想無有差別

二俱等等所以者何先此行定然後生彼彼此定如是修如是習如是廣布生無量識處天中如是意行生復次比丘度無量識處無所有是無所有處成就遊彼此定樂欲住彼此定樂欲住已必有是處住彼樂彼命終生無所有處天中諸無所有處天者生彼住彼受無所有處想及比丘住此受無所有處想此二無所有處想無有差別二俱等等所以者何先此行定然後生彼彼此定如是修如是習如是廣布生無所有處天中如是意行生復次比丘度一切無所有處想非有想非無想是非有想非無想處成就遊彼此定樂欲住彼此定樂欲住已必有是處住彼樂彼命終生非有想非無想處天中諸非有想非無想處天者生彼住彼受非有想非無想處想及比丘住此受非有想非無想處想此二想無有差別二俱等等所以者何先行此定然後生彼彼此定如是修如是習如是廣布生非有想非無想處天中如是意行生復次比丘度一切非有想非無想處想知滅身觸成就遊慧見諸漏盡斷智彼諸定中此定說最第一最大最上最勝最妙猶如因牛有乳因乳有酪因酪有生酥因生酥有熟酥因熟酥有酥精酥精者說最第一最大最上最勝最妙如是彼諸定中此定說最第一最大最上最勝最妙得此定依此定住此定已不復受生老病死苦是說苦邊佛說如是彼諸比丘聞佛所說歡喜奉行

根本分別品拘樓瘦無諍經第八

我聞如是一時佛遊婆奇瘦劒摩瑟曇拘樓

都邑爾時世尊告諸比丘我當爲汝說法初妙中妙竟亦妙有義有文具足清淨顯現梵行名分別無諍經諦聽諦聽善思念之時諸比丘受教而聽佛言莫求欲樂極下賤業爲凡夫行亦莫求自身苦行至苦非聖行無義相應離此二邊則有中道成眼成智自在成定趣智趣覺趣於涅槃有稱有譏有無稱無譏而爲說法決定於齊決定知已所有內樂當求彼也莫相道說亦莫面前稱譽齊限說莫不齊限隨國俗法莫是莫非此分別無諍經事莫求欲樂極下賤業爲凡夫行亦莫求自身苦行至苦非聖行無義相應者此何因說莫求欲樂極下賤業爲凡夫行是說一邊亦莫求自身苦行至苦非聖行無義相應者是說二邊莫求欲樂極下賤業爲凡夫行亦莫求自身苦行至苦非聖行無義相應者因此故說離此二邊則有中道成眼成智自在成定趣智趣覺趣涅槃者此何因說有聖道八支正見乃至正定是謂爲八離此二邊則有中道成眼成智自在成定趣智趣覺趣涅槃者因此故說有稱有譏有無稱無譏而爲說法者此何因說云何爲稱云何爲譏而不說法若有欲相應與喜樂俱極下賤業爲凡夫行此法有苦有煩有熱有憂慼邪行彼知此已則便自識所以者何欲者無常苦摩滅法彼知欲無常已是故彼一切有苦有煩有熱有憂慼邪行彼知此已是故便自識自身苦行至苦非聖行無義相應此法有苦有煩有熱有憂慼邪行彼知此已則便自識所以者何彼沙門梵志所可畏苦剃除鬚髮著袈

裟衣至信捨家無家學道者彼沙門梵志復抱此苦是故彼一切有苦有煩有熱有憂感邪行彼知此已是故便自識有結不盡此法有苦有煩有熱有憂感邪行彼知此已則便自識所以者何若有結不盡者彼有亦不盡是故彼一切有煩有熱有憂感邪行彼知此已是故便自識也有結盡者此法無苦無煩無熱無憂感正行彼知此已則便自稱所以者何若有結盡者彼有亦盡是故彼一切無苦無煩無熱無憂感正行彼知此已是故便自稱也不求內樂此法有苦有煩有熱有憂感邪行彼知此已則便自識所以者何若有不求內樂者彼亦不求內是故彼一切有苦有煩有熱有憂感邪行彼知此已是故便自識也求於內樂此法無苦無煩無熱無憂感

正行彼知此已則便自稱所以者何若有求內樂者彼亦求內是故彼一切無苦無煩無熱無憂感正行彼知此已是故便自稱如是有稱有識而不說法也不稱不識而爲說法云何不稱不識而爲說法若欲相應與喜樂俱極下賤業爲凡夫行此法有苦有煩有熱有憂感邪行彼知此已則便說法所以者何彼不如是說欲無常苦磨滅法彼知欲無常已是故彼一切有苦有煩有熱有憂感邪行不達此法唯有苦法有煩有熱有憂感邪行彼知此已是故便說法自身苦行至苦非聖行無義相應此法有苦有煩有熱有憂感邪行彼知此已則便說法所以者何彼不如是說自身苦行至苦非聖行無義相應此法有苦有煩有熱有憂感邪行不達此法唯有苦

法有煩有熱有憂慼邪行彼知此已是故便說法也有結不盡此法有苦有煩有熱有憂慼邪行彼知此已則便說法所以者何彼不如是說若有結不盡者彼有亦不盡是故彼一切有苦有煩有熱有憂慼邪行不達此法唯有苦法有煩有熱有憂慼邪行彼知此已是故便說法也有結盡者此法無苦無煩無熱無憂慼正行彼知此已則便說法所以者何彼不如是說若有結盡者彼有亦盡是故彼一切無苦無煩無熱無憂慼正行不達此法唯無苦法無煩無熱無憂慼正行彼知此已是故便說法也不求內樂此法有苦有煩有熱有憂慼邪行彼知此已則便說法所以者何彼不如是說若不求內樂者彼亦不求內是故彼一切有苦有煩有熱有憂慼邪行不達此法唯有苦法有煩有熱有憂慼邪行彼知此已是故便說法也求於內樂此法無苦無煩無熱無憂慼正行彼知此已則便說法所以者何彼不如是說若有求內樂者彼亦求內是故彼一切無苦無煩無熱無憂慼正行不達此法唯無苦法無煩無熱無憂慼正行彼知此已是故便說法如是不稱不譏而爲說法有稱有譏有無稱無譏而爲說法者因此故說也決定於齊決定知已所有內樂當求彼者此何因說有樂非聖樂是凡夫樂病本癰本箭刺之本有食有生死不可修不可習不可廣布我說於彼則不可修也有樂是聖樂無欲樂離樂息樂正覺之樂無食無生死可修可習可廣布我說於彼則可修也云何有樂非聖樂是凡夫樂病本癰本箭

刺之本有食有生死不可修不可習不可廣布我說於彼不可修耶彼若因五欲功德生喜生樂此樂非聖樂是凡夫樂病本癰本箭刺之本有食有生死不可修不可習不可廣布我說於彼則不可修云何有樂是聖樂無欲樂離樂息樂正覺之樂無食無生死可修可習可廣布我說於彼則可修耶若有比丘離欲離惡不善之法至得第四禪成就遊此樂是聖樂無欲樂離樂息樂正覺之樂無食無生死可修可習可廣布我說於彼則可修也決定於齊決定知已所有內樂當求彼者因此故說莫相道說亦莫面前稱譽者此何因說有相道說不眞實虛妄無義相應有相道說眞實不虛妄無義相應有相道說眞實不虛妄與義相應於中若有道說不眞實虛妄無義相應者此終不可說於中若有道說眞實不虛妄無義相應者彼亦當學不說是也於中若有道說眞實不虛妄義相應者彼爲知時正智正念令成就彼如是面前稱譽莫相道說亦莫面前稱譽者因此故說齊限說莫不齊限者此何因說不齊限說者煩身念喜忘心疲極聲壞向智者不自在也齊限說者不煩身念不喜忘心不疲極聲不壞向智者得自在也齊限說莫不齊限者因此故說隨國俗法莫是莫非者此何因說云何隨國俗法是及非耶彼彼方彼彼人間彼彼事或說甌或說犕或說杅或說椀或說器如彼彼方彼彼人間彼彼事或說甌或說犕或說杅或說椀或說器彼彼事隨其力一向說此是眞諦餘者虛妄如是隨國俗法是及非也

云何隨國俗法不是不非耶彼彼方彼彼人間彼彼事或説甌或説犆或説杅或説椀或説器如彼彼方彼彼人間彼彼事或説甌或説犆或説杅或説椀或説器彼彼事不隨其力不一向説此是眞諦餘者虚妄如是隨國俗法不是不非也隨國俗法莫是莫非者因此故説有諍法無諍法云何諍云何無諍法若欲相應與喜樂俱極下賤業爲凡夫行此法有諍以何等故此法有諍此法有苦有煩有熱有憂慼邪行是故此法則有諍也若自身苦行至苦非聖行無義相應此法有諍以何等故此法有諍此法有苦有煩有熱有憂慼邪行是故此法則有諍也離此二邊則有中道成眼成智自在成定趣智趣覺趣於涅槃此法無諍以何等故此法無諍此法無苦無煩無熱無憂慼正行是故此法則無諍也有結不盡此法有諍以何等故此法有諍此法有苦有煩有熱有憂慼邪行是故此法則有諍也有結滅盡此法無諍以何等故此法無諍此法無苦無煩無熱無憂慼正行是故此法則無諍也不求内樂此法有諍以何等故此法有諍此法有苦有煩有熱有憂慼邪行是故此法則有諍也求於内樂此法無諍以何等故此法無諍此法無苦無煩無熱無憂慼正行是故此法則無諍也於中若有樂非聖樂是凡夫樂病本癰本箭刺之本有食有生死不可修不可習不可廣布我説於彼則不可修此法有諍以何等故此法有諍此法有苦有煩有熱有憂慼邪行是故此法則有諍也於中若有樂是聖樂無欲樂離樂息

樂正覺之樂無食無生死可修可習可廣布我說於彼則可修也此法無諍以何等故此法無諍此法無苦無煩無熱無憂慼正行是故此法則無諍也於中若有道說不眞實虛妄無義相應此法有諍以何等故此法有諍此法有苦有煩有熱有憂慼邪行是故此法則有諍也於中若有道說眞實不虛妄無義相應此法有諍以何等故此法有諍此法有苦有煩有熱有憂慼邪行是故此法則有諍也於中若有道說眞實不虛妄與義相應此法無諍以何等故此法無諍此法無苦無煩無熱無憂慼正行是故此法則無諍也無齊限說者此法有諍以何等故此法有諍此法有苦有煩有熱有憂慼邪行是故此法則有諍也齊限說者此法無諍以何等故此法無諍此法無苦無煩無熱無憂慼正行是故此法則無諍也隨國俗法是及非此法有諍以何等故此法有諍此法有苦有煩有熱有憂慼邪行是故此法則有諍也隨國俗法不是不非此法無諍以何等故此法無諍此法無苦無煩無熱無憂慼正行是故此法則無諍也是謂諍法汝等當知諍法及無諍法知諍法及無諍法已棄捨諍法修習無諍法汝等當學如是須菩提族姓子以無諍道於後知法如法

知法如眞法　須菩提說偈　此行眞實空
捨此住止息

佛說如是彼諸比丘聞佛所說歡喜奉行

中阿含經卷第四十三

音釋

癰於容切癰疽也 橢他果切木器也 杅音于盂也

# 中阿含經卷第四十四

東晉罽賓三藏瞿曇僧伽提婆譯

## 根本分別品鸚鵡經第九

我聞如是一時佛遊舍衛國在勝林給孤獨園爾時世尊過夜平旦著衣持鉢入舍衛城乞食於乞食時往詣鸚鵡摩納都提子家是時鸚鵡摩納都提子少有所爲出行不在彼時鸚鵡摩納都提子家有白狗在大牀上金盤中食於是白狗遥見佛來見已便吠世尊語白狗汝不應爾謂汝從護至吠白狗聞已極大瞋恚從牀來下至木聚邊憂感愁臥鸚鵡摩納都提子於後還家見已白狗極大瞋恚從牀來下至木聚邊憂感愁臥問家人曰誰觸嬈我狗令極大瞋恚從牀來下至木聚邊憂感愁臥家人答曰我等都無觸嬈白狗令大瞋恚從牀來下至木聚邊憂感愁臥摩納當知今日沙門瞿曇來此乞食白狗見已便逐吠之沙門瞿曇語白狗曰汝不應爾謂汝從護至吠因是摩納故令白狗極大瞋恚從牀來下至木聚邊憂感愁臥鸚鵡摩納都提子聞已便大瞋恚欲誣世尊欲謗世尊欲墮世尊如是誣謗墮沙門瞿曇即從舍衛出往詣勝林給孤獨園彼時世尊無量大衆前後圍繞而爲說法世尊遥見鸚鵡摩納都提子來告諸比丘汝等見鸚鵡摩納都提子來耶答曰見也世尊告曰鸚鵡摩納都提子今命終者如屈申臂頃必生地獄所以者何以彼於我極大瞋恚若有衆生因瞋恚心故身壞命終必至惡處生地獄中於是鸚鵡摩納都提子往詣佛所語世尊曰沙門瞿曇今至

我家乞食來耶世尊答曰我今往至汝家乞食瞿曇向我白狗說何等事令我白狗極大瞋恚從牀來下至木聚邊憂慼愁臥世尊答曰我今平旦著衣持鉢入舍衛乞食展轉往詣汝家乞食於是白狗遥見我來見已而吠我語白狗汝不應爾謂汝從護至吠是故白狗極大瞋恚從牀來下至木聚邊憂慼愁臥鸚鵡摩納問世尊曰白狗前世是我何等世尊告曰止止摩納愼莫問我汝聞此已必不可意鸚鵡摩納復更再三問世尊曰白狗前世是我何等世尊亦至再三告曰止止摩納愼莫問我汝聞此已必不可意世尊復告於摩納曰汝至再三問我不止摩納當知彼白狗者於前世時即是汝父名都提也鸚鵡摩納聞是語已倍極大恚欲誣世尊欲謗世尊欲墮世尊如是誣謗墮沙門瞿曇語世尊曰我父都提大行布施作大齋祠身壞命終生妙梵天何因何緣乃生於此下賤狗中世尊告曰汝父都提以此增上慢是故生於下賤狗中

梵志增上慢　此終六處生　雞狗猪及豺
驢五地獄六

鸚鵡摩納若汝不信我所說者汝可還歸語白狗曰若前世時是我父者白狗當還在大牀上摩納白狗必還上牀也若前世時是我父者白狗還於金盤中食摩納白狗必當還於金盤中食也若前世時是我父者示我所舉金銀水精珍寶藏處謂我所不知摩納白狗必當示汝已前所舉金銀水精珍寶藏處謂汝所不知於是鸚鵡摩納聞佛所說善受

持誦繞世尊已而還其家語白狗曰若前世時是我父者白狗當還在大牀上白狗即還在大牀上若前世時是我父者白狗還於金盤中食白狗即還金盤中食若前世時是我父者當示於我父本所舉金銀水精珍寶藏處謂我所不知白狗即從牀上來下往至前世所止宿處以口及足把牀四脚下鸚鵡摩納便從彼處大得寶物於是鸚鵡摩納都提子得寶物已極大歡喜以右膝著地叉手向勝林給孤獨園再三舉聲稱譽世尊沙門瞿曇所說不虛沙門瞿曇所說眞諦沙門瞿曇所說如實再三稱譽已從舍衛出往詣勝林給孤獨園爾時世尊無量大衆前後圍繞而爲說法世尊遥見鸚鵡摩納來告諸比丘汝等見鸚鵡摩納來耶答曰見也世尊告曰鸚鵡摩納今命終者如屈申臂頃必生善處所以者何彼於我極有善心若有衆生因善心故身壞命終必至善處生於天中爾時鸚鵡摩納往詣佛所共相問訊却坐一面世尊告曰云何摩納如我所說白狗者爲如是耶不如是耶鸚鵡摩納答曰瞿曇實如所說瞿曇我復欲有所問聽乃敢陳世尊告曰恣汝所問瞿曇何因何緣彼衆生者俱受人身而有高下有妙不妙所以者何瞿曇我見有短壽有長壽者見有多病有少病者見不端正有端正者見無威德有威德者見有卑賤族有尊貴族者見無財物有財物者見有惡智有善智者世尊答曰彼衆生者因自行業因業得報緣業依業業處衆生隨其高下處妙不妙鸚鵡摩納白世尊曰沙門瞿曇所說至略

不廣分別我不能知願沙門瞿曇爲我廣說令得知義世尊告曰摩納諦聽善思念之我當爲汝廣分別說鸚鵡摩納白曰唯然當受教聽佛言摩納何因何緣男子女人壽命極短若有男子女人殺生兇弊極惡飲血害意著惡無有慈心於諸衆生乃至蜫蟲彼受此業作具足已身壞命終必至惡處生地獄中來生人間壽命極短所以者何此道受短壽謂男子女人殺生兇弊極惡飲血摩納當知此業有如是報也摩納何因何緣男子女人壽命極長若有男子女人離殺斷殺棄捨刀杖有慚有愧有慈悲心饒益一切乃至蜫蟲彼受此業作具足已身壞命終必昇善處生於天中來生人間壽命極長所以者何此道受長壽謂男子女人離殺斷殺摩納當知此業有如是報也摩納何因何緣男子女人多有疾病若有男子女人觸嬈衆生彼或以手拳或以木石或以刀杖觸嬈衆生彼受此業作具足已身壞命終必至惡處生地獄中來生人間多有疾病所以者何此道受多疾病謂男子女人觸嬈衆生摩納當知此業有如是報也摩納何因何緣男子女人無有疾病若有男子女人不觸嬈衆生彼不以手拳不以木石不以刀杖觸嬈衆生彼受此業作具足已身壞命終必昇善處生於天中來生人間無有疾病所以者何此道受無疾病謂男子女人不觸嬈衆生摩納當知此業有如是報也摩納何因何緣男子女人形不端正若有男子女人急性多惱彼少所聞便大瞋恚憎嫉生憂廣生諍怒彼受此業作具足已身

壞命終必至惡處生地獄中來生人間形不端正所以者何此道受形不端正謂男子女人急性多惱摩納當知此業有如是報也摩納何因何緣男子女人形體端正若有男子女人不急性多惱彼聞柔輭麤獷強言不大瞋恚不憎嫉生憂不廣生諍怒彼受此業作具足已身壞命終必昇善處生於天中來生人間形體端正所以者何此道受形體端正謂男子女人不急性多惱摩納當知此業有如是報也摩納何因何緣男子女人無有威德若有男子女人內懷嫉妬彼見他得供養恭敬便生嫉妬若見他有物欲令我得彼受此業作具足已身壞命終必至惡處生地獄中來生人間無有威德所以者何此道受無威德謂男子女人內懷嫉妬摩納當知此業有如是報也摩納何因何緣男子女人有大威德若有男子女人不懷嫉妬彼見他得供養恭敬不生嫉妬若見他有物不欲令我得彼受此業作具足已身壞命終必昇善處生於天中來生人間有大威德所以者何此道受有威德謂男子女人不懷嫉妬摩納當知此業有如是報也摩納何因何緣男子女人生卑賤族若有男子女人憍慠大慢彼可敬不敬可重不重可貴不貴可奉不奉可供養不供養可與道不與道可與坐不與坐可叉手向禮拜問訊不叉手向禮拜問訊彼受此業作具足已身壞命終必至惡處生地獄中來生人間生卑賤族所以者何此道受生卑賤族謂男子女人憍慠大慢摩納當知此業有如是報也摩納何因何緣男子女人生尊

貴族若有男子女人不憍慠大慢彼可敬而敬可重而重可貴而貴可奉事而奉事可供養而供養可與道而與道可與坐而與坐可叉手向禮拜問訊而叉手向禮拜問訊彼受此業作具足已身壞命終必昇善處生於天中來生人間生尊貴族所以者何此道受生尊貴族謂男子女人不憍慠大慢摩納當知此業有如是報也摩納何因何緣男子女人無有財物若有男子女人不作施主不行布施彼不施與沙門梵志貧窮孤獨遠來乞者飲食衣被華鬘塗香屋舍牀榻明燈給使彼受此業作具足已身壞命終必至惡處生地獄中來生人間無有財物所以者何此道受無財物謂男子女人不作施主不行布施摩納當知此業有如是報也摩納何因何緣男子女人多有財物若有男子女人作施主行布施彼施與沙門梵志貧窮孤獨遠來乞者飲食衣被華鬘塗香屋舍牀榻明燈給使彼受此業作具足已身壞命終必昇善處生於天中來生人間多有財物所以者何此道受多有財物謂男子女人作施主行布施摩納當知此業有如是報也摩納何因何緣男子女人有惡智慧若有男子女人不數數往詣彼問事彼若有名德沙門梵志不往詣彼隨時問義諸尊何者爲善何者不善何者爲罪何者非罪何者爲妙何者不妙何者爲白何者爲黑白黑從何生何義現世報何義後世報設問不行彼受此業作具足已身壞命終必至惡處生地獄中來生人間有惡智慧所以者何此道受惡智慧謂男子女人不數數

往詣彼問事摩納當知此業有如是報也摩納何因何緣男子女人有善智慧若有男子女人能數數往詣彼問事彼若有名德沙門梵志數往詣彼隨時問義諸尊何者爲善何者不善何者爲罪何者非罪何者爲妙何者不妙何者爲白何者爲黑白黑從何生何義現世報何義後世報問已能行彼受此業作具足已身壞命終必昇善處生於天中來生人間有善智慧所以者何此道受善智慧謂男子女人能數數往詣彼問事摩納當知此業有如是報也摩納當知作短壽相應業必得短壽作長壽相應業必得長壽作多疾病相應業必得多疾病作少疾病相應業必得少疾病作不端正相應業必得不端正作端正相應業必得端正作無威德相應業必得無威德作威德相應業必得威德作卑賤族相應業必得卑賤族作尊貴族相應業必得尊貴族作無財物相應業必得無財物作多財物相應業必得多財物作惡智慧相應業必得惡智慧作善智慧相應業必得善智慧摩納此是我前所説衆生因自行業因業得報緣業依業業處衆生隨其高下處妙不妙

鸚鵡摩納都提子白曰世尊我已解善逝我已知世尊我今自歸於佛法及比丘衆唯願世尊受我爲優婆塞從今日始終身自歸乃至命盡世尊從今日入都提家如入此舍衛地優婆塞家令都提家長夜得利義得饒益安隱快樂佛説如是鸚鵡摩納都提子及無量衆聞佛所説歡喜奉行

根本分別品分別大業經第十

我聞如是一時佛遊王舍城在竹林迦蘭哆園爾時尊者三彌提亦遊王舍城住無事禪屋中於是異學哺羅陀子中後彷徉往詣尊者三彌提所共相問訊却坐一面賢三彌提我欲有所問聽我問耶尊者三彌提答曰賢哺羅陀子欲問便問我聞已當思異學哺羅陀子便問曰賢三彌提我面從沙門瞿曇聞面從沙門瞿曇受身口業虛妄唯意業眞諦或有定比丘入彼定無所覺尊者三彌提告曰賢哺羅陀子汝莫作是說莫誣謗世尊誣謗世尊者爲不善也世尊不如是說賢哺羅陀子世尊無量方便說若故作業作已成者我說無不受報或現世受或後世受若不故作業作已成者我不說必受報也異學哺羅陀子至再三語尊者三彌提曰賢三彌提我面從沙門瞿曇聞面從沙門瞿曇受身口業虛妄唯意業眞諦或有定比丘入彼定無所覺尊者三彌提亦再三告曰賢哺羅陀子汝莫作是說莫誣謗世尊誣謗世尊者爲不善也世尊不如是說賢哺羅陀子世尊無量方便說若故作業作已成者我說無不受報或現世受或後世受若不故作業作已成者我不說必受報也異學哺羅陀子問尊者三彌提若故作業作已成者當受何報尊者三彌提答曰賢哺羅陀子若故作業作已成者必受苦也異學哺羅陀子復問尊者三彌提曰賢三彌提汝於此法律學道幾時尊者三彌提答曰賢哺羅陀子我於此法律學道未久始三年耳於是異學哺羅陀子便作是念年少比丘尚能護師況復舊學上尊人耶於是

異學哺羅陀子聞尊者三彌提所說不是不非即從座起奮頭而去彼時尊者大周那去尊者三彌提晝行坐處不遠於是尊者大周那謂尊者三彌提與異學哺羅陀子所共論者彼盡誦習善受持已即從座起往告尊者阿難所共相問訊却坐一面謂尊者三彌提與異學哺羅陀子所共論者盡向尊者阿難說之尊者阿難聞已語曰賢者周那得因此論可往見佛奉獻世尊賢者周那今共詣佛具向世尊而說此義或能因是得從世尊聞異法也於是尊者阿難尊者大周那共往詣佛尊者大周那稽首佛足却住一面尊者阿難稽首佛足却住一面彼時尊者阿難語曰賢者大周那可說可說於是世尊問曰阿難周那比丘欲說何事尊者阿難白曰世尊今自當聞於是尊者大周那謂尊者三彌提與異學哺羅陀子所共論者盡向佛說世尊聞已告曰阿難看三彌提比丘癡人無道所以者何異學哺羅陀子問事不定而三彌提比丘癡人一向答也尊者阿難白曰世尊若三彌提比丘因此事說所有覺者是苦當何咎耶世尊呵尊者阿難曰看阿難比丘亦復無道阿難此三彌提癡人彼異學哺羅陀子盡問三覺樂覺苦覺不苦不樂覺阿難若三彌提癡人爲異學哺羅陀子所問如是答者賢哺羅陀子若故作樂業作已成者當受樂報若故作苦業作已成者當受苦報若故作不苦不樂業作已成者當受不苦不樂報阿難若三彌提癡人爲異學哺羅陀子所問如是答者異學哺羅陀子眼尚不敢視三彌提癡

人況復能問如是事耶阿難若汝從世尊聞分別大業經者於如來倍復增上心靜得喜於是尊者阿難叉手向佛白曰世尊今正是時善逝今正是時若世尊爲諸比丘說分別大業經者諸比丘聞已當善受持世尊告曰阿難諦聽善思念之我當爲汝具分別說尊者阿難白曰唯然時諸比丘受教而聽佛言阿難或有一不離殺不與取邪婬妄言乃至邪見此不離不護已身壞命終生善處天中阿難或有一離殺不與取邪婬妄言乃至邪見此離護已身壞命終生惡處地獄中阿難或有一不離殺不與取邪婬妄言乃至邪見此不離不護已身壞命終生惡處地獄中阿難或有一離殺不與取邪婬妄言乃至邪見此離護已身壞命終生善處天中阿難若有一不離殺不與取邪婬妄言乃至邪見此不離不護已身壞命終生善處天中者若有沙門梵志得天眼成就天眼而見彼見已作是念無身惡行亦無身惡行報無口意惡行亦無口意惡行報所以者何我見彼不離殺不與取邪婬妄言乃至邪見此不離不護已身壞命終生善處天中若更有如是比丘不離殺不與取邪婬妄言乃至邪見此不離不護者彼一切身壞命終亦生善處天中如是見者則爲正見異是見者則彼智趣邪若所見所知極力捫摸一向著說此是眞諦餘皆虛妄阿難若有一離殺不與取邪婬妄言乃至邪見此離護已身壞命終生惡處地獄中者若有沙門梵志得天眼成就天眼而見彼見已作是念無身妙行亦無身妙行報無口意

妙行亦無口意妙行報所以者何我見彼離殺不與取邪婬妄言乃至邪見此離護巳身壞命終生惡處地獄中若更有如是比丘離殺不與取邪婬妄言乃至邪見此離護者彼一切身壞命終亦生惡處地獄中如是見者則爲正見異是見者則彼智趣邪若所見所知極力捫摸一向著說此是眞諦餘皆虛妄阿難若有一不離殺不與取邪婬妄言乃至邪見此不離不護巳身壞命終生惡處地獄中者若有沙門梵志得天眼成就天眼而見彼見巳作是念有身惡行亦有身惡行報有口意惡行亦有口意惡行報所以者何我見彼不離殺不與取邪婬妄言乃至邪見此不離不護巳身壞命終生惡處地獄中若更有如是此不離殺不與取邪婬妄言乃至邪見此不離不護者彼一切身壞命終亦生惡處地獄中如是見者則爲正見異是見者則彼智趣邪若所見所知極力捫摸一向著說此是眞諦餘皆虛妄阿難若有一離殺不與取邪婬妄言乃至邪見此離護巳身壞命終生善處天中者若有沙門梵志得天眼成就天眼而見彼見巳作是念有身妙行亦有身妙行報有口意妙行亦有口意妙行報所以者何我見彼離殺不與取邪婬妄言乃至邪見此離護巳身壞命終生善處天中若更有如是比丘離殺不與取邪婬妄言乃至邪見此離護者彼一切身壞命終亦生善處天中始是見者則爲正見異是見者則彼智趣邪若所見所知極力捫摸一向著說此是眞諦餘皆虛妄阿難於中若有一沙門梵志得天眼

成就天眼作如是說無身惡行亦無身惡行報無口意惡行亦無口意惡行報者我不聽彼若作是說我見彼不離殺不與取邪婬妄言乃至邪見此不離不護已身壞命終生善處天中我聽彼也若作是說若更有如是此不離殺不與取邪婬妄言乃至邪見此不離不護者彼一切身壞命終亦生善處天中者我不聽彼若作是說如是見者則爲正見異我不聽彼若作是說如是見者則爲正見異是見者則彼智趣邪者我不聽彼若所見所知極力捫摸一向著說此是眞諦餘皆虛妄者我不聽彼所以者何阿難如來知彼人異阿難於中若有一沙門梵志得天眼成就天眼作如是說無身妙行亦無身妙行報無口意妙行亦無口意妙行報我不聽彼若作是說我見彼離殺不與取邪婬妄言乃至邪見

此離護已身壞命終生惡處地獄中我聽彼也若作是說若更有如是比丘離殺不與取邪婬妄言乃至邪見此離護者彼一切身壞命終亦生惡處地獄中者我不聽彼若作是說如是見者則爲正見異是見者則彼智趣邪者我不聽彼若所見所知極力捫摸一向著說此是眞諦餘皆虛妄者我不聽彼所以者何阿難如來知彼人異阿難於中若有一沙門梵志得天眼成就天眼作如是說有身惡行亦有身惡行報有口意惡行亦有口意惡行報我聽彼也若作是說我見彼不離殺不與取邪婬妄言乃至邪見此不離不護已身壞命終生惡處地獄中者我聽彼也若作是說若更有如是比丘不離殺不與取邪婬妄言乃至邪見此不離不護者彼一切身壞

命終亦生惡處地獄中者我不聽彼若作是說如是見者則爲正見異是見者則彼智趣邪者我不聽彼若所見所知極力捫摸一向著說此是眞諦餘皆虛妄者我不聽彼所以者何阿難如來知彼人異阿難於中若有一沙門梵志得天眼成就天眼作如是說有身妙行亦有身妙行報有口意妙行亦有口意妙行報者我聽彼也若作是說我見彼離殺不與取邪婬妄言乃至邪見此離護已身壞命終生善處天中者我聽彼也若作是說若更有如是比丘離殺不與取邪婬妄言乃至邪見彼一切身壞命終亦生善處天中者我不聽彼若作是說如是見者則爲正見異是見者則彼智趣邪者我不聽彼若所見所知極力捫摸一向著說此是眞諦餘皆虛妄者我不聽彼所以者何阿難如來知彼人異阿難若有一不離殺不與取邪婬妄言乃至邪見此不離不護已身壞命終生善處天中者彼若本作不善業作已成者因不離不護故彼於現法中受報訖而生於彼或復因後報故彼不以此因不以此緣身壞命終生善處天中或復本作善業作已成者因離護故未盡應受善處報彼因此緣此故身壞命終生善處天中或復死時生善心心所有法正見相應彼因此緣此身壞命終生善處天中阿難如來知彼人爲如是也阿難若有一離殺不與取邪婬妄言乃至邪見此離護已身壞命終生惡處地獄中者彼若本作善業作已成者因離護故彼於現法中受報訖而生於彼或復因後報故彼不以此因不以此緣身

壞命終生惡處地獄中或復本作不善業作已成者因不離不護故未盡應受地獄報彼因此緣此身壞命終生惡處地獄中或復死時生不善心心所有法邪見相應彼因此緣此身壞命終生惡處地獄中阿難如來知彼人爲如是也阿難若有一人離殺不與取邪婬妄言乃至邪見此不離不護已身壞命終生惡處地獄中者彼即因此緣此身壞命終生惡處地獄中或復本作不善業作已成者因不離不護故未盡應受地獄報彼因此緣此身壞命終生惡處地獄中或復死時生不善心心所有法邪見相應彼因此緣此身壞命終生惡處地獄中阿難如來知彼人爲如是也阿難若有一離殺不與取邪婬妄言乃至邪見此離護已身壞命終生善處天中者彼即因此緣此身壞命終生善處天中或復本作善業作已成者因離護故未盡應受報彼因此緣此身壞命終生善處天中或復死時生善心心所有法正見相應彼因此緣此身壞命終生善處天中阿難如來知彼人爲如是也復次有四種人或有人無有似有或有似無有或無有似無有或有似有阿難猶如四種柰或柰不熟似熟或熟似不熟或不熟似不熟或熟似熟如是阿難四種柰喻人或有人無有似有或有似無有或無有似無有或有似有佛說如是尊者阿難及諸比丘聞佛所說歡喜奉行

根本分別品第十三竟

中阿含經卷第四十四

音釋

鸚鵡 鸚烏莖切鵡閩甫切鸚鵡能言鳥也

嬈 而沼切擾同亂也

誣 微夫切謗也詐也

犲 牀皆切狼屬

唯然 唯以水切恭應之辭

蜫 公渾切蟲之總名

獷 古猛切麤惡貌

嫉妒 嫉昨悉切害賢曰嫉妒都故切害色曰妒

鬘 莫班切

數數 並色角切頻也屢也

哺 蒲故切

彷徉 彷蒲光切徉余章切彷徉徘徊也又徙倚之貌

柰 乃代切果名

# 中阿含經卷第四十五

東晋罽賓三藏瞿曇僧伽提婆譯

## 心品第十四 有十經

第四分別誦

心浮受法二 行禪說獵師 五支財物主

瞿曇彌多界

### 心品心經第一

我聞如是一時佛遊舍衛國在勝林給孤獨園爾時有一比丘獨安靜處宴坐思惟心作是念誰將世間去誰爲染著誰起自在彼時比丘則於晡時從宴坐起往詣佛所稽首禮足却坐一面白曰世尊我今獨安靜處宴坐思惟心作是念誰將世間去誰爲染著誰起自在世尊聞已嘆曰善哉善哉比丘謂有賢道而有賢觀極妙辯才有善思惟誰將世間去誰爲染著誰起自在比丘所問爲如是耶比丘答曰如是世尊世尊告曰比丘心將世間去心爲染著心起自在比丘彼將世間去彼爲染著彼起自在比丘多聞聖弟子非心將去非心染著非心自在比丘多聞聖弟子不隨心自在而心隨多聞聖弟子比丘白曰善哉善哉唯然世尊彼時比丘聞佛所說歡喜奉行問曰世尊多聞比丘說多聞比丘世尊云何多聞比丘云何施設多聞比丘世尊聞已嘆曰善哉善哉比丘謂有賢道而有賢觀極妙辯才有善思惟世尊多聞比丘說多聞比丘世尊云何多聞比丘云何施設多聞比丘比丘所問爲如是耶比丘答曰如是世尊世尊告曰比丘我所說甚多謂正經歌詠記說偈他因緣撰錄本起此說生處廣解未曾有法及說義比丘若有族姓子我所說四

向偈知義知法趣法向法趣順梵行比丘說多聞比丘無復過是比丘如是多聞比丘如來如是施設多聞比丘比丘白曰善哉善哉唯然世尊彼時比丘聞佛所說歡喜奉行問曰世尊多聞比丘明達智慧說多聞比丘明達智慧世尊云何多聞比丘明達智慧云何施設多聞比丘明達智慧世尊聞已嘆曰善哉善哉比丘謂有賢道而有賢觀極妙辯才有善思惟世尊多聞比丘明達智慧說多聞比丘明達智慧世尊云何多聞比丘明達智慧云何施設多聞比丘明達智慧比丘所問爲如是耶比丘答曰如是世尊世尊告曰比丘若比丘聞此苦復以慧正見苦如眞者聞苦集苦滅苦滅道復以慧正見苦集滅道如眞者比丘如是多聞比丘明達智慧如來如是施設多聞比丘明達智慧比丘白曰善哉善哉唯然世尊彼時比丘聞佛所說歡喜奉行問曰世尊聰明比丘黠慧廣慧說聰明比丘黠慧廣慧世尊云何聰明比丘黠慧廣慧云何施設聰明比丘黠慧廣慧世尊聞已嘆曰善哉善哉比丘謂有賢道而有賢觀極妙辯才有善思惟世尊云何聰明比丘黠慧廣慧說聰明比丘黠慧廣慧世尊云何施設聰明比丘黠慧廣慧比丘所問爲如是耶比丘答曰如是世尊世尊告曰若比丘不念自害不念害他亦不念俱害比丘但念自饒益及饒益他饒益多人愍傷世間爲天爲人求義及饒益求安隱快樂比丘如是聰明比丘黠慧廣慧如來如是施設聰明比丘黠慧廣慧比丘白曰善哉善哉唯然世尊彼時比丘聞

佛所說善受善持善誦習已即從座起稽首佛足繞三帀而還彼時比丘聞世尊教在遠離獨住心無放逸修行精勤彼在遠離獨住心無放逸修行精勤已族姓子所爲剃除鬚髮著袈裟衣至信捨家無家學道者唯無上梵行訖於現法中自知自覺自作證成就遊生已盡梵行已立所作已辦不更受有知如真彼尊者知法已乃至得阿羅漢佛說如是彼諸比丘聞佛所說歡喜奉行

心品浮彌經第二

我聞如是一時佛遊王舍城在竹林迦蘭哆園爾時尊者浮彌亦在王舍城無事禪室中於是尊者浮彌過夜平旦著衣持鉢欲入王舍城而行乞食尊者浮彌復作是念且置入王舍城乞食我寧可往至王子耆婆先那童子家於是尊者浮彌便往至王子耆婆先那童子家王子耆婆先那童子遙見尊者浮彌來即從坐起偏袒著衣叉手向尊者浮彌作如是說善來尊者浮彌尊者浮彌久不來此可坐此牀尊者浮彌即便就坐王子耆婆先那童子稽首尊者浮彌足却住一面白曰尊者浮彌我欲有所問聽我問耶尊者浮彌答曰王童子欲問便問我聞已當思王童子便問尊者浮彌或有沙門梵志來詣我所而語我曰王童子有人作願行正梵行彼必得果或無願或願無願或非有願非無願行正梵行彼必得果尊者浮彌尊師何意云何說尊者浮彌告曰王童子我不面從世尊聞亦不從諸梵行聞王童子世尊或如是說或有人作願行正梵行彼必得果或無願或願無願

或非有願非無願行正梵行彼必得果王童子白曰若尊者浮彌尊師如是意如是說者此於世間天及魔梵沙門梵志從人至天最在其上尊者浮彌可在此食尊者浮彌嘿然而受王童子知尊者浮彌嘿然受已即從座起自行澡水以極美淨妙種種豐饒食噉含消自手斟酌令得飽滿食訖收器行澡水已取一小牀別坐聽法尊者浮彌為彼說法勸發渴仰成就歡喜無量方便為彼說法勸發渴仰成就歡喜已從坐起去往詣佛所稽首佛足却坐一面與王童子所共論者盡向佛說世尊聞已告曰浮彌何意不為王童子說四喻耶尊者浮彌問曰世尊何謂四喻世尊答曰浮彌若有沙門梵志邪見邪見定彼作願行行邪梵行必不得果無願願無願非有願非無願行邪梵行必不得果所以者何以邪求果謂無道也浮彌猶如有人欲得乳者而𤛓牛角必不得乳無願願無願非有願非無願人欲得乳而𤛓牛角必不得乳所以者何以邪求乳謂𤛓牛角也如是浮彌若有沙門梵志邪見邪見定彼作願行行邪梵行必不得果無願願無願非有願非無願行邪梵行必不得果所以者何以邪求果謂無道也浮彌若有沙門梵志正見正見定彼作願行行正梵行彼必得果無願願無願非有願非無願行正梵行彼必得果所以者何以正求果謂有道也浮彌猶如有人欲得乳者飽飲飼牛而𤛓牛乳彼必得乳無願願無願非有願非無願人欲得乳飽飲飼牛而𤛓牛乳彼必得乳所以者何以正求乳謂𤛓牛乳也如

是浮彌若有沙門梵志正見正見定彼作願行行正梵行彼必得果無願願無願非有願非無願行正梵行彼必得果所以者何以正求果謂有道也浮彌若有沙門梵志邪見邪見定彼作願行行邪梵行必不得果無願願無願非有願非無願行邪梵行必不得果所以者何以邪求果謂無道也浮彌猶如有人欲得酥者以器盛水以抨抨之必不得酥無願願無願非有願非無願人欲得酥以器盛水以抨抨之必不得酥所以者何以邪求酥謂抨水也如是浮彌若有沙門梵志邪見邪見定彼作願行行邪梵行必不得果無願願無願非有願非無願行邪梵行必不得果所以者何以邪求果謂無道也浮彌若有沙門梵志正見正見定彼作願行行正梵行彼必得果無願願無願非有願非無願行正梵行彼必得果所以者何以正求果謂有道也浮彌猶如有人欲得酥者以器盛酪以抨抨之彼必得酥無願願無願非有願非無願人欲得酥以器盛酪以抨抨之彼必得酥所以者何以正求酥謂抨酪也如是浮彌若有沙門梵志正見正見定彼作願行行正梵行彼必得果無願願無願非有願非無願行正梵行彼必得果所以者何以正求果謂有道也浮彌若有沙門梵志邪見邪見定彼作願行行邪梵行必不得果無願願無願非有願非無願行邪梵行必不得果所以者何以邪求果謂無道也浮彌猶如有人欲得油者以榨具盛沙以冷水漬而取壓之必不得油無願願無願非有願非無願人欲得油以榨具盛沙

以冷水漬而取壓之必不得油所以者何以邪求油謂壓沙也如是浮彌若有沙門梵志邪見邪見定彼作願行行邪梵行必不得果無願願無願非有願非無願行邪梵行必不得果所以者何以邪求果謂無道也浮彌若有沙門梵志正見正見定彼作願行行正梵行彼必得果無願願無願非有願非無願行正梵行彼必得果所以者何以正求果謂有道也猶如有人欲得油者以榨具盛麻子以暖湯漬而取壓之彼必得油無願願無願非有願非無願人欲得油以榨具盛麻子以暖湯漬而取壓之彼必得油所以者何以正求油謂壓麻子也如是浮彌若有沙門梵志正見正見定彼作願行行正梵行彼必得果無願願無願非有願非無願行正梵行彼必得果所以者何以正求果謂有道也浮彌若有沙門梵志邪見邪見定彼作願行行邪梵行必不得果無願願無願非有願非無願行邪梵行必不得果所以者何以邪求果謂無道也浮彌猶如有人欲得火者以濕木作火母以濕鑽鑽必不得火無願願無願非有願非無願人欲得火以濕木作火母以濕鑽鑽必不得火所以者何以邪求火謂鑽濕木也如是浮彌若有沙門梵志邪見邪見定彼作願行行邪梵行必不得果無願願無願非有願非無願行邪梵行必不得果所以者何以邪求果謂無道也浮彌若有沙門梵志正見正見定彼作願行行正梵行彼必得果無願願無願非有願非無願行正梵行彼必得果所以者何以正求果謂有道也浮彌猶如有人

欲得火者以燥木作火母以燥鑽鑽彼必得火無願願無願非有願非無願人欲得火以燥木作火母以燥鑽鑽彼必得火所以者何以正求火謂鑽燥木也如是浮彌若有沙門梵志正見正見定彼作願行行正梵行彼必得果無願願無願非有願非無願行正梵行彼必得果所以者何以正求果謂有道也浮彌若汝爲王童子說此四喻者王童子聞已必大歡喜供養於汝盡其形壽謂衣被飯食臥具湯藥及餘種種諸生活具尊者浮彌白曰世尊我本未曾聞此四喻何由得說唯今始從世尊聞之佛說如是尊者浮彌及諸比丘聞佛所說歡喜奉行

心品受法經上第三

我聞如是一時佛遊舍衛國在勝林給孤獨園爾時世尊告諸比丘世間眞實有四種受法云何爲四或有受法現樂當來受苦報或有受法現苦當來受樂報或有受法現苦當來亦受苦報或有受法現樂當來亦受樂報云何受法現樂當來受苦報或有沙門梵志快莊嚴女共相娛樂作如是說此沙門梵志於欲見當來有何恐怖有何災患而斷於欲施設斷欲此快莊嚴於女身體樂更樂觸彼與此女共相娛樂於中遊戲彼受此法成具足已身壞命終趣至惡處生地獄中方作是念彼沙門梵志於欲見此當來恐怖見此災患故斷於欲施設斷欲我等因欲諍欲緣欲故受如是極苦甚重苦也猶春後月日中極熱有葛藤子日炙坼迸墮一娑羅樹下彼時娑羅樹神因此故而生恐怖於是彼樹神若

邊傍種子村神村百穀藥木有親親朋友樹神於種子見當來有恐怖有災患故便往至彼樹神所而慰勞曰樹神勿怖樹神勿怖今此種子或爲鹿食或孔雀食或風吹去或村火燒或野火燒或敗壞不成種子如是樹神汝得安隱若此種子非爲鹿食非孔雀食非風吹去非村火燒非野火燒亦非敗壞不成種子此種子不缺不穿亦不剖坼不爲風雨日所中傷得大雨漬便速生也彼樹神而作是念以何等故彼邊傍種子村神村百穀藥木親親朋友樹神於種子見當來有何恐怖有何災患而來慰勞我言樹神勿怖樹神勿怖樹神此種子或爲鹿食或爲孔雀食或風吹去或村火燒或野火燒或敗壞不成種子如是樹神汝得安隱若此種子非爲鹿食非孔雀食非風吹去非村火燒非野火燒亦非敗壞不成種子此種子不缺不穿亦不剖坼不爲風雨日所中傷得大雨漬便速生也成莖枝葉柔軟成節觸體喜悅此莖枝葉柔軟成節觸體喜悅樂更樂觸此緣樹成大枝節葉纏裹彼樹覆蓋在上覆蓋在上已彼樹神而作是念彼邊傍種子村神村百穀藥木親親朋友樹神於種子見此當來恐怖見此災患故而來慰勞我言樹神勿恐樹神勿怖樹神此種子或爲鹿食或孔雀食或風吹去或村火燒或野火燒或敗壞不成種子如是樹神汝得安隱若此種子非爲鹿食非孔雀食非風吹去非村火燒非野火燒亦非敗壞不成種子此種子不缺不穿亦不剖坼不爲風雨日所中傷得大雨漬便速生也我因種子

緣種子故受此極苦甚重苦也如是或有沙門梵志快莊嚴女共相娛樂作如是說此沙門梵志於欲見當來有何恐怖有何災患而斷於欲施設斷欲此快莊嚴於女身體樂更樂觸彼與此女共相娛樂於中遊戲彼受此法成具足已身壞命終趣至惡處生地獄中方作是念彼沙門梵志於欲見此當來恐怖見此災患故斷於欲施設斷欲我等因欲諍欲緣欲故受如是極苦甚重苦也是謂受法現樂當來受苦報云何受法現苦當來受樂報或有一自然重濁欲重濁恚重濁癡彼數隨欲心受苦憂慼數隨恚心癡心受苦憂慼彼以苦以憂盡其形壽修行梵行乃至啼泣墮淚彼受此法成具足已身壞命終必昇善處生於天中是謂受法現苦當來受樂報云

何受法現苦當來亦受苦報或有沙門梵志裸形無衣或以手爲衣或以葉爲衣或以珠爲衣或不以瓶取水或不以櫆取水不食刀杖劫抄之食不食欺妄食不自往不遣信不來尊不善尊不住尊若有二人食不在中食不懷妊家食不畜狗家食家有糞蠅飛來而不食不噉魚不食肉不飲酒不飲惡水或都不飲學無飲行或噉一口以一口爲足或二三四乃至七口以七口爲足或食一得以一得爲足或二三四乃至七得以七得爲足或日一食以一食爲足或二三四五六七日半月一月一食以一食爲足或食菜茹或食稗子或食穄米或食雜𪍿或食頭頭羅食或食麤食或至無事處依於無事或食根或食果或食自落果或持連合衣或持毛衣或持頭

舍衣或持毛頭舍衣或持全皮或持穿皮或持全穿皮或持散髮或持編髮或持散編髮或有剃髮或有剃鬚或剃鬚髮或有拔髮或有拔鬚或拔鬚髮或住立斷坐或修蹲行或有卧刺以刺爲牀或有卧果以果爲牀或有事水晝夜手抒或有事火竟宿然之或事日月尊祐大德叉手向彼如此之比受無量苦學煩熱行彼受此法成具足已身壞命終必至惡處生地獄中是謂受法現苦當來亦受苦報云何受法現樂當來亦受樂報或有一自然不重濁欲不重濁恚不重濁癡彼不數隨欲心受苦憂慼不數隨恚心癡心受苦憂慼彼以樂以喜盡其形壽修行梵行乃至歡喜心彼受此法成具足已五下分結盡化生於彼而般涅槃得不退法不還此世是謂受法現樂當來亦受樂報世間眞實有是四種受法者因此故說佛說如是彼諸比丘聞佛所說歡喜奉行

心品受法經下第四

我聞如是一時佛遊拘樓瘦劒磨瑟曇拘樓都邑爾時世尊告諸比丘此世間如是欲如是婬如是愛如是樂如是意令不喜不愛不可法滅喜愛可法生彼如是欲如是婬如是愛如是樂如是意然不喜不愛不可法生喜愛可法滅此是癡法我法甚深難見難覺難達如是我法甚深難見難覺難達不喜不愛不可法滅喜愛可法生是不癡法世間眞實有四種受法云何爲四或有受法現樂當來受苦報或有受法現苦當來受樂報或有受法現苦當來亦受苦報或有受法現樂當來

亦受樂報云何受法現樂當來受苦報或有一自樂自喜殺生因殺生生樂生喜彼自樂自喜不與取邪婬妄言乃至邪見因邪見生樂生喜如是身樂心樂不善從不善生不趣智不趣覺不趣涅槃是謂受法現樂當來受苦報云何受法現苦當來受樂報或有一自苦自憂斷殺因斷殺生苦生憂彼自苦自憂斷不與取邪婬妄言乃至斷邪見因斷邪見生苦生憂如是身苦心苦善從善生趣智趣覺趣於涅槃是謂受法現苦當來受樂報云何受法現苦當來亦受苦報或有一自苦自憂殺生因殺生生苦生憂彼自苦自憂不與取邪婬妄言乃至邪見因邪見生苦生憂如是身苦心苦不善從不善生不趣智不趣覺不趣涅槃是謂受法現苦當來亦受苦報云何受法現樂當來亦受樂報或有一自樂自喜斷殺因斷殺生樂生喜彼自樂自喜斷不與取邪婬妄言乃至斷邪見因斷邪見生樂生喜如是身樂心樂善從善生趣智趣覺趣於涅槃是謂受法現樂當來亦受樂報若有受法現樂當來受苦報彼癡者不知如真此受法現樂當來受苦報不知如真已便習行不斷習行不斷已便不喜不愛不可法生喜愛可法滅猶如阿磨尼藥一分好色香味然雜以毒或有人爲病故服服時好色香味可口而不傷咽服已在腹便不成藥如是此受法現樂當來受苦報彼癡者不知如真此受法現樂當來受苦報不知如真已便習行不斷習行不斷已便不喜不愛不可法生喜愛可法滅是謂癡法若有受法現苦當來受樂

報彼癡者不知如眞此受法現苦當來受樂報不知如眞已便不習行而斷之不習行斷已便不喜不愛不可法生喜愛可法滅是謂癡法若有受法現苦當來亦受苦報彼癡者不知如眞此受法現苦當來亦受苦報不知如眞已便習行不斷習行不斷已便不喜不愛不可法生喜愛可法滅猶如大小便復雜以毒或有人爲病故服服時惡色臭無味不可口而傷咽服已在腹便不成藥如是此受法現苦當來亦受苦報彼癡者不知如眞此受法現苦當來亦受苦報不知如眞已便習行不斷習行不斷已便不喜不愛不可法生喜愛可法滅是謂癡法若有受法現樂當來亦受樂報彼癡者不知如眞此受法現樂當來亦受樂報不知如眞已便不習行而斷之不習行斷已便不喜不愛不可法生喜愛可法滅是謂癡法彼習行法不知如眞不習行法不知如眞習行法不知如眞已不習行法習行法不習不習行法習習行法不習已便不喜不愛不可法生喜愛可法滅是謂癡法若有受法現樂當來受苦報彼慧者知如眞此受法現樂當來受苦報知如眞已便不習行而斷之不習行斷已便喜愛可法生不喜不愛不可法滅是謂慧法若有受法現苦當來受樂報彼慧者知如眞此受法現苦當來受樂報知如眞已便習行不斷習行不斷已便喜愛可法生不喜不愛不可法滅猶如大小便和若干種藥或有人爲病故服服時惡色臭無味不可口而傷咽服已在腹便成藥如是此受法現苦當

來受樂報彼慧者知如眞此受法現苦當來受樂報知如眞已便習行不斷習行不斷已便喜愛可法生不喜不愛不可法滅是謂慧法若有受法現苦當來亦受苦報彼慧者知如眞此受法現苦當來亦受苦報知如眞已便不習行而斷之不習行斷已便喜愛可法生不喜不愛不可法滅是謂慧法若有受法現樂當來亦受樂報彼慧者知如眞此受法現樂當來亦受樂報知如眞已便習行不斷習行不斷已便喜愛可法生不喜不愛不可法滅猶如酥蜜和若干種藥或有人爲病故服服時好色香味可口而不傷咽服已在腹便成藥如是此受法現樂當來亦受樂報彼慧者知如眞此受法現樂當來亦受樂報知如眞已便習行不斷習行不斷已便喜愛可法生不喜不愛不可法滅是謂慧法彼習行法知如眞不習行法知如眞習行法知如眞不習行法知如眞已便習行法習不習行法不習習行法習不習行法不習已便喜愛可法生不喜不愛不可法滅是謂慧法世間眞實有是四種受法者因此故說佛說如是彼諸比丘聞佛所說歡喜奉行

中阿含經卷第四十五

音釋

黠 胡八切慧也　㲄 居候切以手取乳也　榨 側嫁切打油具也　漬 疾智切浸潤也　壓 乙甲切鎮也笮也　坼 恥格切裂也　裸 魯果切赤體也　櫆 苦回切羹斗也　蠅 余陵切青蠅也　稗 旁卦切稊稗也　穄 子例切黍穄也　穬 古猛切麥也　抒 神與切浚治也

# 中阿含經卷第四十六

東晉罽賓三藏瞿曇僧伽提婆譯

## 心品行禪經第五

我聞如是一時佛遊舍衛國在勝林給孤獨園爾時世尊告諸比丘世間真實有四種行禪者云何爲四或有行禪者熾盛而謂衰退或有行禪者衰退而謂熾盛或有行禪者衰退則知衰退如真或有行禪者熾盛則知熾盛如真云何行禪者熾盛而謂衰退彼行禪者離欲離惡不善之法有覺有觀離生喜樂得初禪成就遊彼心修習正思則從初禪趣第二禪是勝息寂彼行禪者便作是念我心離本相更趣餘處失初禪滅定也彼行禪者不知如真我心修習正思快樂息寂則從初禪趣第二禪是勝息寂彼不知如真已於如退轉意便失定如是行禪者熾盛而謂衰退復次行禪者覺觀已息內靜一心無覺無觀定生喜樂得第二禪成就遊彼心修習正思從第二禪趣第三禪是勝息寂彼行禪者便作是念我心離本相更趣餘處失第二禪滅定也彼行禪者不知如真我心修習正思快樂息寂從第二禪趣第三禪是勝息寂彼不知如真已於如退轉意便失定如是行禪者熾盛而謂衰退復次行禪者離於喜欲捨無求遊正念正智而身覺樂謂聖所說聖所捨念樂住定得第三禪成就遊彼心修習正思從第三禪趣第四禪是勝息寂彼行禪者便作是念我心離本相更趣餘處失第三禪滅定也彼行禪者不知如真我心修習正思快樂息寂從第三禪趣第四禪是勝息寂彼不

知如真已於如退轉意便失定如是行禪者熾盛而謂衰退復次行禪者樂滅苦滅喜憂本已滅不苦不樂捨念清淨得第四禪成就遊彼心修習正思從第四禪趣無量空處是勝息寂彼行禪者便作是念我心離本相更趣餘處失第四禪滅定也彼行禪者不知如真我心修習正思快樂息寂從第四禪趣無量空處是勝息寂彼不知如真已於如退轉意便失定如是行禪者熾盛而謂衰退復次行禪者度一切色想滅有對想不念若干想無量空是無量空處成就遊彼心修習正思從無量空處趣無量識處是勝息寂彼行禪者便作是念我心離本相更趣餘處失無量空處滅定也彼行禪者不知如真我心修習正思快樂息寂從無量空處趣無量識處是勝息寂彼不知如真已於如退轉意便失定如是行禪者熾盛而謂衰退復次行禪者度一切無量空處無量識是無量識處成就遊彼心修習正思從無量識處趣無所有處是勝息寂彼行禪者便作是念我心離本相更趣餘處失無量識處滅定也彼行禪者不知如真我心修習正思快樂息寂從無量識處趣無所有處是勝息寂彼不知如真已於如退轉意便失定如是行禪者熾盛而謂衰退復次行禪者度一切無量識處無所有是無所有處成就遊彼心修習正思從無所有處趣非有想非無想處是勝息寂彼行禪者便作是念我心離本相更趣餘處失無所有處滅定也彼行禪者不知如真我心修習正思快樂息寂從無所有處趣非有想非無想處

是勝息寂彼不知如眞已於如退轉意便失定如是行禪者熾盛而謂衰退云何行禪者衰退而謂熾盛彼行禪者離欲離惡不善之法有覺有觀離生喜樂得初禪成就遊彼思餘小想修習第二禪道彼行禪者便作是念我心修習正思快樂息寂則從初禪趣第二禪是勝息寂彼行禪者不知如眞寧可思猒相應想入初禪不應思餘小想入第二禪彼不知如眞已不覺彼心而便失定如是行禪者衰退而謂熾盛復次行禪者覺觀已息內靜一心無覺無觀定生喜樂得第二禪成就遊彼思餘小想修習第三禪道彼行禪者便作是念我心修習正思快樂息寂從第二禪趣第三禪是勝息寂彼行禪者不知如眞寧可思猒相應想入第二禪不應思餘小想入第三禪彼不知如眞已不覺彼心而便失定如是行禪者衰退而謂熾盛復次行禪者離於喜欲捨無求遊正念正智而身覺樂謂聖所說聖所捨念樂住空得第三禪成就遊彼思餘小想修習第四禪道彼行禪者便作是念我心修習正思快樂息寂從第三禪趣第四禪是勝息寂彼行禪者不知如眞寧可思猒相應想入第三禪不應思餘小想入第四禪彼不知如眞已不覺彼心而便失定如是行禪者衰退而謂熾盛復次行禪者樂滅苦滅喜憂本已滅不苦不樂捨念清淨得第四禪成就遊彼思餘小想修習無量空處道彼行禪者便作是念我心修習正思快樂息寂從第四禪趣無量空處是勝息寂彼行禪者不知如眞寧可思猒相應想入第四禪不應

思餘小想入無量空處彼不知如眞已不覺彼心而便失定如是行禪者衰退而謂熾盛復次行禪者度一切色想滅有對想不念若干想無量空是無量空處成就遊彼思餘小想修習無量識處道彼行禪者便作是念我心修習正思快樂息寂從無量空處趣無量識處是勝息寂彼行禪者不知如眞寧可思猒相應想入無量空處不應思餘小想入無量識處彼不知如眞已不覺彼心而便失定如是行禪者衰退而謂熾盛復次行禪者度一切無量空處無量識處是無量識處成就遊彼思餘小想修習無所有處道彼行禪者便作是念我心修習正思快樂息寂從無量識處趣至無所有處是勝息寂彼行禪者不知如眞寧可思猒相應想入無量識處不應思餘小想入無所有處彼不知如眞已不覺彼心而便失定如是行禪者衰退而謂熾盛復次行禪者度一切無量識處無所有是無所有處成就遊彼思餘小想修習非有想非無想處道彼行禪者便作是念我心修習正思快樂息寂從無所有處趣非有想非無想處是勝息寂彼行禪者不知如眞寧可思猒相應想入無所有處不應思餘小想入非有想非無想處彼不知如眞已不覺彼心而便失定如是行禪者衰退而謂熾盛云何行禪者衰退則知衰退如眞彼行禪者所行所想所標度一切無所有處非有想非無想是非有想非無想處成就遊彼不受此行不念此想標唯行無所有處相應念想本退具彼行禪者便作是念我心離本相更趣餘處失非

有想非無想處滅定也彼知如眞已於如不退意不失定如是行禪者衰退則知衰退如眞復次行禪者所行所想所標度一切無量識處無所有是無所有處成就遊彼不受此行不念此想標唯行無量識處相應念想本退具彼行禪者便作是念我心離本想更趣餘處失無所有處滅定也彼知如眞已於如不退意不失定如是行禪者衰退則知衰退如眞復次行禪者所行所想所標度一切無量空處無量識是無量識處成就遊彼不受此行不念此想標唯行無量空處相應念想本退具彼行禪者便作是念我心離本想更趣餘處失無量空處滅定也彼知如眞已於如不退意不失定如是行禪者衰退則知衰退如眞復次行禪者所行所想所標度一切色想滅有對想不念若干想無量空是無量空處成就遊彼不受此行不念此想標唯行色樂相應念想本退具彼行禪者便作是念我心離本想更趣餘處失無量空處滅定也彼知如眞已於如不退意不失定如是行禪者衰退則知衰退如眞復次行禪者所行所想所標樂滅苦滅喜憂本已滅不喜不樂捨念清淨得第四禪成就遊彼不受此行不念此想標唯行第三禪相應念想本退具彼行禪者便作是念我心離本想更趣餘處失第四禪滅定也彼知如眞已於如不退意不失定如是行禪者衰退則知衰退如眞復次行禪者所行所想所標離於喜欲捨無求遊正念正智而身覺樂謂聖所說聖所捨念樂住空得第三禪成就遊彼不受此行不念此想

標唯行第二禪相應念想本退具彼行禪者便作是念我心離本相更趣餘處失第三禪滅定也彼知如眞已於如不退意不失定如是行禪者衰退則知衰退如眞復次行禪者所行所想所標覺觀已息內靜一心無覺無觀定生喜樂得第二禪成就遊彼不受此行不念此想標唯行初禪相應念想本退具彼行禪者便作是念我心離本想更趣餘處失第二禪滅定也彼知如眞已於如不退意不失定如是行禪者衰退則知衰退如眞復次行禪者所行所想所標離欲惡不善之法有覺有觀離生喜樂得初禪成就遊彼不受此行不念此想標唯行欲樂相應念想本退具彼行禪者便作是念我心離本相更趣餘處失初禪滅定也彼知如眞已於如不退意不

失定如是行禪者衰退則知衰退如眞云何行禪者熾盛則知熾盛如眞彼行禪者離欲離惡不善之法有覺有觀離生喜樂得初禪成就遊彼心修習正思快樂息寂則從初禪趣第二禪是勝息寂彼行禪者便作是念我心修習正思快樂息寂則從初禪趣第二禪是勝息寂彼知如眞已便覺彼心而不失定如是行禪者熾盛則知熾盛如眞復次行禪者覺觀已息內靜一心無覺無觀定生喜樂得第二禪成就遊彼心修習正思快樂息寂從第二禪趣第三禪是勝息寂彼行禪者便作是念我心修習正思快樂息寂從第二禪趣第三禪是勝息寂彼知如眞已便覺彼心而不失定如是行禪者熾盛則知熾盛如眞復次行禪者離於喜欲捨無求遊正念正智

而身覺樂謂聖所說聖所捨念樂住空得第三禪成就遊彼心修習正思快樂息寂從第三禪趣第四禪是勝息寂彼行禪者便作是念我心修習正思快樂息寂從第三禪趣第四禪是勝息寂彼知如眞已便覺彼心而不失定如是行禪者熾盛則知熾盛如眞復次行禪者樂滅苦滅喜憂本已滅不苦不樂捨念清淨得第四禪成就遊彼心修習正思快樂息寂從第四禪趣無量空處是勝息寂彼行禪者便作是念我心修習正思快樂息寂從第四禪趣無量空處是勝息寂彼知如眞已便覺彼心而不失定如是行禪者熾盛則知熾盛如眞復次行禪者度一切色想滅有對想不念若干想無量空是無量空處成就遊彼心修習正思快樂息寂從無量空處趣無量識處是勝息寂彼行禪者便作是念我心修習正思快樂息寂從無量空處趣無量識處是勝息寂彼知如眞已便覺彼心而不失定如是行禪者熾盛則知熾盛如眞復次行禪者度一切無量空處無量識是無量識處成就遊彼心修習正思快樂息寂從無量識處趣無所有處是勝息寂彼行禪者便作是念我心修習正思快樂息寂從無量識處趣無所有處是勝息寂彼知如眞已便覺彼心而不失定如是行禪者熾盛則知熾盛如眞復次行禪者度一切無量識處無所有是無所有處成就遊彼心修習正思快樂息寂從無所有處趣非有想非無想處是勝息寂彼行禪者便作是念我心修習正思快樂息寂從無所有處趣非有想非無想處是勝息

寂彼知如眞已便覺彼心而不失定如是行禪者熾盛則知熾盛如眞世間眞實有是四種行禪者因此故說佛說如是彼諸比丘聞佛所說歡喜奉行

心品說經第六

我聞如是一時佛遊拘樓瘦劒磨瑟曇拘樓都邑爾時世尊告諸比丘我今當爲汝等說法初妙中妙竟亦妙有義有文具足清淨顯現梵行名四種說經如四種說經分別其義諦聽諦聽善思念之我今當說時諸比丘受教而聽佛言云何四種說經分別其義若有比丘所行所想所標離欲離惡不善之法有覺有觀離生喜樂得初禪成就遊彼不受此行不念此想標唯行欲樂相應念想退轉具彼比丘應當知我生此法不住不進亦復不猒我生此法而令我退然我此定不得久住彼比丘應如是知復次比丘所行所想所標離欲離惡不善之法有覺有觀離生喜樂得初禪成就遊彼受此行念此想標立念如法令住一意彼比丘應當知我生此法不退不進亦復不猒我生此法能令我作而我此定必得久住彼比丘應如是知復次比丘所行所想所標離欲離惡不善之法有覺有觀離生喜樂得初禪成就遊彼不受此行不念此想標唯行第二禪相應念想昇進具彼比丘應當知我生此法不退不住亦復不猒我生此法令我昇進如是不久當得第二禪彼比丘應如是知復次比丘所行所想所標離欲離惡不善之法有覺有觀離生喜樂得初禪成就遊彼不受此行不念此想標唯行滅息

相應念想無欲具彼比丘應當知我生此法不退不住亦不昇進我生此法能令我猒如是不久當得漏盡彼比丘應如是知復次比丘所行所想所標覺觀已息內靜一心無覺無觀定生喜樂得第二禪成就遊彼不受此行不念此想標唯行初禪相應念想退轉具彼比丘應當知我生此法不住不進亦復不猒我生此法而令我退然我此定不得久住彼比丘應如是知復次比丘所行所想所標覺觀已息內靜一心無覺無觀定生喜樂得第二禪成就遊彼受此行念此想標立念如法令住一意彼比丘應當知我生此法不退不進亦復不猒我生此法能令我住而我此定必得久住彼比丘應如是知復次比丘所行所想所標覺觀已息內靜一心無覺無觀定生喜樂得第二禪成就遊彼不受此行不念此想標唯行第三禪相應念想昇進具彼比丘應當知我生此法不退不住亦復不猒我生此法令我昇進如是不久當得第三禪彼比丘應如是知復次比丘所行所想所標覺觀已息內靜一心無覺無觀定生喜樂得第二禪成就遊彼不受此行不念此想標唯行滅息相應念想無欲具彼比丘應當知我生此法不退不住亦不昇進我生此法能令我猒如是不久當得漏盡彼比丘應如是知復次比丘所行所想所標離於喜欲捨無求遊正念正智而身覺樂謂聖所說聖所捨念樂住空得第三禪成就遊彼不受此行不念此想標唯行第二禪相應念想退轉具彼比丘應當知我生此法不住不進亦復不厭我

生此法而令我退然我此定不得久住彼比丘應如是知復次比丘所行所想所標離於喜欲捨無求遊正念正智而身覺樂謂聖所說聖所捨念樂住空得第三禪成就遊彼受此行念此想標立念如法令住一意彼比丘應當知我生此法不退不進亦復不猒我生此法能令我住而我此定必得久住彼比丘應如是知復次比丘所行所想所標離於喜欲捨無求遊正念正智而身覺樂謂聖所說聖所捨念樂住空得第三禪成就遊彼不受此行不念此想標唯行第四禪相應念想昇進具彼比丘應當知我生此法不退不住亦復不猒我生此法令我昇進如是不久當得第四禪彼比丘應如是知復次比丘所行所想所標離於喜欲捨無求遊正念正智而身覺樂謂聖所說聖所捨念樂住空得第三禪成就遊彼不受此行不念此想標唯行滅息相應念想無欲具彼比丘應當知我生此法不退不住亦不昇進我生此法能令我猒如是不久當得漏盡彼比丘應如是知復次比丘所行所想所標樂滅苦滅喜憂本已滅不苦不樂捨念清淨得第四禪成就遊彼不受此行不念此想標唯行第三禪相應念想退轉具彼比丘應當知我生此法不住不進亦復不猒我生此法而令我退然我此定不得久住彼比丘應如是知復次比丘所行所想所標樂滅苦滅喜憂本已滅不苦不樂捨念清淨得第四禪成就遊彼受此行念此想標立念如法令住一意彼比丘應當知我生此法不退不進亦復不猒我生此法能令我住

而我此定必得久住彼比丘應如是知復次比丘所行所想所標樂滅苦滅喜憂本已滅不苦不樂捨念清淨得第四禪成就遊彼不受此行不念此想標唯行無量空處相應念想昇進具彼比丘應當知我生此法不退不住亦復不厭我生此法令我昇進如是不久當得無量空處彼比丘應如是知復次比丘所行所想所標樂滅苦滅喜憂本已滅不苦不樂捨念清淨得第四禪成就遊彼不受此行不念此想標唯行滅息相應念想無欲具彼比丘應當知我生此法不退不住亦不昇進我生此法能令我厭如是不久當得漏盡彼比丘應如是知復次比丘所行所想所標度一切色想滅有對想不念若干想無量空是無量空處成就遊彼不受此行不念此想標唯行色樂相應念想退轉具彼比丘應當知我生此法不住不進亦復不猒我生此法而令我退然我此定不得久住彼比丘應如是知復次比丘所行所想所標度一切色想滅有對想不念若干想無量空是無量空處成就遊彼受此行念此想標立念如法令住一意彼比丘應當知我生此法不退不進亦復不厭我生此法能令我住而我此定必得久住彼比丘應如是知復次比丘所行所想所標度一切色想滅有對想不念若干想無量空是無量空處成就遊彼不受此行不念此想標唯行無量識處相應念想昇進具彼比丘應當知我生此法不退不住亦復不厭我生此法令我昇進如是不久當得無量識處彼比丘應如是知復次比丘所行所想所

標度一切色想滅有對想不念若干想無量空是無量空處成就遊彼不受此行不念此想標唯行滅息相應念想無欲具彼比丘應當知我生此法不退不住亦不昇進我生此法能令我猒如是不久當得漏盡彼比丘應如是知復次比丘所行所想所標度一切無量空處無量識是無量識處成就遊彼不受此行不念此想標唯行無量空處相應念想退轉具彼比丘應當知我生此法不住不進亦復不猒我生此法而令我退然我此定不得久住彼比丘應如是知復次比丘所行所想所標度一切無量空處無量識是無量識處成就遊彼受此行念此想標立念如法令住一意彼比丘應當知我生此法不退不進亦復不猒我生此法能令我住而我此定必得久住彼比丘應如是知復次比丘所行所想所標度一切無量空處無量識是無量識處成就遊彼不受此行不念此想標唯行無所有處相應念想昇進具彼比丘應當知我生此法不退不住亦復不猒我生此法令我昇進如是不久當得無所有處彼比丘應如是知復次比丘所行所想所標度一切無量空處無量識是無量識處成就遊彼不受此行不念此想標唯行滅息相應念想無欲具彼比丘應當知我生此法不退不住亦不昇進我生此法能令我猒如是不久當得漏盡彼比丘應如是知復次比丘所行所想所標度一切無量識處無所有是無所有處成就遊彼不受此行不念此想標唯行無量識處相應念想退轉具彼比丘應當知我生此法

不住不退亦復不厭我生此法而令我退然我此定不得久住彼比丘應如是知復次比丘所行所想所標度一切無量識處無所有是無所有處成就遊彼受此行念此想標立念如法令住一意彼比丘應當知我生此法不退不進亦復不厭我生此法能令我住而我此定必得久住彼比丘應如是知復次比丘所行所想所標度一切無量識處無所有是無所有處成就遊彼不受此行不念此想標唯行非有想非無想處相應念想昇進具彼比丘應當知我生此法不退不住亦復不厭我生此法令我昇進如是不久當得非有想非無想處彼比丘應如是知復次比丘所行所想所標度一切無量識處無所有是無所有處成就遊彼不受此行不念此想標唯行厭相應念想無欲具彼比丘應當知我生此法不退不住亦不昇進我生此法能令我厭如是不久當得漏盡彼比丘應如是知有想有知齊是得知乃至非有想非無想處行餘第一有行禪比丘者從是起當爲彼說佛說如是彼諸比丘聞佛所說歡喜奉行

中阿含經卷第四十六

# 中阿含經卷第四十七

東晉罽賓三藏瞿曇僧伽提婆譯

## 心品獵師經第七

我聞如是一時佛遊王舍城在竹林迦蘭陀園爾時世尊告諸比丘獵師飼鹿不如是心令鹿得肥得色得力得樂長壽獵師飼鹿如是心飼唯欲近食使近食已令憍恣放逸彼放逸已便隨獵師獵師眷屬獵師飼鹿如是心也第一羣鹿近食獵師食彼近食已便憍恣放逸彼放逸已便隨獵師獵師眷屬如是彼第一羣鹿不脫獵師獵師眷屬境界第二羣鹿而作是念第一羣鹿近食獵師食彼近食已便憍恣放逸彼放逸已便隨獵師獵師眷屬如是第一羣鹿不脫獵師獵師眷屬境界我今寧可捨獵師食離於恐怖依無事處食草飲水耶第二羣鹿作是念已便捨獵師食離於恐怖依無事處食草飲水彼春後月諸草水盡身極羸瘦氣力衰退便隨獵師獵師眷屬如是彼第二羣鹿亦復不脫獵師獵師眷屬境界第三羣鹿亦作是念第一第二羣鹿一切不脫獵師獵師眷屬境界我今寧可離獵師獵師眷屬依住不遠住不遠已不近食獵師食不近食已便不憍恣放逸不放逸已便不隨獵師獵師眷屬第三羣鹿作是念已便離獵師獵師眷屬依住不遠住不遠已不近食獵師食不近食已便不憍恣放逸不放逸已便不隨獵師獵師眷屬彼獵師獵師眷屬便作是念第三羣鹿甚奇諂黠第一諂黠所以者何食我食已而不可得我今寧可作長圍罝作長圍罝已便得第三羣鹿所

依住止獵師獵師眷屬作是念已便作長圍罝作長圍罝已便得第三羣鹿所依住止如是第三羣鹿亦復不脫獵師獵師眷屬境界第四羣鹿亦作是念第一第二第三羣鹿一切不脫獵師獵師眷屬境界我今寧可依住獵師獵師眷屬所不至處依住彼已不近食獵師食不近食已便不憍恣放逸不放逸已便不隨獵師獵師眷屬第四羣鹿作是念已便依住獵師獵師眷屬所不至處依住彼已便不近食獵師食不近食已便不憍恣放逸不放逸已便不隨獵師獵師眷屬彼獵師獵師眷屬復作是念第四羣鹿甚奇猛儁第一猛儁若我逐彼必不能得餘鹿則當恐怖驚散我今寧可捨罝第四羣鹿獵師獵師眷屬作是念已則便捨罝如是第四羣鹿便得脫獵師獵師眷屬境界比丘我說此喻欲令解義我今說此當觀其義獵師食者當知五欲功德眼知色耳知聲鼻知香舌知味身知觸獵師食者當知是五欲功德也獵師者當知是惡魔王也獵師眷屬者當知是魔王眷屬也羣鹿者當知是沙門梵志也第一沙門梵志近食魔王食世間信施食彼近食已便憍恣放逸彼放逸已便隨魔王魔王眷屬如是第一沙門梵志不脫魔王魔王眷屬境界猶如第一羣鹿近食獵師食彼近食已便憍恣放逸彼放逸已便隨獵師獵師眷屬如是第一羣鹿不脫獵師獵師眷屬境界當觀彼第一沙門梵志亦復如是第二沙門梵志亦作是念第一沙門梵志近食魔王食世間信施食彼近食已便憍恣放逸彼放逸已便隨魔

王魔王眷屬如是彼第一沙門梵志不脫魔王魔王眷屬境界我今寧可捨此世間信施飲食離於恐怖依無事處食果及根耶第二沙門梵志作是念已便捨世間信施飲食離於恐怖依無事處食果及根彼春後月諸菓根盡身極羸瘦氣力衰退力衰退已便心解脫慧解脫心解脫慧解脫衰退已便隨魔王魔王眷屬如是第二沙門梵志亦不脫魔王魔王眷屬境界猶如第二羣鹿而作是念第一羣鹿近食獵師食彼近食已便憍恣放逸彼放逸已便隨獵師獵師眷屬如是第二羣鹿不脫獵師獵師眷屬境界我今寧可捨獵師食離於恐怖依無事處食草飲水耶第二羣鹿作是念已便捨獵師食離於恐怖依無事處食草飲水彼春後月諸草水盡身極羸瘦氣力衰退便隨獵師獵師眷屬如是第二羣鹿亦不脫獵師獵師眷屬境界當觀彼第二沙門梵志亦復如是第三沙門梵志亦作是念第一第二沙門梵志一切不脫魔王魔王眷屬境界我今寧可離魔王魔王眷屬依住不遠住不遠已不近食世間信施飲食不近食已便不憍恣放逸不放逸已便不隨魔王魔王眷屬第三沙門梵志作是念已便離魔王魔王眷屬依住不遠住不遠已便不近食世間信施飲食不近食已便不憍恣放逸不放逸已便不隨魔王魔王眷屬然受持二見有見及無見彼受此二見故便隨魔王魔王眷屬如是第三沙門梵志亦不脫魔王魔王眷屬境界猶如第三羣鹿亦作是念第一第二羣鹿一切不脫獵師獵師眷屬竟

界我今寧可離獵師獵師眷屬依住不遠住不遠已不近食獵師食不近食已便不憍恣放逸不放逸已便不隨獵師獵師眷屬第三羣鹿作是念已便離獵師獵師眷屬依住不遠住不遠已不近食獵師食不近食已便不憍恣放逸不放逸已便不隨獵師獵師眷屬彼獵師獵師眷屬便作是念第三羣鹿甚奇諂黠第一諂黠所以者何食我食已而不可得我今寧可作長圍罝作長圍罝已便得第三羣鹿所依住止獵師獵師眷屬作是念已便作長圍罝作長圍罝已便得第三羣鹿所依住止如是第三羣鹿亦不脫獵師獵師眷屬境界所依者當知有見也住止者當知無見也當觀彼第三沙門梵志亦復如是第四沙門梵志亦作是念第一第二第三沙門梵志一切不脫魔王魔王眷屬境界我今寧可依住魔王魔王眷屬所不至處依住彼已不近世間信施飲食不近食已便不憍恣放逸不放逸已便不隨魔王魔王眷屬第四沙門梵志作是念已便依住魔王魔王眷屬所不至處依住彼已不近食世間信施飲食不近食已便不憍恣放逸不放逸已便不隨魔王魔王眷屬如是第四沙門梵志便脫魔王魔王眷屬境界猶如第四羣鹿亦作是念第一第二第三羣鹿一切不脫獵師獵師眷屬境界我今寧可依住獵師獵師眷屬所不至處依住彼已不近食獵師食不近食已便不憍恣放逸不放逸已便不隨獵師獵師眷屬第四羣鹿作是念已便依住獵師獵師眷屬所不至處依住彼已不近食獵師食不近食已

便不憍恣放逸不放逸已便不隨獵師獵師眷屬彼獵師獵師眷屬復作是念第四羣鹿甚奇猛儁第一猛儁若我逐彼必不能得餘鹿則當恐怖驚散我今寧可捨置第四羣鹿彼獵師獵師眷屬作是念已則便捨置如是第四羣鹿便脫獵師獵師眷屬境界當觀彼第四沙門梵志亦復如是比丘當學如是所依住止令魔王魔王眷屬所不至處何者魔王魔王眷屬所不至處謂比丘離欲離惡不善之法至得第四禪成就遊是謂魔王魔王眷屬所不至處復次何者魔王魔王眷屬所不至處謂比丘心與慈俱遍滿一方成就遊如是二三四方四維上下普周一切心與慈俱無結無怨無恚無諍極廣甚大無量善修遍滿一切世間成就遊如是悲喜心與捨俱無結無怨無恚無諍極廣甚大無量善修遍滿一切世間成就遊是謂魔王魔王眷屬所不至處復次何者魔王魔王眷屬所不至處謂比丘度一切色想至非有想非無想處成就遊是謂魔王魔王眷屬所不至處復次何者魔王魔王眷屬所不至處謂比丘度一切非有想非無想處想知滅身觸成就遊慧見諸漏盡斷知是謂魔王魔王眷屬所不至處比丘如是所依住止令魔王魔王眷屬所不至處當學如是修佛說如是彼諸比丘聞佛所說歡喜奉行

心品五支物主經第八

我聞如是一時佛遊舍衛國在勝林給孤獨園爾時五支物主平旦出舍衛國往詣佛所欲見世尊供養禮事五支物主便作是念且

置往見佛世尊或能宴坐及諸尊比丘我今寧可詣一婆羅末利異學園於是五支物主便至此道遊戲歡樂近巾頭阿梨往詣一婆羅末利異學園彼時婆羅末利異學園中有一異學沙門文祁子在於彼中爲大宗主衆人之師衆所敬重統領大衆五百異學師彼在擾亂衆發高大音聲其聲喧閙説若干種畜生之論謂論王論賊論鬬諍論飲食論衣被論婦人論童女論婬女論世間論邪道論海中如是比聚集論若干種畜生之論異學沙門文祁子遥見五支物主來便自勑己衆令默然住汝等默然莫復語言宜自收斂此沙門瞿曇弟子五支物主來若有沙門瞿曇在家弟子居舍衛國者無過於五支物主所以者何彼愛樂默然稱説默然若彼見此衆默然者或能來前彼時異學沙門文祁子止己衆已自默然住於是五支物主往詣異學沙門文祁子所共相問訊却坐一面異學沙門文祁子語曰物主若有四事我施設彼成就善第一善無上士得第一義質直沙門云何爲四身不作惡業口不惡言不行邪命不念惡念物主若有此四事者我施設彼成就善第一善無上士得第一義質直沙門五支物主聞異學沙門文祁子所説不是不非從坐起去如此所説我自詣佛當問此義便往詣佛稽首作禮却坐一面與異學沙門文祁子所共論者盡向佛説世尊聞已告曰物主如異學沙門文祁子所説若當爾者嬰孩童子支節柔軟仰向卧眠亦當成就善第一善無上士得第一義質直沙門物主嬰孩童子

尚無身想況復作身惡業耶唯能動身物主嬰孩童子尚無口想況復惡言耶唯能得啼物主嬰孩童子尚無命想況復行邪命耶唯有呻吟物主嬰孩童子尚無念想況復惡念耶唯念母乳物主若如異學沙門文祁子說者如是嬰孩童子成就善第一善無上士得第一義質直沙門物主若有四事我施設彼成就善第一善然非無上士不得第一義亦非質直沙門云何爲四身不作惡業口不惡言不行邪命不念惡念物主若有此四事我施設彼成就善第一善然非無上士不得第一義亦非質直沙門物主身業口業者我施設是戒物主念者我施設是心所有與心相隨物主我說當知不善戒當知不善戒從何而生當知不善戒何處滅無餘何處敗壞無餘當知賢聖弟子云何行滅不善戒耶物主我說當知善戒當知善戒從何而生當知善戒何處滅無餘何處敗壞無餘當知賢聖弟子云何行滅善戒耶物主我說當知不善念當知不善念從何而生當知不善念何處滅無餘何處敗壞無餘當知賢聖弟子云何行滅不善念耶物主我說當知善念當知善念從何而生當知善念何處滅無餘何處敗壞無餘當知賢聖弟子云何行滅善念耶物主云何不善戒耶不善身行不善口意行是謂不善戒物主此不善戒從何而生我說彼所從生當知從心生云何爲心若心有欲有恚有癡當知不善戒從是心生物主不善戒何處滅無餘何處敗壞無餘多聞聖弟子捨身不善業修身善業捨口意不善業修口意善

業此不善戒滅無餘敗壞無餘物主賢聖弟子云何行滅不善戒若多聞聖弟子觀內身如身至觀覺心法如法賢聖弟子如是行者滅不善戒也物主云何善戒耶善身業善口意業是謂善戒物主此善戒從何而生我說彼所從生當知從心生云何爲心若心無欲無恚無癡當知善戒從是心生物主善戒何處滅無餘何處敗壞無餘若多聞聖弟子行戒不著戒此善戒滅無餘敗壞無餘物主賢聖弟子云何行滅善戒若多聞聖弟子觀內身如身至觀覺心法如法賢聖弟子如是行者滅善戒也物主云何不善念耶欲念恚念害念是謂不善念物主不善念從何而生我說彼所從生當知從想生云何爲想戒說想多種無量種若干種行或欲想或恚想或害想物主衆生因欲界想故生不善念欲界相應若有想者因彼想故生不善念恚害界相應若有想者因彼想故生不善念恚害界物主衆生因恚害界想故生不善念恚害界相應此不善念從是想生物主不善念何處滅無餘何處敗壞無餘若多聞聖弟子離欲離惡不善之法有覺有觀離生喜樂得初禪成就遊此不善念滅無餘敗壞無餘物主賢聖弟子云何行滅不善念若多聞聖弟子觀內身如身至觀覺心法如法賢聖弟子如是行者滅不善念也物主云何善念耶無欲念無恚念無害念是謂善念物主善念從何而生我說彼所從生當知從想生云何爲想我說想多種無量種若干種行或無欲想或無恚想或無害想物主衆生因無欲界想故生

善念無欲界相應若有想者因彼想故生善
念無欲界相應物主衆生因無恚無害界故
生善念無恚無害界相應若有想者因彼想
故生善念無恚無害界相應此善念從是想
生物主善念何處滅無餘何處敗壞無餘若
多聞聖弟子樂滅苦滅喜憂本已滅不苦不
樂捨念清淨得第四禪成就遊此善念滅無
餘敗壞無餘物主賢聖弟子云何行滅善念
若多聞聖弟子觀內身如身至觀覺心法如
法賢聖弟子如是行者滅善念也物主若多
聞聖弟子以慧觀不善戒知如真從生不善
戒知如真此不善戒滅無餘敗壞無餘知如
真以慧觀賢聖弟子如是行者滅不善戒知
如真以慧觀善戒知如真從生善戒知如真
此善戒滅無餘敗壞無餘知如真以慧觀賢
聖弟子如是行者滅善戒知如真以慧觀不
善念知如真從生不善念知如真此不善念
滅無餘敗壞無餘知如真以慧觀賢聖弟子
如是行者滅不善念知如真以慧觀善念知
如真從生善念知如真此善念滅無餘敗壞
無餘知如真以慧觀賢聖弟子如是行者滅
善念知如真所以者何因正見故生正志因
正志故生正語因正語故生正業因正業故
生正命因正命故生正方便因正方便故生
正念因正念故生正定賢聖弟子心如是定
已便解脫一切婬怒癡物主賢聖弟子如是
正心解脫已便知一切生已盡梵行已立所
作已辦不更受有知如真是謂學見迹成就
八支漏盡阿羅漢成就十支物主云何學見
迹成就八支謂學正見至學正定是謂學見

迹成就八支物主云何漏盡阿羅漢成就十支謂無學正見至無學正智是謂漏盡阿羅漢成就十支物主若有十支我施設彼成就善第一善無上士得第一義質直沙門佛說如是彼五支物主及諸比丘聞佛所說歡喜奉行

心品瞿曇彌經第九

我聞如是一時佛遊釋羇瘦在加鞞羅衛尼拘類樹園爾時摩訶波闍波提瞿曇彌持新金縷黃色衣往詣佛所稽首佛足却住一面白曰世尊此新金縷黃色衣我自爲世尊作慈愍我故願垂納受世尊告曰瞿曇彌持此衣施比丘衆施比丘衆已便供養我亦供養大衆大生主瞿曇彌至再三白曰世尊此新金縷黃色衣我自爲世尊作慈愍我故願垂納受世尊亦至再三告曰瞿曇彌持此衣施比丘衆施比丘衆已便供養我亦供養衆爾時尊者阿難立世尊後執拂侍佛於是尊者阿難白曰世尊此大生主瞿曇彌於世尊多所饒益世尊母命終後乳養世尊世尊告曰如是阿難如是阿難大生主瞿曇彌實於我多所饒益我母命終後乳養於我阿難我亦於大生主瞿曇彌多所饒益所以者何大生主瞿曇彌因我故得自歸於佛法及比丘衆不疑三尊苦集滅道成就信戒多聞施慧離殺斷殺不與取邪婬妄言離酒斷酒阿難若有人因人故得自歸於佛法及比丘衆不疑三尊苦集滅道成就信戒多聞施慧離殺斷殺不與取邪婬妄言離酒斷酒者此人供養於彼人至盡形壽以飲食衣被牀榻湯藥及

若干種諸生活具不得報恩復次阿難有七施衆有十四私施得大福得大果得大功德得大廣報阿難云何七施衆得大福得大果得大功德得大廣報信族姓男族姓女佛在世時佛爲首施佛及比丘衆是謂第一施衆得大福得大果得大功德得大廣報信族姓男族姓女世尊般涅槃後不久施二部衆施比丘衆施比丘尼衆入比丘僧園而白衆曰衆中爾所比丘來布施彼也入比丘尼僧房而白衆曰衆中爾所比丘尼來布施彼也是謂第五施衆得大福得大果得大功德得大廣報阿難當來時有比丘名姓種不精進著袈裟衣彼不精進不精進故施依衆故緣衆故上衆故因衆故我說爾時施主得無量不可數不可計福得善得樂況復今比丘成就行事成就除事成就行事除事成就質直成就柔輭成就質直柔輭成就忍成就樂成就忍樂成就相應成就經紀成就相應經紀成就威儀成就行來遊成就威儀行來遊成就信成就戒成就多聞成就施成就慧成就信戒多聞施慧也是謂第七施衆得大福得大果得大功德得大廣報是謂有七施衆得大福得大果得大功德得大廣報阿難云何有十四私施得大福得大果得大功德得大廣報有信族姓男族姓女布施如來施緣一覺施阿羅漢施向阿羅漢施阿那含施向阿那含施斯陀含施向斯陀含施須陀洹施向須陀洹施離欲外仙人施精進人施不精進人布施畜生阿難布施畜生得福百倍施不精進人得福千倍施精進人得福百千倍施離

欲外仙人得福億百千倍施向須陀洹無量得須陀洹無量向斯陀含無量得斯陀含無量向阿那含無量得阿那含無量向阿羅漢無量得阿羅漢無量緣一覺無量況復如來無所著等正覺耶此十四私施得大福得大果得大功德得大廣報復次阿難有四種布施三淨施云何爲四或有布施因施主淨非受者或有布施因受者淨非施主或有布施非因施主淨亦非受者或有布施因施主淨受者亦然阿難云何布施因施主淨非受者耶施主精進行妙法見來見果如是見如是說有施有施果受者不精進行惡法不見來不見果如是見如是說無施無施果是謂布施因施主淨非受者也阿難云何布施因受者淨非施主耶施主不精進行惡法不見來不見果如是見如是說無施無施果受者精進行妙法見來見果如是見如是說有施有施果是謂布施因受者淨非施主也阿難云何布施非因施主淨亦非受者耶施主不精進行惡法不見來不見果如是見如是說無施無施果受者亦不精進行惡法不見來不見果如是見如是說無施無施果是謂布施非因施主淨亦非受者阿難云何布施因施主淨受者亦然耶施主精進行妙法見來見果如是見如是說有施有施果受者亦精進行妙法見來見果如是見如是說有施有施果是謂布施因施主淨受者亦然於是世尊說此頌曰

精進施不精進　如法得歡喜心
信有業及果報　此施因施主淨

不精進施精進　不如法非喜心
不信業及果報　此施因受者淨
懈怠施不精進　不如法非喜心
不信業及果報　如是施無廣報
精進施於精進　如法得歡喜心
信有業及果報　如是施有廣報
奴婢及貧窮　自分施歡喜　信業信果報
此施善人稱　正護善身口　舒手以法乞
離欲施離欲　是財施第一

佛說如是尊者阿難及諸比丘聞佛所說歡喜奉行

## 心品多界經第十

我聞如是一時佛遊舍衛國在勝林給孤獨園爾時尊者阿難獨安靜處宴坐思惟心作是念諸有恐怖彼一切從愚癡生不從智慧諸有遭事災患憂慼彼一切從愚癡生不從智慧於是尊者阿難則於晡時從宴坐起往詣佛所稽首佛足却住一面白曰世尊我今獨安靜處宴坐思惟心作是念諸有恐怖彼一切從愚癡生不從智慧諸有遭事災患憂慼彼一切從愚癡生不從智慧世尊告曰如是阿難如是阿難諸有恐怖彼一切從愚癡生不從智慧諸有遭事災患憂慼彼一切從愚癡生不從智慧阿難猶如從葦積草積生火燒樓閣堂屋阿難如是諸有恐怖從愚癡生不從智慧諸有遭事災患憂慼彼一切從愚癡生不從智慧阿難昔過去時若有恐怖彼一切亦從愚癡生不從智慧諸有遭事災患憂慼彼一切從愚癡生不從智慧阿難當來時諸有恐怖彼一切從愚癡生不從智慧

諸有遭事災患憂慼彼一切從愚癡生不從智慧阿難今現在諸有恐怖從愚癡生不從智慧諸有遭事災患憂慼彼一切從愚癡生不從智慧阿難是爲愚癡有恐怖智慧無恐怖愚癡有遭事災患憂慼智慧無遭事災患憂慼阿難諸有恐怖遭事災患憂慼彼一切從愚癡可得不從智慧於是尊者阿難悲泣淚出叉手向佛白曰世尊云何比丘愚癡非智慧世尊答曰阿難若有比丘不知界不知處不知因緣不知是處非處者阿難如是比丘愚癡非智慧尊者阿難白曰世尊如是比丘愚癡非智慧世尊云何比丘智慧非愚癡世尊答曰阿難若有比丘知界知處知因緣知是處非處者阿難如是比丘智慧非愚癡尊者阿難白曰世尊如是比丘智慧非愚癡

世尊云何比丘知界世尊答曰阿難若有比丘見十八界知如眞眼界色界眼識界耳界聲界耳識界鼻界香界鼻識界舌界味界舌識界身界觸界身識界意界法界意識界阿難見此十八界知如眞復次阿難見六界知如眞地界水界火界風界空界識界阿難見此六界知如眞復次阿難見六界知如眞欲界恚界害界無欲界無恚界無害界阿難見此六界知如眞復次阿難見六界知如眞樂界苦界喜界憂界捨界無明界阿難見此六界知如眞復次阿難見四界知如眞覺界想界行界識界阿難見此四界知如眞復次阿難見三界知如眞欲界色界無色界阿難見此三界知如眞復次阿難見三界知如眞色界無色界滅界阿難見此三界知如眞復次

阿難見三界知如真過去界未來界現在界阿難見此三界知如真復次阿難見三界知如真妙界不妙界中界阿難見此三界知如真復次阿難見三界知如真善界不善界無記界阿難見此三界知如真復次阿難見三界知如真學界無學界非學非無學界阿難見此三界知如真復次阿難見二界知如真有漏界無漏界阿難見此二界知如真復次阿難見二界知如真有爲界無爲界阿難見此二界知如真阿難見此六十二界知如真阿難如是比丘知界尊者阿難白曰世尊如是比丘知界世尊云何比丘知處世尊答曰阿難若有比丘見十二處知如真眼處色處耳處聲處鼻處香處舌處味處身處觸處意處法處阿難見此十二處知如真阿難如是比丘知處尊者阿難白曰世尊如是比丘知處云何比丘知因緣世尊答曰阿難若有比丘見因緣及從因緣起知如真因此有彼無此無彼此生彼生此滅彼滅謂緣無明有行乃至緣生有老死若無明滅則行滅乃至生滅則老死滅阿難如是比丘知因緣尊者阿難白曰世尊如是比丘知因緣云何比丘知是處非處世尊答曰阿難若有比丘見處是處知如真見非處是非處知如真阿難若世中有二轉輪王並治者終無是處若世中有一轉輪王治者必有是處阿難若世中有二如來者終無是處若世中有一如來者必有是處阿難若見諦人故害父母殺阿羅漢破壞聖衆惡心向佛出如來血者終無是處若凡夫人故害父母殺阿羅漢破壞聖衆惡心

向佛出如來血者必有是處阿難若見諦人故犯戒捨戒罷道者終無是處若凡夫人故犯戒捨戒罷道者必有是處若見諦人捨離此內從外求尊求福田者終無是處若凡夫人捨離此內從外求尊求福田者必有是處阿難若見諦人從餘沙門梵志作是說諸尊可見則見可知則知者終無是處若凡夫人從餘沙門梵志作是說諸尊可見則見可知則知者必有是處阿難若見諦人信卜問吉凶者終無是處若凡夫人信卜問吉凶者必有是處阿難若見諦人從餘沙門梵志卜問吉凶相應見有苦有煩見是眞者終無是處若凡夫人從餘沙門梵志卜問吉凶相應見有苦有煩見是眞者必有是處阿難若見諦人生極苦甚重苦不可愛不可樂不可思不可念乃至斷命捨離此內更從外求或有沙門梵志或持一句呪二句三句四句多句百千句呪令脫我苦是求苦集苦趣苦苦盡者終無是處若凡夫人捨離此內更從外求或有沙門梵志持一句呪二句三句四句多句百千句呪令脫我苦是求苦集苦趣苦苦盡者必有是處阿難若見諦人受八有者終無是處若凡夫人受八有者必有是處阿難若身惡行口意惡行因此緣此身壞命終趣至善處生於天中者終無是處若身惡行口意惡行因此緣此身壞命終趣至惡處生地獄中者必有是處阿難若身妙行口意妙行因此緣此身壞命終趣至惡處生地獄中者終無是處若身妙行口意妙行因此緣此身壞命終趣至善處生天中者必有是處阿難若

身惡行口意惡行受樂報者終無是處阿難若身惡行口意惡行受苦報者必有是處阿難若身妙行口意妙行受苦報者終無是處若身妙行口意妙行受樂樂報者必有是處阿難若不斷五蓋心穢慧羸心正立四念處者終無是處若斷五蓋心穢慧羸心正立四念處者必有是處阿難若不斷五蓋心穢慧羸心不正立四念處欲修七覺意者終無是處若斷五蓋心穢慧羸心正立四念處修七覺意者必有是處阿難若不斷五蓋心穢慧羸心不正立四念處不修七覺意欲得無上正盡覺者終無是處若斷五蓋心穢慧羸心正立四念處修七覺意得無上正盡覺者必有是處阿難若不斷五蓋心穢慧羸心不正立四念處不修七覺意得無上正盡覺盡苦邊者終無是處若斷五蓋心穢慧羸心正立四念處修七覺意得無上正盡覺盡苦邊者必有是處阿難如是比丘知是處非處尊者阿難白曰世尊如是比丘知是處非處於是尊者阿難叉手向佛白曰世尊此經名何云何奉持世尊告曰阿難當受持此多界法界甘露界多鼓法鼓甘露鼓法鏡四品是故稱此經名曰多界佛說如是尊者阿難及諸比丘聞佛所說歡喜奉行

心品第十四竟

中阿含經卷第四十七

音釋

飼祥吏切以食食之也羸瘦羸倫爲切瘦所救切羸瘦謂癯瘠也罝咨邪切罟也雋祖兖切大而歛也羇居宜切

# 中阿含經卷第四十八

東晉罽賓三藏瞿曇僧伽提婆譯

## 雙品第十五 有十經前五經第四誦後五經第五誦故曰雙品

第四分別誦

馬邑及馬邑　牛角娑羅林　牛角娑羅林

求解最在後

### 雙品馬邑經上第一

我聞如是一時佛遊鴦騎國與大比丘衆俱往至馬邑住馬林寺及比丘衆爾時世尊告諸比丘人見汝等沙門是沙門人問汝等沙門汝自稱沙門耶諸比丘白曰爾也世尊佛復告曰是以汝等以此要以此沙門當學如沙門法及如梵志法學如沙門法及如梵志法已要是眞諦沙門不虛沙門若受衣被飲食牀榻湯藥及若干種諸生活具者彼所供給得大福得大果得大功德得大廣報汝等當學如是云何如沙門法及如梵志法身行清淨仰向發露善護無缺因此清淨不自擧不下他無穢無濁爲諸智梵行者所共稱譽若汝作是念我身行清淨我所作已辦不復更學已成德義無復上作比丘我爲汝說莫令求沙門義失沙門義若欲求上學者比丘若身清淨當復作何等當學口行清淨仰向發露善護無缺因此口行清淨不自擧不下他無穢無濁爲諸智梵行者所共稱譽若汝等作是念我身口行清淨我所作已辦不復更學已成德義無復上作比丘我爲汝說莫令求沙門義失沙門義若欲求上學者比丘若身口清淨當復作何等當學意行清淨仰向發露善護無缺因此意行清淨不自擧不

下他無穢無濁爲諸智梵行者所共稱譽若汝等作是念我身口意行清淨我所作已辦不復更學已成德義無復上作比丘我爲汝說莫令求沙門義失沙門義若欲求上學者比丘若身口意行清淨當復作何等當學命行清淨仰向發露善護無缺因此命行清淨不自舉不下他無穢無濁爲諸智梵行者所共稱譽若汝等作是念我身口意命行清淨我所作已辦不復更學已成德義無復上作比丘我爲汝說莫令求沙門義失沙門義若欲求上學者比丘身口意命行清淨當復作何等比丘當學守護諸根常念閉塞念欲明達守護念心而得成就恒欲起意若眼見色然不受相亦不味色謂忿諍故守護眼根心中不生貪伺憂慼惡不善法趣向彼故守護眼根如是耳鼻舌身若意知法然不受相亦不昧法謂忿諍故守護意根心中不生貪伺憂慼惡不善法趣向彼故守護意根若汝等作是念身口意命行清淨守護諸根我所作已辦不復更學已成德義無復上作比丘我爲汝說莫令求沙門義失沙門義若欲求上學者比丘身口意命行清淨守護諸根當復作何等比丘當學正知出入善觀分別屈伸低仰儀容庠序善著僧伽梨及諸衣鉢行住坐卧眠寤語嘿皆正知之若汝等作是念我身口意命行清淨守護諸根正知出入我所作已辦不復更學已成德義無復上作比丘我爲汝說莫令求沙門義失沙門義若欲求上學者比丘身口意命行清淨守護諸根正知出入當復作何等比丘當學獨住遠離在

無事處或至樹下空安靜處山巖石室露地穰積或至林中或在冢間彼已在無事處或至樹下空安靜處敷尼師壇結跏趺坐正身正願反念不向斷除貪伺心無有諍見他財物諸生活具不起貪伺欲令我得彼於貪伺淨除其心如是瞋恚睡眠掉悔斷疑度惑於諸善法無有猶豫彼於疑惑淨除其心彼斷此五蓋心穢慧羸離欲離惡不善之法至得第四禪成就遊彼已得如是定心清淨無穢無煩柔輭善住得不動心趣向漏盡智通作證彼便知此苦如眞知此苦集知此苦滅知此苦滅道如眞亦知此漏如眞知此漏集知此漏滅知此漏滅道如眞彼如是知如是見已則欲漏心解脫有漏無明漏心解脫解脫已便知解脫生已盡梵行已立所作已辦不更受有知如眞是說沙門說梵志說聖說淨浴云何沙門謂息止諸惡不善之法諸漏穢汙爲當來有本煩熱苦報生老病死因是謂沙門云何梵志謂遠離諸惡不善之法諸漏穢汙爲當來有本煩熱苦報生老病死因是謂梵志云何爲聖謂遠離諸惡不善之法諸漏穢汙爲當來有本煩熱苦報生老病死因是謂爲聖云何淨浴謂淨浴諸惡不善之法諸漏穢汙爲當來有本煩熱苦報生老病死因是謂淨浴是謂沙門是謂梵志是謂爲聖是謂淨浴佛說如是彼諸比丘聞佛所說歡喜奉行

## 雙品馬邑經下第二

我聞如是一時佛遊鴦騎國與大比丘衆俱往至馬邑住馬林寺及比丘衆爾時世尊告

諸比丘人見汝等沙門是沙門人問汝等沙門汝自稱沙門耶諸比丘白曰爾也世尊佛復告曰是以汝等以此要以此沙門當學沙門道跡莫非沙門學沙門道跡已要是眞諦沙門不虛沙門若受衣被飲食牀榻湯藥及若干種諸生活具者彼所供給得大福得大果得大功德得大廣報汝等當學如是云何非沙門道跡非沙門若有貪伺不息貪伺有恚不息恚有瞋不息瞋有不語不息不語有結不息結有慳不息慳有嫉不息嫉有諛諂不息諛諂有欺誑不息欺誑有無慙不息無慙有無愧不息無愧有惡欲不息惡欲有邪見不息邪見此沙門垢沙門諛諂沙門詐僞沙門曲趣至惡處未盡已學非沙門道跡非沙門猶如鈒斧新作極利有頭有刃僧伽梨所裹我說彼癡學沙門道亦復如是謂有貪伺不息貪伺有恚不息恚有瞋不息瞋有不語不息不語有結不息結有慳不息慳有嫉不息嫉有諛諂不息諛諂有無慙不息無慙有無愧不息無愧有惡欲不息惡欲有邪見不息邪見持僧伽梨我不說是沙門若持僧伽梨者有貪伺息貪伺有恚息恚有瞋息瞋有不語息不語有結息結有慳息慳有嫉息嫉有諛諂息諛諂有無慙息無慙有無愧息無愧有惡欲息惡欲有邪見息邪見者彼諸親親朋友往詣而作是說賢人汝當學持僧伽梨賢汝學持僧伽梨有貪伺息貪伺有恚息恚有瞋息瞋有不語息不語有結息結有慳息慳有嫉息嫉有諛諂息諛諂有無慙息無慙有無愧息無愧有惡欲息惡欲有邪見

息邪見若以我見持僧伽梨有貪伺恚瞋不語結慳嫉諛諂無慚無愧惡欲邪見是以我持僧伽梨我說非是沙門如是無衣編髮不坐一食常揚水持水持水者我說非是沙門若持水有貪伺息貪伺有恚息恚有瞋息瞋有不語息不語有結息結有慳息慳有嫉息嫉有諛諂息諛諂有無慚息無慚有無愧息無愧有惡欲息惡欲有邪見息邪見彼諸親親朋友往詣而作是說賢汝當持水持水已有貪伺息貪伺有恚息恚有瞋息瞋有不語息不語有結息結有慳息慳有嫉息嫉有諛諂息諛諂有無慚息無慚有無愧息無愧有惡欲息惡欲有邪見息邪見若以我見持水貪伺恚瞋不語結慳嫉諛諂無慚無愧有惡欲有邪見是以持水者我說不是沙門是謂非沙門道跡非是沙門云何沙門道跡非不沙門若有貪伺息貪伺有恚息恚有瞋息瞋有不語息不語有結息結有慳息慳有嫉息嫉有諛諂息諛諂有無慚息無慚有無愧息無愧有惡欲息惡欲有邪見息邪見此沙門嫉沙門諛諂沙門詐僞沙門曲趣至惡處盡已學沙門道跡非不沙門是謂沙門道跡非不沙門彼如是成就戒身清淨口意清淨無有貪伺心中無恚無有睡眠無掉憍慠斷疑度惑正念正智無有愚癡彼心與慈俱遍滿一方成就遊如是二三四方四維上下普周一切心與慈俱無結無怨無恚無諍極廣甚大無量善修遍滿一切世間成就遊如是悲喜心與捨俱無結無怨無恚無諍極廣甚大無量善修遍滿一切世間成就遊彼作是念

有有有麤有妙有想來上出要知如眞彼如是知如是見已則欲漏心解脫有漏無明漏心解脫解脫已便知解脫生已盡梵行已立所作已辦不更受有知如眞猶去村不遠有好浴池清泉流盈翠草被岸華樹四周或於東方有一人來飢渴疲極脫衣岸上入池快浴去垢除熱亦除渴乏如是南方西方北方有一人來飢渴疲極脫衣岸上入池快浴去垢除熱亦除渴乏如是刹利族姓子剃除鬚髮著袈裟衣至信捨家無家學道內行止令得內止內止者我說沙門說梵志說聖說淨浴如是梵志居士工師族姓子剃除鬚髮著袈裟衣至信捨家無家學道內行止令得內止內止者我說沙門說梵志說聖說淨浴云何沙門謂息止諸惡不善之法諸漏穢汙爲當來有本煩熱苦報生老病死因是謂沙門云何梵志謂遠離諸惡不善之法諸漏穢汙爲當來有本煩熱苦報生老病死因是謂梵志云何爲聖謂遠離諸惡不善之法諸漏穢汙爲當來有本煩熱苦報生老病死因是謂爲聖云何淨浴謂淨浴諸惡不善之法諸漏穢汙爲當來有本煩熱苦報生老病死因是謂淨浴是謂沙門是謂梵志是謂爲聖是謂淨浴佛說如是彼諸比丘聞佛所說歡喜奉行

雙品牛角娑羅林經上第三

我聞如是一時佛遊跋耆瘦在牛角娑羅林及諸多知識上尊比丘大弟子等尊者舍梨子尊者大目揵連尊者大迦葉尊者大迦旃延尊者阿那律陁尊者離越哆尊者阿難如

是比多知識上尊比丘大弟子等亦遊跋耆瘦在牛角娑羅林並共近佛葉屋邊住於是尊者大目揵連尊者大迦葉尊者大迦旃延尊者阿那律陁過夜平旦往詣尊者舍梨子所尊者阿難遥見彼諸尊往已白曰賢者離越哆當知此尊者大目揵連尊者大迦葉尊者大迦旃延尊者阿那律陁過平旦往詣尊者舍梨子所賢者離越哆今可共彼諸尊往詣尊者舍梨子所儻能因彼從尊者舍梨子少多聞法於是尊者大目揵連尊者大迦葉尊者大迦旃延尊者阿那律陁尊者離越哆尊者阿難過夜平旦往詣尊者舍梨子所尊者舍梨子遥見彼諸尊來已尊者舍梨子因彼諸尊故說善來賢者阿難善來阿難善來阿難世尊侍者解世尊意常爲世尊之所稱譽及諸智梵行人我今問賢者阿難此牛角娑羅林甚可愛樂夜有明月諸娑羅樹皆敷妙香猶若天華賢者阿難何等比丘起發牛角娑羅林尊者阿難答曰尊者舍梨子若有比丘廣學多聞守持不忘積聚搏聞所謂法者初妙中妙竟亦妙有義有文具足清淨顯現梵行如是諸法廣學多聞翫習至于意所惟觀明見深達彼所說法簡要捷疾與正相應欲斷諸結尊者舍梨子如是比丘起發牛角娑羅林尊者舍梨子復問曰賢者離越哆賢者阿難比丘已說隨所知我今復問賢者離越哆此牛角娑羅林甚可愛樂夜有明月諸娑羅樹皆敷妙香猶若天華賢者離越哆何等比丘起發牛角娑羅林尊者離越哆答曰尊者舍梨子若有比丘樂於宴坐內行止

不廢坐禪成就於觀常好閑居喜安靜處尊者舍梨子如是比丘起發牛角娑羅林尊者舍梨子復問曰賢者阿那律陁賢者離越哆比丘已說隨所知我今復問賢者阿那律陁此牛角娑羅林甚可愛樂夜有明月諸娑羅樹皆敷妙香猶若天華賢者阿那律陁何等比丘起發牛角娑羅林尊者阿那律陁答曰尊者舍梨子若有比丘逮得天眼成就天眼於千世界彼少方便須臾盡見尊者舍梨子猶有目人住高樓上於下露地有千土墼彼少方便須臾盡見尊者舍梨子如是若有比丘逮得天眼成就天眼於千世界彼少方便須臾盡見尊者舍梨子如是比丘起發牛角娑羅林尊者舍梨子復問曰賢者迦旃延賢者阿那律陁比丘已說隨所知我今復問賢者迦旃延此牛角娑羅林甚可愛樂夜有明月諸娑羅樹皆敷妙香猶若天華賢者迦旃延何等比丘起發牛角娑羅林尊者大迦旃延答曰尊者舍梨子猶二比丘法師共論甚深阿毗曇彼所問事善解悉知答亦無礙說法辯捷尊者舍梨子如是比丘起發牛角娑羅林尊者舍梨子復問曰尊者大迦葉賢者迦旃延比丘已說隨所知我今復問尊者大迦葉此牛角娑羅林甚可愛樂夜有明月諸娑羅樹皆敷妙香猶若天華尊者大迦葉何等比丘起發牛角娑羅林尊者大迦葉答曰賢者舍梨子若有比丘自無事稱說無事自有少欲稱說少欲自有知足稱說知足自樂在遠離獨住稱說樂在遠離獨住自修行精勤稱說修行精勤自立正念正智稱說立正

念正智自得定稱說得定自有智慧稱說智慧自諸漏已盡稱說諸漏已盡自勸發渴仰成就歡喜稱說勸發渴仰成就歡喜賢者舍梨子如是比丘起發牛角娑羅林尊者舍梨子復問曰賢者目揵連尊者大迦葉已說隨所知我今復問賢者目揵連此牛角娑羅林甚可愛樂夜有明月諸娑羅樹皆敷妙香猶若天華賢者目揵連何等比丘起發牛角娑羅林尊者大目揵連答曰尊者舍梨子若有比丘有大如意足有大威德有大福祐有大威神自在無量如意足彼行無量如意足變一為衆合衆為一一則住一有知有見徹過石壁如空無礙出入於地猶若如水履水如地而不陷沒上昇虛空結跏趺坐猶若如鳥今此日月有大如意足有大威德有大福祐有大威神以手捫摸身至梵天尊者舍梨子如是比丘起發牛角娑羅林尊者大目揵連問曰尊者舍梨子我及諸尊已各自說隨其所知我今問尊者舍梨子此牛角娑羅林甚可愛樂夜有明月諸娑羅樹皆敷妙香猶若天華尊者舍梨子何等比丘起發牛角娑羅林尊者舍梨子答曰賢者目揵連若有比丘隨用心自在而不隨心彼若欲得隨所住止中前遊行即彼住止中前遊行彼若欲得隨所住止日中晡時遊行即彼住止日中晡時遊行賢者目揵連猶王王臣衣服甚多有若干種雜妙色衣彼若欲得中前著者即取著之彼若欲得日中晡時著者即取著之賢者目揵連如是若有比丘隨用心自在而不隨心彼若欲得隨所住止中前遊行即彼住止

中前遊行彼若欲得隨所住止日中晡時遊行即彼住止日中晡時遊行賢者目揵連如是比丘起發牛角娑羅林尊者舍梨子告曰賢者目揵連我及諸賢已各自說隨其所知賢者目揵連我等寧可共彼諸賢往詣佛所向論此事於中知誰最爲善說於是尊者舍梨子尊者大目揵連尊者大迦葉尊者大迦旃延尊者阿那律陁尊者離越哆尊者阿難往詣佛所諸尊者等稽首佛足却坐一面尊者阿難亦稽首佛足却坐一面尊者舍梨子白曰世尊今日賢者大目揵連尊者大迦葉賢者迦旃延賢者阿那律陁賢者離越哆賢者阿難過夜平旦來詣我所我遙見彼諸賢來已因彼諸賢故說善來賢者阿難善來阿難善來阿難世尊侍者解世尊意常爲世尊之所稱譽及諸智梵行人我今問賢者阿難此牛角娑羅林甚可愛樂夜有明月諸娑羅樹皆敷妙香猶若天華賢者阿難何等比丘起發牛角娑羅林賢者阿難即答我曰尊者舍梨子若有比丘廣學多聞守持不忘積聚博聞所謂法者初妙中妙竟亦妙有義有文具足清淨顯現梵行如是諸法廣學多聞翫習至于意所惟觀明見深達彼所說法簡要捷疾與正相應欲斷諸結尊者舍梨子如是比丘起發牛角娑羅林世尊嘆曰善哉善哉舍梨子實如阿難比丘所說所以者何阿難比丘成就多聞尊者舍梨子白曰世尊賢者阿難如是說已我復問曰賢者離越哆賢者阿難比丘已說隨所知我今復問賢者離越哆此牛角娑羅林甚可愛樂夜有明月諸娑

羅樹皆敷妙香猶若天華賢者離越哆何等比丘起發牛角娑羅林賢者離越哆即答我曰尊者舍梨子若有比丘樂於宴坐內行止不廢坐禪成就於觀常好閑居喜安靜處尊者舍梨子如是比丘起發牛角娑羅林世尊嘆曰善哉善哉舍梨子如離越哆比丘所說所以者何離越哆比丘常樂坐禪尊者舍梨子白曰世尊賢者離越哆如是說已我復問曰賢者阿那律陀賢者離越哆比丘已說隨所知我今復問賢者阿那律陀此牛角娑羅林甚可愛樂夜有明月諸娑羅樹皆敷妙香猶若天華賢者阿那律陀何等比丘起發牛角娑羅林賢者阿那律陀即答我曰尊者舍梨子若有比丘逮得天眼成就天眼於千世界彼少方便須臾盡見尊者舍梨子猶有目人住高樓上於下露地有千土墼彼少有方便須臾盡見尊者舍梨子如是若有比丘逮得天眼成就天眼於千世界微少方便須臾盡見尊者舍梨子如是比丘起發牛角娑羅林世尊嘆曰善哉善哉舍梨子如阿那律陀比丘所說所以者何阿那律陀比丘成就天眼尊者舍梨子白曰世尊賢者阿那律陀如是說已我復問曰賢者迦旃延賢者阿那律陀比丘已說隨所知我今復問賢者迦旃延此牛角娑羅林甚可愛樂夜有明月諸娑羅樹皆敷妙香猶若天華賢者迦旃延何等比丘起發牛角娑羅林賢者迦旃延即答我曰尊者舍梨子猶二比丘法師共論甚深阿毗曇彼所問事善解悉知答亦無礙說法辯捷尊者舍梨子如是比丘起發牛角娑羅林世

尊嘆曰善哉善哉舍梨子如迦旃延比丘所說所以者何迦旃延比丘分別法師尊者舍梨子白曰世尊賢者迦旃延如是說已我復問曰尊者大迦葉賢者迦旃延比丘已說隨所知我今復問尊者大迦葉此牛角娑羅林甚可愛樂夜有明月諸娑羅樹皆敷妙香猶若天華尊者大迦葉何等比丘起發牛角娑羅林尊者大迦葉即答我曰賢者舍梨子若有比丘自無事稱說無事自有少欲稱說少欲自有知足稱說知足自樂在遠離獨住稱說樂在遠離獨住自修行精勤稱說修行精勤自立正念正智稱說立正念正智自得定稱說得定自有智慧稱說智慧自諸漏已盡稱說諸漏已盡自勸發渴仰成就歡喜稱說勸發渴仰成就歡喜賢者舍梨子如是比丘起發牛角娑羅林世尊嘆曰善哉善哉舍梨子如迦葉比丘所說所以者何迦葉比丘常行無事尊者舍梨子白曰世尊尊者大迦葉如是說已我復問曰賢者目揵連尊者大迦葉已說隨所知我今復問賢者目揵連此牛角娑羅林甚可愛樂夜有明月諸娑羅樹皆敷妙香猶若天華賢者目揵連何等比丘起發牛角娑羅林賢者大目揵連即答我曰尊者舍梨子若有比丘有大如意足有大威德有大福祐有大威神自在無量如意足彼行無量如意足變一爲衆合衆爲一一則住一有知有見徹過石壁如空無礙出入於地猶若如水履水如地而不陷沒上昇虛空結跏趺坐猶若如鳥今此日月有大如意足有大威德有大福祐有大威神以手捫摸身至梵

天尊者舍梨子如是比丘起發牛角娑羅林世尊嘆曰善哉善哉舍梨子如目揵連比丘所說所以者何目揵連比丘有大如意足於是尊者大目揵連即從座起偏袒著衣叉手向佛白曰世尊我及諸尊如是說已便白尊者舍梨子曰尊者舍梨子我及諸尊也各自說隨其所知我今問尊者舍梨子此牛角娑羅林甚可愛樂夜有明月諸娑羅樹皆敷妙香猶若天華尊者舍梨子何等比丘起發牛角娑羅林尊者舍梨子即答我曰賢者目揵連若有比丘隨用心自在而不隨心彼若欲得隨所住止中前遊行即彼住止中前遊行彼若欲得隨所住止日中晡時遊行即彼住止日中晡時遊行賢者目揵連猶王王臣衣服甚多有若干種雜妙色衣彼若欲得中前著者即取著之彼若欲得日中晡時著者即取著之賢者目揵連如是若有比丘隨用心自在而不隨心彼若欲得隨所住止中前遊行即彼住止中前遊行彼若欲得隨所住止日中晡時遊行即彼住止日中晡時遊行賢者目揵連如是比丘起發牛角娑羅林世尊嘆曰善哉善哉目揵連如舍梨子比丘所說所以者何舍梨子比丘隨用心自在於是尊者舍梨子即從座起偏袒著衣叉手向佛白曰世尊我及諸賢如是說已告曰賢者目揵連我及諸賢已各自說隨其所知賢者目揵連我等寧可共彼諸賢往詣佛所向論此事於中知誰最為善說世尊我等誰為善說耶世尊答曰舍梨子一切悉善所以者何此諸法者盡我所說舍梨子聽我所說如是比丘

起發牛角娑羅林舍梨子若有比丘隨所依住城郭村邑彼過夜平旦著衣持鉢入村乞食善守護身善斂諸根善立其念彼乞食已過日中後收舉衣鉢澡洗手足以尼師壇著於肩上或至無事處或至樹下或至空安靜處敷尼師壇結跏趺坐不解結跏趺坐乃至漏盡彼便不解結跏趺坐乃至漏盡舍梨子如是比丘起發牛角娑羅林佛說如是彼諸比丘聞佛所說歡喜奉行

雙品牛角娑羅林經下第四

我聞如是一時佛遊那摩提瘦在揵祁精舍爾時世尊過夜平旦著衣持鉢入那摩提而行乞食食訖中後往詣牛角娑羅林爾時牛角娑羅林有三族姓子共在中住尊者阿那律陀尊者難提尊者金毗羅彼尊者等所行

如是若彼乞食有前還者便敷牀汲水出洗足器安洗足凳及拭脚巾水瓶澡鑵若所乞食能盡食者便盡食之若有餘者器盛覆舉食訖收鉢澡洗手足以尼師壇著於肩上入室宴坐若彼乞食有後還者能盡食者亦盡食之若不足者取前餘食足而食之若有餘者便瀉著淨地及無蟲水中取彼食器淨洗拭已舉著一面收卷牀席拾洗足凳收拭脚巾舉洗足器及水瓶澡鑵掃灑食堂糞除淨已收舉衣鉢澡洗手足以尼師壇著於肩上入室宴坐彼尊者等至於晡時若有先從宴坐起者見水瓶澡鑵空無有水便持行取若能勝者便舉持來安著一面若不能勝則便以手招一比丘兩人共舉持著一面各不相語各不相問彼尊者等五日一集或共說法

或聖嘿然於是守林人遥見世尊來逆呵止曰沙門沙門莫入此林所以者何今此林中有三族姓子尊者阿那律陀尊者難提尊者金毗羅彼若見汝或有不可世尊告曰汝守林人彼若見我必可無不可於是尊者阿那律陀遥見世尊來即呵彼曰汝守林人莫呵世尊汝守林人莫呵善逝所以者何是我尊來我善逝來尊者阿那律出迎世尊攝佛衣鉢尊者難提爲佛敷牀尊者金毗羅爲佛取水爾時世尊洗手足已坐彼尊者所敷之座已問曰阿那律陀汝常安隱無所乏耶尊者阿那律陀白曰世尊我常安隱無有所乏世尊復問阿那律陀云何安隱無所乏耶尊者阿那律陀白曰世尊我作是念我有善利有大功德謂我與如是梵行共行世尊我常向彼梵行行慈身業見與不見等無有異行慈口業行慈意業見與不見等無有異世尊我作是念我今寧可自捨己心隨彼諸賢心我便自捨己心隨彼諸賢心我未曾有一不可心世尊如是我常安隱無有所乏問尊者難提答亦如是復問尊者金毗羅曰汝常安隱無所乏耶尊者金毗羅白曰世尊我常安隱無有所乏問曰金毗羅云何安隱無所乏耶尊者金毗羅白曰世尊我作是念我有善利有大功德謂我與如是梵行共行世尊我常向彼梵行行慈身業見與不見等無有異行慈口業行慈意業見與不見等無有異世尊我作是念我今寧可自捨己心隨彼諸賢心我便自捨己心隨彼諸賢心我未曾有一不可心世尊如是我常安隱無有所乏世尊嘆

曰善哉善哉阿那律陀如是汝等常共和合安隱無諍一心一師合一水乳頗得人上之法而有差降安樂住止耶尊者阿那律陀白曰世尊如是我等常共和合安隱無諍一心一師合一水乳得人上之法而有差降安樂住止世尊我等離欲離惡不善之法至得第四禪成就遊世尊如是我等常共和合安隱無諍一心一師合一水乳得此人上之法而有差降安樂住止世尊嘆曰善哉善哉阿那律陀捨此住止過此度此頗更有餘得人上之法而有差降安樂住止耶尊者阿那律陀白曰世尊捨此住止過此度此更復有餘得人上之法而有差降安樂住止世尊我心與慈俱遍滿一方成就遊如是二三四方四維上下普周一切心與慈俱無結無怨無恚無諍極廣甚大無量善修遍滿一切世間成就遊如是悲喜心與捨俱無結無怨無恚無諍極廣甚大無量善修遍滿一切世間成就遊世尊捨此住止過此度此謂更有此餘得人上之法而有差降安樂住止世尊嘆曰善哉善哉阿那律陀捨此住止過此度此頗更有餘得人上之法而有差降安樂住止耶尊者阿那律陀白曰世尊捨此住止過此度此更復有餘得人上之法而有差降安樂住止世尊我等度一切色想至得非有想非無想處成就遊世尊捨此住止過此度此謂更有此餘得人上之法而有差降安樂住止世尊嘆曰善哉善哉阿那律陀捨此住止過此度此頗更有餘得人上之法而有差降安樂住止耶尊者阿那律陀白曰世尊捨此住止過此

度此更復有餘得人上之法而有差降安樂住止世尊我等得如意足天耳智他心智宿命智生死智諸漏已盡得無漏心解脫慧解脫於現法中自知自覺自作證成就遊生已盡梵行已立所作已辦不更受有知如眞世尊捨此住止過此度此謂更有此餘得人上之法而有差降安樂住止世尊歎曰善哉善哉阿那律陀捨此住止過此度此頗更有餘得人上之法而有差降安樂住止耶尊者阿那律陀白曰世尊捨此住止過此度此更無有餘得人上之法而有差降安樂住止於是世尊便作是念此族姓子之所遊行安隱快樂我今寧可爲彼說法世尊作是念已即爲尊者阿那律陀尊者難提尊者金毗羅說法勸發渴仰成就歡喜無量方便爲彼說法勸

發渴仰成就歡喜已從座起去於是尊者阿那律陀難提金毗羅送世尊隨其近遠便還所住尊者難提尊者金毗羅歎尊者阿那律陀曰善哉善哉尊者阿那律陀我等初不聞尊者阿那律陀說如是義我等如是有大如意足有大威德有大福祐有大威神然尊者阿那律陀盡向世尊極稱譽我等尊者阿那律陀歎尊者難提金毗羅曰善哉善哉尊者我亦初未曾從諸賢等聞尊者如是有大如意足有大威德有大福祐有大威神然我長夜以心知尊者心尊者有大如意足有大威德有大福祐有大威神是故我向世尊如是如是說於是長鬼天形體極妙光明巍巍夜將向旦往詣佛所稽首佛足却住一面白世尊曰大仙人諸跋耆人得大善利謂現有世

尊及三族姓子尊者阿那律陀尊者難提尊者金毗羅地神從長鬼天聞所說放高大音聲大仙人諸跋耆人得大善利謂現有世尊及三族姓子尊者阿那律陀難提金毗羅從地神聞聲虛空天四王天三十三天熖摩天兜率陀天化樂天他化樂天須臾聲徹至于梵天大仙人諸跋耆人得大善利謂現有世尊及三族姓子尊者阿那律陀難提金毗羅世尊告曰如是如是長鬼天諸跋耆人得大善利謂現有世尊及三族姓子尊者阿那律陀難提金毗羅長鬼天地神聞汝聲已便放高大音聲大仙人諸跋耆人得大善利謂現有世尊及三族姓子尊者阿那律陀難提金毗羅從地神聞聲虛空天四天王天三十三天熖摩天兜率陀天化樂天他化樂天須臾聲徹至于梵天大仙人諸跋耆人得大善利謂現有世尊及三族姓子尊者阿那律陀難提金毗羅長鬼天若彼三族家此三族姓子剃除鬚髮著袈裟衣至信捨家無家學道彼三族家憶此三族姓子所因所行者彼亦長夜得大善利安隱快樂若彼村邑及天魔梵沙門梵志從人至天憶此三族姓子所因所行者彼亦長夜得利饒益安隱快樂長鬼天此三族姓子如是有大如意足有大威德有大福祐有大威神佛說如是此三族姓子及長鬼天聞佛所說歡喜奉行

雙品求解經第五

我聞如是一時佛遊拘樓瘦劒摩瑟曇拘樓都邑爾時世尊告諸比丘緣於彼意不知他心如真者彼世尊正盡覺不可知云何求解

於如來乎時諸比丘白世尊曰世尊爲法本世尊爲法主法由世尊唯願說之我等聞已得廣知義佛便告曰比丘諦聽善思念之我當爲汝具分別說時諸比丘受教而聽世尊告曰緣於彼意不知他心如眞者當以二事求解如來一者眼知色二者耳聞聲若有穢汙眼耳知法是彼尊者爲有爲無耶若求時則知所有穢汙眼耳知法彼尊者無若無此者當復更求若有雜眼耳知法是彼尊者爲有爲無耶若求時則知所有雜眼耳知法彼尊者無若無此者當復更求若有白淨眼耳知法是彼尊者爲有爲無耶若求時則知所有白淨眼耳知法彼尊者有若有此者當復更求彼尊者爲長夜行此法爲蹔行耶若求時則知彼尊者長夜行此法不蹔行也若常行者當復更求彼尊者爲爲名譽爲爲利義入此禪耶不爲名譽不爲利義入此禪耶若求時則知彼尊者非爲災患故入此禪也若有作是說彼尊者樂行非恐怖離欲不行欲欲已盡也便應問彼賢者有何行有何力有何智令賢者自正觀如是說彼尊者樂行非恐怖離欲不行欲欲已盡耶彼若作是答賢者我不知彼心亦非餘事知然彼尊者或獨住或在衆或在集會若有善逝若爲善逝所化爲宗主因食可見彼賢者我不自知我從彼尊者聞面前諮受我樂行非恐怖離欲不行欲欲已盡也賢者我有是行有是力有是智令我自正觀如是說彼尊者樂行不恐怖離欲不行欲欲已盡也於中當復問彼如來法若有穢汙眼耳知法有彼處此法滅盡無

餘若有雜眼耳知法有彼處此法滅盡無餘若有白淨法有彼處此法滅盡無餘如來爲彼答若有穢汙眼耳知法有彼處此法滅盡無餘若有雜眼耳知法有彼處此法滅盡無餘若有穢汙眼耳知法如來滅斷拔絶根本終不復生若有雜眼耳知法如來滅斷拔絶根本絶不復生若有白淨法如是我白淨如是境界如是沙門我如是成就此正法律有信弟子徃見如來奉侍如來從如來聞法如來爲說法上復上妙復妙善除黒白如來爲說法上復上妙復妙善除黒白者如是如是聞已知斷一法於諸法得究竟淨信世尊彼世尊正盡覺也復應問彼賢者有何行有何力有何智令賢者知斷一法於諸法得究竟淨信世尊彼世尊正盡覺耶彼如是答賢者若我不知世尊心亦非餘事知我因世尊有如是淨信世尊爲我說法上復上妙復妙善除黒白賢者如如世尊爲我說法者如是如是我聞如來爲我說法上復上妙復妙善除黒白如是如是我聞已知斷一法於諸法得究竟淨信世尊彼世尊正盡覺耶賢者我有是行有是力有是智令我知斷一法於諸法得究竟淨信世尊彼世尊正盡覺也若有此行有此力深著如來信根已立者是謂信見本不壞智相應沙門梵志天及魔梵及餘世間無有能奪如是求解如來如是正知如來佛說如是彼諸比丘聞佛所說歡喜奉行

第四分别誦訖

中阿含經卷第四十八

音釋

寤五故切寐覺也穰積穰如羊切已治稻稈也積正作積子智切聚也伺相吏切伺察也諛諂諛容朱切諂丑琰切面從曰諛佞言曰諂鉞斧鉞王月切大斧也大曰鉞小曰斧哆丁可切墼吉歷切未燒磚也晡奔謨切日加申時也凳丁鄧切牀屬澡罐澡子皓切洗也罐古玩切瓶屬

# 中阿含經卷第四十九

東晉罽賓三藏瞿曇僧伽提婆譯

說智阿夷那　拘樓明聖道　東園論小空
大空最在後

## 雙品說智經第六　　第五誦名後誦

我聞如是一時佛遊舍衛國在勝林給孤獨園爾時世尊告諸比丘若有比丘來向汝說已所得智我生已盡梵行已立所作已辦不更受有知如眞者汝等聞之當善然可歡喜奉行善然可彼歡喜奉行已當復如是問彼比丘賢者世尊說五盛陰色盛陰覺想行識盛陰賢者云何知云何見此五盛陰得知無所受漏盡心解脫耶漏盡比丘得知梵行已立法者應如是答諸賢色盛陰非果空虛不可欲不恒有不可倚變易法我知如是若於色盛陰有欲有淶有著有縛縛著使者彼盡無欲滅息止得知無所受漏盡心解脫如是覺想行識盛陰非果空虛不可欲不恒有不可倚變易法我知如是若於識盛陰有欲有淶有著有縛縛著使者彼盡無欲滅息止得知無所受漏盡心解脫諸賢我如是知如是見此五盛陰得知無所受漏盡心解脫漏盡比丘得知梵行已立法者應如是答汝等聞之當善然可歡喜奉行善然可彼歡喜奉行已當復如是問彼比丘賢者世尊說四食衆生以此得存長養云何爲四一曰摶食麤細二曰更樂三曰意念四曰識也賢者云何知云何見此四食得知無所受漏盡心解脫耶漏盡比丘得知梵行已立法者應如是答諸賢我於摶食意不高不下不倚不縛不淶不

著得解得脱盡得解脱心離顛倒生已盡梵行已立所作已辦不更受有知如眞如是更樂意念識食不高不下不倚不縛不染不著得解得脱盡得解脱心離顛倒生已盡梵行已立所作已辦不更受有知如眞諸賢我如是知如是見此四食得知無所受漏盡心解脱漏盡比丘得知梵行已立法者應如是答汝等聞之當善然可歡喜奉行善然可彼歡喜奉行已當復如是問彼比丘賢者世尊說四說云何爲四一曰見見說二曰聞聞說三曰識識說四曰知知說賢者云何知云何見此四說得知無所受漏盡心解脱耶漏盡比丘得知梵行已立法者應如是答諸賢我於見見說不高不下不倚不縛不染不著得解得脱盡得解脱心離顛倒生已盡梵行已立所作已辦不更受有知如眞如是聞聞識識知知說不高不下不倚不縛不染不著得解得脱盡得解脱心離顛倒生已盡梵行已立所作已辦不更受有知如眞諸賢我如是知如是見此四說得知無所受漏盡心解脱漏盡比丘得知梵行已立法者應如是答汝等聞之當善然可歡喜奉行善然可彼歡喜奉行已當復如是問彼比丘賢者世尊說内六處眼處耳鼻舌身意處賢者云何知云何見此内六處得知無所受漏盡心解脱耶漏盡比丘得知梵行已立法者應如是答諸賢我於眼及眼識眼識知法俱知二法知已諸賢若眼及眼識眼識知法樂已盡彼盡無欲滅息止得知無所受漏盡心解脱如是耳鼻舌身意及意識意識知法俱知二法知已諸賢

若意及意識意識知法樂已盡彼盡無欲滅息止得知無所受漏盡心解脱諸賢我如是知如是見此內六處得知無所受漏盡心解脱漏盡比丘得知梵行已立法者應如是答汝等聞之當善然可歡喜奉行善然可彼歡喜奉行已當復如是問彼比丘賢者世尊説六界地界水界火界風界空界識界賢者云何知云何見此六界得知無所受漏盡心解脱耶漏盡比丘得知梵行已立法者應如是答諸賢我不見地界是我所我非地界所地界非是神然謂三受依地界住諸使所著彼盡無欲滅息止得知無所受漏盡心解脱如是水火風空識界非是我所我非識界所識界非是神然謂三受依識界住諸使所著彼盡無欲滅息止得知無所受漏盡心解脱諸賢我如是知如是見此六界得知梵行已立法者應如是答汝等聞之當善然可歡喜奉行善然可彼歡喜奉行已當復如是問彼比丘賢者云何知云何見此內身共有識及外諸相一切我我作及慢使斷知拔絶根本終不復生漏盡比丘得知梵行已立法者應如是答諸賢我本未出家學道時猒生老病死啼泣困苦愁慼憂悲欲斷此大苦陰諸賢我猒患已而作是觀在家至狹塵勞之處出家學道發露曠大我今在家爲鎖所鎖不得盡形壽淨修梵行我寧可捨少財物及多財物捨少親族及多親族剃除鬚髮著袈裟衣至信捨家無家學道諸賢我於後時捨少財物及多財物捨少親族及多親族剃除鬚髮著袈裟衣

至信捨家無家學道諸賢我出家學道捨族財已受比丘要修習禁戒守護從解脫又復善攝威儀禮節見纖芥罪常懷畏怖受持學要諸賢我離殺斷殺棄捨刀杖有慙有愧有慈悲心饒益一切乃至蜫蟲我於殺生淨除其心我離不與取斷不與取與而後取樂於與取常好布施歡喜無悋不望其報我於不與取淨除其心諸賢我離非梵行斷非梵行勤修梵行精勤妙行清淨無穢離欲斷婬我於非梵行淨除其心諸賢我離妄言斷於妄言眞諦言樂眞諦住眞諦不移動一切可信不欺世間我於妄言淨除其心諸賢我離兩舌斷於兩舌行不兩舌不破壞他不此聞語彼欲破壞此不彼聞語此欲破壞彼離者欲合合者歡喜不作羣黨不樂羣黨不稱羣黨

我於兩舌淨除其心諸賢我離麤言斷於麤言若有所言辭氣麤獷惡聲逆耳衆所不喜衆所不愛使他苦惱令不得定斷如是言若有所說清和柔潤順耳入心可喜可愛使他安樂言聲具了不使人畏令他得定說如是言我於麤言淨除其心諸賢我離綺語斷綺語時說眞說法說義說止息說樂止息諍事順時得宜善教善訶我於綺語淨除其心諸賢我離治生斷於治生棄捨稱量及斗斛亦不受貨不縛束人不望折斗量不以小利侵欺於人我於治生淨除其心諸賢我離受寡婦童女斷受寡婦童女我於受寡婦童女淨除其心諸賢我離受奴婢斷受奴婢我於受奴婢淨除其心諸賢我離受象馬牛羊斷受象馬牛羊我於受象馬牛羊淨除其心諸賢

我離受雞猪斷受雞猪我於受雞猪淨除其心諸賢我離受田業店肆斷受田業店肆我於受田業店肆淨除其心諸賢我離受生稻麥豆斷受生稻麥豆我於受生稻麥豆淨除其心諸賢我離酒斷酒我於飲酒淨除其心諸賢我離高廣大牀斷高廣大牀我於高廣大牀淨除其心諸賢我離華鬘瓔珞塗香脂粉斷華鬘瓔珞塗香脂粉我於華鬘瓔珞塗香脂粉淨除其心諸賢我離歌儛倡妓及往觀聽斷歌儛倡妓及往觀聽我於歌儛倡妓及往觀聽淨除其心諸賢我離受生色像寶斷受生色像寶我於受生色像寶淨除其心諸賢我離過中食斷過中食一食不夜食學時食我於過中食淨除其心諸賢我已成就此聖戒身復行知足衣取覆形食取充軀我所往處衣鉢自隨無有顧戀猶如鴈鳥與兩翅俱飛翔空中我亦如是諸賢我已成就此聖戒身及極知足復守諸根常念閉塞念欲明達守護念心而得成就恒欲起意若眼見色然不受想亦不味色謂忿諍故守護眼根心中不生貪伺憂慼惡不善法趣向彼故守護眼根如是耳鼻舌身若意知法然不受想亦不味法謂忿諍故守護意根心中不生貪伺憂慼惡不善法趣向彼故守護意根諸賢我已成就此聖戒身及極知足聖護諸根正知出入善觀分別屈伸低仰儀容庠序善著僧伽梨及諸衣鉢行住坐卧眠覺語嘿皆正知之諸賢我已成就此聖戒身及極知足亦成就聖護諸根得正知出入獨住遠離在無事處或至樹下空安靜處山巖石室露地穰

積或至林中或在冢間諸賢我已在無事處或至樹下空安靜處敷尼師壇結跏趺坐正身正願反念不向斷除貪伺心無有諍見他財物諸生活具不起貪伺欲令我得我於貪伺淨除其心如是瞋恚睡眠掉悔斷疑度惑於諸善法無有猶豫我於疑惑淨除其心諸賢我已斷此五蓋心穢慧羸離欲離惡不善之法至得第四禪成就遊諸賢我已得如是定心清淨無穢無煩柔輭善住得不動心趣向漏盡通智作證諸賢我知此苦如真知此苦集知此苦滅知此苦滅道如真知此漏知此漏集知此漏滅知此漏滅道如真彼如是知如是見欲漏心解脫有漏無明漏心解脫解脫已便知解脫生已盡梵行已立所作已辦不更受有知如真諸賢我如是知如是見內身有識及外諸相一切我我行及慢使斷知拔絕根本終不復生漏盡比丘得知梵行已立法者應如是答汝等聞之當善然可歡喜奉行善然可彼歡喜奉行已當復如是語彼比丘賢者初說我等已可意歡喜然我等欲從賢者上復上求智慧應答辯才以是故我等從賢者問復問耳佛如是說彼諸比丘聞佛所說歡喜奉行

雙品阿夷那經第七

我聞如是一時佛遊舍衛國在於東園鹿子母堂爾時世尊則於晡時從宴坐起堂上來下在堂影中露地經行爲諸比丘廣說甚深微妙之法彼時異學阿夷那沙門蠻頭弟子遥見世尊從宴坐起堂上來下在堂影中露地經行爲諸比丘廣說甚深微妙之法異學

阿夷那沙門鑾頭弟子往詣佛所共相問訊隨佛經行世尊迴顧問曰阿夷那沙門鑾頭實思五百思若有異沙門梵志一切知一切見者自稱我有無餘知無餘見彼有過自稱有過異學阿夷那沙門鑾頭弟子答曰瞿曇沙門鑾頭實思五百思若有異沙門梵志一切知一切見者自稱我有無餘知無餘見彼有過自稱有過世尊復問曰阿夷那云何沙門鑾頭實思五百思若有異沙門梵志一切知一切見者自稱我有無餘知無餘見彼有過自稱有過耶異學阿夷那沙門鑾頭弟子答曰瞿曇沙門鑾頭作如是說若行若住若坐若臥若眠若覺或晝或夜常無礙知見或時逢驕象逸馬驕車叛兵走男走女或行如是道逢惡象惡馬惡牛惡狗或值毒蛇聚或得由擲或得杖打或墮溝瀆或墮廁中或乘臥牛或墮深坑或入刺中或見村邑問名問道見男見女問姓問名或觀空舍或如是入族彼既入已而問我曰尊從何行我答彼曰諸賢我趣惡道也瞿曇沙門鑾頭如是比思五百思若有異沙門梵志一切知一切見者自稱我有無餘知無餘見彼有過也於是世尊離於經行至經行道頭敷尼師壇結跏趺坐問諸比丘我所說智慧事汝等受持耶彼諸比丘嘿然不答世尊復至再三問曰諸比丘我所說智慧事汝等受持耶諸比丘亦至再三嘿然不答彼時有一比丘即從座起偏袒著衣叉手向佛白曰世尊今正是時善逝今正是時若世尊爲諸比丘說智慧事諸比丘從世尊聞當善受持世尊告曰比丘諦聽

善思念之我當爲汝具分別說時諸比丘白曰唯然當受教聽佛復告曰凡有二衆一曰法衆二曰非法衆何者非法衆或有一行非法說非法彼衆亦行非法說非法彼非法人住非法衆前自已所知而虛妄言不是眞實顯示分別施設其行流布次第說法欲斷他意弊惡難詰不可說也於正法中不可稱立自已所知彼非法人住非法衆前自稱我有智慧普知於中若有如是說智慧事者是謂非法衆何者法衆或有一行法說法彼衆亦行法說法彼法人住法衆前自已所知不虛妄言是眞是實顯示分別施設其行流布次第說欲斷他意弊惡難詰則可說也於正法中而可稱立自已所知彼法人住法衆前自稱我有智慧普知於中若有如是說智慧事者是謂法衆是故汝等當知法非法義與非義知法非法義非義已汝等當學如法如義佛說如是即從座起入室宴坐於是諸比丘便作是念諸賢當知世尊略說此義不廣分別即從座起入室宴坐是故汝等當知法非法義與非義知法非法義非義已汝等當學如法如義彼復作是念諸賢誰能廣分別世尊向所略說義彼復作是念尊者阿難是佛侍者而知佛意常爲世尊之所稱譽及諸智梵行人尊者阿難能廣分別世尊向所略說義諸賢共往詣尊者阿難所請說此義若尊者阿難爲分別者我等當善受持於是諸比丘往詣尊者阿難所共相問訊却坐一面白曰尊者阿難當知世尊略說此義不廣分別即從座起入室宴坐汝等當知法非法義與

非義知法非法義非義已汝等當學如法如義我等便作是念諸賢誰能廣分別世尊向所略說義我等復作是念尊者阿難是佛侍者而知佛意常爲世尊之所稱譽及諸智梵行人尊者阿難能廣分別世尊向所略說義唯願尊者阿難爲慈愍故而廣說之尊者阿難告曰諸賢聽我說喻慧者聞喻則解其義諸賢猶如有人欲得求實爲求實故持斧入林彼見大樹成根莖節枝葉華實彼人不觸根莖節實但觸枝葉諸賢所說亦復如是世尊現在捨來就我而問此義所以者何諸賢當知世尊是眼是智是義是法法主法將說眞諦義現一切義由彼世尊諸賢應往詣世尊所而問此義世尊此云何此何義如世尊說者諸賢等當善受持時諸比丘白曰唯然尊者阿難世尊是眼是智是義是法法主法將說眞諦義現一切義由彼世尊然尊者阿難是佛侍者而知佛意常爲世尊之所稱譽及諸智梵行人尊者阿難能廣分別世尊向所略說義唯願尊者阿難爲慈愍故而廣說之尊者阿難告諸比丘諸賢等共聽我所說諸賢邪見非法正見是法若有因邪見生無量惡不善法者是謂非義若因正見生無量善法者是謂正義諸賢乃至邪智非法正智是法若因邪智生無量惡不善法者是謂非義若因正智生無量善法者是謂是義諸賢謂世尊略說此義不廣分別即從座起入室宴坐是故汝等當知法非法義與非義知法非法義非義已汝等當學如法如義此世尊略說不廣分別義我以此句以此文廣說如

是諸賢可往詣佛具陳若如世尊所說義者諸賢等便可受持於是諸比丘聞尊者阿難所說善受持誦即從座起繞尊者阿難三帀而去往詣佛所稽首作禮却坐一面白曰世尊向世尊略說此義不廣分別即從座起入室宴坐尊者阿難以此句以此文而廣說之世尊聞已嘆曰善哉善哉我弟子中有眼有智有法有義所以者何謂師爲弟子略說此義不廣分別彼弟子以此句以此文而廣說之如阿難所說汝等應當如是受持所以者何以說觀義應如是也佛說如是彼諸比丘聞佛所說歡喜奉行

雙品聖道經第八

我聞如是一時佛遊拘樓瘦劒磨瑟曇拘樓都邑爾時世尊告諸比丘有一道令衆生得清淨離愁慼啼哭滅憂苦懊惱便得如法謂聖正定有習有助亦復有具而有七支於聖正定說習說助亦復說具云何爲七正見正志正語正業正命正方便正念若有以此七支習助具善趣向心得一者是謂聖正定有習有助亦復有具所以者何正見生正志正志生正語正語生正業正業生正命正命生正方便正方便生正念正念生正定賢聖弟子如是心正定頓盡婬怒癡賢聖弟子如是正心解脫頓知生已盡梵行已立所作已辦不更受有知如真彼中正見最在其前若見邪見是邪見者是謂正見若見正見是正見者亦謂正見云何邪見謂此見無施無齋無有呪說無善惡業無善惡業報無此世彼世無父無母世無真人往至善處善去善向此

世彼世自知自覺自作證成就遊是謂邪見云何正見謂此見有施有齋亦有呪說有善惡業有善惡業報有此世彼世有父有母世有眞人往至善處善去善向此世彼世自知自覺自作證成就遊是謂正見是爲見邪見是邪見者是謂正見見正見是正見者亦謂正見彼如是知已則便求學欲斷邪見成就正見是謂正方便比丘以念斷於邪見成就正見是謂正方便念此三支隨正見從見方便是故正見最在前也若見邪志是邪志者是謂正志若見正志是正志者亦謂正志云何邪志欲念恚念害念是謂邪志云何正志無欲念無恚念無害念是謂正志是爲見邪志是邪志者是謂正志見正志是正志者亦謂正志彼如是知已則便求學欲斷邪志成就正志是謂正方便比丘以念斷於邪志成就正志是謂正念此三支隨正志從見方便是故正見最在前也若見邪語是邪語者是謂正語若見正語是正語者亦謂正語云何邪語妄言兩舌麤言綺語是謂邪語云何正語離妄言兩舌麤言綺語是謂正語是爲見邪語是邪語者是謂正語見正語是正語者亦謂正語彼如是知已則便求學欲斷邪語成就正語是謂正方便比丘以念斷於邪語成就正語是謂正念此三支隨正語從見方便是故正見最在前也若見邪業是邪業者是謂正業若見正業是正業者亦謂正業云何邪業殺生不與取邪婬是謂邪業云何正業離殺不與取邪婬是謂正業是爲見邪業是邪業者是謂正業見正業是正業者亦謂

正業彼如是知已則便求學欲斷邪業成就正業是謂正方便比丘以念斷於邪業成就正業是謂正念此三支隨正業從見方便是故正見最在前也若見邪命是邪命者是謂正命若見正命是正命者亦謂正命云何邪命若有求無滿意以若干種畜生之呪邪命存命彼不如法求衣被以非法也不如法求飲食牀榻湯藥諸生活具以非法也是謂邪命云何正命若不求無滿意不以若干種畜生之呪不邪命存命彼如法求衣被則以法也如法求飲食牀榻湯藥諸生活具則以法也是謂正命是為見邪命是邪命者是謂正命見正命是正命者亦謂正命彼如是知已則便求學欲斷邪命成就正命是謂正方便比丘以念斷於邪命成就正命是謂正念此

三支隨正命從見方便是故正見最在前也云何正方便比丘者已生惡法為斷故發欲求方便精勤舉心滅未生惡法為不生故發欲求方便精勤舉心滅未生善法為生故發欲求方便精勤舉心滅已生善法為住不忘不退轉增廣布修習滿具故發欲求方便精勤舉心滅是謂正方便云何正念比丘者觀內身如身觀至覺心法如法是謂正念云何正定比丘者離欲離惡不善之法至得第四禪成就遊是謂正定云何正解脫比丘者欲心解脫恚癡心解脫是謂正解脫云何正智比丘者知欲心解脫知恚癡心解脫是謂正智也是為學者成就八支漏盡阿羅漢成就十支云何學者成就八支學正見至學正定是為學者成就八支云何漏盡阿羅漢成就

十支無學正見至無學正智是謂漏盡阿羅漢成就十支所以者何正見者斷於邪見若因邪見生無量惡不善法者彼亦斷之若因正見生無量善法者彼則修習令滿具足至正智者斷於邪智若因邪智生無量惡不善法者彼亦斷之若因正智生無量善法者彼則修習令滿具足是爲二十善品二十不善品是爲說四十大法品轉於梵輪沙門梵志天及魔梵及餘世間無有能制而言非者若有沙門梵志者我所說四十大法品轉於梵輪沙門梵志天及魔梵及餘世間無有能制而言非者彼於如法有十詰責云何爲十若毀呰正見稱譽邪見若有邪見沙門梵志若供養彼而稱譽彼若有沙門梵志者我所說四十大法品轉於梵輪沙門梵志天及魔梵及餘世間無有能制而言非者彼於如法是謂一詰責若毀呰至正智稱譽邪智若有邪智沙門梵志若供養彼而稱譽彼若有沙門梵志我所說四十大法品轉於梵輪沙門梵志天及魔梵及餘世間無有能制而言非者彼於如法是謂第十詰責若有沙門梵志我所說四十大法品轉於梵輪沙門梵志天及魔梵及餘世間無有能制而言非者是謂於如法有十詰責若更有餘沙門梵志蹲踞說蹲踞無所有說無所有說無因說無作說無業謂彼彼所作善惡施設斷絕破壞彼此我所說四十大法品轉於梵輪沙門梵志天及魔梵及餘世間無有能制而言非者彼亦有詰責愁憂恐怖佛說如是彼諸比丘聞佛所說歡喜奉行

雙品小空經第九

我聞如是一時佛遊舍衛國在於東園鹿子母堂爾時尊者阿難則於晡時從宴坐起往詣佛所稽首佛足却住一面白曰世尊一時遊行釋中城名釋都邑我於爾時從世尊聞說如是義阿難我多行空彼世尊所說我善知善受爲善持耶爾時世尊答曰阿難彼我所說汝實善知善受善持所以者何我從爾時及至於今多行空也阿難如此鹿子母堂空無象馬牛羊財物穀米奴婢然有不空唯比丘衆是爲阿難若此中無者以此故我見是空若此有餘者我見眞實有阿難是謂行眞實空不顚倒也阿難比丘若欲多行空者彼比丘莫念村想莫念人想當數念一無事想彼如是知空於村想空於人想然有不空唯一無事想若有疲勞因村想故我無是也若有疲勞因人想故我亦無是唯有疲勞因一無事想故若彼中無者以此故彼見是空若彼有餘者彼見眞實有阿難是謂行眞實空不顚倒也復次阿難比丘若欲多行空者彼比丘莫念人想莫念無事想當數念一地想彼比丘若見此地有高下有蛇聚有刺棘叢有沙有石山谿深河莫念彼也若見此地平正如掌觀望處好當數念彼阿難猶如牛皮以百釘張極張挓已無皺無縮若見此地有高下有蛇聚有刺棘叢有沙有石山谿深河莫念彼也若見此地平正如掌觀望處好當數念彼如是見知空於人想空無事想然有不空唯一地想若有疲勞因人想故我無是也若有疲勞因無事想故我亦無是唯有

疲勞因一地想故若彼中無者以此故彼見是空若彼有餘者彼見眞實有阿難是謂行眞實空不顛倒也復次阿難比丘若欲多行空者彼比丘莫念無事想莫念地想當數念一無量空處想彼如是知空無事想空於地想然有不空唯一無量空處想若有疲勞因無事想故我無是也若有疲勞因地想故我亦無是唯有疲勞因一無量空處想故若彼中無者以此故彼見是空若彼有餘者彼見眞實有阿難是謂行眞實空不顛倒也復次阿難比丘若欲多行空者彼比丘莫念地想莫念無量空處想當數念一無量識處想彼如是知空於地想空無量空處想然有不空唯一無量識處想若有疲勞因地想故我無是也若有疲勞因無量空處想故我亦無是唯有疲勞因一無量識處想故若彼中無者以此故彼見是空若彼有餘者彼見眞實有阿難是謂行眞實空不顛倒也復次阿難比丘若欲多行空者彼比丘莫念無量空處想莫念無量識處想當數念一無所有處想彼如是知空無量空處想空無量識處想然有不空唯一無所有處想若有疲勞因無量空處想故我無是也若有疲勞因無量識處想故我亦無是唯有疲勞因一無所有處想故若彼中無者以此故彼見是空若彼有餘者彼見眞實有阿難是謂行眞實空不顛倒也復次阿難比丘若欲多行空者彼比丘莫念無量識處想莫念無所有處想當數念一無想心定彼如是知定無量識處想空無所有處想然有不空唯一無想心定若有疲勞因

無量識處想故我無是也若有疲勞因無所有處想故我亦無是唯有疲勞因一無想心定故若彼中無者以此故彼見是空若彼有餘者彼見眞實有阿難是謂行眞實空不顚倒也彼作是念我本無想心定本所行本所思若本所行本所思者我不樂彼不求彼不應住彼如是知如是見欲漏心解脫有漏無明漏心解脫解脫已便知解脫生已盡梵行已立所作已辦不更受有知如眞彼如是知空欲漏空有漏空無明漏然有不空唯此我身六處命存若有疲勞因欲漏故我無是也若有疲勞因有漏無明漏故我亦無是唯有疲勞因此我身六處命存故若彼中無者以此故彼見是空若彼有餘者彼見眞實有阿難是謂行眞實空不顚倒也謂漏盡無漏無爲心解脫阿難若過去諸如來無所著等正覺彼一切行此眞實空不顚倒謂漏盡無漏無爲心解脫阿難若當來諸如來無所著等正覺彼一切行此眞實空不顚倒謂漏盡無漏無爲心解脫阿難若今現在我如來無所著等正覺我亦行此眞實空不顚倒謂漏盡無漏無爲心解脫阿難汝當如是學我亦行此眞實空不顚倒謂漏盡無漏無爲心解脫是故阿難當學如是佛說如是尊者阿難及諸比丘聞佛所說歡喜奉行

雙品大空經第十

我聞如是一時佛遊釋中迦維羅衞在尼拘類園爾時世尊過夜平旦著衣持鉢入迦維羅衞而行乞食食訖中後往詣加羅差摩釋精舍爾時加羅差摩釋精舍敷衆多牀座衆

多比丘於中住止爾時世尊從加羅差摩釋精舍出往詣伽羅釋精舍爾時尊者阿難與衆多比丘在伽羅釋精舍中集作衣業尊者阿難遥見佛來見已出迎取佛衣鉢還敷牀座汲水洗足佛洗足已於伽羅釋精舍坐尊者阿難所敷之座告曰阿難加羅差摩釋精舍敷衆多牀座衆多比丘於中住止尊者阿難白曰唯然世尊加羅差摩釋精舍敷衆多牀座衆多比丘於中住止所以者何我今作衣業時世尊復告阿難曰比丘不可欲譁說樂於譁說合會譁說欲衆樂衆合會於衆不欲離衆不樂獨住遠離之處若有比丘欲譁說樂於譁說合會譁說欲衆樂衆合會於衆不欲離衆不樂獨住遠離處者謂有樂聖樂無欲之樂離樂息樂正覺之樂無食之樂非生死樂若得如是樂易不難得者終無是處阿難若有比丘不欲譁說不樂譁說不合會譁說不欲於衆不樂於衆不合會衆欲離於衆常樂獨住遠離處者謂有樂聖樂無欲之樂離樂息樂正覺之樂無食之樂非生死樂若得如是樂易不難得者必有是處阿難比丘不可欲譁說樂於譁說合會譁說欲衆樂衆合會於衆不欲離衆不樂獨住遠離之處若有比丘欲譁說樂於譁說合會譁說欲衆樂衆合會於衆不欲離衆不樂獨住遠離處者得時愛樂心解脱及不時不移動心解脱者終無是處阿難若有比丘不欲譁說不樂譁說不合會譁說不欲於衆不樂於衆不合會衆欲離於衆常樂獨住遠離處者得時愛樂心解脱及不時不移動心解脱者必有是

處所以者何我不見有一色令我欲樂彼色敗壞變易異時生愁慼啼哭憂苦懊惱以是故我此異住處正覺盡覺謂度一切色想行於外空阿難我行此住處已生歡悅我此歡悅一切身覺正念正智生喜生止生樂生定如我此定一切身覺正念正智阿難或有比丘比丘尼優婆塞優婆夷共來詣我我便爲彼行如是如是心遠離樂無欲我亦復爲彼說法勸助於彼阿難若比丘欲多行空者彼比丘當持内心住止令一定彼持内心住止令一定已當念内空阿難若比丘作如是說我不持内心住止不令一定念内空者當知彼比丘大自疲勞阿難云何比丘持内心住止令一定耶比丘者此身離生喜樂漬盡潤漬普遍充滿離生喜樂無處不遍阿難猶人沐浴器盛澡豆以水澆和和令作丸漬盡潤漬普遍充滿内外周密無處有漏如是阿難比丘此身離生喜樂漬盡潤漬普遍充滿離生喜樂無處不遍阿難如是比丘持内心住止令得一定彼持内心住止令一定已當念内空彼念内空已其心移動不趣向近不得清澄不住不解於内空也阿難若比丘觀時則知念内空其心移動不趣向近不得清澄不住不解於内空者彼比丘當念外空彼念外空已其心移動不趣向近不得清澄不住不解於外空也阿難若比丘觀時則知念外空其心移動不趣向近不得清澄不住不解於外空者彼比丘當念内外空彼念内外空已其心移動不趣向近不得清澄不住不解於内外空也阿難若比丘觀時則知念内外

空其心移動不趣向近不得清澄不住不解於內外空者彼比丘當念不移動彼念不移動已其心移動不趣向近不得清澄不住不解於不移動也阿難若比丘觀時則知念不移動其心移動不趣向近不得清澄不住不解於不移動者彼比丘彼彼心於彼彼定御復御習復習濡復濡善快柔和攝樂遠離若彼彼心於彼彼定御復御習復習濡復濡善快柔和攝樂遠離已當以內空成就遊彼內空成就遊已心不移動趣向於近得清澄住解於內空阿難如是比丘觀時則知內空成就遊心不移動趣向於近得清澄住解於內空者是謂正知阿難比丘當以外空成就遊彼外空成就遊已心不移動趣向於近得清澄住解於外空阿難如是比丘觀時則知外空成就遊心不移動趣向於近得清澄住解於外空者是謂正知阿難比丘當以內外空成就遊彼內外空成就遊已心不移動趣向於近得清澄住解於內外空阿難如是比丘觀時則知內外空成就遊心不移動趣向於近得清澄住解於內外空者是謂正知阿難當以不移動成就遊彼不移動成就遊已心不移動趣向於近得清澄住解於不移動阿難如是比丘觀時則知不移動成就遊心不移動趣向於近得清澄住解於不移動者是謂正知阿難彼比丘行此住處心若欲經行者彼比丘從禪室出在室影中露地經行諸根在內心不向外後作前想如是經行已心中不生貪伺憂慼惡不善法是謂正知阿難彼比丘行此住處心若欲坐定者彼比丘從

離經行至經行道頭敷尼師壇結跏趺坐如是坐定已心中不生貪伺憂慼惡不善法是謂正知阿難彼比丘行此住處心若欲有所念者彼比丘若此三惡不善之念欲念恚念害念莫念此三惡不善之念若此三善念無欲念無恚念無害念當念此三善念如是念已心中不生貪伺憂慼惡不善法是謂正知阿難彼比丘行此住處心若欲有所説者彼比丘若此論非聖論無義相應謂論王論賊論鬪諍論飲食論衣被論婦人論童女論婬女論世間論邪道論海中論論如是種種畜生論若論聖論與義相應令心柔和無諸陰蓋謂論施論戒論定論慧論解脱論解脱知見論漸損論不貪論少欲論知足論無欲論斷論滅論宴坐論緣起論如是沙門所論如是論已心中不生貪伺憂慼惡不善法是謂正知復次阿難有五欲功德可樂意所念愛色欲相應眼知色耳知聲鼻知香舌知味身知觸若比丘心至到觀此五欲功德隨其欲功德若心中行者所以者何無前無後此五欲功德隨其欲功德心中行者阿難若比丘觀時則知此五欲功德隨其欲功德心中行者彼比丘彼彼欲功德觀無常觀衰耗觀無欲觀斷觀滅觀斷捨離若此五欲功德有欲有染者彼即滅也阿難若如是比丘觀時則知者此五欲功德有欲有染彼已斷也是謂正知復次阿難有五盛陰色盛陰覺想行識盛陰謂比丘如是觀興衰是色是色集是色滅是覺想行識是識是識集是識滅若此五盛陰有我慢者彼即滅也阿難若有比丘如

是觀時則知五陰中我慢已滅是謂正知阿難是法一向可一向樂一向意念無漏無愛魔所不及惡所不及諸惡不善法穢汙當來有本煩熱苦報生老病死因亦所不及謂成就此不放逸也所以者何因不放逸諸如來無所著等正覺得覺因不放逸根生諸無量善法若有隨道品阿難是故汝當如是學我亦成就於不放逸當學如是阿難以何義故信弟子隨世尊行奉事至命盡耶尊者阿難白世尊曰世尊爲法本世尊爲法主法由世尊唯願說之我今聞已得廣知義佛便告曰阿難諦聽善思念之我當爲汝具分別說尊者阿難受教而聽佛言阿難若其正經歌詠記說故信弟子隨世尊行奉事至命盡也但阿難或彼長夜數聞此法誦習至于意所惟觀明見深達若此論聖論與義相應令心柔和無諸陰蓋謂論施論戒論定論慧論解脫論解脫知見論漸損論不貪論少欲論知足論無欲論斷論滅論宴坐論緣起論如是沙門所論得易不難得因此義故信弟子隨世尊行奉事至命盡也阿難如是爲煩師爲煩弟子爲煩梵行阿難云何爲煩師若師出世有勞慮思惟住勞慮地有思惟觀離凡人有辯才彼住無事處山林樹下或居高巖寂無音聲遠離無惡無有人民隨順宴坐或住彼處學遠離精勤得增上心現法樂居彼學遠離精勤安隱快樂遊行已隨弟子還梵志居士村邑國人彼隨弟子還梵志居士村邑國人已便貢高還家如是爲煩師是亦爲惡不善法穢汙當來有本煩熱苦報生老病死因

所煩是謂煩師阿難云何爲煩弟子彼師弟子學彼遠離彼住無事處山林樹下或居高巖寂無音聲遠離無惡無有人民隨順宴坐或住彼處學遠離精勤得增上心現法樂居彼學遠離精勤安隱快樂遊行已隨弟子還梵志居士村邑國人彼隨弟子還梵志居士村邑國人已便貢高還家如是爲煩弟子是亦爲惡不善法穢汙當來有本煩熱苦報生老病死因所煩是謂煩弟子阿難云何爲煩梵行若如來出世無所著等正覺明行成爲善逝世間解無上士道法御天人師號佛衆祐彼住無事處山林樹下或居高巖寂無音聲遠離無惡無有人民隨順宴坐阿難如來以何義故住無事處山林樹下或居高巖寂無音聲遠離無惡無有人民隨順宴坐耶尊者阿難白世尊曰世尊爲法本世尊爲法主法由世尊唯願說之我今聞已得廣知義佛便告曰阿難諦聽善思念之我當爲汝具分別說尊者阿難受教而聽佛言阿難如來非爲未得欲得未獲欲獲未證欲證故住無事處山林樹下或居高巖寂無音聲遠離無惡無有人民隨順宴坐阿難如來但以二義故住無事處山林樹下或居高巖寂無音聲遠離無惡無有人民隨順宴坐一者爲自現法樂居故二者慈愍後生人故或有後生人効如來住無事處山林樹下或居高巖寂無音聲遠離無惡無有人民隨順宴坐阿難如來以此義故住無事處山林樹下或居高巖寂無音聲遠離無惡無有人民隨順宴坐或住彼處學遠離精勤得增上心現法樂居彼學

遠離精勤安隱快樂遊行已隨梵行還比丘比丘尼優婆塞優婆夷彼隨梵行還比丘比丘尼優婆塞優婆夷已便不貢高而不還家阿難若彼不移動心解脱作證我不説彼有障礙也若彼得四增上心現法樂居本爲精勤無放逸遊行故此或可有去以弟子多集會故復次阿難彼師弟子効住無事處山林樹下或居高巖寂無音聲遠離無惡無有人民隨順宴坐或住彼處學遠離精勤得增上心現法樂居彼學遠離精勤安隱快樂遊行已隨梵行還比丘比丘尼優婆塞優婆夷彼隨梵行還比丘比丘尼優婆塞優婆夷已便貢高還家如是爲煩梵行是亦爲惡不善法穢汙當來有本煩熱苦報生老病死因所煩是謂煩梵行阿難於煩師煩弟子此煩梵行最爲不可不樂不愛最意不念阿難是故汝等於我行慈事莫行怨事阿難云何弟子於師行怨事不行慈事若尊師爲弟子説法憐念愍傷求義及饒益求安隱快樂發慈悲心是爲饒益是爲快樂是爲饒益樂若彼弟子而不恭敬亦不順行不立於智其心不趣向法次法不受正法違犯師教不能得定者如是弟子於師行怨事不行慈事阿難云何弟子於師行慈事不行怨事若尊師爲弟子説法憐念愍傷求義及饒益求安隱快樂發慈悲心是爲饒益是爲快樂是爲饒益樂若彼弟子恭敬順行而立於智其心歸趣向法次法受持正法不違師教能得定者如是弟子於師行慈事不行怨事阿難是故汝等於我行慈事莫行怨事所以者何我不如是説如

陶師作瓦阿難我說嚴急嚴急至苦若有眞實者必能住也佛說如是尊者阿難及諸比丘聞佛所說歡喜奉行

雙品第十五竟

中阿含經卷第四十九

音釋

鑾謨還切　騎博昆切走也　叛薄半切奔也　凷苦潰切與塊同　詰契吉切問也責也　蹲踞蹲祖尊切踞居御切蹲踞謂蹲足踞手如獸之直前足而坐也　峪余蜀切水注溪曰峪　挓知格切張也開也

# 中阿含經卷第五十

東晋罽賓三藏瞿曇僧伽提婆譯

後大品第十六有十經　第五後誦

加樓烏陀夷　牟梨破群那　跋陀阿濕貝
周那優婆離　調御癡慧地　阿梨吒嗏帝

大品加樓烏陀夷經第一

我聞如是一時佛遊鴦伽國中與大比丘衆俱往至阿惒那住揵若精舍爾時世尊過夜平旦著衣持鉢入阿惒那而行乞食食訖中後收舉衣鉢澡洗手足以尼師壇著於肩上往至一林欲晝經行尊者烏陀夷亦過夜平旦著衣持鉢入阿惒那而行乞食食訖中後收舉衣鉢澡洗手足以尼師壇著於肩上隨侍佛後而作是念若世尊今晝行者我亦至彼晝行於是世尊入彼林中至一樹下敷尼師壇結跏趺坐尊者烏陀夷亦入彼林去佛不遠至一樹下敷尼師壇結跏趺坐爾時尊者烏陀夷獨在靜處宴坐思惟心作是念世尊爲我等多所饒益善逝爲我等多所安隱世尊於我除衆苦法增益樂法世尊於我除無量惡不善之法增益無量諸善妙法尊者烏陀夷則於晡時從宴坐起往詣佛所稽首佛足却坐一面世尊告曰烏陀夷無有所乏安隱快樂氣力如常耶尊者烏陀夷白曰唯然世尊我無所乏安隱快樂氣力如常世尊復問曰烏陀夷云何汝無所乏安隱快樂氣力如常耶尊者烏陀夷答曰世尊我獨在靜處宴坐思惟心作是念世尊爲我等多所饒益善逝爲我等多所安隱世尊於我除衆苦法增益樂法世尊除於我無量惡不善之法

增益無量諸善妙法世尊昔時告諸比丘汝等斷過中食世尊我等聞已不堪不忍不欲不樂若有信梵志居士往至衆園廣施作福我等自手受食而世尊今教我斷是善逝教我絕是復作是說此大沙門不能消食然我等於世尊威神妙德敬重不堪是故我等斷中後食復次昔時世尊告諸比丘汝等斷夜食世尊我等聞已不堪不忍不欲不樂於二食中最上最妙最勝最美者而世尊今教我斷是善逝教我絕是復作是說此大沙門不能消食世尊昔時有一居士多持種種淨妙食飲還歸其家勑內人曰汝等受此舉著一處我當盡共集會夜食不爲朝中世尊若於諸家施設極妙最上食者唯有夜食我爲朝中而世尊今教我斷是善逝教我絕是復作是說此大沙門不能消食然我等於世尊威神妙德敬重不堪是故我等斷於夜食世尊我復作是念若有比丘非時入村而行乞食或能逢賊作業不作業或逢虎逢鹿或逢虎鹿或逢豹逢羆或逢豹羆或住如是處或逢惡象惡馬惡牛惡狗或值蛇聚或得由擲或得杖打或墮溝瀆或墮廁中或乘臥牛或墮深坑或入刺中觀見空家入如是家若彼入已女人見之或呼共行惡不淨行世尊昔一比丘夜闇微雨睒睒掣電而非時行入他家乞食彼家婦人爾時出外洗蕩食器彼時婦人於電光中遥見比丘謂爲是鬼見已驚怖身毛皆竪失聲大呼即便墮身而作是語尊是鬼尊是鬼時彼比丘語婦人曰妹我非鬼我是沙門今來乞食爾時婦人恚罵比丘至

苦至惡而作是語令此沙門命根早斷令此沙門父母早死令此沙門種族絶滅令此沙門腹裂破壞禿頭沙門以黑自纏無子斷種汝寧可持利刀自破其腹不應非時夜行乞食咄此沙門而墮我身世尊我憶彼已便生歡悅世尊我因此歡悅遍充滿體正念正智生喜止樂定世尊我因此定遍充滿體正念正智如是世尊我無所乏安隱快樂氣力如常世尊嘆曰善哉善哉烏陀夷汝今不爾如彼癡人彼愚癡人我爲其説汝等斷此彼作是説此是小事何足斷之而世尊令教我斷此善逝令我絶此亦如是説此大沙門不能消食彼不斷此彼但於我生不可不忍及餘比丘善護持戒者亦復爲彼生不可不忍烏陀夷彼癡人所縛極堅極牢轉增轉急不可斷絶不得解脱烏陀夷猶如有蠅爲洟唾所縛彼在其中或苦或死烏陀夷若人作是説彼蠅所縛不堅不牢不轉增急而可斷絶則得解脱者爲正説耶尊者烏陀夷白曰不也世尊所以者何蠅爲洟唾所縛彼於其中或苦或死是故世尊彼蠅所縛極堅極牢轉增轉急不可斷絶不得解脱烏陀夷彼愚癡人我爲其説汝等斷此彼作是説此是小事何足斷之而世尊令教我斷此善逝令我絶此亦如是説此大沙門不能消食彼不斷此彼但於我生不可不忍及餘比丘善護持戒者亦復爲彼生不可不忍烏陀夷彼癡人所縛極堅極牢轉增轉急不可斷絶不得解脱烏陀夷若族姓子我爲其説汝等斷此彼不作是説此是小事何足斷之而世尊令教我

斷此善逝令我絕此亦不如是說此大沙門不能消食彼便斷此彼不於我生不可不忍及餘比丘善護奉戒者亦不爲彼生不可不忍烏陀夷彼族姓子所縛不堅不牢不轉增急而可斷絕則得解脫烏陀夷猶如象王年至六十而以憍傲摩訶能伽牙足體具筋力熾盛彼所堅縛若努力轉身彼堅縛者則便斷絕還歸本所烏陀夷若人作是說彼大象王年至六十而以憍傲摩訶能伽牙足體具筋力熾盛彼縛極堅極牢轉增轉急不可斷絕不得解脫者爲正說耶尊者烏陀夷白曰不也世尊所以者何彼大象王年至六十而以憍傲摩訶能伽牙足體具筋力熾盛彼所堅縛若努力轉身彼堅縛者則便斷絕還歸本所世尊是故彼大象王年至六十而以憍傲摩訶能伽牙足體具筋力熾盛彼縛不堅不牢不轉增急而可斷絕則得解脫如是烏陀夷彼族姓子我爲其說汝等斷此彼不作是說此是小事何足斷之而世尊令教我斷此善逝令我絕此亦不如是說此大沙門不能消食彼便斷此彼不於我生不可不忍及餘比丘善護持戒者亦不爲彼生不可不忍烏陀夷彼族姓子所縛不堅不牢不轉增急而可斷絕則得解脫烏陀夷若有癡人我爲其說汝等斷此彼作是說此是小事何足斷之而世尊令教我斷此善逝令我絕此亦如是說此大沙門不能消食彼不斷此彼但於我生不可不忍及餘比丘善護持戒者亦復爲彼生不可忍烏陀夷彼癡人所縛極堅極牢轉增轉急不可斷絕不得解脫烏陀夷猶

貧窮人無有錢財亦無勢力彼有一婦其眼復瞎醜不可愛唯有一屋崩壞穿漏烏鳥所棲弊不可居而有一牀復破折壞弊不可卧止有一瓶缺不可用彼見比丘食訖中後淨洗手足敷尼師壇坐一樹下清涼和調修增上心彼見已而作是念沙門爲快樂沙門如涅槃我惡無德所以者何我有一婦其眼復瞎醜不可愛不能捨離唯有一屋崩壞穿漏烏鳥所棲弊不可居不能捨離而有一牀復破折壞弊不可卧不能捨離止有一瓶缺不可用不能捨離愛樂比丘剃除鬚髮著袈裟衣至信捨家無家學道烏陀夷若人作是說彼貧窮人無有錢財亦無勢力所縛不堅不牢不轉增急而可斷絶則得解脱者爲正說耶尊者烏陀夷白曰不也世尊所以者何彼

貧窮人無有錢財亦無勢力有一瞎婦醜不可愛不能捨離唯有一屋崩壞穿漏烏鳥所棲弊不可居不能捨離而有一牀復破折壞弊不可卧不能捨離止有一瓶缺不可用不能捨離愛樂比丘剃除鬚髮著袈裟衣至信捨家無家學道世尊是故彼貧窮人無有錢財亦無勢力所縛極堅極牢轉增轉急不可斷除不得解脱如是烏陀夷若有癡人我爲其說汝等斷此彼作是說此是小事何足斷之而世尊今教我斷此善逝令我絶此亦如是說此大沙門不能消食彼不斷此彼但於我生不可不忍及餘比丘善護持戒者亦復爲彼生不可不忍烏陀夷是故彼癡人所縛極堅極牢轉增轉急不可斷絶不得解脱烏陀夷若族姓子我爲其說汝等斷此彼不作

是說此是小事何足斷之而世尊今教我斷此善逝令我絕此亦不如是說此大沙門不能消食彼便斷此彼不於我生不可不忍及餘比丘善護持戒者亦不爲彼生不可不忍烏陀夷是故彼族姓子所縛不堅不牢不轉增急而可斷絕則得解脫烏陀夷猶如居士居士子極大富樂多有錢財畜牧產業不可稱計封戶食邑米穀豐饒及若干種諸生活具奴婢象馬其數無量彼見比丘食訖中後淨洗手足敷尼師壇坐一樹下清涼調和修增上心彼見已而作是念沙門爲快樂沙門如涅槃我寧可捨極大富樂金寶財穀象馬奴婢愛樂比丘剃除鬚髮著袈裟衣至信捨家無家學道烏陀夷若人作是說彼居士居士子所縛極堅極牢轉增轉急不可斷絕不得解脫者爲正說耶尊者烏陀夷白曰不也世尊所以者何彼居士居士子彼能捨離極大富樂金寶財穀象馬奴婢愛樂比丘剃除鬚髮著袈裟衣至信捨家無家學道世尊是故彼居士居士子所縛不堅不牢不轉增急而可斷絕則得解脫如是烏陀夷若族姓子我爲其說汝等斷此彼不作是說此是小事何足斷之而世尊今教我斷此善逝令我絕此亦不如是說此大沙門不能消食彼便斷此彼不於我生不可不忍及餘比丘善護持戒者亦不爲彼生不可不忍烏陀夷是故彼族姓子所縛不堅不牢不轉增急而可斷絕則得解脫烏陀夷比丘行捨彼行捨已生欲相應念愛樂結縛彼樂是不斷不住不吐烏陀夷我說是縛不說解脫所以者何諸結不

善烏陀夷結不善故我說是縛不說解脫烏陀夷比丘行捨彼行捨巳生欲相應念愛樂結縛彼不樂是斷住吐烏陀夷我說亦是縛不說解脫所以者何諸結不善烏陀夷結不善故我說是縛不說解脫烏陀夷比丘行捨行捨巳或時意忘俱有欲相應念愛樂結縛遲觀速滅烏陀夷猶如鐵丸鐵犁竟日火燒或有人著二三渧水渧遲不續水便速盡烏陀夷如是比丘行捨彼行捨巳或時意忘俱有欲相應念愛樂結縛遲觀速滅烏陀夷我說亦是縛不說解脫所以者何諸結不善烏陀夷結不善故我說是縛不說解脫烏陀夷俱在若根遊行無生死於無上愛盡善心解脫烏陀夷我說解脫不說是縛所以者何諸結巳盡烏陀夷諸結盡故我說解脫不說是縛烏陀夷有樂非聖樂是凡夫樂病本癰本箭刺之本有食有生死不可修不可習不可廣布我說於彼則不可修烏陀夷有樂是聖樂無欲樂離樂息樂正覺之樂無食無生死可修可習可廣布我說於彼則可修也烏陀夷云何有樂非聖樂是凡夫樂病本癰本箭刺之本有食有生死不可修不可習不可廣布我說於彼不可修耶若因五欲生樂生善者是樂非聖樂是凡夫樂病本癰本箭刺之本有食有生死不可修不可習不可廣布我說於彼則不可修烏陀夷云何有樂是聖樂無欲樂離樂息樂正覺之樂無食無生死可修可習可廣布我說於彼則可修耶烏陀夷若比丘離欲離惡不善之法至得第四禪成就遊者是樂是聖樂無欲樂離樂息樂正覺

之樂無食無生死可修可習可廣布我說於彼則可修也烏陀夷比丘離欲離惡不善之法有覺有觀離生喜樂得初禪成就遊聖說是移動此中何等聖說移動此中有覺有觀是聖說移動此中何等聖說移動烏陀夷比丘覺觀已息內靜一心無覺無觀定生喜樂得第二禪成就遊是聖說移動此中何等聖說移動若此得喜是聖說移動此中何等聖說移動烏陀夷比丘離於喜欲捨無求遊正念正智而身體樂謂聖所說聖所捨念樂住空得第三禪成就遊是聖說移動此中何等聖說移動若此說移動心樂是聖說移動此中何等聖說不移動烏陀夷比丘樂滅苦滅喜憂本已滅不苦不樂捨念清淨得第四禪成就遊是聖說不移動烏陀夷比丘離欲離惡不善之法有覺有觀離生喜樂得初禪成就遊烏陀夷我說此不得無不得斷不得過度此中何等過度烏陀夷比丘覺觀已息內靜一心無覺無觀定生喜樂得第二禪成就遊是謂此中過度烏陀夷我說此亦不得無不得斷不得過度此中何等過度烏陀夷比丘離於喜欲捨無求遊正念正智而身覺樂謂聖所說聖所捨念樂住空得第三禪成就遊是謂此中過度烏陀夷我說此亦不得無不得斷不得過度此中何等過度烏陀夷比丘樂滅苦滅喜憂本已滅不苦不樂捨念清淨得第四禪成就遊是謂此中過度烏陀夷我說此亦不得無不得斷不得過度此中何等過度烏陀夷比丘度一切色想滅有對想不念若干想無量空是無量空處成就遊是

謂此中過度烏陀夷我說此亦不得無不得斷不得過度此中何等過度烏陀夷比丘度一切無量空處無量識是無量識處成就遊是謂此中過度烏陀夷我說此亦不得無不得斷不得過度此中何等過度烏陀夷比丘度一切無量識處無所有是無所有處成就遊是謂此中過度烏陀夷我說此亦不得無不得斷不得過度此中何等過度烏陀夷比丘度一切無所有處非有想非無想是非有想非無想處成就遊是謂此中過度烏陀夷我說至非有想非無想處亦不得無不得斷不得過度烏陀夷頗有一結或多或少久住者我說不得無不得斷不得過度謂我說不斷耶尊者烏陀夷白曰不也世尊世尊嘆曰善哉善哉烏陀夷汝不爾如彼癡人彼愚癡人我爲其說汝等斷此彼作是說此是小事何足斷之而世尊令教我斷此善逝令我絕此亦如是說此大沙門不能消食彼不斷此彼但於我生不可不忍及餘比丘善護持戒者亦復爲彼生不可不忍烏陀夷是故彼癡人所縛極堅極牢轉增轉急不可斷絕不得解脫烏陀夷若有族姓子我爲其說汝等斷此彼不作是說此是小學何足斷之而今世尊教我斷此善逝令我絕此亦不如是說此大沙門不能消食彼便斷此彼不於我生不可不忍及餘比丘善護持戒者亦不爲彼生不可不忍烏陀夷是故彼族姓子所縛不堅不牢不轉增急而可斷絕則得解脫佛說如是尊者烏陀夷聞佛所說歡喜奉行

大品牟梨破羣那經第二

我聞如是一時佛遊舍衛國在勝林給孤獨園爾時牟犁破羣那與比丘尼數共集會若有人向牟犁破羣那比丘道說比丘尼者彼聞已便瞋恚憎嫉乃至鬪諍若有人向諸比丘尼道說牟犁破羣那比丘者諸比丘尼聞已便瞋恚憎嫉乃至鬪諍衆多比丘聞已便往詣佛稽首佛足却坐一面白曰世尊牟犁破羣那比丘與比丘尼數共集會若有人向牟犁破羣那比丘道說比丘尼者彼聞已便瞋恚憎嫉乃至鬪諍若有人向諸比丘尼道說牟犁破羣那比丘者諸比丘尼聞已便瞋恚憎嫉乃至鬪諍世尊聞已告一比丘汝往牟犁破羣那比丘所而語之曰世尊呼汝一比丘聞已唯然世尊即從座起稽首佛足繞三帀而去至牟犁破羣那比丘所而語之曰世尊呼汝牟犁破羣那聞已來詣佛所爲佛作禮却坐一面世尊告曰破羣那汝實與比丘尼數共集會若有人向汝道說比丘尼者汝聞已便瞋恚憎嫉乃至鬪諍若有人向諸比丘尼道說汝者諸比丘尼聞已便瞋恚憎嫉乃至鬪諍破羣那汝實如是耶破羣那答曰實爾世尊世尊復問曰破羣那汝非至信捨家無家學道耶破羣那答曰唯然世尊世尊告曰破羣那是以汝至信捨家無家學道者應當學若有欲有念依家斷是若有欲有念依於無欲是習是修是廣布也破羣那汝當如是學爾時世尊問諸比丘曰汝等非至信捨家無家學道耶諸比丘答曰唯然世尊世尊復告諸比丘曰是以汝等至信捨家無家學道者應當學若有欲有念依家斷是若

有欲有念依於無欲是習是修是廣布也汝等當如是學昔時我曾告諸比丘汝等若有比丘多所知識若有比丘少所知識彼一切盡學一坐食學一坐食已無爲無求無有病痛身體輕便氣力康强安隱快樂彼諸比丘多所知識及少知識盡學一坐食學一坐食已無爲無求無有病痛身體輕便氣力康强安隱快樂彼諸比丘可於我心我亦不多教訶諸比丘因此生念向法次法猶如馬車御者乘之左手執轡右手執策隨八道行任意所至如是諸比丘可於我心我亦不多教訶諸比丘因此生念向法次法猶如良地有娑羅樹林彼治林者聰明黠慧而不懈怠彼隨時治娑羅樹根數數鋤糞以水溉灌高者掘下下者塡滿若邊生惡草莓除棄之若並生曲戾惡不直者拔根著外若枝生横曲則剈治之若近邊新生調直好者便隨時治數數鋤糞以水溉灌如是彼良地娑羅樹林轉轉茂盛如是諸比丘可於我心我亦不多教訶我不說彼善語恭順謂因衣鉢飲食牀榻湯藥諸生活具故所以者何彼比丘若不得是還不善語恭順成就不善語恭順法若有比丘爲遠離依遠離住遠離善語恭順成就善語恭順法者我說彼善語恭順所以者何或有一善護善遊行者謂因他無惡語言也若他不惡語言者便不瞋恚亦不憎嫉不憂纏住不憎瞋恚不發露惡彼諸比丘見已便作是念此賢者忍辱溫和堪耐善制善定善息若他惡語言者便瞋恚憎嫉而憂纏住憎恚發惡彼諸比丘見已便作是念此賢者惡性

急弊麤獷不定不制不息所以者何比丘昔時有居士婦名鞞陀提極大富樂多有錢財畜牧產業不可稱計封戶食邑米穀豐饒及若干種諸生活具爾時居士婦鞞陀提如是大有名稱流布諸方居士婦鞞陀提忍辱堪耐温和善制善定善息爾時居士婦鞞陀提有婢名黑本侍者有妙善言少多行善彼黑婢作是念我大家居士婦鞞陀提如是有大名稱流布諸方居士婦鞞陀提忍辱堪耐温和善制善定善息我今寧可試大家居士婦鞞陀提爲實瞋爲實不瞋耶於是黑婢臥不早起夫人呼曰黑婢何不早起耶黑婢聞已便作是念我大家居士婦鞞陀提實瞋非不瞋也但因我善能料理家業善經營善持故令我大家居士婦鞞陀提如是有極大名稱流布諸方居士婦鞞陀提忍辱堪耐温和善制善定善息我今寧可復更大試大家居士婦鞞陀提爲實瞋爲實不瞋耶於是黑婢臥極晚不起夫人呼曰黑婢何以極晚不起耶黑婢聞已作是念我大家居士婦鞞陀提實瞋非不瞋也但因我善能料理家業善經營善持故令我大家居士婦鞞陀提如是有極大名稱流布諸方居士婦鞞陀提忍辱堪耐温和善制善定善息耳我今寧可復更極大試大家居士婦鞞陀提爲實瞋爲實不瞋耶於是黑婢臥至晡時乃起夫人呼曰黑婢何以乃至晡時起既不自作亦不教作此黑婢不隨我教此黑婢輕慢於我便大瞋恚而生憎嫉額三脉起皺面自往閉戶下關手執大杖以打其頭頭破血流於是黑婢頭破血流

便出語比鄰訟聲紛紜多所道說尊等見是忍辱行人堪耐温和善制善定善息行耶罵我曰黑婢何以乃至晡時起旣不自作亦不教作此黑婢不隨我教此黑婢輕慢於我便大瞋恚而生憎嫉額三脉起皺面自來閉戶下關手執大杖以打我頭頭破血流爾時居士婦鞞陀提如是便有極大惡名流布諸方居士婦鞞陀提惡性急弊麤𤞑不定不制不息如是或有一善護善遊行者謂因他無惡語言也若他不惡語言者便不瞋恚亦不憎嫉不憂纏住不增瞋恚不發露惡彼諸比丘見已便作是念此賢者忍辱溫和堪耐善制善定善息若他惡語言者便瞋恚憎嫉而憂纏住憎恚發惡彼諸比丘見已便作是念此賢者惡性急弊麤𤞑不定不制不息復次有五言道若他說者或時或非時或眞或非眞或輭或堅或慈或恚或有義或無義汝等此五言道若他說時或心變易者或口惡言者我說汝等因此必衰汝等當學此五言道若他說時心不變易口無惡言向怨家人緣彼起慈愍心心與慈俱遍滿一方成就遊如是二三四方四維上下普周一切心與慈俱無結無怨無恚無諍極廣甚大無量善修遍滿一切世間成就遊如是悲喜心與捨俱無結無怨無恚無諍極廣甚大無量善修遍滿一切世間成就遊汝等當學如是猶如有人持大鏵鍬來而作是語我能令此大地使作非地彼便處處掘復掘唾尿汙之說惡語言作如是說令大地非地於意云何彼人以此方便能令此大地作非地耶諸比丘答曰不也

世尊所以者何此大地甚深極廣而不可量是故彼人以此方便不能令此大地使作非地世尊但使彼人唐自疲勞也如是此五言道若他說者或時或非時或眞或不眞或輭或堅或慈或恚或有義或無義汝等此五言道若他說時或心變易者或口惡言者我說汝等因此必衰汝等當學此五言道若他說時心不變易口無惡言向言說者緣彼起慈愍心心行如地無結無怨無恚無諍極廣甚大無量善修遍滿一切世間成就遊汝等當學如是猶如有人持大草炬作如是語我以此草炬用熱恒伽水令作沸湯於意云何彼人以此方便能令恒伽水熱作沸湯耶諸比丘答曰不也世尊所以者何世尊彼恒伽水甚深極廣不可度量是故彼人以此方便不能令恒伽水熱使作沸湯世尊但使彼人唐自疲勞也如是此五言道若他說者或時或非時或眞或不眞或輭或堅或慈或恚或有義或無義汝等此五言道若他說時或心變易者或口惡言者我說汝等因此必衰汝等當學此五言道若他說時心不變易口無惡言向言說者緣彼起慈愍心心行如恒伽水無結無怨無恚無諍極廣甚大無量善修遍滿一切世間成就遊汝等當學如是猶如畫師畫師弟子持種種彩來彼作是說我於此虛空畫作形像以彩粧染於意云何彼畫師畫師弟子以此方便寧能於虛空畫作形像以彩粧染耶諸比丘答曰不也世尊所以者何世尊此虛空非色不可見無對是故彼畫師畫師弟子以此方便不能於虛空畫作形

像以彩粧染世尊但使彼畫師畫師弟子唐自疲勞也如是此五言道若他說者或時或非時或眞或不眞或輭或堅或慈或恚或有義或無義汝等此五言道若他說時或心變易者或口惡言者我說汝等因此必衰汝等當學此五言道若他說時心不變易口無惡言向言說者緣彼起慈愍心心行如虛空無結無怨無恚無諍極廣甚大無量善修遍滿一切世間成就遊汝等當學如是猶如猫皮囊柔治極輭除㲸㲸聲無㲸㲸聲彼或有人以手拳扠石擲杖打或以刀斫或撲著地於意云何彼猫皮囊柔治極輭除㲸㲸聲無㲸㲸聲彼寧復有㲸㲸聲耶諸比丘答曰不也世尊所以者何世尊彼猫皮囊柔治極輭除㲸㲸聲無㲸㲸聲是故無復有㲸㲸聲如是

諸比丘若有他人拳扠石擲杖打刀斫汝等若爲他人拳扠石擲杖打刀斫時或心變易者或口惡言者我說汝等因此必衰汝等當學若爲他人拳扠石擲杖打刀斫時心不變易口不惡言向捶打人緣彼起慈愍心心行如猫皮囊無結無怨無恚無諍極廣甚大無量善修遍滿一切世間成就遊汝等當學如是若有賊來以利鋸刀節節解截汝等若有賊來以利鋸刀節節解截時或心變易者或口惡言者我說汝等因此必衰汝等當學若有賊來以利鋸刀節節解截心不變易口無惡言向割截人緣彼起慈愍心心與慈俱遍滿一方成就遊如是二三四方四維上下普周一切心與慈俱無結無怨無恚無諍極廣甚大無量善修遍滿一切世間成就遊如是

悲喜心與捨俱無結無怨無恚無諍極廣甚大無量善修遍滿一切世間成就遊汝等當學如是於是世尊嘆諸比丘曰善哉善哉汝等當數數念利鋸刀喻沙門教汝等數數念利鋸刀喻沙門教已汝等頗見他不愛惡語言向我我聞已不堪耐耶諸比丘答曰不也世尊世尊復嘆諸比丘曰善哉善哉汝等當數數念利鋸刀喻沙門教汝等數數念利鋸刀喻沙門教已若汝遊東方必得安樂無衆苦患若遊南方西方北方者必得安樂無衆苦患善哉善哉汝等當數數念利鋸刀喻沙門教汝等數數念利鋸刀喻沙門教已我尚不說汝諸善法住況說衰退但當晝夜增長善法而不衰退善哉善哉汝等數數念利鋸刀喻沙門教汝等數數念利鋸刀喻沙門教已於二果中必得其一或於現世間究竟智或復有餘得阿那含佛說如是彼諸比丘聞佛所說歡喜奉行

中阿含經卷第五十

音釋

吒嗏梵語也吒陟駕切嗏除加切　阿恕那梵語也恕音和　揵若梵語精舍名也揵巨言切若爾者切　羆熊班糜切獸也似熊而黄白色　睒睒失冉切睒睒晶焚貌謂閃爍也　涎唾涎延知切鼻液也唾吐卧切口液也　瞎許轄切目盲也　渧丁歷切水點也　轡彼義切馬轡也　筴測革切馬箠也　茠除茠呼高切拔去草也　剳歷各切剔也　鏵鍬鏵胡瓜切鍬還遥切鏵鍬帀也　甋甋力頰切甋甋蹋瓦聲也此謂皮囊柔軟而無甋甋之聲也　扠初佳切打也以拳加物也

# 中阿含經卷第五十一

東晋罽賓三藏瞿曇僧伽提婆譯

## 大品跋陀和利經第三

我聞如是一時佛遊舍衛國在勝林給孤獨園與大比丘衆俱而受夏坐爾時世尊告諸比丘我一坐食一坐食已無爲無求無有病痛身體輕便氣力康强安隱快樂汝等亦當學一坐食一坐食已無爲無求無有病痛身體輕便氣力康强安隱快樂爾時尊者跋陀和利亦在衆中於是尊者跋陀和利即從座起偏袒著衣叉手向佛白曰世尊我不堪任於一坐食所以者何若我一坐食者同不了事懊惱心悔世尊是故我不堪任一坐食也世尊告曰跋陀和利若我受請汝亦隨我聽汝請食持去一坐食跋陀和利若是者快得生活尊者跋陀和利又復白曰世尊如是我亦不堪於一坐食所以者何若我一坐食者同不了事懊惱心悔世尊是故我不堪任一坐食也世尊復至再三告諸比丘我一坐食一坐食已無爲無求無有病痛身體輕便氣力康强安隱快樂汝等亦當學一坐食一坐食已無爲無求無有病痛身體輕便氣力康强安隱快樂尊者跋陀和利亦至再三從座而起偏袒著衣叉手向佛白曰世尊我不堪任於一坐食所以者何若我一坐食者同不了事懊惱心悔世尊是故我不堪任一坐食也世尊復至再三告曰跋陀和利若我受請汝亦隨我聽汝請食持去一坐食跋陀和利若如是者快得生活尊者跋陀和利復至再三白曰世尊如是我亦不堪於一坐食所以

者何若我一坐食者同不了事懊惱心悔世尊是故我不堪任一坐食也爾時世尊為比丘眾施設一坐食戒諸比丘眾皆奉學戒及世尊境界諸微妙法唯尊者跋陀和利說不堪任從座起去所以者何不學具戒及世尊境界諸微妙法故於是尊者跋陀和利遂藏一夏不見世尊所以者何以不學具戒及世尊境界諸微妙法故時諸比丘為佛作衣世尊於舍衛國受夏坐訖過三月已補治衣竟攝衣持鉢當遊人間尊者跋陀和利聞諸比丘為佛作衣世尊於舍衛國受夏坐訖過三月已補治衣竟攝衣持鉢當遊人間尊者跋陀和利聞已往詣諸比丘所諸比丘遙見尊者跋陀和利來便作是語賢者跋陀和利汝當知此為佛作衣世尊於舍衛國受夏坐訖過三月已補治衣竟攝衣持鉢當遊人間跋陀和利汝當彼處善自守護莫令後時致多煩勞尊者跋陀和利聞此語已即詣佛所稽首佛足白曰世尊我實有過我實有過如愚如癡如不了如不善所以者何世尊為比丘眾施設一坐食戒諸比丘眾皆奉學戒及世尊境界諸微妙法唯我說不堪任從座起去所以者何以不學具戒及世尊境界諸微妙法故世尊告曰跋陀和利汝於爾時不知眾多比丘比丘尼於舍衛國而受夏坐彼知我見我有比丘名跋陀和利世尊弟子不學具戒及世尊境界諸微妙法故跋陀和利汝於爾時不知如此耶跋陀和利汝於爾時不知眾多優婆塞優婆夷居舍衛國彼知我見我有比丘名跋陀和利世尊弟子不學具戒及

世尊境界諸微妙法跋陀和利汝於爾時不知如此耶跋陀和利汝於爾時不知衆多異學沙門梵志於舍衛國而受夏坐彼知我見我有比丘名跋陀和利沙門瞿曇弟子名德不學具戒及世尊境界諸微妙法跋陀和利汝於爾時不知如此耶跋陀和利若有比丘俱解脱者我語彼曰汝來入泥跋陀和利於意云何我教彼比丘彼比丘寧當可住而移避耶尊者跋陀和利答曰不也世尊告曰跋陀和利若有比丘設非俱解脱有慧解脱設非慧解脱有身證者設非身證有見到者設非見到有信解脱設非信解脱有法行者設非法行有信行者我語彼曰汝來入泥跋陀和利於意云何我教彼比丘彼比丘寧當可住而移避耶尊者跋陀和利答曰不也世尊告曰跋陀和利於意云何汝於爾時得信行法行信解脱見到身證慧解脱俱解脱耶尊者跋陀和利答曰不也世尊告曰跋陀和利汝於爾時非如空屋耶於是尊者跋陀和利爲世尊面訶責已内懷憂慼低頭默然失辯無言如有所伺於是世尊面訶責尊者跋陀和利已復欲令歡喜而告之曰跋陀和利汝當爾時於我無信法靜無愛法靜無諍法靜所以者何我爲比丘衆施設一坐食戒諸比丘衆皆奉學戒及世尊境界諸微妙法唯汝説不堪任從座起去所以者何以不學具戒及世尊境界諸微妙法故尊者跋陀和利白曰實爾所以者何世尊爲比丘衆施設一坐食戒諸比丘衆皆奉學戒及世尊境界諸微妙法唯我説不堪任從座起去所以者何以

不學具戒及世尊境界諸微妙法故唯願世尊受我過失我見過已當自悔過從今護之不復更作世尊告曰跋陀和利如是汝實如愚如癡如不了如不善所以者何我爲比丘衆施設一坐食戒諸比丘衆皆奉學戒及世尊境界諸微妙法唯汝說不堪任從座起去所以者何以汝不學具戒及世尊境界諸微妙法故跋陀和利若汝有過見已自悔從今護之不更作者跋陀和利如是則於聖法律中益而不損若汝有過見已自悔從今護之不更作者跋陀和利於意云何若有比丘不學具戒者彼住無事處山林樹下或居高巖寂無音聲遠離無惡無有人民隨順宴坐彼住遠離處修行精勤得增上心現法樂居彼住遠離處修行精勤安隱快樂已誣謗世尊戒及誣謗天諸智梵行者亦誣謗自戒彼誣謗世尊戒及誣謗天諸智梵行者亦誣謗自戒已便不生歡悅不生歡悅已便不生喜不生喜已便不止身不止身已便不覺樂不覺樂已便心不定跋陀和利賢聖弟子心不定已便不見如實知如真跋陀和利於意云何若有比丘學具戒者彼住無事處山林樹下或居高巖寂無音聲遠離無惡無有人民隨順宴坐彼住遠離處修行精勤得增上心現法樂居彼住遠離處修行精勤安隱快樂已不誣謗世尊戒不誣謗天諸智梵行者亦不誣謗自戒彼不誣謗世尊戒不誣謗天諸智梵行者亦不誣謗自戒已便生歡悅生歡悅已便生喜生喜已便止身止身已便覺樂覺樂已便心定跋陀和利賢聖弟子心定已便

見如實知如眞見如實知如眞已便離欲離惡不善之法有覺有觀離生喜樂得初禪成就遊跋陀和利是謂彼於爾時得第一增上心即於現法得安樂居易不難得樂住無怖安隱快樂令昇涅槃彼覺觀已息内靜一心無覺無觀定生喜樂得第二禪成就遊跋陀和利是謂彼爾時得第二增上心即於現法得安樂居易不難得樂住無怖安隱快樂令昇涅槃彼離於喜欲捨無求遊正念正智而身覺樂謂聖所說聖所捨念樂住空得第三禪成就遊跋陀和利是謂彼於爾時得第三增上心即於現法得安樂居易不難得樂住無怖安隱快樂令昇涅槃彼樂滅苦滅喜憂本已滅不苦不樂捨念清淨得第四禪成就遊跋陀和利是謂彼於爾時得第四增上心即於現法得安樂居易不難得樂住無怖安隱快樂令昇涅槃彼如是得定心清淨無穢無煩柔輭善住得不動心學憶宿命智通作證彼有行有相貌憶本無量昔所經歷謂一生二生百生千生成劫敗劫無量成敗劫彼衆生名其彼昔更歷我曾生彼如是姓如是字如是生如是飲食如是受苦樂如是長壽如是久住如是壽訖此死生彼彼死生此我生在此如是姓如是字如是生如是飲食如是受苦樂如是長壽如是久住如是壽訖跋陀和利是謂彼於爾時得此第一明達以本無放逸樂住遠離修行精勤謂無智滅而智生闇壞而明成無明滅而明生謂憶宿命智作證明達彼如是得定心清淨無穢無煩柔輭善住得不動心學於生死智通作證彼以

清淨天眼出過於人見此衆生死時生時好色惡色妙與不妙往來善處及不善處隨此衆生之所作業見其如眞若此衆生成就身惡行口意惡行誹謗聖人邪見成就邪見業彼因緣此身壞命終必至惡處生地獄中若此衆生成就身妙行口意妙行不誹謗聖人正見成就正見業彼因緣此身壞命終必昇善處上生天中跋陀和利是謂彼於爾時得第二明達以本無放逸樂住遠離修行精勤無智滅而智生闇壞而明成無明滅而明生謂生死智作證明達彼如是得定心清淨無穢無煩柔輭善住得不動心學漏盡智通作證彼知此苦如眞知此苦集知此苦滅知此苦滅道如眞知此漏如眞知此漏集知此漏滅知此漏滅道如眞彼如是知如是見欲漏心解脫有漏無明漏心解脫解脫已便知解脫生已盡梵行已立所作已辦不更受有知如眞跋陀和利是謂彼於爾時得第三明達以本無放逸樂住遠離修行精勤無智滅而智生暗壞而明成無明滅而明生謂漏盡智作證明達於是尊者跋陀和利即從座起偏袒著衣叉手向佛白曰世尊何因何緣諸比丘等同犯於戒或有苦治或不苦治世尊答曰跋陀和利或有比丘數數犯戒因數數犯戒故爲諸梵行訶所見聞從他疑者彼爲諸梵行訶所見聞從他疑已更說異異論外餘事瞋恚憎嫉發怒廣惡觸嬈於衆轉輕慢於衆作如是說我今當作令衆歡喜而可意作如是意跋陀和利諸比丘便作是念然此賢者數數犯戒因數數犯戒故爲諸梵行訶所

見聞從他疑者彼為諸梵行訶所見聞從他疑已更說異異論外餘事瞋恚憎嫉發怒廣惡觸嬈於衆轉輕慢於衆作如是說我今當作令衆歡喜而可意見已作如是說諸尊當觀令久住跋陀和利諸比丘如是觀令久住或有比丘數數犯戒因數數犯戒故為諸梵行訶所見聞從他疑者彼為諸梵行訶所見聞從他疑已不說異異論外餘事不瞋恚憎嫉發怒廣惡不觸嬈衆不輕慢衆不如是說我今當作令衆歡喜而可意不作如是意跋陀和利諸比丘便作是念然此賢者數數犯戒因數數犯戒故為諸梵行訶所見聞從他疑者彼為諸梵行訶所見聞從他疑已不說異異論外餘事不瞋恚憎嫉發怒廣惡不觸嬈衆不轉慢衆不如是說我今當作令衆歡喜而可意見已而作是語諸尊當觀令早滅跋陀和利諸比丘如是觀令早滅輕犯禁戒亦復如是跋陀和利或有比丘有信有愛有靜令此比丘有信有愛有靜若我等苦治於此賢者令此賢者有信有愛有靜因此必斷我等寧可善共將護於此賢者諸比丘便善共將護跋陀和利譬若如人唯有一眼彼諸親屬為憐念愍傷求利及饒益求安隱快樂善共將護莫令此人寒熱饑渴有病有憂有病憂莫塵莫烟莫塵烟所以者何復恐此人失去一眼是故親屬善將護之跋陀和利如是比丘少信少愛少有靜諸比丘等便作是念令此比丘少信少愛少有靜若我等苦治於此賢者令此賢者少信少愛少有靜因此必斷我等寧可善共將護於此賢者是故諸

比丘善共將護猶如親屬護一眼人於是尊者跋陀和利即從座起偏袒著衣叉手向佛白曰世尊何因何緣昔日少施設戒多有比丘遵奉持者何因何緣世尊今日多施設戒少有比丘遵奉持者世尊答曰跋陀和利若比丘衆不得利者衆便無喜好法若衆得利者衆便生喜好法生喜好法已世尊欲斷此喜好法故便爲弟子施設於戒如是稱譽廣大上尊王所識知大有福多學問跋陀和利若衆不多聞者衆便不生喜好法若衆多聞者衆便生喜好法衆生喜好法已世尊欲斷此喜好法故便爲弟子施設戒跋陀和利不以斷現世漏故爲弟子施設戒我以斷後世漏故爲弟子施設戒跋陀和利是故我爲弟子斷漏故施設戒至愛我教跋陀和利我於昔時爲諸比丘說清淨馬喻法此中何所因汝憶不耶尊者跋陀和利白曰世尊此中有所因所以者何世尊爲諸比丘施設一坐食戒諸比丘衆皆奉學戒及世尊境界諸微妙法唯我說不堪任從座起去以不學具戒及世尊境界諸微妙法故世尊是謂此中所因世尊復告曰跋陀和利此中不但因是跋陀和利若我爲諸比丘當說清淨馬喻法者汝必不一心不善恭敬不思念聽跋陀和利是謂此中更有因也於是尊者跋陀和利即從座起偏袒著衣叉手向佛白曰世尊今正是時善逝今正是時若世尊爲諸比丘說清淨馬喻法者諸比丘從世尊聞已當善受持世尊告曰跋陀和利猶如知御馬者得清淨良馬彼知御者先治其口治其口已則有不樂

於動轉或欲或不欲所以者何以未曾治故
跋陀和利若清淨良馬從御者治第一治得
成就彼御馬者然復更治勒口絆脚絆脚勒
口而令驅行用令止鬬堪任王乘無上行無
上息治諸枝節悉御令成則有不樂於動轉
或欲或不欲所以者何以數數治故跋陀和
利若清淨良馬彼御馬者數數治時得成就
者彼於爾時調善調得無上調得第一無上
調無上行得第一行便中王乘食於王廩稱
說王馬跋陀和利如是若時賢良智人成就
十無學法無學正見乃至無學正智者彼於
爾時調善調得無上調得第一無上調無上
止得第一止除一切曲除一切穢除一切怖
除一切癡除一切諂止一切塵淨一切垢而
無所著可敬可重可奉可祠一切天人良福
田也佛說如是尊者跋陀和利及諸比丘聞
佛所說歡喜奉行

大品阿濕具經第四

我聞如是一時佛遊迦尸國與大比丘衆俱
遊在一處告諸比丘我日一食日一食已無
爲無求無有病痛身體輕便氣力康强安隱
快樂汝等亦應日一食日一食已無爲無求
無有病痛身體輕便氣力康强安隱快樂爾
時世尊爲比丘衆施設日一食戒諸比丘衆
皆奉學戒及世尊境界諸微妙法於是世尊
展轉到加羅賴住加羅賴北村尸攝和林爾
時加羅賴中有二比丘一名阿濕具二名弗
那婆修舊土地主寺主宗主彼朝食暮食晝
食過中食彼朝食暮食晝食過中食已無爲
無求無有病痛身體輕便氣力康强安隱快

樂衆多比丘聞已往詣阿濕具及弗那婆修比丘所而語彼曰阿濕具弗那婆修世尊遊迦尸國與大比丘衆俱遊在一處告諸比丘我日一食日一食已無爲無求無有病痛身體輕便氣力康强安隱快樂汝等亦應日一食日一食已無爲無求無有病痛身體輕便氣力康强安隱快樂爾時世尊爲比丘衆施設日一食戒諸比丘衆皆奉學戒及世尊境界諸微妙法阿濕具弗那婆修汝等亦應日一食日一食已無爲無求無有病痛身體輕便氣力康强安隱快樂汝等莫違世尊及比丘衆阿濕具弗那婆修聞已報曰諸賢我等朝食暮食晝食過中食朝食暮食晝食過中食已無爲無求無有病痛身體輕便氣力康强安隱快樂我等何緣捨現而須待後如是再三彼衆多比丘不能令阿濕具及弗那婆修除惡邪見即從座起捨之而去往詣佛所稽首佛足却坐一面白曰世尊此加羅賴中有二比丘一名阿濕具二名弗那婆修舊土地主寺主宗主彼朝食暮食晝食過中食彼朝食暮食晝食過中食已無爲無求無有病痛身體輕便氣力康强安隱快樂世尊我等聞已便往至阿濕具及弗那婆修比丘所而語彼曰阿濕具弗那婆修世尊遊迦尸國與大比丘衆俱遊在一處告諸比丘我日一食日一食已無爲無求無有病痛身體輕便氣力康强安隱快樂汝等亦應日一食日一食已無爲無求無有病痛身體輕便氣力康强安隱快樂爾時世尊爲比丘衆施設日一食戒諸比丘衆皆奉學戒及世尊境界諸微妙

法阿濕具弗那婆修汝等亦應日一食日一食已無爲無求無有病痛身體輕便氣力康强安隱快樂汝等莫違世尊及比丘衆阿濕具弗那婆修聞已報我等曰諸賢我等朝食暮食晝食過中食朝食暮食晝食過中食已無爲無求無有病痛身體輕便氣力康强安隱快樂我等何緣捨現而須待後如是再三世尊如我等不能令阿濕具弗那婆修除惡邪見即從座起捨之而去世尊聞已告一比丘汝往至阿濕具弗那婆修比丘所語如是曰阿濕具弗那婆修世尊呼汝等一比丘聞已唯然世尊即從座起稽首佛足遶三帀而去至阿濕具及弗那婆修比丘所語如是曰阿濕具弗那婆修世尊呼賢者等阿濕具弗那婆修聞已即詣佛所稽首佛足却坐一面

世尊問曰阿濕具弗那婆修衆多比丘實語汝等阿濕具弗那婆修比丘世尊遊迦尸國與大比丘衆俱遊在一處告諸比丘我日一食日一食已無爲無求無有病痛身體輕便氣力康强安隱快樂汝等亦應日一食日一食已無爲無求無有病痛身體輕便氣力康强安隱快樂爾時世尊爲比丘衆施設日一食戒諸比丘衆皆奉學戒及世尊境界諸微妙法阿濕具弗那婆修汝等亦應日一食日一食已無爲無求無有病痛身體輕便氣力康强安隱快樂汝等莫違世尊及比丘衆阿濕具弗那婆修汝等聞已語諸比丘曰諸賢我等朝食暮食晝食過中食朝食暮食晝食過中食已無爲無求無有病痛身體輕便氣力康强安隱快樂我等何緣捨現而須待後

如是再三阿濕具弗那婆修諸比丘不能令汝捨惡邪見即從座起捨之而去耶阿濕具弗那婆修答曰實爾世尊告阿濕具弗那婆修汝等知說如是法若有覺樂覺者彼覺樂覺已惡不善法轉增善法轉減若有覺苦覺者彼覺苦覺已惡不善法轉減善法轉增耶阿濕具弗那婆修答曰唯然我等如是知世尊說法若有覺樂覺者彼覺樂覺已不善法轉增善法轉減若有覺苦覺者彼覺苦覺已不善法轉減善法轉增世尊呵阿濕具弗那婆修比丘汝等癡人何由知我如是說法汝等癡人從何口聞知如是說法汝等癡人我不一向說汝等一向受持汝等癡人爲衆多比丘語時應如是如法答我等未知當問諸比丘爾時世尊告諸比丘汝等亦如是知我說法若有覺樂覺者彼覺樂覺已不善法轉增善法轉減若有覺苦覺者彼覺苦覺已不善法轉減善法轉增耶衆多比丘答曰不也世尊世尊復問曰汝等云何知我說法衆多比丘答曰世尊我等如是知世尊說法或有覺樂覺者惡不善法轉增善法轉減或有覺樂覺者惡不善法轉減善法轉增或有覺苦覺者惡不善法轉增善法轉減或有覺苦覺者惡不善法轉減善法轉增世尊我等如是知世尊所說法世尊聞已歎諸比丘曰善哉善哉若汝如是說或有覺樂覺者惡不善法轉增善法轉減或有覺樂覺者惡不善法轉減善法轉增或有覺苦覺者惡不善法轉增善法轉減或有覺苦覺者惡不善法轉減善法轉增所以者何我亦如是說或有覺樂覺

者惡不善法轉增善法轉減或有覺樂覺者惡不善法轉減善法轉增或有覺苦覺者惡不善法轉增善法轉減或有覺苦覺者惡不善法轉減善法轉增若我不知如眞不見不解不得不正盡覺者或有樂覺者不善法轉增善法轉減我不應說斷樂覺若我不知如眞不見不解不得不正盡覺者或有樂覺者惡不善法轉減善法轉增我不應說修樂覺若我不知如眞不見不解不得不正盡覺者或有苦覺者惡不善法轉增善法轉減我不應說斷苦覺若我不知如眞不見不解不得不正盡覺者或有苦覺者惡不善法轉減善法轉增我不應說修苦覺若我知如眞見解得正盡覺者或有樂覺者惡不善法轉增善法轉減是故我說斷樂覺若我知如眞見解得正盡覺者或有樂覺惡不善法轉減善法轉增是故我說修樂覺若我知如眞見解得正盡覺者或有苦覺惡不善法轉增善法轉減是故我說斷苦覺若我知如眞見解得正盡覺者或有苦覺者惡不善法轉減善法轉增是故我說修苦覺所以者何我不說修一切身樂亦不說莫修一切身樂我不說修一切身苦亦不說莫修一切身苦我不說修一切心樂亦不說莫修一切心樂我不說修一切心苦亦不說莫修一切心苦云何身樂我說不修若修身樂惡不善法轉增善法轉減者如是身樂我說不修云何身樂我說修耶若修身樂惡不善法轉減善法轉增者如是身樂我說修也云何身苦我說不修若修身苦惡不善法轉增善法轉減者如是身苦我

說不修云何身苦我說修耶若修身苦惡不善法轉減善法轉增者如是身苦我說修也云何心樂我說不修若修心樂惡不善法轉增善法轉減者如是心樂我說不修云何心樂我說修耶若修心樂惡不善法轉減善法轉增者如是心樂我說修也云何心苦我說不修若修心苦惡不善法轉增善法轉減者如是心苦我說不修云何心苦我說修耶若修心苦惡不善法轉減善法轉增者如是心苦我說修也彼可修法知如眞不可修法亦知如眞彼可修法知如眞不可修法亦知如眞已不可修法便不修可修法便修不可修法便不修可修法便修已便惡不善法轉減善法轉增我不說一切比丘行無放逸亦復不說一切比丘不行無放逸云何比丘我說

不行無放逸若有比丘俱解脫者云何比丘有俱解脫若有比丘八解脫身觸成就遊以慧見諸漏已盡已知如是比丘有俱解脫此比丘我說不行無放逸所以者何此賢者本已行無放逸若此賢者本有放逸者終無是處是故我說此比丘不行無放逸若有比丘非俱解脫有慧解脫者云何比丘有慧解脫若有比丘八解脫身不觸成就遊以慧見諸漏已盡已知如是比丘有慧解脫此比丘我說不行無放逸所以者何以此賢者本已行無放逸若此賢者本有放逸者終無是處是故我說此比丘不行無放逸此二比丘我說不行無放逸云何比丘我爲說行無放逸若有比丘非俱解脫亦非慧解脫而有身證云何比丘而有身證若有比丘八解脫身觸成

就遊不以慧見證漏已盡已知如是比丘而有身證此比丘我爲說行無放逸我見此比丘行無放逸爲有何果令我爲此比丘說行無放逸耶或此比丘求於諸根習善知識行隨順住止諸漏已盡得無漏心解脫慧解脫於現法中自知自覺自作證成就遊生已盡梵行已立所作已辦不更受有知如眞謂我見此比丘行無放逸有如是果是故我爲此比丘說行無放逸若有比丘非俱解脫非慧解脫亦非身證而有見到云何比丘而有見到若有比丘一向決定信佛法衆隨所聞法便以慧增上觀增上忍如是比丘而有見到此比丘我說行無放逸我見此比丘行無放逸爲有何果令我爲此比丘說行無放逸耶或此比丘求於諸根習善知識行隨順住止

諸漏已盡得無漏心解脫慧解脫於現法中自知自覺自作證成就遊生已盡梵行已立所作已辦不更受有知如眞謂我見此比丘行無放逸有如是果是故我爲此比丘說行無放逸若有比丘非俱解脫非慧解脫又非身證亦非見到而有信解脫云何比丘有信解脫若有比丘一向決定信解佛法衆隨所聞法以慧觀忍不如見到如是比丘有信解脫此比丘我爲說行無放逸我見此比丘行無放逸爲有何果令我爲此比丘說行無放逸耶或此比丘求於諸根習善知識行隨順住止諸漏已盡得無漏心解脫慧解脫於現法中自知自覺自作證成就遊生已盡梵行已立所作已辦不更受有知如眞謂我見此比丘行無放逸有如是果是故我爲此比丘

說行無放逸若有比丘非俱解脫非慧解脫又非身證復非見到亦非信解脫而有法行云何比丘而有法行若有比丘一向決定信佛法衆隨所聞法便以慧增上觀增上忍如是比丘而有法行此比丘我爲說行無放逸我見此比丘行無放逸爲有何果令我爲此比丘說行無放逸耶或此比丘求於諸根習善知識行隨順住止於二果中必得一也或於現法得究竟智若有餘者得阿那含謂我見此比丘行無放逸有如是果是故我爲此比丘說行無放逸若有比丘非俱解脫非慧解脫又非身證復非見到非信解脫亦非法行而有信行云何比丘而有信行若有比丘一向決定信佛法衆隨所聞法以慧觀忍不如法行如是比丘而有信行此比丘我爲說

行無放逸我見此比丘行無放逸爲有何果令我爲此比丘說行無放逸耶或此比丘求於諸根習善知識行隨順住止於二果中必得一也或於現法得究竟智若有餘者得阿那含謂我見此比丘行無放逸有如是果故我爲此比丘說行無放逸此諸比丘我說行無放逸我不說一切諸比丘得究竟智亦復不說一切諸比丘初得究竟智然漸漸習學趣迹受教受訶然後諸比丘得究竟智此諸比丘所得究竟智云何漸漸習學趣迹受教受訶然後諸比丘得究竟智此諸比丘所得究竟智耶或有信者便往詣往詣已便奉習奉習已便一心聽法一心聽法已便持法持法已便思惟思惟已便評量評量已便觀察賢聖弟子觀察已身諦作證慧增上觀彼作

是念此諦我未曾身作證亦非慧增上觀此諦令身作證以慧增上觀如是漸漸習學趣迹受教受訶然後諸比丘得究竟智此諸比丘所得究竟智於是世尊告曰阿濕具弗那婆修有法名四句我欲爲汝說汝等欲知耶阿濕具及弗那婆修白曰世尊我等是誰何由知法於是世尊便作是念此愚癡人越過於我此正法律極大久遠若有法律師貪著食不離食者彼弟子不應速行放逸況復我不貪著食遠離於食信弟子者應如是說世尊是我師我是世尊弟子世尊爲我說法善逝爲我說法令我長夜得義得饒益安隱快樂彼信弟子於世尊境界多有所作於世尊境界多所饒益於世尊境界多有所行入世尊境界止世尊境界者若遊東方必得安隱無衆苦患若遊南方西方北方者必得安樂無衆苦患若信弟子於世尊境界多有所作於世尊境界多所饒益於世尊境界多有所行入世尊境界止世尊境界者我尚不說諸善法住況說衰退但當晝夜增長善法而不衰退若信弟子於世尊境界多有所作於世尊境界多所饒益於世尊境界多有所行入世尊境界止世尊境界者於二果中必得一也或於現世得究竟智或復有餘得阿那含

佛說如是彼諸比丘聞佛所說歡喜奉行

中阿含經卷第五十一

音釋

跋陀和利（梵語尊者名也跋蒲撥切）偏袒（偏紕連切半也袒徒旱切裼也偏袒謂袒裼偏脫衣袖也）宴坐（宴於甸切安也宴坐謂安坐也）誣謗（誣武夫切詐也以無為有曰誣謗補曠切毀也）

# 中阿含經卷第五十二

東晉罽賓三藏瞿曇僧伽提婆譯

## 大品周那經第五

我聞如是一時佛遊跋耆在舍彌村爾時沙彌周那於彼波和中而受夏坐彼波和中有一尼揵名曰親子在彼命終終後不久尼揵親子諸弟子等各各破壞不共相和合各說破壞不和合事鬬訟相縛相憎共諍我知此法汝不知也汝知何法如我所知我齊整汝不齊整我相應汝不相應應說前而說後應說後而說前我勝汝汝不如我問汝事汝不能答我已伏汝當復更問若汝動者我重縛汝更互憍慠但求勝說而無訶者尼揵親子若有在家白衣弟子彼皆猒患此尼揵親子諸弟子等所以者何以其所說惡法律故非是出要不趣正覺亦非善逝之所說也崩壞無住無所依怙彼所尊師亦非如來無所著等正覺也於是沙彌周那受夏坐訖過三月已補治衣竟攝衣持鉢往舍彌村住舍彌村北尸攝和林沙彌周那往詣尊者阿難所到已禮足却坐一面尊者阿難問曰賢者周那從何所來何處夏坐沙彌周那答曰尊者阿難我從波和來於波和中而受夏坐尊者阿難彼波和中有一尼揵名曰親子在彼命終終後不久尼揵親子諸弟子等各各破壞不共和合各說破壞不和合事鬬訟相縛相憎共諍我知此法汝不知也汝知何法如我所知我齊整汝不齊整我相應汝不相應應說前而說後應說後而說前我勝汝汝不如我問汝事汝不能答我已伏汝當復更問若汝

動者我重縛汝更互憍傲但求勝說而無訶者尼揵親子若有在家白衣弟子彼皆猒患此尼揵親子諸弟子等所以者何以其所說惡法律故非是出要不趣正覺亦非善逝之所說也崩壞無住無所依怙彼所尊師亦非如來無所著等正覺也尊者阿難聞已語曰賢者周那得因此說可往見佛奉獻世尊賢者周那今共詣佛具向世尊而說此事儻能因此得從世尊聞異法也於是尊者阿難與沙彌周那俱往詣佛稽首佛足尊者阿難却住一面沙彌周那却坐一面尊者阿難白曰世尊今日沙彌周那來詣我所稽首我足却坐一面我問曰賢者周那從何所來何處夏坐沙彌周那即答我曰尊者阿難我從波和來於波和中而受夏坐尊者阿難彼波和中

有一尼揵名曰親子在彼命終終後不久尼揵親子諸弟子等各各破壞不共和合各說破壞不和合事鬬訟相縛相憎共諍我知此法汝不知也汝知何法如我所知我齊整汝不齊整我相應汝不相應應說前而說後應說後而說前我勝汝汝不如我問汝事汝不能答我已伏汝當復更問若汝動者我重縛汝更互憍傲但求勝說而無訶者尼揵親子若有在家白衣弟子彼皆猒患此尼揵親子諸弟子等所以者何以其所說惡法律故非是出要不趣正覺亦非善逝之所說也崩壞無住無所依怙彼所尊師亦非如來無所著等正覺也世尊我聞此已恐怖驚懼舉身毛竪莫令有比丘於世尊去後而在衆中起如是鬬諍謂此鬬諍不益多人多人有苦非義

非饒益非安隱快樂乃至天人生極苦患世尊我見一比丘坐世尊前至心敬重世尊善護善逝世尊我見此已便作是念若令此比丘於世尊去後而在衆中起如是鬬諍謂此鬬諍不益多人多人有苦非義非饒益非安隱快樂乃至天人生極苦患於是世尊問曰阿難汝見何等衆中有鬬諍者謂此鬬諍不益多人多人有苦非義非饒益非安隱快樂乃至天人生極苦患耶尊者阿難答曰世尊謂有鬬諍因增上戒增上心增上觀於其衆中生而生世尊謂此鬬諍不益多人多人有苦非義非饒益非安隱快樂乃至天人生極苦患世尊告曰阿難此鬬諍甚少謂因增上戒增上心增上觀阿難若有鬬諍因道因道跡於其衆中生而生者阿難謂此鬬諍不益多人多人有苦非義非饒益非安隱快樂阿難汝見其中有二比丘各各異意而起鬬諍是法是非法是律是非律是犯是非犯或輕或重可悔不可悔可護不可護有餘無餘起不起阿難於意云何若我法聚自知自覺自作證四念處四正斷四如意足五根五力七覺支八支聖道阿難尼揵親子實非薩云若而自稱薩云若阿難若尼揵親子一切知一切見者彼爲弟子施設六諍本謂可聞而止於是尊者阿難叉手向佛白曰世尊今正是時善逝今正是時若世尊爲諸比丘說六諍本者諸比丘從世尊聞當善受持世尊告曰阿難諦聽善思念之我當爲汝具分別說尊者阿難白曰唯然當受教聽佛言阿難或有一人瞋惱者結纏阿難謂人瞋惱者結纏彼

不敬師不見法不護戒彼不敬師不見法不護戒已便於衆中起如是諍謂此鬬諍不益多人多人有苦非義非饒益非安隱快樂乃至天人生極苦患阿難如是鬬諍汝於內外見而不盡者爲斷此諍故汝當速求方便學極精勤正念正智忍莫令退阿難猶人爲火燒頭燒衣急求方便救頭救衣如是鬬諍汝於內外見而不盡者爲斷此諍故汝當速求方便學極精勤正念正智忍莫令退阿難如是鬬諍汝於內外見盡者汝當重護彼心常無放逸欲止此諍故如是此諍汝斷根本阿難猶人爲火燒頭燒衣急求方便救頭救衣如是鬬諍汝於內外見盡者汝當重護彼心常無放逸欲止此諍故如是此諍汝斷根本如是不語結慳嫉諂誑無慙無愧惡欲邪見惡性不可制阿難若有一人惡欲邪見惡性不可制彼不敬師不見法不護戒彼不敬師不見法不護戒已便於衆中起如是諍謂此鬬諍不益多人多人有苦非義非饒益非安隱快樂乃至天人生極苦患阿難如是鬬諍汝於內外見而不盡者爲斷此諍故汝當速求方便學極精勤正念正智忍莫令退阿難猶人爲火燒頭燒衣急求方便救頭救衣如是鬬諍汝於內外見而不盡者爲斷此諍故汝當速求方便學極精勤正念正智忍莫令退阿難如是鬬諍汝於內外見盡者汝當重護彼心常無放逸欲止此諍故如是此諍汝斷根本阿難猶人爲火燒頭燒衣急求方便救頭救衣如是鬬諍汝於內外見盡者汝當重護彼心常無放逸欲止此諍故如是此諍

汝斷根本復次阿難有七止諍一者應與面前止諍律二者應與憶止諍律三者應與不癡止諍律四者應與自發露止諍律五者應與君止諍律六者應與展轉止諍律七者應與如棄糞掃止諍律阿難云何應與面前一諍律云何斷此諍謂因面前止諍律也阿難一人者一人教訶護以法律如尊師教面前令歡喜一人者二人一人者多人一人者衆教訶護以法律如尊師教面前令歡喜二人者二人教訶護以法律如尊師教面前令歡喜二人者多人二人者衆二人者一人教訶護以法律如尊師教面前令歡喜多人者多人教訶護以法律如尊師教面前令歡喜多人者衆多人者一人多人者二人教訶護以法律如尊師教面前令歡喜衆者衆教訶護以法律如尊師教面前令歡喜衆者一人衆者二人衆者多人教訶護以法律如尊師教面前令歡喜阿難是謂應與面前止諍律如是斷此諍謂因面前止諍律也阿難云何應與憶止諍律云何斷此諍謂因憶止諍律也阿難若有一人犯戒而不憶諸比丘見已便語彼曰汝曾犯戒而不自憶汝應從衆求於憶律衆當共與賢者憶律阿難若處有衆和集會者彼比丘應詣偏袒著衣脫屣入衆稽首禮長老上尊比丘足長跪叉手白長老上尊比丘曰諸尊聽我曾犯戒而不憶我今從衆求於憶律願衆和合與我憶律阿難為彼比丘故衆共和集應與憶律以法以律如尊師教面前令歡喜阿難是謂應與憶止諍律如是斷此諍謂因憶止諍律也阿難云何應

與不癡止諍律云何斷此諍謂因不癡止諍律也阿難若有一人狂發而心顛倒彼狂發心顛倒已多不淨行非沙門法不順法行而說違犯彼於後時還得本心諸比丘見已便語彼曰汝曾狂發而心顛倒狂發心顛倒已多不淨行非沙門法不順法行而說違犯賢者於後還得本心賢者可從衆求不癡律衆當共與賢者不癡律阿難若處有衆和集會者彼比丘應詣偏袒著衣脫屣入衆稽首禮長老上尊比丘足長跪叉手白長老上尊比丘曰諸尊聽我曾狂發而心顛倒狂發心顛倒已多不淨行非沙門法不順法行而說違犯我於後時還得本心我今從衆求不癡律願衆和合與我不癡律阿難爲彼比丘故衆共和集應與不癡律以法以律如尊師教面前令歡喜阿難是謂應與不癡止諍律如是斷此諍謂因不癡止諍律也阿難云何應與自發露止諍律云何斷此諍謂因自發露止諍律也阿難若有一人犯戒或有語者或不語者或有憶者或不憶者阿難若處有衆和集會者彼比丘應詣偏袒著衣脫屣入衆稽首禮長老上尊比丘足長跪叉手白長老上尊比丘曰諸尊聽我犯其禁戒我今向長老上尊比丘至心發露自說顯示不敢覆藏更善護持後不復作阿難諸比丘衆當問彼比丘曰賢者自見所犯耶彼應答曰實自見所犯衆當語彼更善護持莫復作也阿難是謂應與自發露止諍律如是斷此諍謂因自發露止諍律也阿難云何應與君止諍律云何斷此諍謂因與君止諍律也阿難若有一人

不知羞恥不悔見聞從他疑者惡欲彼犯戒已稱一處知稱一處見稱一處知已稱一處見稱一處見已稱一處知在衆中稱一處知在衆中稱一處見稱一處知已稱一處見稱一處見已稱一處知阿難爲彼比丘故衆共和集應與君律君無道無理君惡不善所以者何謂君犯戒已稱一處知稱一處見稱一處知已稱一處見稱一處見已稱一處知在衆中稱一處知在衆中稱一處見稱一處知已稱一處見稱一處見已稱一處知阿難是謂應與君止諍律如是斷此諍謂因與君止諍律也阿難云何應與展轉止諍律云何斷此諍謂因展轉止諍律也阿難有二比丘於其中間若干意起諍謂是法非法是律非律是犯非犯或輕或重可說不可說可護不可護有餘無餘可悔不可悔阿難彼比丘猥處止此諍若猥處止者此諍當言止若猥處不止者此諍可白衆若於衆中止者此諍當言止若於衆中不止者阿難相近住者於中若有比丘知經持律持毋者此比丘共往至彼說此諍事若在道路止者此諍當言止若道路不止者此諍當復向衆說若在衆止者此諍當言止若在衆不止者阿難若多伴助者持經持律持毋者阿難彼比丘應止此諍以法以律如尊師教面前令歡喜阿難是謂應與展轉止諍律如是斷此諍謂因展轉止諍律也阿難云何應與如棄糞掃止諍律云何斷此諍謂因如棄糞掃止諍律也阿難若有住處諸比丘衆鬪訟憎嫉相憎共諍阿難彼諸比丘分立二部分立二部已若於一部中

有長老上尊者或有次者有宗主者或有次者阿難此比丘語彼比丘曰諸賢聽我等無道無理我等惡不善所以者何我等於此善說法律至信捨家無家學道鬬訟憎嫉相憎共諍諸賢因此諍我等犯戒者除偷蘭遮除家相應我自爲已亦爲彼諸賢故今向諸賢至心發露自說顯示不敢覆藏更善護持後不復作阿難若此部中無一比丘應者阿難此比丘應往至彼第二部到已稽首禮長老上尊比丘足長跪叉手白長老上尊比丘曰諸尊聽我等無道無理我等惡不善所以者何我等於此善說法律至信捨家無家學道鬬訟憎嫉相憎共諍諸賢因此諍我等犯戒者除偷蘭遮除家相應我自爲已亦爲彼諸賢故今向長老上尊至心發露自說顯示不敢覆藏更善護持後不復作阿難彼比丘當語此比丘曰賢者汝自見犯戒耶彼應答曰實自見所犯彼當語此更善護持莫復作也第二部亦復如是阿難是謂應與如棄糞掃止諍律如是斷此諍謂因如棄糞掃止諍律也阿難我今令汝說六慰勞法諦聽諦聽善思念之尊者阿難白曰唯然當受教聽佛言云何爲六慈身業向諸梵行是法慰勞法愛法樂法令愛令重令奉令敬令修令攝得沙門得一心得精進得涅槃慈口業慈意業若法利如法得自所得飯食至在鉢中如是利分布施諸梵行是法慰勞法愛法樂法令愛令重令奉令敬令修令攝得沙門得一心得精進得涅槃若有戒不缺不穿無穢無黑如地不隨他聖所稱譽具足善受持如是戒分

布施諸梵行是法慰勞法愛法樂法令愛令重令奉令敬令修令攝得沙門得一心得精進得涅槃若有聖見出要明見深達能正盡苦如是見分布施諸梵行是法慰勞法愛法樂法令愛令重令奉令敬令修令攝得沙門得一心得精進得涅槃阿難我向所說六慰勞法者因此故說阿難若汝等此六諍本止絶斷者及此七止諍衆中起鬬諍以如棄糞掃止諍律止者復行此六慰勞法阿難如是汝於我去後共同和合歡樂不諍同一一心同一一教合一水乳快樂遊行如我在時佛說如是尊者阿難及諸比丘聞佛所說歡喜奉行

大品優波離經第六

我聞如是一時佛遊瞻波在恒伽池岸爾時尊者優波離則於晡時從宴坐起往詣佛所稽首佛足却坐一面白曰世尊若比丘衆共和合作異業說異業者是如法業如律業耶世尊答曰不也優波離尊者優波離復問曰世尊若比丘衆共和合應與面前律者而與憶律應與憶律者而與面前律是如法業如律業耶世尊答曰不也優波離尊者優波離復問曰世尊若比丘衆共和合應與憶律者而與不癡律應與不癡律者而與憶律是如法業如律業耶世尊答曰不也優波離尊者優波離復問曰世尊若比丘衆共和合應與不癡律者而與自發露律應與自發露律者而與不癡律是如法業如律業耶世尊答曰不也優波離尊者優波離復問曰世尊若比丘衆共和合應與自發露律者而與君律應

與君律者而與自發露律是如法業如律業耶世尊答曰不也優波離尊者優波離復問曰世尊若比丘衆共和合應與君者而責數應責數者而與君是如法業如律業耶世尊答曰不也優波離尊者優波離復問曰世尊若比丘衆共和合應責數者而下置應下置者而責數是如法業如律業耶世尊答曰不也優波離尊者優波離復問曰世尊若比丘衆共和合應下置者而舉應舉者而下置是如法業如律業耶世尊答曰不也優波離尊者優波離復問曰世尊若比丘衆共和合應舉者而擯應擯者而舉是如法業如律業耶世尊答曰不也優波離尊者優波離復問曰世尊若比丘衆共和合應擯者而與憶應與憶者而擯是如法業如律業耶世尊答曰不也優波離尊者優波離復問曰世尊若比丘衆共和合應與憶者而從根本治應從根本治者而與憶是如法業如律業耶世尊答曰不也優波離尊者優波離復問曰世尊若比丘衆共和合應從根本治者而驅出應驅出者而從根本治是如法業如律業耶世尊答曰不也優波離尊者優波離復問曰世尊若比丘衆共和合應驅出者而行不慢應行不慢者而驅出是如法業如律業耶世尊答曰不也優波離尊者優波離復問曰世尊若比丘衆共和合應行不慢者而治應治者而行不慢是如法業如律業耶世尊答曰不也優波離優波離若比丘衆共和合作異業說異業者是不如法業不如律業衆亦有罪優波離若比丘衆共和合應與面前律而與憶律

應與憶律而與面前律者是不如法業不如律業衆亦有罪優波離若比丘衆共和合應與憶律而與不癡律應與不癡律而與憶律者是不如法業不如律業衆亦有罪優波離若比丘衆共和合應與不癡律而與自發露律應與自發露律而與不癡律者是不如法業不如律業衆亦有罪優波離若比丘衆共和合應與自發露律而與君律應與君律而與自發露律者是不如法業不如律業衆亦有罪優波離若比丘衆共和合應與君律而責數應責數而與君律者是不如法業不如律業衆亦有罪優波離若比丘衆共和合應責數而下置應下置而責數者是不如法業不如律業衆亦有罪優波離若比丘衆共和合應下置而舉應舉而下置者是不如法業不如律業衆亦有罪優波離若比丘衆共和合應舉而擯應擯而舉者是不如法業不如律業衆亦有罪優波離若比丘衆共和合應擯而與憶應與憶而擯者是不如法業不如律業衆亦有罪優波離若比丘衆共和合應與憶而從根本治應從根本治而與憶者是不如法業不如律業衆亦有罪優波離若比丘衆共和合應從根本治而驅出應驅出而從根本治者是不如法業不如律業衆亦有罪優波離若比丘衆共和合應驅出而行不慢應行不慢而驅出者是不如法業不如律業衆亦有罪優波離若比丘衆共和合應行不慢而治應治而行不慢者是不如法業不如律業衆亦有罪優波離若比丘衆共和合隨所作業即說此業者是如法業如律業衆

亦無罪優波離若比丘衆共和合應與面前律即與面前律應與憶律即與憶律應與不癡律即與不癡律應與自發露律即與自發露律應與君律即與君律應責數即責數應下置即下置應舉即舉應擯即擯應憶即憶應從根本治即從根本治應驅出即驅出應行不慢即行不慢應治即治者是如法業如律業衆亦無罪優波離汝當學隨所作業即說此業應與面前律即與面前律應與憶律即與憶律應與不癡律即與不癡律應與自發露律即與自發露律應與君律即與君律應責數即責數應下置即下置應舉即舉應擯即擯應憶即憶應從根本治即從根本治應驅出即驅出應行不慢即行不慢應治即治者優波離汝當如是學佛說如是尊者優波離及諸比丘聞佛所說歡喜奉行

## 大品調御地經第七

我聞如是一時佛遊王舍城在竹林迦蘭陀園爾時沙彌阿夷那和提亦遊王舍城在無事處住禪屋中彼時王童子耆婆先那中後彷徉至沙彌阿夷那和提所共相問訊却坐一面語曰賢者阿奇舍那欲有所問聽我問耶沙彌阿夷那和提告曰賢王童子欲問便問我聞當思王童子問曰阿奇舍那實比丘此法律中不放逸行精勤得一心耶沙彌答曰賢王童子實比丘此法律中不放逸行精勤得一心王童子復問曰賢者阿奇舍那汝當隨所聞汝隨所誦習者盡向我說如比丘此法律中不放逸行精勤得一心沙彌答曰賢王童子我不堪任隨所聞法隨所誦習廣

向汝說如比丘此法律中不放逸行精勤得一心也賢王童子若我隨所聞法隨所誦習向賢王童子說如比丘此法律中不放逸行精勤得一心者或賢王童子不知也如是我唐煩勞王童子語沙彌曰賢者阿奇舍那汝未爲他所伏以何意故而自退耶賢者阿奇舍那如隨所聞法隨所誦習可向我說如比丘此法律中不放逸行精勤得一心若我知者爲善若我不知者我便不復更問諸法於是沙彌阿夷那和提隨所聞法隨所誦習向王童子耆婆先那說如比丘此法律中不放逸行精勤得一心於是王童子耆婆先那語曰賢者阿奇舍那若比丘此法律中不放逸行精勤得一心者終無是處說無是處已即從座起不辭而去王童子耆婆先那去後不

久於是沙彌阿夷那和提往詣佛所稽首作禮却坐一面與王童子耆婆先那所共論者盡向佛說世尊聞已告沙彌曰阿奇舍那止王童子耆婆先那云何得行欲著欲爲欲愛所食爲欲所燒若地斷欲斷欲愛斷欲煩熱無欲知無欲見無欲覺此地王童子知者見者終無是處所以者何阿奇舍那王童子耆婆先那常行欲也阿奇舍那猶四調御象調御馬調御牛調御人調御於中二調御不可調御二調御可調御阿奇舍那於意云何若此二調御不可調御此未調未調地未御受御事者終無是處若此二調御可調御善調善御此調未調地御受御事者必有是處如是此阿奇舍那止王童子耆婆先那云何得行欲著欲爲欲愛所食爲欲所燒若地斷欲

斷欲愛斷欲煩熱無欲知無欲見無欲覺此地王童子知者見者終無是處所以者何阿奇舍那王童子耆婆先那常行欲也阿奇舍那猶去村不遠有大石山無缺無穿實而不虛堅固不動都合爲一或有二人王欲見者彼中一人速疾上山第二人者依住山下石山上人見石山邊有好平地園觀林木清泉華池長流河水山上人見已語山下人汝見山邊有好平地園觀林木清泉華池長流河水耶下人答曰若我見山彼邊有好平地園觀林木清泉華池長流河水者終無是處於是石山上人疾疾來下捉山下人速疾將上於石山上到已問曰汝見山邊有好平地園觀林木清泉華池長流河水耶彼人答曰今始見也復問彼人曰汝本言見者終無是處

今復言見爲何謂耶彼人答曰我本爲山之所障礙故不見耳如是阿奇舍那王童子耆婆先那云何得行欲著欲爲欲愛所食爲欲所燒若地斷欲斷欲愛斷欲煩熱無欲知無欲見無欲覺此地王童子知者見者終無是處阿奇舍那昔者刹利頂生王有捕象師王告之曰汝捕象師爲我捕取野象將來得已白我時捕象師受王教已即乘王象至野林中彼捕象師在野林中見大野象見已捉繫著王象頂彼時王象將野象出在於露地彼捕象師還詣刹利頂生王所白曰大王已得野象繫在露地隨大王意刹利頂生王聞已告曰善調象師汝今可速調此野象伏令善調象善調已還來白我於是善調象師受王教已持極大杖著右肩上往野象所以杖

著地繫野象頸制樂野意除野欲念止野疲勞令樂村邑習愛人間善調象師先與飲食阿奇舍那若彼野象從調象師初受飲食善調象師便作是念念此野象必得生活所以者何此野大象初受飲食若彼野象從調象師初受飲食者善調象師則以柔輭可愛言向卧起去來取捨屈申若彼野象從調象師則以柔輭可愛言向卧起去來取捨屈申者如是野象隨調象師教阿奇舍那若彼野象從調象師隨受教者善調象師則縛前兩脚後脚兩髀兩脇尾脊頭額耳牙及縛其鼻使人捉鉤騎其頭上令衆多人持刀楯矟鉾戟斧鉞而在前立善調象師手執鋒鉾在野象前而作是語我今治汝令不移動治汝勿動搖若彼野象從調象師治不移動時不舉前脚亦不動後脚兩髀兩脇尾脊頭額耳牙及鼻皆不動搖如是野象隨調象師住不移動阿奇舍那若彼野象隨調象師不移動者彼於爾時忍刀楯矟鉾戟斧鉞喚呼高聲若嘯吹螺擊鼓椎鍾皆能堪忍若彼野象能堪忍者彼於爾時調御善調御得上調御得最上調御上速疾無上速疾可中王乘受食王廩稱說王象如是阿奇舍那若時如來出世無所著等正覺明行成爲善逝世間解無上士道法御天人師號佛衆祐彼於此世天及魔梵沙門梵志從人至天自知自覺自作證成就遊彼說法初妙中妙竟亦妙有義有文具足清淨顯現梵行彼所說法居士居士子聞子聞已得信如來所說法彼得信已剃除鬚髮著袈裟衣至信捨家無家學道阿奇舍那

爾時聖弟子出在露地猶王野象如是野象貪欲樂著謂在林中阿奇舍那如是天及人貪欲樂著謂在五欲色聲香味觸如來初始調御彼比丘汝當護身及命清淨當護口意及命清淨若聖弟子護身及命清淨護口意及命清淨者如來復調御比丘汝當觀內身如身乃至觀覺心法如法若聖弟子觀內身如身乃至觀覺心法如法者此四念處謂在賢聖弟子心中繫縛其心制樂家意除家欲念止家疲勞令樂正法修習聖戒阿奇舍那猶調象師受刹利頂生王教已持極大杖著右肩上往野象所以杖著地繫野象頸制樂野意除野欲念止野疲勞令樂村邑習愛人間如是阿奇舍那此四念處謂在賢聖弟子心中繫縛其心制樂家意除家欲念止家疲勞令樂正法修習聖戒若聖弟子觀內身如身乃至觀覺心法如法彼如來復更調御比丘汝當觀內身如身莫念欲相應念乃至觀覺心法如法莫念非法相應念若聖弟子觀內身如身不念欲相應念乃至觀覺心法如法不念非法相應念者如是聖弟子隨如來教阿奇舍那猶如野象從調象師則以柔軟可愛言向臥起去來取捨屈申者如是野象隨調象師教如是阿奇舍那若聖弟子觀內身如身不念欲相應念乃至觀覺心法如法不念非法相應念如是聖弟子隨如來教若聖弟子隨如來教者如來復更調御比丘汝當離欲離惡不善之法至得第四禪成就遊若聖弟子離欲離惡不善之法至得第四禪成就遊者如是聖弟子則隨如來住不移動

阿奇舍那猶如野象從調象師治法不移動時不舉前脚亦不動後脚兩髀兩脇尾脊頭額耳牙及鼻皆不動搖如是野象隨調象師住不移動如是阿奇舍那若聖弟子離欲離惡不善之法至得第四禪成就遊者如是聖弟子則隨如來住不移動若聖弟子隨如來住不移動者彼於爾時則能堪忍饑渴寒熱蚊䗈蠅蚤風日所逼惡心捶杖亦能忍之身遇諸疾極爲苦痛至命欲絶諸不可樂皆能堪耐阿奇舍那猶如野象隨調象師住不移動彼於爾時忍刀盾矟鉾戟斧鉞喚呼高聲若嘯吹螺擊鼓椎鍾皆能堪忍如是阿奇舍那若聖弟子隨如來住不移動者彼於爾時則能堪忍饑渴寒熱蚊䗈蠅蚤風日所逼惡聲捶杖亦能忍之身遇諸疾極爲苦痛至命欲絶諸不可樂皆能堪耐阿奇舍那若聖弟子隨如來能堪忍者彼於爾時調御善調御得上調御最上調御得上息最上息除諸曲惡恐怖愚癡及諛諂清淨止塵無垢無穢可呼可請可敬可重實可供養爲一切天人良福田也阿奇舍那猶如野象能堪忍者彼於爾時調御善調御得上調御得最上調御上速疾無上速疾可中王乘受食王廩稱説王象如是阿奇舍那若聖弟子隨如來能堪忍者彼於爾時調御善調御得上調御最上調御得上息最上息除諸曲惡恐怖愚癡及諛諂清淨止塵無垢無穢可呼可請可敬可重實可供養爲一切天人良福田也阿奇舍那少野象不調御死者説不調御死中老野象不調御死者説不調御死阿奇舍那少聖弟

子不調御命終者說不調御命終中老聖弟子不調御命終者說不調御命終阿奇舍那少野象善調御死者說善調御死中老野象善調御死者說善調御死阿奇舍那少聖弟子善調御命終者說善調御命終中老聖弟子善調御命終者說善調御命終佛說如是沙彌阿夷那和提及諸比丘聞佛所說歡喜奉行

中阿含經卷第五十二

音釋

憍傲憍居妖切恣也傲五到切慢也倨也依怙怙後五切恃也謂依倚恃怙也儻他朗切或然之辭也慳嫉慳丘閑切悋也嫉昨悉切害賢曰嫉諂誑諂丑琰切佞言曰諂誑古況切欺也惑也屣踈士切華屣也髀部禮切股也脇迄業切脥下也額鄂格切額也鉤古侯切制象之曲鉤也楯矟楯豎尹切兵器干櫓之屬也矟色角切矛屬長丈八者謂之矟鉾戟鉾迷浮切鉤兵也長二丈戟訖逆切有枝兵也長一丈六尺斧鉞斧匪父切斤斧也鉞音曰大斧也大曰鉞小曰斧蚊蝱蚊音文蝱眉庚切並齧人之飛蟲也

# 中阿含經卷第五十三

東晋罽賓三藏瞿曇僧伽提婆譯

## 大品癡慧地經第八

我聞如是一時佛遊舍衛國在勝林給孤獨園爾時世尊告諸比丘我今爲汝說愚癡法智慧法諦聽諦聽善思念之時諸比丘受教而聽佛言云何愚癡法愚癡人有三相愚癡標愚癡像謂成就愚癡人說愚癡也云何爲三愚癡人思惡思說惡說作惡作是以愚癡人說愚癡也若愚癡人不思惡思不說惡說不作惡作者不應愚癡人說愚癡也以愚癡人思惡思說惡說作惡作故是以愚癡人說愚癡也彼愚癡人於現法中身心則受三種憂苦云何愚癡人身心則受三種憂苦耶愚癡人者或有所行或聚會坐或在道巷或在市中或四衢頭說愚癡人相應事也愚癡人者殺生不與取行邪婬妄言乃至邪見及成就餘無量惡不善之法若成就無量惡不善法者他人見已便說其惡彼愚癡人聞已便作是念若成就無量惡不善之法他人見已說其惡者我亦有是無量惡不善之法若他知者亦當說我惡是謂愚癡人於現法中身心則受第一憂苦復次彼愚癡人又見王人收捉罪人種種苦治謂截手截足并截手足截耳截鼻并截耳鼻或臠臠割拔鬚拔髮或拔鬚髮或著檻中衣裹火燒或以沙壅草纏火焫或內鐵驢腹中或著鐵猪口中或置鐵虎口中燒或安銅釜中或著鐵釜中煑或段段截或利叉刺或以鉤鉤或卧鐵牀以沸油澆或坐鐵臼以鐵杵擣或毒龍蜇或以鞭鞭

或以杖撾或以棒打或活貫標頭或梟其首彼愚癡人見已便作是念若成就無量惡不善法者王知捉已如是拷治我亦有是無量惡不善之法若王知者亦當苦治拷我如是是謂愚癡人於現法中身心則受第二憂苦復次彼愚癡人行身惡行口意惡行彼若時疾病受苦或坐臥牀或坐臥榻或坐臥地身生極苦甚重苦乃至命欲斷彼所有身惡行口意惡行彼於爾時懸向在上猶如晡時日下高山影懸向在地如是彼所有身惡行口意惡行彼於爾時懸向在上彼作是念此是我身惡行口意惡行懸向在上我於本時不作福多作惡若有處作惡者凶暴作無理事不作福不作善不作恐怖所歸命所依怙我至彼惡處從是生悔生悔已不賢死不善命終是謂愚癡人於現法中身心則受第三憂苦復次彼愚癡人行身惡行行口意惡行彼行身惡行行口意惡行已因此緣此身壞命終必至惡處生地獄中既生彼已受於苦報一向不可愛不可樂意不可念若作是說一向不可愛不可樂意不可念者是說地獄所以者何彼地獄者一向不可愛不可樂意不可念爾時有一比丘即從座起偏袒著衣叉手向佛白曰世尊地獄苦云何世尊答曰比丘地獄不可盡說所謂地獄苦比丘但地獄唯有苦比丘復問曰世尊可得以喻現其義耶世尊答言亦可以喻現其義也比丘猶如王人捉賊送詣刹利頂生王所白曰天王此賊人有罪頗天王治刹利頂生王告曰汝等將去治此人罪朝以百矛刺王人受教便將

去治朝以百矛刺彼人故活剎利頂生王問曰彼人云何王人答曰天王彼人故活剎利頂生王復告曰汝等去日中復以百矛刺王人受教日中復以百矛刺彼人故活剎利頂生王復問曰彼人云何王人答曰天王彼人故活剎利頂生王復告曰汝等去日西復以百矛刺王人受教日西復以百矛刺彼人故活然彼人身一切穿決破碎壞盡無一處完至如錢孔剎利頂生王復問曰彼人云何王人答曰天王彼人故活然彼身一切穿決破碎壞盡無一處完至如錢孔比丘於意云何若彼人一日被三百矛刺彼人因是身心受惱極憂苦耶比丘答曰世尊被一矛刺尚受極苦況復一日被三百矛刺彼人身心豈不受惱極憂苦耶於是世尊手取石子猶如小豆告曰比丘汝見我手取此石子如小豆耶比丘答曰見也世尊世尊復問曰比丘於意云何我取石子猶如小豆比雪山王何者為大比丘答曰世尊手取石子猶如小豆比雪山王百倍千倍百千萬倍終不相及不可數不可算不可譬喻不可比方但雪山王極大甚大世尊告曰比丘若我取石子猶如小豆比雪山王百倍千倍百千萬倍終不相及不可數不可算不可譬喻不可比方但雪山王極大甚大如是比丘若此人一日被三百矛刺彼因緣此身心受惱極重憂苦比地獄苦百倍千倍百千萬倍終不相及不可數不可算不可譬喻不可方比但地獄中極苦甚苦比丘云何地獄苦眾生生地獄中既生彼已獄卒手捉則以鐵斧烱然俱熾斫治其身或

作八楞或爲六楞或爲四方或令團圓或高或下或好或惡彼如是拷治苦痛逼迫歲數甚多乃至百千受無量苦極重甚苦終不得死要當至惡不善業盡是謂地獄苦比丘云何地獄苦衆生生地獄中既生彼已獄卒手捉則以鐵斧烔然俱熾斫治其身或作八楞或爲六楞或爲四方或令團圓或高或下或好或惡彼如是拷治苦痛逼迫歲數甚多乃至百千受無量苦極重甚苦終不得死要當至惡不善業盡是謂地獄苦比丘云何地獄苦衆生生地獄中既生彼已獄卒手捉則以鐵鏘烔然俱熾强令坐上便以鐵鉗鉗開其口則以鐵丸烔然俱熾著其口中燒脣燒舌燒齗燒咽燒心燒腸從身下出彼如是拷治苦痛逼迫歲數甚多乃至百千受無量苦極重甚苦終不得死要當至惡不善業盡是謂地獄苦比丘云何地獄苦衆生生地獄中既生彼已獄卒手捉則以鐵鏘烔然俱熾强令坐上便以鐵鉗鉗開其口則以融銅灌其口中燒脣燒舌燒齗燒咽燒心燒腸從身下出彼如是拷治苦痛逼迫歲數甚多乃至百千受無量苦極重甚苦終不得死要當至惡不善業盡是謂地獄苦比丘云何地獄苦衆生生地獄中既生彼已獄卒手捉則以鐵地烔然俱熾令仰向臥挓五縛治兩手兩足以鐵釘釘以一鐵釘別釘其腹彼如是拷治苦痛逼迫歲數甚多乃至百千受無量苦極重甚苦終不得死要當至惡不善業盡是謂地獄苦比丘云何地獄苦衆生生地獄中既生彼已獄卒手捉則以鐵地烔然俱熾令其伏地

從口出舌以百釘張無皺無縮猶如牛皮以百釘張無皺無縮如是衆生生地獄中既生彼已獄卒手捉則以鐵地烔然俱熾令其伏地從口出舌以百釘張無皺無縮彼如是拷治苦痛逼迫歲數甚多乃至百千受無量苦極重甚苦終不得死要當至惡不善業盡是謂地獄苦比丘云何地獄苦衆生生地獄中既生彼已獄卒以手捉其頂皮剥下至足從足剥皮上至其頂則以鐵車烔然俱熾以縛著車便於鐵地烔然俱熾牽挽往來彼如是拷治苦痛逼迫歲數甚多乃至百千受無量苦極重甚苦終不得死要當至惡不善業盡是謂地獄苦比丘云何地獄苦衆生生地獄中既生彼已獄卒以火烔然俱熾使揚撲地復使手取自灌其身彼如是拷治苦痛逼迫歲數甚多乃至百千受無量苦極重甚苦終不得死要當至惡不善業盡是謂地獄苦比丘云何地獄苦衆生生地獄中既生彼已獄卒以火山烔然俱熾令其上下彼若下足其皮肉血即便燒盡若舉足時其皮肉血還生如故彼如是拷治苦痛逼迫歲數甚多乃至百千受無量苦極重甚苦終不得死要當至惡不善業盡是謂地獄苦比丘云何地獄苦衆生生地獄中既生彼已獄卒手捉以大鐵釜烔然俱熾倒舉其身足上頭下以著釜中彼於其中或上或下或至方維自體沫出還煑其身猶如大豆小豆蘊豆胡豆芥子著多水釜中下極然火彼豆於中或上或下或至方維自沫纏煑如是衆生生地獄中既生彼已獄卒手捉以大鐵釜烔然俱熾倒舉其身

足上頭下以著釜中彼於其中或上或下或至方維自體沫出還煑其身彼如是拷治苦痛逼迫歳數甚多乃至百千受無量苦極重甚苦終不得死要當至惡不善業盡是謂地獄苦比丘云何地獄苦彼地獄中有獄名六更樂若衆生生彼中既生彼已若眼見色不喜不可非是喜可意不潤愛非是潤愛意不善樂非是善樂耳所聞聲鼻所齅香舌所嘗味身所覺觸意所知法不喜不可非是喜可意不潤愛非是潤愛意不善樂非是善樂是謂地獄苦比丘我爲汝等無量方便說彼地獄說地獄事然此地獄苦不可具說但地獄唯有苦比丘若愚癡人或時從地獄出生畜生者畜生亦甚苦比丘云何畜生苦若衆生生畜生中謂彼闇冥中生闇冥中長闇冥中死彼爲云何謂地生蟲愚癡人者以本時貪著食味行身惡行行口意惡行彼行身惡行行口意惡行已因此緣此身壞命終生畜生中謂闇冥中生闇冥中長闇冥中死是謂畜生苦比丘云何畜生苦若衆生生畜生中謂身中生身中長身中死彼爲云何謂名瘡蟲愚癡人者以本時貪著食味行身惡行行口意惡行彼行身惡行行口意惡行已因此緣此身壞命終生畜生中謂身中生身中長身中死是謂畜生苦比丘云何畜生苦若衆生生畜生中謂水中生水中長水中死彼爲云何謂魚摩竭魚黿鼈鼉婆留尼提鼻提鼻伽羅提提鼻伽羅愚癡人者以本時貪著食味行身惡行行口意惡行彼行身惡行行口意惡行已因此緣此身壞命終生畜生中謂水

中生水中長水中死是謂畜生苦比丘云何畜生苦若衆生生畜生中謂齒齧生草樹木食彼爲云何謂象馬駱駝牛驢鹿水牛及猪愚癡人者以本時貪著食味行身惡行行口意惡行彼行身惡行行口意惡行已因此緣此身壞命終生畜生中謂齒齧生草樹木食是謂畜生苦比丘云何畜生苦若衆生生畜生中謂彼聞人大小便氣即走往趣彼食彼食猶如男女聞飲食香即便往趣彼如是說彼食彼食如是比丘若衆生生畜生中謂彼聞人大小便氣即走往趣彼食彼食彼爲云何謂雞猪狗豺烏拘樓羅拘陵伽愚癡人者以本時貪著食味行身惡行行口意惡行彼行身惡行行口意惡行已因此緣此身壞命終生畜生中謂食屎不淨是謂畜生苦比丘我爲汝等無量方便說彼畜生說畜生事然此畜生苦不可具說但畜生唯有苦比丘若愚癡人從畜生出還生爲人極大甚難所以者何彼畜生中不行仁義不行禮法不行妙善彼畜生者更相食噉强者食弱大者食小比丘猶如此地滿其中水有一瞎龜壽命無量百千之歲彼水上有小輕木版唯有一孔爲風所吹比丘於意云何彼瞎龜頭寧得入此小輕木版一孔中耶比丘答曰世尊或可得入但久久甚難世尊告曰比丘或時瞎龜過百年已從東方來而一舉頭彼小木版唯有一孔爲東風吹移至南方或時瞎龜過百年已從南方來而一舉頭彼一孔版爲南風吹移至西方或時瞎龜過百年已從西方來而一舉頭彼一孔版爲西風吹移至北方或

時瞎龜從北方來而一舉頭彼一孔版爲北風吹隨至諸方比丘於意云何彼瞎龜頭寧得入此一孔版耶比丘答曰世尊或可得入但久久甚難比丘如是彼愚癡人從畜生世還生爲人亦復甚難所以者何彼畜生中不行仁義不行禮法不行妙善彼畜生者更相食噉强者食弱大者食小比丘若愚癡人或時從畜生出還生爲人彼若有家小姓下賤弊惡貧窮少有飲食謂得食甚難彼爲云何謂卒家工師家巧手家陶師家如是比餘下賤家弊惡貧窮少有飲食謂得食甚難生如是家既生彼已或瞎或跛或臂肘短或身傴曲或用左手惡色羊面醜陋短壽爲他所使彼行身惡行口意惡行彼行身惡行行口意惡行已因此緣此身壞命終還至惡處生地獄中猶如二人而共博戲彼有一人始取如是行便失奴婢及失妻子復取己身倒懸烟屋中彼作是念我不食不飲然我始取如是行便失奴婢及失妻子復取己身倒懸烟屋中比丘此行甚少失奴婢失妻子復取己身倒懸烟屋中比丘謂此行所可行行身惡行行口意惡行彼行身惡行行口意惡行已因此緣此身壞命終還至惡處生地獄中比丘此諸行最不可愛實不可樂非意所念比丘非爲具足說愚癡法耶比丘答曰唯然世尊爲具足說愚癡法也世尊告曰云何智慧法彼智慧人有三相智慧標智慧像謂成就智慧人說智慧也云何爲三智慧人者思善思說善說作善作是以智慧人說智慧也若智慧人不思善思不說善說不作善作者不

應智慧人說智慧也以智慧人思善思說善說作善作故是以智慧人說智慧也智慧人者於現法中身心則受三種喜樂云何智慧人於現法中身心則受三種喜樂耶智慧人者或有所行或聚會坐或在道巷或在市中或四衢頭說智慧人相應事也智慧人者斷殺離殺不與取邪婬妄言乃至斷邪見得正見及成就餘無量善法若成就無量善法者他人見已便稱譽之彼智慧人聞已便作是念若成就無量善法他人見已稱譽者我亦有是無量善法若他知者亦當稱譽我是謂智慧人於現法中身心則受第一喜樂復次彼智慧人又見王人種種治賊謂截手截足并截手足截耳截鼻并截耳鼻或臠臠割拔鬚拔髮或拔鬚髮或著檻中衣裹火燒或以沙壅草纏火焫或內鐵驢腹中或著鐵猪口中或置鐵虎口中燒或安銅釜中或著鐵釜中煑或段段截或利叉刺或以鉤鉤或卧鐵牀以沸油澆或坐鐵臼以鐵杵擣或毒龍蜇或以鞭鞭或以杖撾或以棒打或活貫摽頭或梟其首彼智慧人見已便作是念若成就無量惡不善法者王知捉已如是拷治我無是無量惡不善之法若王知者終不如是苦治於我是謂智慧人於現法中身心則受第二喜樂復次彼智慧人行身妙行口意妙行彼若時疾病或坐卧牀或坐卧榻或坐卧地身生極苦甚重苦乃至命欲斷彼所有身妙行口意妙行彼於爾時懸向在上猶如晡時日下高山影懸向在地如是彼所有身妙行口意妙行彼於爾時懸向在上彼作是念

此是我身妙行口意妙行懸向在上我於本時不作惡多作福若有處不作惡者不凶暴不作無理事作福作善作恐怖所歸命所依怙我至彼善處而不生悔不生悔已賢死善命終是謂智慧人於現法中身心則受第三喜樂復次彼智慧人行身妙行行口意妙行彼行身妙行行口意妙行已因此緣此身壞命終必昇善處上生天中既生彼已受於樂報一向可愛一向可樂而意可念若作是說一向可愛一向可樂而意可念者是說善處所以者何彼善處者一向可愛一向可樂而意可念爾時有一比丘即從座起偏袒著衣叉手向佛白曰世尊善處樂云何世尊答曰比丘善處不可盡說所謂善處樂但善處唯有樂比丘復問曰世尊可得以喻現其義耶世尊答曰亦可以喻現其義也猶如轉輪王成就七寶四種人如意足比丘於意云何彼轉輪王成就七寶四種人如意足彼因是身心受極喜樂耶比丘答曰世尊成就一寶一人如意足尚受極喜樂況復轉輪王成就七寶四種人如意足非爲受極喜樂耶於是世尊手取石子猶如小豆告曰比丘汝見我手取此石子如小豆耶比丘答曰見也世尊世尊復問曰比丘於意云何我取石子猶如小豆比雪山王何者爲大比丘答曰世尊手取石子猶如小豆比雪山王百倍千倍百千萬倍終不相及不可數不可筭不可譬喻不可比方但雪山王極大甚大世尊告曰比丘若我取石子猶如小豆比雪山王百倍千倍百千萬倍終不相及不可數不可算不可譬喻

不可比方但雪山王極大甚大如是比丘若轉輪王成就七寶四種人如意足彼人身心受極喜樂比於天樂百倍千倍百千萬倍終不相及不可數不可算不可譬喻不可比方所謂善處樂但善處唯有樂比丘云何善處樂彼有善處名六更樂若衆生生彼中既生彼已若眼見色意所喜可彼是喜可意所潤愛彼是潤愛意所善樂彼是善樂耳所聞聲鼻所齅香舌所嘗味身所覺觸意所知法意所喜可彼是喜可意所潤愛彼是潤愛意所善樂彼是善樂是謂善處樂比丘我爲汝等無量方便說彼善處說善處事然此善處樂不可具說但善處唯有樂比丘若智慧人或時從善處來下生人間若有家者極大富樂錢財無量多諸畜牧封戶食邑米穀豐溢及若干種諸生活具彼爲云何謂剎利大長者家梵志大長者家居士大長者家及餘家極大富樂錢財無量多諸畜牧封戶食邑米穀豐溢及若干種諸生活具生如是家端正可愛衆人敬順極有名譽有大威德多人所愛多人所念彼行身妙行行口意妙行彼行身妙行行口意妙行已因此緣此身壞命終還至善處生於天中猶如二人而共博戲彼有一人始取如是行多得錢財彼作是念我不由作然我始取如是行多得錢財比丘此行甚少謂多得錢財比丘謂此所行行身妙行行口意妙行彼行身妙行行口意妙行已因此緣此身壞命終還生善處生於天中比丘比諸行是行最可愛最可樂最可意所念比丘非爲具足說智慧人法耶比丘白曰唯然

世尊爲具足說智慧人法世尊告曰是謂愚癡人法智慧人法汝等應當知愚癡人法智慧人法知愚癡人法智慧人法已捨愚癡人法取智慧人法當如是學佛說如是彼諸比丘聞佛所說歡喜奉行

中阿含經卷第五十三

音釋

標卑遥切表也謂立木以爲表也 臠力轉切塊肉也 檻下斬切欄檻也 焫儒劣切燒也 蜇陟列切螫也 鞭卑連切鞭扑也 梟許驕切掛首木上曰梟 鏘七羊切與槍同矟也 鉗巨鹽切鐵鉗鍛器也 咽音烟嗌也 䏘胃同穀府也 挓陟加切挓抄開貌又知格切與磔同張也 牽挽牽苦堅切引而前也挽武遠切拖拽也 鼈并列切水介蟲也 鼉徒河切水蟲有足似蜥蜴而長大曰鼉 齧五結切噬也 犲士皆切狼屬 弊毗祭切亦惡也 傴於武切傴曲不伸也

# 中阿含經卷第五十四

東晉罽賓三藏瞿曇僧伽提婆譯

## 大品阿棃吒經第九

我聞如是一時佛遊舍衛國在勝林給孤獨園爾時阿棃吒比丘本伽陀婆利生如是惡見我知世尊如是說法行欲者無障礙諸比丘聞已往至阿棃吒比丘所問曰阿棃吒汝實如是說我知世尊如是說法行欲者無障礙耶時阿棃吒答曰諸賢我實知世尊如是說法行欲者無障礙諸比丘訶阿棃吒曰汝莫作是說莫誣謗世尊誣謗世尊者不善世尊亦不如是說阿棃吒欲有障礙世尊無量方便說欲有障礙阿棃吒汝可速捨此惡見也阿棃吒比丘爲諸比丘所訶已如此惡見其强力執而一向說此是眞實餘者虛妄如是再三衆多比丘不能令阿棃吒比丘捨此惡見從座起去往詣佛所稽首佛足却坐一面白曰世尊阿棃吒比丘生如是惡見我知世尊如是說法行欲者無障礙世尊我等聞已往詣阿棃吒比丘所問曰阿棃吒汝實如是說我知世尊如是說法行欲者無障礙耶阿棃吒比丘答我等曰諸賢我實知世尊如是說法行欲者無障礙世尊我等訶曰阿棃吒汝莫作是說莫誣謗世尊誣謗世尊者不善世尊亦不如是說阿棃吒欲有障礙世尊無量方便說欲有障礙阿棃吒汝可速捨此惡見我等訶已如此惡見其强力執而一向說此是眞實餘者虛妄如是再三世尊如我等不能令阿棃吒比丘捨此惡見從座起去世尊聞已告一比丘汝往阿棃吒比丘所作

如是語世尊呼汝於是一比丘受世尊教即從座起稽首佛足遶三帀而去至阿梨吒比丘所即語彼曰世尊呼汝阿梨吒比丘即詣佛所稽首佛足却坐一面世尊問曰阿梨吒實如是說我知世尊如是說法行欲者無障礙耶阿梨吒答曰世尊我實知世尊如是說法行欲者無障礙世尊呵曰阿梨吒汝云何知我如是說法汝從何口聞我如是說法汝愚癡人我不一向說汝一向說耶汝愚癡人聞諸比丘共呵汝時應如是答我今當問諸比丘也於是世尊問諸比丘汝等亦如是知我如是說法行欲者無障礙耶時諸比丘答曰不也世尊問曰汝等云何知我說法諸比丘答曰我等知世尊如是說法欲有障礙世尊說欲有障礙也欲如骨鏁世尊說欲如骨鏁也欲如肉臠世尊說欲如肉臠也欲如把炬世尊說欲如把炬也欲如火坑世尊說欲如火坑也欲如毒蛇世尊說欲如毒蛇也欲如夢世尊說欲如夢也欲如假借世尊說欲如假借也欲如樹果世尊說欲如樹果也我等知世尊如是說法世尊歎曰善哉善哉諸比丘汝等知我如是說法所以者何我亦如是說欲有障礙我說欲有障礙欲如骨鏁我說欲如骨鏁欲如肉臠我說欲如肉臠欲如把炬我說欲如把炬欲如火坑我說欲如火坑欲如毒蛇我說欲如毒蛇欲如夢我說欲如夢欲如假借我說欲如假借欲如樹果我說欲如樹果世尊歎曰善哉善哉汝等知我如是說法然此阿梨吒愚癡之人顛倒受解義及文也彼因自顛倒受解故誣謗於我爲

自傷害有犯有罪諸智梵行者所不喜也而得大罪汝愚癡人知有此惡不善處耶於是阿梨吒比丘爲世尊面訶責已内懷憂慼低頭默然失辯無言如有所伺於是世尊面訶責數阿梨吒比丘已告諸比丘若我所說法盡具解義者當如是受持若我所說法不盡具解義者便當問我及諸智梵行者所以者何或有癡人顛倒受解義及文也彼因自顛倒受解故如是如是知彼法謂正經歌詠記說偈他因緣撰録本起此說生處廣解未曾有法及說義彼諍知此義不受解脱知此義彼所爲知此法不得此義但受極苦唐自疲勞所以者何彼以顛倒受解法故譬若如人欲得捉蛇便行求蛇彼求蛇時行野林間見極大蛇便前以手捉其腰中蛇迴舉頭或蜇手足及餘肢節彼人所爲求取捉蛇不得此義但受極苦唐自疲勞所以者何以不善解取蛇法故如是或有癡人顛倒受解義及文也彼因自顛倒受解故如是如是知彼法謂正經歌詠記說偈他因緣撰録本起此說生處廣解未曾有法及說義彼諍知此義不受解脱知此義彼所爲知此法不得此義但受極苦唐自疲勞所以者何彼以顛倒受解法故或有族姓子不顛倒善受解義及文彼因不顛倒善受解故如是如是知彼法謂正經歌詠記說偈他因緣撰録本起此說生處廣解未曾有法及說義彼不諍知此義唯受解脱知此義彼所爲知此法得此義不受極苦亦不疲勞所以者何以不顛倒受解法故譬若如人欲得捉蛇便行求蛇彼求蛇時手執

鐵杖行野林間見極大蛇先以鐵杖壓彼蛇項手捉其頭彼蛇雖反尾迴或纒手足及餘肢節然不能螫彼人所為求取捉蛇而得此義不受極苦亦不疲勞所以者何彼以善解取蛇法故如是或有族姓子不顛倒善受解義及文彼因不顛倒善受解故如是如是知彼法謂正經歌詠記說偈他因緣撰録本起此說生處廣解未曾有法及說義彼不諍知此義唯受解脱知此義彼所為知此法得此義不受極苦亦不疲勞所以者何以不顛倒受解法故我為汝等長夜說栰喻法欲令棄捨不欲令受故云何我為汝等長夜說栰喻法欲令棄捨不欲令受猶如山水甚深極廣長流駛疾多有所漂其中無船亦無橋梁或有人來而於彼岸有事欲度彼求度時而作是念今此山水甚深極廣長流駛疾多有所漂其中無船亦無橋梁而可度者我於彼岸有事欲度當以何方便令我安隱至彼岸耶復作是念我今寧可於此岸邊收聚草木縛作簰栰乘之而度即於岸邊收聚草木縛作簰栰乘之而度安隱至彼便作是念今我此栰多有所益乘此栰已令我安隱從彼岸來度至此岸我今寧可以著右肩或頭戴去彼便以栰著右肩上或頭戴去於意云何彼作如是意能為栰有所益耶時諸比丘答曰不也世尊告曰彼人云何為栰所作能有益耶彼人作是念今我此栰多有所益乘此栰已令我安隱從彼岸來度至此岸我今寧可更以此栰還著水中或著岸邊而捨去耶彼人便以此栰還著水中或著岸邊捨之而去於

意云何彼作如是爲栰所作能有益耶時諸比丘答曰益也世尊告曰如是我爲汝等長夜說栰喻法欲令棄捨不欲令受若汝等知我長夜說栰喻法者當以捨是法況非法耶復次有六見處云何爲六比丘者所有色過去未來現在或內或外或精或麤或妙或不妙或近或遠彼一切非我有我非彼有亦非是神如是慧觀知其如眞所有覺所有想所有此見非我有我非彼有我當無我當不有彼一切非我有我非彼有亦非是神如是慧觀知其如眞所有此見若見聞識知所得所觀意所思念從此世至彼世從彼世至此世彼一切非我有我非彼有亦非是神如是慧觀知其如眞所有此見此是神此是世此是我我當後世有常不變易恒不摩滅法彼一切非我有我非彼有亦非是神如是慧觀知其如眞於是有一比丘從座而起偏袒著衣叉手向佛白曰世尊頗有因內有恐怖耶世尊答曰有也比丘復問曰世尊云何因內有恐怖耶世尊答曰比丘者如是見如是說彼或昔時無設有我不得彼如是見如是說憂慼煩勞啼哭搥胷而發狂癡比丘如是因內有恐怖也比丘歎世尊已復問曰世尊頗有因內無恐怖耶世尊答曰有也比丘復問曰世尊云何因內無恐怖耶世尊答曰比丘者不如是見不如是說彼或昔時無設有我不得彼不如是見不如是說不憂慼不煩勞不啼哭不搥胷不發狂癡比丘如是因內無恐怖也比丘歎世尊已復問曰世尊頗有因外有恐怖耶世尊答曰有也比丘復問曰世尊

云何因外有恐怖耶世尊答曰比丘者如是見如是說此是神此是世此是我我當後世有彼如是見如是說或遇如來或遇如來弟子聰明智慧而善言語成就智慧彼或如來或如來弟子滅一切自身故說法捨離一切漏一切我我所作滅慢使故說法彼或如來或如來弟子滅一切自身故說法捨離一切漏一切我我所作滅慢使故說法時憂慼煩勞啼哭搥胷而發狂癡如是說我斷壞不復有所以者何彼比丘所謂長夜不可愛不可樂不可意念比丘多行彼便憂慼煩勞啼哭搥胷而發狂癡比丘如是因外有恐怖也比丘歎世尊已復問曰世尊頗有因外無恐怖耶世尊答曰有也比丘復問曰世尊云何因外無恐怖耶世尊答曰比丘者不如是見不如是說此是神此是世此是我我當後世有彼不如是見不如是說或遇如來或遇如來弟子聰明智慧而善言語成就智慧彼或如來或如來弟子滅一切自身故說法捨離一切漏一切我我所作滅慢使故說法彼或如來或如來弟子滅一切自身故說法捨離一切漏一切我我所作滅慢使故說法時不憂慼不煩勞不啼哭不搥胷不發狂癡不如是說我斷壞不復有所以者何彼比丘所謂長夜可愛可樂可意念比丘多行彼便不憂慼不煩勞不啼哭不搥胷不發狂癡比丘如是因外無恐怖也爾時比丘歎世尊曰善哉善哉歎善哉已聞佛所說善受持誦則便黙然於是世尊歎諸比丘曰善哉善哉比丘受如是所可受已不生憂慼不煩勞不啼哭不搥

胷不發狂癡汝等見所受所可受不生憂慼不煩勞不啼哭不搥胷不發狂癡耶比丘答曰不也世尊世尊歎曰善哉善哉汝等依如是見所可依見已不生憂慼不煩勞不啼哭不搥胷不發狂癡汝等見依如是見所可依見已不生憂慼不煩勞不啼哭不搥胷不發狂癡耶比丘答曰不也世尊世尊歎曰善哉善哉汝等受如是身所有身常住不變易不摩滅法汝等見受如是身所可愛身已常住不變易不摩滅法耶比丘答曰不也世尊世尊歎曰善哉善哉所謂因神故有我無神則無我是爲神神所有不可得不可施設及心中有見處結著諸使亦不可得不可施設比丘非爲具足說見及見所相續猶如阿梨吒比丘本爲伽陀婆利耶比丘答曰如是世尊

爲具足說見及見所相續猶如阿梨吒比丘本爲伽陀婆利復次有六見處云何爲六比丘者所有色過去未來現在或內或外或精或麤或妙或不妙或近或遠彼一切非我有我非彼有亦非是神如是慧觀知其如眞所有覺所有想所有此見非我有我非彼有我當無我當不有彼一切非我有我非彼有亦非是神如是慧觀知其如眞所有此見若見聞識知所得所觀意所思念從此世至彼世從彼世至此世彼一切非我有我非彼有亦非是神如是慧觀知其如眞所有此見此是神此是世此是我我當後世有常不變易恒不摩滅法彼一切非我有我非彼有亦非是神如是慧觀知其如眞若有比丘此六見處不見是神亦不見神所有彼如是不見已便

不受此世不受此世已便無恐怖因不恐怖已便得般涅槃生已盡梵行已立所作已辦不受後有知如眞是謂比丘度塹過塹破郭無門聖智慧鏡云何比丘度塹耶無明塹已盡已知拔絕根本打破不復當生如是比丘得度塹也云何比丘過塹耶有愛已盡已知拔絕根本打破不復當生如是比丘得過塹也云何比丘破郭耶無窮生死已盡已知拔絕根本打破不復當生如是比丘得破郭也云何比丘無門耶五下分結已盡已知拔絕根本打破不復當生如是比丘得無門也云何比丘聖智慧鏡我慢已盡已知拔絕根本打破不復當生如是比丘聖智慧鏡是謂比丘度塹過塹破郭無門聖智慧鏡如是正解脫如來有因提羅及天伊沙那有梵及眷屬彼求不能得如來所依識如來是梵如來是冷如來不煩熱如來是不異我如是說諸沙門梵志誣謗我虛妄言不眞實沙門瞿曇御無所施設彼實有衆生施設斷滅壞若此中無我不說彼如來於現法中說無憂若有他人罵詈如來撾打瞋恚責數者如來因彼處不瞋恚不憎嫉終無害心若人罵詈如來撾打瞋恚責數時如來意云何如來作是念若我本所作本所造者因彼致此言然罵詈如來撾打瞋恚責數者如來作是意若有他人恭敬如來供養禮事尊重者如來因此不以爲悅不以爲歡喜心不以爲樂若他人恭敬如來供養禮事尊重者如來意云何如來作是念若我今所知所斷因彼致此若有他人恭敬如來供養禮事尊重者如來作是意於

是世尊告諸比丘若有他人罵詈汝等撾打瞋恚責數者若有恭敬供養禮事尊重者汝等因此亦當莫瞋恚憎嫉莫起害心亦莫歡悅歡喜亦莫心樂所以者何我等無神無神所有猶如今此勝林門外燥草枯木或有他人持去火燒隨意所用於意云何彼燥草枯木頗作是念他人持我去火燒隨意所用耶諸比丘答曰不也世尊如是若有他人罵詈汝等撾打瞋恚責數者若有恭敬供養禮事尊重者汝因此亦當莫瞋恚憎嫉莫起害心亦莫歡悅歡喜亦莫心樂所以者何我等無神無神所有我法善說發露廣布無有空缺流布宣傳乃至天人如是我法善說發露廣布無有空缺流布宣傳乃至天人若正智解脫命終者彼不施設有無窮我法善說發露

廣布無有空缺流布宣傳乃至天人如是我法善說發露廣布無有空缺流布宣傳乃至天人若有五下分結盡而命終者生於彼間便般涅槃得不退法不還此世我法善說發露廣布無有空缺流布宣傳乃至天人如是我法善說發露廣布無有空缺流布宣傳乃至天人彼三結已盡婬怒癡薄得一往來天上人間一往來已便得苦邊我法善說發露廣布無有空缺流布宣傳乃至天人如是我法善說發露廣布無有空缺流布宣傳乃至天人彼三結已盡是須陀洹不墮惡法定趣正覺極七往來天上人間七往來已便得苦邊我法善說發露廣布無有空缺流布宣傳乃至天人如是我法善說發露廣布無有空缺流布宣傳乃至天人若有信樂於我而命

終者必生善處如上有餘佛說如是彼諸比丘聞佛所說歡喜奉行

大品嗏帝經第十

我聞如是一時佛遊舍衛國在勝林給孤獨園爾時嗏帝比丘雞和多子生如是惡見我知世尊如是說法今此識往生不更異諸比丘聞已往至嗏帝比丘所問曰嗏帝汝實如是說我知世尊如是說法今此識往生不更異耶嗏帝比丘答曰諸賢我實知世尊如是說法今此識往生不更異時諸比丘訶嗏帝比丘曰汝莫作是說莫誣謗世尊誣謗世尊者不善世尊亦不如是說嗏帝比丘今此識因緣故起世尊無量方便說識因緣故起識有緣則生無緣則滅嗏帝比丘汝可速捨此惡見也嗏帝比丘為諸比丘所訶已如此惡見其強力執而一向說此是眞實餘者虛妄如是再三衆多比丘不能令嗏帝比丘捨此惡見從座起去往詣佛所稽首佛足却坐一面白曰世尊嗏帝比丘生如是惡見我知世尊如是說法今此識往生不更異世尊我等聞已往詣嗏帝比丘所問曰嗏帝汝實如是說我知世尊如是說法今此識往生不更異耶嗏帝比丘答我等曰諸賢我實知世尊如是說法今此識往生不更異世尊我等訶曰嗏帝比丘汝莫作是說莫誣謗世尊誣謗世尊者不善世尊亦不如是說嗏帝比丘今此識因緣故起世尊無量方便說識因緣故起識有緣則生無緣則滅嗏帝比丘汝可速捨此惡見也我等訶已如此惡見其強力執而一向說此是眞實餘者虛妄如是再三世尊

如我等不能令嗏帝比丘捨此惡見從座起去世尊聞已告一比丘汝往嗏帝比丘所作如是語世尊呼汝於是一比丘受世尊教即從座起稽首佛足繞三帀而去至嗏帝比丘所即語彼曰世尊呼汝嗏帝比丘即詣佛所稽首佛足却坐一面世尊問曰汝實如是說我知世尊如是說法令此識往生不更異耶嗏帝比丘答曰世尊我實知世尊如是說法令此識往生不更異世尊問曰何者識耶嗏帝比丘答曰世尊謂此識說覺作教作起等起謂彼彼作善惡業而受報也世尊呵曰嗏帝汝云何知我如是說法汝從何口聞我如是說法汝愚癡人我不一向說汝一向說耶汝愚癡人聞諸比丘共呵汝時應如法答我今當問諸比丘也於是世尊問諸比丘汝等亦如是知我如是說法令此識往生不更異耶時諸比丘答曰不也世尊問曰汝等云何知我說法諸比丘答曰我等知世尊如是說法識因緣故起世尊說識因緣故起識有緣則生無緣則滅我等知世尊如是說法世尊歎曰善哉善哉諸比丘汝等知我如是說法所以者何我亦如是說識因緣故起我說識因緣故起識有緣則生無緣則滅識隨所緣生即彼緣說緣眼色生識生識已說眼識如是耳鼻舌身意法生識生識已說意識猶若如火隨所緣生即彼緣說緣木生火說木火也緣草糞聚火說草糞聚火如是識隨所緣生即彼緣說緣眼色生識生識已說眼識如是耳鼻舌身意法生識生識已說意識世尊歎曰善哉善哉汝等知我如是說法然此嗏

帝比丘愚癡之人顛倒受解義及文也彼因自顛倒受解故誣謗於我爲自傷害有犯有罪諸智梵行者所不喜也而得大罪汝愚癡人知有此惡不善處耶於是嗏帝比丘爲世尊面呵責已內懷憂慼低頭默然失辯無言如有所伺於是世尊面呵嗏帝比丘已告諸比丘我當爲汝說法究竟無煩無熱恒有不變諸智慧觀如是諦聽諦聽善思念之時諸比丘受教而聽佛言眞說見耶比丘答曰唯然世尊世尊告曰如來眞說見耶比丘答曰唯然世尊世尊告曰如來滅已所有眞說彼亦滅法見耶比丘答曰唯然世尊世尊告曰眞說已見耶比丘答曰唯然世尊世尊告曰如來眞說已見耶比丘答曰唯然世尊世尊告曰如來滅已所有眞說彼亦滅法已見耶

比丘答曰唯然世尊世尊告曰眞說無有疑惑耶比丘答曰不也世尊世尊告曰如來眞說無有疑惑耶比丘答曰不也世尊世尊告曰如來滅已所有眞說彼亦滅法無有疑惑耶比丘答曰不也世尊世尊告曰眞說如是慧見如眞所有疑惑彼滅耶比丘答曰唯然世尊世尊告曰如來眞說如是慧見如眞所有疑惑彼滅耶比丘答曰唯然世尊世尊告曰如來滅已所有眞說彼亦滅法如是慧見如眞所有疑惑彼滅耶比丘答曰唯然世尊世尊告曰眞說已無疑惑耶比丘答曰唯然世尊世尊告曰如來眞說已無疑惑耶比丘答曰唯然世尊世尊告曰如來已滅所有眞說彼亦滅法已無疑惑耶比丘答曰唯然世尊世尊歎曰善哉善哉若汝等如是知如是

見謂我此見如是清淨著彼惜彼守彼不欲令捨者汝等知我長夜說栰喻法知已所塞流開耶比丘答曰不也世尊世尊歎曰善哉善哉若汝等如是知如是見謂我此見如是清淨不著彼不惜彼不守彼欲令捨者汝等知我長夜說栰喻法知已所塞流開耶比丘答曰唯然世尊世尊歎曰善哉善哉若有異學來問汝等賢者汝等若有如是清淨見彼何義何爲何功德汝等云何答耶比丘答曰世尊若有異學來問我賢者汝等若有如是清淨見彼何義何爲何功德者我等當如是答諸賢爲猒義爲無欲義爲見知如眞義故世尊若異學來問我者我等當如是答世尊歎曰善哉善哉若異學來問汝汝等應如是答所以者何此所說觀一曰摶食麤細二曰更樂三曰意念四曰識也此四食何因何習從何而生由何有耶彼四食者因愛習愛從愛而生由愛有也愛何因何習從何而生由何有耶愛者因覺習覺從覺而生由覺有也覺何因何習從何而生由何有耶覺者因更樂習更樂從更樂生由更樂有也更樂何因何習從何而生由何有耶更樂者因六處習六處從六處生由六處有也六處何因何習從何而生由何有耶六處者因名色習名色從名色生由名色有也名色何因何習從何而生由何有耶名色者因識習識從識而生由識有也識何因何習從何而生由何有耶識者因行習行從行而生由行有也行何因何習從何而生由何有耶行者因無明習無明從無明生由無明有也是爲緣無明有行

緣行有識緣識有名色緣名色有六處緣六處有更樂緣更樂有覺緣覺有愛緣愛有受緣受有有緣有有生緣生有老死愁慼啼哭憂苦懊惱如是此淳大苦陰生緣生有老死此說緣生有老死於汝等意云何比丘答曰世尊緣生有老死我等意如是所以者何緣生有老死也緣有有生此說緣有有生於汝等意云何比丘答曰世尊緣有有生我等意如是所以者何緣有有生也緣受有有此說緣受有有於汝等意云何比丘答曰世尊緣受有有我等意如是所以者何緣受有有也緣愛有受此說緣愛有受於汝等意云何比丘答曰世尊緣愛有受我等意如是所以者何緣愛有受也緣覺有愛此說緣覺有愛於汝等意云何比丘答曰世尊緣覺有愛我等意如是所以者何緣覺有愛也緣更樂有覺此說緣更樂有覺於汝等意云何比丘答曰世尊緣更樂有覺我等意如是所以者何緣更樂有覺也緣六處有更樂此說緣六處有更樂於汝等意云何比丘答曰世尊緣六處有更樂我等意如是所以者何緣六處有更樂也緣名色有六處此說緣名色有六處於汝等意云何比丘答曰世尊緣名色有六處我等意如是所以者何緣名色有六處也緣識有名色此說緣識有名色於汝等意云何比丘答曰世尊緣識有名色我等意如是所以者何緣識有名色也緣行有識此說緣行有識於汝等意云何比丘答曰世尊緣行有識我等意如是所以者何緣行有識也緣無明有行此說緣無明有行於汝等意云何比

丘答曰世尊緣無明有行我等意如是所以者何緣無明有行也是爲緣無明有行緣行有識緣識有名色緣名色有六處緣六處有更樂緣更樂有覺緣覺有愛緣愛有受緣受有有緣有有生緣生有老死愁慼帝哭憂苦懊惱可得生如是此淳大苦陰生世尊歎曰善哉善哉比丘汝等如是說所以者何我亦如是說緣無明有行緣行有識緣識有名色緣名色有六處緣六處有更樂緣更樂有覺緣覺有愛緣愛有受緣受有有緣有有生緣生有老死愁慼啼哭憂苦懊惱可得生如是此淳大苦陰生生滅則老死滅此說生滅則老死滅於汝等意云何比丘答曰世尊生滅則老死滅我等意如是所以者何生滅則老死滅也有滅則生滅此說有滅則生滅於汝等意云何比丘答曰世尊有滅則生滅我等意如是所以者何有滅則生滅也受滅則有滅此說受滅則有滅於汝等意云何比丘答曰世尊受滅則有滅我等意如是所以者何受滅則有滅也愛滅則受滅此說愛滅則受滅於汝等意云何比丘答曰世尊愛滅則受滅我等意如是所以者何愛滅則受滅也覺滅則愛滅此說覺滅則愛滅於汝等意云何比丘答曰世尊覺滅則愛滅我等意如是所以者何覺滅則愛滅也更樂滅則覺滅此說更樂滅則覺滅於汝等意云何比丘答曰世尊更樂滅則覺滅我等意如是所以者何更樂滅則覺滅也六處滅則更樂滅此說六處滅則更樂滅於汝等意云何比丘答曰世尊六處滅則更樂滅我等意如是所以者何六

處滅則更樂滅也名色滅則六處滅此說名色滅則六處滅於汝等意云何比丘答曰世尊名色滅則六處滅我等意如是所以者何名色滅則六處滅也識滅則名色滅此說識滅則名色滅於汝等意云何比丘答曰世尊識滅則名色滅我等意如是所以者何識滅則名色滅也行滅則識滅此說行滅則識滅於汝等意云何比丘答曰世尊行滅則識滅我等意如是所以者何行滅則識滅也無明滅則行滅此說無明滅則行滅於汝等意云何比丘答曰世尊無明滅則行滅我等意如是所以者何無明滅則行滅也是爲無明滅則行滅行滅則識滅識滅則名色滅名色滅則六處滅六處滅則更樂滅更樂滅則覺滅覺滅則愛滅愛滅則受滅受滅則有滅有滅則生滅生滅則老死滅愁慼啼哭憂苦懊惱可得滅如是此淳大苦陰滅世尊歎曰善哉善哉比丘汝等如是說所以者何我亦如是說無明滅則行滅行滅則識滅識滅則名色滅名色滅則六處滅六處滅則更樂滅更樂滅則覺滅覺滅則愛滅愛滅則受滅受滅則有滅有滅則生滅生滅則老死滅愁慼啼哭憂苦懊惱可得滅如是此淳大苦陰滅世尊歎曰善哉善哉若汝等如是知如是見汝等頗於過去作是念我過去時有我過去時無云何過去時有何由過去時有耶比丘答曰不也世尊世尊歎曰善哉善哉若汝等如是知如是見汝等頗於未來作是念我未來當有我未來當無云何未來有何由未來有耶比丘答曰不也世尊世尊歎曰善哉善哉若

汝等如是知如是見汝等頗於内有疑惑此云何此何等此衆生從何所來趣至何處何因已有何因當有耶比丘答曰不也世尊世尊歎曰善哉善哉若汝等如是知如是見汝等頗故殺父母害弟子阿羅漢破壞聖衆惡意向佛出如來血耶比丘答曰不也世尊世尊歎曰善哉善哉若汝等如是知如是見汝等頗故犯戒捨戒罷道耶比丘答曰不也世尊世尊歎曰善哉善哉若汝等如是知如是見汝等頗捨此更求外尊求福田耶比丘答曰不也世尊世尊歎曰善哉善哉若汝等如是知如是見汝等頗作沙門梵志如是說諸尊可知則知可見則見耶比丘答曰不也世尊世尊歎曰善哉善哉若汝等如是知如是見汝等頗吉祥爲清淨耶比丘答曰不也世尊世尊歎曰善哉善哉若汝等如是知如是見汝等頗爲諸沙門梵志吉祥相應諸見雜苦雜之雜煩熱雜懊惱彼是眞實耶比丘答曰不也世尊世尊歎曰善哉善哉若汝等如是知如是見汝等頗身生疹患生甚重苦乃至命欲斷捨此更求外頗有彼沙門梵志持一句呪二句三句四句多句百句持此呪令脫我苦是謂求苦習苦得苦盡耶比丘答曰不也世尊世尊歎曰善哉善哉若汝等如是知如是見汝等頗受八有耶比丘答曰不也世尊世尊歎曰善哉善哉若汝等如是知如是見汝等頗如是說我等恭敬沙門敬重沙門沙門瞿曇是我尊師耶比丘答曰不也世尊世尊歎曰善哉善哉若汝等自知自見自覺得最正覺汝等隨所問答耶比丘答曰如

是世尊世尊歎曰善哉善哉我正御汝等於畢究竟無煩無熱恒不變易法正智所知正智所見正智所覺因此故我向者說我爲汝說法畢究竟不煩熱恒不變易法正智所知正智所見正智所覺復次三事合會入於母胎父母聚集一處母滿精堪耐生陰已至此三事合會入於母胎母胎或時九月十月便生生已以血長養血者於聖法中謂是母乳也彼於後時諸根轉大根轉成就食麤飯麨酥油塗身彼眼見色樂著好色憎惡惡色不立身念少心心解脫慧解脫不知如眞所生惡不善法不滅盡無餘不敗壞無餘如是耳鼻舌身意知法樂著好法憎惡惡法不立身念少心心解脫慧解脫不知如眞所生惡不善法不滅盡無餘不敗壞無餘彼如是隨憎不憎所受覺或樂或苦或不苦不樂彼樂彼覺求著受彼覺彼樂彼覺求著受彼覺已若樂覺者是爲受彼緣受有有緣有有生緣生有老死愁慼啼哭憂苦懊惱可得生如是此淳大苦陰生比丘非爲具足愛所繫相續如嗏帝比丘雞和多子耶比丘答曰如是世尊具足愛所繫相續如嗏帝比丘雞和多子也若時如來出世無所著等正覺明行成爲善逝世間解無上士道法御天人師號佛衆祐彼眼見色於好色而不樂著於惡色而不憎惡立身念無量心心解脫慧解脫知如眞所生惡不善法滅盡無餘敗壞無餘如是耳鼻舌身意知法不著好法不惡惡法立身念無量心心解脫慧解脫知如眞所生惡不善法滅盡無餘敗壞無餘彼如是滅憎不憎所受

覺或樂或苦或不苦不樂彼不樂彼覺不求不著不受覺彼不樂彼覺不求不著不受覺已若樂覺者彼便滅樂滅則受滅受滅則有滅有滅則生滅生滅則老死滅愁慼啼哭憂苦懊惱可得滅如是此淳大苦陰滅比丘非爲具足愛盡解脫耶比丘答曰如是世尊具足愛盡解脫也說是法時此三千大千世界三反震動動盡動戰盡戰震盡震是故此經稱愛盡解脫佛說如是彼諸比丘聞佛所說歡喜奉行

後大品第十六竟

中阿含經卷第五十四

音釋

阿梨吒 梵語比丘名也吒陟嫁切 撰録 撰雛綰切撰述也録龍玉切記也采録也 栰 房越切簰也大曰栰小曰桴又海也大船也 駛 踈士切疾也 漂 紕招切浮也漂流也 塹 七豔切坑也 嗏帝 梵語比丘名也嗏音茶 麨 尺沼切乾糧也

# 中阿含經卷第五十五

東晉罽賓三藏瞿曇僧伽提婆譯

## 晡利多品第十七 有十經 第五後誦

持齋晡利多　羅摩五下分　心穢箭毛二
鞞摩那修學　法樂比丘尼　拘絺羅在後

### 晡利多品持齋經第一

我聞如是一時佛遊舍衛國在於東園鹿子母堂爾時鹿子母毗舍佉平旦沐浴著白淨衣將子婦等眷屬圍遶往詣佛所稽首作禮却住一面世尊問曰居士婦今沐浴耶答曰世尊我今持齋善逝我今持齋世尊問曰居士婦今持何等齋耶齋有三種云何爲三一者放牛兒齋二者尼揵齋三者聖八支齋居士婦云何名爲放牛兒齋若放牛兒朝放澤中晡收還村彼還村時作如是念我今日在此處放牛明日當在彼處放牛我今日在此處飲牛明日當在彼處飲牛我牛今在此處宿止明日當在彼處宿止居士婦如是有人若持齋時作是思惟我今日食如此之食明日當食如彼食也我今日飲如此之飲明日當飲如彼飲也我今含消如此含消明當含消如彼含消其人於此晝夜樂著欲過是謂名曰放牛兒齋若如是持放牛兒齋者不獲大利不得大果無大功德不得廣布居士婦云何名爲尼揵齋耶若有出家學尼揵者彼勸人曰汝於東方過百由延外有衆生者擁護彼故棄捨刀杖如是南方西方北方過百由延外有衆生者擁護彼故棄捨刀杖是爲彼勸進人或有想護衆生或無想不護衆生汝當十五日說從解脫時脫衣裸形東向住

立作如是說我無父母非父母有我無妻子非妻子有我無奴婢非奴婢主居士婦彼欲勸進於眞諦語而反勸進虛妄之言彼人日日見其父母便作此念是我父母父母日日見其兒子亦作此念是我兒子彼見妻子而作此念是我妻子妻子見彼亦作此念是我尊長彼見奴婢復作此念是我奴婢奴婢見彼亦作此念是我大家彼用此欲不與而用非是與用是謂名曰尼揵齋也若如是持尼揵齋者不獲大利不得大果無大功德不得廣布居士婦云何名爲聖八支齋多聞聖弟子若持齋時作是思惟阿羅漢眞人盡形壽離殺斷殺棄捨刀杖有慙有愧有慈悲心饒益一切乃至蜫蟲彼於殺生淨除其心我亦盡形壽離殺斷殺棄捨刀杖有慙有愧有慈悲心饒益一切乃至蜫蟲我於殺生淨除其心我以此支於阿羅漢等同無異是故說齋復次居士婦多聞聖弟子若持齋時作是思惟阿羅漢眞人盡形壽離不與取斷不與取與其後取樂於與取常好布施心樂放捨歡喜無悋不望其報不以盜覆心能自制己彼於不與取淨除其心我亦盡形壽離不與取斷不與取與而後取樂於與取常好布施心樂放捨歡喜無悋不望其報不以盜覆心能自制己我於不與取淨除其心我以此支於阿羅漢等同無異是故說齋復次居士婦多聞聖弟子若持齋時作是思惟阿羅漢眞人盡形壽離非梵行斷非梵行修行梵行至誠心淨行無臭穢離欲斷婬彼於非梵行淨除其心我於此日此夜離非梵行斷非梵行修

行梵行至誠心淨行無臭穢離欲斷婬我於非梵行淨除其心我以此支於阿羅漢等同無異是故說齋復次居士婦多聞聖弟子若持齋時作是思惟阿羅漢眞人盡形壽離妄言斷妄言眞諦言樂眞諦住眞諦爲人所信不欺世間彼於妄言淨除其心我亦盡形壽離妄言斷妄言眞諦言樂眞諦住眞諦爲人所信不欺世間我於妄言淨除其心我以此支於阿羅漢等同無異是故說齋復次居士婦多聞聖弟子若持齋時作是思惟阿羅漢眞人盡形壽離酒放逸斷酒放逸彼於酒放逸淨除其心我亦盡形壽離酒放逸斷酒放逸我於酒放逸淨除其心我以此支於阿羅漢等同無異是故說齋復次居士婦多聞聖弟子若待齋時作是思惟阿羅漢眞人盡形壽離高廣大牀斷高廣大牀樂下坐臥或牀或敷草彼於高廣大牀淨除其心我於此日此夜離高廣大牀斷高廣大牀樂下坐臥或牀或敷草我於高廣大牀淨除其心我以此支於阿羅漢等同無異是故說齋復次居士婦多聞聖弟子若持齋時作是思惟阿羅漢眞人盡形壽離華鬘瓔珞塗香脂粉歌儛倡妓及往觀聽斷華鬘瓔珞塗香脂粉歌儛倡妓及往觀聽彼於華鬘瓔珞塗香脂粉歌儛倡妓及往觀聽淨除其心我於此日此夜離華鬘瓔珞塗香脂粉歌儛倡妓及往觀聽斷華鬘瓔珞塗香脂粉歌儛倡妓及往觀聽我於華鬘瓔珞塗香脂粉歌儛倡妓及往觀聽淨除其心我以此支於阿羅漢等同無異是故說齋復次居士婦多聞聖弟子若持齋時

作是思惟阿羅漢眞人盡形壽離非時食斷非時食一食不夜食樂於時食彼於非時食淨除其心我於此日此夜離非時食斷非時食一食不夜食樂於時食我於非時食淨除其心我以此支於阿羅漢等同無異是故說齋彼住此聖人支齋已於上當復修習五法云何爲五居士婦多聞聖弟子若持齋時憶念如來彼世尊如來無我著等正覺明行成爲善逝世間解無上士道法御天人師號佛衆祐彼作如是憶念如來已若有惡伺彼便得滅所有穢汙惡不善法彼亦得滅居士婦多聞聖弟子緣如來故心靜得喜若有惡伺彼便得滅所有穢汙惡不善法彼亦得滅譬若如人頭有垢膩因膏澤暖湯人力洗沐故彼便得淨如是多聞聖弟子若持齋時憶念如來彼世尊如來無所著等正覺明行成爲善逝世間解無上士道法御天人師號佛衆祐彼作如是憶念如來已若有惡伺彼便得滅所有穢汙惡不善法彼亦得滅居士婦多聞聖弟子緣如來故心靜得喜若有惡伺彼便得滅所有穢汙惡不善法彼亦得滅是謂多聞聖弟子持梵齋梵共會因梵故心靜得喜若有惡伺彼便得滅所有穢汙惡不善法彼亦得滅復次居士婦多聞聖弟子若持齋時憶念於法此法世尊善說究竟恒不變易正智所知正智所見正智所覺彼作如是憶念法已若有惡伺彼便得滅所有穢汙惡不善法彼亦得滅居士婦多聞聖弟子緣於法故心靜得喜若有惡伺彼便得滅所有穢汙惡不善法彼亦得滅猶人身有垢膩不淨因

麩澡豆暖湯人力極洗浴故身便得淨如是多聞聖弟子若持齋時憶念於法此法世尊善說究竟恒不變易正智所知正智所見正智所覺彼作如是憶念法已若有惡伺彼便得滅所有穢汙惡不善法彼亦得滅居士婦多聞聖弟子緣於法故心靜得喜若有惡伺彼便得滅所有穢汙惡不善法彼亦得滅居士婦是謂多聞聖弟子持法齋法共會因法故心靜得喜若有惡伺彼便得滅所有穢汙惡不善法彼亦得滅復次居士婦多聞聖弟子若持齋時憶念於衆世尊弟子衆善趣向質直行要行趣如來衆中實有阿羅漢眞人趣阿羅漢果證阿那含趣阿那含果證斯陀含趣斯陀含果證須陀洹趣須陀洹果證是爲四雙人八輩聖士是謂世尊弟子衆成就戒定慧解脫解脫知見可呼可請可供養可奉事可敬重則爲天人良福之田彼作如是憶念衆已若有惡伺彼便得滅所有穢汙惡不善法彼亦得滅居士婦多聞聖弟子緣於衆故心靜得喜若有惡伺彼便得滅所有穢汙惡不善法彼亦得滅猶如人衣有垢膩不淨因灰皂莢澡豆湯水人力浣故彼便得淨如是多聞聖弟子若持齋時憶念於衆世尊弟子衆善趣向質直行要行趣如來衆中實有阿羅漢眞人趣阿羅漢果證阿那含趣阿那含果證斯陀含趣斯陀含果證須陀洹趣須陀洹果證是爲四雙人八輩聖士是謂世尊弟子衆成就戒定慧解脫解脫知見可呼可請可供養可奉事可敬重則爲天人良福之田彼作如是憶念衆已若有惡伺彼便得

滅所有穢汙惡不善法彼亦得滅居士婦多聞聖弟子緣於衆故心靜得喜若有惡伺彼便得滅所有穢汙惡不善法彼亦得滅是謂多聞聖弟子持衆齋衆共會因衆故心靜得喜若有惡伺彼便得滅所有穢汙惡不善法彼亦得滅復次居士婦多聞聖弟子若持齋時憶念自戒不缺不穿無穢無汙極廣極大不望其報智者稱譽善具善趣善受善持彼作如是憶念自戒已若有惡伺彼便得滅所有穢汙惡不善法彼亦得滅居士婦多聞聖弟子緣於戒故心靜得喜若有惡伺彼便得滅所有穢汙惡不善法彼亦得滅猶若如鏡生垢不明因石磨鋥瑩由人力治便得明淨如是多聞聖弟子若持齋時憶念自戒不缺不穿無穢無汙極廣極大不望其報智者稱譽善具善趣善受善持彼作如是憶念自戒已若有惡伺彼便得滅所有穢汙惡不善法彼亦得滅居士婦多聞聖弟子緣於戒故心靜得喜若有惡伺彼便得滅所有穢汙惡不善法彼亦得滅是謂多聞聖弟子持戒齋戒共會因戒故心靜得喜若有惡伺彼便得滅所有穢汙惡不善法彼亦得滅復次居士婦多聞聖弟子若持齋時憶念諸天實有四王天彼天若成就信於此命終得生彼間我亦有彼信彼天若成就戒聞施慧於此命終得生彼間我亦有彼慧實有三十三天焰摩天兜率陀天化樂天他化樂天彼天若成就信於此命終得生彼間我亦有彼信彼天若成就戒聞施慧於此命終得生彼間我亦有彼慧彼作如是憶念已及諸天信戒聞施慧若

有惡伺彼便得滅所有穢汙惡不善法彼亦得滅居士婦多聞聖弟子緣諸天故心靜得喜若有惡伺彼便得滅所有穢汙惡不善法彼亦得滅猶如上色金生垢不淨因火鞴鉗椎赤土人力磨拭瑩治便得明淨如是多聞聖弟子若持齋時憶念諸天實有四王天彼天若成就信於此命終得生彼間我亦有彼信彼天若成就戒聞施慧於此命終得生彼間我亦有彼慧實有三十三天焰摩天兜率陀天化樂天他化樂天彼天若成就信於此命終得生彼間我亦有彼信彼天若成就戒聞施慧於此命終得生彼間我亦有彼慧彼作如是憶念已及諸天信戒聞施慧若有惡伺彼便得滅所有穢汙惡不善法彼亦得滅居士婦若行如是聖八支齋若有十六大國

謂一者鴦伽二者摩竭陀三者伽尸四者拘薩羅五者拘樓六者般闍羅七者阿攝月八者阿和檀提九者枝提十者跋耆十一者跋蹉十二跋羅十三蘇摩十四蘇羅吒十五踰尼十六劍浮此諸國中所有錢寶金銀摩尼眞珠瑠璃蠰伽碧玉珊瑚留邵鞞留勒瑪瑙瑇瑁赤石琁珠設使有人於中作王隨用自在者彼一切皆持聖八支齋不直十六分居士婦我因此故說人王者不如天樂若人五十歲是四王天一晝一夜如是三十晝夜爲一月十二月爲一歲如此五百歲是四王天壽居士婦必有是處若族姓男族姓女持聖八支齋身壞命終生四王天中居士婦我因此故說人王者不如天樂若人百歲是三十三天一晝一夜如是三十晝夜爲一月十二

月爲一歲如此千歲是三十三天壽居士婦必有是處若族姓男族姓女持聖八支齋身壞命終生三十三天中居士婦我因此故說人王者不如天樂若人二百歲是焰摩天一晝一夜如是三十晝夜爲一月十二月爲一歲如此二千歲是焰摩天壽居士婦必有是處若族姓男族姓女持於聖八支齋身壞命終生焰摩天中居士婦我因此故說人王者不如天樂若人四百歲是兜率陀天一晝一夜如是三十晝夜爲一月十二月爲一歲如此四千歲是兜率陀天壽居士婦必有是處若族姓男族姓女持聖八支齋身壞命終生兜率陀天中居士婦我因此故說人王者不如天樂若人八百歲是化樂天一晝一夜如是三十晝夜爲一月十二月爲一歲如此八千歲是化樂天壽居士婦必有是處若族姓男族姓女持聖八支齋身壞命終生化樂天中居士婦我因此故說人王者不如天樂若人千六百歲是他化樂天一晝一夜如是三十晝夜爲一月十二月爲一歲如此萬六千歲是他化樂天壽居士婦必有是處若族姓男族姓女持聖八支齋身壞命終生他化樂天中於是鹿子毋毗舍佉叉手向佛白曰世尊聖八支齋甚奇甚特大利大果有大功德有大廣布世尊我從今始自盡形壽持聖八支齋隨其事力布施修福於是鹿子毋聞佛所說善受善持稽首佛足遶三帀而去佛說如是鹿子毋毗舍佉及諸比丘聞佛所說歡喜奉行

晡利多品晡利多經第二

我聞如是一時佛遊那難大國在波和利柰園之中爾時晡利多居士著白淨衣白巾裹頭拄杖執蓋著世俗屐從園至園從觀至觀從林至林遍遊行彷徉若見諸沙門梵志者便作是說諸賢當知我離俗斷俗捨諸俗事彼諸沙門梵志以懦輭柔和語曰唯然賢晡利多離俗斷俗捨諸俗事於是晡利多居士遍遊行彷徉往詣佛所共相問訊當在佛前拄杖而立世尊告曰居士有座欲坐便坐晡利多居士白曰瞿曇此事不然此事不可所以者何我離俗斷俗捨諸俗事而沙門瞿曇喚我為居士耶世尊答曰汝有相標幟如居士是故我喚汝居士有座欲坐便坐世尊如是復至再三告曰居士有座欲坐便坐晡利多居士亦至再三白曰瞿曇此事不然此事不可我離俗斷俗捨諸俗事而沙門瞿曇喚我為居士耶世尊答曰汝有相標幟如居士是故我喚汝居士有座欲坐便坐爾時世尊問曰汝云何離俗斷俗捨諸俗事耶晡利多居士答曰瞿曇我家一切所有財物盡持施兒我無為無求遊唯往取食存命而已如是我離俗斷俗捨諸俗事世尊告曰居士聖法律中不如是斷絕俗事居士聖法律中有八支斷俗事也於是晡利多居士捨杖却蓋及脫俗屐叉手向佛白曰瞿曇聖法律中云何八支斷俗事耶世尊答曰居士多聞聖弟子依離殺斷殺依離不與取斷不與取依離邪婬斷邪婬依離妄言斷妄言依無貪著斷貪著依無害恚斷害恚依無憎嫉惱斷憎嫉惱依無增上慢斷增上慢居士多聞聖弟子云

何依離殺斷殺耶多聞聖弟子作是思惟殺者必受惡報現世及後世若我殺者便當自害亦誣謗他天及諸智梵行者道說我戒諸方悉當聞我惡名身壞命終必至惡處生地獄中如是殺者受此惡報現世及後世我今寧可依離殺斷殺耶便依離殺斷殺如是多聞聖弟子依離殺斷殺也居士多聞聖弟子云何依離不與取斷不與取耶多聞聖弟子作是思惟不與取者必受惡報現世及後世若我不與取者便當自害亦誣謗他天及諸智梵行者道說我戒諸方悉當聞我惡名身壞命終必至惡處生地獄中如是不與取者受此惡報現世及後世我今寧可依離不與取斷不與取耶便依離不與取斷不與取如是多聞聖弟子依離不與取斷不與取也居士多聞聖弟子云何依離邪婬斷邪婬耶多聞聖弟子作是思惟邪婬者必受惡報現世及後世若我邪婬者便當自害亦誣謗他天及諸智梵行者道說我戒諸方悉當聞我惡名身壞命終必至惡處生地獄中如是邪婬者受此惡報現世及後世我今寧可依離邪婬斷邪婬耶便依離邪婬斷邪婬如是多聞聖弟子依離邪婬斷邪婬也居士多聞聖弟子云何依離妄言斷妄言耶多聞聖弟子作是思惟妄言者必受惡報現世及後世若我妄言者便當自害亦誣謗他天及諸智梵行者道說我戒諸方悉當聞我惡名身壞命終必至惡處生地獄中如是妄言者受此惡報現世及後世我今寧可依離妄言斷妄言耶便依離妄言斷妄言如是多聞聖弟子依離

妄言斷妄言也居士多聞聖弟子云何依無貪著斷貪著耶多聞聖弟子作是思惟貪著者必受惡報現世及後世若我貪著者便當自害亦誣謗他天及諸智梵行者道說我戒諸方悉當聞我惡名身壞命終必至惡處生地獄中如是貪著者受此惡報現世及後世我今寧可依無貪著斷貪著耶便依無貪著斷貪著如是多聞聖弟子依無貪著斷貪著也居士多聞聖弟子云何依無害恚斷害恚耶多聞聖弟子作是思惟害恚者必受惡報現世及後世若我害恚者便當自害亦誣謗他天及諸智梵行者道說我戒諸方悉當聞我惡名身壞命終必至惡處生地獄中如是害恚者受此惡報現世及後世我今寧可依無害恚斷害恚耶便依無害恚斷害恚如是多聞聖弟子依無害恚斷害恚也居士多聞聖弟子云何依無憎嫉惱斷憎嫉惱耶多聞聖弟子作是思惟憎嫉惱者必受惡報現世及後世若我憎嫉惱者便當自害亦誣謗他天及諸智梵行者道說我戒諸方悉當聞我惡名身壞命終必至惡處生地獄中如是憎嫉惱者受此惡報現世及後世我今寧可依無憎嫉惱斷憎嫉惱耶便依無憎嫉惱斷憎嫉惱如是多聞聖弟子依無憎嫉惱斷憎嫉惱也居士多聞聖弟子云何依無增上慢斷增上慢耶多聞聖弟子作是思惟增上慢者必受惡報現世及後世若我增上慢者便當自害亦誣謗他天及諸智梵行者道說我戒諸方悉當聞我惡名身壞命終必至惡處生地獄中如是增上慢者受此惡報現世及後

世我今寧可依無增上慢斷增上慢耶便依無增上慢斷增上慢如是多聞聖弟子依無增上慢斷增上慢也是謂聖法律中有八支斷絶俗事居士問曰瞿曇聖法律中但是斷俗事復更有耶世尊答曰聖法律中不但有是斷絶俗事更有八支斷絶俗事得作證也哺利多居士聞已便脫白巾叉手向佛白曰瞿曇聖法律中云何更有八支斷絶俗事得作證耶世尊答曰居士猶如有狗饑餓羸乏至屠牛處彼屠牛師屠牛弟子淨剔除肉擲骨與狗狗得骨已處處咬齧破脣缺齒或傷咽喉然狗不得以此除饑居士多聞聖弟子亦復作是思惟欲如骨鏁世尊說欲如骨鏁樂少苦多多有災患當遠離之若有此捨離欲離惡不善之法謂此一切世間飲食永盡無餘當修習彼居士猶去村不遠有小肉臠墮在露地或烏或鵄持彼肉去餘烏鵄鳥競而逐之於居士意云何若此烏鵄不速捨此小肉臠者致餘烏鵄競而逐耶居士答曰唯然瞿曇於居士意云何若此烏鵄能速捨此小肉臠者餘烏鵄鳥當復競逐耶居士答曰不也瞿曇居士多聞聖弟子亦復作是思惟欲如肉臠世尊說欲如肉臠樂少苦多多有災患當遠離之若有此捨離欲離惡不善之法謂此一切世間飲食永盡無餘當修習彼居士猶如有人手把火炬向風而行於居士意云何若使此人不速捨者必燒其手餘肢體耶居士答曰唯然瞿曇於居士意云何若使此人速捨炬者常燒其手餘肢體耶居士答曰不也瞿曇居士多聞聖弟子亦復作是

思惟欲如火炬世尊說欲如火炬樂少苦多多有灾患當遠離之若有此捨離欲離惡不善之法謂此一切世間飲食永盡無餘當修習彼居士猶去村不遠有大火坑滿其中火而無烟焰若有人來不愚不癡亦不顛倒自住本心自由自在用樂不用苦甚憎惡苦用活不用死甚憎惡死於居士意云何此人寧當入火坑耶居士答曰不也瞿曇所以者何彼見火坑便作是思惟若墮火坑必死無疑設不死者定受極苦彼見火坑便思遠離願求捨離居士多聞聖弟子亦復作是思惟欲如火坑世尊說欲如火坑樂少苦多多有灾患當遠離之若有此捨離欲離惡不善之法謂此一切世間飲食永盡無餘當修習彼居士猶去村不遠有大毒蛇至惡苦毒黑色可畏若有人來不愚不癡亦不顛倒自住本心自由自在用樂不用苦甚憎惡苦用活不用死甚憎惡死於居士意云何此人寧當以手授與及餘肢體作如是說蜇我蜇我耶居士答曰不也瞿曇所以者何彼見毒蛇便作是思惟若我以手及餘肢體使蛇蜇者必死無疑設不死者定受極苦彼見毒蛇便思遠離願求捨離居士多聞聖弟子亦復作是思惟欲如毒蛇世尊說欲如毒蛇樂少苦多多有灾患當遠離之若有此捨離欲離惡不善之法謂此一切世間飲食永盡無餘當修習彼居士猶如有人夢得具足五欲自娛彼若寤已都不見一居士多聞聖弟子亦復作是思惟欲如夢也世尊說欲如夢也樂少苦多多有灾患當遠離之若有此捨離欲離惡不善

之法謂此一切世間飲食永盡無餘當修習彼居士猶如有人假借樂具或宫殿樓閣或園觀浴池或象馬車乘或繒綵錦罽或指環臂釧或香瓔珞頸鉗或金寶華鬘或名衣上服多人見已而共歎曰如是爲善如是爲快若有財物應作如是極自娛樂其物主者隨所欲奪或教人奪即便自奪或教人奪多人見已而共説曰彼假借者實爲欺誑非是假借所以者何其物主者隨所欲奪或教人奪即便自奪或教人奪居士多聞聖弟子亦復作是思惟欲如假借世尊説欲如假借樂少苦多多有災患當遠離之若有此捨離欲離惡不善之法謂此一切世間飲食永盡無餘當修習彼居士猶去村不遠有大菓樹此樹常多有好美菓若有人來饑餓羸乏欲得食

菓彼作是念此樹常多有好美菓我饑羸乏欲得食菓然此樹下無自落菓可得飽食及持歸去我能緣樹我今寧可上此樹耶念已便上復有一人來饑餓羸乏欲得食菓持極利斧便作是念此樹常多有好美菓然此樹下無自落菓可得飽食及持歸去我不能緣樹我今寧可斫倒此樹耶即便斫倒於居士意云何若樹上人不速來下者樹倒地時必折其臂餘肢體耶居士答曰唯然瞿曇於居士意云何若樹上人速來下者樹倒地時寧折其臂餘肢體耶居士答曰不也瞿曇居士多聞聖弟子亦復作是思惟欲如樹菓世尊説欲如樹菓樂少苦多多有災患當遠離之若有此捨離欲離惡不善之法謂此一切世間飲食永盡無餘當修習彼是謂聖法律中

更有此八支斷絶俗事而得作證居士彼有覺有觀息內靜一心無覺無觀定生喜樂得第二禪成就遊彼已離喜欲捨無求遊正念正智而身覺樂謂聖所說聖所捨念樂住定得第三禪成就遊彼樂滅苦滅喜憂本已滅不苦不樂捨念清淨得第四禪成就遊彼已如是定心清淨無穢無煩柔輭善住得不動心修學漏盡智通作證彼知此苦如真知此苦集知此苦滅知此苦滅道如真知此漏如真知此漏集知此漏滅知此漏滅道如真彼如是知如是見欲漏心解脫有漏無明漏心解脫解脫已便知解脫我生已盡梵行已立所作已辦不更受有知如真說此法時晡利多居士遠塵離垢諸法法眼生於是晡利多居士見法得法覺白淨法斷疑度惑更無餘尊不復由他無有猶豫已住果證於世尊法得無所畏稽首佛足白曰世尊我今自歸於佛法及比丘衆唯願世尊受我為優婆塞從今日始終身自歸乃至命盡世尊我本著白淨衣白巾裹頭拄杖執蓋及著俗屣從園至園從觀至觀從林至林遍遊行彷徉若見諸沙門梵志者便作是說諸賢我離俗斷俗捨諸俗事彼諸沙門梵志懦輭柔和語我言唯然賢晡利多離俗斷俗捨諸俗事世尊我於爾時彼實無智安著智處實無智祠又無智食實無智奉事如智慧人世尊我從今日諸比丘衆及世尊弟子此實有智安著智處實有智祠又有智食實有智奉事智慧人也世尊我今再自歸佛法及比丘衆唯願世尊受我為優婆塞從今日始終身自歸乃至命盡

世尊我本所信敬重外道沙門梵志者從今日斷世尊我今三自歸佛法及比丘衆唯願世尊受我爲優婆塞從今日始終身自歸乃至命盡佛說如是晡利多居士及諸比丘聞佛所說歡喜奉行

中阿含經卷第五十五

音釋

拘絺羅 梵語具云摩訶拘絺羅此云大膝絺丑夷切 蜫 古渾切蟲之總名也 皂莢 皂在早切莢吉協切皂莢一名蕃莢洗垢之木實也 鋥瑩 鋥除更切瑩縈定切鋥瑩謂鋥磨瑩潔也 鞲 步拜切吹火韋囊也 鉗椎 鉗其嚴切椎直垂切與鎚同鉗椎鍛器也 蠰伽 梵語也亦云霜佉此云貝乃珂貝也蠰音霜伽來加切 瑇瑁 瑇徒耐切瑁莫佩切瑇瑁龜屬 羸 倫爲切瘦也 齩 嚙 咬五巧切齧骨也 嚙五結切噬也 鵄 赤脂切鳶屬俗呼爲鵄 罽 居例切毛布之類也

# 中阿含經卷第五十六

東晋罽賓三藏瞿曇僧伽提婆 譯

## 晡利多品羅摩經第三

我聞如是一時佛遊舍衛國在於東園鹿子母堂爾時世尊則於晡時從宴坐起堂上來下告尊者阿難我今共汝至阿夷羅婆提河浴尊者阿難白曰唯然尊者阿難執持戶鑰遍詣諸屋而彷徉見諸比丘便作是說諸賢可共詣梵志羅摩家諸比丘聞已便共往詣梵志羅摩家世尊將尊者阿難往至阿夷羅婆提河脫衣岸上便入水浴浴已還出拭體著衣爾時尊者阿難立世尊後執扇扇佛於是尊者阿難叉手向佛白曰世尊梵志羅摩家極好整頓甚可愛樂唯願世尊以慈愍故往至梵志羅摩家世尊為尊者阿難默然而受於是世尊將尊者阿難往至梵志羅摩家爾時梵志羅摩家衆多比丘集坐說法佛住門外待諸比丘說法訖竟衆多比丘尋說法訖默然而住世尊知已謦欬擊門諸比丘聞即往開門世尊便入梵志羅摩家於比丘衆前敷座而坐問曰諸比丘向說何等以何事故集坐在此時諸比丘答曰世尊向者說法以此法事集坐在此世尊歎曰善哉善哉比丘集坐當行二事一曰說法二曰默然所以者何我亦為汝說法諦聽諦聽善思念之時諸比丘白曰唯然當受教聽佛言有二種求一曰聖求二曰非聖求云何非聖求有一實病法求病法實老法死法愁憂慼法實穢汙法求穢汙法云何實病法求病法云何病法耶兒子兄弟是病法也象馬牛羊奴婢錢財

珍寶米穀是病害法衆生於中觸染貪著憍慠受入不見災患不見出要而取用之云何老法死法愁憂慼法穢汙法耶兒子兄弟是穢汙法象馬牛羊奴婢錢財珍寶米穀是穢汙害法衆生於中染觸貪著憍慠受入不見災患不見出要而取用之彼人欲求無病無上安隱涅槃得無病無上安隱涅槃者終無是處求無老無死無愁憂慼無穢汙無上安隱涅槃得無老無死無愁憂慼無穢汙無上安隱涅槃者終無是處是謂非聖求云何聖求耶有一作是念我自實病法無辜求病法我自實老法死法愁憂慼法穢汙法無辜求穢汙法我今寧可求無病無上安隱涅槃求無老無死無愁憂慼無穢汙法無上安隱涅槃彼人便求無病無上安隱涅槃得無病無上安隱涅槃者必有是處求無老無死無愁憂慼無穢汙無上安隱涅槃得無老無死無愁憂慼無穢汙無上安隱涅槃者必有是處我本未覺無上正盡覺時亦如是念我自實病法無辜求病法我自實老法死法愁憂慼法穢汙法無辜求穢汙法我今寧可求無病無上安隱涅槃求無老無死無愁憂慼無穢汙無上安隱涅槃耶我時年少童子清淨青髮盛年年二十九爾時極多樂戲莊飾遊行我於爾時父母啼泣諸親不樂我剃除鬚髮著袈裟衣至信捨家無家學道護身命清淨護口意命清淨我成就此戒身已欲求無病無上安隱涅槃無老無死無愁憂慼無穢汙無上安隱涅槃故便往阿羅羅伽羅摩所問曰阿羅羅我欲於汝法行梵行爲可爾不阿

羅羅答我曰賢者我無不可汝欲行便行我復問曰阿羅羅云何汝此法自知自覺自作證耶阿羅羅答我曰賢者我度一切識處得無所有處成就遊是故我法自知自覺自作證我復作是念不但阿羅羅獨有此信我亦有此信不但阿羅羅獨有此精進我亦有此精進不但阿羅羅獨有此慧我亦有此慧阿羅羅於此法自知自覺自作證我欲證此法故便獨住遠離空安靜處心無放逸修行精勤我獨住遠離空安靜處心無放逸修行精勤已不久得證彼法證彼法已復往詣阿羅羅伽羅摩所問曰阿羅羅此法自知自覺自作證謂度一切無量識處得無所有處成就遊耶阿羅羅伽羅摩答我曰賢者我是法自知自覺自作證謂度無量識處得無所有處成就遊耶阿羅羅伽羅摩復語我曰賢者是爲如我此法作證汝亦然如汝此法作證我亦然賢者汝來共領此衆是爲阿羅羅伽羅摩師處我與同等最上恭敬最上供養最上歡喜我復作是念此法不趣智不趣覺不趣涅槃我今寧可捨此法更求無病無上安隱涅槃求無老無死無愁憂慼無穢汙無上安隱涅槃我即捨此法便求無病無上安隱涅槃求無老無死無愁憂慼無穢汙無上安隱涅槃已往詣鬱陀羅羅摩子所問曰鬱陀羅我欲於汝法中學爲可爾不鬱陀羅羅摩子答我曰賢者我無不可汝欲學便學我復問曰鬱陀羅汝父羅摩自知自覺自作證何等法耶鬱陀羅羅摩子答我曰賢者度一切無所有處得非有想非無想處成就遊賢者我

父羅摩自知自覺自作證謂此法也我便作是念不但羅摩獨有此信我亦有此信不但羅摩獨有此精進我亦有此精進不但羅摩獨有此慧我亦有此慧羅摩自知自覺自作證此法我何故不得自知自覺自作證此法耶我欲證此法故便獨住遠離空安靜處心無放逸修行精勤我獨住遠離空安靜處心無放逸修行精勤已不久得證彼法證彼法已復往鬱陀羅羅摩子所問曰鬱陀羅汝父羅摩是法自知自覺自作證謂度一切無所有處得非有想非無想處成就遊耶鬱陀羅羅摩子答我曰賢者我父羅摩是法自知自覺自作證謂度一切無所有處得非有想非無想處成就遊鬱陀羅復語我曰如我父羅摩此法作證汝亦然如汝此法作證我父亦然賢者汝來共領此衆鬱陀羅羅摩子同師處我亦如師最上恭敬最上供養最上歡喜我復作是念此法不趣智不趣覺不趣涅槃我今寧可捨此法更求無病無上安隱涅槃求無老無死無愁憂慼無穢汙無上安隱涅槃我即捨此法便求無病無上安隱涅槃求無老無死無愁憂慼無穢汙無上安隱涅槃已往象頭山南鬱鞞羅梵志村名曰斯那於彼中地至可愛樂山林鬱茂尼連禪河清流盈岸我見彼已便作是念此地至可愛樂山林鬱茂尼連禪河清流盈岸若族姓子欲有學者可於中學我亦當學我今寧可於此中學即便持草往詣覺樹到已布下敷尼師壇結跏趺坐要不解坐至得漏盡我便不解坐至得漏盡我求無病無上安隱涅槃便得無

病無上安隱涅槃求無老無死無愁憂慼無穢汙無上安隱涅槃便得無老無死無愁憂慼無穢汙無上安隱涅槃生知生見定道品法生已盡梵行已立所作已辦不更受有知如眞我初覺無上正盡覺已便作是念我當爲誰先說法耶我復作是念我今寧可爲阿羅羅伽摩先說法耶爾時有天住虛空中而語我曰大仙人當知阿羅羅伽摩彼命終來至今七日我亦自知阿羅羅伽摩其命終來得今七日我復作是念阿羅羅伽摩彼人長衰不聞此法若聞此者速知法次法我初覺無上正盡覺已作如是念我當爲誰先說法耶我復作是念我今寧可爲欝陀羅羅摩子先說法耶天復住空而語我曰大仙人當知欝陀羅羅摩子命終已來二七日也我亦自知欝陀羅羅摩子命終已來二七日也我復作是念欝陀羅羅摩子彼人長衰不聞此法若聞法者速知法次法我初覺無上正盡覺已作如是念我當爲誰先說法耶我復作是念昔五比丘爲我執勞多所饒益我苦行時彼五比丘承事於我我今寧可爲五比丘先說法耶我復作是念昔五比丘今在何處我以清淨天眼出過於人見五比丘在波羅㮈仙人住處鹿野園中我隨住覺樹下攝衣持鉢往波羅㮈加尸都邑爾時異學優陀遥見我來而語我曰賢者瞿曇諸根清淨形色極妙面光照曜賢者瞿曇師爲是誰從誰學道爲信誰法我於爾時即爲優陀說偈答曰

我最上最勝　不著一切法　諸愛盡解脫
自覺詎稱師　無等無有勝　自覺無上覺

如來天人師　普知成就力
優陀問我曰賢者瞿曇自稱勝耶我復以偈而答彼曰
勝者如是有　謂得諸漏盡　我害諸惡法
優陀故我勝
優陀復問我曰賢者瞿曇欲至何處我時以偈而答彼曰
我至波羅柰　擊妙甘露鼓　轉無上法輪
世所未曾轉
優陀語我曰賢者瞿曇或可有是如是說已即彼邪道徑便還去我自往至仙人住處鹿野園中時五比丘遥見我來各相約勑而立制曰諸賢當知此沙門瞿曇來多欲多求食妙飲食好粳粮飯及麨酥蜜麻油塗體今復來至汝等但坐慎莫起迎亦莫作禮豫留一座莫請令坐到已語曰卿欲坐者自隨所欲我時往至五比丘所時五比丘於我不堪極妙威德即從座起有持衣鉢者有敷牀者有取水者欲洗足者我作是念此愚癡人何無牢固自立制度還違本要我知彼已坐五比丘所敷之座時五比丘呼我姓字及卿於我我語彼曰五比丘我如來無所著正盡覺汝等莫稱我本姓字亦莫卿我所以者何我求無病無上安隱涅槃得無病無上安隱涅槃我求無老無死無愁憂慼無穢汙無上安隱涅槃得無老無死無愁憂慼無穢汙無上安隱涅槃生知生見定道品法生已盡梵行已立所作已辦不更受有知如真彼語我曰卿瞿曇本如是行如是道跡如是苦行尚不能得人上法差降聖知聖見況復今日多欲多

求食妙飲食好粳粮飯及麨酥蜜麻油塗體耶我復語曰五比丘汝等本時見我如是諸根清淨光明照耀耶時五比丘復答我曰本不見卿諸根清淨光明照耀卿瞿曇今諸根清淨形色極妙面光照耀我於爾時即告彼曰五比丘當知有二邊行諸爲道者所不當學一曰著欲樂下賤業凡人所行二曰自煩自苦非賢聖法無義相應五比丘捨此二邊有取中道成眼成智成就於定而得自在趣智趣覺趣於涅槃謂八正道正見乃至正定是謂爲八意欲隨順敎五比丘教化二人三人乞食三人持食來足六人食教化三人二人乞食二人持食來足六人食我如是教如是化彼求無病無上安隱涅槃得無病無上安隱涅槃求無老無死無愁憂慼無穢汙無上安隱涅槃得無老無死無愁憂慼無穢汙無上安隱涅槃生知生見定道品法生已盡梵行已立所作已辦不更受有知如眞於是世尊復告彼曰五比丘有五欲功德可愛可樂可意所念善欲相應云何爲五眼知色耳知聲鼻知香舌知味身知觸五比丘愚癡凡夫而不多聞不見善友不知聖法不御聖法彼觸染貪著憍傲受入不見災患不見出要而取用之當知彼隨弊魔自作弊魔墮弊魔手爲魔網纏魔罥所罥不脫魔罥五比丘猶如野鹿爲罥所罥當知彼隨獵師自作獵師墮獵師手爲獵師網纏獵師來已不能得脫如是五比丘愚癡凡夫而不多聞不見善友不知聖法不御聖法彼於此五欲功德觸染貪著憍傲受入不見災患不見出要而取用

之當知彼隨弊魔自作弊魔隨弊魔手爲魔網纏魔罥所罥不脫魔罥五比丘多聞聖弟子見善知識而知聖法又御聖法彼於此五欲功德不觸不染不貪不著亦不憍慠不受入見灾患見出要而取用之當知彼不隨弊魔不自作魔不墮魔手不爲魔網所纏不爲魔罥所罥便解脫魔罥五比丘猶如野鹿得脫於罥當知彼不爲獵師不自作獵師不墮獵師手不爲獵師網所纏獵師來已則能得脫如是五比丘多聞聖弟子見善知識而知聖法又御聖法彼於此五欲功德不觸不染不貪不著亦不憍慠不受入見灾患見出要而取用之當知彼不隨弊魔不自作魔不墮魔手不爲魔網所纏不爲魔罥所罥便解脫魔罥五比丘若時如來出興于世無所著等正覺明行成爲善逝世間解無上士道法御天人師號佛衆祐彼斷乃至五蓋心穢慧羸離欲離惡不善之法至得第四禪成就遊彼如是定心清淨無穢無煩柔輭善住得不動心修學漏盡智通作證彼知此苦如眞知此苦集知此苦滅知此苦滅道如眞知此漏如眞知此漏集知此漏滅知此漏滅道如眞彼如是知如是見欲漏心解脫有漏無明漏心解脫解脫已便知解脫生已盡梵行已立所作已辦不更受有知如眞彼於爾時自在行自在住自在坐自在卧所以者何彼自見無量惡不善法盡是故彼自在行自在住自在坐自在卧五比丘猶如無事無人民處彼有野鹿自在行自在住自在坐自在卧所以者何彼野鹿不在獵師境界是故自在行自在

住自在坐自在卧如是五比丘比丘漏盡得無漏心解脱慧解脱自知自覺自作證成就遊生已盡梵行已立所作已辦不更受有知如真彼於爾時自在行自在住自在坐自在卧所以者何彼自見無量惡不善法盡是故彼自在行自在住自在坐自在卧五比丘是説無餘解脱是説無病無上安隱涅槃是説無老無死無愁憂慼無穢汙無上安隱涅槃

佛説如是尊者阿難及諸比丘聞佛所説歡喜奉行

## 晡利多品五下分結經第四

我聞如是一時佛遊舍衛國在勝林給孤獨園爾時世尊告諸比丘我曾説五下分結汝等受持耶諸比丘默然不答世尊復再三告諸比丘我曾説五下分結汝等受持耶諸比丘亦再三默然不答爾時尊者鬘童子在彼衆中於是尊者鬘童子即從座起偏袒著衣叉手向佛白曰世尊曾説五下分結我受持之世尊問曰鬘童子我曾説五下分結汝受持耶尊者鬘童子答曰世尊曾説欲初下分結是我受持恚身見戒取疑世尊説第五下分結是我受持世尊訶曰鬘童子汝云何受持我説五下分結鬘童子汝從何口受持我説五下分結耶鬘童子非為衆多異學來以嬰孩童子責數喻詰責汝耶鬘童子嬰孩幼小柔輭仰眠意無欲想況復欲心纏住耶然彼性使故説欲使鬘童子嬰孩幼小柔輭仰眠無衆生想況復恚心纏住耶然彼性使故説恚使鬘童子嬰孩幼小柔輭仰眠無自身想況復身見心纏住耶然彼性使故説身

見使鬘童子嬰孩幼小柔輭仰眠無有戒想況復戒取心纏住耶然彼性使故說戒取使鬘童子嬰孩幼小柔輭仰眠無有法想況復疑心纏住耶然彼性使故說疑使鬘童子非爲衆多異學來以此嬰孩童子責數喻詰責汝耶於是尊者鬘童子爲世尊面訶責已內懷憂慼低頭默然失辯無言如有所伺彼時世尊面前訶責鬘童子已默然而住爾時尊者阿難立世尊後執扇扇佛於是尊者阿難叉手向佛白曰世尊今正是時善逝今正是時若世尊爲諸比丘說五下分結者諸比丘從世尊聞已當善受持世尊告曰阿難諦聽善思念之尊者阿難白曰唯然當受教聽佛言阿難或有一爲欲所纏欲心生已不知捨如真彼不知捨如真已欲轉熾盛不可制除是下分結阿難或有一爲恚所纏恚心生已不知捨如真彼不知捨如真已恚轉熾盛不可制除是下分結阿難或有一爲身見所纏身見心生已不知捨如真彼不知捨如真已身見轉盛不可制除是下分結阿難或有一爲戒取所纏戒取心生已不知捨如真彼不知捨如真已戒取轉盛不可制除是下分結阿難或有一爲疑所纏疑心生已不知捨如真彼不知捨如真已疑轉熾盛不可制除是下分結阿難若依道依跡斷五下分結彼不依此道不依此跡斷五下分結者終無是處阿難猶如有人欲得求實爲求實故持斧入林彼人見樹成就根莖枝葉及實彼人不截根莖得實歸者終無是處如是阿難若依道依跡斷五下分結不依此道不依此跡斷五

下分結者終無是處阿難若依道依跡斷五下分結彼依此道依此跡斷五下分結者必有是處阿難猶如有人欲得求實爲求實故持斧入林彼人見樹成就根莖枝葉及實彼截根莖得實歸者必有是處如是阿難若依道依跡斷五下分結依此道依此跡斷五下分結者必有是處阿難依何道依何跡斷五下分結阿難或有一不爲欲所纏若生欲纏即知捨如眞彼知捨如眞已彼欲纏便滅阿難或有一不爲恚所纏若生恚纏即知捨如眞彼知捨如眞已彼恚纏便滅阿難或有一不爲身見所纏若生身見纏即知捨如眞彼知捨如眞已彼身見纏便滅阿難或有一不爲戒取所纏若生戒取纏即知捨如眞彼知捨如眞已彼戒取便滅阿難或有一不爲疑所纏若生疑纏即知捨如眞彼知捨如眞已彼疑纏便滅阿難依此道依此跡斷五下分結阿難猶恒伽河其水溢岸若有人來彼岸有事欲得度河彼作是念此恒伽河其水溢岸我於彼岸有事欲度身無有力令我安隱浮至彼岸阿難當知彼人無力如是阿難若有人覺滅涅槃其心不向而不清淨不住解脱阿難當知此人如彼羸人無有力也阿難猶恒伽河其水溢岸若有人來彼岸有事欲得度河彼作是念此恒伽河其水溢岸我於彼岸有事欲度身令有力令我安隱浮至彼岸阿難當知彼人有力如是阿難若有人覺滅涅槃心向清淨而住解脱阿難當知此人如彼有力人阿難猶如山水甚深極廣長流駛疾多有所漂其中無船亦無橋樑或有人

來彼岸有事則便求度彼求度時而作是念今此山水甚深極廣長流駛疾多有所漂其中無船亦無橋梁而可度者我於彼岸有事欲度當以何方便令我安隱至彼岸耶復作是念我今寧可於此岸邊收聚草木縛作簰栰乘之而度彼便岸邊收聚草木縛作簰栰乘之而度安隱至彼如是阿難若有比丘攀緣猒離依於猒離住於猒離止息身惡故心入離定故離欲離惡不善之法有覺有觀離生喜樂得初禪成就遊彼依此處觀覺興衰彼依此處觀覺興衰已住彼必得漏盡設住彼不得漏盡者必當昇進得止息處云何昇進得止息處彼覺觀已息內靜一心無覺無觀定生喜樂得第二禪成就遊彼依此處觀覺興衰彼依此處觀覺興衰已住彼必得漏盡設住彼不得漏盡者必當昇進得止息處云何昇進得止息處彼離於喜欲捨無求遊正念正智而身覺樂謂聖所說聖所捨念樂住空得第三禪成就遊彼依此處觀覺興衰彼依此處觀覺興衰已住彼必得漏盡設住彼不得漏盡者必當昇進得止息處云何昇進得止息處彼樂滅苦滅喜憂本已滅不苦不樂捨念清淨得第四禪成就遊彼依此處觀覺興衰彼依此處觀覺興衰已住彼必得漏盡設住彼不得漏盡者必當昇進得止息處云何昇進得止息處彼度一切色想滅有礙想不念若干想無量空是無量處成就遊彼依此處觀覺興衰已住彼必得漏盡設住彼不得漏盡者必當昇進得止息處云何昇進得止息處彼度一切無量空處無量識是

無量識處成就遊彼依此處觀覺興衰彼依此處觀覺興衰已住彼必得漏盡設住彼不得漏盡者必當昇進得止息處云何昇進得止息處彼度一切無量識處無所有是無所有處成就遊彼若有所覺或樂或苦或不苦不樂彼觀此覺無常觀興衰觀無欲觀滅觀斷觀捨彼如是觀此覺無常觀興衰觀無欲觀滅觀斷觀捨已便不受此世不受此世已便不恐怖因不恐怖便般涅槃生已盡梵行已立所作已辦不更受有知如真猶去村不遠有大芭蕉若人持斧破芭蕉樹破作片破爲十分或作百分破爲十分或作百分已便擗葉葉不見彼節況復實耶阿難如是比丘若有所覺或樂或苦或不苦不樂彼觀此覺無常觀興衰觀無欲觀滅觀斷觀捨彼如是觀此覺無常觀興衰觀無欲觀滅觀斷觀捨已便不受此世不受世已便不恐怖因不恐怖已便般涅槃生已盡梵行已立所作已辦不更受有知如真於是尊者阿難叉手向佛白曰世尊甚奇甚特世尊爲諸比丘依依立依說捨離漏說過度漏然諸比丘不速得無上謂畢究竟盡世尊告曰如是阿難如是阿難甚奇甚特我爲諸比丘依依立依說捨離漏說過度漏然諸比丘不速得無上謂畢究竟盡所以者何人有勝如故修道便有精麤修道有精麤故人便有勝如阿難是故我說人有勝如佛說如是尊者阿難及諸比丘聞佛所說歡喜奉行

晡利多品心穢經第五

我聞如是一時佛遊舍衛國在勝林給孤獨

園爾時世尊告諸比丘若比丘比丘尼不拔心中五穢不解心中五縛者是爲比丘比丘尼說必退法云何不拔心中五穢或有一疑世尊猶豫不開意不解意意不靜若有一疑世尊猶豫不開意不解意意不靜者是謂不拔第一心穢謂於世尊也如是法戒敎若有諸梵行世尊所稱譽彼便責數輕易觸嬈侵害不開意不解意意不靜是謂第五不拔心中穢謂於梵行也云何不解心中五縛或有一身不離染不離欲不離愛不離渴若有身不離染不離欲不離愛不離渴者彼心不趣向不靜不住不解自方便斷宴坐若有此心不趣向不靜不住不解自方便斷宴坐者是謂第一不解心縛謂身也復次於欲不離染不離欲不離愛不離渴若有於欲不離染不離欲不離愛不離渴者彼心不趣向不靜不住不解自方便斷宴坐若有此心不趣向不靜不住不解自方便斷宴坐者是謂第二不解心縛謂欲也復次有一所說聖義相應柔輭無疑蓋謂說戒說定說慧說解脫說解脫知見說損說不聚會說少欲說知足說斷說無欲說滅說宴坐說緣起如是比丘沙門所說者彼心不趣向不靜不住不解自方便斷宴坐若有此心不趣向不靜不住不解自方便斷宴坐者是謂第三不解心縛謂說也復次數道俗共會掉亂憍傲不學問若有數道俗共會掉亂憍傲不學問者彼心不趣向不靜不住不解自方便斷宴坐若此心不趣向不靜不住不解自方便斷宴坐者是謂第四不解心縛謂聚會也復次少有所得故於其

中間住不復求昇進若有少所得故於其中間住不復求昇進者彼心不趣向不靜不住不解自方便斷宴坐若此心不趣向不靜不住不解自方便斷宴坐者是謂第五不解心縛謂昇進也若有比丘比丘尼不拔此心中五穢及不解此心中五縛者是謂比丘比丘尼必退法也若有比丘比丘尼善拔心中五穢善解心中五縛者是謂比丘比丘尼清淨法云何善拔心中五穢或有一不疑世尊不猶豫開意意解意靜若有不疑世尊猶豫開意意解意靜者是謂第一善拔心中穢謂於世尊也如是法戒教若有梵行世尊所稱譽彼不責數不輕易不觸嬈不侵害開意意解意靜是謂第五善拔心中穢謂於梵行也云何解心中五縛或有一身離染離欲離愛離渴若有身離染離欲離愛離渴者彼心趣向靜住解自方便斷宴坐若有此心趣向靜住解自方便斷宴坐者是謂第一解心中縛謂身也復次於欲離染離欲離愛離渴若有於欲離染離欲離愛離渴者彼心趣向靜住解自方便斷宴坐若有此心趣向靜住解自方便斷宴坐者是謂第二解心中縛謂欲也復次有一所說聖義相應柔軟無疑蓋謂說戒說定說慧說解脫說解脫知見說損說不聚會說少欲說知足說斷說無欲說滅說宴坐說緣起如是比丘沙門所說者彼心趣向靜住解自方便斷宴坐若有此心趣向靜住解自方便斷宴坐者是謂第三解心中縛謂說也復次不數道俗共會不掉亂不憍傲學問若有不數道俗共會不掉亂不憍傲學問者

彼心趣向靜住解自方便斷宴坐若此心趣向靜住解自方便斷宴坐者是謂第四解心中縛謂不聚會也復次少有所得故於其中間不住復求昇進若有少所得故於其中間不住復求昇進者彼心趣向靜住解自方便斷宴坐若此心趣向靜住解自方便斷宴坐者是謂第五解心中縛謂昇進也若比丘比丘尼善拔此心中五穢及善解此心中五縛者是謂比丘比丘尼清淨法彼住此十支已復修習五法云何爲五修欲定心成就斷如意足依離依無欲依滅依捨趣向非品修精進定心定思惟定成就斷如意足依離依無欲依滅依捨趣向非品堪任第五彼成就此堪任等十五法成就自受者必知必見必正盡覺至甘露門近住涅槃我說無不至涅槃

猶如雞生十卵或十二隨時覆蓋隨時溫暖隨時看視雞設有放逸者彼中或雞子以嘴以足啄破其卵自安隱出者彼爲第一如是比丘成就此堪任等十五法自受者必知必見必正盡覺必至甘露門近住涅槃我說無不至涅槃佛說如是彼諸比丘聞佛所說歡喜奉行

中阿含經卷第五十六

音釋

鑰 以灼切關下牡也鍵鑰也　謦欬 謦去挺切欬苦蓋切逆氣聲也小曰謦大曰欬　穢汙 穢於廢切亦汙也又惡也　鬱鞞 梵語梵志名也鬱於物切鞞符羈切　弊魔 弊毗祭切惡也魔眉波切鬼也　獵 良涉切逐禽也田獵也　簿 步皆切大栰也編竹木簿　芭蕉 芭伯加切蕉即消切芭蕉草名　觸嬈 觸樞玉切嬈[illegible]沼切觸嬈謂觸犯嬈亂也　嘴 即委切正作觜鳥喙也

# 中阿含經卷第五十七

東晉罽賓三藏瞿曇僧伽提婆 譯

## 晡利多品箭毛經上第六

我聞如是一時佛遊王舍城在竹林迦蘭哆園與大比丘衆俱千二百五十人而受夏坐爾時世尊過夜平旦著衣持鉢入王舍城而行乞食行乞食已收舉衣鉢澡洗手足以尼師壇著於肩上往至孔雀林異學園中爾時孔雀林異學園中有一異學名曰箭毛名德宗主衆人所師有大名譽衆所敬重領大徒衆五百異學之所尊也彼在大衆喧閙嬈亂放高大音聲說種種畜生之論謂論王論賊論鬬論食論衣服論婦人論童女論婬女論世間論空野論海中論國人民彼共集坐論如是比畜生之論異學箭毛遙見佛來勑已衆曰汝等默然住彼沙門瞿曇來彼衆默然常樂默然稱說默然彼若見此衆默然者或來相見異學箭毛令衆默然已自默然住世尊往詣異學箭毛所異學箭毛即從座起偏袒著衣叉手向佛白曰善來沙門瞿曇沙門瞿曇久不來此願坐此座世尊便坐異學箭毛所敷之座異學箭毛則與世尊共相問訊却坐一面世尊問曰優陀夷向論何等以何事故共集坐此異學箭毛答曰瞿曇且置此論此論非妙沙門瞿曇欲聞此論後聞不難世尊如是再三問曰優陀夷向論何等以何事故共集坐此異學箭毛亦再三答曰瞿曇且置此論此論非妙沙門瞿曇欲聞此論後聞不難沙門瞿曇若至再三其欲聞者今當說之瞿曇我等與拘薩羅國衆多梵志悉共

集坐拘薩羅學堂説如是論鴦伽摩竭提國人有大善利鴦伽摩竭提國人得大善利如此大福田衆在王舍城共受夏坐謂富蘭迦葉所以者何瞿曇富蘭迦葉名德宗主衆人所師有大名譽衆所敬重領大徒衆五百異學之所尊也於此王舍城共受夏坐如是摩息迦利瞿舍利子娑若鞞羅遲子尼揵親子波復迦栴阿夷多雞舍劒婆利瞿曇阿夷多雞舍劒婆利名德宗主衆人所師有大名譽衆所敬重領大徒衆五百異學之所尊也於此王舍城共受夏坐向者亦論沙門瞿曇此沙門瞿曇名德宗主衆人所師有大名譽衆所敬重領大比丘衆千二百五十人之所尊也亦在此王舍城共受夏坐瞿曇我等復作是念今此諸尊沙門梵志誰爲弟子所恭敬尊重供養奉事耶非爲弟子法罵所罵亦無弟子難師此一向不可不相應不等説已便捨而去瞿曇我等復作是念此富蘭迦葉不爲弟子所恭敬尊重供養奉事爲弟子法罵所罵衆多弟子難師此不可此不相應此不等説已便捨而去瞿曇昔時富蘭迦葉數在弟子衆舉手大喚汝等可住無有人來問汝等事人問我事汝等不能斷此事我能斷此事而弟子於其中間更論餘事不待師説事訖瞿曇我等復作是念如是此富蘭迦葉不爲弟子所恭敬尊重供養奉事爲弟子法罵所罵衆多弟子難師此不可此不相應此不等説已便捨而去如是摩息加利瞿舍利子娑若鞞羅遲子尼揵親子波復加栴阿夷多雞舍劒婆利瞿曇我等作如是念此阿夷多

雞舍劒婆利不爲弟子所恭敬尊重供養奉事爲弟子法罵所罵衆多弟子難師此不可此不相應此不等說已便捨而去瞿曇昔時阿夷多雞舍劒婆利數在弟子衆舉手大喚汝等可住無有人來問汝等事人問我事汝等不能斷此事我能斷此事而弟子於其中間更論餘事不待師說事訖瞿曇我等復作是念如是此阿夷多雞舍劒婆利不爲弟子所恭敬尊重供養奉事爲弟子法罵所罵衆多弟子難師此不可此不相應此不等說已便捨而去瞿曇我等復作是念此沙門瞿曇爲弟子所恭敬尊重供養奉事不爲弟子法罵所罵亦無弟子難師此不可此不相應此不等說已便捨而去瞿曇昔時沙門瞿曇數在大衆無量百千衆圍遶說法於中有一人

鼾眠作聲又有一人語彼人曰莫鼾眠作聲汝不欲聞世尊說微妙法如甘露耶彼人即便默然無聲瞿曇我等復作是念如是此沙門瞿曇爲弟子所恭敬尊重供養奉事不爲弟子法罵所罵亦無弟子難師此不可此不相應此不等說已便捨而去世尊聞已問異學箭毛曰優陀夷汝見我有幾法令諸弟子恭敬尊重供養奉事我常隨不離耶異學箭毛答曰瞿曇我見瞿曇有五法令諸弟子恭敬尊重供養奉事常隨不離云何爲五沙門瞿曇麤衣知足稱說麤衣知足若沙門瞿曇麤衣知足稱說麤衣知足者是謂我見沙門瞿曇有第一法令諸弟子恭敬尊重供養奉事常隨不離復次沙門瞿曇麤食知足稱說麤食知足若沙門瞿曇麤食知足稱說麤食

知足者是謂我見沙門瞿曇有第二法令諸弟子恭敬尊重供養奉事常隨不離復次沙門瞿曇少食稱說少食若沙門瞿曇少食稱說少食者是謂我見沙門瞿曇有第三法令諸弟子恭敬尊重供養奉事常隨不離復次沙門瞿曇麤住止牀座知足稱說麤住止牀座知足若沙門瞿曇麤住止牀座知足稱說麤住止牀座知足者是謂我見沙門瞿曇有第四法令諸弟子恭敬尊重供養奉事常隨不離復次沙門瞿曇宴坐稱說宴坐若沙門瞿曇宴坐稱說宴坐者是謂我見沙門瞿曇有第五法令諸弟子恭敬尊重供養奉事常隨不離是謂我見沙門瞿曇有五法令諸弟子恭敬尊重供養奉事常隨不離世尊告曰優陀夷我不以此五法令諸弟子恭敬尊重供養奉事我常隨不離優陀夷我所持衣隨聖刀割截染汙惡色如是聖衣染汙惡色優陀夷或我弟子謂盡形壽衣所棄捨糞掃之衣亦作是說我世尊麤衣知足稱說麤衣知足優陀夷若我弟子因麤衣知足故稱說我者彼因此處故不恭敬尊重供養奉事我亦不相隨復次優陀夷我食粳粮成熟無穬無量雜味優陀夷或我弟子盡其形壽而行乞食所棄捨食亦作是說我世尊麤食知足稱說麤食知足優陀夷若我弟子因麤食知足故稱說我者彼因此處故不恭敬尊重供養奉事我亦不相隨復次優陀夷我食如一鞞羅食或如半鞞羅優陀夷我弟子食如一拘施或如半拘施亦作是說我世尊少食稱說少食優陀夷若我弟子因少食故稱說我者

彼因此處故不恭敬尊重供養奉事我亦不相隨復次優陀夷我或住高樓或住棚閣優陀夷或我弟子隨彼過九月十月一夜於露處宿亦作是說我世尊麤住止牀座知足稱說住止牀座知足優陀夷若我弟子因麤住止牀座知足故稱說我者彼因此處故不恭敬尊重供養奉事我亦不相隨復次優陀夷我常作鬧比丘比丘尼優婆塞優婆夷或我弟子過半月一入衆為法清淨故亦作是說我世尊宴坐稱說宴坐優陀夷若我弟子因宴坐故稱說我者彼因此處故不恭敬尊重供養奉事我亦不相隨優陀夷我無此五法令諸弟子恭敬尊重供養奉事我常隨不離優陀夷復更有五法令諸弟子恭敬尊重供養奉事我常隨不離云何為五優陀夷我有弟子謂無上戒稱說我世尊行戒大戒如所說所作亦然如所作所說亦然優陀夷若我弟子因無上戒稱說我者彼因此處恭敬尊重供養奉事我常隨不離復次優陀夷我有弟子謂無上智慧稱說我世尊行智慧極大智慧若有談論來相對者必能伏之謂於正法律不可說於自所說不可得說優陀夷若我弟子因無上智慧故稱說我者彼因此處恭敬尊重供養奉事我常隨不離復次優陀夷我有弟子謂無上知見稱說我世尊遍知非不知遍見非不見彼為弟子說法有因非無因有緣非無緣可答非不可答有離非無離優陀夷若我弟子因無上知見故稱說我者彼因此處恭敬尊重供養奉事我常隨不離復次優陀夷我有弟子謂猒愛箭而來問

我苦是苦集是集滅是滅道是道我即答彼苦是苦集是集滅是滅道是道優陀夷若我弟子而來問我我答可意令歡喜者彼因此處恭敬尊重供養奉事我常隨不離復次優陀夷我爲弟子或說宿命智通作證明達或說漏盡智通作證明達優陀夷若我弟子於此正法律中得受得度得至彼岸無疑無惑於善法中無有猶豫者彼因此處恭敬尊重供養奉事我常隨不離優陀夷是謂我更有五法令諸弟子恭敬尊重供養奉事我常隨不離於是異學箭毛即從座起偏袒著衣叉手向佛白曰瞿曇甚奇甚特善說妙事潤澤我體猶如甘露瞿曇猶如大雨此地高下普得潤澤如是沙門瞿曇爲我等善說妙事潤澤我體猶如甘露世尊我已解善逝我已知世尊我今自自歸於佛法及比丘衆唯願世尊受我爲優婆塞從今日始終身自歸乃至命盡佛說如是異學箭毛聞佛所說歡喜奉行

## 晡利多品箭毛經下第七

我聞如是一時佛遊王舍城在竹林迦蘭哆園爾時世尊過夜平旦著衣持鉢入王舍城而行乞食行乞食已收舉衣鉢澡洗手足以尼師壇著於肩上往至孔雀林異學園中爾時孔雀林異學園中有一異學名曰箭毛名德宗主衆人所師有大名譽衆所敬重領大徒衆五百異學之所尊也彼在大衆喧鬧嬈亂放高大音聲說種種畜生之論謂論王論賊論鬪論食論衣服論婦人論童女論婬女論世間論空野論海中論國人民彼共集坐

說如是比畜生之論異學箭毛遥見佛來勑已衆曰汝等默然住彼沙門瞿曇來彼衆默然常樂默然稱說默然彼若見此衆默然者或來相見異學箭毛令衆默然已自默然住世尊往詣異學箭毛所異學箭毛即從座起偏袒著衣叉手向佛白曰善來沙門瞿曇沙門瞿曇久不來此願坐此座世尊便坐異學箭毛所敷之座異學箭毛便與世尊共相問訊却坐一面世尊問曰優陀夷向論何等以何事故共集坐此異學箭毛答曰瞿曇且置此論此論非妙沙門瞿曇欲聞此論後聞不難世尊如是再三問曰優陀夷向論何等以何事故共集坐此異學箭毛亦再三答曰瞿曇且置此論此論非妙沙門瞿曇欲聞此論後聞不難沙門瞿曇若至再三其欲聞者今當說之瞿曇我有策慮有思惟住策慮地住思惟地有智慧有辯才有說實有薩云然一切知一切見無餘知無餘見我往問事然彼不知瞿曇我作是念此是何等耶世尊問曰優陀夷汝有策慮有思惟住策慮地住思惟地有智慧有辯才誰說實有薩云然一切知一切見無餘知無餘見汝往問事而彼不知耶異學箭毛答曰瞿曇謂富蘭迦葉是所以者何瞿曇富蘭迦葉自說實有薩云然一切知一切見無餘知無餘見也我有策慮有思惟住策慮地住思惟地有智慧有辯才我往問事然彼不知瞿曇是故我作是念此是何等耶如是摩息迦利瞿舍利子娑若鞞羅遅子尼揵親子波復迦旃阿夷多雞舍劒婆利瞿曇阿夷多雞舍劒婆利自說實有薩云然

一切知一切見無餘知無餘見也我有策慮有思惟住策慮地住思惟地有智慧有辯才我往問事然彼不知瞿曇是故我作是念此是何等耶瞿曇我復作是念若我當往詣沙門瞿曇所問過去事者沙門瞿曇必能答我過去事也我當往詣沙門瞿曇所問未來事者沙門瞿曇必能答我未來事也復次若我隨所問沙門瞿曇事者沙門瞿曇必亦答我隨所問事世尊告曰優陀夷止止汝長夜異見異忍異樂異欲異意故不得盡知我所説義優陀夷我有弟子有因有緣憶無量過去本昔所生謂一生二生百生千生成劫敗劫無量成敗劫衆生名某我曾生彼如是姓如是字如是生如是飲食如是受苦樂如是長壽如是久住如是壽訖此死生彼彼死生此

我生在此如是姓如是字如是生如是飲食如是受苦樂如是長壽如是久住如是壽訖彼來問我過去事我答彼過去事我亦往問彼過去事彼亦答我過去事我隨所問彼事彼亦答我隨所問事復次優陀夷我有弟子謂清淨天眼出過於人見此衆生死時生時好色惡色妙與不妙往來善處及不善處隨此衆生之所作業見其如真若此衆生成就身惡行成就口意惡行誣謗聖人邪見成就邪見業彼因緣此身壞命終必至惡處生地獄中若此衆生成就身妙行成就口意妙行不誣謗聖人正見成就正見業彼因緣此身壞命終必昇善處得生天中彼來問我未來事我答彼未來事我亦往問彼未來事彼亦答我未來事我隨所問彼事彼亦答我隨所

問事異學箭毛白曰瞿曇若如是者我轉不知我轉不見轉癡隨癡謂沙門瞿曇如是說優陀夷止止汝長夜異見異忍異樂異欲異意故不得盡知我所說義優陀夷我有弟子有因有緣憶無量過去本昔所生謂一生二生百生千生成劫敗劫無量成敗劫衆生名某我曾生彼如是姓如是字如是生如是飲食如是受苦樂如是長壽如是久住如是壽訖此死生彼彼死生此我生在此如是姓如是字如是生如是飲食如是受苦樂如是長壽如是久住如是壽訖彼來問我過去事我答彼過去事我亦往問彼過去事彼亦答我過去事我隨所問彼事彼亦答我隨所問事復次優陀夷我有弟子謂清淨天眼出過於人見此衆生死時生時好色惡色妙與不妙往來善處及不善處隨此衆生之所作業見其如眞若此衆生成就身惡行成就口意惡行誣謗聖人邪見成就邪見業彼因緣此身壞命終必至惡處生地獄中若此衆生成就身妙行成就口意妙行不誣謗聖人正見成就正見業彼因緣此身壞命終必生善處得生天中彼來問我未來事我答彼未來事我亦往問彼未來事彼亦答我未來事我隨所問彼事彼亦答我隨所問事瞿曇我於此生作本所作得本所得尚不能憶況復能憶有因有緣無量本昔所生事耶瞿曇我尚不能見飄風鬼況復清淨天眼出過於人見此衆生死時生時善色惡色妙與不妙趣至善處及不善處隨此衆生之所作業見其如眞耶瞿曇我作是念若沙門瞿曇問我從師學法

者儻能答彼令可意也世尊問曰優陀夷汝從師學其法云何異學箭毛答曰瞿曇彼說色過於色彼色最勝彼色最上世尊問曰優陀夷何等色耶異學箭毛答曰瞿曇若色更無有色最上最妙爲最勝也彼色最勝彼色最上世尊告曰優陀夷猶如有人作如是說若此國中有女最妙我欲得彼彼若有人如是問者君知國中有女最妙如是姓如是名如是生耶爲長短麤細爲白黑爲不白不黑爲剎利女爲梵志居士工師女爲東方南方西方北方耶彼人答曰我不知也復問彼人君不知不見國中有女最妙如是姓如是名如是生長短麤細白黑不白不黑剎利女梵志居士工師女東方南方西方北方者而作是說我欲得彼女耶如是優陀夷汝作是說彼說色過於色彼色最勝彼色最上問汝彼色然不知也異學箭毛白曰瞿曇猶如紫磨極妙金精金師善磨瑩治令淨藉以白練安著日中其色極妙光明照曜如是瞿曇我說彼色過於色彼色最勝彼色最上世尊告曰優陀夷我今問汝隨所解答優陀夷於意云何謂紫磨金精藉以白練安著日中其色極妙光明照曜及螢火蟲在夜闇中光明照曜於中光明何者最上爲最勝耶異學箭毛答曰瞿曇螢火光明於紫磨金精光明最上爲最勝也世尊問曰優陀夷於意云何謂螢火蟲在夜闇中光明照曜及然油燈在夜闇中光明照曜於中光明何者最上爲最勝耶異學箭毛答曰瞿曇然燈光明於螢火蟲光明最上爲最勝也世尊問曰優陀夷於意云何

謂然油燈在夜闇中光明照曜及然大木積火在夜闇中光明照曜於中光明何者最上爲最勝耶異學箭毛答曰瞿曇然大木積火之光明於然油燈光明最上爲最勝也世尊問曰優陀夷於意云何謂然大木積火在夜闇中光明照曜及太白星平旦無曀光明照曜於中光明何者最上爲最勝耶異學箭毛答曰瞿曇太白星光於然大木積火光最上爲最勝也世尊問曰優陀夷於意云何謂太白星平旦無曀光明照曜及月殿光夜半無曀光明照曜於中光明何者最上爲最勝耶異學箭毛答曰瞿曇月殿光明於太白星光最上爲最勝也世尊問曰優陀夷於意云何謂月殿光夜半無曀光明照曜及日殿光秋時向中天淨無曀光明照曜於中光明何者最上爲最勝耶異學箭毛答曰瞿曇日殿光明於月殿光最上爲最勝也世尊告曰優陀夷多有諸天今此日月雖有大如意足有大威德有大福祐有大威神然其光明故不及諸天光明也我昔曾與諸天共集共彼論事我之所說可彼天意然我不作是說彼色過於色彼色最勝彼色最上優陀夷而汝於螢火蟲光色最弊最醜說彼色過於色彼色最勝彼色最上問已不知異學箭毛白曰世尊悔過此說善逝悔過此說世尊問曰優陀夷汝何意如是說世尊悔過此說善逝悔過此說耶異學箭毛答曰瞿曇我作是說彼色過於色彼色最勝彼色最上沙門瞿曇今善檢我善教善訶令我虛妄無所有也瞿曇是故我如是說世尊悔過此說善逝悔過此說異

學箭毛語曰瞿曇後世一向樂有一道跡一向作世證世尊問曰優陀夷云何後世一向樂云何有一道跡一向作世證耶異學箭毛答曰瞿曇或有一離殺斷殺不與取邪婬妄言乃至離邪見得正見瞿曇是謂後世一向樂是謂有一道跡一向作世證世尊告曰優陀夷我今問汝隨所解答優陀夷於意云何若有一離殺斷殺彼爲一向樂爲雜苦耶異學箭毛答曰瞿曇是雜苦也若有一離不與取邪婬妄言乃至離邪見得正見彼爲一向樂爲雜苦耶異學箭毛答曰瞿曇是雜苦也世尊問曰優陀夷非爲如是雜苦樂道跡作世證耶異學箭毛答曰瞿曇如是雜苦樂道跡作世證也異學箭毛白曰世尊悔過此說善逝悔過此說世尊問曰優陀夷汝何意故作如是說世尊悔過此說善逝悔過此說耶異學箭毛答曰瞿曇我向者說後世一向樂有一道跡一向作世證沙門瞿曇今善檢我善教善訶令我虛妄無所有也瞿曇是故我如是說世尊悔過此說善逝悔過此說世尊告曰優陀夷世有一向樂有一道跡一向作世證也異學箭毛問曰瞿曇云何世一向樂云何一道跡一向作世證耶世尊答曰優陀夷若時如來出世無所著等正覺明行成爲善逝世間解無上士道法御天人師號佛衆祐彼斷乃至五蓋心穢慧羸離欲惡不善之法有覺有觀離生喜樂得初禪成就遊不共彼天戒等心等見等也彼覺觀已息內靜一心無覺無觀定生喜樂得第二禪成就遊不共彼天戒等心等見等也彼離於喜欲捨無

求遊正念正智而身覺樂謂聖所說聖所捨念樂住空得第三禪成就遊不共彼天戒等心等見等也優陀夷是謂世一向樂異學箭毛問曰瞿曇世中一向樂唯極是耶世尊答曰世中一向樂不但極是也優陀夷更有一道跡一向作世證異學箭毛問曰瞿曇云何是更有一道跡一向作世證耶世尊答曰優陀夷比丘離欲離惡不善之法有覺有觀離生喜樂得初禪成就遊得共彼天戒等心等見等也彼覺觀已息內靜一心無覺無觀定生喜樂得第二禪成就遊得共彼天戒等心等見等也彼離於喜欲捨無求遊正念正智而身覺樂謂聖所說聖所捨念樂住空得第三禪成就遊得共彼天戒等心等見等也優陀夷是謂一道跡一向作世證異學箭毛問曰瞿曇沙門瞿曇弟子爲此世一向樂故一道跡一向作世證故從沙門瞿曇學梵行耶世尊答曰優陀夷我弟子不爲世一向樂故亦不爲一道跡一向作世證故從我學梵行也優陀夷更有最上最妙最勝爲作證故我弟子從我學梵行也於是彼大衆放高大音聲彼是最上最妙最勝爲作證故沙門瞿曇弟子從沙門瞿曇學梵行也於是異學箭毛勑已衆令默然已白曰瞿曇云何最上最妙最勝爲作證故沙門瞿曇弟子從沙門瞿曇學梵行耶世尊答曰優陀夷比丘者樂滅苦滅喜憂本已滅不苦不樂捨念清淨得第四禪成就遊優陀夷是謂最上最妙最勝爲作證故我弟子從我學梵行也於是異學箭毛即從座起欲稽首佛足於是異學箭毛諸弟

子異學梵行者白異學箭毛曰尊今應作師時欲爲沙門瞿曇作弟子耶尊不應作師時爲沙門瞿曇作弟子也是爲異學箭毛諸弟子學梵行者爲異學箭毛而作障礙謂從世尊學梵行也佛說如是異學箭毛聞佛所說歡喜奉行

晡利多品鞞摩那修經第八

我聞如是一時佛遊舍衛國在勝林給孤獨園爾時異學鞞摩那修中後彷徉往詣佛所相問訊已問曰瞿曇最色最最色瞿曇最色世尊問曰迦旃何等色耶異學鞞摩那修答曰瞿曇若色更無有色最上最妙最勝瞿曇彼色最勝彼色最上世尊告曰迦旃猶如有人作如是說若此國中有女最妙我欲得彼彼若有人如是問者君知國中有女最妙如是姓如是名如是生耶爲長短麤細爲白黑爲不白不黑爲剎利女爲梵志居士工師女爲東方南方西方北方耶彼人答曰我不知也復問彼人君不知不見國中有女最妙如是姓如是名如是生長短麤細白黑不白不黑剎利女梵志居士工師女東方南方西方北方者而作是說我欲得彼女耶如是迦旃汝作是說彼妙色最妙色彼色最勝彼色最上問汝彼色然不知也異學鞞摩那修白曰瞿曇猶如紫磨極妙金精金師善磨瑩治令淨藉以白練安著日中其色極妙光明照曜如是瞿曇我說彼妙色最妙色彼色最勝彼色最上世尊告曰迦旃我今問汝隨所解答迦栴於意云何謂紫磨金淨藉以白練安著日中其色極妙光明照曜及螢火蟲在夜闇

中光明照曜於中光明何者最上爲最勝耶異學鞞摩那修答曰瞿曇螢火光明於紫磨金精光明最上爲最勝也世尊問曰迦旃於意云何謂螢火蟲在夜闇中光明照曜及然油燈在夜闇中光明照曜於中光明何者最上爲最勝耶異學鞞摩那修答曰瞿曇然燈光明於螢火蟲光明最上爲最勝也世尊問曰迦栴於意云何謂然油燈在夜闇中光明照曜及然大木積火在夜闇中光明照曜於中光明何者最上爲最勝耶異學鞞摩那修答曰瞿曇然大木積火之光明於然油燈光明最上爲最勝也世尊問曰迦栴於意云何謂然大木積火在夜闇中光明照曜及太白星平旦無曀光明照曜於中光明何者最上爲最勝耶異學鞞摩那修答曰瞿曇太白星光於然大木積火光最上爲最勝也世尊問曰迦栴於意云何謂太白星平旦無曀光明照曜及月殿光夜半無曀光明照曜於中光明何者最上爲最勝耶異學鞞摩那修答曰瞿曇月殿光明於太白星光最上爲最勝也世尊問曰迦栴於意云何謂月殿光夜半無曀光明照曜及日殿光秋時向中天淨無曀光明照曜於中光明何者最上爲最勝耶異學鞞摩那修答曰瞿曇日殿光明於月殿光最上爲最勝也世尊告曰迦栴多有諸天今此日月雖有大如意足有大威德有大福祐有大威神然其光明故不及諸天光明也我昔曾與諸天共集共彼論事我之所說可彼大意然我不作是說彼妙色最妙色彼色最勝彼色最上迦旃而汝於螢火蟲光色最弊

最醜說彼妙色最妙色彼色最勝彼色最上問已不知於是異學鞞摩那修爲世尊面訶責已內懷憂慼低頭默然失辯無言如有所伺於是世尊面訶責已復欲令歡喜告曰迦栴有五欲功德可喜意念愛欲相應樂眼知色耳知聲鼻知香舌知味身知觸迦栴色或有愛者或不愛者若有一人彼於此色可意稱意樂意足意滿願意彼於餘色雖最上最勝而不欲不思不願不求彼於此色最勝最上迦栴如是聲香味迦栴觸或有愛者或不愛者若有一人彼於此觸可意稱意樂意足意滿願意彼於餘觸雖最上最勝而不欲不思不願不求彼於此觸最勝最上於是異學鞞摩那修叉手向佛白曰瞿曇甚奇甚特沙門瞿曇爲我無量方便說欲樂欲樂第一瞿曇猶如因草火然木火因木火然草火如是沙門瞿曇爲我無量方便說欲樂欲樂第一世尊告曰止止迦栴汝長夜異見異忍異樂異欲異意故不得盡知我所說義迦栴謂我弟子初夜後夜常不眠卧正定正意修習道品生已盡梵行已立所作已辦不更受有知如眞彼盡知我所說於是異學鞞摩那修向佛瞋恚生憎嫉不可欲誣謗世尊欲墮世尊如是誣謗世尊如是墮世尊語曰瞿曇有沙門梵志不知世前際不知世後際不知無窮生死而記說得究竟智生已盡梵行已立所作已辦不更受有知如眞瞿曇我如是念云何此沙門梵志不知世前際亦不知世後際不知無窮生死而記說得究竟智生已盡梵行已立所作已辦不更受有知如眞耶於是

世尊便作是念此異學鞞摩那修向我瞋恚生憎嫉不可欲誣謗我欲墮於我如是誣謗我如是墮我而語我曰瞿曇有一沙門梵志不知世前際不知世後際不知無窮生死而記說得究竟智生已盡梵行已立所作已辦不更受有知如真瞿曇我作是念云何此沙門梵志不知世前際不知世後際不知無窮生死而記說得究竟智生已盡梵行已立所作已辦不更受有知如真耶世尊知已告曰迦栴若有沙門梵志不知世前際不知世後際不知無窮生死而記說得究竟智生已盡梵行已立所作已辦不更受有知如真者彼應如是說置世前際置世後際迦栴我如是說置世前際置世後際設不憶一生我弟子比丘來不諛諂無欺誑質直我教化之若隨我教化如是行者必得知正法迦栴猶如嬰孩童子少年柔軟仰向眇父母縛彼手足彼於後轉大諸根成就父母解彼手足彼唯憶解時不憶縛時也如是迦栴我如是說置世前際置世後際設令不憶一生我弟子比丘來不諛諂不欺誑質直我教化之若隨我教化如是行者必得知正法迦栴譬若因油因炷而然燈也無人益油亦不易炷者前油已盡後不更益無所受已自速滅也如是迦栴我如是說置世前際置世後際設令不憶一生我弟子比丘來不諛諂不欺誑質直我教化之若隨我教化如是行者必得知正法迦栴猶如十木聚二十三十四十五十六十木聚以火燒之炯然俱熾遂見火焰彼無有人更益草木糠糞掃者前薪已盡後不更益無

所受已自速滅也如是迦梅我如是說置世前際置世後際設令不憶一生我弟子比丘來不諛諂不欺誑質直我教化之若隨我教化如是行者必得知正法說此法時異學鞞摩那修遠塵離垢諸法法眼生於是異學鞞摩那修見法得法覺白淨法更無餘尊不復由他斷疑度惑無有猶豫已住果證於世尊法得無所畏稽首佛足白曰世尊願得從佛出家學道受具足得比丘行梵行世尊告曰善來比丘行梵行也異學從佛得出家學道即受具足得比丘行梵行尊者鞞摩那修出家學道受具足已知法見法乃至得阿羅漢佛說如是尊者鞞摩那修及諸比丘聞佛所說歡喜奉行

中阿含經卷第五十七

音釋

鼾許干切卧息聲也　割截割居曷切斷也害也截昨結切亦斷也　粳粮粳尸行切正作秔稻之不粘者曰秔粮呂張切正作糧穀食也　穬古猛切大麥也　棚閣棚薄庚切閣古落切棚閣謂棧閣也　策楚革切謀也籌也　積正作積子智切聚也積也

# 中阿含經卷第五十八

東晉罽賓三藏瞿曇僧伽提婆譯

## 晡利多品法樂比丘尼經第九

我聞如是一時佛遊舍衛國在勝林給孤獨園爾時毗舍佉優婆夷往詣法樂比丘尼所稽首禮足却坐一面白法樂比丘尼曰賢聖欲有所問聽我問耶法樂比丘尼答曰毗舍佉欲問便問我聞已當思毗舍佉優婆夷便問曰賢聖自身說自身云何為自身耶法樂比丘尼答曰世尊說五盛陰自身色盛陰覺想行識盛陰是謂世尊說五盛陰毗舍佉優婆夷聞已歎曰善哉善哉賢聖毗舍佉優婆夷歎已歡喜奉行復問曰賢聖云何為自身見耶法樂比丘尼答曰不多聞愚癡凡夫不見善知識不知聖法不御聖法彼見色是神見神有色見神中有色見色中有神也見覺想行識是神見神有識見神中有識見識中有神也是謂自身見也毗舍佉優婆夷聞已歎曰善哉善哉賢聖毗舍佉優婆夷歎已歡喜奉行復問曰賢聖云何無身見耶法樂比丘尼答曰多聞聖弟子見善知識知聖法善御聖法彼不見色是神不見神有色不見神中有色不見色中有神也不見覺想行識是神不見神有識不見神中有識不見識中有神也是謂無身見也毗舍佉優婆夷聞已歎曰善哉善哉賢聖毗舍佉優婆夷歎已歡喜奉行復問曰賢聖云何滅自身耶法樂比丘尼答曰色盛陰斷無餘捨吐盡不染滅息沒也覺想行識盛陰斷無餘捨吐盡不染滅息沒也是謂自身滅毗舍佉優婆夷聞已歎曰

善哉善哉賢聖毗舍佉優婆夷歎已歡喜奉行復問曰賢聖陰說陰盛陰說盛陰陰即是盛陰盛陰即是陰耶爲陰異盛陰異耶法樂比丘尼答曰或陰即是盛陰或陰非盛陰云何陰即是盛陰若色有漏有受覺想行識有漏有受是謂陰即是盛陰云何陰非盛陰色無漏無受覺想行識無漏無受是謂陰非盛陰毗舍佉優婆夷聞已歎曰善哉善哉賢聖毗舍佉優婆夷歎已歡喜奉行復問曰賢聖云何八支聖道耶法樂比丘尼答曰八支聖道者正見乃至正定是謂爲八是謂八支聖道毗舍佉優婆夷聞已歎曰善哉善哉賢聖毗舍佉優婆夷歎已歡喜奉行復問曰賢聖八支聖道有爲耶法樂比丘尼答曰如是八支聖道有爲也毗舍佉優婆夷聞已歎曰善哉善哉賢聖毗舍佉優婆夷歎已歡喜奉行復問曰賢聖有幾聚耶法樂比丘尼答曰有三聚戒聚定聚慧聚毗舍佉優婆夷聞已歎曰善哉善哉賢聖毗舍佉優婆夷歎已歡喜奉行復問曰賢聖八支聖道攝三聚爲三聚攝八支聖道耶法樂比丘尼答曰非八支聖道攝三聚三聚攝八支聖道正語正業正命此三道支聖戒聚所攝正念正定此二道支聖定聚所攝正見正志正方便此三道支聖慧聚所攝是謂非八支聖道攝三聚三聚攝八支聖道毗舍佉優婆夷聞已歎曰善哉善哉賢聖毗舍佉優婆夷歎已歡喜奉行復問曰賢聖滅有對耶法樂比丘尼答曰滅無對也毗舍佉優婆夷聞已歎曰善哉善哉賢聖毗舍佉優婆夷歎已歡喜奉行復問曰賢聖

初禪有幾支耶法樂比丘尼答曰初禪有五支覺觀喜樂一心是謂初禪有五支毗舍佉優婆夷聞已歎曰善哉善哉賢聖毗舍佉優婆夷歎已歡喜奉行復問曰賢聖云何定云何定相云何定力云何定功云何修定耶法樂比丘尼答曰若善心得一者是謂定也四念處是謂定相也四正斷是謂定力也四如意足是謂定功也若習此諸善法數數專修精勤者是謂修定也毗舍佉優婆夷聞已歎曰善哉善哉賢聖毗舍佉優婆夷歎已歡喜奉行復問曰賢聖有幾法生身死已身棄冢間如木無情法樂比丘尼答曰有三法生身死已身棄冢間如木無情云何爲三一者壽二者暖三者識是謂三法生身死已身棄冢間如木無情毗舍佉優婆夷聞已歎曰善哉善哉賢聖毗舍佉優婆夷歎已歡喜奉行復問曰賢聖若死及入滅盡定者有何差別法樂比丘尼答曰死者壽命滅訖溫暖已去諸根敗壞比丘入滅盡定者壽不滅訖暖亦不去諸根不敗壞若死及入滅盡定者是謂差別毗舍佉優婆夷聞已歎曰善哉善哉賢聖毗舍佉優婆夷歎已歡喜奉行復問曰賢聖若入滅盡定及入無想定者有何差別法樂比丘尼答曰比丘入滅盡定者想及知滅入無想定者想知不滅若入滅盡定及入無想定者是謂差別毗舍佉優婆夷聞已歎曰善哉善哉賢聖毗舍佉優婆夷歎已歡喜奉行復問曰賢聖若從滅盡定起及從無想定起者有何差別法樂比丘尼答曰比丘從滅盡定起時不作是念我從滅盡定起比丘從無

想定起時作如是念我爲有想我爲無想若從滅盡定起及從無想定起者是謂差别毗舍佉優婆夷聞已歎曰善哉善哉賢聖毗舍佉優婆夷歎已歡喜奉行復問曰賢聖比丘入滅盡定時作如是念我入滅盡定耶法樂比丘尼答曰比丘入滅盡定時不作是念我入滅盡定然本如是修習心以是故如是趣向毗舍佉優婆夷聞已歎曰善哉善哉賢聖毗舍佉優婆夷歎已歡喜奉行復問曰賢聖比丘從滅盡定起作如是念我從滅盡定起耶法樂比丘尼答曰比丘從滅盡定起時不作是念我從滅盡定起然因此身及六處緣命根是故從定起毗舍佉優婆夷聞已歎曰善哉善哉賢聖毗舍佉優婆夷歎已歡喜奉行復問曰賢聖比丘從滅盡定起已心何所樂何所趣何所順耶法樂比丘尼答曰比丘從滅盡定起已心樂離趣離順離毗舍佉優婆夷聞已歎曰善哉善哉賢聖毗舍佉優婆夷歎已歡喜奉行復問曰賢聖有幾覺耶法樂比丘尼答曰有三覺樂覺苦覺不苦不樂覺此何緣有耶緣更樂有毗舍佉優婆夷聞已歎曰善哉善哉賢聖毗舍佉優婆夷歎已歡喜奉行復問曰賢聖云何樂覺云何苦覺云何不苦不樂覺耶法樂比丘尼答曰若樂更樂所觸生身心樂善覺是覺謂樂覺也若苦更樂所觸生身心苦不善覺是覺謂苦覺也若不苦不樂更樂所觸生身心不苦不樂非善非不善覺是覺謂不苦不樂覺毗舍佉優婆夷聞已歎曰善哉善哉賢聖毗舍佉優婆夷歎已歡喜奉行復問曰賢聖樂覺者云

何樂云何苦云何無常云何灾患云何使耶苦覺者云何樂云何苦云何無常云何灾患云何使耶不苦不樂覺者云何樂云何苦云何無常云何灾患云何使耶法樂比丘尼答曰樂覺者生樂住樂變易苦無常者即是灾患欲使也苦覺者生苦住苦變易樂無常者即是灾患恚使也不苦不樂覺者不知苦不知樂無常者即是變易無明使也毗舍佉優婆夷聞已歎曰善哉善哉賢聖毗舍佉優婆夷歎已歡喜奉行復問曰賢聖一切樂覺欲使耶一切苦覺恚使耶一切不苦不樂覺無明使耶法樂比丘尼答曰非一切樂覺欲使也非一切苦覺恚使也非一切不苦不樂覺無明使也云何樂覺非欲使耶若比丘離欲離惡不善之法有覺有觀離生喜樂得初禪成就遊是謂樂覺非欲使也所以者何此斷欲故云何苦覺非恚使耶若求上解脫樂求願悒悒生憂苦是謂苦覺非恚使也所以者何此斷恚故云何不苦不樂覺非無明使耶樂滅苦滅憂喜本已滅不苦不樂捨念清淨得第四禪成就遊是謂不苦不樂覺非無明使也所以者何此斷無明故毗舍佉優婆夷聞已歎曰善哉善哉賢聖毗舍佉優婆夷歎已歡喜奉行復問曰賢聖樂覺者有何對耶法樂比丘尼答曰樂覺者以苦覺爲對毗舍佉優婆夷聞已歎曰善哉善哉賢聖毗舍佉優婆夷歎已歡喜奉行復問曰賢聖苦覺者有何對耶法樂比丘尼答曰苦覺者以樂覺爲對毗舍佉優婆夷聞已歎曰善哉善哉賢聖毗舍佉優婆夷歎已歡喜奉行復問曰賢

聖樂覺苦覺者有何對耶法樂比丘尼答曰樂覺苦覺者以不苦不樂爲對毗舍佉優婆夷聞已歎曰善哉善哉賢聖毗舍佉優婆夷歎已歡喜奉行復問曰賢聖不苦不樂覺者有何對耶法樂比丘尼答曰不苦不樂覺者以無明爲對毗舍佉優婆夷聞已歎曰善哉善哉賢聖毗舍佉優婆夷歎已歡喜奉行復問曰賢聖無明者有何對耶法樂比丘尼答曰無明者以明爲對毗舍佉優婆夷聞已歎曰善哉善哉賢聖毗舍佉優婆夷歎已歡喜奉行復問曰賢聖明者有何對耶法樂比丘尼答曰明者以涅槃爲對毗舍佉優婆夷聞已歎曰善哉善哉賢聖毗舍佉優婆夷歎已歡喜奉行復問曰賢聖涅槃者有何對耶法樂比丘尼告曰君欲問無窮事然君問事不能得窮我邊也涅槃者無對也涅槃者以無緯過緯緯滅訖以此義故從世尊行梵行於是毗舍佉優婆夷聞法樂比丘尼所說善受善持善誦習已即從座起稽首禮法樂比丘尼足遶三帀而去於是法樂比丘尼見毗舍佉優婆夷去後不久往詣佛所稽首佛足却住一面與毗舍佉優婆夷所共論者盡向佛說叉手向佛白曰世尊我如是說如是答非爲誣謗世尊耶說眞實說如法說法次法耶於如法中非有相違有諍有咎耶世尊答曰比丘尼汝如是說如是答不誣謗我汝說眞實說如法說法次法於如法中而不相違無諍無咎也比丘尼若毗舍佉優婆夷以此句以此文來問我者我爲毗舍佉優婆夷亦以此義以此句以此文而答彼也比丘尼此義

如汝所說汝當如是持所以者何此說即是義故佛說如是法樂比丘尼及諸比丘聞佛所說歡喜奉行

## 晡利多品大拘絺羅經第十

我聞如是一時佛遊王舍城在竹林迦蘭哆園爾時尊者舍利弗則於晡時從宴坐起往詣尊者大拘絺羅所共相問訊却坐一面尊者舍利弗語曰賢者拘絺羅欲有所問聽我問耶尊者大拘絺羅白曰尊者舍利弗欲問便問我聞已當思尊者舍利弗問曰賢者拘絺羅不善者說不善不善根者說不善根何者不善何者不善根耶尊者大拘絺羅答曰身惡行口意惡行是不善也貪恚癡是不善根也是謂不善是謂不善根尊者舍利弗聞已歎曰善哉善哉賢者拘絺羅尊者舍利弗歎已歡喜奉行復問曰賢者拘絺羅善者說善善根者說善根何者爲善何者爲善根耶尊者大拘絺羅答曰身妙行口意妙行是善也不貪不恚不癡是善根也是謂爲善是謂善根尊者舍利弗聞已歎曰善哉善哉賢者拘絺羅尊者舍利弗歎已歡喜奉行復問曰賢者拘絺羅智慧者說智慧何者智慧尊者大拘絺羅答曰知知是故說智慧知何等耶知此苦如眞知此苦集知此苦滅知此苦滅道如眞知知是故說智慧尊者舍利弗聞已歎曰善哉善哉賢者拘絺羅尊者舍利弗歎已歡喜奉行復問曰賢者拘絺羅識者說識何者識耶尊者大拘絺羅答曰識識是故說識識何等耶識色識聲香味觸法識識是故說識尊者舍利弗聞已歎曰善哉善哉賢者

拘絺羅尊者舍利弗歎已歡喜奉行復問曰
賢者拘絺羅智慧及識此二法爲合爲別此
二法可得別施設耶尊者大拘絺羅答曰此
二法合不別此二法不可別施設所以者何
智慧所知即是識所識是故此二法合不別
此二法不可別施設尊者舍利弗聞已歎曰
善哉善哉賢者拘絺羅尊者舍利弗歎已歡
喜奉行復問曰賢者拘絺羅知者汝以何等
知尊者大拘絺羅答曰知者我以智慧知尊
者舍利弗聞已歎曰善哉善哉賢者拘絺羅
尊者舍利弗歎已歡喜奉行復問曰賢者拘
絺羅智慧有何義有何勝有何功德尊者大
拘絺羅答曰智慧者有猒義無欲義見如
眞義尊者舍利弗聞已歎曰善哉善哉賢者
拘絺羅尊者舍利弗歎已歡喜奉行復問曰
賢者拘絺羅云何正見尊者大拘絺羅答曰
知苦如眞知集滅道如眞者是謂正見尊者
舍利弗聞已歎曰善哉善哉賢者拘絺羅尊
者舍利弗歎已歡喜奉行復問曰賢者拘絺
羅幾因幾緣生正見耶尊者大拘絺羅答曰
二因二緣而生正見云何爲二一者從他聞
二者內自思惟是謂二因二緣而生正見尊
者舍利弗聞已歎曰善哉善哉賢者拘絺羅
尊者舍利弗歎已歡喜奉行復問曰賢者拘
絺羅有幾支攝正見得心解脫果慧解脫果
得心解脫功德慧解脫功德耶尊者大拘絺
羅答曰有五支攝正見得心解脫果慧解脫
果得心解脫功德慧解脫功德云何爲五一
者眞諦所攝二者戒所攝三者博聞所攝四
者止所攝五者觀所攝是謂有五支攝正見

得心解脫果慧解脫果得心解脫功德慧解脫功德尊者舍利弗聞已歎曰善哉善哉賢者拘絺羅尊者舍利弗歎已歡喜奉行復問曰賢者拘絺羅云何生當來有尊者大拘絺羅答曰愚癡凡夫無知不多聞無明所覆愛結所繫不見善知識不知聖法不御聖法是謂生當來有尊者舍利弗聞已歎曰善哉善哉賢者拘絺羅尊者舍利弗歎已歡喜奉行復問曰賢者拘絺羅云何不生當來有尊者大拘絺羅答曰若無明已盡明已生者必盡苦也是謂不生於當來有尊者舍利弗聞已歎曰善哉善哉賢者拘絺羅尊者舍利弗歎已歡喜奉行復問曰賢者拘絺羅有幾覺耶尊者大拘絺羅答曰有三覺樂覺苦覺不苦不樂覺此緣何有耶緣更樂有尊者舍利弗聞已歎曰善哉善哉賢者拘絺羅尊者舍利弗歎已歡喜奉行復問曰賢者拘絺羅覺想思此三法爲合爲別此三法可別施設耶尊者大拘絺羅答曰覺想思此三法合不別此三法不可別施設所以者何覺所覺者即是想所想思所思是故此三法合不別此三法不可別施設尊者舍利弗聞已歎曰善哉善哉賢者拘絺羅尊者舍利弗歎已歡喜奉行復問曰賢者拘絺羅滅者有何對尊者大拘絺羅答曰滅者無有對尊者舍利弗聞已歎曰善哉善哉賢者拘絺羅尊者舍利弗歎已歡喜奉行復問曰賢者拘絺羅有五根異行異境界各各受自境界眼根耳鼻舌身根此五根異行異境界各各受自境界誰爲彼盡受境界誰爲彼依耶尊者大拘絺羅答曰五

根異行異境界各各自受境界眼根耳鼻舌
身根此五根異行異境界各各受自境界意
爲彼盡受境界意爲彼依尊者舍利弗聞已
歎曰善哉善哉賢者拘絺羅尊者舍利弗歎
已歡喜奉行復問曰賢者拘絺羅意者依何
住耶尊者大拘絺羅答曰意者依壽依壽住
尊者舍利弗聞已歎曰善哉善哉賢者拘絺
羅尊者舍利弗歎已歡喜奉行復問曰賢者
拘絺羅壽者依何住耶尊者大拘絺羅答曰
壽者依暖依暖住尊者舍利弗聞已歎曰善
哉善哉賢者拘絺羅尊者舍利弗歎已歡喜
奉行復問曰賢者拘絺羅壽及暖此二法爲
合爲別此二法可得別施設耶尊者大拘絺
羅答曰壽及暖此二法合不別此二法不可
別施設所以者何因壽故有暖因暖故有壽
若無壽者則無暖無暖者則無壽猶如因油
因炷故得然燈彼中因焰故有光因光故有
焰若無焰者則無光無光者則無焰如是因
壽故有暖因暖故有壽若無壽者則無暖無
暖者則無壽是故此二法合不別此二法不
可別施設尊者舍利弗聞已歎曰善哉善哉
賢者拘絺羅尊者舍利弗歎已歡喜奉行復
問曰賢者拘絺羅有幾法生身死已身棄冢
間如木無情尊者大拘絺羅答曰有三法生
身死已身棄冢間如木無情云何爲三一者
壽二者暖三者識此三法生身死已身棄冢
間如木無情尊者舍利弗聞已歎曰善哉善
哉賢者拘絺羅尊者舍利弗歎已歡喜奉行
復問曰賢者拘絺羅若死及入滅盡定者有
何差別尊者大拘絺羅答曰死者壽命滅訖

溫暖已去諸根敗壞比丘入滅盡定者壽不滅訖暖亦不去諸根不敗壞死及入滅盡定者是謂差別尊者舍利弗聞已歎曰善哉善哉賢者拘絺羅尊者舍利弗歎已歡喜奉行復問曰賢者拘絺羅若入滅盡定及入無想定者有何差別尊者大拘絺羅答曰比丘入滅盡定者想及知滅比丘入無想定者想知不滅若入滅盡定及入無想定者是謂差別尊者舍利弗聞已歎曰善哉善哉賢者拘絺羅尊者舍利弗歎已歡喜奉行復問曰賢者拘絺羅若從滅盡定起及從無想定起者有何差別尊者大拘絺羅答曰比丘從滅盡定起時不如是念我從滅盡定起比丘從無想定起時作如是念我爲有想我爲無想從滅盡定起及從無想定起者是謂差別尊者舍利弗聞已歎曰善哉善哉賢者拘絺羅尊者舍利弗歎已歡喜奉行復問曰賢者拘絺羅比丘入滅盡定時先滅何法爲身行爲口意行耶尊者大拘絺羅答曰比丘入滅盡定時先滅身行次滅口行後滅意行尊者舍利弗聞已歎曰善哉善哉賢者拘絺羅尊者舍利弗歎已歡喜奉行復問曰賢者拘絺羅比丘從滅盡定起時先生何法爲身行口意行耶尊者大拘絺羅答曰比丘從滅盡定起時先生意行次生口行後生身行尊者舍利弗聞已歎曰善哉善哉賢者拘絺羅尊者舍利弗歎已歡喜奉行復問曰賢者拘絺羅比丘從滅盡定起時觸幾觸尊者大拘絺羅答曰比丘從滅盡定起時觸三觸云何爲三一者不移動觸二者無所有觸三者無相觸比丘從

滅盡定起時觸此三觸尊者舍利弗聞已歎曰善哉善哉賢者拘絺羅尊者舍利弗歎已歡喜奉行復問曰賢者拘絺羅空無願無相此三法異義異文耶爲一義異文耶尊者大拘絺羅答曰空無願無相此三法異義異文尊者舍利弗聞已歎曰善哉善哉賢者拘絺羅尊者舍利弗歎已歡喜奉行復問曰賢者拘絺羅有幾因幾緣生不移動定耶尊者大拘絺羅答曰有四因四緣生不移動定云何爲四若比丘離欲離惡不善之法至得第四禪成就遊是謂四因四緣生不移動定尊者舍利弗聞已歎曰善哉善哉賢者拘絺羅尊者舍利弗歎已歡喜奉行復問曰賢者拘絺羅有幾因幾緣生無所有定耶尊者大拘絺羅答曰有三因三緣生無所有定云何爲三若比丘度一切色想至得無所有處成就遊是謂有三因三緣生無所有定尊者舍利弗聞已歎曰善哉善哉賢者拘絺羅尊者舍利弗歎已歡喜奉行復問曰賢者拘絺羅有幾因幾緣生無想定尊者大拘絺羅答曰有二因二緣生無想定云何爲二一者不念一切想二者念無想界是謂二因二緣生無想定尊者舍利弗聞已歎曰善哉善哉賢者拘絺羅尊者舍利弗歎已歡喜奉行復問曰賢者拘絺羅有幾因幾緣住無想定耶尊者大拘絺羅答曰有二因二緣住無想定云何爲二一者不念一切想二者念無想界是謂二因二緣住無想定尊者舍利弗聞已歎曰善哉善哉賢者拘絺羅尊者舍利弗歎已歡喜奉行復問曰賢者拘絺羅有幾因幾緣從無想

定起尊者大拘絺羅答曰有三因三緣從無想定起云何爲三一者念一切想二者不念無想界三者因此身及六處緣命根是謂三因三緣從無想定起如是彼二尊更相稱歎善哉善哉更互所說歡喜奉行從座起去

晡利多品第十七竟

中阿含經卷第五十八

音釋

數數 色角切頻數也 冢 知隴切高墳也 悒 於及切憂也不安也 炷 朱戍切燈炷也 焰 以贍切火光也

# 中阿含經卷第五十九

東晉罽賓三藏瞿曇僧伽提婆　譯

例品第十八 有十一經 第五後誦

一切智法嚴　鞞訶第一得　愛生及八城
阿那律陀二　諸見箭興喻　比例最在後

## 例品一切智經第一

我聞如是一時佛遊鬱頭隨若在普棘刺林爾時拘薩羅王波斯匿聞沙門瞿曇遊鬱頭隨若在普棘刺林拘薩羅王波斯匿聞已告一人曰汝往詣沙門瞿曇所為我問訊聖體康强安快無病起居輕便氣力如常耶作如是語拘薩羅王波斯匿問訊聖體康强安快無病起居輕便氣力如常耶又復語曰拘薩羅王波斯匿欲來相見彼人受教往詣佛所共相問訊却坐一面白曰瞿曇拘薩羅王波斯匿問訊聖體康强安快無病起居輕便氣力如常耶拘薩羅王波斯匿欲來相見世尊答曰今拘薩羅王波斯匿安隱快樂今天及人阿修羅揵沓和羅刹及餘若干身安隱快樂拘薩羅王波斯匿欲來者自可隨意彼時使人聞佛所說善受持誦即從座起遶三帀而去爾時尊者阿難住世尊後執拂侍佛使人去後於是世尊迴顧告曰阿難汝來共詣東向大屋開窻閉戶住彼密處今日拘薩羅王波斯匿一心無亂欲聽受法尊者阿難白曰唯然於是世尊將尊者阿難至彼東向大屋開窻閉戶密處布座敷尼師壇結跏趺坐彼時使人還詣拘薩羅王波斯匿所白曰天王我已通沙門瞿曇沙門瞿曇今待天王唯願天王自當知時拘薩羅王波斯匿告御者

曰汝可嚴駕我今欲往見沙門瞿曇御者受教即便嚴駕爾時賢及月姊妹與拘薩羅王波斯匿共坐食時聞今日拘薩羅王波斯匿當往見佛白曰大王若今往見世尊者願為我等稽首世尊問訊聖體康強安快無病起居輕便氣力如常耶作如是語賢及月姊妹稽首世尊問訊聖體康強安快無病起居輕便氣力如常耶拘薩羅王波斯匿為賢及月姊妹默然而受彼時御者嚴駕已訖白曰天王嚴駕已辦隨天王意時王聞已即便乘車從鬱頭隨若出往至普棘刺林爾時普棘刺林門外衆多比丘露地經行拘薩羅王波斯匿往詣諸比丘所問曰諸賢沙門瞿曇今在何處我欲往見諸比丘答曰大王彼東向大屋開牕閉戶世尊在中大王欲見者可詣彼屋在外住已謦欬敲戶世尊聞者必為開戶拘薩羅王波斯匿即便下車眷屬圍遶步往至彼東向大屋到已住外謦欬敲戶世尊聞已即為開戶拘薩羅王波斯匿便入彼屋前詣佛所白曰瞿曇賢及月姊妹稽首世尊問訊聖體康強安快無病起居輕便氣力如常耶世尊問王賢及月姊妹更無人使耶拘薩羅王波斯匿白曰瞿曇當知今日賢及月姊妹我共坐食聞我今當欲往見佛便白曰大王若往見佛者當為我等稽首世尊問訊聖體康強安快無病起居輕便氣力如常耶故如是白世尊賢及月姊妹稽首世尊問訊聖體康強安快無病起居輕便氣力如常耶瞿曇彼賢及月姊妹稽首世尊問訊聖體康強安快無病起居輕便氣力如常耶世尊答曰

大王今賢及月姊妹安隱快樂今天及人阿修羅揵沓和羅刹及餘若干身安隱快樂於是拘薩羅王波斯匿與佛共相問訊却坐一面白曰瞿曇我欲有所問聽乃敢陳世尊告曰大王欲問者恣意所問拘薩羅王波斯匿便問曰瞿曇我聞沙門瞿曇作如是說本無當不有今現亦無若有餘沙門梵志一切知一切見者瞿曇憶如是說耶世尊答曰大王我不憶作如是說本無當不有今現亦無若有餘沙門梵志一切知一切見者爾時鞞留羅大將住在拘薩羅王波斯匿後執拂拂王於是拘薩羅王波斯匿迴顧告鞞留羅大將曰前日王共大衆坐誰最前說沙門瞿曇作如是說本無當不有今現亦無若有餘沙門梵志一切知一切見者鞞留羅大將答曰天王有想年少吉祥子前作是說拘薩羅王波斯匿聞已告一人曰汝往至想年少吉祥子所作如是語拘薩羅王波斯匿呼汝彼人受教即往想年少吉祥子所作如是語年少拘薩羅王波斯匿呼汝彼人去後於是拘薩羅王波斯匿白世尊曰沙門瞿曇頗有異說異受沙門瞿曇憶所說耶世尊答曰大王我憶曾如是說本無當不有今現亦無若有餘沙門梵志一時知一切一時見一切大王我憶如是說也拘薩羅王波斯匿聞已歎曰沙門瞿曇所說如師沙門瞿曇所說如善師欲更有所問聽我問耶世尊告曰大王欲問恣意所問拘薩羅王波斯匿問曰瞿曇此有四種刹利梵志居士工師為有勝如有差别耶世尊答曰此有四種刹利梵志居士工師此有

勝如有差別也刹利梵志種此於人間爲最上德居士工師種此於人間爲下德也此有四種刹利梵志居士工師是謂勝如是謂差別拘薩羅王波斯匿聞已歎曰沙門瞿曇所說如師沙門瞿曇所說如善師拘薩羅王波斯匿白曰瞿曇我不但問於現世義亦復欲問於後世義聽我問耶世尊告曰大王欲問恣意所問拘薩羅王波斯匿問曰瞿曇此有四種刹利梵志居士工師此有勝如有差別於後世耶世尊答曰此有四種刹利梵志居士工師此有勝如有差別謂後世也此有四種刹利梵志居士工師若成就此五斷支必得善師如來無所著正盡覺必得可意無不可意亦於長夜得義饒益安隱快樂云何爲五多聞聖弟子信著如來根生定立無能奪者謂沙門梵志天及魔梵及餘世間是謂第一斷支復次大王多聞聖弟子少病無病成就等食道不熱不冷正樂不諍謂食飲消正安隱消是謂第二斷支復次大王多聞聖弟子無諂無誑質直現如眞世尊及諸梵行是謂第三斷支復次大王多聞聖弟子常行精進斷惡不善修諸善法恒自起意專一堅固爲諸善本不捨方便是謂第四斷支復次大王多聞聖弟子修行智慧觀興衰法得如此智聖慧明達分別曉了以正盡苦是謂第五斷支此有四種刹利梵志居士工師彼若成就此五斷支必得善師如來無所著正盡覺必得可意無不可意亦於長夜得義饒益安隱快樂此有四種刹利梵志居士工師是謂勝如是謂差別於後世也拘薩羅王波斯匿

聞已歎曰沙門瞿曇所說如善師欲更有所問聽我問耶世尊告曰大王欲問恣意所問拘薩羅王波斯匿問曰瞿曇此有四種刹利梵志居士工師此有勝如此有差別於斷行耶世尊答曰此有四種刹利梵志居士工師此有勝如此有差別於斷行也大王於意云何若信者所斷是不信斷者終無是處若少病者所斷是多病斷者終無是處若不諂不誑者所斷是誑諂斷者終無是處若精勤者所斷是懈怠斷者終無是處若智慧者所斷是惡慧斷者終無是處猶如四御象御馬御牛御人御彼中二御不可調不可御二御可調可御大王於意云何若此二御不可調不可御若彼來調地御地受御事者終無是處若彼一御可調可御來至調地御地受御事者必有是處如是大王於意云何若信者所斷是不信斷耶終無是處若少病者所斷是多病斷耶終無是處若不諂不誑者所斷是諂誑斷耶終無是處若精勤者所斷是懈怠斷耶終無是處若智慧者所斷是惡慧斷耶終無是處如是此四種刹利梵志居士工師是謂勝如是謂差別於斷行也拘薩羅王波斯匿聞已歎曰沙門瞿曇所說如師沙門瞿曇所說如善師欲更有所問聽我問耶世尊答曰大王欲問恣意所問拘薩羅王波斯匿問曰瞿曇此有四種刹利梵志居士工師此有勝如此有差別謂斷耶世尊答曰此有四種刹利梵志居士工師彼等等斷無有勝如無有差別於斷也大王猶如東方刹利童子來彼取乾娑羅木作火

母鑽鑽生火南方梵志童子來彼取乾娑羅木作火母鑽鑽生火西方居士童子來彼取乾栴檀木作火母鑽鑽生火北方工師童子來彼取乾鉢投摩木作火母鑽鑽生火大王於意云何謂彼若干種人人持若干種木作火母鑽鑽生火彼中或有人著燥草木生烟生焰生色大王於烟烟焰焰色色說何等差別耶拘薩羅王波斯匿答曰瞿曇謂彼若干種人取若干木作火母鑽鑽生火彼中或有人著燥草木生烟生焰生色瞿曇我不說烟烟焰焰色色有差別也如是大王此有四種刹利梵志居士工師彼一切等等斷無有勝如無有差別於斷也拘薩羅王波斯匿聞已歎曰沙門瞿曇所說如師沙門瞿曇所說如善師欲更有所問聽我問耶世尊告曰大王欲問恣意所問拘薩羅王波斯匿問曰瞿曇有天耶世尊問曰大王何意問有天耶拘薩羅王波斯匿答曰瞿曇若有天有諍樂諍者彼應來此間若有天無諍不樂諍者不應來此間爾時鞞留羅大將住在拘薩羅王波斯匿後執拂拂王鞞留羅大將白曰瞿曇若有天無諍不樂諍者不來此間且置彼天若有天有諍樂諍來此間者沙門瞿曇必說彼天福勝梵行勝此天得自在退彼天遣彼天也是時尊者阿難在世尊後執拂侍佛於是尊者阿難作是念此鞞留羅大將是拘薩羅王波斯匿子我是世尊子今正是時子子共論於是尊者阿難語鞞留羅大將曰我欲問汝隨所解答大將於意云何拘薩羅王波斯匿所有境界教令所及拘薩羅王波斯匿福勝

梵行勝故寧得自在退去遣去耶鞞留羅大將答曰沙門若拘薩羅王波斯匿所有境界教令所及拘薩羅王波斯匿福勝梵行勝故得自在退去遣去也復問大將於意云何若非拘薩羅王波斯匿境界教令所不及拘薩羅王波斯匿福勝梵行勝故意得自在退彼遣彼耶鞞留羅大將答曰沙門若非拘薩羅王波斯匿境界教令所不及拘薩羅王波斯匿福勝梵行勝故不得自在退彼遣彼也尊者阿難復問曰大將頗聞有三十三天耶鞞留羅大將答曰我拘薩羅王波斯匿遊戲時聞有三十三天大將於意云何拘薩羅王波斯匿福勝梵行勝故寧得自在退彼三十三天遣彼三十三天耶鞞留羅大將答曰沙門拘薩羅王波斯匿尚不能得見三十三天況復退遣耶退遣彼三十三天者終無是處如是大將若有天無諍不樂諍不來此間者此天福勝梵行勝若有此天諍樂諍來此間者此天於彼天尚不能得見況復退遣耶若退遣彼者終無是處於是拘薩羅王波斯匿問曰瞿曇此沙門名何等耶世尊答曰大王此比丘名阿難是我侍者拘薩羅王波斯匿聞已歎曰阿難所說如師阿難所說如善師欲更有所問聽我問耶世尊告曰大王欲問恣意所問拘薩羅王波斯匿問曰瞿曇頗有梵耶世尊問曰大王何意問有梵耶大王若我施設有梵彼梵清淨世尊與拘薩羅王波斯匿於其中間論此事時彼使人將想年少吉祥子來還詣拘薩羅王波斯匿所白曰天王想年少吉祥子已來在此拘薩羅王波斯匿

聞已問想年少吉祥子曰前日王共大衆會坐誰最前說沙門瞿曇如是說本無當不有今現亦無若有餘沙門梵志一切知一切見耶想年少吉祥子答曰天王鞞留羅大將前說也鞞留羅大將聞已白曰天王此想年少吉祥子前說也如是彼二人更互共諍此論於其中間彼御者即便嚴駕至拘薩羅王波斯匿所白曰天王嚴駕已至天王當知時拘薩羅王波斯匿聞已白世尊曰我問瞿曇一切智事沙門瞿曇答我一切智事我問沙門瞿曇四種清淨沙門瞿曇答我四種清淨我問沙門瞿曇所得沙門瞿曇答我所得我問沙門瞿曇有梵沙門瞿曇答我有梵若我更問餘事者沙門瞿曇必答我餘事瞿曇我今多事欲還請辭世尊答曰大王自當知時拘薩羅王波斯匿聞世尊所說善受持誦即從座起遶世尊三帀而去佛說如是拘薩羅王波斯匿尊者阿難及一切大衆聞佛所說歡喜奉行

例品法莊嚴經第二

我聞如是一時佛遊釋中在釋家都邑名彌婁離爾時拘薩羅王波斯匿與長作共俱有所為故出詣邑名城拘薩羅王波斯匿至彼園觀見諸樹下寂無音聲遠離無惡無有人民隨順宴坐見已憶念世尊拘薩羅王波斯匿告曰長作今此樹下寂無音聲遠離無惡無有人民隨順宴坐此處我數往見佛長作世尊今在何處我欲往見長作答曰天王我聞世尊遊釋中在釋家都邑名彌婁離拘薩羅王波斯匿復問曰長作釋家都邑名彌婁

離去此幾許長作答曰天王去此三拘屢舍拘薩羅王波斯匿告曰長作可勑嚴駕我欲詣佛長作受教即勑嚴駕白曰天王嚴駕已訖隨天王意拘薩羅王波斯匿即昇乘出城往至釋家都邑名彌婁離爾時彌婁離門外衆多比丘露地經行拘薩羅王波斯匿往詣諸比丘所問曰諸尊世尊今在何處晝行衆多比丘答曰大王彼東向大屋開牕閉戶世尊今在彼中晝行大王欲見便往詣彼到已住外謦欬敲戶世尊聞者必爲開戶拘薩羅王波斯匿即便下車若有王剎利頂來而得人處教令大地有五儀飾劒蓋華鬘及珠柄拂嚴飾之屣彼盡脫已授與長作長作念曰天王今者必當獨入我等應共住此待耳於是拘薩羅王波斯匿眷屬圍遶步往至彼東向大屋到已住外謦欬敲戶世尊聞已即爲開戶拘薩羅王波斯匿便入彼屋前至佛所稽首禮足再三自稱姓名我是拘薩羅王波斯匿我是拘薩羅王波斯匿世尊答曰如是大王汝是拘薩羅王波斯匿汝是拘薩羅王波斯匿拘薩羅王波斯匿再三自稱姓名已稽首佛足却坐一面世尊問曰大王見我有何等義而自下意稽首禮足供養承事耶拘薩羅王波斯匿答曰世尊我於佛而有法靖因此故我作是念如來無所著正盡覺所說法善世尊弟子衆善趣向也世尊我坐都坐時見母共子諍子共母諍父子兄弟姊妹親屬展轉共諍彼鬭諍時母說子惡子說母惡父子兄弟姊妹親屬更相說惡況復他人我見世尊弟子諸比丘衆從世尊行梵行或有

比丘少多起諍捨戒罷道不說佛惡不說法惡不說衆惡但自責數我爲惡我爲無德所以者何以我不能從世尊自盡形壽修行梵行是謂我於佛而有法靖因此故我作是念如來無所著正盡覺所說法善世尊弟子衆善趣向也復次世尊我見一沙門梵志或九月或十月少多學行梵行捨隨本服復爲欲所染染欲著欲爲欲所縛憍慠受入不見灾患不見出要而樂行欲世尊我見世尊弟子諸比丘衆自盡形壽修行梵行乃至億數我於此外不見如是清淨梵行如世尊家是謂我於佛而有法靖因此故我作是念如來無所著正盡覺所說法善世尊弟子衆善趣向也復次世尊我見一沙門梵志羸瘦憔悴形色極惡身生白皰人不喜見我作是念此諸尊何以羸瘦憔悴形色極惡身生白皰人不喜見此諸尊必不樂行梵行或身有患或屏處作惡以是故諸尊羸瘦憔悴形色極惡身生白皰人不喜見我往問彼諸尊何故羸瘦憔悴形色極惡身生白皰人不喜見諸尊不樂行梵行耶爲身有患耶爲屏處作惡耶是故諸尊羸瘦憔悴形色極惡身生白皰人不喜見彼答我曰大王是白病大王是白病世尊我見世尊弟子諸比丘衆樂行端正面色悅澤形體淨潔無爲無求護他妻食如鹿自盡形壽修行梵行我見已作是念此諸尊何故樂行端正面色悅澤形體淨潔無爲無求護他妻食如鹿自盡形壽修行梵行此諸尊或得離欲或得增上心現法樂居易不難得是故此諸尊樂行端正面色悅澤形體淨潔

無爲無求護他妻食如鹿自盡形壽修行梵行若行欲樂行端正者我應樂行端正何以故我得五欲功德易不難得若此諸尊得離欲得增上心於現法樂居易不難得是故此諸尊樂行端正面色悅澤形體淨潔無爲無求護他妻食如鹿自盡形壽修行梵行是謂我於佛而有法靖因此故我作是念如來無所著正盡覺所說法善世尊弟子衆善趣向也復次世尊我見一沙門梵志聰明智慧自稱聰明智慧博聞決定諳識諸經制伏强敵談論覺了名德流布一切世間無不聞知所遊至處壞諸見宗輒自立論而作是說我等往至沙門瞿曇所問如是如是事若能答者當難詰彼若不能答亦難詰已捨之而去彼聞世尊遊某村邑往至佛所尚不敢問於世尊事況復欲難詰耶是謂我於佛而有法靖因此故我作是念如來無所著正盡覺所說法善世尊弟子衆善趣向也復次世尊我見一沙門梵志聰明智慧自稱聰明智慧博聞決定諳識諸經制伏强敵談論覺了名德流布一切世間無不聞知所遊至處壞諸見宗輒自立論而作是說我等往至沙門瞿曇所問如是如是事若能答者當難詰彼若不能答亦難詰已捨之而去彼聞世尊遊其村邑往至佛所問世尊事世尊爲答彼聞答已便得歡喜稽首佛足遶三帀而去是謂我於佛而有法靖因此故我作是念如來無所著正盡覺所說法善世尊弟子衆善趣向也復次世尊我見一沙門梵志聰明智慧自稱聰明智慧博聞決定諳識諸經制伏强敵談論覺

了名德流布一切世間無不聞知所遊至處
壞諸見宗輒自立論而作是說我等往至沙
門瞿曇所問如是如是事若能答者當難詰
彼若不能答亦難詰已捨之而去彼聞世尊
遊某村邑往至佛所問世尊事世尊爲答彼
聞答已便得歡喜即自歸佛法及比丘衆世
尊受彼爲優婆塞終身自歸乃至命盡是謂
我於佛而有法靖因此故我作是念如來無
所著正盡覺所說法善世尊弟子衆善趣向
也復次世尊我見一沙門梵志聰明智慧自
稱聰明智慧博聞決定諳識諸經制伏强敵
談論覺了名德流布一切世間無不聞知所
遊至處壞諸見宗輒自立論而作是說我等
往至沙門瞿曇所問如是如是事若能答者
當難詰彼若不能答亦難詰已捨之而去彼

聞世尊遊某村邑往至佛所問世尊事世尊
爲答彼聞答已便得歡喜即從世尊求出家
學而受具足得比丘法佛便度彼而授具足
得比丘法若彼諸尊出家學道而受具足得
比丘已獨住遠離心無放逸修行精勤彼獨
住遠離心無放逸修行精勤已若族姓子所
爲剃除鬚髮著袈裟衣至信捨家無家學道
者唯無上梵行訖於現法中自知自覺自作
證成就遊生已盡梵行已立所作已辦不更
受有知如眞若彼諸尊知法已乃至得阿羅
漢得阿羅漢已便作是念諸賢我本幾了幾
失所以者何我本非沙門稱沙門非梵行稱
梵行非阿羅漢稱阿羅漢我等今是沙門是
梵行是阿羅漢是謂我於佛而有法靖因此
故我作是念如來無所著正盡覺所說法善

世尊弟子眾善趣向也復次世尊我自居國無過者不令殺有過者令殺然在都坐我故不得作如是說卿等並住無人問卿事人問我事卿等不能斷此事我能斷此事於其中間競論餘事不待前論訖我數見世尊大眾圍遶說法彼中一人鼾眠作聲有人語彼君莫鼾眠作聲君不用聞世尊說法如甘露耶彼人聞已即便默然我作是念如來無所著正盡覺眾調御士甚奇甚特所以者何以無刀杖皆自如法安隱快樂是謂我於佛而有法靖因此故我作是念如來無所著正盡覺所說法善世尊弟子眾善趣向也復次世尊我於仙餘及宿舊二臣出錢財賜亦常稱譽彼命由我然不能令彼仙餘及宿舊二臣下意恭敬尊重供養奉事於我如為世尊下意恭敬尊重供養奉事也是謂我於佛而有法靖因此故我作是念如來無所著正盡覺所說法善世尊弟子眾善趣向也復次世尊我昔出征宿一小屋中欲試仙餘宿舊二臣知彼頭向何處眠耶為向我為向世尊於是仙餘宿舊二臣則於初夜結跏趺默然宴坐至中夜聞世尊在某方處便以頭向彼以足向我我見已作是念此仙餘及宿舊二臣不在現勝事是故彼不下意恭敬尊重供養奉事於我如為世尊下意恭敬尊重供養奉事也是謂我於佛而有法靖因此故我作是念如來無所著正盡覺所說法善世尊弟子眾善趣向也復次世尊我亦國王世尊亦法王我亦剎利世尊亦剎利我亦拘薩羅世尊亦拘薩羅我年八十世尊亦八十世尊以此事故

我堪耐爲世尊盡形壽下意恭敬尊重供養奉事世尊我今多事欲還請辭世尊告曰大王自當知時於是拘薩羅王波斯匿聞佛所說善受持誦即從座起稽首佛足遶三帀而去爾時尊者阿難住世尊後執拂侍佛於是世尊迴顧告曰阿難若有比丘依彌婁離林住者令彼一切集在講堂於是尊者阿難受佛教已若諸比丘依彌婁離林住者令彼一切集在講堂還詣佛所白曰世尊若有比丘依彌婁離林住者彼一切已集講堂唯願世尊自當知時於是世尊將尊者阿難往至講堂比丘衆前敷座而坐告曰比丘今拘薩羅王波斯匿在我前說此法莊嚴經已即從座起稽首我足遶三帀而去比丘汝等當受持此法莊嚴經善誦善習所以者何比丘此法莊嚴經如義如法爲梵行本趣智趣覺趣至涅槃若族姓子至信捨家無家學道者亦當受持當誦當習此法莊嚴經佛說如是彼諸比丘聞佛所說歡喜奉行

例品鞞訶提經第三

我聞如是一時佛遊舍衛國在勝林給孤獨園爾時尊者阿難住舍衛國於東園鹿子母堂爲小事故彼時尊者阿難將一比丘從舍衞出往至東園鹿子母堂所爲事訖將彼比丘還往至勝林給孤獨園爾時拘薩羅王波斯匿乘一奔陀利象與尸利阿荼大臣俱出舍衞國尊者阿難遥見拘薩羅王波斯匿來已問伴比丘彼是拘薩羅王波斯匿耶答曰是也尊者阿難便下道避至一樹下拘薩羅王波斯匿遥見尊者阿難在於樹間問曰尸

利阿茶彼是沙門阿難耶尸利阿茶答曰是也拘薩羅王波斯匿告尸利阿茶大臣曰汝御此象令至沙門阿難所尸利阿茶受王教已即御此象令至尊者阿難所於是拘薩羅王波斯匿問曰阿難從何處來欲至何處尊者阿難答曰大王我從東園鹿子母堂來欲至勝林給孤獨園拘薩羅王波斯匿語曰阿難若於勝林無急事者可共往至阿夷羅婆提河爲慈愍故尊者阿難爲拘薩羅王波斯匿默然而受於是拘薩羅王波斯匿令尊者阿難在前共至阿夷羅婆提河到已下乘取彼象韉四疊敷地請尊者阿難阿難可坐此座尊者阿難答曰止止大王但心靜足拘薩羅王波斯匿再三請尊者阿難阿難可坐此座尊者阿難亦再三語止止大王但心靜足我自有尼師壇我今當坐於是尊者阿難敷尼師壇結跏趺坐拘薩羅王波斯匿與尊者阿難共相問訊却坐一面語曰阿難欲有所問聽我問耶尊者阿難答曰大王欲問便問我聞已當思拘薩羅王波斯匿問曰阿難如來頗行如是身行謂此身行爲沙門梵志所憎惡耶尊者阿難答曰大王如來不行如是身行謂此身行爲沙門梵志聰明智慧及餘世間所憎惡也拘薩羅王波斯匿聞已歎曰善哉善哉阿難我所不及若聰明智慧及餘世間者而阿難及之阿難若有不善相悉而毀呰稱譽者我等不見彼眞實也阿難若有善相悉而毀呰稱譽者我見彼眞實也阿難如來頗行如是身行謂此身行爲沙門梵志聰明智慧及餘世間所憎惡耶尊者阿難答

曰大王如來終不行如是身行謂此身行爲沙門梵志聰明智慧及餘世間所憎惡也拘薩羅王波斯匿問曰阿難云何爲身行耶尊者阿難答曰大王不善身行也拘薩羅王波斯匿問曰阿難云何不善身行耶尊者阿難答曰大王謂身行有罪拘薩羅王波斯匿問曰阿難云何身行有罪耶尊者阿難答曰大王謂行身行智者所憎惡拘薩羅王波斯匿問曰阿難云何智者所憎惡耶尊者阿難答曰大王謂行身行自害害彼俱害滅智慧惡相助不得涅槃不趣智不趣覺不趣涅槃彼可行法不知如眞不可行法亦不知如眞可行法不知如眞不可行法亦不知如眞已可受法不知如眞不可受法亦不知如眞可受法不知如眞不可受法亦不知如眞已可斷法不知如眞不可斷法亦不知如眞可斷法不知如眞不可斷法亦不知如眞已可成就法不知如眞不可成就法亦不知如眞可成就法不知如眞不可成就法亦不知如眞已可行法便不行不可行法而行可行法便不不行不可行法而行已可受法便不受不可受法而受可受法便不受不可受法而受已可斷法便不斷不可斷法而斷可斷法便不斷不可斷法而斷已可成就法便不成就不可成就法而成就可成就法便不成就不可成就法而成就已不善法轉增善法轉減是故如來終不行此法拘薩羅王波斯匿問曰阿難如來何故終不行此法耶尊者阿難答曰大王離欲欲已盡離恚恚已盡離癡癡已盡如來斷一切不善之法成就一切善法教

師妙師善順師將御順御善語妙語善順語是故如來終不行此法拘薩羅王波斯匿歎曰善哉善哉阿難如來不可行法終不行所以者何以如來無所著正盡覺故阿難汝彼師弟子學道欲得無上安隱涅槃汝尚不行此法況復如來行此法耶拘薩羅王波斯匿問曰阿難如來頗行如是身行謂此身行不爲沙門梵志聰明智慧及餘世間所憎惡耶尊者阿難答曰大王如來必行如是身行謂此身行不爲沙門梵志聰明智慧及餘世間所憎惡也拘薩羅王波斯匿問曰阿難云何爲身行耶尊者阿難答曰大王謂善身行也拘薩羅王波斯匿問曰阿難云何善身行耶尊者阿難答曰大王謂身行無罪拘薩羅王波斯匿問曰阿難云何身行無罪耶尊者阿難答曰大王謂行身行智者所不憎惡拘薩羅王波斯匿問曰阿難云何智者所不憎惡尊者阿難答曰大王謂行身行不自害不害彼不俱害覺慧不惡相助得涅槃趣智趣覺趣至涅槃彼可行法知如眞不可行法亦知如眞可行法知如眞不可行法亦知如眞已可受法知如眞不可受法亦知如眞可受法知如眞不可受法亦知如眞已可斷法知如眞不可斷法亦知如眞可斷法知如眞不可斷法亦知如眞已可成就法亦知如眞不可成就法亦知如眞可成就法知如眞不可成就法亦知如眞已可行法而行不可行法便不行可行法而行不可行法便不行已可受法而受不可受法便不受可受法而受不可受法便不受已可斷法而斷不可斷法便不斷

可斷法而斷不可斷法便不斷已可成就法而成就不可成就法便不成就可成就法而成就不可成就法便不成就已不善法轉滅善法轉增是故如來必行此法拘薩羅王波斯匿問曰阿難如來何故必行此法耶尊者阿難答曰大王離欲欲已盡離恚恚已盡離癡癡已盡如來成就一切善法斷一切不善之法教師妙師善順師將御順御善語妙語善順語是故如來必行此法拘薩羅王波斯匿歎曰善哉善哉阿難如來可行法必行所以者何以如來無所著正盡覺故阿難汝彼師弟子學道欲得無上安隱涅槃汝尚行此法況復如來不行此法耶阿難善說我今歡喜阿難快說我極歡喜若村輸租阿難法應受者我村輸租爲法布施阿難若象馬牛羊

阿難法應受者我象馬牛羊爲法布施阿難若婦女及童女阿難法應受者我婦女及童女爲法布施阿難若生色寶阿難法應受者我生色寶爲法布施阿難如此之事阿難皆不應受我拘薩羅家有一衣名鞞訶提彼第一王以傘柄孔中盛送來爲信阿難若拘薩羅家有劫貝諸衣者此鞞訶提於諸衣中最爲第一所以者何此鞞訶提衣長十六肘廣八肘我此鞞訶提衣今爲法故布施阿難阿難當作三衣持令彼拘薩羅家長夜增益得福尊者阿難答曰止止大王但心靜足自有三衣謂我所受拘薩羅王波斯匿白曰阿難聽我說喻慧者聞喻則解其義猶如大雨時此阿夷羅婆提河水滿兩岸溢則流出阿難見耶尊者阿難答曰見也拘薩羅王波斯匿

白曰如是阿難若有三衣當與比丘比丘尼漸學舍羅舍羅摩尼離阿難以此鞞訶提作三衣受持令彼拘薩羅家長夜得增益福尊者阿難爲拘薩羅王波斯匿默然而受於是拘薩羅王波斯匿知尊者阿難默然受已鞞訶提衣爲法布施尊者阿難即從座起遶三帀而去去後不久尊者阿難持鞞訶提衣往詣佛所稽首佛足却住一面白曰世尊此鞞訶提衣今日拘薩羅王波斯匿爲法布施我願世尊以兩足著鞞訶提衣上令拘薩羅家長夜得增益福於是世尊以兩足著鞞訶提衣上告曰阿難若汝與拘薩羅王波斯匿所共論者今悉向我而廣說之於是尊者阿難與拘薩羅王波斯匿所共論者盡向佛說又手白曰我如是說不誣謗世尊耶眞說如法說法次法不於如法有過失耶世尊答曰汝如是說不誣謗我眞說如法說法次法亦不於如法有過失也阿難若拘薩羅王波斯匿以此義以此句以此文來問我者我亦爲拘薩羅王波斯匿以此義以此句以此文答彼也阿難此義而汝所說汝當如是受持所以者何此說即是其義佛說如是尊者阿難及諸比丘聞佛所說歡喜奉行

例品第一得經第四

我聞如是一時佛遊舍衛國在勝林給孤獨園爾時世尊告諸比丘若拘薩羅王波斯匿所有境界故令所及彼中拘薩羅王波斯匿最爲第一拘薩羅王波斯匿者變易有異多聞聖弟子如是觀則猒彼猒彼已尚不欲第一況復下賤所謂日月境界光明所照所照

諸方謂千世界此千世界有千日千月千弗于逮洲千閻浮洲千拘陀尼洲千鬱單越洲千須彌山千四大王天千三十三天千釋天因陀羅千焰摩天千須焰摩天千兜率陀天千兜率陀天子千化樂天千善化樂天子千他化樂天千自在天子千梵世界及千別梵彼中有一梵大梵富祐作化尊造衆生父已有當有彼大梵者變易有異多聞聖弟子如是觀則猒彼猒彼已尚不欲第一況復下賤後時此世敗壞此世敗壞時衆生生晃昱天中彼中有色乘意生具足一切肢節不減諸根不壞以喜爲食形色清淨自身光照飛乘虛空住彼久遠晃昱天者變易有異多聞聖弟子如是觀則猒彼猒彼已尚不欲第一況復下賤復次有四想有比丘想小想大想無量想無所有衆生如是樂想意解者變易有異多聞聖弟子如是觀則猒彼猒彼已尚不欲第一況復下賤復次有八除處云何爲八比丘內有色想外觀色少善色惡色彼色除已知除已見作如是想是謂第一除處復次比丘內有色想外觀色無量善色惡色彼色除已知除已見作如是想是謂第二除處復次比丘內無色想外觀色少善色惡色彼色除已知除已見作如是想是謂第三除處復次比丘內無色想外觀色無量善色惡色彼色除已知除已見作如是想是謂第四除處復次比丘內無色想外觀色青青色青見青光猶如青水華青青色青見青光猶如成就波羅柰衣熟擣磨碾光色悅澤青青色青見青光如是比丘內無色想外觀色青青色

青見青光無量無量淨意潤意樂不憎惡彼色除已知除已見作如是想是謂第五除處復次比丘內無色想外觀色黃黃色黃見黃光猶如頻頭歌羅華黃黃色黃見黃光猶如成就波羅奈衣熟擣磨碾光色悅澤黃黃色黃見黃光如是比丘內無色想外觀色黃黃色黃見黃光無量無量淨意潤意樂不憎惡彼色除已知除已見作如是想是謂第六除處復次比丘內無色想外觀色赤赤色赤見赤光猶如加尼歌羅華赤赤色赤見赤光猶如成就波羅奈衣熟擣磨碾光色悅澤赤赤色赤見赤光如是比丘內無色想外觀色赤赤色赤見赤光無量無量淨意潤意樂不憎惡彼色除已知除已見作如是想是謂第七除處復次比丘內無色想外觀色白白色白見白光猶如太白白色白見白光猶如成就波羅奈衣熟擣磨碾光色悅澤白白色白見白光如是比丘內無色想外觀色白白色白見白光無量無量淨意潤意樂不憎惡彼色除已知除已見作如是想是謂第八除處衆生如是樂除處意解者變易有異多聞聖弟子如是觀則猒彼猒彼已尚不欲第一況復下賤復次有十一切處云何爲十有比丘無量地處修一思惟上下諸方不二無量水處無量火處無量風處無量青處無量黃處無量赤處無量白處無量空處無量識處第十修一思惟上下諸方不二衆生如是樂一切處意解者變易有異多聞聖弟子如是觀則猒彼猒彼已尚不欲第一況復下賤是謂第一清淨說施設最第一謂我無我不有及爲

彼證故施設於道是謂第一外依見處最依見處謂度一切色想乃至得非有想非無想處成就遊是謂於現法中第一求趣至涅槃於現法中最施設涅槃謂六更樂處生滅味離慧見如眞及爲彼證故施設於道復次有四斷云何爲四有斷樂遲有斷樂速有斷苦遲有斷苦速於中若有斷樂遲者是樂遲故說下賤於中若有斷樂速者此斷樂速故此斷亦說下賤於中若有斷苦遲者此斷苦遲故此斷亦說下賤於中若有斷苦速者此斷苦速故此斷非廣布不流布乃至天人亦不稱廣布我斷廣布流布乃至天人亦稱廣布云何我斷廣布流布乃至天人亦稱廣布謂八支正道正見乃至正定爲八是謂我斷廣布流布乃至天人亦稱廣布我如是諸沙門梵志虛僞妄言不善不眞實誣謗於我彼實有衆生施設斷壞沙門瞿曇無所施設彼實有衆生施設斷壞若此無我不如是說彼如來於現法中斷知一切得息止滅涅槃佛說如是彼諸比丘聞佛所說歡喜奉行

中阿含經卷第五十九

音釋

棘刺（棘訖力切小棗叢生曰棘刺七賜切棘芒也）揵沓和（梵語亦云乾闥婆此云香陰即天帝樂神也揵巨言切）牕（楚江切牕牖也在屋曰牕在墻曰牖）鑽鑽（上鑽祖算切錐鑽也下鑽祖官切穿也）栴檀（栴諸延切檀徒干切栴檀香木也）柄（陂病切柯柄也）皰（匹貌切瘡皰也）諳（烏含切記憶也）韉（將先切馬鞍具也）晃昱（晃胡廣切昱余六切晃昱光明也）

# 中阿含經卷第六十

東晉罽賓三藏瞿曇僧伽提婆譯

## 例品愛生經第五

我聞如是一時佛遊舍衛國在勝林給孤獨園爾時有一梵志唯有一兒心極愛念忍意溫潤視之無猒忽便命終命終之後梵志愁憂不能飲食不著衣裳亦不塗香但至冢哭憶兒臥處於是梵志周遊彷徉往詣佛所共相問訊却坐一面世尊問曰梵志今汝諸根不似自心住耶梵志答曰今我諸根何由當得自心住耶所以者何唯有一兒心極愛念忍意溫潤視之無猒忽便命終彼命終已我便愁憂不能飲食不著衣裳亦不塗香但至冢哭憶兒臥處世尊告曰如是梵志如是梵志若愛生時便生愁慼啼哭憂苦煩惋懊惱梵志語曰瞿曇何言若愛生時便生愁慼啼哭憂苦煩惋懊惱耶瞿曇當知若愛生時生喜樂心世尊如是至再三告曰如是梵志如是梵志若愛生時便生愁慼啼哭憂苦煩惋懊惱梵志亦至再三語曰瞿曇何言若愛生時便生愁慼啼哭憂苦煩惋懊惱耶瞿曇當知若愛生時生喜樂心時彼梵志聞佛所說不說言是但說非已即從座起奮頭而去爾時勝林於其門前有衆多市郭兒而共博戲梵志遥見已便作是念世中若有聰明智慧者無過博戲人我今寧可往彼若與瞿曇所共論者盡向彼說於是梵志往至衆多市郭兒共博戲所若與世尊所共論者盡向彼說衆多市郭博戲兒聞已語曰梵志何言若愛生時便生愁慼啼哭憂苦煩惋懊惱耶梵志

當知若愛生時生喜樂心梵志聞已便生是念博戲兒所說正與我同奮頭而去於是此論展轉廣布乃入王宮拘薩羅王波斯匿聞沙門瞿曇作如是說若愛生時便生愁慼啼哭憂苦煩惋懊惱語末利皇后曰我聞瞿曇作如是說若愛生時便生愁慼啼哭憂苦煩惋懊惱末利皇后聞已白曰如是大王如是大王若愛生時便生愁慼啼哭憂苦煩惋懊惱拘薩羅王波斯匿語末利皇后曰聞師宗說弟子必同沙門瞿曇是汝師故作如是說汝是彼弟子故作如是說若愛生時便生愁慼啼哭憂苦煩惋懊惱末利皇后白曰大王若不信者可自往問亦可遣使於是拘薩羅王波斯匿即告那利鴦伽梵志曰汝往沙門瞿曇所爲我問訊沙門瞿曇聖體康强安快無病起居輕便氣力如常耶作如是語拘薩羅王波斯匿問訊聖體康强安快無病起居輕便氣力如常耶沙門瞿曇實如是說若愛生時便生愁慼啼哭憂苦煩惋懊惱耶那利鴦伽若沙門瞿曇有所說者汝當善受持誦所以者何如是之人終不妄言那利鴦伽梵志受王教已即詣佛所共相問訊却坐一面白曰瞿曇拘薩羅王波斯匿問訊聖體康强安快無病起居輕便氣力如常耶沙門瞿曇實如是說若愛生時便生愁慼啼哭憂苦煩惋懊惱耶世尊告曰那利鴦伽我今問汝隨所解答那利鴦伽於意云何若使有人母命終者彼人發狂心大錯亂脫衣裸形隨路遍走作如是說諸賢見我母耶諸賢見我母耶那利鴦伽以此事故可知若愛生時便生愁

慼啼哭憂苦煩惋懊惱如是父兄姊妹也兒婦命終彼人發狂心大錯亂脱衣裸形隨路遍走作如是説諸賢見我兒婦耶諸賢見我兒婦耶那利鴦伽以此事故可知若愛生時便生愁慼啼哭憂苦煩惋懊惱那利鴦伽昔有一人婦暫歸家彼諸親族欲奪更嫁彼女聞之即便速疾還至夫家語其夫曰君今當知我親族强欲奪君婦嫁與他人欲作何計於是彼人即執婦臂將入屋中作如是語俱至後世俱至後世便以利刀斫殺其婦并自害已那利鴦伽以此事故可知若愛生時便生愁慼啼哭憂苦煩惋懊惱那利鴦伽梵志聞佛所説善受持誦即從座起遶三帀而去還至拘薩羅王波斯匿所白曰大王沙門瞿曇實如是説若愛生時便生愁慼啼哭憂苦煩惋懊惱拘薩羅王波斯匿聞已語末利皇后曰沙門瞿曇實如是説若愛生時便生愁慼啼哭憂苦煩惋懊惱末利皇后白曰大王我問大王隨所解答於意云何王愛鞞留羅大將耶答曰實愛末利復問若鞞留羅大將變易異者王當云何答曰末利若鞞留羅大將變易異者我心生愁慼啼哭憂苦煩惋懊惱末利白曰以此事故知愛生時便生愁慼啼哭憂苦煩惋懊惱末利復問王愛尸利阿荼大臣愛一奔陁利象愛婆夷利童女愛雨日蓋愛加尸及拘薩羅國耶答曰實愛末利復問若加尸及拘薩羅國變易異者王當云何答曰末利我所具足五欲功德自娱樂者由彼二國若加尸及拘薩羅國當變易異者我乃至無命況復不生愁慼啼哭憂苦煩惋

懊惱耶末利白曰以此事故知愛生時便生愁慼啼哭憂苦煩惋懊惱末利問王於意云何爲愛我耶王復答曰我實愛汝末利復問若我一旦變易異者王當云何答曰末利若汝一旦變易異者我必生愁慼啼哭憂苦煩惋懊惱末利白曰以此事故知愛生時便生愁慼啼哭憂苦煩惋懊惱拘薩羅王波斯匿語曰末利從今日去沙門瞿曇因此事是我師我是彼弟子末利我今自歸於佛法及比丘衆唯願世尊受我爲優婆塞從今日始終身自歸乃至命盡佛說如是拘薩羅王波斯匿王末利皇后聞佛所說歡喜奉行

例品八城經第六

我聞如是一時佛般涅槃後不久衆多上尊名德比丘遊波羅利子城住在雞園是時第十居士八城持多妙貨往至波羅利子城治生販賣於是第十居士八城彼多妙貨貨賣速售大得財利歡喜踊躍出波羅利子城往詣雞園衆多上尊名德比丘所稽首禮足却坐一面時諸上尊名德比丘爲彼說法勸發渴仰成就歡喜無量方便爲彼說法勸發渴仰成就歡喜已默然而住時諸上尊比丘爲彼說法勸發渴仰成就歡喜已於是第十居士八城白曰上尊尊者阿難今在何處我欲往見諸上尊比丘答曰居士尊者阿難今在鞞舍離獼猴江邊高樓臺觀若欲見者可往至彼爾時第十居士八城即從座起稽首諸上尊比丘足遶三帀而去往詣尊者阿難所稽首禮足却坐一面白曰尊者阿難欲有所問聽我問耶尊者阿難告曰居士欲問便問

我聞已當思居士問曰尊者阿難世尊如來無所著正盡覺成就慧眼見第一義頗說一法若聖弟子住漏盡無餘得心解脫耶尊者阿難答曰如是居士問曰尊者阿難世尊如來無所著正盡覺成就慧眼見第一義云何說有一法若聖弟子住漏盡無餘得心解脫耶尊者阿難答曰居士多聞聖弟子離欲離惡不善之法至得第四禪成就遊彼依此處觀法如法彼依此處觀法如法住彼得漏盡者或有是處若住彼不得漏盡者或因此法欲法愛法樂法靜法愛樂歡喜斷五下分結盡化生於彼而般涅槃得不退法終不還此復次居士多聞聖弟子心與慈俱遍滿一方成就遊如是二三四方四維上下普周一切心與慈俱無結無怨無恚無諍極廣甚大無量善修遍滿一切世間成就遊如是悲喜心與捨俱無結無怨無恚無諍極廣甚大無量善修遍滿一切世間成就遊彼依此處觀法如法彼依此處觀法如法住彼得漏盡者或有是處若住彼不得漏盡者或因此法欲法愛法樂法靜法愛樂歡喜斷五下分結盡化生於彼而般涅槃得不退法終不還此是謂如來無所著正盡覺成就慧眼見第一義說有一法若聖弟子住漏盡無餘得心解脫復次居士多聞聖弟子度一切色想乃至非有想非無想處成就遊彼於此處觀法如法彼於此處觀法如法住彼得漏盡者或有是處若住彼不得漏盡者或因此法欲法愛法樂法靜法愛樂歡喜斷五下分結盡化生於彼而般涅槃得不退法終不還此是謂如來無

所著正盡覺成就慧眼見第一義說有一法若聖弟子住漏盡無餘得心解脫於是第十居士八城即從座起偏袒著衣叉手白曰尊者阿難甚奇甚特我問尊者阿難一甘露門而尊者阿難一時為我說於十二甘露法門令此十二甘露法門必隨所依得安隱出尊者阿難猶去村不遠有大屋舍開十二戶若人所為故入彼屋中復一人來不為彼人求義及饒益不求安隱而燒彼屋尊者阿難彼人必得於此十二戶隨所依出得自安隱如是我問尊者阿難一甘露門而尊者阿難一時為我說於十二甘露法門令此十二甘露法門必隨所依得安隱出尊者阿難梵志法律中說不善法律尚供養師況復我不供養大師尊者阿難耶於是第十居士八城即於夜中施設極妙淨美豐饒食噉含消施設食已平旦敷座請雞園眾及鞞舍離眾皆集一處自行澡水則以極妙淨美豐饒食噉含消手自斟酌令得飽滿食訖收器行澡水竟持五百種物買屋別施尊者阿難尊者阿難受已施與招提僧尊者阿難所說如是第十居士八城聞尊者阿難所說歡喜奉行

例品阿那律陀經上第七

我聞如是一時佛遊舍衛國在勝林給孤獨園爾時諸比丘則於晡時從宴坐起往詣尊者阿那律陀所稽首禮足却坐一面白曰我等欲有所問聽乃敢陳尊者阿那律陀答曰諸賢欲問便問我聞已當思時諸比丘即便問曰云何比丘賢死賢命終耶尊者阿那律陀答曰諸賢若比丘離欲離惡不善之法至

得第四禪若比丘離欲離惡不善之法成就遊者是謂比丘賢死賢命終也時諸比丘又復問曰比丘極是賢死賢命終耶尊者阿那律陀答曰諸賢比丘不極是賢死賢命終也復次諸賢若比丘得如意足天耳他心智宿命智生死智漏盡得無漏心解脫慧解脫於現法中自知自覺自作證成就遊生已盡梵行已立所作已辦不更受有知如眞是謂比丘賢死賢命終也時諸比丘又復問曰比丘極是賢死賢命終耶尊者阿那律陀答曰諸賢比丘極是賢死賢命終也於是諸比丘聞尊者阿那律陀所說善受持誦已即從座起稽首尊者阿那律陀足遶三帀而去尊者阿那律陀所說如是彼諸比丘聞尊者阿那律陀所說歡喜奉行

例品阿那律陀經下第八

我聞如是一時佛遊舍衞國在勝林給孤獨園爾時諸比丘則於晡時從宴坐起性詣尊者阿那律陀所稽首禮足却坐一面白曰我等欲有所問聽乃敢陳尊者阿那律陀答曰諸賢欲問便問我聞已當思時諸比丘即便問曰云何比丘不煩熱死不煩熱命終耶尊者阿那律陀答曰諸賢若比丘見質直及得聖愛戒者是謂比丘不煩熱死不煩熱命終時諸比丘又復問曰比丘極是不煩熱死不煩熱命終耶尊者阿那律陀答曰諸賢比丘不極是不煩熱死不煩熱命終復次諸賢若比丘觀內身如身乃至觀覺心法如法是謂比丘不煩熱死不煩熱命終時諸比丘又復問曰比丘極是不煩熱死不煩熱命終耶尊

者阿那律陀答曰諸賢比丘不極是不煩熱死不煩熱命終復次諸賢若比丘心與慈俱遍滿一方成就遊如是二三四方四維上下普周一切心與慈俱無結無怨無恚無諍極廣甚大無量善修遍滿一切世間成就遊如是悲喜心與捨俱無結無怨無恚無諍極廣甚大無量善修遍滿一切世間成就遊是謂比丘不煩熱死不煩熱命終時諸比丘又復問曰比丘極是不煩熱死不煩熱命終耶尊者阿那律陀答曰諸賢比丘不極是不煩熱死不煩熱命終復次諸賢若比丘度一切色想乃至非有想非無想處成就遊是謂比丘不煩熱死不煩熱命終時諸比丘又復問曰比丘極是不煩熱死不煩熱命終耶尊者阿那律陀答曰諸賢比丘不極是不煩熱死不煩熱命終復次諸賢若有比丘度一切非有想非無想處想知滅身觸成就遊及慧觀諸漏已盡者是謂比丘不煩熱死不煩熱命終時諸比丘又復問曰比丘極是不煩熱死不煩熱命終耶尊者阿那律陀答曰諸賢比丘極是不煩熱死不煩熱命終時諸比丘聞尊者阿那律陀所說善受持誦即從座起稽首尊者阿那律陀足遶三帀而去尊者阿那律陀所說如是彼諸比丘聞尊者阿那律陀所說歡喜奉行

例品見經第九

我聞如是一時佛般涅槃後不久尊者阿難遊王舍城在竹林迦蘭陀園於是有一異學梵志是尊者阿難未出家時友中後彷徉往詣尊者阿難所共相問訊却坐一面語尊者

阿難欲有所問聽我問耶尊者阿難答曰梵志欲問便問我聞已當思異學梵志即便問曰所謂此見捨置除却不盡通説謂世有常世無有常世有底世無底命即是身爲命異身異如來終如來不終如來終不終如來亦非終亦非不終耶沙門瞿曇知此諸見如應知耶尊者阿難答曰梵志所謂此見世尊如來無所著正盡覺捨置除却不盡通説謂世有常世無有常世有底世無底命即是身爲命異身異如來終如來不終如來終不終如來亦非終亦非不終耶世尊如來無所著正盡覺知此諸見如應也異學梵志又復問曰所謂此見沙門瞿曇捨置除却不盡通説謂世有常世無有常世有底世無有底命即是身爲命異身異如來終如來不終如來終不終如來亦非終亦非不終耶沙門瞿曇云何知此諸見如應耶尊者阿難答曰梵志所謂此見世尊如來無所著正盡覺捨置除却不盡通説謂世有常世無有常世有底世無底命即是身爲命異身異如來終如來不終如來終不終如來亦非終亦非不終耶異學梵志如是具如是受如是趣如是生如是至後世所謂此是世尊如來無所著正盡覺捨置除却不盡通説謂世有常世無有常世有底世無底命即是身爲命異身異如來終如來不終如來終不終如來亦非終亦非不終耶如是知此諸見此諸見應如是知異學梵志白曰我今自歸於阿難尊者阿難告曰梵志汝莫自歸於我如我自歸於佛汝亦應自歸於佛異學梵志白曰阿難我今自歸於佛法

及比丘衆唯願世尊受我爲優婆塞從今日始終身自歸乃至命盡尊者阿難所說如是彼異學梵志聞尊者阿難所說歡喜奉行

例品箭喻經第十

我聞如是一時佛遊舍衞國在勝林給孤獨園爾時尊者鬘童子獨安靜處宴坐思惟心作是念所謂此見世尊捨置除却不盡通說謂世有常世無有常世有底世無底命即是身爲命異身異如來終如來不終如來終不終如來亦非終亦非不終耶我不欲此我不忍此我不可此若世尊爲我一向說世有常者我從彼學梵行若世尊不爲我一向說世有常者我當難詰彼捨之而去如是世無有常世有底世無底命即是身爲命異身異如來終如來不終如來終不終如來亦非終亦非不終耶若世尊爲我一向說此是眞諦餘皆虛妄言者我從彼學梵行若世尊不爲我一向說此是眞諦餘皆虛妄言者我當難詰彼捨之而去於是尊者鬘童子則於晡時從宴坐起往詣佛所稽首作禮却坐一面白曰世尊我今獨安靜處宴坐思惟心作是念所謂此見世尊捨置除却不盡通說謂世有常世無有常世有底世無底命即是身爲命異身異如來終如來不終如來終不終如來亦非終亦非不終耶我不欲此我不忍此我不可此若世尊一向知世有常者世尊當爲我說若世尊不一向知世有常者當直言不知也如是世無有常世有底世無底命即是身爲命異身異如來終如來不終如來終不終如來亦非終亦非不終耶若世尊一向知此

是眞諦餘皆虛妄言者世尊當爲我說若世尊不一向知此是眞諦餘皆虛妄言者當直言不知也世尊問曰鬘童子我本頗爲汝如是說世有常汝來從我學梵行耶鬘童子答曰不也世尊如是世無有常世有底世無底命即是身爲命異身異如來終如來不終如來終不終如來亦非終亦非不終耶我本頗爲汝如是說此是眞諦餘皆虛妄言汝來從我學梵行耶鬘童子答曰不也世尊鬘童子汝本頗向我說若世尊爲我一向說世有常者我當從世尊學梵行耶鬘童子答曰不也世尊如是世無有常世有底世無底命即是身爲命異身異如來終如來不終如來終不終如來亦非終亦非不終耶鬘童子汝本頗向我說若世尊爲我一向說此是眞諦餘皆虛妄言者我當從世尊學梵行耶鬘童子答曰不也世尊世尊告曰鬘童子我本不向汝有所說汝本亦不向我有所說汝愚癡人何故虛妄誣謗我耶於是尊者鬘童子爲世尊面訶責數內懷憂慼低頭默然失辯無言如有所伺於是世尊面訶鬘童子已告諸比丘若有愚癡人作如是念若世尊不爲我一向說世有常者我不從世尊學梵行彼愚癡人竟不得知於其中間而命終也如是世無有常世有底世無底命即是身爲命異身異如來終如來不終如來終不終如來亦非終亦非不終耶若有愚癡人作如是念若世尊不爲我一向說此是眞諦餘皆虛妄言者我不從世尊學梵行彼愚癡人竟不得知於其中間而命終也猶如有人身被毒箭因毒箭故

受極重苦彼有親族憐念愍傷爲求利義饒益安隱便求箭醫然彼人者方作是念未可拔箭我應先知彼人如是姓如是名如是生爲長短麤細爲黑白不黑不白爲刹利族梵志居士工師族爲東方南方西方北方耶未可拔箭我應先知彼弓爲柘爲桑爲槻爲角耶未可拔箭我應先知弓扎爲是牛筋爲麞鹿筋爲是絲耶未可拔箭我應先知弓色爲黑爲白爲赤爲黃耶未可拔箭我應先知弓弦爲筋爲絲爲紵爲麻耶未可拔箭我應先知箭簳爲木爲竹耶未可拔箭我應先知箭纏爲是牛筋爲麞鹿筋爲是絲耶未可拔箭我應先知箭羽爲飄鷂毛爲鵰鷲毛爲鶤雞毛爲鶴毛耶未可拔箭我應先知箭鏑爲齊爲錍爲矛爲鈹刀耶未可拔箭我應先知作箭鏑師如是姓如是名如是生爲長短麤細爲黑白不黑不白爲東方西方南方北方耶彼人竟不得知於其中間而命終也若有愚癡人作如是念若世尊不爲我一向說世有常者我不從世尊學梵行彼愚癡人竟不得知於其中間而命終也如是世無有常世有底世無底命即是身爲命異身異如來終如來不終如來終不終如來亦非終亦非不終耶若有愚癡人作如是念若世尊不爲我一向說此是眞諦餘皆虛妄言者我不從世尊學梵行彼愚癡人竟不得知於其中間而命終也世有常因此見故從我學梵行者此事不然如是世無有常世有底世無底命即是身爲命異身異如來終如來不終如來終不終如來亦非終亦非不終耶因此見故從我

學梵行者此事不然世有常有此見故不從我學梵行者此事不然如是世無有常世有底世無底命即是身爲命異身異如來終如來不終如來終不終如來亦非終亦非不終耶有此見故不從我學梵行者此事不然世有常無此見故從我學梵行者此事不然如是世無有常世有底世無底命即是身爲命異身異如來終如來不終如來終不終如來亦非終亦非不終耶無此見故從我學梵行者此事不然世有常無此見故從我學梵行者此事不然如是世無有常世有底世無底命即是身爲命異身異如來終如來不終如來終不終如來亦非終亦非不終耶無此見故不從我學梵行者此事不然世有常者有生有老有病有死愁感啼哭憂苦懊惱如是

此淳大苦陰生如是世無常世有底世無底命即是身爲命異身異如來終如來不終如來終不終如來亦非終亦非不終者有生有老有病有死愁感啼哭憂苦懊惱如是此淳大苦陰生世有常我不一向說此以何等故我不一向說此此非義相應非法相應非梵行本不趣智不趣覺不趣涅槃是故我不一向說此如是世無常世有底世無底命即是身爲命異身異如來終如來不終如來終不終如來亦非終亦非不終我不一向說此以何等故我不一向說此此非義相應非法相應非梵行本不趣智不趣覺不趣涅槃是故我不一向說此也何等法我一向說耶此義我一向說苦苦集苦滅苦道跡我一向說以何等故我一向說此此是義相應是法相

應是梵行本趣智趣覺趣於涅槃是故我一向說此是爲不可說者則不說可說者則說當如是持當如是學佛說如是彼諸比丘聞佛所說歡喜奉行

例品例經第十一

我聞如是一時佛遊舍衛國在勝林給孤獨園爾時世尊告諸比丘若欲斷無明者當修四念處云何欲斷無明者當修四念處若時如來出世無所著等正覺明行成爲善逝世間解無上士道法御天人師號佛衆祐彼斷乃至五蓋心穢慧羸觀內身如身至觀覺心法如法是謂欲斷無明者當修四念處如是數斷解脫過度拔絕滅止揔知別知欲別知無明者當修四念處云何欲別知無明者當修四念處若時如來出世無所著等正覺明行成爲善逝世間解無上士道法御天人師號佛衆祐彼斷乃至五蓋心穢慧羸觀內身如身至觀覺心法如法是謂欲別知無明者當修四念處欲斷無明者當修四正斷云何欲斷無明者當修四正斷若時如來出世無所著等正覺明行成爲善逝世間解無上士道法御天人師號佛衆祐彼斷乃至五蓋心穢慧羸已生惡不善法爲斷故發欲求方便精勤舉心斷未生惡不善法爲不生故發欲求方便精勤舉心斷未生善法爲生故發欲求方便精勤舉心斷已生善法爲久住不忘不退增長廣大修習具足故發欲求方便精勤舉心斷是謂欲斷無明者當修四正斷如是數斷解脫過度拔絕滅止揔知別知欲別知無明者當修四正斷云何欲別知無明者

當修四正斷若時如來出世無所著等正覺明行成爲善逝世間解無上士道法御天人師號佛衆祐彼斷乃至五蓋心穢慧羸已生惡不善法爲斷故發欲求方便精勤舉心斷未生惡不善法爲不生故發欲求方便精勤舉心斷未生善法爲生故發欲求方便精勤舉心斷已生善法爲久住不忘不退增長廣大修習具足故發欲求方便精勤舉心斷是謂欲別知無明者當修四正斷欲斷無明者當修四如意足云何欲斷無明者當修四如意足若時如來出世無所著等正覺明行成爲善逝世間解無上士道法御天人師號佛衆祐彼斷乃至五蓋心穢慧羸修欲定如意足成就斷行依離依無欲依滅趣非品如是修精進定心定也修思惟定如意足成就斷

行依離依無欲依滅趣非品是謂欲斷無明者當修四如意足如是數斷解脱過度拔絶滅止揔知別知欲別知無明者當修四如意足云何欲別知無明者當修四如意足若時如來出世無所著等正覺明行成爲善逝世間解無上士道法御天人師號佛衆祐彼斷乃至五蓋心穢慧羸修欲定如意足成就斷行依離依無欲依滅趣非品如是修精進定心定也修思惟定如意足成就斷行依離依無欲依滅趣非品是謂欲別知無明者當修四如意足欲斷無明者當修四禪云何欲斷無明者當修四禪若時如來出世無所著等正覺明行成爲善逝世間解無上士道法御天人師號佛衆祐彼斷乃至五蓋心穢慧羸離欲離惡不善之法至得第四禪成就遊是

謂欲斷無明者當修四禪如是數斷解脱過度拔絶滅止摠知別知欲別知無明者當修四禪云何欲別知無明者當修四禪若時如來出世無所著等正覺明行成爲善逝世間解無上士道法御天人師號佛衆祐彼斷乃至五蓋心穢慧羸離欲離惡不善之法至得第四禪成就遊是謂欲別知無明者當修四禪欲斷無明者當修五根云何欲斷無明者當修五根若時如來出世無所著等正覺明行成爲善逝世間解無上士道法御天人師號佛衆祐彼斷乃至五蓋心穢慧羸修信根精進念定慧根是謂欲斷無明者當修五根如是數斷解脱過度拔絶滅止摠知別知欲別知無明者當修五根云何欲別知無明者當修五根若時如來出世無所著等正覺明

行成爲善逝世間解無上士道法御天人師號佛衆祐彼斷乃至五蓋心穢慧羸修信根精進念定慧根是謂欲別知無明者當修五根欲斷無明者當修五力云何欲斷無明者當修五力若時如來出世無所著等正覺明行成爲善逝世間解無上士道法御天人師號佛衆祐彼斷乃至五蓋心穢慧羸修信力精進念定慧力是謂欲斷無明者當修五力如是數斷解脱過度拔絶滅止總知別知欲別知無明者當修五力云何欲別知無明者當修五力若時如來出世無所著等正覺明行成爲善逝世間解無上士道法御天人師號佛衆祐彼斷乃至五蓋心穢慧羸修信力精進念定慧力是謂欲別知無明者當修五力欲斷無明者當修七覺支云何欲斷無明

者當修七覺支若時如來出世無所著等正覺明行成爲善逝世間解無上士道法御天人師號佛衆祐彼斷乃至五蓋心穢慧羸修念覺支依離依無欲依滅趣非品如是修法精進喜息定也修捨覺支依離依無欲依滅趣非品是謂欲斷無明者當修七覺支如是數斷解脱過度拔絶滅止總知別知欲別知無明者當修七覺支云何欲別知無明者當修七覺支若時如來出世無所著等正覺明行成爲善逝世間解無上士道法御天人師號佛衆祐彼斷乃至五蓋心穢慧羸修念覺支依離依無欲依滅趣非品如是修法精進喜息定也修捨覺支依離依無欲依滅趣非品是謂欲別知無明者當修七覺支欲斷無明者當修八支聖道云何欲斷無明者當修八支聖道若時如來出世無所著等正覺明行成爲善逝世間解無上士道法御天人師號佛衆祐彼斷乃至五蓋心穢慧羸修正見乃至修正定爲八是謂欲斷無明者當修八支聖道如是數斷解脱過度拔絶滅止總知別知欲別知無明者當修八支聖道云何欲別知無明者當修八支聖道若時如來出世無所著等正覺明行成爲善逝世間解無上士道法御天人師號佛衆祐彼斷乃至五蓋心穢慧羸修正見乃至修正定爲八是謂欲別知無明者當修八支聖道欲斷無明者當修十一切處云何欲斷無明者當修十一切處若時如來出世無所著等正覺明行成爲善逝世間解無上士道法御天人師號佛衆祐彼斷乃至五蓋心穢慧羸修第一地一切

處四維上下不二無量如是修水一切處火一切處風一切處青一切處黃一切處赤一切處白一切處無量空處一切處修第十無量識處一切處四維上下不二無量是謂欲斷無明者當修十一切處如是數斷解脫過度拔絶滅止總知別知欲別知無明者當修十一切處云何欲別知無明者當修十一切處若時如來出世無所著等正覺明行成為善逝世間解無上士道法御天人師號佛衆祐彼斷乃至五蓋心穢慧羸修第一地一切處四維上下不二無量如是修水一切處火一切處風一切處青一切處黃一切處赤一切處白一切處無量空處一切處修第十無量識處一切處四維上下不二無量是謂欲別知無明者當修十一切處欲斷無明者當修十無學法云何欲斷無明者當修十無學法若時如來出世無所著等正覺明行成為善逝世間解無上士道法御天人師號佛衆祐彼斷乃至五蓋心穢慧羸修無學正見乃至修無學正智是謂欲斷無明者當修十無學法如是數斷解脫過度拔絶滅止總知別知欲別知無明者當修十無學法云何欲別知無明者當修十無學法若時如來出世無所著等正覺明行成為善逝世間解無上士道法御天人師號佛衆祐彼斷乃至五蓋心穢慧羸修無學正見乃至修無學正智是謂欲別知無明者當修十無學法如無明行亦如是如行識亦如是如識名色亦如是如名色六處亦如是如六處更樂亦如是如更樂覺亦如是如覺愛亦如是如愛受亦如是如

受有亦如是如有生亦如是欲斷老死者當修四念處云何欲斷老死者當修四念處若時如來出世無所著等正覺明行成爲善逝世間解無上士道法御天人師號佛衆祐彼斷乃至五蓋心穢慧羸觀内身如身至觀覺心法如法是謂欲斷老死者當修四念處如是數斷解脱過度拔絶滅止總知别知欲别知老死者當修四念處云何欲别知老死者當修四念處若時如來出世無所著等正覺明行成爲善逝世間解無上士道法御天人師號佛衆祐彼斷乃至五蓋心穢慧羸觀内身如身乃至觀覺心法如法是謂欲别知老死者當修四念處欲斷老死者當修四正斷云何欲斷老死者當修四正斷若時如來出世無所著等正覺明行成爲善逝世間解無上士道法御天人師號佛衆祐彼斷乃至五蓋心穢慧羸已生惡不善法爲斷故發欲求方便精勤舉心斷未生惡不善法爲不生故發欲求方便精勤舉心斷未生善法爲生故發欲求方便精勤舉心斷已生善法爲久住不忘不退增長廣大修習具足故發欲求方便精勤舉心斷是謂欲斷老死者當修四正斷如是數斷解脱過度拔絶滅止總知别知欲别知老死者當修四正斷云何欲别知老死者當修四正斷若時如來出世無所著等正覺明行成爲善逝世間解無上士道法御天人師號佛衆祐彼斷乃至五蓋心穢慧羸已生惡不善法爲斷故發欲求方便精勤舉心斷未生惡不善法爲不生故發欲求方便精勤舉心斷未生善法爲生故發欲求方便

精勤舉心斷已生善法爲久住不忘不退增長廣大修習具足故發欲求方便精勤舉心斷是謂欲別知老死者當修四正斷欲斷老死者當修四如意足云何欲斷老死者當修四如意足若時如來出世無所著等正覺明行成爲善逝世間解無上士道法御天人師號佛衆祐彼斷乃至五蓋心穢慧羸修欲定如意足成就斷行依離依無欲依滅趣非品如是修精進定心定也修思惟定如意足成就斷行依離依無欲依滅趣非品是謂欲斷老死者當修四如意足如是數斷解脫過度拔絶滅止摠知別知欲別知老死者當修四如意足云何欲別知老死者當修四如意足若時如來出世無所著等正覺明行成爲善逝世間解無上士道法御天人師號佛衆祐彼斷乃至五蓋心穢慧羸修欲定如意足成就斷行依離依無欲依滅趣非品如是修精進定禪定心定也修思惟定如意足成就斷行依離依無欲依滅趣非品是謂欲別知老死者當修四如意足欲斷老死者當修四禪云何欲斷老死者當修四禪若時如來出世無所著等正覺明行成爲善逝世間解無上士道法御天人師號佛衆祐彼斷乃至五蓋心穢慧羸離欲離惡不善之法至得第四禪成就遊是謂欲斷老死者當修四禪如是數斷解脫過度拔絶滅止總知別知欲別知老死者當修四禪云何欲別知老死者當修四禪若時如來出世無所著等正覺明行成爲善逝世間解無上士道法御天人師號佛衆祐彼斷乃至五蓋心穢慧羸離欲離惡不善

之法至得第四禪成就遊是謂欲別知老死者當修四禪欲斷老死者當修五根云何欲斷老死者當修五根若時如來出世無所著等正覺明行成爲善逝世間解無上士道法御天人師號佛衆祐彼斷乃至五蓋心穢慧羸修信根精進念定慧根是謂欲斷老死者當修五根如是數斷解脫過度拔絶滅止總知別知欲別知老死者當修五根云何欲別知老死者當修五根若時如來出世無所著等正覺明行成爲善逝世間解無上士道法御天人師號佛衆祐彼斷乃至五蓋心穢慧羸修信根精進念定慧根是謂欲別知老死者當修五根欲斷老死者當修五力云何欲斷老死者當修五力若時如來出世無所著等正覺明行成爲善逝世間解無上士道法

御天人師號佛衆祐彼斷乃至五蓋心穢慧羸修信力精進念定慧力是謂欲斷老死者當修五力如是數斷解脫過度拔絶滅止總知別知欲別知老死者當修五力云何欲別知老死者當修五力若時如來出世無所著等正覺明行成爲善逝世間解無上士道法御天人師號佛衆祐彼斷乃至五蓋心穢慧羸修信力精進念定慧力是謂欲別知老死者當修五力欲斷老死者當修七覺支云何欲斷老死者當修七覺支若時如來出世無所著等正覺明行成爲善逝世間解無上士道法御天人師號佛衆祐彼斷乃至五蓋心穢慧羸修念覺支依離依無欲依滅趣非品如是修法精進喜息定也修捨覺支依離依無欲依滅趣非品是謂欲斷老死者當修七

覺支如是數斷解脫過度拔絕滅止總知別知欲別知老死者當修七覺支云何欲別知老死者當修七覺支若時如來出世無所著等正覺明行成爲善逝世間解無上士道法御天人師號佛衆祐彼斷乃至五蓋心穢慧羸修念覺支依離依無欲依滅趣非品如是修法精進喜息定也修捨覺支依離依無欲依滅趣非品是謂欲別知老死者當修七覺支欲斷老死者當修八支聖道云何欲斷老死者當修八支聖道若時如來出世無所著等正覺明行成爲善逝世間解無上士道法御天人師號佛衆祐彼斷乃至五蓋心穢慧羸修正見乃至修正定爲八是謂欲斷老死者當修八支聖道如是數斷解脫過度拔絕滅止總知別知欲別知老死者當修八支聖道云何欲別知老死者當修八支聖道若時如來出世無所著等正覺明行成爲善逝世間解無上士道法御天人師號佛衆祐彼斷乃至五蓋心穢慧羸修正見乃至修正定爲八是謂欲別知老死者當修八支聖道欲斷老死者當修十一切處云何欲斷老死者當修十一切處若時如來出世無所著等正覺明行成爲善逝世間解無上士道法御天人師號佛衆祐彼斷乃至五蓋心穢慧羸修第一地一切處四維上下不二無量如是修水一切處火一切處風一切處青一切處黃一切處赤一切處白一切處無量空處一切處修第十無量識處一切處四維上下不二無量是謂欲斷老死者當修十一切處如是數斷解脫過度拔絕滅止總知別知欲別知老

死者當修十一切處云何欲別知老死者當修十一切處若時如來出世無所著等正覺明行成爲善逝世間解無上士道法御天人師號佛衆祐彼斷乃至五蓋心穢慧羸修第一地一切處四維上下不二無量如是修水一切處火一切處風一切處青一切處黃一切處赤一切處白一切處無量空處一切處修第十無量識處一切處四維上下不二無量是謂欲別知老死者當修十一切處欲斷老死者當修十無學法云何欲斷老死者當修十無學法若時如來出世無所著等正覺明行成爲善逝世間解無上士道法御天人師號佛衆祐彼斷乃至五蓋心穢慧羸修無學正見乃至修無學正智是謂欲斷老死者當修十無學法如是數斷解脫過度拔絕滅止總知別知欲別知老死者當修十無學法云何欲別知老死者當修十無學法若時如來出世無所著等正覺明行成爲善逝世間解無上士道法御天人師號佛衆祐彼斷乃至五蓋心穢慧羸修無學正見乃至修無學正智是謂欲別知老死者當修十無學法佛說如是彼諸比丘聞佛所說歡喜奉行

例品第十八竟第五後誦訖

凡一十八品共二百二十二經

中阿含經卷第六十

音釋

惋懊 惋烏貫切驚歎也懊烏皓切恨也 斟酌 斟職深切酌之若切謂斟酌飲食也 柘 之夜切木名桑柘也 梘 居窺切木名也 鷅䧙 鷅匹沼切䧙音陵鳥名也 箭鏑 鏑都歷切箭之鋒鏃也 錍 篇迷切箭鏃也長廣者曰錍 鈹 普皮切兵器也劍如刀者曰鈹

# 增壹阿含經

符秦三藏曇摩難提譯

清刻龍藏佛說法變相圖

## 增壹阿含經序

晋沙門釋道安撰

四阿含義同中阿含首以明其旨不復重序也增壹阿含者比法條貫以數相次也數終十令加其一故曰增一也且數數皆增以增爲義也其爲法也多録禁律繩墨切厲乃度世檢括也外國巖岫之士江海之人於四阿含多詠味玆焉有外國沙門曇摩難提者兜佉勒國人也齠齓出家孰與廣聞誦二阿含温故日新周行諸國無土不涉以秦建元二十年來詣長安外國鄉人咸皆善之武威太守趙文業求令出焉佛念譯傳曇嵩筆受歲在甲申夏出至來年春乃訖爲四十一卷分爲上下部上部二十六卷全無遺忘下部十五卷失其録偈也余與法和共考正之僧䂮

僧茂助校漏失四十日乃了此年有阿城之役伐鼓近郊而正專在斯業之中全具二阿含一百卷鞞婆沙婆和須蜜僧伽羅刹傳此五大經自法東流出經之優者也四阿含四十應眞之所集也十人撰一部題其起盡爲録偈焉懼法留世久遺逸散落也斯土前出諸經班班有其中者今爲二阿含各爲新録一卷全其故目注其得失使見經尋之差易也合上下部四百七十二經凡諸學士撰此二阿含其中往往有律語外國不通與沙彌白衣共視也而今已後幸共護之使與律同此乃茲邦之急者也斯諄諄之誨幸勿藐藐聽也廣見而不知護禁乃是學士通中創也中本起康孟祥出大愛道品乃不知是禁經比丘尼法甚慊切眞割而去之此乃是大鄙可痛恨者也此二經有力道士乃能見當以著心焉如其輕忽不以爲意者幸我同志鳴鼓攻之可也

# 增壹阿含經卷第一

符秦三藏曇摩難提譯

## 序品第一

自歸能仁第七仙　演說賢聖無上軌
永在生死長流河　世尊今爲度黎庶
尊長迦葉及聖衆　賢哲阿難無量聞
善逝泥洹供舍利　從拘夷國至摩竭
迦葉端思行四等　此衆生類墜五道
正覺演道今去世　憶尊巧訓懷悲泣
迦葉思惟正法本　云何流布久在世
最尊種種吐言教　總持懷抱不漏失
誰有此力集衆法　在在處處因緣本
今此衆中智慧士　阿難賢哲無量聞
即擊揵椎集四部　比丘八萬四千衆
盡得羅漢心解脫　已脫縛著處福田
迦葉哀愍於世故　加憶尊恩過去報
世尊授法付阿難　願布演法長在世
云何次第不失緒　三阿僧祇集法寶
使後四部得聞法　已聞便得離衆苦
阿難便辭吾不堪　諸法甚深若干種
豈敢分別如來教　佛法功德無量智
今尊迦葉能堪任　世雄以法付耆舊
大迦葉今爲衆人　如來在世請半座
迦葉報言雖有是　年衰朽老多忘失
汝今總持智慧業　能使法本恒在世
我今有三清淨眼　亦復能知他心智
一切衆生種種類　無有能勝尊阿難
梵天下降及帝釋　護世四王及諸天
彌勒兜術尋來集　菩薩數億不可計
彌勒梵釋及四王　皆悉叉手而啓白

一切諸法佛所印　阿難是我法之器
若使不欲法存者　便爲壞敗如來教
願存本要爲衆生　得濟危厄度衆難
釋師出世壽極短　肉體雖逝法身在
當令法本不斷絶　阿難勿辭時説法
迦葉最尊及聖衆　彌勒梵釋及四王
哀請阿難時發言　使如來教不滅盡
阿難仁和四等具　意轉入微師子吼
顧眄四部瞻虛空　悲泣揮淚不自勝
便奮光明和顏色　普照衆生如日初
彌勒覩光及釋梵　又十希聞無上法
四部寂靜專一心　欲得聞法意不亂
尊長迦葉及聖衆　直視覩顏目不眴
時阿難説經無量　誰能備具爲一聚
我今當爲作三分　造立十經爲一偈
契經一分律二分　阿毗曇經爲三分
過去三佛皆三分　契經律法爲三藏
契經今當分四段　先名增一二名中
三名曰長多瓔珞　雜經在後爲四分
尊者阿難作是念　如來法身不敗壞
永存於世不斷絶　天人得聞成道果
或有一法義亦深　難持難誦不可憶
我今當集此法義　一一相從不失緒
亦有二法還就二　三法就三如連珠
四法就四五亦然　五法次六六次七
八法義廣九次第　十法從十至十一
如是法寶終不忘　亦恒處世久存在
於大衆中集此法　即時阿難昇于座
彌勒稱善快哉説　諸法義合宜配之
更有諸法宜分部　世尊所説各各異

菩薩發意趣大乘 如來說此種種別
人尊說六度無極 布施持戒忍精進
禪智慧力如月初 逮度無極觀諸法
諸有勇猛施頭目 身體血肉無所惜
妻妾國財及男女 此名檀度不應棄
戒度無極如金剛 不毀不犯無漏失
持心護戒如坏瓶 此名戒度不應棄
或有人來截手足 不起瞋恚忍力强
如海含容無增減 此名忍度不應棄
諸有造作善惡行 身口意三無猒足
妨人諸行不至道 此名進度不應棄
諸有坐禪出入息 心意堅固無亂念
正使地動身不傾 此名禪度不應棄
以智慧力知塵數 劫數兆載不可稱
書疏數業意不亂 此名智度不應棄

諸法甚深論空理 難明難了不可觀
將來後進懷狐疑 此菩薩德不應棄
阿難自陳有是念 菩薩之行愚不信
除諸羅漢信解脫 爾乃有信無猶豫
四部之衆發道意 及諸一切衆生類
彼有牢信不狐疑 集此諸法爲一分
彌勒稱善快哉說 發趣大乘意甚廣
或有諸法斷結使 或有諸法成道果
阿難說曰此云何 我見如來演此法
亦有不從如來聞 此法豈非當有疑
設我言見此義非 於將來衆便有虛
今稱諸經聞如是 佛處所在城國土
波羅㮈國初說法 摩竭國降三迦葉
釋翅拘薩迦尸國 瞻波拘留毗舍離
天宮龍宮阿須倫 乾沓和等拘尸城

正使不得說經處　當稱原本在舍衛
吾所從聞一時事　佛在舍衛及弟子
祇洹精舍修善業　孤獨長者所施園
時佛在中告比丘　當修一法專一心
思惟一法無放逸　云何一法謂念佛
法念僧念及戒念　施念去想次天念
息念安般及身念　死念除亂謂十念
此名十念更有十　次後當稱尊弟子
初化拘隣眞佛子　最後小者名須跋
以此方便了一法　二從二法三從三
四五六七八九十　十一之法無不了
從一增一至諸法　義豐慧廣不可盡
一一契經義亦深　是故名曰增一含
今尋一法難明了　難持難曉不可明
比丘自稱功德業　今當稱之尊弟子

猶如陶家所造器　隨意所作無狐疑
如是阿含增一法　三乘教化無差別
佛經微妙極甚深　能除結使如流河
然此增一最在上　能淨二眼除三垢
其有專心持增一　便爲總持如來藏
正使今身不盡結　後生便得高才智
若有書寫經卷者　繒綵華蓋持供養
此福無量不可計　以此法寶難遇故
說此語時地大動　雨天香華至于膝
諸天在空歎善哉　上尊所說盡順義
契經一藏律二藏　阿毗曇經爲三藏
方等大乘義玄邃　及諸契經爲雜藏
安處佛語終不異　因緣本末皆隨順
彌勒諸天皆稱善　釋迦文經得久存
彌勒尋起手執華　歡喜持用散阿難

此經眞實如來說　使阿難尋道果成

是時尊者阿難及梵天將諸梵迦夷天皆來會集化自在天將諸營從皆來會聚他化自在天將諸營從皆悉來會兜術天王將諸兜術諸天之衆皆來會聚豔天將諸營從悉來會聚釋提桓因將諸三十三天皆來會聚提頭賴吒天王將乾沓和等悉來會聚毗留勒叉天王將諸魔鬼悉來會聚毗留波叉天王將諸龍衆悉來會聚毗舍羅門王將閱叉羅刹衆悉來會聚是時彌勒大士告賢劫中諸菩薩等卿等勸勵諸族姓子族姓女諷誦受持增一尊法廣演流布使天人奉行說是語時諸天世人乾沓和阿須倫迦流羅摩休勒甄陀羅等各各白言我等盡共擁護是善男子善女人諷誦受持增一尊法廣演流布終不中絕時尊者阿難告優多羅曰我今以此增一阿含囑累汝善諷誦讀莫令漏減所以者何其有輕慢此尊經者便爲墮落爲凡夫行何以故此優多羅增一阿含出三十七道品之教及諸法皆由此生時大迦葉問阿難曰云何阿難增一阿含乃能出生三十七道品之教及諸法皆由此生阿難報言如是如是尊者迦葉增一阿含出生三十七品及諸法皆由此生且置增一阿含一偈之中便出生三十七品及諸法迦葉問言何等偈中出生三十七品及諸法時尊者阿難便說此偈諸惡莫作諸善奉行自淨其意是諸佛教所以然者諸惡莫作是諸法本便出生一切善法以生善法心意清淨是故迦葉諸佛世尊身口意行常修清淨迦葉問曰云何阿難增

一阿含獨出生三十七品及諸法餘四阿含亦復出生乎阿難報言且置迦葉四阿含義一偈之中盡具足諸佛之教及辟支佛聲聞之教所以然者諸惡莫作戒具足禁清白之行諸善奉行心意清淨自淨其意除邪顛倒是諸佛教去愚惑想云何迦葉戒清淨者意豈不淨乎意清淨者則無顛倒以無顛倒愚惑想滅諸三十七道品之果便得成就已成道果豈非諸法乎迦葉問曰云何阿難以此增一付授優多羅不囑累餘比丘一切諸法乎阿難報言增一阿含則是諸法諸法則是增一阿含一無有二迦葉問曰以何等故以此增一阿含囑累優多羅不囑累餘比丘乎阿難報曰迦葉當知昔者九十一劫毗婆尸如來至眞等正覺出現於世爾時此優多羅比丘名曰伊俱優多羅爾時彼佛以增一之法囑累此人使諷誦讀自此已後三十一劫次復有佛名式詰如來至眞等正覺爾時此優多羅比丘名目伽優多羅式詰如來復以此法囑累其人使諷誦讀即彼三十一劫中毗舍羅婆如來至眞等正覺復出於世爾時此優多羅比丘名龍優多羅復以此法囑累其人使諷誦讀迦葉當知此賢劫中有拘留孫如來至真等正覺出現於世爾時優多羅比丘名雷電優多羅復以此法囑累其人使諷誦讀此賢劫中次復有佛名拘那含牟尼如來至眞等正覺出現於世爾時優多羅比丘名天優多羅復以此法囑累其人使諷誦讀此賢劫中次復有佛名迦葉如來至眞等正覺出現於世爾時優多羅比丘名梵優多

羅復以此法囑累其人使諷誦讀迦葉當知今釋迦文如來至眞等正覺出現於世今此比丘名優多羅釋迦文佛雖般涅槃比丘阿難猶存於世世尊以法盡囑累我我今復以此法授與優多羅所以者何當觀其器察知原本然後授法何以故過去世時於此賢劫中拘留孫如來至眞等正覺明行成爲善逝世間解無上士道法御天人師號佛衆祐出現於世爾時有王名摩訶提婆以法治化未曾阿曲壽命極長端正無雙世之希有八萬四千歲中於童子身而自遊戲八萬四千歲中以太子身以法治化八萬四千歲中復以王法治化天下迦葉當知爾時世尊遊甘梨園中食後如昔常法中庭經行我及侍者爾時世尊便笑口出五色光我見已前長跪白世尊曰佛不妄笑願聞本末如來至眞等正覺終不妄笑爾時迦葉佛告我言過去世時於此賢劫中有如來名拘留孫等正覺出現於世復於此處爲諸弟子而廣說法復次於此賢劫中復有拘那含牟尼如來至眞等正覺出現於世爾時彼佛亦於此處而廣說法次復此賢劫中迦葉如來至眞等正覺出現於世迦葉如來亦於此處而廣說法爾時迦葉我於佛前長跪白佛言願令釋迦文佛亦於此處與諸弟子具足說法此處便爲四如來金剛之座恒不斷絕爾時迦葉釋迦文佛即於彼坐便告我言阿難昔者此座賢劫之中有王出世名摩訶提婆乃至八萬四千歲以王法教化訓之以德經歷年數便告劫比言若見我首有白髮者便時告吾爾時彼人

聞王教令復經數年見王首上有白髮生便前長跪白大王曰大王當知首上已生白髮時王告彼人言捉取金鑷拔吾白髮著吾手中爾時彼人受王教令便執金鑷前拔白髮爾時大王見白髮已說偈曰

於今我首上　已生衰耗毛　天使已來至
宜當時出家

我今已食人中之福宜當自勉昇天之德剃除鬚髮著三法衣以信堅固出家學道離於衆苦爾時王摩訶提婆便告第一太子名曰長壽卿今知不吾首以生白髮意欲剃除鬚髮著三法衣以信堅固出家學道離於衆苦汝紹吾位以法治化勿令有失違吾言教造凡夫行所以然者若有斯人違吾言者便爲凡夫之行夫凡夫者長處三塗八難之中爾時王摩訶提婆以王之位授太子已復以財寶賜與劫比便於彼處剃除鬚髮著三法衣以信堅固出家學道離於衆苦於八萬四千歲善修梵行行四等心慈悲喜護身逝命終生梵天上時長壽王憶父王教未曾暫捨以法治化無有阿曲未經旬日便復得作轉輪聖王七寶具足所謂七寶者輪寶象寶馬寶珠寶玉女寶典藏寶典兵寶是謂七寶復有千子勇猛智慧能除衆苦統領四方時長壽王以前王法如上作偈

於今我首上　已生衰耗毛　天使已來至
宜當時出家

我今已食人中之福宜當自勉昇天之德剃除鬚髮著三法衣以信堅固出家學道離於衆苦時長壽王告第一太子善觀曰卿今知

不吾已首上生白髮意欲剃除鬚髮著三法衣以信堅固出家學道離於衆苦汝紹吾位以法治化勿令有失違吾言教造凡夫行所以然者若有斯人違吾言者爲凡夫之行夫凡夫者長處三塗八難之中時王長壽八萬四千歲善修梵行行四等心慈悲喜護身逝命終生梵天上時王善觀憶父王教未曾暫捨以法治化無有阿曲迦葉知不爾時摩訶提婆豈異人乎莫作是觀爾時王者今釋迦文是時長壽王者今阿難身是爾時善觀者今優多羅比丘是恒受王法未曾捨忘亦不斷絕時善觀王復與父王勑以法治化不斷王教所以然者以父王教難得違故爾時尊者阿難便說偈曰

敬法奉所尊　不忘本恩報　復能崇三業
智者之所貴

我觀此義已以此增一阿含授與優多羅比丘何以故一切諸法皆有所由時尊者阿難告優多羅曰汝前作轉輪聖王時不失王教今復以此法而相囑累不失正教莫作凡夫之行汝今當知若有違失如來善教者便墮凡夫地中何以故時王摩訶提婆不得至竟解脫之地未得解脫至安隱處雖受梵天福報猶不至究竟如來善業乃名究竟安隱之處快樂無極天人所敬必得涅槃以是之故優多羅當奉持此法諷誦讀念莫令缺漏爾時阿難便說偈言

於法當念故　如來由是生　法與成正覺
辟支羅漢道　法能除衆苦　亦能成果實
念法不離心　今報後亦受　若欲成佛者

猶如釋迦文　受持三藏法　句逗不錯亂
三藏雖難持　義理不可窮　當誦四阿含
便斷天人徑　阿含雖難誦　經義不可盡
戒律勿令失　此是如來寶　禁律亦難持
阿含亦復然　牢持阿毗曇　便降外道術
宣暢阿毗曇　其義亦難持　當誦三阿含
不失經句逗　契經阿毗曇　戒律流布世
天人得奉行　便生安隱處　設無契經法
亦復無戒律　如盲投於冥　何時當見明
以是囑累汝　并及四部衆　當持勿輕慢
於釋迦文佛

尊者阿難說是語時天地六反震動諸尊神天在虛空中手執天華而散尊者阿難上及散四部之衆一切天龍鬼神乾沓和阿須倫迦留羅甄陀羅摩休勒等皆懷歡喜而悉歎曰善哉善哉尊者阿難上中下言悉無不善於法當恭敬誠如所說諸天世人無不從法而得成就若有行惡便墮地獄餓鬼畜生爾時尊者阿難於四部衆中而師子吼勸一切人奉行此法爾時座上三萬天人得法眼淨

爾時四部之衆諸天世人聞尊者所說歡喜奉行

十念品第二

聞如是一時佛在舍衛國祇樹給孤獨園爾時世尊告諸比丘當修行一法當廣布一法便成神通去衆亂想逮沙門果自致涅槃云何爲一法所謂念佛當善修行當廣演布便成神通去衆亂想逮沙門果自致涅槃是故諸比丘當修行一法當廣布一法如是諸比丘當作是學爾時諸比丘聞佛所說歡喜奉

行
聞如是一時佛在舍衛國祇樹給孤獨園爾時世尊告諸比丘當修行一法當廣布一法便成神通去衆亂想獲沙門果自致涅槃云何爲一法所謂念法當善修行當廣演布便成神通除衆亂想逮沙門果自致涅槃是故諸比丘當修行一法當廣布一法如是諸比丘當作是學爾時諸比丘聞佛所說歡喜奉行

聞如是一時佛在舍衛國祇樹給孤獨園爾時世尊告諸比丘當修行一法當廣布一法便成神通除衆亂想逮沙門果自致涅槃云何爲一法所謂念衆當善修行當廣演布便成神通除衆亂想逮沙門果自致涅槃是故諸比丘當修行一法當廣布一法如是諸比丘當作是學是時諸比丘聞佛所說歡喜奉行

聞如是一時佛在舍衛國祇樹給孤獨園爾時世尊告諸比丘當修行一法當廣布一法便成神通去衆亂想逮沙門果自致涅槃云何爲一法所謂念戒當善修行當廣演布便成神通除衆亂想逮沙門果自致涅槃是故諸比丘當修行一法當廣布一法如是諸比丘當作是學爾時諸比丘聞佛所說歡喜奉行

聞如是一時佛在舍衛國祇樹給孤獨園爾時世尊告諸比丘當修行一法當廣布一法便成神通除衆亂想獲沙門果自致涅槃云何爲一法所謂念施當善修行當廣演布便成神通除衆亂想獲沙門果自致涅槃是故

諸比丘當修行一法當廣布一法如是諸比丘當作是學爾時諸比丘聞佛所說歡喜奉行

聞如是一時佛在舍衛國祇樹給孤獨園爾時世尊告諸比丘當修行一法當廣布一法便成神通除諸亂想獲沙門果自致涅槃云何爲一法所謂念天當善修行當廣演布便成神通去諸亂想獲沙門果自致涅槃是故諸比丘當修行一法當廣布一法如是諸比丘當作是學爾時諸比丘聞佛所說歡喜奉行

聞如是一時佛在舍衛國祇樹給孤獨園爾時世尊告諸比丘當修行一法當廣布一法便成神通除諸亂想獲沙門果自致涅槃云何爲一法所謂念休息當善修行當廣演布便成神通去諸亂想得沙門果自致涅槃是故諸比丘當修行一法當廣布一法如是諸比丘當作是學爾時諸比丘聞佛所說歡喜奉行

聞如是一時佛在舍衛國祇樹給孤獨園爾時世尊告諸比丘當修行一法當廣布一法便成神通除諸亂想獲沙門果自致涅槃云何爲一法所謂念安般當善修行當廣演布便成神通去諸亂想得沙門果自致涅槃是故諸比丘當修行一法當廣布一法如是諸比丘當作是學爾時諸比丘聞佛所說歡喜奉行

聞如是一時佛在舍衛國祇樹給孤獨園爾時世尊告諸比丘當修行一法當廣布一法便成神通除諸亂想獲沙門果自致涅槃云

何為一法所謂念身非常當善修行當廣演布便成神通去衆亂想得沙門果自致涅槃是故諸比丘當修行一法當廣布一法如是諸比丘當作是學爾時諸比丘聞佛所說歡喜奉行

聞如是一時佛在舍衛國祇樹給孤獨園爾時世尊告諸比丘當修行一法當廣布一法便成神通除諸亂想獲沙門果自致涅槃云何為一法所謂念死當善修行當廣演布便成神通去衆亂想得沙門果自致涅槃是故諸比丘當修行一法當廣布一法如是諸比丘當作是學爾時諸比丘聞佛所說歡喜奉行

佛法聖衆念　戒施及天念　休息安般念

身死念在後

增壹阿含經卷第一

音釋

序

檢括（檢居奄切括古活切檢括謂防範矩法也）兜佉勒（梵語也國名兜當侯切佉丘迦切）齠齔（齠徒聊切齔初覲切毀齒也）僧䂮（䂮離灼切僧名也）譐譐（章倫切譐譐譐言重複也）藐藐（莫角切藐藐不經意貌）創（初亮切傷也）慊切（慊詰琰切快也）

經

揵椎（梵語也此云鍾亦云磬律云隨有瓦木銅鐵鳴者皆曰揵椎揵巨言切椎音槌）盼（普患切顧也視也）眴（音舜動目也）坏瓶（坏鋪杯切瓶蒲丁切未燒土器也）乾沓和（梵語也亦云乾闥婆此云香陰乾巨言切沓達合切）式詰（梵語也亦云尸棄佛名也詰音乞）鑷（尼輒切鑷子也）句逗（逗田候切文詞止住處曰句逗）

# 增壹阿含經卷第二

符秦三藏曇摩難提譯

## 廣演品第三

聞如是一時佛在舍衛國祇樹給孤獨園爾時世尊告諸比丘當修行一法當廣布一法已修行一法便有名譽成大果報諸善普具得甘露味至無爲處便成神通除諸亂想獲沙門果自致涅槃云何爲一法所謂念佛佛告諸比丘云何修行念佛便有名譽成大果報諸善普具得甘露味至無爲處便成神通除諸亂想獲沙門果自致涅槃爾時諸比丘白世尊曰諸法之本如來所說唯願世尊爲諸比丘說此妙義諸比丘從如來聞已便當受持爾時世尊告諸比丘諦聽諦聽善思念之吾當爲汝廣分別之答曰如是世尊諸比丘前受教已世尊告曰若有比丘正身正意結跏趺坐繫念在前無有他想專精念佛觀如來形未曾離目已不離目便念如來功德如來體者金剛所成十力具足四無所畏在衆勇健如來顔貌端正無雙視之無猒戒德成就猶如金剛而不可毀清淨無瑕亦如瑠璃如來三昧未始有減已息永寂而無他念憍慢強梁諸情憺怕欲意恚想愚惑之心猶豫慢結皆悉除盡如來慧身智無涯底無所罣礙如來身者解脫成就諸趣已盡無復生分言我當更墮於生死如來身者度知見城知他人根應度不度死此生彼周旋往來生死之際有解脫者無解脫者皆具知之是謂修行念佛便有名譽成大果報諸善普具得甘露味至無爲處便成神通除諸亂想獲沙

門果自致涅槃是故諸比丘常當思惟不離佛念便當獲此諸善功德如是諸比丘當作是學爾時諸比丘聞佛所說歡喜奉行

聞如是一時佛在舍衛國祇樹給孤獨園爾時世尊告諸比丘當修行一法當廣布一法修行廣布一法已便有名譽成大果報諸善普具得甘露味至無爲處便成神通除諸亂想逮沙門果自致涅槃云何爲一法所謂念法佛告諸比丘云何修行念法便有名譽成大果報諸善普具得甘露味至無爲處便成神通除諸亂想獲沙門果自致涅槃爾時諸比丘白世尊曰諸法之本如來所說唯願世尊爲諸比丘說此妙義諸比丘從如來聞已便當受持爾時世尊告諸比丘諦聽諦聽善思念之吾當爲汝廣分別說對曰如是世尊諸比丘前受敎已佛告之曰若有比丘正身正意結跏趺坐繫念在前無有他想專精念法除諸欲愛無有塵勞渴愛之心永不復與夫正法者於欲至無欲離諸結縛諸蓋之病此法猶如衆香之氣無有瑕疵亂想之念是謂比丘修行法念者便有名譽成大果報諸善普具得甘露味至無爲處便成神通除諸亂想逮沙門果自致涅槃是故諸比丘常當思惟不離法念便當獲此諸善功德如是諸比丘當作是學爾時諸比丘聞佛所說歡喜奉行

聞如是一時佛在舍衛國祇樹給孤獨園爾時世尊告諸比丘當修行一法當廣布一法修行一法已便有名譽成大功德諸善普具得甘露味至無爲處便成神通除諸亂想逮

沙門果自致涅槃云何爲一法所謂念僧佛告諸比丘云何修行念僧便有名譽成大果報諸善普具得甘露味至無爲處便成神通除諸亂想獲沙門果自致涅槃爾時諸比丘白世尊曰諸法之本如來所說唯願世尊爲諸比丘說此妙義諸比丘從如來聞已便當受持爾時世尊告諸比丘諦聽諦聽善思念之吾當爲汝廣分別說對曰如是世尊諸比丘前受教已世尊告曰若有比丘正身正意結跏趺坐繫念在前無有他想專精念僧如來聖衆善業成就質直順義無有邪業上下和穆法法成就如來聖衆戒成就三昧成就智慧成就解脫成就解脫知見成就聖衆者所謂四雙八輩是謂如來聖衆應當恭敬承事禮順所以然者是世福田故於此衆中皆同一器亦以自度復度他人至三乘道如此之業名曰聖衆是謂諸比丘若念僧者便有名譽成大果報諸善普具得甘露味至無爲處便成神通除諸亂想逮沙門果自致涅槃是故諸比丘常當思惟不離僧念便當獲此諸善功德如是諸比丘當作是學爾時諸比丘聞佛所說歡喜奉行

聞如是一時佛在舍衛國祇樹給孤獨園爾時世尊告諸比丘當修行一法當廣布一法修行一法已便有名譽成大果報諸善普具得甘露味至無爲處便成神通除諸亂想逮沙門果自致涅槃云何爲一法所謂念戒佛告諸比丘云何修行念戒便有名譽成大果報諸善普具得甘露味至無爲處便成神通除諸亂想獲沙門果自致涅槃爾時諸比丘

白世尊曰諸法之本如來所説唯願世尊爲諸比丘説此妙義諸比丘從如來聞已便當受持爾時世尊告諸比丘諦聽諦聽善思念之吾當爲汝廣分別説諸比丘對曰如是世尊諸比丘前受教已世尊告曰若有比丘正身正意結跏趺坐繫念在前無有他想專精念戒所謂戒者息諸惡故戒能成道令人歡喜戒瓔珞身現衆好故夫禁戒者猶吉祥瓶所願便尅諸道品法皆由戒成如是比丘行禁戒者成大果報諸善普具得甘露味至無爲處便成神通除諸亂想獲沙門果自致涅槃是故諸比丘常當思惟不離戒念便當獲此諸善功德如是諸比丘當作是學爾時諸比丘聞佛所説歡喜奉行

聞如是一時佛在舍衛國祇樹給孤獨園爾時世尊告諸比丘當修行一法當廣布一法修行一法已便有名譽成大果報諸善普具得甘露味至無爲處便成神通除諸亂想逮沙門果自致涅槃云何爲一法所謂念施佛告諸比丘云何修行念施便有名譽成大果報諸善普具得甘露味至無爲處便成神通除諸亂想獲沙門果自致涅槃爾時諸比丘白世尊曰諸法之本如來所説唯願世尊爲諸比丘説此妙義諸比丘從如來聞已便當受持爾時世尊告諸比丘諦聽諦聽善思念之吾當爲汝廣分別説諸比丘對曰如是世尊諸比丘前受教已世尊告曰若有比丘正身正意結跏趺坐繫念在前無有他想專精念施我今所施施中之上永無悔心無返報想快得善利若人罵我我終不還報設人害

我手拳相加刀杖相向瓦石相擲當起慈心不興瞋恚我所施者施意不絕是謂比丘名曰大施便成大果報諸善普具得甘露味至無爲處便成神通除諸亂想獲沙門果自致涅槃是故諸比丘常當思惟不離施念便當獲此諸善功德如是諸比丘當作是學爾時諸比丘聞佛所說歡喜奉行

聞如是一時佛在舍衛國祇樹給孤獨園爾時世尊告諸比丘當修行一法當廣布一法修行一法已便有名譽成大果報諸善普具得甘露味至無爲處便成神通除諸亂想逮沙門果自致涅槃云何爲一法所謂念天佛告諸比丘云何修行念天便有名譽成大果報諸善普具得甘露味至無爲處便成神通除諸亂想獲沙門果自致涅槃爾時諸比丘白世尊曰諸法之本如來所說唯願世尊爲諸比丘說此妙義諸比丘從如來聞已便當受持爾時世尊告諸比丘諦聽諦聽善思念之吾當爲汝廣分別說諸比丘對曰如是世尊諸比丘前受敎已世尊告曰若有比丘正身正意結跏趺坐繫念在前無有他想專精念天身口意淨不造穢行行戒成身身放光明無所不照成彼天身善果果報成彼天身衆行具足乃成天身如是諸比丘名曰念天便得具足成大果報諸善普具得甘露味至無爲處便成神通除諸亂想獲沙門果自致涅槃是故諸比丘常當思惟不離天念便當獲此諸善功德如是諸比丘當作是學爾時諸比丘聞佛所說歡喜奉行

聞如是一時佛在舍衛國祇樹給孤獨園爾

時世尊告諸比丘當修行一法當廣布一法修行一法已便有名譽成大果報諸善普具得甘露味至無爲處便成神通除諸亂想逮沙門果自致涅槃云何爲一法所謂念休息佛告諸比丘云何修行念休息便有名譽成大果報衆善普具得甘露味至無爲處便成神通除諸亂想獲沙門果自致涅槃爾時諸比丘白世尊曰諸法之本如來所說唯願世尊爲諸比丘說此妙法義諸比丘從如來聞已便當受持爾時世尊告諸比丘諦聽諦聽善思念之吾當爲汝廣分別說諸比丘對曰如是世尊諸比丘前受教已世尊告曰若有比丘正身正意結跏趺坐繫念在前無有他想專精念休息所謂休息者心意想息志性詳諦亦無卒暴恒專一心意樂閑居常求方便入三昧定常念不貪勝先上達如是諸比丘名曰念休息便得具足成大果報諸善普具得甘露味至無爲處便成神通除諸亂想獲沙門果自致涅槃是故諸比丘常當思惟不離休息念便當獲此諸善功德如是諸比丘當作是學爾時諸比丘聞佛所說歡喜奉行

聞如是一時佛在舍衛國祇樹給孤獨園爾時世尊告諸比丘當修行一法當廣布一法修行一法已便有名譽成大果報諸善普具得甘露味至無爲處便成神通除諸亂想逮沙門果自致涅槃云何爲一法所謂念安般佛告諸比丘云何修行念安般便有名譽成大果報衆善普具得甘露味至無爲處便成神通除諸亂想獲沙門果自致涅槃爾時諸

比丘白世尊曰諸法之本如來所宣唯願世尊爲諸比丘説此妙義諸比丘從如來聞已便當受持爾時世尊告諸比丘諦聽諦聽善思念之吾當爲汝廣分別説諸比丘對曰如是世尊諸比丘前受教已世尊告曰若有比丘正身正意結跏趺坐繫念在前無有他想專精念安般所謂安般者若息長時亦當觀知我今息長若復息短亦當觀知我今息短若息極冷亦當觀知我今息冷若復息熱亦當觀知我今息熱具觀身體從頭至足皆當觀知若復息長短亦當觀息有長有短用心持身知息長短皆悉知之尋息出入分別曉了若心持身知息長短亦復知之數息長短分別曉了如是諸比丘名曰念安般便得具足成大果報諸善普具得甘露味至無爲處便成神通除諸亂想獲沙門果自致涅槃是故諸比丘常當思惟不離安般念便當獲此諸善功德如是諸比丘當作是學爾時諸比丘聞佛所説歡喜奉行

聞如是一時佛在舍衛國祇樹給孤獨園爾時世尊告諸比丘當修行一法當廣布一法修行一法已便有名譽成大果報諸善普具得甘露味至無爲處便成神通除諸亂想逮沙門果自致涅槃云何爲一法所謂念身佛告諸比丘云何修行念身便有名譽成大果報諸善普具得甘露味至無爲處便成神通除諸亂想獲沙門果自致涅槃爾時諸比丘白世尊曰諸法之本如來所宣唯願世尊爲諸比丘説此妙法諸比丘從如來聞法已便當受持爾時世尊告諸比丘諦聽諦聽善思

念之吾當爲汝廣分別說諸比丘對曰如是世尊諸比丘前受教已世尊告曰若有比丘正身正意結跏趺坐繫念在前無有他想專精念身所謂念身者髮毛爪齒皮肉筋骨髓膽肝肺心脾腎大腸小腸白膜膀胱屎尿百葉倉腸胃脬溺淚唾涕膿血肪脂涎髑髏腦何者是身爲地種是也水種是也火種是也風種是也爲父種母種所造耶從何處來爲誰所造眼耳鼻舌身心此終當生何處如是諸比丘名曰念身便得具足成大果報諸善普具得甘露味至無爲處便成神通除諸亂想獲沙門果自致涅槃是故諸比丘常當思惟不離身念便當獲此諸善功德如是諸比丘當作是學爾時諸比丘聞佛所說歡喜奉行

聞如是一時佛在舍衛國祇樹給孤獨園爾時世尊告諸比丘當修行一法當廣布一法修行一法已便有名譽成大果報諸善普具得甘露味至無爲處便成神通除諸亂想逮沙門果自致涅槃云何爲一法所謂念死佛告諸比丘云何修行念死便有名譽成大果報諸善普具得甘露味至無爲處便成神通除諸亂想獲沙門果自致涅槃爾時諸比丘白世尊曰諸法之本如來所宣唯願世尊爲諸比丘說此妙法諸比丘從如來聞法已便當受持爾時世尊告諸比丘諦聽諦聽善思念之吾當爲汝廣分別說諸比丘對曰如是世尊諸比丘前受教已世尊告曰若有比丘正身正意結跏趺坐繫念在前無有他想專精念死所謂死者此沒生彼往來諸趣命逝

不停諸根散壞如腐敗木命根斷絶宗族分離無形無響亦無相貌如是諸比丘名曰念死便得具足成大果報諸善普具得甘露味至無爲處便成神通除諸亂想獲沙門果自致涅槃是故諸比丘常當思惟不離死念便當獲此諸善功德如是諸比丘當作是學爾時諸比丘聞佛所說歡喜奉行

佛法及聖衆　乃至竟死念　雖與上同名

其義各別異

增壹阿含經卷第二

音釋

憺怕（憺徒覽切怕音泊恬靜也）瑕疵（瑕侯加切王玷也疵疾咨切病也）脾腎（脾頻彌切土藏也腎時軫切水藏也）膜（音莫肉間腠膜也）膀胱（膀步光切胱古黃切水府也）胃脬（胃于貴切穀府也脬音拋膀胱也）溺（奴弔切溲便也）唾涕（唾吐卧切口液也涕他計切鼻液也）肪（音方脂也）髑髏（髑音獨髏音樓首骨也）腦（乃老切頭髓也）

增壹阿含經卷第三

符秦三藏曇摩難提譯

弟子品第四

聞如是一時佛在舍衛國祇樹給孤獨園爾時世尊告諸比丘我聲聞中第一比丘寬仁博識善能勸化將養聖衆不失威儀所謂阿若拘隣比丘是初受法味思惟四諦亦是阿若拘隣比丘善能勸導福度人民所謂優陀夷比丘是速成神通中不有悔所謂摩訶男比丘是恒飛虛空足不蹈地所謂善肘比丘是乘虛教化意無榮冀所謂婆破比丘是居樂天上不處人中所謂牛跡比丘是恒觀惡露不淨之想所謂善勝比丘是將護聖衆四事供養所謂優留毗迦葉比丘是心意寂然降伏諸結所謂江迦葉比丘是觀于諸法都無所著所謂象迦葉比丘是

拘隣陀夷男　善肘婆第五　牛跡及善勝
迦葉三兄弟

我聲聞中第一比丘威容端正行步庠序所謂馬師比丘是智慧無窮決了諸疑所謂舍利弗比丘是神足輕舉飛到十方所謂大目揵連比丘是勇猛精勤堪任苦行所謂二十耳億比丘是十二頭陀難得之行所謂大迦葉比丘是天眼第一見十方域所謂阿那律比丘是坐禪入定心不錯亂所謂離曰比丘是能廣勸率施立齋講所謂陀羅婆摩羅比丘是安造房室與招提僧所謂小陀羅婆摩羅比丘是貴豪種族出家學道所謂羅吒婆羅比丘是善分別義敷演道教所謂大迦旃延比丘是

馬師舍利弗　拘律耳迦葉　阿那律離曰
摩羅吒㮇延
我聲聞中第一比丘堪任受籌不違禁法所謂軍頭婆漢比丘是降伏外道履行正法所謂賔頭盧比丘是瞻視疾病供給醫藥所謂識比丘是四事供養衣被飯食亦是識比丘能造偈誦歎如來德所謂鵬耆舍比丘是言論辯了而無疑滯亦是鵬耆舍比丘得四辯才觸難答對所謂摩訶拘絺羅比丘是清淨閑居不樂人中所謂堅牢比丘是乞食耐辱不避寒暑所謂難提比丘是獨處靜坐專意念道所謂金毗羅比丘是一坐一食不移乎處所謂施羅比丘是守持三衣不離食息所謂浮彌比丘是
軍頭賔頭盧　識鵬拘絺羅　堅牢及難提
金毗施羅彌
我聲聞中第一比丘樹下坐禪意不移轉所謂狐疑離曰比丘是苦身露坐不避風雨所謂婆蹉比丘是獨樂空閑專意思惟所謂陀素比丘是著五納衣不著榮飾所謂尼婆比丘是常樂塜間不處人中所謂優多羅比丘是恒坐草蓐日福度人所謂盧醯寗比丘是不與人語視地而行所謂優鉗摩尼江比丘是坐起行步常入三昧所謂刪提比丘是好遊遠國教授人民所謂曇摩留支比丘是喜集聖衆論說法味所謂伽渠比丘是
狐疑婆蹉離　陀蘇婆優多　盧醯優伽摩
息曇摩留渠
我聲聞中第一比丘壽命極長終不中夭所謂婆拘羅比丘是常樂閑居不處衆中亦是

婆拘羅比丘能廣說法分別義理所謂滿願子比丘是奉持戒律無所觸犯所謂優波離比丘是得信解脫意無猶豫所謂婆迦利比丘是大體端正與世殊異所謂難陀比丘是諸根寂靜心不變易亦是難陀比丘辯才卒起解人疑滯所謂婆陀比丘是能廣說義理不有違所謂斯尼比丘是喜著好衣行本清淨所謂天須菩提比丘是常好教授諸後學者難陀迦比丘是善誨禁戒比丘尼僧所謂須摩那比丘是

婆拘滿波離　婆迦利難陀　陀尼須菩提
難陀須摩那

我聲聞中第一比丘功德盛滿所適無短所謂尸婆羅比丘是具足衆行道品之法所謂優波先迦蘭陀子比丘是所說和悅不傷人意所謂婆吒先比丘是修行安般思惟惡露所謂摩訶迦延那比丘是計我無常心無有想所謂優頭槃比丘是能雜種論暢悅心識所謂拘摩羅迦葉比丘是著弊惡衣無所羞恥所謂面王比丘是不毀禁戒誦讀不懈所謂羅云比丘是以神足力能自隱翳所謂槃特比丘是能化形體作若干變所謂周利槃特比丘是

尸婆優波先　婆陀迦延那　優頭迦葉王
羅云二槃特

我聲聞中第一比丘豪族富貴天性柔和所謂釋王比丘是乞食無猒足教化無窮所謂婆提波羅比丘是氣力强盛無所畏難亦是婆提波羅比丘是音響清徹聲至梵天所謂羅婆那婆提比丘是身體香潔動于四方奮

迦閣比丘是我聲聞中第一比丘知時明物所至無疑所憶不忘多聞廣遠堪任奉上所謂阿難比丘是莊嚴服飾行步顧影所謂迦持利比丘是諸王敬待羣臣所宗所謂月光比丘是天人所奉恒朝侍省所謂輸提比丘是以捨人形像天之貌亦是輸提比丘諸天師導指授正法所謂天比丘是自憶宿命無數劫事所謂果衣比丘是

釋王婆提波　羅婆鴦迦闍　阿難迦月光
輸提天婆醯

我聲聞中第一比丘體性利根智慧深遠所謂鴦掘魔比丘是能降伏魔外道邪業所謂僧迦摩比丘是入水三昧不以為難所謂質多舍利弗比丘是廣有所識人所敬念亦是質多舍利弗比丘入火三昧普照十方所謂善來比丘是能降伏龍使奉三尊所謂那羅陀比丘是降伏鬼神改惡修善所謂鬼陀比丘是降乾沓和勤行善行所謂毗盧遮比丘是恒樂空定分利空義所謂須菩提比丘是志在空寂微妙德業亦是須菩提比丘行無想定除去諸念所謂耆利摩難比丘是入無願定意不起亂所謂焰盛比丘是

鴦掘僧迦摩　質多善那羅　閱叉浮盧遮
善業摩難焰

我聲聞中第一比丘入慈三昧心無恚怒所謂梵摩達比丘是入悲三昧成就本業所謂須深比丘是得善行德無若干想所謂婆彌陀比丘是常守護心意不捨離所謂躍波迦比丘是行焰盛三昧終不解脫所謂曇彌比丘是言語麤獷不避尊貴所謂比利陀婆遮

比丘是入金光三昧亦是比利陀婆遮比丘入金剛三昧不可沮壞所謂無畏比丘是所說決了不懷怯弱所謂須泥多比丘是恒樂靜寂意不處亂所謂陀摩比丘是義不可勝終不可伏所謂須羅陀比丘是

梵達須深摩　婆彌躍曇彌　比利陀無畏

須泥陀須羅

我聲聞中第一比丘曉了星宿預知吉凶所謂那伽波羅比丘是恒喜三昧禪悅爲食所謂婆私吒比丘是常以喜爲食所謂須夜奢比丘是恒行忍辱對至不起所謂滿願盛明比丘是修習日光三昧所謂彌奚比丘是明算術法無有差錯所謂尼拘留比丘是分別等智恒不忘失所謂鹿頭比丘是得雷電三昧不懷恐怖所謂地比丘是觀了身本所謂頭那比丘是最後取證得漏盡通所謂須拔比丘是

那伽吒舍那　彌奚尼拘留　鹿頭地頭那

須拔最在後

此百賢聖悉應廣演

## 比丘尼品第五

我聲聞中第一比丘尼久出家學國王所敬所謂大愛道瞿曇彌比丘尼是智慧聰明所謂讖摩比丘尼是神足第一感致諸神所謂優鉢華色比丘尼是行頭陀法十一限礙所謂機梨舍瞿曇彌比丘尼是天眼第一所照無礙所謂奢拘利比丘尼是坐禪入定意不分散所謂奢摩比丘尼是分別義趣廣演道教所謂波頭蘭闍那比丘尼是奉持律教無所加犯所謂波羅遮那比丘尼是得信解脫

不復退還所謂迦旃延比丘尼是得四辯才不懷怯弱所謂最勝比丘尼是

大愛及識摩　優鉢檥曇彌　拘利奢蘭闍
波羅迦旃勝

我聲聞中第一比丘尼自識宿命無數劫事所謂拔陀迦毗離比丘尼是顏色端正入所愛敬所謂醯摩闍比丘尼是降伏外道立以正教所謂輸那比丘尼是分別義趣廣說分部所謂曇摩提那比丘尼是身著麤衣不以為愧所謂優多羅比丘尼是諸根寂靜恒若一心所謂光明比丘尼是衣被齊整常如法教所謂禪頭比丘尼是能雜種論亦無疑滯所謂檀多比丘尼是堪任造偈讚如來德所謂天與比丘尼是多聞廣博恩惠接下所謂瞿卑比丘尼是

拔陀闍輸那　曇摩那優多　光明禪檀多
天與及瞿卑

我聲聞中第一比丘尼恒處閑靜不居人間所謂無畏比丘尼是苦體乞食不擇貴賤所謂毗舍佉比丘尼是一處一坐終不移易所謂拔陀婆羅比丘尼是遍行乞求廣度人民所謂摩怒訶利比丘尼是速成道果中間不滯所謂陀摩比丘尼是執持三衣終不捨離所謂須陀摩比丘尼是恒坐樹下意不改易所謂珕那比丘尼是恒居露地不念覆蓋所謂奢陀比丘尼是樂空閑處不在人間所謂優迦羅比丘尼是長坐草蓐不著服飾所謂離那比丘尼是著五納衣以次分衛所謂阿奴波摩比丘尼是

無畏多毗舍　拔陀摩怒訶　檀須檀珕奢

優迦離阿奴

我聲聞中第一比丘尼樂空塚間所謂優伽摩比丘尼是多遊於慈愍念生類所謂清明比丘尼是悲泣衆生不及道者所謂素摩比丘尼是喜得道者願及一切所謂摩陀利比丘尼是護守諸行意不遠離所謂迦羅伽比丘尼是守空執虚了之無有所謂提婆修比丘尼是心樂無想除去諸著所謂日光比丘尼是修習無願心恒廣濟所謂末那婆比丘尼是諸法無疑度人無限所謂毗摩達比丘尼是能廣説義分别深法所謂普照比丘尼是

優伽明素摩　摩陀迦提婆　日光末那婆
毗摩達普照

我聲聞中第一比丘尼心懷忍辱如地容受所謂曇摩摩提比丘尼是能教化人使立檀會所謂須夜摩比丘尼是辦具牀座亦是須夜摩比丘尼心已永息不興亂想所謂因提闍比丘尼是觀了諸法而無猒足所謂龍比丘尼是意强勇猛無所染著所謂拘那羅比丘尼是入水光三昧普潤一切所謂婆須比丘尼是入燄光三昧悉照萌類所謂降提比丘尼是觀惡露不淨分别縁起所謂遮婆羅比丘尼是育養衆人施與所乏所謂守迦比丘尼是我聲聞中最後第一比丘尼拔陀軍陀羅拘夷國比丘尼是

曇摩須夜摩　因提龍拘那　婆須降遮波
守迦拔陀羅

此五十比丘尼當廣説如上

清信士品第六

我弟子中第一優婆塞初聞法藥成賢聖證所謂三果商客是第一智慧所謂質多長者是神德第一所謂乾提阿藍是降伏外道所謂掘多長者是能說深法所謂優波掘長者是恒坐禪思所謂訶侈阿羅婆是降伏魔官所謂勇健長者是福德盛滿所謂闍利長者是大檀越主所謂須達長者是門族成就所謂泯逸長者是

三果質乾提　掘波及羅婆　勇闍利須達
泯逸是謂十

我弟子中第一優婆塞好問義趣所謂生滿婆羅門是利根通明所謂梵摩俞是諸佛信使所謂御馬摩納是計身無我所謂喜聞琴婆羅門是論不可勝所謂毗裘婆羅門是能造偈誦所謂優波離長者是言語速疾亦是優波離長者喜施好實不有恪心所謂殊提長者是建立善本所謂優迦毗舍離是能說妙法所謂最上無畏優婆塞是所說無畏善察人根所謂頭摩大將領毗舍離是

生滿梵摩俞　御馬及聞琴　毗裘優波離
殊提優畏摩

我弟子中第一優婆塞好喜惠施所謂毗沙王是所施狹少所謂光明王是建立善本所謂王波斯匿是得無根善信起歡喜心所謂王阿闍世是至心向佛意不變易所謂優填王是承事正法所謂月光王子是供奉聖衆意恒平等所謂造祇桓王子是常喜濟彼不自爲已所謂師子王子是善恭奉人無有高下所謂無畏王子是顔貌端正與人殊勝所謂雞頭王子是

毗沙王光明　波斯匿闍世　月祇桓優塡
師子畏雞頭

我弟子中第一優婆塞恒行慈心所謂不尼長者是心恒悲念一切之類所謂摩訶納釋種是常行喜心所謂拔陀釋種是恒行護心不失善行所謂毗闍先優婆塞是堪任行忍所謂師子大將是能雜種論所謂毗舍佉優婆塞是賢聖默然所謂難提波羅優婆塞是勤修善行無有休息所謂優多羅優婆塞是諸根寂靜所謂天摩優婆塞是

我弟子中最後受證所謂拘夷那竭摩羅是

不尼摩訶納　拔陀毗闍先　師子毗舍難
優多天摩羅

此四十優婆塞盡當廣說如上

清信女品第七

我弟子中第一優婆斯初受道證所謂難陀陀婆羅優婆斯是智慧第一所謂久壽多羅優婆斯是恒喜坐禪所謂須毗耶女優婆斯是慧根了了所謂毗浮優婆斯是堪能說法所謂鴦竭闍優婆斯是善演經義所謂跋陀婆羅優婆斯是降伏外道所謂婆修陀優婆斯是音響清徹所謂無憂優婆斯是能種種論所謂婆羅陀優婆斯是勇猛精勤所謂須頭優婆斯是

難陀陀久壽　須毗鴦竭闍　須焰及無憂
婆羅陀須頭

我弟子中第一優婆斯供養如來所謂摩利夫人是承事正法所謂須賴婆夫人是供養聖衆所謂捨彌夫人是瞻視當來過去賢士所謂月光夫人是檀越第一所謂雷電夫人

是恒行慈三昧所謂摩訶先優婆斯是行悲哀愍所謂毗提優婆斯是喜心不絕所謂拔陀優婆斯是行守護業所謂難陀母優婆斯是得信解脫所謂照曜優婆斯是

摩利須賴婆　捨彌月光雷　大光毗提陀
難陀及照曜

我弟子中第一優婆斯恒行忍辱所謂無優優婆斯是行空三昧所謂毗讎先優婆斯是行無想三昧所謂優那陀優婆斯是行無願三昧無垢優婆斯是好教授彼尸利夫人優婆斯是善能持戒鴦竭摩優婆斯是形貌端正雷醱優婆斯是諸根寂靜最勝優婆斯是多聞博智泥羅優婆斯是能造誦偈修摩迦提須達女優婆斯是無所怯弱亦是須達女優婆斯是我聲聞中最後取證優婆斯者所謂藍優婆斯是

無憂毗讎先　優那無垢尸　鴦竭雷醱勝
泥修摩藍女

此三十優婆斯廣說如上

## 阿須倫品第八

聞如是一時佛在舍衛國祇樹給孤獨園爾時世尊告諸比丘受形大者莫過阿須倫王比丘當知阿須倫形廣長八萬四千由延口縱廣千由延比丘當知或有是時阿須倫王欲觸犯日時倍復化身十六萬八千由延住日月前日月王見已各懷恐怖不寧本處所以然者阿須倫形甚可畏故彼日月王以懷恐懼不復有光明然阿須倫不敢前捉日月何以故日月威德有大神力壽命極長顏色

端正受樂無窮欲知壽命長短者住壽一劫復是此間衆生福祐令日月王不爲阿須倫所見觸惱爾時阿須倫便懷愁憂即於彼沒如是諸比丘弊魔波旬恒在汝後求其方便壞敗善根波旬便化極妙奇異色聲香味細滑之法欲惱亂諸比丘意波旬作是念我當會遇得比丘眼便亦當得耳鼻舌身意之便爾時比丘雖見極妙六情之法心不染著爾時弊魔波旬便懷愁憂即退而去所以然者多薩阿竭阿羅訶威力所致何以故諸比丘不近色聲香味細滑法爾時比丘恒作是學受人信施極爲甚難不可消化墜墮五趣不得至無上正眞之道要當專意未獲者獲未得者得未度者度未得證者教令成證是故諸比丘未有信施不起想念已有信施便能消化不起染著如是諸比丘當作是學爾時諸比丘聞佛所說歡喜奉行

聞如是一時佛在舍衛國祇樹給孤獨園爾時世尊告諸比丘若有一人出現於世多饒益人安隱衆生愍世羣萌欲使天人獲其福祐云何爲一人所謂多薩阿竭阿羅訶三耶三佛是謂一人出現於世多饒益人安隱衆生愍世羣萌欲使天人獲其福祐是故諸比丘常興恭敬於如來所如是諸比丘當作是學爾時諸比丘聞佛所說歡喜奉行

聞如是一時佛在舍衛國祇樹給孤獨園爾時世尊告諸比丘若有一人出現於世便有一人入道在於世間亦有二諦三解脫門四諦眞法五根六邪見滅七覺意賢聖八品道九衆生居如來十力十一慈心解脫便出現

於世云何爲一人所謂多薩阿竭阿羅訶三耶三佛是謂一人出現於世便有一人入道現於世間亦有二諦三解脫門四諦眞法五根六邪見滅七覺意賢聖八品道九衆生居如來十力十一慈心解脫便出現於世是故諸比丘常興恭敬於如來所亦當作是學爾時諸比丘聞佛所說歡喜奉行

聞如是一時佛在舍衛國祇樹給孤獨園爾時世尊告諸比丘若有一人出現於世便有智慧光明出現於世云何爲一人所謂多薩阿竭阿羅訶三耶三佛是謂一人出現於世便有智慧光明出現於世是故諸比丘當信心向佛無有傾邪如是諸比丘當作是學爾時諸比丘聞佛所說歡喜奉行

聞如是一時佛在舍衛國祇樹給孤獨園爾時世尊告諸比丘若有一人出現於世無明大冥便自消滅爾時凡愚之士爲此無明所見纏結生死五趣如實不知周旋往來今世後世從劫至劫無有解已若多薩阿竭阿羅訶三耶三佛出現世時無明大闇便自消滅是故諸比丘當念承事諸佛如是諸比丘當作是學爾時諸比丘聞佛所說歡喜奉行

聞如是一時佛在舍衛國祇樹給孤獨園爾時世尊告諸比丘若有一人出現於世便有三十七品出現於世云何三十七品道所謂四意止四意斷四神足五根五力七覺意八眞行便出現於世云何爲一人所謂多薩阿竭阿羅訶三耶三佛是故諸比丘常當承事於佛亦當作是學爾時諸比丘聞佛所說歡喜奉行

聞如是一時佛在舍衛國祇樹給孤獨園爾時世尊告諸比丘若有一人沒盡於世人民之類多懷愁憂天及人民普失廕覆云何爲一人所謂多薩阿竭阿羅訶三耶三佛是謂一人沒盡於世人民之類多懷愁憂天及人民普失廕覆所以然者若多薩阿竭於世滅盡三十七品亦復滅盡是故諸比丘常當恭敬於佛如是諸比丘當作是學爾時諸比丘聞佛所說歡喜奉行

聞如是一時佛在舍衛國祇樹給孤獨園爾時世尊告諸比丘若有一人出現於世爾時天及人民便蒙光澤便有信心於戒聞施智慧猶如秋時月光盛滿而無塵穢普有所照此亦如是若多薩阿竭阿羅訶三耶三佛出現世間天及人民便蒙光澤而有信心於戒聞施智慧如月盛滿普照一切是故諸比丘興恭敬心於如來所如是諸比丘當作是學爾時諸比丘聞佛所說歡喜奉行

聞如是一時佛在舍衛國祇樹給孤獨園爾時世尊告諸比丘若有一人出現於世爾時天及人民皆悉熾盛三惡衆生便自減少猶如國界聖王治化時彼城中人民熾盛隣國力弱此亦如是若多薩阿竭出現世時三惡趣道便自減少是故諸比丘當信向佛如是諸比丘當作是學爾時諸比丘聞佛所說歡喜奉行

聞如是一時佛在舍衛國祇樹給孤獨園爾時世尊告諸比丘若有一人出現於世無與等者不可模則獨步無侶無有儔匹諸天人民無能及者信戒聞施智慧無能及者云何

爲一人所謂多薩阿竭阿羅訶三耶三佛是謂一人出現於世無與等者不可模則獨步無伴無有儔匹諸天人民無能及者信戒聞施智慧皆悉具足是故諸比丘當信敬於佛如是諸比丘當作是學爾時諸比丘聞佛所說歡喜奉行

須倫益一道　光明及闇冥　道品没盡信
熾盛無與等

增壹阿含經卷第三

音釋

蹈 音盜踐也　善肘 肘陟柳切　讖 楚譛切　鵬耆舍 鵬音朋　拘絺羅 梵語也此云大膝絺音癡自善肘至此皆比丘名也　耐辱 耐奴代切猶任也辱而六切耻也謂能任耐耻辱也　塚 知隴切高墳也　蓐 音辱草薦也　盧醯寗 醯音希寗奴定切　優鉗摩 鉗巨兼切　删提 删所間切

鴦掘魔 鴦於良切掘其物切　珕那 珕力智切自盧醯寗至此皆梵語比丘名也　優填 梵語也正云鄔陀衍那此云出愛王名也填亭年切　波斯匿 梵語也正云鉢邏斯那怙多此云勝軍王名也匿女力切　弊魔 弊毘祭切惡魔也

# 增壹阿含經卷第四

符秦三藏曇摩難提譯

## 一子品第九

聞如是一時佛在舍衛國祇樹給孤獨園爾時世尊告諸比丘猶如母人心懷篤信唯有一子恒作是念云何當教授彼使成爲人爾時諸比丘白世尊曰我等世尊不解此義世尊是諸法之本如來所陳靡不承受唯願世尊與諸比丘說此深法聞已奉行爾時世尊告諸比丘諦聽諦聽善思念之吾當爲汝分別其義諸比丘對曰如是世尊爾時諸比丘從佛受教世尊告曰猶彼優婆斯心懷篤信作是教訓汝今在家當如質多長者亦如象童子所以然者此是其限此是其量世尊受證弟子所謂質多長者象童子也若童子意欲剃除鬚髮著三法衣出家學道當如舍利弗目揵連比丘所以然者此是其限此是其量所謂舍利弗目揵連比丘好學正法莫作邪業興起非法設汝生此染著之想便當墜墮三惡趣中善念專心不得者得不獲者獲未得證者今當受證所以然者諸比丘信施之重實不可消令人不得至道是故諸比丘莫生染著之意已生當滅如是諸比丘當作是學爾時諸比丘聞佛所說歡喜奉行

聞如是一時佛在舍衛國祇樹給孤獨園爾時世尊告諸比丘篤信優婆斯唯有一女彼當云何教訓成就爾時諸比丘白世尊曰我等世尊不解此義世尊是諸法之本如來所陳靡不承受唯願世尊與諸比丘說此深法聞已奉行爾時世尊告諸比丘諦聽諦聽善

思念之吾當爲汝分别其義諸比丘對曰如是爾時諸比丘從佛受教世尊告曰猶彼篤信優婆斯敎訓女曰汝今在家者當如拘讎多羅優婆斯難陀母所以然者此是其限此是其量世尊受證弟子所謂拘讎多羅優婆斯難陀母是若女意欲剃除鬚髮著三法衣出家學道者當如讖摩比丘尼優鉢華色比丘尼所以然者此是其量此是其限所謂讖摩比丘尼優鉢華色比丘尼好學正法莫作邪業興起非法設汝生此染著之想便當墜墮三惡趣中善念專心不果者果不獲者獲未得證者今當受證所以然者比丘信施之重實不可消令人不得至道之趣是故諸比丘莫生染著之想已生當滅如是諸比丘當作是學爾時諸比丘聞佛所說歡喜奉行

聞如是一時佛在舍衛國祇樹給孤獨園爾時世尊告諸比丘我不見一法疾於心者無以方法不可模則心迴轉疾是故諸比丘凡夫之人不能觀察心意是故諸比丘常當降伏心意令趣善道亦當作是學爾時諸比丘聞佛所說歡喜奉行

聞如是一時佛在舍衛國祇樹給孤獨園爾時世尊告諸比丘我不見一法疾於心者無譬可喻猶如獼猴捨一取一心不專定心亦如是前想後想所念不同是故諸比丘凡夫之人不能觀察心意所由是故諸比丘常當降伏心意得趣善道如是諸比丘當作是學爾時諸比丘聞佛所說歡喜奉行

聞如是一時佛在舍衛國祇樹給孤獨園爾時世尊告諸比丘我恒觀見一人心中所念

之事此人如屈伸臂頃墮泥犂中所以然者由惡心故心之生病墜墮地獄爾時世尊便說偈言

猶如有一人　心懷瞋恚想　今告諸比丘　廣演其義趣　今正是其時　設有命終時　假令入地獄　由心穢行故

是故諸比丘當降伏心勿生穢行如是諸比丘當作是學爾時諸比丘聞佛所說歡喜奉行

聞如是一時佛在舍衛國祇樹給孤獨園爾時世尊告諸比丘我恒觀見一人心中所念之事如屈伸臂頃而生天上所以然者由善心故已生善心便生天上爾時世尊便說偈曰

設復有一人　而生善妙心　今告諸比丘　廣演其義趣　今正是其時　設有命終者　便得生天上　由心善行故

是故諸比丘當發淨意勿生穢行如是諸比丘當作是學爾時諸比丘聞佛所說歡喜奉行

聞如是一時佛在舍衛國祇樹給孤獨園爾時世尊告諸比丘我於此衆中不見一法最勝最妙眩惑世人不至永寂縛著牢獄無有解已所謂男子見女人色已便起想著意甚愛敬令人不至永寂縛著牢獄無有解已意不捨離周旋往來今世後世迴轉五道動歷劫數爾時世尊便說偈曰

梵音柔輭聲　如來說難見　或復有時見　繫念在目前　亦莫與女人　往來與言語　恒羅伺捕人　不得至無爲

是故諸比丘當除諸色莫起想著如是諸比丘當作是學爾時諸比丘聞佛所說歡喜奉行

聞如是一時佛在舍衛國祇樹給孤獨園爾時世尊告諸比丘我於此衆中不見一法最勝最妙眩惑世人不至永寂縛著牢獄無有解已所謂女人見男子色已便起想著意甚愛敬令人不至永寂縛著牢獄無有解已意不捨離周旋往來今世後世迴轉五道動歷劫數爾時世尊便說偈曰

若生顛倒想　與念恩愛心　念除意染著
便無此諸穢

是故諸比丘當除諸色莫起想著如是諸比丘當作是學爾時諸比丘聞佛所說歡喜奉行

聞如是一時佛在舍衛國祇樹給孤獨園爾時世尊告諸比丘我於此衆中不見一法無欲想便起欲想已起欲想便增益無瞋恚想便起瞋恚已起瞋恚便增多無睡眠想便起睡眠已起睡眠便增多無調戲想便起調戲已起調戲便增多無疑想便起疑想已起疑想便增多亦當觀惡露不淨想設作亂想無欲想便有欲想已有欲想便增多瞋恚睡眠本無疑想便起疑想已起疑想便增多是故諸比丘莫作亂想常當專意如是諸比丘當作是學爾時諸比丘聞佛所說歡喜奉行

聞如是一時佛在舍衛國祇樹給孤獨園爾時世尊告諸比丘我於此法中不見一法未有欲想便不生欲想已生欲想便能滅之未生瞋恚想便不生已生瞋恚想便能滅之未

生睡眠想便不生已生睡眠想便能滅之未生調戲想便不生已生調戲想便能滅之未生疑想便不生已生疑想便能滅之亦當觀惡露不淨已觀惡露不淨未生欲想便不生已生欲想便能滅之未生瞋恚便不生已生瞋恚便能滅之乃至疑未生疑想便不生已生疑想便能滅之是故諸比丘常當專意觀不淨想如是諸比丘當作是學爾時諸比丘聞佛所說歡喜奉行

二斯及二心　一墮一生天　男女相愛樂
二欲想在後

護心品第十

聞如是一時佛在舍衛國祇樹給孤獨園爾時世尊告諸比丘當修行一法當廣布一法修行一法廣布一法已便得神通諸行寂靜得沙門果至泥洹界云何爲一法所謂無放逸行云何爲無放逸行所謂護心也云何護心於是比丘常守護心有漏有漏法當彼守護心有漏於有漏法便得悅豫亦有信樂住不移易恒專其意自力勸勉如是比丘彼無放逸行恒自謹慎未生欲漏便不生已生欲漏便能使滅未生有漏便不生已生有漏便能使滅未生無明漏便不生已生無明漏便能使滅比丘於彼無放逸行閑靜一處恒自覺知而自遊戲欲漏心便得解脫有漏心無明漏心便得解脫已得解脫便得解脫智生死已盡梵行已立所作已辦更不復受有如實知之爾時世尊便說此偈

無慢甘露跡　放逸是死徑　無慢則無死
慢者則是死

是故諸比丘當念修行無放逸行如是諸比丘當作是學爾時諸比丘聞佛所說歡喜奉行

聞如是一時佛在舍衛國祇樹給孤獨園爾時世尊告諸比丘當修行一法當廣布一法修行一法廣布一法已便得神通諸行寂靜得沙門果至泥洹處云何爲一法謂無放逸行於諸善法云何無放逸行所謂不觸嬈一切衆生不害一切衆生不惱一切衆生是謂無放逸行彼云何名善法所謂賢聖八聖道等見等方便等語等行等命等治等念等定等是謂善法爾時世尊便說偈曰

施一切衆生　不如法施人　雖施衆生福
一人法施勝

是故諸比丘當修行善法如是諸比丘當作是學爾時諸比丘聞佛所說歡喜奉行

聞如是一時佛在舍衛國祇樹給孤獨園爾時世尊告諸比丘當云何觀檀越施主爾時諸比丘白世尊曰世尊是諸法之主唯願世尊與諸比丘而說此義聞已盡當奉持爾時世尊告諸比丘諦聽諦聽善思念之我當與汝分別其義對曰如是世尊爾時諸比丘從佛受教世尊告曰檀越施主當恭敬如子孝順父母養之侍之長益五陰於閻浮利地現種種義觀檀越施主能成人戒聞三昧智慧諸比丘多所饒益於三寶中無所罣礙能施卿等衣被飲食牀榻卧具病瘦醫藥是故諸比丘當有慈心於檀越所小恩常不忘況復大者恒以慈心向彼檀越說身口意清淨之行不可稱量亦無有限身行慈口行慈意行

慈使彼檀越所施之物終不唐捐獲其大果成大福祐有大名稱流聞世間甘露法味如是諸比丘當作是學爾時世尊便說偈曰

施以成大財　所願亦成就　王及諸盜賊
不能侵彼物　施以得王位　紹繼轉輪處
七寶具足成　本施之所致　布施成天身
首著雜寶冠　與諸妓女遊　本施之果報
施得天帝釋　天王威力盛　千眼莊嚴形
本施之果報　布施成佛道　三十二相具
轉無上法輪　本施之果報

爾時諸比丘聞佛所說歡喜奉行

聞如是一時佛在舍衛國祇樹給孤獨園爾時世尊告諸比丘檀越施主當云何承事供養精進持戒諸賢聖人爾時諸比丘白世尊曰世尊是諸法之主唯願世尊與諸比丘而說此義聞已盡當奉持爾時世尊告諸比丘諦聽諦聽善思念之我當與汝分別是義對曰如是世尊爾時諸比丘從佛受教世尊告曰檀越施主承事供養精進持戒諸多聞者猶如與迷者指示其路粮食之短而給施食恐怖之人令無憂惱驚畏之者教令莫懼無所歸者與作覆護盲者作眼目與病作醫王猶如田家農夫修治田業除去穢草便能成就穀食比丘常當除去五盛陰求入無畏泥洹城中如是諸比丘檀越施主承事供養精進持戒諸多聞者當於爾時阿那邠持長者集在彼衆爾時長者阿那邠持白世尊曰如是世尊如是如來一切施主及與受者猶吉祥瓶諸受施人如毗沙王勸人行施如親父毋受施之人是後世良祐一切施主及與受

者猶如居士世尊告曰如是長者如汝所言阿那邠持長者白世尊曰自今已後門不安守亦不拒逆比丘比丘尼優婆塞優婆斯及諸行路乏粮食者爾時阿那邠持長者白世尊曰唯願世尊及比丘衆受弟子請爾時世尊默然受長者請爾時長者已見世尊默然受請即禮佛遶三帀還歸所在到舍已即其夜辦具甘饌種種飲食廣敷坐具自白時到食具已辦唯願世尊顧時臨顧爾時世尊將諸比丘衆著衣持鉢詣舍衛城至長者家到已各自就坐諸比丘僧亦各隨次坐爾時長者見佛比丘衆坐定手自斟酌行種種飲食已行種種飲食各收鉢器更取卑坐在如來前欲聽聞法爾時長者白世尊言善哉如來聽諸比丘隨所須物三衣鉢盂鍼筩尼師壇衣裳法澡鑵及餘一切沙門雜物盡聽弟子家取之爾時世尊告諸比丘汝等若須衣裳鉢器及尼師壇法澡鑵及餘一切沙門雜物聽使取此勿足疑難起想著心爾時世尊與長者阿那邠持說微妙法說微妙法已便從坐起而去當於爾時阿那邠持復於四城門而廣惠施第五市中第六在家須食與食須漿與漿須車乘妓樂香熏瓔珞悉皆與之爾時世尊聞長者阿那邠持於四城門中廣作惠施復於大市布施貧乏復於家內布施無量爾時世尊告諸比丘我弟子中第一優婆塞好喜布施所謂須達長者是爾時諸比丘聞佛所說歡喜奉行

聞如是一時佛在舍衛國祇樹給孤獨園爾時阿那邠持長者便往至世尊所頭面禮世

尊足在一面坐世尊告曰云何長者貴家恒布施貧乏耶長者對曰如是世尊恒布施貧乏於四城門而廣布施復在家中給與所須世尊我或時作是念并欲布施野獸飛鳥猪狗之屬我亦無是念此應與此不應與亦復無是念此應與多此應與少我恒有是念一切衆生皆由食而存其命有食便存無食便喪世尊告曰善哉善哉長者汝乃以菩薩心專精一意而廣惠施然此衆生由食得濟無食便喪長者汝當獲大果報得大名稱有大果報聲徹十方得甘露法味所以然者菩薩之家恒以平等心而已惠施專精一意念衆生類由食而存有食便濟無食便喪是謂長者菩薩心所安處而廣惠施爾時世尊便說此偈

盡當普惠施　終無悋悔心　必當遇良友
得濟到彼岸

是故長者當平等意而廣惠施如是長者當作是學爾時長者聞佛所說歡喜奉行

聞如是一時佛在舍衛國祇樹給孤獨園爾時世尊告諸比丘如我今日審知衆生根原所趣亦知布施之報最後一摶之餘已不自食惠施他人爾時不起憎嫉之心如毛髮許以此衆生不知施之果報如我皆悉知之施之果報平等之報心無有異是故衆生不能平等施而自墮落恒有慳嫉之心纏裹心意爾時世尊便說偈曰

衆生不自覺　如來之言教　常當普惠施
專向眞人所　志性以清淨　所獲福倍多
等共分其福　後得大果報　所施令善哉

心向廣福田　於此人間逝　必生於天上
巳到彼善處　快樂自娛樂　吉祥甚歡悦
一切無乏短　以天威德業　玉女爲營從
平等之施報　故獲此福祐

爾時諸比丘聞佛所説歡喜奉行

聞如是一時佛在舍衛國祇樹給孤獨園爾時世尊告諸比丘汝等莫畏福報所以然者此是受樂之應甚可愛敬所以名爲福者有此大報汝等當畏無福所以然者此名苦之原本愁憂苦惱不可稱紀無有愛樂此名無福比丘昔我自念七年行慈心復過七劫不來此世復於七劫中生光音天復於七劫生空處天梵天處爲大梵天無與等者統百千世界三十六變爲天帝釋形無數世爲轉輪王是故諸比丘作福莫倦所以然者此名受樂之應甚可愛敬是謂名爲福汝等當畏無福所以然者苦之原本愁憂苦惱不可稱紀此名無福爾時世尊便説此偈

快哉福報　所願者得　速至滅盡　到無爲處
正使億數　天魔波旬　亦不能嬈　爲福業者
彼恒自求　賢聖之道　便盡除苦　後無復憂

是故諸比丘爲福莫猒是故諸比丘當作是學爾時諸比丘聞佛所説歡喜奉行

聞如是一時佛在舍衛國祇樹給孤獨園爾時世尊告諸比丘若有承順一法不離一法天魔波旬不能得其便亦不能來觸嬈人云何爲一法謂功德福業所以然者自憶往昔在道樹下與諸菩薩集在一處弊魔波旬將諸兵衆數千萬億種種形貌獸頭人身不可稱計天龍鬼神阿須倫迦留羅摩休勒等皆

來雲集時魔波旬而語我言沙門速投乎地佛以福德大力降伏魔怨諸塵垢消無有諸穢便成無上正眞之道諸比丘當觀此義其有比丘功德具足者弊魔波旬不能得其便壞其功德爾時世尊便說此偈

有福快樂　無福者苦　今世後世　爲福受樂

是故諸比丘爲福莫倦爾時諸比丘聞佛所說歡喜奉行

聞如是一時佛在舍衛國祇樹給孤獨園爾時世尊告諸比丘若有比丘修行一法便不能壞敗惡趣一爲趣善一爲趣至泥洹云何修行一法不能壞敗惡趣所謂心無篤信是謂修此一法不壞惡趣云何修行一法趣善處者所謂心行篤信是謂修此一法得趣善處云何修行一法得至泥洹所謂恒專心念是謂修行此法得至泥洹是故諸比丘專精心意念諸善本如是諸比丘當作是學爾時諸比丘聞佛所說歡喜奉行

聞如是一時佛在舍衛國祇樹給孤獨園爾時世尊告諸比丘若有一人出現於世此衆生類便增壽益算顏色光潤氣力熾盛快樂無極音聲和雅云何爲一人所謂如來至眞等正覺是謂一人出現於世此衆生類便增壽益算顏色光潤氣力熾盛快樂無極音聲和雅是故諸比丘常當專精一心念佛如是諸比丘當作是學爾時諸比丘聞佛所說歡喜奉行

無慢二念檀　二施慳無猒　施福魔波旬
惡趣及一人

增壹阿含經卷第四

音釋

眩惑 眩黄絢切惑音或眩亂迷惑也 調戲 調徒弔切戲香義切試弄也

惡露 惡烏各切露落故切謂醜惡暴露也 阿那邠持 梵語也長者名邠卑民切

斟酌 斟職深切酌之若切謂斟酌飲食也 鍼筩 鍼職洙切筩徒紅切貯針器也

澡罐 澡子皓切罐古玩切貯水滌身之器也 尼師壇 梵語也此云坐具

# 增壹阿含經卷第五

符秦三藏曇摩難提譯

## 不還品第十一

聞如是一時佛在舍衛國祇樹給孤獨園爾時世尊告諸比丘當滅一法我證卿等成阿那含云何爲一法所謂貪欲是諸比丘當滅貪欲我證卿等得阿那含爾時世尊便說此偈

貪婬之所染　衆生墮惡趣　當勤捨貪欲
便成阿那含

爾時諸比丘聞佛所說歡喜奉行

聞如是一時佛在舍衛國祇樹給孤獨園爾時世尊告諸比丘當滅一法我證汝等成阿那含云何爲一法所謂瞋恚是諸比丘當滅瞋恚我證汝等得阿那含爾時世尊便說此偈

瞋恚之所染　衆生墮惡趣　當勤捨瞋恚
便成阿那含

爾時諸比丘聞佛所說歡喜奉行

聞如是一時佛在舍衛國祇樹給孤獨園爾時世尊告諸比丘當滅一法捨離一法我證汝等成阿那含云何爲一法所謂愚癡是諸比丘當滅愚癡我與卿等證阿那含爾時世尊便說此偈

愚癡之所染　衆生墮惡趣　當勤捨愚癡
便成阿那含

爾時諸比丘聞佛所說歡喜奉行

聞如是一時佛在舍衛國祇樹給孤獨園爾時世尊告諸比丘當滅一法捨離一法我證汝等成阿那含云何爲一法所謂慳貪是諸

比丘當滅慳貪我今證卿等得阿那含爾時世尊便說此偈

慳貪之所染　衆生墮惡趣　當勤捨慳貪　便成阿那含

爾時諸比丘聞佛所說歡喜奉行

聞如是一時佛在舍衛國祇樹給孤獨園爾時世尊告諸比丘我於此衆初不見一法不可降伏難得時宜受諸苦報所謂心是諸比丘此心不可降伏難得時宜受諸苦報是故諸比丘當分別心當思惟心善念諸善本如是諸比丘當作是學爾時諸比丘聞佛所說歡喜奉行

聞如是一時佛在舍衛國祇樹給孤獨園爾時世尊告諸比丘我於此衆初不見一法易降伏者易得時宜受諸善報所謂心是諸比丘當分別心善念諸善本如是諸比丘當作是學爾時諸比丘聞佛所說歡喜奉行

聞如是一時佛在舍衛國祇樹給孤獨園爾時世尊告諸比丘於此衆中若有一人而作是念我悉知之然復此人不以飲食在大衆中而虛妄語我復或於異時觀見此人生染著心念於財物便於大衆中而作妄語所以然者諸比丘財物染著甚爲難捨令人墜墮三惡道中不能得至無爲之處是故諸比丘已生此心便當捨離設未生者勿復與心染著財物如是諸比丘當作是學爾時諸比丘聞佛所說歡喜奉行

聞如是一時佛在舍衛國祇樹給孤獨園爾時世尊告諸比丘於此衆中而作是念正使命斷不於衆中而作妄語我或復於異時觀

見此人生染著心念於財物便於大衆中而作妄語所以然者諸比丘財物染著甚爲難捨令人墜墮三惡道中不能得至無爲之處是故諸比丘已生此心便當捨離若未生者勿復興心染著財物如是諸比丘當作是學

爾時諸比丘聞佛所説歡喜奉行

聞如是一時佛在羅閲祇城迦蘭陀竹園所與大比丘衆五百人俱爾時世尊告諸比丘云何諸比丘頗有見提婆達兜清白之法乎然復提婆達兜爲惡深重受罪經劫不可療治於我法中不見毫釐之善法可稱記者以是之故我於今説提婆達兜諸罪之原首不可療治猶如有人而墮深廁形體没溺無一淨處有人欲來濟拔其命安置淨處徧觀廁側及彼人身頗有淨處吾欲手捉拔濟出之彼人熟視無一淨處而可捉者便捨而去如是諸比丘我觀提婆達兜愚癡之人不見毫釐之善法而可記者受罪經劫不可療治所以然者提婆達兜愚癡專意徧著利養作五逆罪已身壞命終生惡趣中如是諸比丘利養深重令人不得至安隱處是故諸比丘已生利養心當捨離若未生者勿興染著心如是諸比丘當作是學爾時諸比丘聞佛所説歡喜奉行

聞如是一時佛在羅閲祇城迦蘭陀竹園所與大比丘衆五百人俱爾時有一比丘聞如來記剸調達受罪一劫不可療治時彼比丘便至尊者阿難所共相問訊已在一面坐爾時彼比丘問阿難曰云何阿難如來盡觀提婆達兜原本已然後記剸受罪一劫不可療

治乎頗有所由可得受記耶時阿難告曰如來所說終不虛設身口所行而無有異如來眞實記提婆達兜剃受罪深重當經一劫不可療治爾時尊者阿難即從座起至世尊所頭面禮足在一面住爾時阿難白世尊曰有一比丘來至我所而作是說云何阿難如來盡觀提婆達兜原本已然後記剃受罪一劫不可療治乎頗有因緣可得記剃耶作是語已各自捨去世尊告曰彼比丘者必晚暮學出家未久方來至我法中耳如來所說終不虛妄云何於中復起猶豫爾時世尊告阿難曰汝往至彼語比丘言如來呼卿阿難對曰如是世尊是時阿難受世尊敎便往彼比丘所到已語彼比丘曰如來喚卿比丘對曰如是尊者爾時彼比丘便嚴衣服共阿難至世尊所到已禮世尊足在一面坐爾時世尊問彼比丘云何愚人汝不信如來所說乎如來所敎無有虛妄汝今乃欲求如來虛妄時彼比丘白世尊曰是提婆達兜比丘者有大神力有大威勢云何世尊記彼一劫受重罪耶佛告曰護汝口語勿於長夜受苦無量爾時世尊便說此偈

遊神世俗通　終竟無解脫　不造滅盡跡
復還墮地獄

若使我當見提婆達兜身有毫釐之善法者我終不記彼提婆達兜受罪一劫不可療治是故愚人我不見提婆達兜有毫釐善法以是故記彼提婆達兜受罪一劫不可療治所以然者提婆達兜愚癡貪著利養起染著心作五逆惡身壞命終入地獄中所以然者利

養心重敗人善本令人不到安隱之處是故諸比丘設有利養心起便當求滅若不有心勿興想著如是諸比丘當作是學爾時彼比丘從座起整衣服禮世尊足白世尊曰自今悔過唯願垂恕愚癡所致造不善行如來所說無有二言然我愚騃起猶豫想唯願世尊受我悔過改往修來乃至再三世尊告曰善哉比丘悔汝所念恕汝不及莫於如來興猶豫想今受汝悔過後更莫作乃至三四爾時世尊便說此偈

設有作重罪　悔過更不犯　此人應禁戒
拔其罪根原

爾時彼比丘及四部衆聞佛所說歡喜奉行

四種阿那含　二心及二食　婆達二契經
智者當覺知

一入道品第十二

聞如是一時佛在舍衛國祇樹給孤獨園爾時世尊告諸比丘有一入道淨衆生行除去愁憂無有諸惱得大智慧成泥洹證所謂當滅五蓋思惟四意止云何名爲一入所謂專一心是謂一入云何爲道所謂賢聖八品道一名正見二名正治三名正業四名正命五名正方便六名正語七名正念八名正定是謂名道是謂一入道云何當滅五蓋所謂貪欲蓋瞋恚蓋掉戲蓋睡眠蓋疑蓋是謂當滅五蓋云何思惟四意止於是比丘内自觀身除去惡念無有愁憂外自觀身除去惡念無有愁憂内外觀身除去惡念無有愁憂内觀痛痛而自娛樂外觀痛痛内外觀痛痛内觀心而自娛樂外觀心内外觀心内觀法外觀

法內外觀法而自娛樂云何比丘內觀身而自娛樂於是比丘觀此身隨其性行從頭至足從足至頭觀此身中皆悉不淨無有可貪猶如觀此身有毛髮爪齒皮肉筋骨髓腦脂膏腸胃心肝脾腎之屬皆悉觀知屎尿生熟二藏目淚唾涕血脈肪膽皆當觀知無可貪者如是諸比丘常當觀身而自娛樂除去惡念無有愁憂復次比丘還觀此身有地種耶水火風種耶如是比丘當觀此身復次比丘觀察此身分別諸界身有四種猶如巧能屠牛之士若屠牛弟子解牛節解而自觀見此是脚此是心此是節此是頭如是彼比丘分別此界而自觀察此身有地水火風種如是比丘觀身而自娛樂復次比丘觀此身有諸孔漏出不淨猶如彼人觀竹園若觀葦叢如是比丘觀此身有諸孔漏出不淨復次比丘觀死屍或死一宿或二宿或三四宿或五六七宿身體胮脹臭處不淨復自觀身與彼無異吾身不免此患若復比丘觀死屍烏鵲鵄鳥所見噉食或為虎狼狗犬蟲獸之屬所見噉食復自觀身與彼無異吾身不離此患是謂比丘觀身而自娛樂復次比丘觀死屍或噉半散落在地臭處不淨復自觀身與彼無異吾身不離此法復次觀死屍肉已盡唯有骨在血所塗染復以此身觀彼身亦無有異如是比丘觀此身復次比丘觀死屍筋纏束薪復自觀身與彼無異如是比丘觀此身復次比丘觀死屍骨節分散散在異處或手骨脚骨各在一處或膞骨或腰骨或尻骨或臂骨或肩骨或脇骨脊骨或頭骨或髑髏復次

以此身與彼無異吾不免此法吾身亦當壞敗如是比丘觀身而自娛樂復次比丘觀死屍白色白珂色復自觀身與彼無異吾不離此法是謂比丘自觀身復次比丘若見死屍骨青瘀想無可貪者或與灰土同色不可分別如是比丘自觀身除去惡念無有愁憂此身無常爲分散法如是比丘內自觀身外自觀身內外觀身解無所有云何比丘內觀樂痛於是比丘得樂痛時即自覺知我得樂痛得苦痛時即自覺知我得苦痛得不苦不樂痛時即自覺知我得不苦不樂痛若得食樂痛時便自覺知我得食樂痛若得食苦痛時便自覺知我得食苦痛若得食不苦不樂痛時亦自覺知我食不苦不樂痛若得不食樂痛時便自覺知我不食樂痛若得不食苦痛時亦自覺知我不食苦痛若得不食不苦不樂痛時亦自覺知我不食不苦不樂痛如是比丘內自觀痛復次若復比丘得樂痛時爾時不得苦痛爾時自覺知我受樂痛若得苦痛時爾時不得樂痛自覺我受苦痛若得不苦不樂痛時爾時無苦無樂自覺知我受不苦不樂痛彼習法而自娛樂亦觀盡法復觀習盡之法或復有痛而現在前可知可見思惟原本無所依倚而自娛樂不起世間想於其中亦不驚怖已不驚怖便得涅槃生死已盡梵行已立所作已辦更不復受有如真實知如是比丘內自觀痛除去亂念無有愁憂外觀痛內外觀痛除去亂念無有愁憂如是比丘內外觀痛云何比丘觀心心法而自娛樂於是比丘有愛欲心便自覺知有愛欲心

無愛欲心亦自覺知無愛欲心有瞋恚心便自覺知有瞋恚心無瞋恚心亦自覺知無瞋恚心有愚癡心便自覺知有愚癡心無愚癡心便自覺知無愚癡心有愛念心便自覺知有愛念心無愛念心便自覺知無愛念心有受入心便自覺知有受入心無受入心便自覺知無受入心有亂心便自覺知有亂心無亂心便自覺知無亂心有散落心亦自覺知有散落心無散落心便自覺知無散落心有普遍心便自覺知有普遍心無普遍心便自覺知無普遍心有大心便自覺知有大心無大心便自覺知無大心有無量心便自覺知有無量心無無量心便自覺知無無量心有三昧心便自覺知有三昧心無三昧心便自覺知無三昧心未解脫心便自覺知未解脫心已解脫心便自覺知已解脫心如是比丘心心相觀意止觀習法觀盡法并觀習盡之法思惟法觀而自娛樂可知可見可思惟不可思惟無所依倚不起世間想已不起想便不畏怖已無畏怖便無餘已無餘便般涅槃生死已盡梵行已立所作已辦更不復受有如實知之如是比丘內自觀心心意止除去亂念無有愁憂外觀心內外觀心心意止如是比丘心心相觀意止云何比丘法法相觀意止於是比丘修念覺意依觀依無欲依滅盡捨諸惡法修法覺意修精進覺意修念覺意修猗覺意修三昧覺意修護覺意依觀依無欲依滅盡捨諸惡法如是比丘法法相觀意止復次比丘於愛欲解脫除惡不善法有覺有觀有猗念樂於初禪而自娛樂如是比

丘法法相觀意止復次比丘捨有覺有觀內發歡喜專其一意成無覺無觀念猗喜安遊於二禪而自娛樂如是比丘法法相觀意止復次比丘捨於念修於護恒自覺知身樂諸賢聖所求護念清淨行於三禪如是比丘法法相觀意止復次比丘捨苦樂心無復憂喜無苦無樂護念清淨樂於四禪如是比丘法法相觀意止彼行習法行盡法幷行習盡之法而自娛樂便得法意止而現在前可知可見除去亂想無所依倚不起世間想已不起想便無畏怖已無畏怖生死便盡梵行已立所作已辦更不復受有如實知之諸比丘依一入道衆生得清淨遠離愁憂無憂喜想便逮智慧得涅槃證所謂滅五蓋修四意止也

爾時諸比丘聞佛所說歡喜奉行

聞如是一時佛在舍衛國祇樹給孤獨園爾時世尊告諸比丘我於是中不見一法速摩滅者憎嫉梵行人是故諸比丘當修行慈忍身行慈口行慈意行慈如是諸比丘當作是學爾時諸比丘聞佛所說歡喜奉行

聞如是一時佛在舍衛國祇樹給孤獨園爾時世尊告諸比丘若有一人出現世時諸天人民魔及魔天沙門婆羅門最尊最上無與等者福田第一可敬可事云何爲一人所謂多薩阿竭阿羅訶三耶三佛是謂此一人出現世時過諸天人民阿須倫魔及魔天沙門婆羅門上最尊最上無與等者福田第一可事可敬是故諸比丘常當供事如來如是諸比丘當作是學爾時諸比丘聞佛所說歡喜奉行

聞如是一時佛在舍衛國祇樹給孤獨園爾時世尊告諸比丘其有瞻視病者則爲瞻視我已有看病者則爲看我已所以然者我今躬欲看視疾病諸比丘我不見一人於諸天世間沙門婆羅門施中最上無過是施其行是施爾乃爲施獲大果報得大功德名稱普至得甘露法味所謂如來至眞等正覺知施中最上無過是施其行是施爾乃爲施獲大果報得大功德我今因此因緣而作是說瞻視病者則爲瞻視我已而無有異汝等長夜獲大福祐如是諸比丘當作是學爾時諸比丘聞佛所說歡喜奉行

聞如是一時佛在舍衛國祇樹給孤獨園爾時世尊告諸比丘其有歎譽阿練若者則爲歎譽我已所以然者我今恒自歎譽阿練若行其有誹謗阿練若者則爲誹謗我已其有歎說乞食者則爲歎譽我已所以然者我恒歎說能乞食者其有謗毀乞食者則爲謗毀我已其有歎說獨坐者則爲歎說我已所以然者我恒歎說能獨坐者其有毀獨坐者則爲毀我已其有歎譽一坐一食者則爲歎譽我已所以然者我恒歎譽一坐一食者其有毀一坐一食者則爲毀我已若有歎說坐樹下者則爲歎詠我身無異所以然者我恒歎譽在樹下者若有毀彼坐樹下者則爲毀我已其有歎說露坐者則爲歎說我已所以然者我恒歎詠露坐者其有毀辱露坐者則爲毀辱我已其有歎說空閑處者則爲歎說我已所以者何我恒歎說空閑處者其有毀辱空閑處者則爲毀辱我已其有歎譽著五納

衣者則爲歎說我已所以者何我恒歎說著五納衣者其有毀辱著五納衣者則爲毀辱我已其有歎說持三衣者則爲歎說我已何以故我恒歎說持三衣者其有毀辱持三衣者則爲毀辱我已其有歎說在塚間坐者則爲歎說我已何以故我恒歎說在塚間坐者其有毀辱在塚間坐者則爲毀辱我已其有歎說一食者則爲歎說我已何以故我恒歎說一食者其有毀辱一食者則爲毀辱我已其有說日正中食者則爲歎說我已何以故我恒歎說日正中食者其有毀辱日正中食者則爲毀辱我已其有歎譽諸頭陀行者則爲歎譽我已所以然者我恒歎說諸頭陀行其有毀辱諸頭陀行者則爲毀辱我已我今敎諸比丘當如大迦葉所行無有漏失所以然者迦葉比丘有此諸行是故諸比丘所學常當如大迦葉如是比丘當作是學爾時諸比丘聞佛所說歡喜奉行

聞如是一時佛在羅閱城迦蘭陀竹園所與大比丘衆五百人俱爾時尊者大迦葉作阿練若到時乞食不擇貧富一處一坐終不移徙樹下露坐或空閑處著五納衣或持三衣或在塚間或時一食或正中食或行頭陀年高長大爾時尊者大迦葉食後便詣一樹下禪定禪定已從座起整衣服往至世尊所是時世尊遥見迦葉來世尊告曰善來迦葉時迦葉便至世尊所頭面禮足在一面坐世尊告曰迦葉汝今年高長大志衰朽弊汝今可捨乞食乃至諸頭陀行亦可受諸長者請幷受衣裳迦葉對曰我今不從如來敎所以然

者若如來不成無上正眞道者我則成辟支佛然彼辟支佛盡行阿練若到時乞食不擇貧富一處一坐終不移易樹下露坐或空閑處著五納衣或持三衣或在塚間或時一食或正中食或行頭陀如今不敢捨本所習更學餘行世尊告曰善哉善哉迦葉多所饒益度人無量廣及一切天人得度所以然者若迦葉此頭陀行在世者我法亦當久在於世設法在世增益天道三惡道便滅亦成須陀洹斯陀含阿那含三乘之道皆存於世是故諸比丘所學皆當如迦葉所習如是諸比丘當作是學爾時諸比丘聞佛所說歡喜奉行

聞如是一時佛在舍衛國祇樹給孤獨園爾時世尊告諸比丘利養甚重令不得至無上正眞之道所以然者諸比丘彼提婆達兜愚人取彼王子婆羅留支五百釜食供養設彼不與者提婆達兜愚人終不作此惡以婆羅留支王子五百釜食日來供養是故提婆達兜起五逆惡身壞命終生摩訶阿鼻地獄以此方便當知利養甚重令人不得至無上正眞之道若未生利養心不應令生已生當滅如是諸比丘當作是學爾時諸比丘聞佛所說歡喜奉行

聞如是一時佛在羅閱城耆闍崛山中與大比丘衆五百人俱爾時提婆達兜壞亂衆僧壞如來足教阿闍世取父王殺復殺羅漢比丘尼在大衆中而作是說何處有惡惡從何生誰作此惡當受其報我亦不作此惡而受其報爾時有衆多比丘入羅閱城乞食而聞此語提婆達兜愚人在大衆中而作是說何

處有惡惡從何生誰作此惡而受其報爾時衆多比丘食後攝取衣鉢以尼師壇著右肩上便往至世尊所頭面禮足在一面坐爾時衆多比丘白世尊曰提婆達兜愚人在大衆中而作是說云何爲惡無殃作福無報無有受善惡之報爾時世尊告諸比丘有惡有罪善惡之行皆有報應若彼提婆達兜愚人知有善惡報者便當枯竭愁憂不樂沸血便從面孔出以彼提婆達兜不知善惡之報是故在大衆中而作是說無善惡之報爲惡無殃作善無福爾時世尊便說此偈

愚者審自明　爲惡無有福　我今預了知
善惡之報應

是故諸比丘當遠離惡爲福莫倦如是諸比丘當作是學爾時諸比丘聞佛所說歡喜奉行

聞如是一時佛在舍衛國祇樹給孤獨園爾時世尊告諸比丘受人利養甚重不易令人不得至無爲處所以然者利養之報斷入人皮已斷皮便斷肉已斷肉便斷骨已斷骨便徹髓是故諸比丘當以此方便知利養甚重若未生利養心應使不生已生求令滅之如是諸比丘當作是學爾時諸比丘聞佛所說歡喜奉行

聞如是一時佛在舍衛國祇樹給孤獨園爾時世尊告諸比丘受人利養甚爲不易令人不得至無爲處所以然者若彼利師羅比丘不貪利養者不作爾許無量殺生身壞命終生地獄中爾時世尊便說此偈

受人利養重　壞人清白行　是故當制心

莫貪著於味　利師已得定　乃至天帝宫
便於神通退　墮於屠殺中
是故諸比丘當以此方便知受人利養甚爲
不易未生利養心制令不生已生此心求方
便令滅如是諸比丘當作是學爾時諸比丘
聞佛所說歡喜奉行

增壹阿含經卷第五

音釋

提婆達兜 梵語也比云天熱菩薩名也兜當侯切 愚騃 騃五駭切愚癡也 血脈 脈音麥幕也謂幕絡一體也 胮脹 胮匹絳切脹知亮切胮臭脹滿也 鵄 赤脂切木作鴟土梟也 噉 徒濫切食噉也 腨 市兗切腓腸也 尻 苦刀切髖骨也 猗覺 猗於離切猗覺即七覺支中輕安覺支也 阿練若 梵語也此云閑靜處若爾者切 徙 胥里切遷移也

增壹阿含經卷第六

符秦三藏曇摩難提譯

利養品第十三

聞如是一時佛在舍衛國祇樹給孤獨園爾時世尊告諸比丘受人利養甚爲不易令人不得至無爲處所以然者若修羅陀比丘不貪利養者終不於我法中捨三法衣而作居家修羅陀比丘本作阿練若行到時乞食一處一坐或正中食樹下露坐樂閑居處著五納衣或持三衣或樂塚閒勤身苦形行此頭陀是時修羅陀比丘常受滿呼國王供養以百味食日來給與爾時彼比丘意染此食漸捨阿練若行到時乞食一處一坐正中食樹下露坐閑居之處著五納衣或持三衣或樂塚閒勤身苦體盡捨此已去三法衣還爲白衣屠牛殺生不可稱計身壞命終生地獄中是故諸比丘當以此方便知利養甚重令人不得至無上正眞之道若未生利養心制令不生已生求方便使滅如是諸比丘當作是學爾時諸比丘聞佛所說歡喜奉行

聞如是一時佛在舍衛國祇樹給孤獨園爾時世尊告諸比丘當滅一法我證神通諸漏得盡云何爲一法所謂味欲是諸比丘當滅此味欲我證汝等成神通諸漏得盡爾時世尊便說此偈

衆生著此味　死墮惡趣中
今當捨此欲　便成阿羅漢

是故諸比丘常當捨此味著之想如是諸比丘當作是學爾時諸比丘聞佛所說歡喜奉行

聞如是一時佛在舍衛國祇樹給孤獨園爾時於舍衛城內有一長者適喪一子甚愛敬念未曾能捨彼見子死便生狂惑周旋往來不停一處若見人時便作是語頗有見我兒乎爾時彼人漸漸往至祇洹精舍到世尊所在一面住爾時彼人白世尊曰瞿曇沙門頗見我兒乎世尊告長者曰何故顏貌不悅諸根錯亂爾時長者報瞿曇曰焉得不爾所以然者我今唯有一子捨我無常甚愛敬念未曾離目前哀愍彼子故令我生狂我今問沙門見我兒耶世尊告曰如是長者如汝所問生老病死世之常法恩愛別離苦怨憎會苦子捨汝無常豈得不念乎爾時彼人聞世尊所說不入其懷便捨退去前行見人復作是語沙門瞿曇說斯言曰恩愛分別便有快樂如沙門所說審實爾不前人對曰恩愛別離有何樂哉當於爾時去舍衛城不遠有衆多人而共博戲爾時彼人便作是念此諸男子聰明智慧無事不知我今當以此義問彼諸人爾時即詣博戲所問衆人曰沙門瞿曇向我說曰恩愛別離苦怨憎會苦此者快樂諸人等今於意云何是時諸博戲者報斯人曰恩愛別離有何樂哉言快樂者此義不然是時衆人便作是念審知如來言終不虛妄云恩愛別離當有樂耶此義不然爾時彼人入舍衛城至宮門外稱沙門瞿曇而作是教恩愛別離怨憎之會此者快樂爾時舍衛城及中宮內普傳此語靡不周遍爾時大王波斯匿及摩利夫人共在高樓之上相娛樂戲爾時王波斯匿告摩利夫人曰沙門瞿曇審有

斯語恩愛別離怨憎之會此皆快樂夫人報曰吾不從如來聞此言教設當如來有此教者事亦不虛王波斯匿告曰猶如師教弟子爲是捨是弟子報言如是大師汝今摩利亦復如是彼瞿曇沙門雖作是說汝應作是言如是不異無有虛妄然卿速去不須在吾前立爾時摩利夫人語竹膊婆羅門曰汝今往詣祇洹精舍到如來所持我名字禮世尊足復以此義具白世尊云舍衛城內及中宮人有此言論沙門瞿曇言恩愛別離怨憎合會此皆快樂不審世尊有此教耶若世尊有所言說者汝善承受還向我說是時竹膊婆羅門受夫人教勑尋往至祇洹精舍到世尊所共相問訊共相問訊已在一面坐時彼梵志白世尊曰摩利夫人禮世尊足問訊如來與居輕利遊步康強乎訓化盲冥得無勞耶復作是語此舍衛城內普傳此言沙門瞿曇而作是教恩愛別離怨憎之會此樂快哉不審世尊有是言教耶爾時世尊告竹膊婆羅門曰於此舍衛城內有一長者喪失一子彼念此子狂惑失性東西馳走見人便問誰見我子然婆羅門恩愛別離苦怨憎會苦此皆無有歡樂昔日此舍衛城中復有一人老母無常亦復狂惑不識東西復有一人老父無常亦復有兄弟姊妹皆悉無常彼見此無常之變生狂失性不識東西婆羅門昔日此舍衛城中有一人新迎婦端正無雙爾時彼人未經幾時便自貧匱時彼婦父母見此人貧便生此念吾當奪彼嫁與餘人彼人竊聞婦家父母欲奪吾婦更嫁與餘人爾時彼人衣裏

帶利刀便往至婦家爾時彼婦在牆外紡作是時彼人往至婦父母所問曰我婦今爲所在婦父母報言卿婦牆外陰中紡作爾時彼人便往至婦所到已問婦曰云卿父母欲奪汝更餘嫁耶婦報言信有此語然我不樂聞此言也爾時彼人即拔利劒取婦刺殺復取利劒自刺腹並作是語我二人俱取死婆羅門當以此方便知恩愛别離怨憎會苦此皆憂愁實不可言爾時竹膊婆羅門白世尊曰如是世尊有此諸惱實苦不樂所以然者昔我有一子捨我無常晝夜追憶不離心懷時我念兒心意狂惑馳走東西見人便問誰見我兒沙門瞿曇今所説者誠如所言國事煩多欲還所止世尊告曰今正是時竹膊婆羅門即從座起遶佛三帀而去至摩利夫人所以此因緣具白夫人時摩利夫人復至波斯匿王所到已白大王曰今欲有所問唯願大王事事見報云何大王爲念流離王子不王報言甚念哀愍不去心首夫人問曰若當王子有遷變者大王爲有憂耶王復報曰如是夫人如汝所言夫人問曰大王當知恩愛别離皆興愁想云何大王爲念伊羅王子不王報言我甚愛敬夫人問曰大王若當王子有遷變者有愁憂耶王報言甚有愁憂夫人報言當以此方便知恩愛别離無有歡樂云何大王念薩羅陀剎利種不王報言甚愛敬念夫人言云何大王若使薩羅夫人有變易者大王爲有憂耶王報言吾有愁憂夫人言大王當知恩愛别離此皆是苦夫人言王念我不王言愛念汝夫人言設當我身有變易者

大王有愁憂乎王言設汝身有變易便有愁憂大王當以此方便知恩愛別離怨憎合會無歡樂心夫人言云何大王念迦尸拘薩羅人民乎王言我甚愛念迦尸拘薩羅人民夫人言迦尸拘薩羅人民設當變易者大王有愁憂乎王言迦尸拘薩羅人民當有變易者我命不存况言愁憂乎所以然者我因迦尸拘薩羅國人民力當得自存以此方便知命尚不存何況不生愁憂乎夫人言以此知之恩愛別離皆有此苦無有歡樂爾時王波斯匿右膝著地叉手合掌而向世尊作是說甚奇甚奇彼世尊而說此法若當彼沙門瞿曇來者爾乃得共言論復語夫人自今已後當更看汝勝於常日所著服飾與吾無異爾時世尊聞摩利夫人與大王立此論本告諸比丘摩利夫人甚大聰明設當王波斯匿問我此語者我亦當以此義向彼王說之如夫人向王所說而無有異又告諸比丘我聲聞中第一得證優婆斯篤信牢固所謂摩利夫人是爾時諸比丘聞佛所說歡喜奉行

聞如是一時佛在拔祇國尸收摩羅山鬼林鹿園中爾時那憂羅公長者往至世尊所頭面禮足在一面坐須臾退坐白世尊曰我今年朽加復抱病多諸憂惱唯願世尊隨時教訓使衆生類長夜獲安隱爾時世尊告長者曰如汝所言身多畏痛何可恃怙但以薄皮而覆其上長者當知其有依憑此身者正可見須臾之樂此是愚心非智者所貴是故長者雖身有痛令心無病如是長者當作是學爾時長者聞說斯言從座起禮世尊足便退

而去爾時長者復作是念我今可往至尊者舍利弗所而問斯義是時舍利弗去彼不遠在樹下坐是時那優羅公往至舍利弗所頭面禮足在一面坐是時舍利弗問長者曰如今長者顏貌和悅諸根寂靜必有所因長者故當從佛聞法耶時長者白舍利弗言云何尊者舍利弗顏貌焉得不和悅乎所以然者向者世尊以甘露之法溉灌胷懷舍利弗言云何長者以甘露之法溉灌胷懷長者報言舍利弗我至世尊所頭面禮足在一面坐爾時我白世尊曰年朽長大恒抱疾病多諸苦惱不可稱計唯願世尊分別此身普使衆生長獲安隱爾時世尊便告我言如是長者此身多諸畏苦但以薄皮而覆其上長者當知其有恃怙此身者正可有斯須之樂不知長夜受苦無量是故長者此身雖有患令心無患如是長者當作是學世尊以此甘露之法而見溉灌舍利弗言云何長者更不重問如來此義乎云何身有患心有患云何身有病心無病長者白舍利弗言實無此辯重問世尊身有患心有患身有患心無患尊者舍利弗必有此辯願具分別舍利弗言諦聽諦聽善思念之吾當與汝廣演其義對曰如是舍利弗從彼受教舍利弗告長者曰於是長者凡夫之人不見聖人不受聖教不順其訓亦不見善知識不與善知識從事彼計色爲我色是我所我是色所色中有我我中有色彼色我色合會一處彼色我色已集一處色便敗壞遷移不停於中復起愁憂苦惱痛想行識皆觀我有識識中有我我中有識彼識我

識合在一處彼識我識已會一處識便敗壞遷移不停於中復起愁憂苦惱如是長者身亦有患心亦有患長者問舍利弗曰云何身有患心無患耶舍利弗言於是長者賢聖弟子承事聖賢修行禁法與善知識從事親近善知識彼亦不觀我有色不見色中有我我中有色不見色是我所我是色所彼色遷轉不住彼色已移易不生愁憂苦惱憂悒之患亦復不見痛想行識不見識中有我我中有識亦不見識我所亦不見我所識彼識我識以會一處識便敗壞於中不起愁憂苦惱如是長者身有患而心無患是故長者當作是習遺身去心亦無染著如是長者當作是學

爾時那優羅公聞舍利弗所說歡喜奉行

聞如是一時佛在舍衛國祇樹給孤獨園爾時世尊與數千萬衆前後圍遶而爲說法爾時江側婆羅門身負重擔便往至世尊所到已捨擔一面在世尊所默然而住爾時婆羅門作是思惟今日沙門瞿曇與數千萬衆前後圍遶而爲說法我今清淨與沙門瞿曇等無有異所以然者沙門瞿曇食好粳粮種種餚饌令我食果蓏以自濟命爾時世尊已知婆羅門心中所念告諸比丘其有衆生以二十一結染著心者當觀彼人必墮惡趣不生善處云何爲二十一結瞋心結恚害心結睡眠心結調戲心結疑是心結怒爲心結忌爲心結惱爲心結嫉爲心結憎爲心結無慙心結無愧心結幻爲心結姦爲心結僞爲心結諍爲心結憍爲心結慢爲心結妬爲心結憎上慢爲心結貪爲心結諸比丘若有人有此

二十一結染著心者當觀其人必墮惡趣不生善處猶如白氎新衣久久朽故多諸塵垢意欲染成其色青黃赤黑終不得成何以故以有塵故如是比丘若有人以此二十一結染著心者當觀其人必墮惡趣不生善處設復有人無此二十一結染著心者當知斯人必生天上不墮地獄中猶如新淨白氎隨意欲作何色青黃赤黑必成其色終不敗壞所以然者以其淨故此亦如是其有無此二十一結染著心者當觀其人必生天上不墮惡趣若彼賢聖弟子起瞋心結觀已便能息之起恚害心結起睡眠心結起調戲心結起疑心結起怒心結起忌心結起惱心結起嫉心結起憎心結起無慚心結起無愧心結起幻心結起姦心結起僞心結起諍心結起憍心結起慢心結起妬心結起增上慢心結起貪心結若彼賢聖弟子無瞋無恚無有愚惑心意和悅以慈心普滿一方而自娛樂二方三方四方亦爾四維上下於一切中一切亦爾一切世間以無量無限不可稱計心無恚怒而自遊戲以此慈心遍滿其中得歡喜已心意便正復以悲心普滿一方而自娛樂二方三方四方亦爾四維上下於一切中一切亦爾一切世間以無量無限不可稱計心無恚怒而自遊戲以此悲心遍滿其中得歡喜已心意便正復以喜心普滿一方而自娛樂二方三方四方亦爾四維上下於一切中一切亦爾一切世間以無量無限不可稱計心無恚怒而自遊戲以此喜心遍滿其中得歡喜已心意便正復以護心普滿一方而自娛樂

二方三方四方亦爾四維上下於一切中一切亦爾一切世間以無量無限不可稱計心無恚怒而自遊戲以此護心遍滿其中得歡喜已心意便正便於如來所成於信根本不移豎高顯幢不可移動諸天龍神阿須倫沙門婆羅門或世人民於中得歡喜心意便正此是如來至真等正覺明行成爲善逝世間解無上士道法御天人師號佛衆祐於中得歡喜心意便正亦復成就於法如來法者甚爲清淨不可移動人所愛敬如是知者當作是觀便於中而得歡喜亦復成就於衆如來聖衆甚爲清淨性行純和法法成就戒戒成就三昧成就智慧成就解脱成就解脱見慧成就聖衆者四雙八輩此是如來聖衆可敬可貴實可承事於中得歡喜心意便正彼復以此三昧心清淨無瑕穢諸結使盡亦無玷汙性行柔輭逮於神通便得自識無量宿命事所從來處靡不知之若一生二生三生四生五生十生二十生三十生四十生五十生百生千生百千生成敗劫不成敗劫成敗不成敗劫無數成敗劫無數不成敗劫我曾在彼字某名某姓某如是生如是食受如是苦樂壽命長短從彼終生彼間從彼終生此間如是自識無數宿命事復以此三昧心清淨無瑕穢知衆生心所念之事彼復以天眼觀衆生類有生者有終者善色醜色善趣惡趣若好若醜隨衆生行所作果報皆悉知之或有衆生身行惡口行惡心行惡誹謗賢聖造邪見行身壞命終生三惡道趣泥犂中或復有衆生身行善口行善心行善不誹謗賢聖

正見無有邪見身壞命終生天上善處是謂清淨天眼觀衆生類有生者有終者善色醜色善趣惡趣若好若醜隨衆生行所作果報皆悉知之彼復以此三昧心清淨無瑕穢無有結使心性柔輭逮於神通復以漏盡通而自娛樂彼觀此苦如實知之復觀苦集復觀苦盡復觀苦出要如實知之彼作是觀已欲漏心得解脫有漏心無明漏心得解脫已得解脫便得解脫智生死已盡梵行已立所作已辦更不復受有如實知之如是比丘賢聖弟子心得解脫雖復粳粮善美種種餚饌摶若須彌終無有罪所以然者以無欲愛盡欲愛故以無瞋恚盡瞋恚故以無愚癡盡愚癡故是謂比丘中比丘則內極沐浴已爾時江側婆羅門白世尊曰瞿曇沙門可往至孫陀羅江側沐浴世尊告曰云何婆羅門名之爲孫陀羅江水婆羅門白世尊曰孫陀羅江水是福之深淵世之光明其有人物在彼河水浴者一切諸惡皆悉除盡爾時世尊便說此偈

此身無數劫　經歷彼河浴　及諸小陂池
靡不悉周遍　愚者常樂彼　闇行不清淨
宿罪內充軀　彼河焉能沐　淨者常快樂
禁戒清亦快　清者作清行　彼願必果成
設護不與取　行慈不殺生　守誠不妄語
心等無增減　汝今於此浴　必獲安隱處
彼河何所至　猶盲投于冥

爾時婆羅門白世尊曰止止瞿曇猶如傴者得伸闇者見明迷者示道於闇室燃明無目者爲作眼目如是沙門瞿曇無數方便說此

妙法願聽爲道爾時江側婆羅門即得爲道受具足戒所以族姓子出家學道修無上梵行生死已盡梵行已立所作已辦更不復受有如實知之是時尊者孫陀羅諦利即成阿羅漢爾時尊者孫陀羅諦利聞佛所說歡喜奉行

聞如是一時佛在羅閱城耆闍崛山中與大比丘五百人俱爾時釋提桓因日時以過向暮便往至世尊所頭面禮足在一面住爾時釋提桓因即以偈頌問如來義

能說能宣布　度流成無漏　以度生死淵
今問瞿曇義　我觀此衆生　所作福祐業
造行若干種　施誰福最尊　尊今靈鷲山
唯願演此義　知釋意所趣　亦爲施者宣

爾時世尊以偈答曰

四趣造福無　四果具足成　諸學得跡人
直信奉其法　無欲亦無恚　愚盡成無漏
盡度一切淵　施彼成大果　此諸衆生類
所作福徳業　造行若干種　施僧獲福多
此衆度無量　猶海出珍寶　聖衆亦如是
演慧光明法　拘翼彼善處　能施衆僧者
獲福不可計　最勝之所說

爾時釋提桓因聞佛所說已即禮佛足便於彼退而去爾時釋提桓因聞佛所說歡喜奉行

聞如是一時佛在羅閱城耆闍崛山中與大比丘五百人俱爾時尊者須菩提亦在王舍城耆闍崛山側別作靜屋而坐禪思爾時尊者須菩提身得苦患甚爲沉重便作是念我此苦痛爲從何生復從何滅爲至何所爾時

尊者須菩提便於露地而敷坐具直身正意專精一心結跏趺坐思惟諸入欲害苦痛爾時釋提桓因知尊者須菩提所念便以偈勑波遮旬曰

善業脫諸縛　居在靈鷲山　今得極重患
樂空諸根定　速來往問疾　覲省上尊顏
旣得獲大福　種德莫過是

時波遮旬對曰如是尊者爾時釋提桓因將五百天人及波遮旬譬如士夫屈伸臂頃便從三十三天没來至靈鷲山中離尊者須菩提不遠復以此偈語波遮旬曰

汝今覺善業　樂禪三昧定　柔和清淨音
令使從禪起

波遮旬對曰如是爾時波遮旬從釋提桓因聞語已便調瑠璃之琴前至須菩提所便以此偈歎須菩提曰

結盡永無餘　諸念不亂錯　諸塵垢悉盡
願速從禪覺　心息度有河　降魔度諸結
功德如大海　願速從定起　眼淨如蓮華
諸穢永不著　無歸與作歸　空定速時起
度四流無爲　善解無老病　以脫有爲灾
唯願時定覺　五百天在上　釋主躬自來
欲覲聖尊顏　解空速時起

爾時尊者須菩提即從座起復歎波遮旬曰善哉波遮旬汝今聲與琴合琴與聲合而無有異然琴聲不離歌聲歌聲不離琴聲二聲共合乃成妙音爾時釋提桓因便往至尊者須菩提所頭面禮足在一面坐爾時釋提桓因白須菩提言云何善業所抱患苦有增損乎今此身痛爲從何生身生耶意生乎爾時

尊者須菩提語釋提桓因言善哉拘翼法法自生法法自滅法法相動法法自息猶如拘翼有毒藥復有害毒藥天帝釋此亦如是法法相亂法法自息法能生法法能滅法黒法用白法治白法用黒法治天帝釋貪欲病者用不淨治瞋恚病者用慈心治愚癡病者用智慧治如是釋提桓因一切所有皆歸於空無我無人無壽無命無士無夫無形無像無男無女猶如釋提桓因風壞大樹枝葉彫落雷雹壞苗華果初茂無水自萎天降時雨生苗得有如是天帝釋法法相亂法法自定我本所患疼痛苦惱今日已除無復患苦是時釋提桓因白須菩提言我亦有愁憂苦惱今聞此法無復有愁憂衆事猥多欲還天上已亦有事及諸天事皆悉猥多時須菩提言今正是時宜可時去是時釋提桓因即從座起前禮須菩提足遶三帀而去是時尊者須菩提便說此偈

能仁說此語　根本悉具足　智者獲安隱
聞法息諸病

爾時釋提桓因聞尊者須菩提所說歡喜奉行

調達及二經　彼及利師羅　竹膊孫陀利
善業釋提桓

增壹阿含經卷第六

音釋

竹膊（膊市兖切婆羅門名也）　匱（具位切乏也）　紡（撫兩切績紡也）　漑灌（漑古代切灌注也灌古玩切澆也）　憂悒（悒於汲切不安也）　粳（古行切稻之不黏者）　餚饌（餚胡交切饌士戀切非穀而食曰餚饌）　果蓏（蓏郎果切有核曰果無核曰蓏）　白氎（氎音牒細毛布也）　僂（音呂背曲也）　萎

音威草木枯也又蔫也 猥 鄔賄切雜也遲也

# 增壹阿含經卷第七

符秦三藏曇摩難提譯

## 五戒品第十四

聞如是一時佛在舍衛國祇樹給孤獨園爾時世尊告諸比丘於此衆中我不見一法修已多修已成地獄行成畜生行成餓鬼行若生人中壽命極短云何一法所謂殺生也佛告諸比丘若有人意好殺生便墮地獄餓鬼畜生中若生人中壽命極短所以然者以斷他命故是故諸比丘常當慈心莫得殺生如是諸比丘當作是學爾時諸比丘聞佛所說歡喜奉行

聞如是一時佛在舍衛國祇樹給孤獨園爾時世尊告諸比丘於此衆中我不見一法修行已多修行已受人中福受天上福得泥洹證云何一法所謂不殺生也佛告諸比丘若有人不行殺生亦不念殺壽命極長所以然者以彼不嬈亂故是故諸比丘當行不殺如是諸比丘當作是學爾時諸比丘聞佛所說歡喜奉行

聞如是一時佛在舍衛國祇樹給孤獨園爾時世尊告諸比丘於此衆中我不見一法修行已多修行已成地獄行餓鬼畜生行若生人中極爲貧匱衣不蓋形食不充口云何一法所謂劫盜也佛告諸比丘若有人意好劫盜取他財物便墮地獄餓鬼畜生中若生人中極爲貧匱所以然者以斷他生業故是故諸比丘常當遠離於不與取如是諸比丘當作是學爾時諸比丘聞佛所說歡喜奉行

聞如是一時佛在舍衛國祇樹給孤獨園爾

時世尊告諸比丘於此衆中我不見一法修行已多修行已受人中福受天上福得泥洹證云何一法所謂廣施也佛告諸比丘若有人廣行布施於現世中得色得力衆德具足天上人中食福無量是故諸比丘當行布施勿有慳心如是諸比丘當作是學爾時諸比丘聞佛所説歡喜奉行

聞如是一時佛在舍衛國祇樹給孤獨園爾時世尊告諸比丘於此衆中我不見一法修行已多修行已成地獄行畜生餓鬼行若生人中居家姦婬無有淨行爲人所譏常被誹謗云何一法所謂邪婬也佛告諸比丘若有人婬泆無度好犯他妻便墮地獄餓鬼畜生中若生人中閨門婬亂是故諸比丘常當正意莫興婬想愼莫他婬如是諸比丘當作是學爾時諸比丘聞佛所説歡喜奉行

聞如是一時佛在舍衛國祇樹給孤獨園爾時世尊告諸比丘於此衆中我不見一法修行已多修行已受人中福受天上福得泥洹證云何一法所謂不他婬也佛告諸比丘若有人貞潔不婬身體香潔亦無邪想便受天上人中之福是故諸比丘莫行邪婬以興婬意如是諸比丘當作是學爾時諸比丘聞佛所説歡喜奉行

聞如是一時佛在舍衛國祇樹給孤獨園爾時世尊告諸比丘於此衆中我不見一法修行已多修行已成地獄行餓鬼畜生行若生人中口氣臭惡爲人所憎云何一法所謂妄語也佛告諸比丘若有人妄言綺語鬪亂彼此便墮地獄畜生餓鬼中所以者何以其妄

語故是故諸比丘常當至誠莫得妄語如是諸比丘當作是學爾時諸比丘聞佛所說歡喜奉行

聞如是一時佛在舍衛國祇樹給孤獨園爾時世尊告諸比丘於此衆中我不見一法修行已多修行已受人中福受天上福得泥洹證云何一法所謂不妄語也佛告諸比丘其不妄語者口氣香芬名德遠聞是故諸比丘當行不妄語如是諸比丘當作是學爾時諸比丘聞佛所說歡喜奉行

聞如是一時佛在舍衛國祇樹給孤獨園爾時世尊告諸比丘於此法中我不見一法修行已多修行已受畜生餓鬼地獄罪若生人中狂愚癡惑不識真僞云何一法所謂飲酒也佛告諸比丘若有人心好飲酒所生之處無有智慧常懷愚癡是故諸比丘慎莫飲酒如是諸比丘當作是學爾時諸比丘聞佛所說歡喜奉行

聞如是一時佛在舍衛國祇樹給孤獨園爾時世尊告諸比丘於此衆中無有一法勝此法者修行已多修行已受人中福受天上福得泥洹證云何爲一法所謂不飲酒也佛告諸比丘若有人不飲酒生便聰明無有愚惑博知經籍意不錯亂如是諸比丘當作是學爾時諸比丘聞佛所說歡喜奉行

第五地獄經　此名不善行　五者及天人
令知次第數

## 有無品第十五 二法初

聞如是一時佛在舍衛國祇樹給孤獨園爾時世尊告諸比丘當知有此二見云何爲二

所謂有見無見諸有沙門婆羅門於此二見習已誦已終不從其法如實而不知此則非沙門婆羅門於沙門則犯沙門法於婆羅門則犯婆羅門法此沙門婆羅門終不以身作證而自遊戲諸有沙門婆羅門於此二見誦讀諷念可捨知捨如實而知此則沙門婆羅門知沙門婆羅門行自身取證而自遊戲生死已盡梵行已立所作已辦更不復受有如實知之是故諸比丘於此二見不應習行不應諷誦盡當捨離如是諸比丘當作是學爾時諸比丘聞佛所說歡喜奉行

聞如是一時佛在舍衛國祇樹給孤獨園爾時世尊告諸比丘有此二見云何爲二見所謂有見無見彼云何爲有見所謂欲有見色有見無色有見彼云何爲欲有見所謂五欲是也云何爲五欲所謂眼見色甚愛敬念未曾捨離世人宗奉若耳聞聲鼻齅香舌知味身知細滑意了諸法是謂有見彼云何爲無見所謂有常見無常見有斷滅見無斷滅見有邊見無邊見有身見無身見有命見無命見異身見異命見此六十二見名曰無見亦非眞見是謂無見是故諸比丘當捨此二見如是諸比丘當作是學爾時諸比丘聞佛所說歡喜奉行

聞如是一時佛在舍衛國祇樹給孤獨園爾時世尊告諸比丘有此二施云何爲二所謂法施財物施諸比丘施中之上者不過法施是故諸比丘常當學法施如是諸比丘當作是學爾時諸比丘聞佛所說歡喜奉行

聞如是一時佛在舍衛國祇樹給孤獨園爾

時世尊告諸比丘有此二業云何爲二業有法業有財業業中之上者不過法業是故諸比丘當學法業不學財業如是諸比丘當作是學爾時諸比丘聞佛所說歡喜奉行

聞如是一時佛在舍衛國祇樹給孤獨園爾時世尊告諸比丘有此二恩云何爲二所謂法恩財恩恩中之上者不過法恩也是故諸比丘當修行法恩如是諸比丘當作是學爾時諸比丘聞佛所說歡喜奉行

聞如是一時佛在舍衛國祇樹給孤獨園爾時世尊告諸比丘愚者有此二相像貌云何爲二於是愚所不能辦者而辦之垂辦之事猒而捨之是謂諸比丘愚者有此二相像貌復次比丘智者有二相像貌云何爲二於是智者所不能辦事亦不成辦垂辦之事亦不猒捨是故諸比丘愚者二相像貌當捨離之當念修行智者二相像貌如是諸比丘當作是學爾時諸比丘聞佛所說歡喜奉行

聞如是一時佛在舍衛國祇樹給孤獨園爾時世尊告諸比丘有此二法内自思惟專精一意當禮如來云何爲二法一爲智慧二爲滅盡是謂比丘内自思惟專精一意當禮如來如是諸比丘當作是學爾時諸比丘聞佛所說歡喜奉行

聞如是一時佛在舍衛國祇樹給孤獨園爾時世尊告諸比丘有此二法内自思惟專精一意當禮法寶亦禮如來神廟云何爲二法有力有無畏是謂比丘有此二法内自思惟專精一意當禮法寶及如來神廟如是諸比丘當作是學爾時諸 比丘聞佛所說歡喜奉

行

聞如是一時佛在舍衛國祇樹給孤獨園爾時世尊告諸比丘有此二法内自思惟專精一意禮如來寺云何爲二法如來與世間人民無與等者如來有大慈大悲矜念十方是謂比丘有此二法内自思惟專精一意禮如來寺如是諸比丘當作是學爾時諸比丘聞佛所說歡喜奉行

聞如是一時佛在舍衛國祇樹給孤獨園爾時世尊告諸比丘有二因二緣起於正見云何爲二受彼教誨内思止觀是謂比丘有此二因二緣起於正見如是諸比丘當作是學爾時諸比丘聞佛所說歡喜奉行

二見及二施　愚者有二相　禮法如來廟
正見最在後

火滅品第十六

聞如是一時佛在舍衛國祇樹給孤獨園爾時尊者難陀在舍衛城象華園中是時尊者難陀在閑靜處便生是念如來出世甚爲難遇億劫乃出實不可見如來久遠長夜時乃出耳猶如優曇鉢華時乃出現此亦如是如來出世甚爲難遇億劫乃出實不可見此處亦難遇一切諸行皆悉休息愛盡無餘亦無染汙滅盡泥洹爾時有一魔行天子知尊者難陀心中所念便往至孫陀利釋種女所飛在虚空以此頌偈而嗟歎曰

汝今發歡喜　嚴服作五樂　難陀今捨服
當來相娱樂

爾時孫陀利釋種女聞天語已歡喜踊躍不能自勝便自莊嚴修飾房舍敷好坐具作倡

妓樂如難陀在家無異爾時王波斯匿集在普會講堂聞難陀比丘還捨法服習于家業所以然者有天在空中告其妻曰是時王波斯匿聞是語已便懷愁憂即駕白象往至彼園到已便入華象池中遥見尊者難陀便前至難陀所頭面禮足在一面坐爾時尊者難陀告波斯匿曰大王何故來至此間顏色變異復有何事來至吾所波斯匿報曰尊者當知向在普會講堂聞尊者捨於法服還作白衣聞此語已故來至此不審尊者何所告勑是時難陀含笑徐告王曰不見不聞大王何故作此語耶大王豈不從如來邊聞我諸結已除生死已盡梵行已立所作已辦更不復受胞胎如實知之今成阿羅漢心得解脱波斯匿曰我不從如來聞難陀比丘生死已盡得阿羅漢心得解脱所以然者有天來告孫陀利釋種女曰是時孫陀利夫人聞此語已便作倡妓樂修治服飾敷諸坐具我聞此語已便來至尊者所難陀告王曰不知不聞何故大王而作是語諸有沙門婆羅門無不樂此休息樂善逝樂沙門樂涅槃樂而不自觀此婬火之坑復當就者此事不然骨猶如鎖肉如聚石猶蜜塗刀坐貪小利不慮後患亦如果繁折枝亦如假借不久當還猶如劔樹之藪亦如毒樹如毒害藥亦如毒葉如毒華果觀此婬欲亦復如是意染著者此事不然從火坑之欲乃至毒果不觀此事欲得度欲流有流見流無明流者此事不然已不度欲流有流見流無明流者而欲得入無餘涅槃界而般涅槃者此事不然大王當知諸有沙

門婆羅門觀察此休息樂善逝樂沙門樂涅槃樂此事必然彼以作是觀察解了婬坑之火猶如骨鎖肉聚蜜塗利刀果繁折枝假借不久亦如劒樹毒樹如毒害樂悉觀了知此則有處已解了知婬火所興便能得度欲流有流見流無明流此事必然彼已度欲流有流見流無明流此事必然云何大王以何見何知而作是說令我大王已成阿羅漢生死已盡梵行已立所作已辦更不復受母胞胎心得解脫爾時王波斯匿心懷歡喜善心生焉白尊者難陀曰我今無有狐疑如毛髮許方知尊者成阿羅漢今請辭還國事衆多難陀對曰宜知是時爾時王波斯匿即從座起頭面禮足便退而去波斯匿王去未幾時時彼魔天來至尊者難陀所住虛空中復以此偈向難陀說

夫人面如月　金銀瓔珞身　憶彼姿顏容
五樂恒自娛　彈琴鼓弦歌　音響甚柔輭
能除諸愁憂　樂此林間爲

是時尊者難陀便作是念此是魔行天人覺知此已復以偈報曰

我昔有此念　婬泆無猒足　爲欲所纏裹
不覺老病死　今我度欲淵　無汙無所染
榮位悉是苦　獨樂真如法　我今無諸結
婬怒癡悉盡　更不習此法　愚者當覺知

爾時彼魔行天人聞此語便懷愁憂即於彼没不現爾時衆多比丘以此因緣具白世尊爾時世尊告諸比丘端正比丘者無有勝難陀比丘諸根澹泊亦是難陀比丘無有欲心亦是難陀比丘無有瞋恚亦是難陀比丘無

有愚癡亦是難陀比丘成阿羅漢亦是難陀比丘所以然者難陀比丘端正諸根寂靜爾時世尊告諸比丘我聲聞中第一端正者所謂難陀比丘是諸根寂靜亦是難陀比丘爾時諸比丘聞佛所說歡喜奉行

聞如是一時佛在舍衛國祇樹給孤獨園爾時世尊告諸比丘有此二涅槃界云何爲二有餘涅槃界無餘涅槃界彼云何名爲有餘涅槃界於是比丘滅五下分結即彼般涅槃不還來此世是謂有餘涅槃界彼云何爲無餘涅槃界於是比丘盡有漏成無漏意解脫智慧解脫自身作證而自遊戲生死已盡梵行已立所作已辦更不復受有如實知之是謂無餘涅槃界此二涅槃界是故諸比丘當求方便至無餘涅槃界如是比丘當作是學爾時諸比丘聞佛所說歡喜奉行

聞如是一時佛在舍衛國祇樹給孤獨園爾時世尊告諸比丘我今當說烏喻亦當說豬喻善思念之吾當演說對曰如是世尊是時諸比丘從佛受教世尊告曰彼云何爲人喻如烏猶如有人在寂靜處恒習婬泆欲作諸惡行後便羞恥便自悔過向人演說陳所作事所以然者或爲諸梵行人所見識彈此人習欲作諸惡行彼作諸惡行已向人悔過自知羞恥猶如彼烏恒患苦飢便食不淨尋即拭嘴恐有餘烏見言此烏食不淨此亦如是若有一人在閑靜處習於婬欲不善之行後便羞恥而自悔過向人演說陳所作事所以然者或爲諸梵行人所見記識此人習欲作諸惡行是謂名爲人猶如烏彼云何爲人喻

如猪若有一人在閑靜處長習婬欲作諸惡行亦不羞恥復不悔過向人自譽貢高自用我能得五欲自娛此諸人等不能得五欲彼作惡已不知羞恥此人喻如猪恒食不淨臥於不淨便自跳踉向於餘猪此亦如是若有一人習於婬欲作諸惡行亦不羞恥復不悔過向人自譽貢高自用我能得五欲自娛此諸人不能得五欲自娛是謂人猶如猪是故諸比丘當捨遠離如是諸比丘當作是學爾時諸比丘聞佛所說歡喜奉行

聞如是一時佛在舍衛國祇樹給孤獨園爾時世尊告諸比丘我今當說人有似驢者有似牛者諦聽諦聽善思念之諸比丘對曰如是世尊是時諸比丘從佛受教世尊告曰彼云何名人像驢者若有一人剃除鬚髮著三法衣以信堅固出家學道爾時彼人諸根不定若眼見色隨起色想流馳萬端爾時眼根則非清淨生諸亂想不能制持衆惡普至亦復不能護於眼根耳聞聲鼻齅香舌知味身知細滑意知法隨起識病流馳萬端爾時意根則非清淨生諸亂想不能制持衆惡普至亦復不能護於意根無有威儀禮節之宜行步進止屈伸低仰執持衣鉢都違禁戒便爲梵行人所見譏彈咄此愚人像如沙門便取彈舉設是沙門者宜不應爾彼作是說我亦是比丘我亦是比丘猶如驢入羣牛之中而自稱曰我亦是牛我亦是牛然觀其兩耳復不似牛角亦不似尾亦不似音聲各異爾時羣牛或以角觝者或以脚踢者或以口嚙者今此比丘亦復如是諸根不定若眼見色隨

起色想流馳萬端爾時眼根則非清淨生諸亂想不能制持衆惡普至亦復不能護於眼根耳聞聲鼻齅香舌知味身了細滑意知法隨起識病流馳萬端爾時意根則非清淨生諸亂想不能制持衆惡普至亦復不能護於意根無有威儀禮節之宜行步進止屈伸低仰執持禁戒便爲梵行人所見識彈咄此愚人像如沙門便見彈舉設是沙門者宜不應爾彼作是說我是沙門猶如驢入於牛羣是謂人像驢者也彼人云何像牛者耶若有一人剃除鬚髮著三法衣以信牢固出家學道爾時彼人諸根寂定飲食知節竟日經行未曾捨離意遊三十七道品之法若眼見色不起色想亦無流馳之念爾時眼根則應清淨生諸善想亦能制持無復諸惡常擁護於眼根耳聲鼻香舌味身細滑意法不起識病爾時意根則得清淨彼人便到諸梵行人所諸梵行人遥見來已各自揚聲善來同學隨時供養不使有乏猶如良牛入牛衆中而自稱說我今是牛然其毛尾耳角音響都悉是牛諸牛見已各來䑛體此亦如是剃除鬚髮著三法衣以信堅固出家學道爾時彼人諸根寂定飲食知節竟日經行未曾捨離意遊三十七道品之法若眼見色不起色想亦無流馳之念爾時眼根則應清淨生諸善想亦能制持無復諸惡常擁護於眼根耳聲鼻香舌味身細滑意法不起識病爾時意根則得具足是謂此人像牛者也是故諸比丘當學如牛莫像如驢也如是諸比丘當作是學爾時諸比丘聞佛所說歡喜奉行

聞如是一時佛在舍衛國祇樹給孤獨園爾時世尊告諸比丘我今當說善不善行諦聽諦聽善思念之諸比丘對曰如是世尊爾時諸比丘從佛受敎世尊告曰彼云何名爲不善云何名爲善所謂殺生爲不善不殺爲善不與取爲不善與取爲善婬泆爲不善不婬爲善妄語爲不善不妄語爲善綺語爲不善不綺語爲善兩舌爲不善不兩舌爲善鬬亂彼此爲不善不鬬亂彼此爲善貪他爲不善不貪他爲善恚爲不善不恚爲善邪見爲不善正見爲善如是諸比丘行此惡已墮畜生餓鬼地獄中設行善者便生人中天上及諸善趣阿須倫中是故諸比丘當遠離惡行修習善行如是諸比丘當作是學爾時諸比丘聞佛所說歡喜奉行

聞如是一時佛在舍衛國祇樹給孤獨園爾時世尊告諸比丘我當與汝等說微妙法初善中善至竟亦善有義有味得修具足梵行之法所謂二法也諦聽諦聽善思念之吾當爲汝具足說之諸比丘對曰如是世尊是時諸比丘從佛受敎世尊告曰彼云何爲二法所謂邪見正見邪治正治邪語正語邪業正業邪命正命邪方便正方便邪念正念邪三昧正三昧是謂諸比丘名曰二法我今已與汝說此二法如來所應爲者今已周訖善念諷誦勿有懈倦今不行者後悔無及爾時諸比丘聞佛所說歡喜奉行

聞如是一時佛在舍衛國祇樹給孤獨園爾時世尊告諸比丘我今當說燭明之法亦當說由燭趣道之業諦聽諦聽善思念之諸比

丘對曰如是世尊爾時世尊告諸比丘彼云何名燭明者所謂貪婬瞋恚愚癡盡彼云何名爲由燭趣道之業所謂正見正治正語正業正命正方便正念正三昧是謂由燭趣道之業我爲比丘已說燭明亦說由燭趣道之業如來所應爲者今已周訖善念諷誦勿有懈怠今不行者後悔無及爾時諸比丘聞佛所說歡喜奉行

聞如是一時佛在舍衛國祇樹給孤獨園爾時世尊告諸比丘有此二力云何爲二力所謂忍力思惟力設吾無此二力者終不成無上正真等正覺又無此二力者終不於優留毘處六年苦行亦復不能降伏魔怨成無上正真之道坐於道場以我有此忍力思惟力故便能降伏魔衆成無上正真之道坐於道場是故諸比丘當求方便修此二力忍力思惟力便成須陀洹道斯陀含道阿那含道阿羅漢道於無餘涅槃界而般涅槃如是諸比丘當作是學爾時諸比丘聞佛所說歡喜奉行

聞如是一時佛在舍衛國祇樹給孤獨園爾時尊者阿那律在拘尸那竭國本所生處爾時釋梵四天王及五百天人幷二十八大鬼神王便往至尊者阿那律所到已頭面禮足在一面住復以此偈歎阿那律曰

歸命人中上　衆人所敬奉　我等今不知
爲依何等禪

爾時有梵志名曰闍拔吒是梵摩踰弟子復至尊者阿那律所頭面禮足在一面坐爾時彼梵志問阿那律曰我昔在王宮生未曾聞

此自然之香爲有何人來至此間爲是天龍鬼神人非人乎爾時阿那律報梵志曰向者釋梵四天王及五百天人幷二十八大鬼神王來至我所頭面禮足在一面住復以此偈而歎我曰

自歸人中上　衆人所敬奉　我等今不知
爲依何等禪

梵志問曰以何等故我今不見其形釋梵四天王爲何所在阿那律報曰以汝無有天眼故是故不見釋梵四王及五百天人幷二十八大鬼神王梵志問曰設我能得天眼者見此釋梵四天王及二十八大鬼神王耶阿那律報曰設當得天眼者便能見釋梵四天王及五百天人幷二十八大鬼神王然復梵志此天眼者何足爲奇有梵天王名曰千眼彼見此千世界如有眼之士自於掌中觀其寶冠此梵天亦如是見此千世界無有罣礙然此梵天不自見身所著服飾梵志問曰何以故千眼梵天不自見形所著服飾阿那律曰以其彼天無有無上智慧眼故故不見已身所著服飾梵志問曰設我得無上智慧眼者見此身所著服飾不耶阿那律曰若能得無上智慧眼者則能見已形所著服飾梵志問曰願尊者與我說極妙之法使得無上智慧之眼阿那律曰汝有戒耶梵志問曰云何爲戒阿那律曰不作衆惡不犯非法梵志報曰如是戒者我堪奉持如此之戒阿那律曰汝今梵志當持禁戒無失毫釐亦當除去憍慢之結莫計吾我染著之想時梵志復問阿那律曰何者是吾何者是我何者是憍慢結阿

那律曰吾者是神識也我者是形體之具也於中起識生吾我者是爲憍慢結也是故梵志當求方便除此諸結如是梵志當作是學梵志即從座起禮阿那律足遶三帀而去未至所在於中道思惟此義諸塵垢盡得法眼淨爾時有天昔與此梵志親友知梵志心中所得諸塵垢盡得法眼淨爾時彼天便往至尊者阿那律所頭面禮足在一面住即以此偈歎阿那律曰

梵志未至家　中道得道跡　垢盡法眼淨
無疑無猶豫

爾時尊者阿那律復以此偈告彼天曰

我先觀彼心　中間應道迹　彼人迦葉佛
曾聞此法教

爾時尊者阿那律即其時離彼處在人間遊漸漸至舍衞國到世尊所頭面禮足在一面住爾時世尊具以法語告阿那律阿那律從佛受教已便從座起頭面禮足便退而去爾時世尊告諸比丘我聲聞中第一弟子得天眼者所謂阿那律比丘是爾時諸比丘聞佛所說歡喜奉行

聞如是一時佛在舍衞國祇樹給孤獨園爾時尊者羅云奉修禁戒無所觸犯小罪尚避況復大者然不得有漏心解脫爾時衆多比丘便往至世尊所頭面禮足在一面坐爾時衆多比丘白世尊曰羅云比丘奉修禁戒無所觸犯然故有漏心不解脫爾時世尊便說此偈

具足禁戒法　諸根亦成就　漸漸當逮得
一切結使盡

是故諸比丘常當念修治正法無有漏失如是諸比丘當作是學爾時諸比丘聞佛所說歡喜奉行

難陀涅槃烏　驢不善有二　燭及忍思惟
梵志及羅云

增壹阿含經卷第七

音釋

婬泆 婬夷針切婬蕩也 泆弋質切淫放也　藪 蘇后切大澤無水曰藪　譏彈 譏居依切譴也 彈徒干切糾也　拭觜 拭賞職切潔也 觜即委切鳥喙也　跳踉 跳音條躍也 踉音良踉蹡欲行也　觝 音底觸也　蹋 徒合切踐也　嚙 五切切齧也　舐 時止切舌舐也

增壹阿含經卷第八

符秦三藏曇摩難提譯

安般品第十七

聞如是一時佛在舍衛國祇樹給孤獨園爾時世尊到時著衣持鉢將羅云入舍衛城分衛爾時世尊右旋顧謂羅云曰汝今當觀色爲無常羅云對曰如是世尊色爲無常世尊告曰羅云痛想行識皆悉無常羅云對曰如是世尊痛想行識皆爲無常是時尊者羅云復作是念此有何因緣今方向城分衛又在道路何故世尊而面告誨我今宜當還歸所在不應入城乞食爾時尊者羅云即中道還到祇洹精舍捨除衣鉢詣一樹下正身正意結跏趺坐專精一心念色無常念痛想行識無常爾時世尊於舍衛城乞食已食後在祇洹精舍而自經行漸漸至羅云所到已告羅云曰汝當修行安般之法修行此法所有愁憂之想皆當除盡汝今復當修行惡露不淨想所有貪欲盡當除盡汝今羅云當修行慈心已行慈心所有瞋恚皆當除盡汝今羅云當行悲心已行悲心所有害心悉當除盡汝今羅云當行喜心已行喜心所有嫉心皆當除盡汝今羅云當行護心已行護心所有憍慢悉當除盡爾時世尊向羅云便說此偈

數莫起著想　恒當自順法　如此智之士

名稱則流布　與人執炬明　壞於大闇冥

天龍所戴奉　敬奉師長尊

是時羅云比丘復以此偈報世尊曰

我不起著想　恒復順於法　如此智之士

則能奉師長

爾時世尊作是敎勑已便捨而去還詣靜室是時尊者羅云復作是念云何修行安般除去愁憂無有諸想是時羅云即從座起便往世尊所到已頭面禮足在一面坐須臾退坐白世尊曰云何修行安般除去愁憂無有諸想獲大果報得甘露味世尊告曰善哉善哉羅云汝乃能於如來前而師子吼問如此義云何修行安般除去愁憂無有諸想獲大果報得甘露味汝今羅云諦聽諦聽善思念之吾當爲汝具分別說對曰如是世尊爾時尊者羅云從世尊受敎世尊告曰如是羅云若有比丘樂於閑靜無人之處便正身正意結跏趺坐無他異念繫意鼻頭出息長知息長入息長亦知息長出息短亦知息短入息短亦知息短出息冷亦知息冷入息冷亦知息冷出息暖亦知息暖入息暖亦知息暖盡觀身體入息出息皆悉知之有時有息亦復知有有時無息亦復知無若息從心出亦復知從心出若息從心入亦復知從心入如是羅云能修行安般者則無愁憂亂惱之想獲大果報得甘露味爾時世尊具足與羅云說微妙法即從座起禮佛足遶三帀而去往詣安陀園在一樹下正身正意結跏趺坐無他餘念繫心鼻頭出息長知息長入息長亦知息長出息短亦知息短入息短亦知息短出息冷亦知息冷入息冷亦知息冷出息暖亦知息暖入息暖亦知息暖盡觀身體入息出息皆悉知之有時有息亦復知有有時無息亦復知無若息從心出亦復知從心出若息從心入亦復知從心入爾時羅云作如是思惟

欲心便得解脱無復衆惡有覺有觀念持喜安遊於初禪有覺有觀内自觀喜專其一心無覺無觀三昧念喜遊於二禪無復喜念自專覺知身樂諸賢聖常所求護喜念遊於三禪彼苦樂已滅無復愁憂無苦無樂護念清淨遊於四禪彼以此三昧心清淨無塵穢身體柔輭知所從來憶本所作自識宿命無數刼事亦知一生二生三生四生五生十生二十生三十生四十生五十生百生千生萬生數十萬生成刼敗刼無數成刼無數敗刼億載不可計我曾生彼名某姓某食如此食受如此苦樂壽命長短彼終生此此終生彼彼以此三昧心清淨無瑕穢亦無諸結亦知衆生所趣之心彼復以天眼清淨無瑕穢觀衆生類生者逝者善色惡色善趣惡趣若好若醜所行所造如實知之或有衆生身行惡口行惡意行惡誹謗賢聖常行邪見造邪見行身壞命終入地獄中或復衆生身行善口行善意行善不誹謗賢聖恒行等見造等見行身壞命終生善處天上是謂天眼清淨無瑕穢觀衆生類生者逝者善色惡色善趣惡趣若好若醜所行所造如實知之復更施意成盡漏心彼觀此苦如實知之復觀苦集亦知苦盡亦知苦出要如實知之彼以作是觀欲漏心得解脱有漏無明漏心得解脱已得解脱便得解脱智生死已盡梵行已立所作已辦更不復受有如實知之是時尊者羅云便成阿羅漢是時尊者羅云已成阿羅漢便從座起更整衣服往至世尊所頭面禮足在一面住白世尊曰所求已得諸妄除盡爾時世

尊告諸比丘諸得阿羅漢者無有與羅云等也諸有漏盡亦是羅云比丘諸持禁戒亦是羅云比丘所以然者諸過去如來等正覺亦有此羅云比丘欲言佛子亦是羅云比丘親從佛生法之上者爾時世尊告諸比丘我聲聞中第一弟子能持禁戒所謂羅云比丘是

爾時世尊便説此偈

具足禁戒法　諸根亦成就　漸漸當逮得

一切結使盡

爾時諸比丘聞佛所説歡喜奉行

聞如是一時佛在舍衛國祇樹給孤獨園爾時世尊告諸比丘二人出現於世甚爲難得云何爲二人所謂如來至眞等正覺出現於世甚爲難得轉輪聖王出現於世甚爲難得是謂比丘此二人者出現世間甚爲難得爾時諸比丘聞佛所説歡喜奉行

聞如是一時佛在舍衛國祇樹給孤獨園爾時世尊告諸比丘二人出現於世甚爲難得云何爲二人所謂辟支佛出現世間甚爲難得如來弟子漏盡阿羅漢出現世間甚爲難得是謂比丘此二人者出現於世甚爲難得

爾時諸比丘聞佛所説歡喜奉行

聞如是一時佛在舍衛國祇樹給孤獨園爾時世尊告諸比丘有此二法在於世間甚爲煩惱云何爲二法所謂作衆惡本起諸怨嫌復不造善行諸德之本是謂比丘有此二法甚爲煩惱是故諸比丘當覺知此煩惱法亦當覺知不煩惱法諸煩惱法當離之不煩惱法當念修行如是諸比丘當作是學爾時諸比丘聞佛所説歡喜奉行

聞如是一時佛在舍衞國祇樹給孤獨園爾時世尊告諸比丘邪見衆生所念所趣及餘諸行一切無可貴者世間人民所不貪樂所以然者以其邪見不善故也猶如有諸苦果之子所謂苦果苦蔘子葶藶子畢地槃特子及餘苦子便於良地種此諸子然後生苗猶復故苦所以然者以其子本苦故此邪見衆生亦復如是所作身行口行意行所趣所念及諸惡行一切無可貴者世間人民所不貪樂所以然者以其邪見惡不善故是諸比丘當除邪見習行正見如是諸比丘當作是學爾時諸比丘聞佛所說歡喜奉行

聞如是一時佛在舍衞國祇樹給孤獨園爾時世尊告諸比丘正見衆生所念所趣及諸餘行一切盡可貴敬世間人民所可貪樂所以者何以其正見妙故猶如有諸甜果若甘蔗若蒲桃果及諸一切甘美之果有人修治良地而取種之然後生子皆悉甘美人所貪樂所以然者以其果子本甘美故此正見衆生亦復如是所念所趣及餘諸行一切皆可貪樂世間人民無不喜者所以者何以其正見妙故是故諸比丘當習行正見如是諸比丘當作是學爾時諸比丘聞佛所說歡喜奉行

聞如是一時佛在舍衞國祇樹給孤獨園爾時尊者阿難在閑靜處獨自思惟便生是念諸有生民興欲愛想便生欲愛晝夜習之無有猒足爾時尊者阿難向暮即從座起著衣正服便往至世尊所到已頭面禮足在一面坐爾時尊者阿難白世尊曰向在閑靜之處

便生此念諸有衆生興欲愛想便生欲愛長夜習之無有猒足世尊告曰如是阿難如汝所言諸有人民興欲愛想便增欲想長夜習之無有猒足所以者何昔者阿難過去世時有轉輪聖王名曰頂生以法治化無有姦詐七寶成就所謂七寶者輪寶象寶馬寶珠寶玉女寶居士寶典兵寶是謂七寶有千子勇猛強壯能降伏諸惡統領四天下不加刀杖阿難當知爾時頂生王便生此念我今有此閻浮地人民熾盛多諸珍寶我亦從耆年長老邊聞西有瞿耶尼土人民熾盛多諸珍寶我今當往統彼國土阿難爾時頂生聖王適生斯念將四部兵便從此閻浮地沒便往至瞿耶尼土爾時彼土人民見聖王來皆悉前迎禮跪問訊善來大王今此瞿耶尼國人民熾盛唯願聖王當於此治化諸人民使從法敎爾時阿難聖王頂生即於瞿耶尼統領人民乃經數百千年是時聖王頂生復於餘時便生此念我有閻浮地人民熾盛多諸珍寶亦雨七寶乃至于膝今亦復有此瞿耶尼人民熾盛多諸珍寶我曾從長年許聞復有弗于逮人民熾盛多諸珍寶我今當往統彼國土以法治化阿難爾時頂生聖王適生斯念將四部兵從瞿耶尼沒便往至弗于逮爾時彼土人民見聖王來皆悉前迎禮跪問訊異口同響而作是語善來大王今此弗于逮人民熾盛多諸珍寶唯願大王當於此治化諸人民使從法敎阿難爾時頂生聖王即於弗于逮統領人民經百千萬歲是時聖王頂生復於餘時便生此念我於閻浮地人民熾盛

多諸珍寶亦雨七寶乃至于膝今亦復有此瞿耶尼人民熾盛多諸珍寶今亦復有此弗于逮國人民熾盛多諸珍寶我曾從耆年長老邊聞復有鬱單越人民熾盛多諸珍寶所爲自由無固守者壽不中夭正壽千年在彼壽終必生天上不墮餘趣著劫波育衣食自然粳米我今當往統彼國土以法治化阿難爾時頂生聖王適生斯念將四部兵從弗于逮没便往至鬱單越遥見彼土鬱然青色見已便問左右臣曰汝等普見此土鬱然青色不乎對曰唯然皆悉見之王告羣臣曰此是柔輭之草輭若天衣而無有異此等諸賢當於斯坐小復前行遥見彼土晃然黄色便告諸臣曰汝等普見此土晃然黄色乎對曰如是皆悉見之大王告曰此名自然粳米此等諸賢恒食此食如今卿等亦當食此粳米爾時聖王小復前行復見彼土普悉平正遥見高臺顯望殊特復告諸臣汝等頗見此地普平正乎對曰如是皆悉見之大王報言此名劫波育樹衣汝等亦復當著此樹衣阿難爾時彼土人民見大王來皆起前迎禮跪問訊異音同響而作是說善來聖王此鬱單越人民熾盛多諸珍寶唯願大王當於此治化諸人民使從法教阿難爾時頂生聖王即於鬱單越統領人民乃經百千萬歲是時頂生聖王復於餘時便生此念我今有閻浮地人民熾盛多諸珍寶亦雨七寶乃至于膝今亦復有此瞿耶尼弗于逮及此鬱單越人民熾盛多諸珍寶我曾從耆年長老邊聞有三十三天快樂無比壽命極長衣食自然玉女營從

不可稱計我今當往領彼天宮以法治化阿難爾時頂生聖王適生斯念將四部兵從鬱單越没便往至三十三天上爾時天帝釋遥見頂生王來便作是説善來大王可就此坐阿難爾時頂生聖王即共釋提桓因一處坐二人共坐不可分别顔貌舉動言語聲響一而不異阿難爾時頂生聖王在彼乃經數百千年已便生此念我今有此閻浮地人民熾盛多諸珍寶亦雨七寶乃至于膝亦有瞿耶尼亦復有弗于逮亦復有鬱單越人民熾盛多諸珍寶我復至此三十三天我今宜可害此天帝釋於此間獨王諸天阿難爾時頂生聖王適生此念即於座上而自退墮至閻浮里地及四部兵皆悉墮落爾時亦失輪寶莫知所在象寶馬寶同時命終珠寶自滅玉女寶居士寶典兵寶斯皆命終爾時頂生聖王身得重病諸宗族親普悉雲集問訊王疾云何大王若使大王命終之後有人來問此義頂生天王臨命終時有何言教設有此問當何以報頂生聖王報曰若使我命終之後有人問者以此報之頂生王者領此四天下而無猒足復至三十三天在彼經數百千歲意猶生貪欲害天帝便自墮落即取命終汝今阿難勿懷狐疑爾時頂生王者豈異人乎莫作是觀所以然者時頂生王者即我身是爾時我領此四天下及至三十三天於五欲中無有猒足阿難當以此方便證知所趣興貪欲心倍增其想於愛欲中而無猒足欲求猒足當從聖賢智慧中求爾時世尊於大衆中便説此偈

貪婬如時雨　於欲無猒足　樂少而苦多
智者所擯棄　正使受天樂　五樂而自娛
不知斷愛心　正覺之弟子　食福經億劫
福盡還入獄　受樂詎幾時　輙受地獄痛

是故阿難當以此方便知欲而去欲求不與想當作是學爾時阿難聞佛所說歡喜奉行

聞如是一時佛在舍衛國祇樹給孤獨園爾時生漏婆羅門便往至世尊所共相問訊在一面坐是時生漏婆羅門白世尊曰當云何觀惡知識世尊告曰當觀如觀月婆羅門曰當云何觀善知識世尊告曰當觀如觀月婆羅門曰沙門瞿曇今所說者略說其要未解廣義唯願瞿曇廣普說義使未解者解世尊告曰婆羅門諦聽諦聽善思念之吾當與汝廣演其義婆羅門對曰如是瞿曇生漏婆羅門從佛受教世尊告曰婆羅門猶如月末之月晝夜周旋但有其損未有具盈彼以滅損或復有時而月不現無有見者此亦如是婆羅門若惡知識經歷晝夜漸無有信無有戒無有聞無有施無有智慧彼以無有信戒聞施智慧是時彼惡知識身壞命終生地獄中是故婆羅門我今說是惡知識者猶如月末之月婆羅門猶如月初滿時若經過日夜光明漸增稍稍盛滿便於十五日具足成滿一切衆生靡不見者如是婆羅門若善知識經歷日夜增益信戒聞施智慧彼以增益信戒施聞智慧爾時善知識身壞命終生天上善處是故婆羅門我今說此善知識所趣猶月盛滿爾時世尊便說此偈

若人有貪欲　瞋恚癡不盡　於善漸有減

猶如月向盡　若人無貪欲　瞋恚癡亦盡
於善漸有增　猶如月盛滿
是故婆羅門當學如月初爾時生漏婆羅門白世尊曰善哉善哉瞿曇猶如屈者得伸冥者見明迷者見路於闇冥燃明此亦如是沙門瞿曇無數方便爲我說法我今自歸世尊及法衆僧自今已往聽我爲優婆塞盡形壽不殺生爾時生漏聞佛所說歡喜奉行
聞如是一時佛在舍衛國祇樹給孤獨園爾時世尊告諸比丘我今當說善知識法亦當說惡知識法諦聽諦聽善思念之諸比丘對曰如是世尊爾時諸比丘從佛受教世尊告曰彼云何名爲惡知識法於是比丘惡知識人便生此念我於豪族家學道餘比丘者卑賤家出家依己姓望毀呰餘人是謂名爲惡知識法復次惡知識人便生此念我極精進奉諸正法餘比丘者不精進持戒復以此義毀呰他人而自貢高是謂名爲惡知識法復次惡知識者復作是念我三昧成就餘比丘者無有三昧心意錯亂而不一定彼依此三昧常自貢高毀呰他人是謂名爲惡知識法復次惡知識人復作是念我智慧第一此餘比丘無有智慧彼依此智慧而自貢高毀呰他人是謂名爲惡知識法復次惡知識人復作是念我今常得飯食牀蓐臥具病瘦醫藥此餘比丘不得此供養之具彼依此利養之物而自貢高毀呰他人是謂名爲惡知識法是謂比丘惡知識人行此邪業彼云何爲善知識法於是比丘善知識人不作是念我豪族家生此餘比丘不是豪族家已身與彼而

無有異是謂名爲善知識法復次善知識人不作是念我今持戒此餘比丘不持戒行已身與彼無有增減彼依此戒不自貢高不毀他人是謂比丘名爲善知識法復次比丘善知識人復不作是念我三昧成就此餘比丘意亂不定已身與彼亦無增減彼依此三昧不自貢高亦不毀呰他人是謂比丘名爲善知識法復次比丘善知識人亦不作是念我智慧成就此餘比丘無有智慧已身與彼亦無增減彼依此智慧不自貢高亦不毀他人是謂比丘名爲善知識法復次比丘善知識人不作是念我能得衣被飲食牀蓐臥具病瘦醫藥此餘比丘不能得衣被飲食牀蓐臥具疾病醫藥己身與彼亦無增減彼依此利養不自貢高亦不毀他人是謂比丘名爲善知識法爾時世尊告諸比丘我今與汝分別惡知識法亦復與汝說善知識法是故諸比丘惡知識法當共遠離善知識法念共修行如是諸比丘當作是學爾時諸比丘聞佛所說歡喜奉行

聞如是一時佛在釋翅尼拘留園與大比丘五百人俱爾時國中豪貴諸大釋種五百餘人欲有所論集普義講堂爾時世典婆羅門便往詣彼諸釋種所語彼釋種言云何諸君此中頗有沙門婆羅門及世俗人能與吾共論議乎爾特衆多釋報世典婆羅門曰此中今有二人高才博學居在迦毗羅越國云何爲二人一名周利槃特比丘二名瞿蜜釋種如來至眞等正覺衆中少智無聞亦無智慧言語醜陋不別去就如此槃特之比又此迦

毗羅越一國之中無智無聞亦無黠慧爲人醜惡多諸惡穢如此瞿𡨥之比汝今可與彼論議設婆羅門能與彼二人論議得勝者我等五百餘人便當供養隨時所須亦當相惠千兩純金爾時彼婆羅門便生此心此迦毗羅越釋種悉皆聰明多諸技術姦宄虛僞無有正行設吾與彼二人論議而得勝者何足爲奇或復彼人得吾便者便爲愚者所伏思此二理吾不堪與彼論議也作是語已便退而去是時周利槃特到時持鉢入迦毗羅越乞食時世典婆羅門遥見周利槃特來便作是念我今當往問彼人義時世典婆羅門便往至比丘所語周利槃特曰沙門爲字何等周利槃特曰止婆羅門何須問字所以來此欲問義者時可問之婆羅門言沙門能與吾共論議乎周利槃特言我今尚能與梵天論議何況與汝盲無目人乎婆羅門言盲者即非無目人乎無目即非盲耶此是一義豈非煩重是時周利槃特便騰逝空中作十八變爾時婆羅門便作是念此沙門只有神足不解論議設當與吾解此義者身便當與作弟子是時尊者舍利弗以天耳聽聞有是語周利槃特與世典婆羅門作此論議是時尊者舍利弗即變身作槃特形隱槃特形使不復現語婆羅門曰汝婆羅門若作是念此沙門只有神足不堪論議者汝今諦聽吾當說之報汝向義依此論本當更引喻汝今婆羅門名字何等婆羅門曰吾名梵天周利槃特問曰汝是丈夫乎婆羅門曰吾是丈夫復問是人乎婆羅門報曰是人周利槃特問曰云何

婆羅門丈夫亦是人人亦是丈夫此亦是一義豈非煩重乎然婆羅門盲與無目此義不同婆羅門曰云何沙門名之爲盲周利槃特曰猶如不見今世後世生者滅者善色惡色若好若醜衆生所造善惡之行如實不知來無所覩故稱爲盲婆羅門曰云何名爲無眼者乎周利槃特曰眼者無上智慧之眼彼人無智慧之眼故稱爲無目也婆羅門言止止沙門捨此雜論我今欲問深義云何沙門煩不依法得涅槃乎周利槃特報曰不依五盛陰而得涅槃婆羅門曰云何沙門此五盛陰有緣生耶無緣生乎周利槃特對曰此五盛陰有緣生非無緣也婆羅門曰何等是五盛陰緣比丘曰愛是緣也婆羅門曰何者是愛比丘報曰生者是也婆羅門曰何者名爲生比丘曰即愛是也婆羅門曰愛有何道沙門曰賢聖八品道是所謂正見正業正語正行正方便正念正定是謂名爲賢聖八品道爾時周利槃特廣爲說法已婆羅門從比丘聞如此教已諸塵垢盡得法眼淨即於其處身中刀風起而命終是時尊者舍利弗還復其形飛在空中還詣所止是時尊者周利槃特比丘往至普集講堂衆多釋所到已語彼釋言汝等速辦酥油薪柴往耶維世典婆羅門是時諸釋種即辦薪油往耶維世典婆羅門於四道頭起鍮婆各各相率便往至尊者周利槃特比丘所到已頭面禮足在一面坐時諸釋種以此偈向周利槃特說曰

耶維起鍮婆　不違尊者教　我等獲大利

得遇此福祐

是時尊者周利槃特便以此偈而報釋曰
今轉尊法輪　降伏諸外道　智慧如大海
此來降梵志　所作善惡行　去來今現在
億劫不忘失　是故當作福
是時尊者周利槃特廣與彼諸釋種說法已
諸釋白周利槃特言若尊者須衣被飲食牀
蓐卧具病瘦醫藥我等盡當事事供給唯願
受請勿拒微情時尊者周利槃特黙然可之
爾時諸釋種聞尊者周利槃特所說歡喜奉
行
聞如是一時佛在羅閱城迦蘭陀竹園所與
大比丘五百人俱爾時提婆達兜惡人便往
至婆羅留支王子所告王子言昔者民萌壽
命極長如今人壽不過百年王子當知人命
無常備不登位中命終者不亦痛哉王子時
可斷父王命統領國人我今當殺沙門瞿曇
作無上至眞等正覺於摩竭國界新王新佛
不亦快哉如日貫雲靡所不照如月雲消衆
星中明爾時婆羅留支王子即收父王著鐵
牢中更立臣佐統領人民爾時衆多比丘入
羅閱城乞食便聞提婆達兜教王子收父王
著鐵牢中更立臣佐是時衆多比丘乞食已
還歸所在攝舉衣鉢往至世尊所頭面禮足
白世尊曰朝入城乞食聞提婆達兜愚人教
王子使收父王閉著牢獄更立臣佐復勑王
子言汝殺父王我害如來於此摩竭國界新
王新佛不亦快哉爾時世尊告諸比丘若王
治化不以正理爾時臣佐亦行非法臣佐已
行非法爾時王太子亦行非法太子已行非
法爾時羣臣長吏亦行非法羣臣長吏已行

非法爾時國界人民亦行非法國界人民已行非法爾時人衆兵馬亦行非法兵衆已行非法爾時日月倒錯運度失時日月已失時便無年歲已無年歲日差月錯無復精光日月已無精光爾時星宿現怪星宿已現變怪便有暴風起已有暴風起神祇瞋恚神祇已瞋恚爾時風雨不時風雨已不時爾時穀子在地者便不長大人民之類蛸飛蠕動顏色改變壽命極短若復有時王法治正爾時羣臣亦行正法羣臣已行正法時王太子亦行正法王太子已行正法爾時長吏亦行正法長吏已行正法國界人民亦行正法日月順常風雨以時災怪不現神祇歡喜五穀熾盛君臣和穆相視如兄如弟終無增損有形之類顏色光潤食自消化無有災害壽命極長人所愛敬爾時世尊便說此偈

猶如牛渡水　導者而不正　一切皆不正
斯由本導故　衆生亦如是　衆中必有導
導者行非法　況復下細人　萌類盡受苦
由王法不正　以知非法行　一切民亦然
猶如牛渡水　導者而行正　從者亦皆正
斯由本導故　衆生亦如是　衆中必有導
導者行正法　況復下庶人　萌類盡受樂
由王法教正　以知正法行　一切民亦然

是故諸比丘當捨非法而行正法如是諸比丘當作是學爾時諸比丘聞佛所說歡喜奉行

增壹阿含經卷第八

音釋

蔘（所金切藥名也）葶藶（葶特丁切藶郎擊切藥草名也）摒（摒必政切屏除也）毀呰（毀虎委切謗也呰音子亦毀也）牀蓐（蓐音辱草薦也）黠慧（黠胡八切亦慧也）姦宄（姦居顏切宄矩鮪切姦在外為姦在內為宄）耶維（梵語也正云荼毗此云焚燒）鍮婆（梵語也正云窣堵波此云方墳又云高顯）鍮（鍮音偷）蛸飛（蛸隳員切小飛也）蝡動（蝡音軟蟲動貌）

# 增壹阿含經卷第九

符秦三藏曇摩難提譯

## 慙愧品第十八

聞如是一時佛在舍衛國祇樹給孤獨園爾時世尊告諸比丘有二妙法擁護世間云何爲二法所謂有慙有愧也諸比丘若無此二法世間則不別有父有母有兄有弟有妻子知識尊長大小便當與猪雞狗牛羊六畜之類而同一等以其世間有此二法擁護世間則別有父母兄弟妻子尊長大小亦不與六畜共同是故諸比丘當習有慙有愧如是諸比丘當作是學爾時諸比丘聞佛所說歡喜奉行

聞如是一時佛在舍衛國祇樹給孤獨園爾時世尊告諸比丘世有二人無有猒足而取命終云何爲二人所謂得財物恒藏舉之復有得物而喜與人是謂二人無有猒足而取命終爾時有比丘白世尊曰我等不解世尊此略說之義云何得物藏舉云何得物與人唯願世尊廣演其義世尊告曰諦聽諦聽善思念之吾當爲汝分別其義對曰如是爾時佛告諸比丘於是有族姓子學諸技術或習田作或習書疏或習計算或習天文或習地理或習卜相或學遠使或作王佐不避寒暑飢寒勤苦而自營己彼作是功力而獲財物彼人不能食噉亦不與妻子亦不與奴婢親親之屬皆悉不與彼所得財物或王劫奪或被賊盜或火燒水漂分散異處不獲其利即於家中有人分散此物不得停住是謂比丘得財藏舉者也彼云何得財分布有族姓子

學諸技術或習田作或習書疏或習計算或習天文地理或習卜相或學遠使或作王佐不避寒暑飢寒勤苦而自營已彼作是功力而獲財物彼人惠施衆生給與父母奴婢妻子亦復廣及沙門婆羅門造諸功德種天上之福是謂比丘得而惠施是謂比丘二人無猒足如前一人得財物而舉者當念捨離第二人得而廣布當學此業如是諸比丘當作是學爾時諸比丘聞佛所說歡喜奉行

聞如是一時佛在舍衛國祇樹給孤獨園爾時世尊告諸比丘常當法施勿習食施所以然者汝等今有果報之祐使我弟子恭敬於法不貪利養設貪利養者則有大過於如來所何以故謂衆生類不分別法毀世尊教已毀世尊教後不復得至涅槃道我便有耻所以然者謂如來弟子貪著利養不行於法不分別法毀世尊教不順正法已毀世尊教復不得至涅槃道汝今比丘當念法施勿思欲施便得稱譽名聞四遠恭敬於法不貪財物此則無有羞耻所以然者如來弟子好以法施不貪思欲之施是謂比丘當念法施勿學財施汝等比丘吾說此義爲因何義而說此緣乎爾時諸比丘白世尊曰唯願世尊事事分別爾時世尊告諸比丘昔有一人請吾供養然吾爾時有遺餘法而可除棄有二比丘從遠方來形體困篤顔色變易爾時我便語彼比丘作是語有遺餘法而可除棄隨時須者便可取之而自營已時一比丘便作是念世尊今日有遺餘法而可除棄隨時須者便可取之設復我等不取食者便當以此食寫

于淨地若著水中然令我等宜取此食以充虛乏加得氣力爾時彼比丘復作是學佛亦作是說當行法施莫行思欲之施所以然者施中之上無過財施然復法施於中最尊我今堪任竟日不食猶得自濟不須受彼信施之福爾時彼比丘便自息意不取彼施形體困篤不自顧命彼時第二比丘復作是念世尊亦有遺餘之法而可除者設我等不取食者便當困篤今以此食用充虛乏加得氣力晝夜安寧爾時彼比丘便取食之晝夜安隱氣力充足佛告諸比丘彼比丘雖復取彼供養除去虛乏氣力充足故不如先前比丘可敬可貴甚可尊重彼比丘長夜名稱遠聞於律知足易充易滿諸比丘當學法施勿學思欲之施我前所說者由此因緣爾時世尊說此語已便從座起而去是時衆多比丘復作是念向者世尊略說其要竟不廣普便從座起入寂靜室今此衆中誰能堪任於此略義而廣普演其義是時衆多比丘復作是念今尊者舍利弗世尊所譽我當盡共詣彼舍利弗所是時衆多比丘便往至尊者舍利弗所共相禮拜在一面坐一面坐已是時衆多比丘所可從世尊聞事盡向舍利弗說之是時尊者舍利弗告諸比丘云何世尊弟子貪著利養不修行法云何世尊弟子貪修行法不貪利養爾時衆多比丘白舍利弗曰我等乃從遠來請問其義得修行之尊者舍利弗堪任者便與我等廣演其義舍利弗告曰諦聽諦聽善思念之吾當與汝廣演其義爾時衆多比丘對曰如是舍利弗告曰世尊弟子所

學寂靜念安聲聞弟子不如是學世尊𠮟教所應滅法而諸比丘亦不滅之於中懈怠起諸亂想所應爲者而不肯行所不應爲者便修行之爾時諸賢長老比丘於三處便有羞耻云何爲三世尊常樂寂靜之處爾時聲聞不作是學長老比丘便有羞耻世尊教人當滅此法然彼比丘不滅此法長老比丘便有羞耻於中起亂想之念意不專一長老比丘便有羞耻諸賢當知中比丘於三處便有羞耻云何爲三世尊常樂寂靜之處爾時聲聞不作是學中比丘便有羞耻世尊教人當滅此法然彼比丘不滅此法中比丘便有羞耻於中起亂想之念意不專一中比丘便有羞耻諸賢當知年少比丘於三處便有羞耻云何爲三世尊弟子常樂寂靜之處爾時聲聞不作是學年少比丘便有羞耻世尊教人當滅此法然彼比丘不滅此法年少比丘便有羞耻於中復起亂想之念意不專一年少比丘便有羞耻是謂諸賢貪著於財不著於法諸比丘白舍利弗曰云何比丘貪著於法不著於財舍利弗曰於是比丘世尊樂寂靜之處聲聞亦學如來樂寂靜之處世尊所説當滅此法諸比丘便滅此法不懈怠意亦不亂所應行者便修行之所不應行者便不行之諸賢當知長老比丘於三處便有名稱云何爲三世尊樂寂靜之處聲聞亦樂寂靜之處長老比丘便有名稱世尊教人當滅此法爾時比丘便滅此法長老比丘便有名稱於中不起亂想之念意常專一長老比丘便有名稱諸賢當知中比丘於三處便有名稱云何

爲三世尊樂寂靜之處聲聞亦樂寂靜之處中比丘便有名稱世尊敎人當滅此法爾時比丘便滅此法中比丘便有名稱於中不起亂想之念意常專一中比丘便得名稱諸賢當知年少比丘於三處便有名稱云何爲三於是比丘世尊樂寂靜之處年少比丘亦樂寂靜之處年少比丘便有名稱世尊敎人當滅此法爾時比丘便滅此法年少比丘便有名稱於中不起亂想之念意常專一年少比丘便有名稱諸賢當知貪之爲病甚大灾患瞋恚亦然貪婬瞋恚滅者便得處中之道眼生智生諸纒休息得至涅槃慳疾爲病亦復極重煩惱燒煑憍慢亦深幻僞不眞無慙無愧不能捨離婬欲敗正慢增上慢亦復不捨此二慢滅便得處中之道眼生智生諸縛休息得至涅槃比丘白曰云何尊者舍利弗處中之道眼生智生諸縛休息得至涅槃舍利弗言諸賢當知所謂賢聖八品道是正見正治正語正行正命正方便正念正三昧是謂諸賢處中之道眼生智生諸縛休息得至涅槃爾時衆多比丘聞尊者舍利弗所說歡喜奉行

聞如是一時佛在羅閱城迦蘭陀竹園所與大比丘衆五百人俱爾時世尊到時著衣持鉢入羅閱城乞食在一街巷爾時彼巷有一梵志婦欲飯食婆羅門即出門遥見世尊便往至世尊所問世尊曰頗見婆羅門不爾時尊者大迦葉先在其巷世尊便舉手指示曰此是婆羅門是時梵志婦熟視如來面黙然不語爾時世尊便說此偈

無欲無恚者　去愚無有癡　漏盡阿羅漢
是謂名梵志　無欲無恚者　去愚無有癡
以捨結使聚　是謂名梵志　無欲無恚者
去愚無有癡　以斷吾我慢　是謂名梵志
若欲知法者　三佛之所說　至誠自歸彼
最尊無有上

爾時世尊告大迦葉曰汝可往爲此梵志婦使現身得免宿罪是時迦葉從佛受教往至梵志婦舍已就座而坐是時彼婆羅門婦便供辦餚饌種種飲食以奉迦葉是時迦葉即受食欲度人故而向彼人說此嗟嚫

祠祀火爲上　衆書頌爲最　王爲人中尊
衆流海爲上　衆星月爲首　照明日爲先
四維及上下　於諸方域境　天與世間人
佛爲最尊上　欲求其福者　當歸於三佛

是時彼梵志婦聞此語已即歡喜踊躍不能自勝前白大迦葉曰惟願梵志恒受我請在此舍食是時大迦葉即受彼請在彼處受彼食是時婆羅門婦見迦葉食訖更取一卑座在迦葉前坐是時迦葉以次與說微妙之法所謂論者施論戒論生天之論欲爲不淨斷漏爲上出家爲要尊者大迦葉已知彼梵志婦心開意解甚懷歡欣諸佛所可常說法者苦集盡道是時尊者大迦葉悉爲梵志婦說之時梵志婦即於座上諸塵垢盡得法眼淨猶如新淨白氎無有塵垢易染爲色時梵志婦亦復如是即於座上得法眼淨彼已得法見法分別其法無有狐疑已逮無畏自歸三尊佛法聖衆受持五戒是時尊者大迦葉重與梵志婦說微妙法已即從座起而去迦葉

去未久時婦夫壻來至家至家已婆羅門見婦顏色甚悅非復常人時婆羅門即問其婦婦即以此因緣具向夫壻說之時婆羅門聞是語已便將其婦共詣精舍往至世尊所時婆羅門與世尊共相問訊在一面坐婆羅門婦頭面禮世尊足在一面坐時婆羅門白世尊曰向有婆羅門來至我家今爲所在爾時尊者大迦葉去世尊不遠結跏趺坐正身正意思惟妙法爾時世尊遥指示大迦葉曰此是尊長婆羅門也婆羅門曰云何瞿曇沙門即是婆羅門耶沙門與婆羅門豈不異乎世尊告曰欲言沙門者即我身是所以然者我即是沙門諸有奉持沙門戒律我皆已得如今欲論婆羅門者亦我身是所以然者我即是婆羅門也諸過去婆羅門所持法行吾已悉知欲論沙門者即大迦葉是所以然者諸有沙門戒律迦葉比丘皆悉包攬欲論婆羅門者亦是迦葉比丘所以然者諸有婆羅門奉持禁戒迦葉比丘皆悉了知爾時世尊便說此偈

我不說梵志　能知呪術者　唱言生梵天
此則不離縛　無縛無生趣　能脱一切結
不復稱天福　即沙門梵志

爾時婆羅門白世尊曰言結縛者何等名爲結乎世尊告曰欲愛是結瞋恚愚癡是結如來者無此欲愛永滅無餘瞋恚愚癡亦復如是如來無復此結婆羅門曰唯願世尊說深妙法無復有此諸結縛著是時世尊漸與彼婆羅門說微妙法所謂論者施論戒論生天之論欲爲不淨斷漏爲上出家爲要爾時世

尊知婆羅門心開意解甚懷歡喜古昔諸佛常所說法苦集盡道爾時世尊盡爲婆羅門說之時婆羅門即於座上諸塵垢盡得法眼淨猶如新淨白㲲無有塵垢易染爲色時婆羅門亦復如是即於座上得法眼淨彼已得法見法分別其法無有狐疑已逮無畏自歸三尊佛法聖衆受持五戒爲如來真子無復退還爾時彼婆羅門夫婦聞佛所說歡喜奉行

聞如是一時佛在羅閱城迦蘭陀竹園所與大比丘衆五百人俱爾時王阿闍世有象名那羅祇梨極爲兇弊暴虐勇健能降伏怨緣彼象力使摩竭一國無不靡伏爾時提婆達兜便往至王阿闍世所到已而作是說大王當知今此象惡能除衆怨可以醇酒飲彼象醉清旦沙門瞿曇必來入城乞食當放此醉象蹋蹈殺之時王阿闍世聞提婆達兜教即告令國中明日清旦當放醉象勿令人民在里巷遊行是時提婆達兜告王阿闍世曰若彼沙門瞿曇有一切智知當來事者明日必不入城乞食王阿闍世曰亦如尊教設有一切智者明日清旦不入城乞食爾時羅閱城內男女大小事佛之者聞王阿闍世清旦當放醉象害於如來聞已各懷愁憂便往至世尊所頭面禮足在一面住白世尊曰明日清旦願世尊勿復入城所以然者王阿闍世今有敎令勑語城內人民之類明日勿復在里巷行來吾欲放醉象害沙門瞿曇設沙門有一切智明日清旦不入城乞食唯願世尊勿復入城儻害如來世人喪目無復救護世尊

告曰止止諸優婆塞勿懷愁惱所以然者如來之身非俗數身然不爲他人所害終無此事諸優婆塞當知閻浮里地東西廣七千由旬南北長二十一千由旬瞿耶尼縱廣八千由旬如半月形弗于逮縱廣九千由旬土地方正鬱單越縱廣十千由旬土地圓如滿月正使此四天下醉象滿其中如似稻麻叢林其數如是猶不能得動如來毫毛況復欲得害於如來終無是處則捨四天下復有如千天下千日月千須彌山四大海水千閻浮提千瞿耶尼千弗于逮千鬱單越千四天王天千三十三天千豔天千兜術天千化自在天千他化自在天此名千世界乃至二千世界此名中千世界乃至三千世界此名三千大千世界遍滿其中伊羅鉢龍王猶不能動如來一毛況復此象欲害如來哉終無是處所以然者如來神力不可思議如來出世終不爲人所傷害也汝等各歸所在如來自當知此變趣爾時世尊與四部衆廣爲說微妙之法時優婆塞優婆斯聞正法已各從座起頭面禮足便退而去爾時世尊清旦著衣持鉢欲入羅閱城乞食是時提頭賴吒天王將諸乾沓和等從東方侍從世尊是時毗留勒叉王將拘槃茶衆侍從如來西方毗留博叉王將諸龍衆侍從如來北方天王拘毗羅將羅刹鬼衆侍從如來是時釋提桓因將諸天人數千萬衆從忉利天沒來至世尊所時梵天王將諸梵天數千萬衆從梵天上來至世尊所釋梵四天王及二十八天大鬼神王各各相謂言我等今日當觀二神龍象共鬬誰者

勝負時羅閱城四部之衆遥見世尊將諸比丘入城乞食時城内人民皆舉聲喚曰王阿闍世復聞此聲問左右曰此是何等聲響乃徹此間侍臣對曰此是如來入城乞食人民見已故有此聲阿闍世曰沙門瞿曇亦無聖道不知人心來變之驗王阿闍世即勑象師汝速將象飲以醇酒鼻帶利劒即放使走爾時世尊將諸比丘詣城門適舉足入門時天地大動諸尊神天在虚空中散種種華時五百比丘見醉象來各各馳走莫知所如時彼暴象遥見如來便走趣向侍者阿難見醉象來在世尊後不自安處白世尊曰此象暴惡將恐相害宜可遠之世尊告曰勿懼阿難吾今當以如來神手降伏此象如來觀察暴象不近不遠便化左右作諸師子王於彼象後作大火坑時彼暴象見左右師子王及見火坑即失屎放糞無走突處便前進向如來爾時世尊便說此偈

汝莫害於龍　龍現甚難遇　不由害龍巳
而得生善處

爾時暴象聞世尊說此偈如被火然即自解劒向如來跪雙膝投地以鼻舐如來足時世尊伸右手摩象頭而作是說

瞋恚生地獄　亦作蛇蚖形　是故當捨恚
更莫受此身

爾時神尊諸天在虚空中以若干百千種華散如來上是時世尊與四部衆天龍鬼神說微妙法爾時見降象男女六萬餘人諸塵垢盡得法眼淨八萬天人亦得法眼淨時彼醉象身中刀風起身壞命終生四天王宮爾時

諸比丘比丘尼諸優婆塞優婆斯及天龍鬼神聞世尊所說歡喜奉行

聞如是一時佛在舍衛國祇樹給孤獨園爾時尊者難陀著極妙之衣色耀人目著金廁履屣復文飾兩目手執鉢器欲入舍衛城爾時有衆多比丘遥見尊者難陀著極妙之衣入舍衛城乞食爾時衆多比丘便往至世尊所頭面禮足在一面坐須臾退坐白世尊曰向者難陀比丘著極妙衣色耀人目入舍衛城乞食爾時世尊告一比丘汝速往至難陀比丘所如來呼卿對曰如是世尊時彼比丘受世尊教頭面禮足而去往至難陀比丘所到已語難陀曰世尊呼卿是時難陀聞比丘語即來至世尊所到已頭面禮足在一面坐是時世尊告難陀曰汝今何故著此極妙之衣又著金廁履屣入舍衛城乞食時尊者難陀默然不語世尊復重告曰云何難陀汝豈不以信牢固出家學道乎難陀對曰如是世尊世尊告曰汝今族姓子不應律行以信堅固出家學道何由復著極妙之衣摩治形服欲入舍衛城乞食與彼白衣有何差別爾時世尊便說此偈

何日見難陀　能持阿練行　心樂沙門法
頭陀度無極

汝今難陀更莫造此如是之行爾時尊者難陀及四部衆聞佛所說歡喜奉行

聞如是一時佛在舍衛國祇樹給孤獨園爾時尊者難陀不堪行梵行欲脱法衣習白衣行爾時衆多比丘往至世尊所頭面禮足在一面坐爾時衆多比丘白世尊曰難陀比丘

不堪行梵行欲脫法衣習居家行爾時世尊告一比丘汝往至難陀所云如來喚卿對曰如是世尊時彼比丘受世尊教即從座起禮世尊足便退而去至彼難陀比丘所云世尊喚難陀對曰如是爾時難陀比丘尋共此比丘至世尊所頭面禮足在一面坐是時世尊告難陀曰云何難陀不樂修梵行欲脫法衣修白衣行乎難陀對曰如是世尊世尊告曰何以故難陀難陀對曰欲心熾燃不能自禁世尊告曰云何難陀汝非族姓子出家學道乎難陀對曰如是世尊我是族姓子以信牢固出家學道世尊告曰汝族姓子此非其宜已捨家學道修清淨行云何捨於正法而欲習穢汙難陀當知有二法無猒足若有人習此法者終無猒足云何爲二法所謂婬欲及飲酒是謂二法無猒足若有人習此二法終無猒足緣此行果亦不能得無爲之處是故難陀當念捨除此二法後必成無漏之報汝今難陀善修梵行趣道之果靡不由之爾時世尊便說此偈

蓋屋不密　天雨則漏　人不惟行　漏婬怒癡
蓋屋善密　天雨不漏　人能惟行　無婬怒癡

爾時世尊復作是念此族姓子欲意極多我今宜可以火滅火是時世尊即以神力手執難陀猶如力人屈伸臂頃將難陀至香熏山上爾時山上有一巖穴復有一瞎獼猴在彼住止是時世尊右手執難陀而告之曰汝難陀頗見此瞎獼猴不對曰如是世尊世尊告曰何者爲妙爲孫陀利釋種妙耶爲此瞎獼猴妙乎難陀對曰猶如有人傷極惡犬鼻復

加毒塗彼犬倍惡此亦如是孫陀利釋女今以此瞎獼猴相比不可爲喻猶大火積焚燒山野加益以乾薪火轉熾燃此亦如是我念彼釋女不去心懷爾時世尊如屈伸臂頃從彼山不現便至三十三天時三十三天上諸天普集善法講堂去善法講堂不遠復有宮殿五百玉女自相娛樂純有女人無有男子爾時難陀遙見五百天女作倡伎樂自相娛樂見已問世尊曰此是何等五百天女作倡妓樂自相娛樂世尊告曰汝難陀自往問之是時尊者難陀便往至五百天女所見彼宮舍敷好坐具若干百種純是女人無有男子是時尊者難陀問彼天女曰汝等是何天女各相娛樂快樂如是天女報曰我等有五百人悉皆清淨無有夫主我等聞有世尊弟子名曰難陀是佛姨母兒彼於如來所清淨修梵行命終之後當生此間與我等作夫主共相娛樂是時尊者難陀甚懷喜悅不能自勝便作此念我今是世尊弟子又且復是姨母兒此諸天女皆當爲我作婦是時難陀便退而去至世尊所世尊告曰云何難陀彼玉女何所言說難陀報言彼玉女各作是說我各各無夫主聞有世尊弟子善修梵行命終之後當來生此世尊告曰難陀汝意云何難陀報曰爾時即自生念我是世尊弟子又且復是佛姨母兒此諸天女盡當與我作妻世尊告曰快哉難陀善修梵行我當與汝作證使此五百女人皆當爲給使世尊復告曰云何難陀孫陀利釋女妙耶爲是五百天女妙乎難陀報曰猶如山頂瞎獼猴在孫陀利前無

有光澤亦無有色此亦如是孫陀利在彼天女前亦復如是無有光澤世尊告曰汝善修梵行我當證汝得此五百天人爾時世尊便作是念今我當以火滅難陀火猶如力人屈伸臂頃世尊右手執難陀臂將至地獄中爾時地獄衆生受若干苦惱爾時彼地獄中有一大鑊空無有人見已便生恐懼衣毛皆竪前白佛曰此諸衆生皆受苦痛唯有此釜而獨空無人世尊告曰此者名阿毗地獄爾時難陀倍復恐怖衣毛皆竪白世尊曰此是何獄而獄自空亦無罪人世尊告曰汝難陀自往問之是時尊者難陀便自往問曰云何獄卒此是何獄空無有人獄卒報曰比丘當知釋迦文佛弟子名曰難陀彼於如來所修淨梵行身壞命終生善處天上於彼壽千歲快自娛樂復於彼終生此阿毗地獄中此空鑊者即是其室是時尊者難陀聞此語已便懷怖懅衣毛皆竪即生此念此之空釜正爲我耳來至世尊所頭面禮足白世尊曰願受懺悔我自罪緣不修梵行觸嬈如來爾時尊者難陀便説此偈

人生不足貴　天壽盡亦喪　地獄痛酸苦
唯有涅槃樂

爾時世尊告難陀曰善哉善哉如汝所言涅槃者最是快樂難陀聽汝懺悔如愚如癡自知有咎於如來所今受汝悔過後更莫犯爾時世尊屈伸臂頃手執難陀從地獄不現便至舍衛城祇樹給孤獨園爾時世尊告難陀曰汝今難陀當修行二法云何爲二法所謂止與觀也復當更修二法云何爲二生死不

可樂知涅槃爲樂是謂二法復當更修二法云何爲二法所謂智與辯也爾時世尊以此種種法向難陀說是時尊者難陀從世尊受教已從座起禮世尊足便退而去至安陀園到已在一樹下結跏趺坐正身正意繫念在前思惟如來如此言教是時尊者在閑靜處恒思惟如來教不去須臾所以族姓子以信牢固出家學道修無上梵行生死已盡梵行已立所作已辦更不復受有如實知之是時尊者難陀便成阿羅漢已成阿羅漢即從座起整衣服至世尊所頭面禮足在一面坐是時尊者難陀白世尊曰世尊前許證弟子五百天女者今盡捨之世尊告曰汝今生死已盡梵行已立吾即捨之爾時便說偈曰

我今見難陀　修行沙門法　諸惡皆以息　頭陀無有失

爾時世尊告諸比丘言得阿羅漢者今難陀比丘是無婬怒癡亦是難陀比丘爾時諸比丘聞佛所說歡喜奉行

聞如是一時佛在釋翅瘦迦毗羅越尼拘留國中與大比丘五百人俱爾時大愛道瞿曇彌便往世尊所頭面禮足白世尊曰願世尊長化愚冥恒護生命世尊告曰瞿曇彌不應向如來作是言如來正壽無窮恒護其命是時大愛道瞿曇彌即說此偈

云何禮最勝　世間無與等　能斷一切疑　由是說此語

爾時世尊復以偈報瞿曇彌曰

精進意難缺　恒有勇猛心　平等視聲聞　此則禮如來

是時大愛道白世尊曰自今已後當禮世尊如今如來勑視一切衆生意無增減天上人中及阿須倫如來爲最上是時世尊可大愛道所説即從座起頭面禮足便退而去爾時世尊告諸比丘我聲聞中第一弟子廣識多知所謂大愛道是爾時諸比丘聞佛所説歡喜奉行

聞如是一時佛在舍衛國祇樹給孤獨園爾時世尊告諸比丘有此二人於如來衆而興誹謗云何爲二人謂非法言是法謂法言是非法是謂二人誹謗如來復有二人不誹謗如來云何爲二所謂非法即是非法眞法即是眞法是謂二人不誹謗如來是故諸比丘非法當言非法眞法當言眞法如是諸比丘當作是學爾時諸比丘聞佛所説歡喜奉行

聞如是一時佛在舍衛國祇樹給孤獨園爾時世尊告諸比丘有此二人獲福無量云何爲二所謂應稱譽者便歎譽之不應稱者亦不稱歎之是謂二人獲福無量復有二人受罪無量何等爲二所謂可稱譽者反更誹謗不應稱歎者而更稱歎諸比丘莫作是學爾時諸比丘聞佛所説歡喜奉行

增壹阿含經卷第九

音釋

達嚫（梵語也亦云檀嚫此云財施達唐割切嚫初覲切）逮（音代及也）包攬（攬盧敢切包攬謂包括攬持也）醇（常倫切醲酒也）蹋蹈（蹋徒合切蹈徒到切蹴也）蛇蚖（蛇食遮切毒蟲也蚖五丸切亦毒蛇也）金廁履蹝（廁初吏切間也履力紙切舄屬也蹝亦履也金廁履蹝謂以金間飾履舄也）鑊（胡郭切釜屬鍋也）釜（奉甫切鑊屬大口曰釜）

# 增壹阿含經卷第十

符秦 三藏 曇摩難提 譯

## 勸請品第十九

聞如是一時佛在摩竭道場樹下爾時世尊得道未久便生此念我今甚深之法難曉難了難可覺知不可思惟休息微妙智者所覺知能分別義理習之不猒即得歡喜設吾與人說妙法者人不信受亦不奉行者唐有其勞則有所損我今宜可黙然何須說法爾時梵天在梵天上遥知如來所念猶如士夫屈伸臂頃從梵天上没不現來至世尊所頭面禮足在一面住爾時梵天白世尊曰此閻浮提必當壞敗三界喪目如來至真等正覺出現於世應演法寶然今復不暢演法味惟願如來普爲衆生廣說深法又此衆生根源易度若不聞者永失法眼此應爲法之遺子猶如優鉢蓮華拘牟頭華分陀利華雖出於地未出水上亦未開敷是時彼華漸漸欲生故未出水或時此華以出水上或時此華不爲水所著此衆生類亦復如是爲生老病死所見逼促諸根應熟然不聞法而便喪者不亦苦哉今正是時唯願世尊當爲說法爾時世尊知梵天心中所念又慈愍一切衆生故說此偈曰

梵天今來勸　如來開法門　聞者得篤信
分別深法要　猶住高山頂　普觀衆生類
我今有此法　昇堂現法眼

爾時梵天便作是念如來必爲衆生說深妙法歡喜踊躍不能自勝頭面禮足已即還天上爾時梵天聞佛所說歡喜奉行

聞如是一時佛在波羅柰國仙人鹿苑中爾時世尊告諸比丘有此二事學道者不應親近云何爲二事所謂著欲及樂之法此是卑下凡賤之法又此諸苦衆惱百端是謂二事學道者不應親近如是捨此二事已我自有至要之道得成正覺眼生智生意得休息得諸神通成沙門果至於涅槃云何爲至要之道得成正覺眼生智生意得休息得諸神通成沙門果至於涅槃所謂此賢聖八品道是所謂等見等治等語等業等命等方便等念等定此名至要之道今我得成正覺眼生智生意得休息得諸神通成沙門果至於涅槃如是諸比丘當學捨上二事習於至要之道如是諸比丘當作是學爾時諸比丘聞佛所說歡喜奉行

羅云迦葉龍　二難大愛道　誹謗非梵請
二事最在後

聞如是一時佛在舍衛國祇樹給孤獨園爾時釋提桓因至世尊所到已頭面禮足在一面住白世尊曰云何比丘斷於愛欲心得解脫乃至究竟安隱之處無有諸患天人所敬爾時世尊告釋提桓因曰於是拘翼若諸比丘聞此空法解無所有則得解了一切諸法如實知之身所覺知苦樂之法若不苦不樂之法即於此身觀悉無常皆歸於空彼已觀此不苦不樂之變亦不起想已無有想則無恐怖已無恐怖則般涅槃生死已盡梵行已立所作已辦更不復受有如實知之是謂釋提桓因比丘斷於愛欲心得解脫乃至究竟安隱之處無有災患天人所敬爾時釋提桓

因禮世尊足已遶三帀而退當於爾時尊者大目揵連去世尊不遠結跏趺坐正身正意繫念在前爾時尊者大目揵連便作是念向者此帝釋得道跡而問事耶爲不得道跡爲問義耶我今當試之爾時尊者大目揵連即以神足如人屈伸臂頃便至三十三天爾時釋提桓因遥見大目揵連從遠而來即起奉迎並作是語善來尊者大目揵連尊自不至此亦大久矣願欲與尊論說法義願在此處坐是時目揵連問釋提桓因曰世尊與汝說斷愛欲之法我欲聞之今正是時可與我說之釋提桓因白言我今諸天事猥多或自有事或復有諸天事我所問者即時而忘昔者目連與諸阿須倫共鬭當鬭之日諸天得勝阿須倫退爾時我身躬往自戰尋復領諸天還上天宫坐最勝講堂因鬭勝故故名爲最勝講堂街巷成行陌陌相值一一街頭七百樓閣一一樓閣上各七玉女一一玉女各有七使人願尊目連在彼觀看爾時釋提桓因及毗沙門天王在尊者目連後往至最勝講堂所是時釋提桓因及毗沙門天王白大目揵連曰此是最勝講堂悉可遊看目連曰天王此處極爲微妙皆由前身所作福祐故致此自然實堂猶如人間小有樂處各自慶賀如天宫無異皆由前身作福所致爾時釋提桓因左右玉女各各馳走莫知所如猶若人間有所禁忌皆懷慚愧是時釋提桓因所將玉女亦復如是遥見大目揵連來各各馳走莫知所湊時大目連便作是念此釋提桓因意甚放逸我今宜可使懷恐怖是時尊者大

目揵連即以左脚指案地彼宫殿六反震動是時釋提桓因及毗沙門天王皆懷恐怖衣毛皆竪而作是念此大目揵連有大神足乃能使此宫殿六反震動甚奇甚特未曾有是是時大目揵連便作是念今此釋身以懷恐怖我今宜可問其深義云何拘翼如來所説除愛欲經者今正是時唯願與我等説釋提桓因報言目連我前至世尊所頭面禮足在一面住是時我即白世尊曰云何比丘斷於愛欲心得解脱乃至究竟至無爲處無有患苦天人所敬爾時世尊便告我言於是拘翼諸比丘聞法已都無所著亦不著色盡解一切諸法了無所有知一切諸法已若苦若樂不苦不樂觀了無常滅盡無餘亦無斷壞彼觀此已都無所著已不起世間想復無恐怖已無恐怖便般涅槃生死已盡梵行已立所作已辦更不復受有如實知之是謂釋提桓因比丘斷欲心得解脱乃至究竟無爲之處無有患苦天人所敬爾時我聞此語已便禮世尊足遶三帀即退而去還歸天上是時尊者大目揵連以深法之語向釋提桓因及向毗沙門具分别之爾時目連具説法已猶如士夫屈伸臂頃從三十三天没不現便來至舍衛祇樹給孤獨園至世尊所頭面禮足在一面坐爾時目揵連即於座上白世尊曰如來前與釋提桓因説除欲之法唯願世尊當與我説之爾時世尊告目揵連曰汝當知之釋提桓因來至我所頭面禮足在一面立爾時釋提桓因而問我義云何世尊比丘斷愛欲心得解脱爾時我告釋提桓因曰拘翼若

有比丘解知一切諸法空無所有亦無所著盡解一切諸法了無所有已知一切諸法無常滅盡無餘亦無斷壞彼觀此已都無所著已不起世間想復無恐怖已無恐怖便般涅槃生死已盡梵行已立所作已辦更不復受有如實知之是謂釋提桓因比丘斷欲心得解脫爾時釋提桓因即從座起頭面禮足便退而去還歸天上爾時大目揵連聞佛所說歡喜奉行

聞如是一時佛在舍衛國祇樹給孤獨園爾時世尊告諸比丘世間有此二人若見雷電霹靂無有恐怖云何爲二人獸王師子漏盡阿羅漢是謂比丘有此二人在於世間若見雷電霹靂不懷恐怖是故諸比丘當學漏盡阿羅漢如是諸比丘當作是學爾時諸比丘聞佛所說歡喜奉行

聞如是一時佛在舍衛國祇樹給孤獨園爾時世尊告諸比丘有此二法令人無有智慧云何爲二法不喜問勝人但貪睡眠無精進意是謂比丘有此二法令人無有智慧復有二法令人成大智慧云何二法好問他義不貪睡眠有精進意是謂比丘有此二法令人有智慧當遠離惡法如是諸比丘當作是學爾時諸比丘聞佛所說歡喜奉行

聞如是一時佛在舍衛國祇樹給孤獨園爾時世尊告諸比丘有此二法令人貧賤無有財貨云何爲二法若見人與他物時便禁制之又自不肯布施是謂比丘有此二法令人貧賤無有財寶比丘當知復有二法令人富貴云何爲二法若見人與他物時助其歡喜

已好布施是謂比丘有此二法令人富貴如是諸比丘當學惠施勿有貪心爾時諸比丘聞佛所說歡喜奉行

聞如是一時佛在舍衛國祇樹給孤獨園爾時世尊告諸比丘有此二法令人生貧賤家云何爲二法不孝父母諸尊師長亦不承事勝於已者是謂比丘有此二法令人生貧賤家比丘當知復有二法生豪族家云何爲二恭敬父母兄弟宗族將至已家惠施所有是謂比丘有此二法生豪族家如是諸比丘當作是學爾時諸比丘聞佛所說歡喜奉行

聞如是一時佛在舍衛國祇樹給孤獨園爾時梵志女名須深往至尊者大拘絺羅所到已頭面禮足在一面坐爾時彼梵志女須深白拘絺羅曰優蹋藍弗羅勒迦藍此深法中竟不受化各取命終世尊記此二人曰一人生不用處一人生有想無想處此二人盡其壽命各復命終一人當爲邊地國王傷害人民不可稱計一人當爲著翅惡狸飛行走獸無得脫者命終之後各生地獄中然復世尊不記彼人何時當盡苦際何故世尊不記彼人當盡苦際爾時尊者拘絺羅語須深女人曰所以世尊不記者皆由無人問此義故是故世尊不記彼人何時當盡苦際須深女人曰於是如來已趣涅槃是故不得問之若當在世者便往問其義如今尊者拘絺羅與我說之彼人何時當盡苦際爾時尊者拘絺羅便說此偈

種種果不同　衆生趣亦然　自覺覺人者
我無此辯說　禪智解脫辯　憶本天眼通

能盡苦元本　我無此辯說
爾時須深女人便說此偈
善逝有此智　質直無瑕穢　勇猛有所伏
求於大乘行
是時尊者拘絺羅復說此偈
是意甚難得　能獲異法要　難爲能辯之
向於奇特事
爾時尊者與彼須深女人具說法要便發喜
心時彼女人即從座起頭面禮足便退而去
時須深女人聞尊者拘絺羅所說歡喜奉行
聞如是一時尊者摩訶迦遮延遊婆那國深
池水側與大比丘衆五百人俱爾時尊者迦
遮延有此名聞流聞四遠尊者長老姦荼婆
羅門在此遊化爾時婆羅門聞尊者迦遮延
在此池側遊化將五百比丘尊者長老功德
具足我今可往問訊彼人是時上色婆羅門
將五百弟子往至尊者迦遮延所共相問訊
在一面坐爾時彼婆羅門問尊者迦遮延曰
如迦遮延所行此非法律年少比丘不向我
等諸高德婆羅門作禮迦遮延曰婆羅門當
知彼如來至真等正覺說此二地云何爲二
地一名老地二名壯地婆羅門問曰何者是
老地何者是壯地迦遮延曰正使婆羅門年
在八十九十彼人不止婬欲作諸惡行是謂
婆羅門雖可年老今在壯地婆羅門曰何者
年壯住在老地迦遮延曰婆羅門若有比丘
年在二十或三十四十五十彼亦不習婬欲
亦不作惡行是謂婆羅門年壯在老地婆羅
門曰此大衆中頗有一比丘不行婬欲不作
惡行乎迦遮延曰我大衆中無有一比丘習

欲作惡者時彼婆羅門即從座起禮諸比丘足並作是語汝今年少住於老地我今年老住在少地爾時彼婆羅門復往至迦遮延所頭面禮足而自陳說我今自歸迦遮延及比丘僧盡形壽不殺迦遮延曰汝今莫自歸我我所自歸者汝可趣向之婆羅門曰尊者迦遮延爲自歸誰時尊者迦遮延便長跪向如來所般涅槃處有釋種子出家學道我恒自歸彼然彼人即是我師婆羅門曰此沙門瞿曇爲在何處我今欲見之迦遮延曰彼如來已趣涅槃婆羅門言若如來在世者我乃可百千由旬往問訊之彼如來雖趣涅槃我今重自歸作禮及佛法衆盡其形壽不復殺生爾時上色婆羅門聞尊者迦遮延所說歡喜奉行

聞如是一時佛在舍衛國祇樹給孤獨園爾時世尊告諸比丘有二人出現世間甚難得遇云何爲二人能說法人出現於世甚難得值能聞法人受持奉行甚難得值是謂比丘有此二人出現世間甚難得遇是故諸比丘當學說法當學聞法如是諸比丘當作是學爾時諸比丘聞佛所說歡喜奉行

聞如是一時佛遊摩竭國界漸來至毗舍離城爾時在毗舍離比菴婆婆利園中與大比丘衆五百人俱爾時菴婆婆利女聞世尊來在園中與大比丘五百人俱爾時彼女駕乘羽葆之車便往出毗舍離城至俠道口到世尊所即自下車往至世尊所爾時世尊遥見彼女來便告諸比丘皆悉專精勿起邪想是時女人至世尊所頭面禮足在一面坐爾時

世尊說極妙法說極妙法已女白佛言唯願世尊當受我請及比丘僧爾時世尊默然受女請女見世尊默然受請已即從座起頭面禮足復道而歸爾時毗舍離城男女大小聞世尊在菴婆婆利園中與大比丘衆五百人俱是時城中有五百童子乘種種羽葆之車其中或乘白車白馬衣蓋幢幡侍從皆白其中或乘赤馬赤車衣蓋幢幡侍從皆赤或乘青車青馬衣蓋幢旛侍從皆青或乘黃車黃馬衣蓋幢幡侍從皆黃威容嚴飾如諸王法出毗舍離城往至世尊所未到之頃道逢彼女走車打牛馳向城内是時諸童子問女曰汝是女人應當羞辱何以打牛走車馳向城内時女報曰諸賢當知我明日請佛及比丘僧是故走車耳童子報曰我亦欲飯佛及比丘僧今與汝千兩純金可限明日使我等飯時女報曰止止族姓子我不聽許童子復報與汝二千兩三千兩四千兩五千兩乃至百千兩金是非聽許明日使我等飯佛及比丘僧女報言我不聽許所以然者世尊恒說有二希望世人不能捨離云何爲二利望命望誰能保我至明日者我已先請如來今當辦具時諸童子各振其手我等爾許人不如女人也作是語已各自別去時諸童子往至世尊所頭面作禮在一面住爾時世尊見童子來告諸比丘汝等比丘觀諸童子威容服飾如天帝釋出遊觀時等無差別爾時世尊告童子曰世間有二事最不可得云何爲二有返復之人作小恩常不忘況復大者是諸童子有此二事最不可得童子當知念有返復

亦使識小恩不忘況復大者爾時世尊便說此偈

知恩識返復　恒念教授人　智者所敬待

名聞天世人

如是諸童子當作是學爾時世尊具與諸童子說微妙法聞已各從座起頭面禮足便退而去是時女人即其夜辦種種甘饌飲食敷諸坐具清旦便白時到今正是時唯願世尊臨顧鄙舍爾時世尊著衣持鉢將諸比丘前後圍遶往至毗舍離城到彼女舍是時女見世尊坐定手自擎食上佛及比丘僧飯佛及比丘僧已行清淨水已更取小金鏤座在佛前坐爾時女白世尊曰此菴婆婆利園用奉上如來及比丘僧使當來過去現在衆僧得止住中願世尊受此園爾時世尊爲彼女故便受此園世尊即便說此呪願

園果施清涼　橋梁度人民　近道作圊廁

人民得休息　晝夜獲安隱　其福不可計

諸法戒成就　死必生天上

爾時世尊說此語已即起而去爾時彼女聞佛所說歡喜奉行

斷愛及師子　無智少於財　家貧須深女

迦旃法說女

增壹阿含經卷第十

音釋

湊倉奏切趣也人向也　著翅貍著陟畧切置也翅音試翼也貍陵知切狐貍也著翅貍謂身著兩翅能飛之貍也　羽葆葆博抱切謂合聚五采羽爲幢曰羽葆　圊廁圊七情切廁初吏切溷也

# 增壹阿含經卷第十一

符秦三藏曇摩難提譯

## 善知識品第二十

聞如是一時佛在舍衞國祇樹給孤獨園爾時世尊告諸比丘當親近善知識莫習惡行信從惡業所以然者諸比丘親近善知識已信便增益聞施智慧普悉增益若諸比丘親近善知識莫習惡行所以然者若近惡知識便無信戒聞施智慧是故諸比丘當親近善知識莫近惡知識如是諸比丘當作是學爾時諸比丘聞佛所說歡喜奉行

聞如是一時佛在羅閱城迦羅陀竹園所與大比丘衆五百人俱前後圍遶而爲說法爾時提婆達兜將五百比丘去如來不遠而經過世尊遥見提婆達兜自將門徒便說此偈

莫親惡知識　亦莫愚從事　當近善知識
人中最勝者　人本無有惡　習近惡知識
從必種惡根　永在闇冥中

是時提婆達兜五百弟子聞世尊說此偈已便來至世尊所頭面禮足在一面坐斯須退坐向世尊悔過我等愚惑無所知識唯願世尊受我等懺悔爾時世尊受彼五百比丘懺悔便與說法令得信根爾時五百比丘在閑靜處思惟深法所以然者族姓子出家學道以信堅固修無上梵行爾時彼五百比丘便成阿羅漢生死已盡梵行已立所作已辦更不復受有如實知之爾時五百人成阿羅漢是時諸比丘聞佛所說歡喜奉行

聞如是一時佛在舍衞國祇樹給孤獨園爾時世尊與無央數衆圍遶說法是時曇摩留

支在靜室中獨自思惟入禪三昧觀見前身在大海中作魚身長七百由旬即從靜室起猶如力士屈伸臂頃便往至大海中故死屍上而經行爾時曇摩留支便說此偈

生死無數劫　流轉不可計　各各求所安
數數受苦惱　設復見身已　意欲造屋舍
一切肢節壞　形體不得全　心已離諸行
愛著永無餘　更不受此形　長樂涅槃中

爾時尊者曇摩留支說此偈已即從彼沒來至舍衛祇桓精舍往至世尊所爾時世尊見曇摩留支來作是告曰善哉曇摩留支久來此間曇摩留支白世尊曰如是世尊久來此間爾時上座及諸比丘各生斯念此曇摩留支恒在世尊左右然今世尊告曰善哉曇摩留支久來此間爾時世尊知諸比丘心中所念欲斷狐疑故便告諸比丘非爲曇摩留支久來此間故我言此義所以然者昔過去無數劫時有錠光如來至真等正覺明行成爲善逝世間解無上士道法御天人師爲佛衆祐出現於世治在鉢摩大國與大比丘衆十四萬八千人俱爾時四部之衆不可稱計國王臣吏人民之類皆來供養給其所須爾時有梵志名耶若達在雪山側住看諸秘讖天文地理靡不貫博書疏文字亦悉了知諷誦一句五百言大人之相亦復了知事諸火神日月星宿教五百弟子宿夜不倦耶若達梵志有弟子名曰雷雲顏貌端正世之希有眼紺青色雷雲梵志聰明博見靡事不通恒爲耶若達所見愛敬不去須臾是時婆羅門所行呪術盡皆備舉爾時雷雲梵志便作是念

我今所應學者悉皆備已然復自念書籍所載諸有學梵志行術過者當報師恩如我今日所應學者皆復知之我今宜可報於師恩然復貧匱空無所有可用供養師者宜當往詣國界求所須者爾時雷雲梵志便往至師所而白師曰梵志所學技術之法今悉知已然復書籍所載諸有學術過者當報師恩然復貧乏無有金銀珍寶可用供養者今欲詣國界求索財物用供養師爾時耶若達婆羅門便作是念此雷雲梵志我之所愛不去心首設吾死者尚不能別離何況今日欲捨吾去我今當作何方宜使留得住耶是時耶若達梵志即告雷雲曰汝梵志今故有婆羅門所應學者卿尚不知是時雷雲梵志便前白師唯願見教何者未誦是時耶若達梵志便思惟造五百言誦告雷雲曰今有此書名五百言誦汝可受之雷雲白言願師見授欲得諷誦比丘當知爾時耶若達便授此弟子五百言誦未經幾日悉皆流利是時耶若達婆羅門告五百弟子曰此雷雲梵志技術悉備無事不通即以立名名曰超術此超術梵志極爲高才天文地理靡不貫博書疏文字亦悉了知爾時超術梵志復經數日復白師曰梵志所學技術之法今悉知已然復書籍所載諸有學術過者當報師恩加復貧乏無有金銀珍寶可用供養師者今欲詣國界求索財物用供養師唯願聽許爾時耶若達梵志告曰汝知是時是超術梵志前禮師足便退而去爾時鉢摩大國去城不遠有衆梵志普集一處欲共大祠亦欲講論時有八萬四千

梵志共集第一上座亦復諷誦外道書疏莫不練知天文地理星宿變恠皆悉了知各欲散時便以五百兩金及金杖一枚金澡罐一枚牛千頭用奉上師與第一上座爾時超術梵志聞去鉢摩大國不遠有諸梵志八萬四千集在一處其有試術過者便與五百兩金及金杖一枚金澡罐一枚大牛千頭是時超術梵志自念我今何故家家乞求不如詣彼大衆共捔技術是時超術梵志便往至大衆所爾時衆多梵志遥見超術梵志各各高聲喚曰善哉祠主今獲大利乃使梵天躬自下降時八萬四千諸梵志等各起共迎異口同音而作是語善來大梵神天時超術梵志便生此念此諸梵志謂呼吾是梵天然復吾亦非梵天是時超術梵志語諸婆羅門曰止止

諸賢勿呼吾是梵天也汝等豈不聞乎雪山北有大梵志衆師名耶若達天文地理靡不貫練諸梵志曰吾等聞之但不見耳超術梵志曰我是其弟子名曰超術是時超術梵志便向彼衆第一上座而告之曰設知技術者向吾說之爾時彼衆第一上座即向超術梵志誦三藏技術無有漏失時超術婆羅門復語彼上座曰一句五百言今可說之是時彼上座曰我不解此義何等是一句五百言者時超術梵志告曰諸賢默然聽說一句五百言大人之相比丘當知爾時超術梵志便誦三藏之術及一句五百言大人之相爾時八萬四千梵志歎未曾有甚奇甚特我等初不聞一句五百言大人之相今尊者宜在上頭第一上座爾時超術梵志移彼上座已便在

第一上頭坐爾時彼衆上座極懷瞋恚發此誓願令此人移我坐處自補其處我今所誦經籍持戒苦行設當有福者盡持用作誓此人所生之處所欲作事我恒當壞敗其功是時彼施之主即出五百兩金及金杖一枚金澡罐一枚牛千頭好女一人持用與上座使呪願爾時上座告主人曰我今受此五百兩金及金杖金澡罐當用供養師此女人及牛千頭還施主人所以然者吾不習欲亦不積財是時超術梵志受此金杖澡罐已便往詣鉢摩大國其王名曰光明時彼國王請錠光如來及比丘衆衣食供養時彼國王告令城內其有人民有香華者盡不得賣若有賣者當重罰之吾自出價不須轉賣復勑人民掃灑令淨勿使有土石沙穢惡懸繒幡蓋香汁塗地作倡妓樂不可稱計爾時彼梵志見已便問行道人曰今是何日掃灑道路除治不淨懸繒幡蓋不可稱計將非國主太子有所娉娶彼行道人報曰梵志不知耶鉢摩大國王今請錠光如來至眞等正覺衣食供養故平治道路懸繒幡蓋耳然梵志秘記亦有此語如來出世甚難得遇時時乃出實不可見猶如優曇鉢華時時乃出此亦如是如來出現於世甚不可值又梵志書亦有此語有二人出世甚難得值云何二人如來及轉輪聖王此二人出現甚難得值爾時彼復作是念我今何急速報師恩今且以此五百兩金奉上錠光如來復作是念書記所載如來不受金銀珍寶我可持此五百兩金用買香華散如來上是時梵志即入城內求買香華爾時

城内行人報曰梵志不知耶國王有教令其有香華賣者當重罰之時彼超術梵志便作是念是我薄祐求華不獲將知如何便還出城在門外立爾時有婆羅門女名曰善味持水瓶行取水手執五枚華梵志見已語彼女人曰大妹我今須華願妹見賣與我梵志女曰我何時是汝妹爲識我父母不時超術梵志復生此念此女人性行寛博意在戲笑即復語言賢女我當與價是非見惠此華梵志女曰豈不聞大王有嚴教不得賣華乎梵志曰賢女此事無苦王不柰汝何我今急須此五枚華我得此華汝得貴價梵志女曰汝急須華欲作何等梵志報曰我今見有良地欲種此華梵志女曰此華已離其根終不可生云何方言我欲種之梵志報曰如我今日所見良田種死灰尚生何況此華梵志女曰何者是良田種死灰乃生乎梵志報曰賢女有錠光佛如來至眞等正覺出現於世梵志女曰錠光如來爲何等類梵志即報彼女曰錠光如來者有如是之德有如是之戒成諸功德梵志女曰設有功德者欲求何等福梵志報曰願我後生當如錠光如來至眞等正覺禁戒功德亦當如是梵志女曰設汝許我世世作夫婦我便與汝華梵志曰我今所行意不著欲梵志女曰如我今身不求爲汝作妻使我將來世與汝作妻超術梵志曰菩薩所行無有愛惜設與我作妻者必壞我心梵志女曰我終不壞汝施意正使持我身施與人者終不壞施心是時便持五百金錢用買五枚華與彼女人共作誓願各自別去是時錠

光如來至眞等正覺時到著衣持鉢與比丘僧前後圍遶入鉢摩大國時超術梵志遥見錠光如來來顔貌端正見莫不歡諸根寂靜行不錯亂有三十二相八十種好猶如澄水無有穢濁光明徹照無所罣礙亦如寶山出諸山上見已便發歡喜心於如來所持此五莖華至錠光如來所到已在一面住時超術梵志白錠光佛言願見採受設世尊今不授決者便當於此處斷其命根不願此生爾時世尊告曰梵志不可以此五莖華授無上等正覺梵志白言願世尊與我說菩薩所行法錠光佛告曰菩薩所行無所愛惜爾時梵志便說此偈

不敢以父母　持施與外人　諸佛眞人長
亦復不敢施　日月周行世　此二不可施
餘者盡可施　意決無有難

爾時錠光佛復以此偈報梵志曰

如汝所說施　亦不如來言　當忍億劫苦
施頭身耳目　妻子國財寶　車馬僕從人
設能堪與者　今當授汝決

爾時摩納復說此偈

大山熾如火　億劫堪頂戴　不能壞道意
唯願時授決

爾時錠光如來默然不語時彼梵志手執五莖華右膝著地散錠光如來並作是說持是福祐使將來世當如錠光如來至眞等正覺而無有異即自散髮在于淤泥若如來授我決者便當以足蹈我髮上過比丘當知爾時錠光如來觀察梵志心中所念便告梵志曰汝將來世當作釋迦文佛如來至眞等正覺

爾時超術梵志有同學名曇雲摩留支在如來邊見錠光佛授超術梵志決又足蹈髮上見已便作是說此禿頭沙門何忍乃舉足蹈此清淨梵志髮上此非人行佛告諸比丘爾時耶若達梵志者豈異人乎莫作是觀所以然者爾時耶若達者今白淨王是爾時八萬四千梵志上座者今提婆達兜是也時超術梵志者即我是也是時梵志女賣華者今瞿夷是也爾時祠主者今執杖梵志是也爾時曇摩留支口所造行吐不善響今曇摩留支是也然復曇摩留支無數劫中恒作畜生最後受身在大海作魚身長七百由旬從彼命終來生此間與善知識從事恒親近善知識習諸善法根門通利以此因緣故我言久來此間曇摩留支亦復自陳如是世尊久來此間是故諸比丘常當修習身口意行如是諸比丘當作是學爾時諸比丘聞佛所說歡喜奉行

聞如是一時佛在舍衛國祇樹給孤獨園爾時世尊告諸比丘我今當說有人似師子者有似羊者汝等諦聽善思念之諸比丘對曰如是世尊爾時諸比丘從佛受教世尊告曰彼人云何似師子者於是比丘或有人得供養衣被飲食牀卧具病瘦醫藥彼得已便自食噉不起染著之心亦無有欲意不起諸想都無此念自知出要之法設使不得利養不起亂念無增減心猶師子王食噉小畜爾時彼獸王亦不作是念此者好此者不好不起染著之心亦無有欲意不起諸想此人亦復如是若得供養衣被飲食牀卧具病瘦醫藥

彼得已便自食噉不起想著之意設使不得亦無諸念猶如有人受人供養衣被飲食牀卧具病瘦醫藥得已便食噉起染著心生愛欲意不知出要之道設使不得恒生此想念彼人得供養已向諸比丘而自貢高毀㦰他人我所能得衣被飲食牀卧具病瘦醫藥此諸比丘不能得之猶如大羣羊中有一羊出羣見諸大糞聚此羊飽食屎已還至羊羣中便自貢高我能得好食此諸羊不能得食此亦如是若有一人得利養衣被卧具病瘦醫藥起諸亂想生染著心便向諸比丘而自貢高我能得供養此諸比丘不能得供養是故諸比丘當學如師子王莫如羊也如是諸比丘當作是學爾時諸比丘聞佛所說歡喜奉行

聞如是一時佛在舍衛國祇樹給孤獨園爾時世尊告諸比丘若言衆生知返復者此人可敬小恩尚不忘何況大恩設使離此間千由旬百千由旬故不爲遠猶近我不異所以然者比丘當知我恒歎譽知返復者諸有衆生不知返復者大恩尚不憶何況小者彼非近我我不近彼正使著僧伽棃在吾左右此人猶遠所以然者我恒不說無返復者是故諸比丘當念返復莫學無返復如是諸比丘當作是學爾時諸比丘聞佛所說歡喜奉行

聞如是一時佛在舍衛國祇樹給孤獨園爾時世尊告諸比丘若有人懈惰種不善行於事有損若能不懈惰而精進者此人最妙於諸善法便有增益所以然者彌勒菩薩經三十劫應當作佛至眞等正覺我以精進力勇

猛之心使彌勒在後過去恒沙多薩阿竭阿羅訶三耶三佛皆由勇猛而得成佛以此方便當知懈惰爲苦作諸惡行於事有損若能精進勇猛心強諸善功德便有增益是故諸比丘當念精進勿有懈惰如是比丘當作是學爾時諸比丘聞佛所說歡喜奉行

聞如是一時佛在舍衛國祇樹給孤獨園爾時世尊告諸比丘阿練比丘當修行二法云何二法所謂止與觀也若阿練比丘得休息止則戒律成就不失威儀不犯禁行作諸功德若復阿練比丘得觀已便觀此苦如實知之觀苦集觀苦盡觀苦出要如實知之彼如是觀已欲漏心得解脫有漏心無明漏心得解脫便得解脫智生死已盡梵行已立所作已辦更不復受有如實知之過去諸多薩阿竭阿羅訶三耶三佛皆由此二法而得成就所以然者猶如菩薩坐樹王下時先思惟此法止與觀也若菩薩摩訶薩得止已便能降伏魔怨若復菩薩得觀已尋成三達智成無上至眞等正覺是故諸比丘阿練比丘當求方便行此二法如是諸比丘當作是學爾時諸比丘聞佛所說歡喜奉行

聞如是一時佛在舍衛國祇樹給孤獨園爾時世尊告諸比丘若有阿練比丘在閑靜處不在衆中恒當恭敬發歡喜心若復阿練比丘在閑靜處無有恭敬不發歡喜心正使在大衆中爲人所論不知阿練之法云何此阿練比丘無恭敬心不發歡喜復次比丘阿練比丘在閑靜處不在衆中常當精進莫有懈慢悉當解了諸法之要若復阿練比丘在閑

靜處有懈慢心作諸惡行彼在衆中爲人所論此阿練比丘懈怠無有精進是故比丘阿練比丘在閑靜處不在衆中常下意發歡喜心莫有懈慢無有恭敬念行精進意不移轉於諸善法悉當具足如是諸比丘當作是學

爾時諸比丘聞佛所說歡喜奉行

聞如是一時佛在舍衛國祇樹給孤獨園爾時世尊告諸比丘有二人不能善說法語云何爲二人無信之人與說信法此事甚難慳貪之人與說施法此亦甚難若復比丘無信之人與說信法便興瞋恚起傷害心猶如狗惡加復傷鼻倍更瞋恚諸比丘此亦如是無信之人與說信法便起瞋恚生傷害心若復比丘慳貪之人與說施法便生瞋恚起傷害心猶如癰瘡未熟復加刀瘡痛不可忍此亦如是慳貪之人與說施法倍復瞋恚起傷害心是謂比丘有此二人難爲說法復次比丘有二人易爲說法云何爲二有信之人與說信法不慳貪人與說施法若比丘有信之人與說信法便得歡喜意不變悔猶如有病之人與說除病之藥便得平復此亦如是有信之人與說信法便得歡喜心不改變若復無貪之人與說施法即得歡喜無有悔心猶如有男女端正自喜沐浴手面復有人來持好華奉上倍有顏色復以好衣服飾奉上其人彼人得已益懷歡喜此亦如是無慳貪人與說施法便得歡喜無有悔心是謂比丘有此二人易爲說法是故諸比丘當學有信亦當學布施莫有慳貪如是諸比丘當作是學爾時諸比丘聞佛所說歡喜奉行

聞如是一時佛在舍衛國祇樹給孤獨園爾時世尊告諸比丘有二法與凡夫人得大功德成大果報得甘露味至無爲處云何爲二法供養父母是謂二人獲大功德成大果報若復供養一生補處菩薩獲大功德得大果報是謂比丘施此二人獲大功德受大果報得甘露味至無爲處是故諸比丘常念孝順供養父母如是諸比丘當作是學爾時諸比丘聞佛所說歡喜奉行

聞如是一時佛在舍衛國祇樹給孤獨園爾時世尊告諸比丘敎二人作善不可得報恩云何爲二所謂父母也若復比丘有人以父著左肩上以母著右肩上至千萬歲衣被飲食牀卧具病瘦醫藥即於肩上放屎尿猶不能得報恩比丘當知父母恩重抱之育之隨時將護不失時節得見日月以此方便知此恩難報是故諸比丘當供養父母常當孝順不失時節如是諸比丘當作是學爾時諸比丘聞佛所說歡喜奉行

聞如是一時佛在舍衛國祇樹給孤獨園爾時尊者槃特告弟朱利槃特曰若不能持戒者還作白衣是時朱利槃特聞此語已便詣祇桓精舍門外立而墮淚爾時世尊以天眼清淨觀見朱利槃特比丘在門外立而悲泣不能自勝時世尊從靜室起如似經行至祇桓精舍門外告朱利槃特曰比丘何故在此悲泣朱利槃特報曰世尊兄見驅逐若不能持戒者還作白衣不須住此是故悲泣耳世尊告曰比丘勿懷畏怖我成無上等正覺不由卿兄槃特得道爾時世尊手執朱利槃特

將詣靜室教使就坐世尊復教使執掃篲汝誦此字為字何等是時朱利槃特誦得掃復忘篲若誦得篲復忘掃爾時尊者朱利槃特誦此掃篲乃經數日然此掃篲復名除垢朱利槃特復作是念何者是除何者是垢垢者灰土瓦石除者清淨也復作是念世尊何故以此教誨我我今當思惟此義以思惟此義復作是念今我身上亦有塵垢我自作喻何者是除何者是垢彼復作是念縛結是垢智慧是除我今可以智慧之篲掃此結縛爾時尊者朱利槃特思惟五盛陰成者敗者所謂此色色習色滅是謂痛想行識成者敗者爾時思惟此五盛陰已欲漏心得解脫有漏心無明漏心得解脫已得解脫便得解脫智生死已盡梵行已立所作已辦更不復受後有如實知之尊者朱利槃特便成阿羅漢已成阿羅漢即從座起詣世尊所頭面禮足在一面坐白世尊曰今已有智今已有慧今已解掃篲世尊告曰比丘云何解之朱利槃特報曰除者謂之慧垢者謂之結世尊告曰善哉比丘如汝所言除者是慧垢者是結爾時尊者朱利槃特向世尊而說此偈

今誦此已足　如尊之所說　智慧能除結
不由其餘行

世尊告曰比丘如汝所言以智慧非由其餘

爾時尊者聞佛所說歡喜奉行

聞如是一時佛在舍衛國祇樹給孤獨園爾時世尊告諸比丘有此二法不可敬待亦不足愛著世人所捐棄云何為二法怨憎共會此不可敬待亦不足愛著世人所捐棄恩愛

别離不可敬待亦不足愛著世人所捐棄是謂比丘有此二法世人所不喜不可敬待比丘當知復有二法世人所不棄云何爲二法怨憎别離世人心所喜恩愛集一處甚可愛敬世人所喜是謂比丘有此二法世人所喜我今説此怨憎共會恩愛别離復説怨憎别離恩愛共會有何義有何緣比丘報曰世尊諸法之主唯願世尊與我等説諸比丘聞已當共奉行世尊告曰諦聽善思念之吾當爲汝分别説之諸比丘此二法由愛興由愛生由愛成由愛起當學除其愛不令使生如是諸比丘當作是學爾時諸比丘聞佛所説歡喜奉行

增壹阿含經卷第十一

音釋

羅閱城梵語具云羅閱祇伽羅此云王舍城閱欲雪切　錠徒徑切錠光佛名也即然燈佛也　秘讖秘兵媚切密也秘之爲言閉也謂秘之不可宣也讖楚荼切驗也凡讖緯皆言將來之驗也　澡罐澡子皓切洗滌也罐古玩切瓶屬汲水器也　捔古岳切競也又校也　娉娶娉匹正切娶問也娶七愈切取婦也　淤泥淤依倨切淤泥澱滓濁泥也　蹈徒到切踐也　噉徒感切食也　懱莫結切輕易也陵懱也　懈惰懈古隘切懶也惰徒果切怠也不恭也　癰瘡癰於容切癤也瘡初良切痍也

# 增壹阿含經卷第十二

符秦三藏曇摩難提譯

## 三寶品第二十一 三法初

聞如是一時佛在舍衛國祇樹給孤獨園爾時世尊告諸比丘有三自歸之德云何爲三所謂歸佛第一之德歸法第二之德歸僧第三之德彼云何名爲歸佛之德謂有衆生二足四足衆多足者有色無色有想無想至尼惟先天上如來於中最尊最上無能及者由牛得乳由乳得酪由酪得酥由酥得醍醐然後醍醐於中最尊最上無能及者此亦如是諸有衆生二足四足衆多足者有色無色有想無想至尼惟先天上如來於中最尊最上無能及者諸有衆生承事佛者是謂承事第一之德已獲第一之德便受天上人中之福此名第一之德云何名爲自歸法者所謂諸法有漏無漏有爲無爲無欲無染滅盡涅槃然涅槃法於諸法中最尊最上無能及者由牛得乳由乳得酪由酪得酥由酥得醍醐然彼醍醐於中最尊最上無能及者此亦如是所謂諸法有漏無漏有爲無爲無欲無染滅盡涅槃然涅槃法於諸法中最尊最上無能及者諸有衆生承事法者是謂承事第一之德以獲第一之德便受天上人中之福此名第一之德云何名爲自歸聖衆所謂聖衆者大衆大聚有形之類衆生之中如來衆僧於此衆中最尊最上無能及者由牛得乳由乳得酪由酪得酥由酥得醍醐然復醍醐於中最尊最上無能及者此亦如是所謂聖衆者大衆大聚有形之類衆生之中如來衆僧於

此衆中最尊最上無能及者是謂承事第一之德已獲第一之德便受天上人中之福此名第一之德爾時世尊便說此偈

第一承事佛　最尊無有上　次復承事法
無欲無所著　敬奉賢聖衆　最是良福田
彼人第一智　受福最在前　若在天人中
處衆爲正導　亦得最妙座　自然食甘露
身著七寶衣　爲人之所敬　戒具最完全
諸根不缺漏　亦獲智慧海　漸至涅槃界
有此三歸者　趣道亦不難

爾時諸比丘聞佛所說歡喜奉行

聞如是一時佛在舍衛國祇樹給孤獨園爾時世尊告諸比丘有此三福之業云何爲三施爲福業平等爲福業思惟爲福業彼云何名施爲福業若有一人開心布施沙門婆羅門極貧窮者孤獨者無所趣向者須食與食須漿給漿衣被飯食牀卧之具病瘦醫藥香花宿止隨身所便無所愛惜是謂布施爲福之業彼云何名平等爲福業若有一人不殺不盜恒知慙愧不興惡想亦不盜竊好惠施人無貪悋心語言和雅不傷人心亦不他婬自修梵行已色自足亦不妄語恒念至誠不欺誑言世人所敬無有增損亦不飲酒恒知避亂復以慈心遍滿一方二方三方四方亦爾八方上下遍滿其中無量無限不可限不可稱計以此慈心普覆一切令得安隱復以悲喜護心普滿一方二方三方四方亦爾八方上下悉滿其中無量無限不可稱計以此悲喜護心悉滿其中是謂名爲平等爲福之業彼云何名思惟爲福業於是比丘修行念

覺意依無欲依無觀依滅盡依出要修法覺意修念覺意修猗覺意修定覺意修護覺意依無欲依無觀依滅盡依出要是謂名思惟爲福之業如是比丘有此三福之業爾時世尊便說此偈

布施及平等　慈心護思惟　有此三處所
智者所親近　此間受其報　天上亦復然
緣有此三處　生天必不疑

是故諸比丘當求方便索此三處如是諸比丘當作如是學爾時諸比丘聞佛所說歡喜奉行

聞如是一時佛在舍衛國祇樹給孤獨園爾時世尊告諸比丘有三因緣識來受胎云何爲三於是比丘母有欲意父母共集一處與共上宿然復外識未應來趣便不成胎若復識欲來趣父母不集則非成胎若復母人無欲父母共集一處爾時父欲意盛母不大慇懃則非成胎若復父母集在一處母欲熾盛父不大慇懃則非成胎若復父母集在一處父有風病母有冷病則不成胎若復父母集在一處母有風病父有冷病則非成胎若復有時父母集在一處父身水氣偏多母無此患則非成胎若復有時父母集在一處父相有子母相無子則不成胎若復有時父母集在一處母相有子父相無子則不成胎若復有時父母俱相無子則非成胎若復有時識神趣胎父行不在則非成胎若復有時父母應集一處然母遠行不在則非成胎若復有時父母應集一處然父身遇重患時識神來趣則非成胎若復有時父母應集一處識神

來趣然母身得重患則非成胎若復有時父母應集在一處識神來趣然復父母身俱得疾病則非成胎若復比丘父母集在一處父母無患識神來趣然復父母俱相有兒此則成胎是謂有此三因緣而來受胎是故諸比丘當求方便斷三因緣如是諸比丘當作是學爾時諸比丘聞佛所說歡喜奉行

聞如是一時佛在舍衛國祇樹給孤獨園爾時世尊告諸比丘若有衆生欲起慈心有篤信意承受奉事父母兄弟宗族室家朋友知識當安三處令不移動云何爲三當發歡喜於如來所心不移動彼如來至眞等正覺明行成爲善逝世間解無上士道法御天人師號佛世尊復當發意於正法中如來法者善說無礙極爲微妙由此成果如是智者當學知之亦當發意於聖衆所如來聖衆悉皆和合無有錯亂法法成就戒成就三昧成就智慧成就解脫成就解脫見慧成就所謂聖衆者四雙八輩十二賢聖此是如來聖衆可敬可貴此是世間無上福田諸有比丘學此三處者則成大果報如是諸比丘當作是學爾時諸比丘聞佛所說歡喜奉行

聞如是一時佛在舍衛國祇樹給孤獨園爾時瞿波離比丘至世尊所頭面禮足在一面坐爾時彼比丘白世尊曰此舍利弗目揵連比丘所行甚惡造諸惡行世尊告曰勿作是語汝發歡喜心於如來所舍利弗目揵連比丘所行淳善無有諸惡是時瞿波離比丘再三白世尊曰如來所說誠無虛妄然舍利弗目揵連比丘所行甚惡無有善本世尊告曰

汝是愚人不信如來之所說乎方言舍利弗目揵連比丘所行甚惡汝今造此惡行後受報不久爾時彼比丘即於座上身生惡瘡大如芥子轉如大豆漸如阿摩勒菓稍如胡桃遂如合掌膿血流溢身壞命終生蓮華地獄中是時尊者大目連聞瞿波離命終便至世尊所頭面禮足在一面坐斯須退坐白世尊曰瞿波離比丘為生何處世尊告曰彼命終者生蓮華地獄中是時目連白世尊曰我今欲往至彼地獄教化彼人世尊告曰目連不須往彼目連復重白世尊曰欲往至彼地獄中教化彼人爾時世尊亦默然不對是時尊者大目揵連如力士屈伸臂頃從舍衛沒不現便至蓮華大地獄中當爾時瞿波離比丘身體火然又有百頭牛以犂其舌爾時尊者大目揵連在虛空中結跏趺坐彈指告彼比丘時瞿波離報曰汝是何人目揵連報瞿波離我是釋迦文佛弟子字目揵連姓拘利陀是時比丘見目連已吐此惡言我今墮此惡趣猶不免汝前乎說此語訖即時已有千頭牛以犂其舌目連見已倍增愁悒生變悔心即於彼沒還到舍衛國至世尊所頭面禮足在一面住爾時目連以此因緣具白世尊世尊告曰我前語汝不須至彼見此惡人爾時世尊便說此偈

夫士之生　斧在口中　所以斬身　由其惡言
彼息我息　此二俱善　已造惡行　斯墮惡趣
此為最惡　有盡無盡　向如來惡　此者最重
一萬三千　六一灰獄　謗聖墮彼　身口所造

爾時世尊告諸比丘當學三法成就其行云

何爲三身行善口行善意行善如是比丘當作是學爾時諸比丘聞佛所説歡喜奉行

聞如是一時佛在舍衛國祇樹給孤獨園爾時世尊告諸比丘若有比丘成就三法於現法中善得快樂勇猛精進得盡有漏云何三法於是比丘諸根寂靜飲食知節不失經行云何比丘諸根寂靜於是比丘若眼見色不起想著無有識念於眼根而得清淨因彼求於解脱恒護眼根若耳聞聲鼻齅香舌知味身知細滑意知法不起想著無有識念於意根而得清淨因彼求於解脱恒護意根如是比丘諸根寂靜云何比丘飲食知節於是比丘思惟飲食所從來處不求肥白趣欲支形得全四大我今當除故痛使新者不生令身有力得修行道使梵行不絶猶如男女身生惡瘡或用脂膏塗瘡所以塗瘡者欲使時愈故此亦如是諸比丘飲食知節於是比丘思惟飲食所從來處不求肥白趣欲支形得全四大我今當除故痛使新者不生令身有力得修行道使梵行不絶猶如重載之車所以膏轂者欲致重有所至比丘亦如是飲食知節思惟飲食所從來處不求肥白趣欲支形得全四大我今當除故痛使新者不生令身有力得修行道使梵行不絶如是比丘飲食知節云何比丘不失經行於是比丘前夜後夜恒念經行不失時節常念繫意在道品之中若在晝日若行若坐思惟妙法除去陰蓋復於初夜若行若坐思惟妙法除去陰蓋復於中夜右脅而卧思惟繫意在明彼復於後夜起若行若坐思惟深法除去陰蓋如是比

丘不失經行若有比丘諸根寂靜飲食知節不失經行常念繫意在道品之中此比丘便成二果於現法中得阿那含猶如善御之士在平正道中御四馬之車無有疑滯所欲到處必果不疑此比丘亦復如是若諸根寂靜飲食知節不失經行常念繫意在道品之中此比丘便成二果於現法中漏盡得阿羅漢若阿那含爾時諸比丘聞佛所說歡喜奉行

聞如是一時佛在舍衛國祇樹給孤獨園爾時世尊告諸比丘有三大患云何為三所謂風為大患痰為大患冷為大患是謂比丘有此三大患然復此三大患有三良藥云何為三若風患者酥為良藥及酥所作飯食若痰患者蜜為良藥及蜜所作飯食若冷患者油為良藥及油所作飯食是謂比丘此三大患有此三藥如是比丘亦有此三大患云何為三所謂貪欲瞋恚愚癡是謂比丘有此三大患然復此三大患有三良藥云何為三若貪欲起時以不淨往治及思惟不淨道瞋恚大患者以慈心往治及思惟慈心道愚癡大患者以智慧往治及因緣所起道是謂比丘此三大患有此三藥是故比丘當求方便索此三藥如是比丘當作是學爾時諸比丘聞佛所說歡喜奉行

聞如是一時佛在舍衛國祇樹給孤獨園爾時世尊告諸比丘有三惡行云何為三所謂身惡行口惡行意惡行是謂比丘有三惡行當求方便修三善行云何為三身惡行者當修身善行口惡行者當修口善行意惡行者當修意善行爾時世尊便說此偈

當護身惡行　修習身善行　念捨身惡行
當學身善行　當護口惡行　修習口善行
念捨口惡行　當學口善行　當護意惡行
修習意善行　念捨意惡行　當學意善行
身行爲善哉　口行亦復然　意行爲善哉
一切亦如是　護口意清淨　身不爲惡行
淨此三行跡　至仙無爲處

如是諸比丘當捨三惡行修三善行如是比丘當作如是學爾時諸比丘聞佛所説歡喜奉行

聞如是一時佛在舍衛國祇樹給孤獨園爾時有衆多比丘到時著衣持鉢入城乞食是時衆多比丘便生此念我等入城乞食日時猶早今可相率至外道梵志所爾時衆多比丘便往至異學梵志所到已共相問訊在一面坐時諸梵志問沙門曰瞿曇道士恒説欲論色論痛論想論如此諸論有何差别我等所論亦是沙門所説沙門所説亦是我等所論説法同我説法教誨同我教誨是時衆多比丘聞彼語已亦不言善復不言惡即從座起而去並作此念我等當以此義往問世尊爾時衆多比丘食後便至世尊所到已頭面禮足在一面坐是時衆多比丘從梵志所聞事因緣本末盡白世尊爾時世尊告諸比丘設彼梵志作此問者汝等當以此義訓彼來問欲有何味復有何過當捨離欲色有何味復有何過當捨離色痛有何味復有何過當捨離痛汝等設以此語訓彼來問者彼諸梵志嘿然不對設有所説者亦不能解此深義遂增愚惑墮於邊際所以然者非彼境界然

復比丘魔及魔天釋梵四天王沙門婆羅門人及非人能解此深義者除如來等正覺及如來聖衆受吾教者此即不論欲有何味所謂五欲者是云何爲五眼見色爲起眼識甚愛敬念世人所喜若耳聞聲鼻齅香舌知味身知細滑甚愛敬念世人所喜若復於此五欲之中起苦樂心是謂欲味云何欲有何過者若有一族姓子學諸技術而自營己或學田作或學書疏或學傭作或學筭數或學權詐或學刻鏤或學通信至彼來此或學承事王身不避寒暑記累勤苦不自由已作此勤苦而獲財業是爲欲爲大過現世苦惱由此恩愛皆由貪欲然復彼族姓子作此勤勞不獲財寶彼便懷愁憂苦惱不可稱計便自思惟我作此功勞施諸方計不得財貨如此之比者當念捨離是爲當捨離欲復次彼族姓子或時作此方計而獲財貨已獲財貨廣施方宜恒自擁護恐王所奪爲賊偷竊爲水所漂爲火所燒復作是念正欲藏窖恐復忘失正欲出利復恐不尅或家生惡子費散吾財是爲欲爲大患皆由欲本致此災變復次族姓子恒生此心欲擁護財貨後猶復爲國王所奪爲賊所劫爲水所漂爲火所燒所藏窖者亦復不尅正使出利亦復不獲居家生惡子費散財貨萬不獲一便懷愁憂苦惱椎胷喚呼我本所得所有財貨今盡忘失遂成愚惑心意錯亂是謂欲爲大患緣此欲本不至無爲復次緣此欲本著鎧執仗共相攻伐以相攻伐或在象衆前或在馬衆前或在步兵前或在車兵前見馬共馬鬬見象共象鬬見

車共車鬪見步兵共步兵鬪或相斫射以矟相斫刺如此之比欲爲大患縁欲原本致此灾變復次縁此欲本著鎧執仗或在城門或在城上共相斫射或以矟刺或以鐵輪而轢其頭或消鐵相灑受此苦惱死者衆多復次欲者亦無有常皆代謝變易不停不解此欲變易無常者此謂欲爲大患云何當捨離欲若能修行除貪欲者是謂捨欲謂諸沙門婆羅門不知欲之大患亦復不知捨欲之原如實不知沙門沙門威儀不知婆羅門婆羅門威儀此非沙門婆羅門亦復不能與身作證而自遊戲謂諸沙門婆羅門審知欲爲大患能捨離欲如實不虛知沙門有沙門威儀知婆羅門有婆羅門威儀已身作證而自遊戲是謂捨離於欲云何色味設有見剎利女種婆羅門女種長者女種年十四十五十六不長不短不肥不瘦不白不黑端正無雙世之希有最初見彼顏色起苦樂想是謂色味云何色爲大患復次若後見彼女人年八十九十乃至百歲顏色變異年過少壯牙齒缺落頭髮皓白身體垢坋皮緩面皺脊僂呻吟身如故車形體戰掉扶杖而行云何比丘初見妙色後復變易豈非是大患乎諸比丘對曰如是世尊世尊告諸比丘是謂色爲大患復次此若見彼女人身抱重患臥於牀褥失大小便不能起止云何比丘本見妙色今致此患豈非大患乎諸比丘對曰如是世尊世尊告曰諸比丘是謂色爲大患復次比丘若見彼女人身壞命終將詣塚間云何比丘本見妙色今已變改於中現起苦樂想豈非大患

乎諸比丘對曰如是世尊世尊告曰是爲色爲大患復次若見彼女人死經一日二日三日四日五日乃至七日身體膖脹爛臭散落一處云何比丘本有妙色今致此變豈非大患乎諸比丘對曰如是世尊世尊告曰是謂色爲大患復次若見彼女人烏鵲鵄鷲競來食噉或爲狐狗狼虎所見食噉或爲蜎飛蠢動極細蠕蟲而見食噉云何比丘彼本有妙色今致此變於中起苦樂想豈非大患乎諸比丘對曰如是世尊世尊告曰是謂色爲大患復次若見彼女人身蟲鳥已食其半腸胃肉血汙穢不淨云何比丘彼本有妙色今致此變於中起苦樂想此非大患乎諸比丘對曰如是世尊世尊告曰是謂色爲大患復次若見彼女人身血肉已盡骸骨相連云何比丘彼本有妙色今致此變於中起苦樂想此豈非大患乎諸比丘對曰如是世尊世尊告曰是謂色爲大患復次若見彼女人身血肉已盡唯有筋纏束薪云何比丘本有妙色今致此變於中起苦樂想豈非大患乎諸比丘對曰如是世尊世尊告曰是謂色爲大患復次若見彼女人身骸骨離散各在一處或脚骨一處或膊骨一處或髀骨一處或髖骨一處或脅肋一處或肩臂骨一處或項骨一處或髑髏一處云何諸比丘本有妙色今致此變於中起苦樂想豈非大患乎諸比丘對曰如是世尊世尊告曰是謂色爲大患復次若見彼女人身骨皓白色或似鴿色云何比丘本有妙色今致此變於中起苦樂想豈非大患乎諸比丘對曰如是世尊世尊告曰是謂

色爲大患復次若見彼女人骸骨經無數歲或有腐爛壞敗與土同色云何比丘彼本有妙色今致此變於中起苦樂想豈非大患乎諸比丘對曰如是世尊世尊告曰是謂色爲大患復次此色無常變易不得久停無有牢強是謂色爲大患云何色爲出要若乃於色捨離於色除諸亂想是謂捨離於色謂諸沙門婆羅門於色著色不知大患亦不捨離如實而不知此非沙門婆羅門於沙門不知沙門威儀於婆羅門不知婆羅門威儀不能已身作證而自遊戲謂諸沙門婆羅門於色不著色深知爲大患能知捨離是謂於沙門知沙門威儀於婆羅門知婆羅門威儀已身作證而自遊戲是謂捨離於色云何名爲痛味於是比丘得樂痛時便知我得樂痛得苦痛時便知我得苦痛若得不苦不樂痛時便知我得不苦不樂痛若得食樂痛時便知我得食樂痛若得食苦痛時便知我得食苦痛若食不苦不樂痛時便知我得不苦不樂痛不食苦痛時便知我自不食苦痛若不食樂痛時便知我不食樂痛苦不食不苦不樂痛時便自知我不食不苦不樂痛復次比丘若得樂痛爾時不得苦痛亦復無不苦不樂痛爾時我唯有樂痛若得苦痛時爾時無有樂痛亦無不苦不樂痛唯有苦痛若復比丘得不苦不樂痛時爾時無有樂痛苦痛唯有不苦不樂痛復次痛者無常變易之法已知痛無常變易法者是謂痛爲大患云何痛爲出要若能於痛捨離於痛除諸亂想是謂捨離於痛諸有沙門婆羅門於痛著痛不知大患亦

不捨離如實而不知此非沙門婆羅門於沙門不知沙門威儀於婆羅門不知婆羅門威儀不能已身作證而自遊戲諸有沙門婆羅門於痛不著痛深知爲大患能知捨離是謂於沙門知沙門威儀婆羅門知婆羅門威儀已身作證而自遊戲是謂捨離於痛復次比丘若有沙門婆羅門不知苦痛樂痛不苦不樂痛如實而不知復教他人使行者此非其宜若有沙門婆羅門能捨離痛如實知之復勸教人使遠離之此正其宜是謂捨離於痛我今比丘已說著欲味欲欲爲大患復能捨者亦說著色味色色爲大患能捨離色已說著痛味痛痛爲大患能捨離痛諸如來所應行者所應施設者我今具說常當念在樹下空閑之處坐禪思惟莫有懈怠是謂我之教勑爾時諸比丘聞佛所說歡喜奉行

聞如是一時佛在舍衛國祇樹給孤獨園爾時世尊告諸比丘有三不牢要云何爲三身不牢要命不牢要財不牢要是謂比丘有此三不牢要於此比丘三不牢要中當求方便成三牢要云何爲三不牢要身求於牢要不牢要命求於牢要不牢要財求於牢要云何不牢要身求於牢要所謂謙敬禮拜隨時問訊是謂不牢要身求於牢要云何不牢要命求於牢要於是若有善男子善女人盡形壽不殺生不加刀杖常知慙愧有慈悲心普念一切衆生盡形壽不得盜恒念惠施心無悋想盡形壽不婬亦不他婬盡形壽不妄語常念至誠不欺世人盡形壽不飲酒意不錯亂持佛禁戒是謂命不牢要求於牢要云何財

不牢要求於牢要若有善男子善女人常念惠施與沙門婆羅門諸貧匱者須食與食須漿與漿衣被飲食牀席卧具病瘦醫藥舍宅城郭所須之具皆悉與之如是財不牢要求於牢要是謂比丘有此三不牢要求此三牢要爾時世尊便說此偈

知身不牢要　命亦不堅固　財貨衰耗法
當求牢要者　人身甚難得　命亦不久停
財貨摩滅法　歡喜念惠施

爾時諸比丘聞佛所說歡喜奉行

第一德福業　三因三安瞿　三夜病惡行
苦陰不牢要

三供養品第二十二

聞如是一時佛在舍衛國祇樹給孤獨園爾時世尊告諸比丘有三人世人所應供養云何爲三如來至眞等正覺世人所應供養如來弟子漏盡阿羅漢世人所應供養轉輪聖王世人所應供養有何因緣如來世人所應供養乎夫如來者不伏者伏不降者降不度者度未得解脱者令得解脱未般涅槃者使成涅槃無救護者與作救護盲者與作眼目病者與作救護最尊第一魔若魔天天及人民於中最尊福田可敬可貴與人作導令知正路未知道者與說道教以此因緣如來世人所應供養復有何因緣如來弟子漏盡阿羅漢世人所應供養乎比丘當知漏盡阿羅漢已度生死原更不復受有已得無上法婬怒癡盡永不得全是世福田以此因緣本末使漏盡阿羅漢世人所應供養復以何因緣轉輪聖王世人所應供養比丘當知轉輪聖

王以法治化終不殺生復教他人使不殺生自不盜竊亦復教他人使不盜竊自不婬泆復教他人不行婬泆自不妄語亦復教他人使不妄語自不兩舌鬬亂彼此亦復教他人使不兩舌自不妬嫉恚癡亦復教他人不習此法自行正見復教他人使不邪見以此因緣以此本末使轉輪聖王世人所應供養爾時諸比丘聞佛所說歡喜奉行

聞如是一時佛在舍衛國祇樹給孤獨園爾時世尊告阿難曰有三善根不可窮盡漸至涅槃界云何爲三所謂於如來所而種功德此善根不可窮盡於正法中而種功德此善根不可窮盡於聖衆所而種功德此善根不可窮盡是謂阿難此三善根不可窮盡得至涅槃界是故阿難當求方便獲此三不可盡之福如是阿難當作是學爾時阿難聞佛所說歡喜奉行

聞如是一時佛在舍衛國祇樹給孤獨園爾時世尊告諸比丘有此三痛云何爲三所謂樂痛苦痛不苦不樂痛諸比丘當知彼樂痛者欲愛使也彼苦痛者瞋恚使也不苦不樂痛者是癡使也是故諸比丘當學方便求滅此使所以然者當自然熾當自修行當修行法得無比法諸比丘當知我滅度後其有比丘念自然熾修行其法得無比法此則是第一聲聞云何比丘當自然熾當自修行得修行法獲無比法於是比丘內自觀身外自觀身內外自觀身而自遊戲內觀痛外觀痛內外觀痛內觀意外觀意內外觀意內觀法外觀法內外觀法而自遊戲如是比丘當自然

熾修行其法得無比法諸有比丘行此法者於聲聞中第一弟子如是比丘當作是學爾時諸比丘聞佛所說歡喜奉行

聞如是一時佛在舍衛國祇樹給孤獨園爾時世尊告諸比丘有三事覆則妙露則不妙云何爲三一者女人覆則妙露則不妙婆羅門呪術覆則妙露則不妙邪見之業覆則妙露則不妙是謂比丘有此三事覆則妙露則不妙復有三事露則妙覆則不妙云何爲三日月露則妙覆則不妙如來法語露則妙覆則不妙是謂比丘有此三事露則妙覆則不妙爾時世尊便說此偈

女人及呪術　邪見不善行　此是世三法
覆隱而最妙　日月廣所照　如來正法語
此是三世法　露則第一妙

是故諸比丘當露現如來法勿使覆隱如是比丘當作是學爾時諸比丘聞佛所說歡喜奉行

聞如是一時佛在舍衛國祇樹給孤獨園爾時世尊告諸比丘此三有爲有爲相云何爲三知所從起知當遷變知當滅盡彼云何知所從起所謂生長大成此五陰形得諸持入是謂知所從起彼云何爲滅盡所謂死命過不住無常諸陰散壞宗族別離命根斷絕是謂爲滅盡彼云何變易齒落髮白氣力竭盡年遂衰微身體解散是謂爲變易法是爲比丘三有爲有爲相當知此三有爲相善分別之如是諸比丘當作是學爾時諸比丘聞佛所說歡喜奉行

聞如是一時佛在舍衛國祇樹給孤獨園爾

時世尊告諸比丘愚人有三相三法不可恃怙云何爲三於是愚者不可思惟而思惟之不可論說而論說之不可行者而修習之云何愚者不可思惟而思念之於是愚者意三行便思憶之云何爲三於是愚者起嫉心於他財物及於女色心念惡言悉興嫉心彼之所有願是我許如是愚者不可思惟而思惟之云何愚者不可論說而論說之於是愚者造口四過云何爲四於是愚者恒喜妄言綺語惡口鬪亂彼此如是愚者造口四過云何愚者造於惡行於是愚者造身惡行常念殺生竊盜婬泆如是愚者造於惡行如是比丘愚者有此三行愚癡之人習此三事復次比丘智者有三事當念修行云何爲三於是智者應思惟者便思惟之應論說者便論說之應行善者便修行善彼云何智者應思惟事便思惟之於是智者思惟意三行云何爲三於是智者不嫉妬恚癡常行正見見他財貨不生想念如是智者應思惟者便思惟之云何智者應論說者便論說之於是智者成就口四行云何爲四於是智者不行妄語亦不教人妄語見人妄語者意不喜樂是謂智者而護其口復次智者不行綺語惡口鬪亂彼此亦不教人使行綺語惡口鬪亂如是智者成就口四行云何智者成就身三行於是智者思惟身行無所觸犯然復智者自不殺生亦不教人殺生見人殺者心不喜樂自不偷竊不教人盜見人盜者心不喜樂亦不婬泆見他女色心不起想亦不教人使行婬泆設見老母視之如已親中者如姊小者如妹意

無高下如是智者身成就三行是謂智者所行如是比丘有此三相是故諸比丘愚者三相常當捨離此三智者所行不廢斯須如是諸比丘當作是學爾時諸比丘聞佛所說歡喜奉行

聞如是一時佛在舍衛國祇樹給孤獨園爾時世尊告諸比丘有此三法不可覺知不見不聞經歷生死未曾瞻覩我及爾等不曾見聞云何爲三所謂賢聖戒不可覺知不見不聞經歷生死未曾瞻覩我及爾等不曾見聞賢聖三昧賢聖智慧不可覺知不見不聞如今我身并及爾等皆悉覺知賢聖禁戒賢聖三昧賢聖智慧皆悉成就不復受有已斷生死根原是故諸比丘當念修行此三法如是諸比丘當作是學爾時諸比丘聞佛所說歡喜奉行

聞如是一時佛在舍衛國祇樹給孤獨園爾時世尊告諸比丘有三法甚可愛敬世人所貪云何爲三所謂少壯甚可愛敬世人所貪無病甚可愛敬世人所貪壽命甚可愛敬世人所貪是謂比丘有此三法甚可愛敬世人所貪復次比丘雖有此三法甚可愛敬世人所貪然更有三法不可愛敬世人所不貪云何爲三雖有少壯然必當老不可愛敬世人所不貪比丘當知雖有無病然必當病不可愛敬世人所不貪比丘當知雖有壽命然必當死不可愛敬世人所不貪是故比丘雖有少壯當求不老至涅槃界雖有無病當求方便使不有病雖有壽命當求方便使不命終如是諸比丘當作是學爾時諸比丘聞佛所

說歡喜奉行

聞如是一時佛在舍衞國祇樹給孤獨園爾時世尊告諸比丘猶如春時天雨大雹設如來不出世時衆生入地獄亦復如是是時女人入地獄多於男子所以然者比丘當知以三事故衆生之類身壞命終入三惡趣云何爲三所謂貪欲睡眠調戲有此三事纏著心意身壞命終入三惡趣女人竟日習翫三法而自娛樂云何爲三晨朝以嫉妬心而自纏絡若至日中復以睡眠結而自纏絡向暮以貪欲心而自纏絡以此因緣使彼女人身壞命終生三惡趣是故諸比丘當念離此三法爾時世尊便說此偈

嫉妬睡眠掉　貪欲是惡法　牽人至地獄
至竟無解脫　是以當捨離　嫉妬及睡調
亦當捨於欲　莫造彼惡行

是故諸比丘當念去離嫉妬無慳悋心常行惠施不著睡眠當行不淨觀不著貪欲如是諸比丘當作是學爾時諸比丘聞佛所說歡喜奉行

聞如是一時佛在舍衞國祇樹給孤獨園爾時世尊告諸比丘有此三法習之翫之不知厭足亦復不能至休息處云何爲三所謂貪欲若有人習此法初無厭足若復有人習飲酒者初無厭足若復有人修習睡眠初無厭足是謂比丘若人有習此三法者初無厭足亦復不能至滅盡處是故諸比丘常當捨離此三法不親近之如是諸比丘當作是學爾時諸比丘聞佛所說歡喜奉行

供養三善根　三痛三覆露　相法三不學

愛敬無厭足

## 增壹阿含經卷第十二

### 音釋

猗 於羈切輕安也
齅 許救切以鼻摡氣也
膏轂 膏古勞切脂也轂古祿切車轂也輻所湊者膏轂謂以脂塗車轂也
脅 虛業切腋下曰脅
訕 時流切以言答之曰訕
刻鏤 刻苦得切鍥也鏤盧候切雕也
窖 古効切地藏曰窖
稍 所角切矛屬矛長丈八者謂之稍
轢 林直切謂車輪陵踐也
垢垳 垢舉后切垳古鎋切垢垳謂塵滓所汙也
面皺 皺側救切謂面皮蹙也
脊僂 脊資昔切背呂也僂力主切俯也脊僂言背脊曲僂也
戰掉 掉徒弔切戰掉謂戰慄搖掉也
胮脹 胮匹絳切脹臭貌脹知亮切脹滿也
鵄鷲 鵄赤脂切鳶屬鴟鵄也鷲疾祐切大鵰也
蜎 烏玄切蟲行貌
蠢 尺尹切蟲動貌
蠕蟲 蠕而究切蠕蟲謂能微動細蟲也
膞 市究切腓腸也
髀 部禮切股骨也
臗 苦官切尻也脽也

# 增壹阿含經卷第十三

符秦三藏曇摩難提譯

## 地主品第二十三

聞如是一時佛在舍衛國祇樹給孤獨園爾時王波斯匿告諸羣臣曰汝等催嚴羽葆之車吾欲往詣世尊所禮拜問訊是時左右受王敎令尋嚴駕羽葆之車即白王曰嚴駕巳辦今正是時爾時王波斯匿即乘羽葆之車步騎數千前後圍遶出舍衛國至祇桓精舍往詣世尊所如諸王法除去五飾所謂蓋天冠劒履屣及金拂捨著一面至世尊所頭面禮足在一面坐爾時世尊與說深法勸樂令喜是時王波斯匿聞說法巳白世尊曰唯願世尊受我三月請及比丘僧莫在餘處是時世尊默然受波斯匿請時王波斯匿見世尊默然受請即從座起頭面禮足便退而去還至舍衛城勑諸羣臣曰吾欲飯佛及比丘僧三月供養給所須物衣被飲食牀卧具病瘦醫藥汝等亦當發歡喜心諸臣對曰如是時王波斯匿即於宮門外作大講堂極爲殊妙懸繒幡蓋作倡妓樂不可稱計施諸浴池辦諸油燈辦種種飯食味有百種是時王波斯匿即白時到唯願世尊臨顧此處爾時世尊以見時到著衣持鉢將諸比丘僧前後圍繞入舍衛城至彼講堂所到巳就座而坐及比丘僧各隨次而坐是時王波斯匿將諸宮人手自行食供給所須乃至三月無所乏短給與衣被飯食牀卧具病瘦醫藥見世尊食訖持種種華散世尊及比丘僧上更取小牀於如來前坐白世尊曰我曾從佛聞以因緣本

施畜生食者獲福百倍與犯戒人食者獲福千倍施持戒人食者獲福萬倍施斷欲仙人食者獲福億倍與向須陀洹食者獲福不可計況復成須陀洹乎況向斯陀舍得斯陀舍道況向阿那含得阿那含道況向阿羅漢得阿羅漢道況向辟支佛得辟支佛況向如來至眞等正覺況成佛及比丘僧其福功德不可稱計我今所作功德今日已辦世尊告曰大王勿作是語作福無厭今日何故說所作已辦所以然者生死長遠不可稱計過去久遠有王名曰地主統領此閻浮里地彼王有臣名曰善明少小與王周旋無所畏難是時彼王分閻浮地半與彼臣使治是時善明小王自造城郭東西十二由旬廣七由旬土地豐熟人民衆多爾時彼城名曰遠照善明王

主第一夫人名日月光不長不短不肥不瘦不白不黑顏貌端正世之希有口優鉢華香身體作栴檀香未經幾日身便懷妊彼夫人即往白王我今有娠王聞此語歡喜踊躍不能自勝便勑左右更施設坐具快樂無比夫人懷妊日數已滿生一男兒當生之時閻浮地里內晃然金色顏貌端正三十二相身體金色善明大王見此太子歡喜踊躍慶賀無量便召諸師婆羅門道士躬抱太子使彼瞻相我今已生此子卿等與吾瞻相便立名字時諸相師受王敎令各共抱瞻觀察形貌咸共白王聖王太子端正無雙諸根不缺有三十二相今此王子當有兩趣若當在家者便爲轉輪聖王七寶具足所謂七寶者輪寶象寶馬寶珠寶玉女寶居士寶典兵寶是爲七

當有千子勇悍剛健能却衆敵於此四海之內不加刀仗自然靡伏若此王子出家學道者成無上道等正覺名德遠布彌滿世界生此王子當此之日光明遠照今字王子名曰燈光時諸相師已立名字各退坐而去時王竟日抱此太子未嘗離目時王爲此王子立三講堂秋冬夏節隨適所宜宮人婇女充滿宮裏使吾太子於此遊戲時王太子於此遊戲時王太子年二十九以信堅固出家學道即日出家即夜成佛爾時閻浮里地悉共聞知彼王太子出家學道即日成佛父王清旦聞王太子出家學道即夜成佛時父王便作是念昨夜吾聞諸天在空皆共稱善此必善應非有惡響我今可往而共相見時王將四十億衆男女圍遶便詣燈光如來所到已頭面禮足在一面坐及四十億衆各共禮足在一面坐是時如來與父王及四十億衆漸說妙論所謂論者施論戒論生天之論欲爲穢汙漏不淨行出家爲要獲清淨報爾時如來觀衆生意心性柔和諸佛如來常所說法苦集盡道盡與彼四十億衆廣說其義即於座上諸塵垢盡得法眼淨時四十億衆白燈光如來曰我等意願剃除鬚髮出家學道大王當知爾時四十億衆盡得出家學道即以其日成阿羅漢爾時燈光如來將四十億衆皆是無著遊彼國界國土人民四事供養衣被飲食牀臥具病瘦醫藥無所渴乏是時地主大王聞子燈光成無上正真等正覺將四十億衆皆是無著遊彼國界我今當遣信往請如來在此遊化若使來者充我本願若不來

者我躬自當往拜跪問訊即敕一臣汝往至彼問訊如來持我名字頭面禮足興居輕利遊步康強云王地主問訊如來興居輕利遊步康強唯願世尊臨顧此土爾時彼人受王教敕便往至彼國界到已頭面禮足在一面立便作是說大王地主禮如來足問訊禮竟興居輕利遊步康強唯願世尊臨顧彼國爾時世尊默然受請時燈光如來將諸大衆以漸人間遊行與大比丘四十億衆俱在在處處靡不恭敬者衣被飲食牀卧具病瘦醫藥皆悉貢獻漸至地主國界時地主大王聞燈光如來至此國界在北婆羅園中將大比丘衆四十億人我今可躬自往迎時地主大王復將四十億衆往詣燈光如來所到已頭面禮足在一面坐及四十億衆禮足在一面坐

爾時燈光如來漸與彼王及四十億衆而說妙論所謂論者施論戒論生天之論欲爲穢汙漏不淨行出家爲要獲清淨報爾時如來觀衆生意心性柔和諸佛如來常所說法苦集盡道盡與彼四十億衆廣說其義即於座上諸塵垢盡得法眼淨時四十億衆白燈光如來曰我等意願剃除鬚髮出家學道大王當知爾時四十億衆盡得出家學道即以其日成阿羅漢道時地主國王即從座起頭面禮足便退而去時燈光如來將八十億衆皆是阿羅漢遊彼國界國土人民四事供養衣被飲食牀卧具病瘦醫藥事事供給無所乏短是時地主國王復於餘時將諸羣臣至彼如來所頭面禮已在一面坐是時燈光如來與彼國王說微妙法地主大王白如來曰唯

願世尊盡我形壽受我供養及比丘僧當供給衣被飲食牀卧具病瘦醫藥悉當供給爾時燈光如來默然受彼王請時王見佛默然受請重白世尊我今從世尊求願唯見聽許世尊告曰如來法者以過此願王白世尊我今求願者極爲淨妙世尊告曰所求之願云何淨妙王白世尊如我意中今日衆僧在一器食明日復用餘器食今日衆僧著一種服明日復更易服今日衆僧坐一種座明日復更坐餘座今日使人與衆僧使明日復更易使人我所求願者正謂此耳燈光如來告曰隨汝所願今正是時時地主大王歡喜踊躍不能自勝即從座起頭面禮足便退而去還至宮中到已告諸羣臣我今意欲盡其形壽供養燈光如來至眞等正覺及比丘衆衣被飲食牀卧具病瘦醫藥汝等亦當勸發佐吾供辦諸臣對曰如大王敎去城不遠一由旬內造立堂舍彫文刻鏤五色玄黃懸繒幡蓋作倡妓樂香汁灑地修治浴池辦具燈明及甘饌飲食施設坐具便白時到今正是時願尊屈顧時燈光如來已知時至著衣持鉢將比丘衆前後圍繞便往至講堂所各各就座而坐時地主大王見佛比丘僧坐訖將宮人婇女及諸大臣手自斟酌行種種飲食味各百種大王當知爾時地主國王七萬歲中供養燈光如來及八十億衆諸阿羅漢未曾懈廢時彼如來敎化周訖便於無餘涅槃界而般涅槃時地主大王若千百種香華供養於四衢道路起四廟寺各用七寶金銀琉璃水精懸繒幡蓋及八十億衆各各以漸於無餘

涅槃界而般涅槃爾時大王取八十億衆收其舍利各各興起神寺皆懸繒幡蓋香華供養大王當知爾時地主大王復供養燈光如來寺及八十億羅漢寺復經七萬歲隨時供養然燈散華懸繒幡蓋大王當知燈光如來遺法滅盡然後彼王方取滅度爾時地主大王者豈是異人乎莫作是觀所以然者爾時地主大王者即我身是我於爾時七萬歲中以衣被飲食牀卧具病瘦醫藥供養彼佛令不減少般涅槃後復於七萬歲中供養形像舍利然燈燒香懸繒幡蓋無所渴乏我於爾時以此功德求在生死獲此福祐不求解脫大王當知爾時所有福德今有遺餘耶莫作是觀如我今日觀彼福祐無有毫氂如毛髮許在所以然者生死長遠不可稱計於中悉食福盡無有毫氂許在是故大王莫作是說言我所作福祐今日已辦大王當作是說我今身口意所作衆行盡求解脫不求在生死食其福業便於長夜安隱無量爾時王波斯匿便懷恐懼衣毛皆竪悲泣交集以手抆淚頭面禮世尊足自陳過狀如愚如騃無所覺知唯願世尊受我悔過今五體投地改已往之失更不造此言教唯願世尊受我悔過如是再三世尊告曰善哉善哉大王今於如來前悔其非法改往修來我今受汝悔過更莫復造爾時於大衆中有一比丘尼名迦栴延即從座起頭面禮足白世尊曰今世尊所說甚爲微妙又世尊告波斯匿作是語大王當知身口意所作衆行盡求解脫莫求在生死食其福業便於長夜獲安隱無量所以然者

我自憶三十一劫有式詰如來至真等正覺出現於世明行成爲善逝世間解無上士道法御天人師號佛衆祐遊在野馬世界爾時彼佛到時著衣持鉢入野馬城乞食是時城内有一使人名曰純黑時彼使人見如來執鉢入城乞食見已便作是念今如來入城必須飲食即入家出食施與如來與發此願持此功德莫墮三惡趣中使我當來之世亦當值如此聖尊亦當使彼聖尊爲我說法時得解脱世尊并波斯匿王咸共知之當爾時純黑使人者豈異人乎莫作是觀所以然者爾時純黑使人者即我身是我於爾時飯式詰如來作此誓願使我當來之世值如此聖尊與我說法時得解脱我於三十一劫不墮三惡趣中生天人中最後今日受此身分遭值世尊得出家學道盡諸有漏成阿羅漢如世尊所說極爲微妙語波斯匿王身口意所作衆行盡求解脱莫在生死食此福業我若見比丘比丘尼優婆塞優婆夷歡喜心意向如來者我便生此念此諸賢士用意猶不愛敬供奉如來設我見四部之衆即往告曰汝等諸賢爲須何物衣鉢耶尼師壇耶針筩耶法澡鑵耶及餘沙門什物我盡當供給我許已盡便在在處處乞求若我得者是其大幸若使不得便往至鬱單越瞿耶尼弗于逮求索來與所以然者皆由此四部之衆得涅槃道爾時世尊觀察迦旃延比丘尼心便告諸比丘汝等頗見如此之比信心解脱如迦栴延比丘尼乎諸比丘對曰不見也世尊世尊告曰我聲聞中第一比丘尼得信解脱者所謂

迦栴延比丘尼是也爾時迦栴延比丘尼及波斯匿王四部之衆聞佛所説歡喜奉行
聞如是一時佛在羅閱城耆闍崛山中與大比丘衆五百人俱爾時尊者婆拘盧在一山曲補納故衣是時釋提桓因遥見尊者婆拘盧在一山曲補納故衣見已便作是念此尊者婆拘盧已成阿羅漢諸縛已解長壽無量恒自降伏思惟非常苦空非身不著世事亦復不與他人説法寂默自修如外道異學不審此尊能與他説法爲不堪任乎我今當與試之爾時天帝釋便從三十三天没不現來至耆闍崛山在尊者婆拘盧前住頭面禮足在一面立爾時釋提桓因便説此偈

智者所歎説　何故不説法　壞結成聖行
何爲寂默住

爾時尊者婆拘盧復以此偈報釋提桓因曰

有佛舍利弗　阿難均頭葉　亦及諸尊長
善能説妙法

爾時釋提桓因白尊者婆拘盧曰衆生之根有若干種然尊當知世尊亦説衆生種類多於地土何故尊者婆拘盧不與他人説法婆拘盧報曰衆生之類難可覺知世界若干國土不同皆著我所非我所我今觀察此義已故不與人説法釋提桓因曰願尊與我説我所非我所之義尊者婆拘盧曰我人壽命若男若女士夫之類盡依此命而得存在然復拘翼世尊亦説比丘當知當自然熾無起邪法亦當賢聖默然我觀此義已故默然耳是時釋提桓因遥向世尊叉手便説此偈

歸命十力尊　圓光無塵翳　普爲一切人

此者甚奇特
尊者婆拘盧報曰何故帝釋而作是說此者甚奇特釋提桓因報言自念我昔至世尊所到已禮世尊足而問此義天人之類有何想念爾時世尊告我曰此世界若干種各各殊異根原不同我聞此語已尋對曰如是世尊如世尊所說世界若干種各各不同設與彼衆生說法咸共受持有成果者我以此故說此者甚奇特然尊者婆拘盧所說亦復如是世界若干種各各不同是時釋提桓因便作是念此尊堪任與人說法非爲不能是時釋提桓因即從座起而去爾時釋提桓因聞尊者婆拘盧所說歡喜奉行
聞如是一時佛在占波國雷聲池側是時尊者二十億耳在一靜處自修法本不捨頭陀十一法行晝夜經行不離三十七道品之教若坐若行常修正法初夜中夜竟夜恒自剋勵不捨斯須然復不能於欲漏法心得解脫是時尊者二十億耳所經行處脚壞血流盈滿路側猶如屠牛之處烏鵲食血然復不能於欲漏心得解脫是時尊者二十億耳便作是念釋迦文佛苦行精進弟子中我爲第一然我今日漏心不得解脫又我家業多財饒寶宜可捨服還作白衣持財物廣惠施然今作沙門甚難不易爾時世尊遙知二十億耳心之所念便騰逝虛空至彼經行處敷坐具而坐是時尊者二十億耳前至佛所頭面禮足在一面坐爾時世尊問二十億耳曰汝向何故作是念釋迦文佛精進苦行弟子中我爲第一然我今日漏心不得解脫又我家業

饒財多寶宜可捨服還作白衣持財物廣惠施然今作沙門甚難不易二十億耳對曰如是世尊世尊告曰我今還問汝隨汝報我云何二十億耳汝本在家時善彈琴乎二十億耳對曰如是世尊我本在家時善能彈琴世尊告曰云何二十億耳若琴弦極急響不齊等爾時琴音可聽採不二十億耳對曰不也世尊世尊告曰云何二十億耳若琴弦復緩爾時琴音可聽採不二十億耳對曰不也世尊世尊告曰云何二十億耳若琴弦不急不緩爾時琴音可聽採不二十億耳對曰如是世尊若琴弦不急不緩爾時琴音便可聽採世尊告曰此亦如是極精進者猶如調戲若懈怠者此墮邪見若能在中者此則上行如是不久當成無漏人爾時世尊與二十億耳說微妙法已還在雷音池側爾時尊者二十億耳思惟世尊教勑不捨須臾在閑靜處修行其法所以族姓子出家學道剃除鬚髮修無上梵行生死已盡梵行已立所作已辦更不復受有如實知之尊者二十億耳便成阿羅漢爾時世尊告諸比丘我聲聞中第一弟子精勤苦行所謂二十億耳比丘是爾時諸比丘聞佛所說歡喜奉行

聞如是一時佛在舍衛國祇樹給孤獨園爾時舍衛城中婆提長者遇病命終然彼長者無有子息所有財寶盡沒入官爾時王波斯匿塵土坌身來至世尊所頭面禮足在一面坐是時世尊問王曰大王何故塵土坌身來至我所波斯匿王白世尊曰此舍衛城內有長者名婆提今日命終彼無子息躬往收攝

財寶理使入官純金八萬斤況復餘雜物乎然彼長者存在之日食如此之食極爲弊惡不食精細所著衣服垢坌不淨所乘車騎極爲瘦弱世尊告曰如是大王如王來言夫慳貪之人得此財貨不能食噉不與父母妻子僕從奴婢亦復不與朋友知識亦復不與沙門婆羅門諸尊長者若有智之士得此財寶便能惠施廣濟一切無所愛惜供給沙門婆羅門諸高德者時王波斯匿說曰此婆提長者命終爲生何處世尊告曰此婆提長者命終生啼哭大地獄中所以然者此斷善根之人身壞命終生啼哭地獄中波斯匿王曰婆提長者斷善根耶世尊告曰如是大王如王所說彼長者斷於善根然彼長者故福已盡更不造新王波斯匿曰彼長者頗有遺餘福乎世尊告曰無也大王乃無毫釐之餘存在者如彼田家公但收不種後更窮困漸以命終所以然者但食故業更不造新此長者亦復如是但食故福更不造新福此長者今夜當在啼哭地獄中爾時波斯匿王便懷恐怖抆淚而曰此長者昔日作何功德福業生在富家復作何不善根本不得食此極富之貨不樂五樂之中爾時世尊告波斯匿王曰過去久遠迦葉佛時此長者在此舍衛城中爲田家子爾時佛去世後有辟支佛出世往詣此長者家爾時此長者見辟支佛在門外立見已便生是念如此尊者出世甚難我今可以飲食往施此人爾時長者便施彼辟支佛辟支佛得食已便飛在虛空而去時彼長者見辟支佛作神足作是誓願持此善本之願

使我世世所生之處不墮三惡趣常多財饒寶後有悔心我向所有食應與奴僕不與此禿頭道人使食爾時田家公長者豈異人乎莫作是觀所以然者爾時田家長者今婆提長者是是時施已發此誓願持此功德所生之處不墮惡趣恒多財饒寶生富貴之家無所渴乏既復施已後生悔心我寧與奴僕使食不與此禿頭道人使食以此因緣本末不得食此極有之貨亦復不樂五樂之中不自供養復不與父母兄弟妻子僕從朋友知識不施沙門婆羅門諸尊長者但食故業不造新者是故大王若有智之士得此財貨當廣布施莫有所惜復當得此無極之財如是大王當作是學爾時波斯匿王白世尊曰自今已後當廣布施不限沙門婆羅門四部之衆諸外道異學來乞求者我不堪與世尊告曰大王莫作是念所以然者一切衆生皆由食得存無食便喪爾時世尊便說此偈

念當廣惠施　終莫斷施心　必當值聖衆
度此生死原

爾時波斯匿王白世尊曰我今倍歡慶向如來所所以然者一切衆生皆由食得存無食不存爾時王波斯匿曰自今已後當廣惠施無所悋惜是時世尊與王說微妙之法時王即從座起頭面禮足便退而去爾時王波斯匿聞佛所說歡喜奉行

聞如是一時佛在舍衛國祇樹給孤獨園爾時尊者阿難在閑靜處便生此念世間頗有此香亦逆風香亦順風香亦逆風順風香乎爾時尊者阿難便從座起往詣世尊所頭面

禮足在一面坐爾時尊者阿難白世尊曰我於閑靜之處便生此念世間頗有此香亦逆風香亦順風香亦逆風順風香乎爾時世尊告阿難曰有此妙香亦逆風香亦順風香亦逆風順風香是時阿難白世尊曰此何者香亦逆風香亦順風香亦逆風順風香世尊告曰有此之香然此香氣力亦逆風香亦順風香亦逆風順風香阿難白佛言此何等香亦逆風香亦順風香亦逆風順風香世尊告曰此三種香亦逆風香亦順風香亦逆風順風香阿難言何等爲三世尊告曰戒香聞香施香是謂阿難有此香種然復此逆風香亦順風香亦逆風順風香諸世間所有之香此三種香最勝最上無與等者無能及者猶如由牛有酪由酪有酥由酥有醍醐然此醍醐最勝最上無與等者亦不能及此亦如是諸所有世間諸香此三種香最勝最上無能及者爾時世尊便說此偈

木櫁及栴檀　優鉢及諸香　此諸種種香
戒香最爲勝　此戒以成就　無欲無所染
等智而解脫　遊處魔不知　此香雖爲妙
及諸檀櫁香　戒香之爲妙　十方悉聞之
栴檀雖有香　優鉢及餘香　此諸衆香中
聞香最第一　栴檀雖有香　優鉢及餘香
此諸衆香中　施香最第一

是謂此三種香亦逆風香亦順風香亦逆風順風香是故阿難當求方便成此三香如是阿難當作是學爾時阿難聞佛所說歡喜奉行

聞如是一時佛在羅閱城迦蘭陀竹園所與

大比丘衆五百人俱爾時世尊到時著衣持鉢入羅閱城乞食爾時提婆達兜亦入城乞食是時提婆達兜所入巷中佛亦往至彼然遥見提婆達兜來便欲退而去是時阿難白世尊曰何故欲遠此巷世尊告曰提婆達兜今在此巷是以避之阿難白佛言世尊豈畏提婆達兜乎世尊告曰我不畏提婆達兜也但此惡人不應與相見阿難曰然世尊可使此提婆達兜乃可使在他方爾時世尊便說此偈

我終無此心　使彼在他方　彼自當造行
便自在他所

阿難白世尊曰然提婆達兜過於如來所世尊告曰愚惑之人不應與相見是時世尊向阿難而說此偈

不應見愚人　莫與愚從事　亦莫與言論
說於是非事

是時阿難復以此偈報世尊曰

愚者何所能　愚者有何過　正使共言論
竟有何等失

爾時世尊復以此偈報阿難曰

愚者自造行　所作者非法　正見返常律
邪見日以滋

是故阿難莫與惡知識從事所以然者與愚人從事無信無戒無聞無智與善知識從事便增益諸功德戒具成就如是阿難當作是學爾時阿難聞佛所說歡喜奉行

聞如是一時佛在羅閱城迦蘭陀竹園所與五百人俱爾時王阿闍世恒以五百釜食給與提婆達兜彼時提婆達兜名聞四遠戒德

具足名稱悉備乃能使王日來供養是時提婆達兜得此利養已諸比丘聞之白世尊曰國中人民歎說提婆達兜名稱遠布乃使王阿闍世恒來供養爾時世尊告諸比丘汝等比丘莫抱此心貪提婆達兜利養所以然者提婆達兜愚人造此三事身口意行終無驚懼亦不恐怖如今提婆達兜愚人當消盡此諸善功德猶如取惡狗鼻壞之倍復凶惡提婆達兜愚人亦復如是受此利養遂起貢高是故諸比丘亦莫興意著於利養設有比丘著於利養而不獲三法云何爲三法謂賢聖戒賢聖三昧賢聖智慧而不成就若有比丘不著利養便獲三法云何爲三所謂賢聖戒賢聖三昧賢聖智慧若欲成此三法當發善心不著利養如是諸比丘當作是學爾時諸比丘聞佛所說歡喜奉行

聞如是一時佛在舍衛國祇樹給孤獨園爾時世尊告諸比丘有此三不善根云何爲三貪不善根恚不善根癡不善根若比丘有此三不善根者便墮三惡趣云何爲三所謂地獄餓鬼畜生如是比丘若有此三不善根者便有三惡趣比丘當知有此三善根云何爲三不貪善根不恚善根不癡善根是謂比丘有此三善根者便有二善趣云何爲二趣所謂人天是也謂比丘有此三善者則生此善處是故諸比丘當離三不善根修三善根如是諸比丘當作是學爾時諸比丘聞佛所說歡喜奉行

聞如是一時佛在舍衛國祇樹給孤獨園爾時世尊告諸比丘有此三聚云何爲三所謂

等聚邪聚不定聚彼云何名爲等聚所謂等見等治等語等業等命等方便等念等定是謂等聚彼云何名爲邪聚所謂邪見邪治邪語邪業邪命邪方便邪念邪定是謂邪聚彼云何名爲不定聚所謂不知苦不知集不知盡不知道不知等聚不知邪聚是謂名爲不定聚諸比丘當知復有三聚云何爲三所謂善聚等聚定聚彼云何爲善聚所謂三善根何等三善根所謂不貪善根不恚善根不癡善根是謂善聚云何名爲等聚所謂賢聖八品道等見等治等語等業等命等方便等念等三昧是謂等聚彼云何名爲定聚所謂知苦知集知盡知道知善聚知惡聚知定聚是謂名爲定聚是故諸比丘此三聚中邪聚不定聚當遠離之此正聚者當共奉行如是諸比丘當作是學爾時諸比丘聞佛所說歡喜奉行

聞如是一時佛在舍衛國祇樹給孤獨園爾時世尊告諸比丘有此三觀想云何爲三所謂觀欲想瞋恚想殺害想是謂比丘有此三想比丘當知若有人觀欲想命終時便墮地獄中若觀瞋恚想命終時生畜生中所謂雞狗之屬蛇虺之類而生其中若觀害想而命終者生餓鬼中形體燒然苦痛難陳是謂比丘有此三想生地獄中餓鬼畜生復有三想云何爲三所謂出要想不害想不恚想若有人有出要想者命終之時生此人中若有不害想者命終時生自然天上若有人不殺心者命終時斷下五結便於彼處而般涅槃是諸比丘有此三想常念修行此三惡想當遠

離之如是諸比丘當作是學爾時諸比丘聞
佛所說歡喜奉行
地主婆拘耳　婆提逆順香　愚世三不善
三聚觀在後

增壹阿含經卷第十三

音釋

羽葆（葆博抱切羽葆謂合聚五采羽爲幢曰羽葆）履屣（屣所綺切亦華履也）勇悍（勇余隴切悍侯旰切勇悍謂果敢有力也）扙淚（扙武扮切指拭也淚力遂切目液也）騃（五駭切癡也）拘翼（翼與職切拘翼帝釋別名也）剋勵（剋苦得切損削也勵力制切勉力也）坌（蒲悶切塵坌也）樒（彌畢切木樒香樹名也）虺（許偉切蝮也）

# 增壹阿含經卷第十四

符秦三藏曇摩難提譯

## 高幢品第二十四之一

聞如是一時佛在舍衛國祇樹給孤獨園爾時世尊告諸比丘昔者天帝釋告三十三天卿等若入大戰中時設有恐怖畏懼之心者汝等還顧視我高廣之幢設見我幢者便無畏怖若不憶我幢者當憶伊沙天王幢以憶彼幢者所有畏怖便自消滅若不憶我幢及不憶伊沙幢者爾時當憶婆留那天王幢已憶彼幢所有恐怖便自消滅我今亦復告汝等設有比丘比丘尼優婆塞優婆夷若有畏怖衣毛竪者爾時當念我身此是如來至真等正覺明行成爲善逝世間解無上士道法御天人師號佛衆祐出現於世設有恐怖衣毛竪者便自消滅若復不念我者爾時當念於法如來法者甚爲微妙智者所學以念法者所有恐怖便自消滅設不念我復不念法爾時當念聖衆如來聖衆極爲和順法法成就戒成就三昧成就智慧成就解脱成就解脱見慧成就所謂四雙八輩此是如來聖衆可敬可事世間福田是謂如來聖衆爾時若念僧已所有恐怖便自消滅比丘當知釋提桓因猶有婬怒癡然三十三天念其主即無恐怖況復如來無有欲怒心當念有恐怖乎若有比丘有恐怖者便自消滅是故諸比丘當念三尊佛法聖衆如是諸比丘當作是學

爾時諸比丘聞佛所說歡喜奉行

聞如是一時佛在舍衛國祇樹給孤獨園爾時拔祇國界有鬼名爲毗沙在彼國界極爲

凶暴殺民無量恒日殺一人或日殺二人三人四人五人十人二十人三十人四十人五十人爾時諸鬼神羅刹充滿彼國是時拔祇皆共集而作是說我等可得避此國至他國界不須住此是時毗沙惡鬼知彼人民心之所念便語彼人民曰汝等莫離此處至他邦土所以然者終不免吾手卿等日日持一人祠吾吾便不觸擾汝是時拔祇人民日取一人祠彼惡鬼是時惡鬼食彼飲食已取骸骨塡著他方山中然彼山中骨滿谿谷爾時有長者名善覺在彼住止饒財多寶積財千億驢騾駱駝不可稱計金銀珍寶硨磲碼碯眞珠琥珀亦不可稱計爾時彼長者有兒名那優羅唯有一子甚愛敬念未曾離目前爾時有此限制那優羅小兒次應祠鬼是時那優羅父母沐浴此小兒與著好衣將至冢間至彼鬼所到已啼哭喚呼不可稱計並作是說諸神地神皆共證明我等唯有此一子願諸明神當證明此及二十八大鬼神王當共護此無令有乏及四天王咸共歸命願擁護此兒使得免濟及釋提桓因亦向歸命願濟此兒命及梵天王亦復歸命願脫此命諸有鬼神護世者亦向歸命使脫此厄諸如來弟子漏盡阿羅漢我今亦復歸命使脫此厄諸辟支佛無師自覺亦復自歸使脫此厄彼如來今亦自歸不降者降不度者度不獲者獲不脫者脫不般涅槃者使般涅槃無救者與作救護盲者作眼目病者作大醫王若天龍鬼神一切人民魔及魔天最尊最上無能及者可敬可貴爲人作良祐福田無有出如來上

者然如來當鑒察之願如來當照此至心是時那優羅父毋即以此兒付鬼已便退而去爾時世尊以天眼清淨復以天耳徹聽聞有此言那優羅父毋啼哭不可稱計爾時世尊以神足力至彼山中惡鬼住處時彼惡鬼集在雪山北鬼神之處是時世尊入鬼住處而坐正身正意結跏趺坐是時那優羅小兒漸以至彼惡鬼住處是時那優羅小兒遥見如來在惡鬼住處光色炳然正身正意繫念在前顏色端正與世有奇諸根寂靜得諸功德降伏諸魔如此諸德不可稱計有三十二相八十種好莊嚴其身如須彌山出諸山頂面如日月亦如金山光有遠照見已便發歡喜心向於如來便生此念此必不是毗沙惡鬼所以然者我今見之極有歡喜之心設當是惡鬼者隨意食之是時世尊告曰那優羅如汝所言我今是如來至眞等正覺故來救汝及降此惡鬼是時那優羅聞此語已歡喜踊躍不能自勝便來至世尊所頭面禮足在一面坐是時世尊與說妙義所謂論者施論戒論生天之論欲爲穢惡漏不淨行出家爲要去諸亂想爾時世尊已見那優羅小兒心意歡喜意性柔輭諸佛世尊常所說法苦集盡道是時世尊具與彼說彼即於座上諸塵垢盡得法眼淨彼已見法得法成就諸法承受諸法無有狐疑解如來教歸佛法聖衆而受五戒是時毗沙惡鬼還來至本處爾時惡鬼遥見世尊端坐思惟身不傾動見已便興恚怒雨雷電霹靂向如來所或雨刀劔未墮地之頃便化作優鉢蓮花是時彼鬼倍復瞋恚

雨諸山河石壁未墮地之頃化作種種飲食是時彼鬼復化作大象喚吼向如來所是時世尊復化作師子王是時彼鬼倍化作師子形向如來所爾時世尊化作大火聚是時彼鬼倍復瞋恚化作大龍而有七首爾時世尊化作大金翅鳥是時彼鬼便生此念我今所有神力今已現之然此沙門衣毛不動我今當往問其深義是時彼鬼問世尊曰我今毗沙欲問深義設不能報我者當持汝兩脚擲著海南世尊告曰惡鬼當知我自觀察無天及人民沙門婆羅門若人非人能持我兩脚擲海南者但今欲問義者便可問之是時惡鬼問曰沙門何等是故行何等是新行何等是行滅世尊告曰惡鬼當知眼是故行曩時所造緣痛成行耳鼻口身意此是故行曩時所造緣痛成行是謂惡鬼此是故行毗沙鬼曰沙門何等是新行世尊告曰今身所造身三口四意三是謂惡鬼此是新行時惡鬼曰何等是行滅世尊告曰惡鬼當知故行滅盡更不興起復不造行能取此行永已不生永盡無餘是謂行滅是時彼鬼白世尊曰我今極飢何故奪我食此小兒是我所食沙門可歸我此小兒世尊告曰昔我未成道時曾為菩薩有鴿投我我尚不惜身命救彼鴿厄況我今日已成如來能捨此小兒令汝食噉汝今惡鬼盡其神力吾終不與汝此小兒云何惡鬼汝曾迦葉佛時曾作沙門修持梵行後復犯戒生此惡鬼爾時惡鬼承佛威神便憶曩昔所造諸行爾時惡鬼至世尊所頭面禮足並作是說我今愚惑不別真僞乃生此心

向於如來唯願世尊受我懺悔如是三四世尊告曰聽汝悔過勿復更犯爾時世尊與毗沙鬼說微妙法勸令歡喜時彼惡鬼手擎數千兩金奉上世尊白世尊曰我今以此山谷施招提僧唯願世尊與我受之及此數千兩金如是再三爾時世尊即受此山谷便說此偈

園菓施清涼　及作水橋梁　設能造大船
及諸養生具　晝夜無懈怠　獲福不可量
法義戒成就　終後生天上

是時彼鬼白世尊曰不審世尊更有何教世尊告曰汝今捨汝本形著三衣作沙門入拔祇城在在處處作此教令諸賢當知如來出世不降者降不度者度不解脫者令知解脫無救者與作救護盲者作眼目諸天世人天龍鬼神魔若魔天若人非人最尊最上無與等者可敬可貴爲人作良祐福田今日度那優羅小兒及降毗沙惡鬼汝等可往至彼受化對曰如是世尊爾時毗沙鬼作沙門被服著三法衣入諸里巷作此教令今日世尊度那優羅小兒乃降伏毗沙惡鬼汝等可往受彼教誨當於爾時拔祇國界人民熾盛是時長者善覺聞此語已歡喜踊躍不能自勝將八萬四千人民之衆至彼世尊所到已頭面禮足在一面坐爾時拔祇人民或有禮足者或有擎手者爾時八萬四千之衆已在一面坐是時世尊漸與說微妙之法所謂論者施論戒論生天之論欲不淨想漏爲大患爾時世尊觀察彼八萬四千衆心意歡悅諸佛世尊常所說法苦集盡道普與彼八萬四千衆

而說此法各於座上諸塵垢盡得法眼淨猶如白淨之衣易染爲色此八萬四千衆亦復如是諸塵垢盡得法眼淨得法見法分別諸法無有狐疑得無所畏自歸三尊佛法聖衆而受五戒爾時那優羅父長者白世尊曰唯願世尊當受我請爾時世尊默然受請時彼長者已見世尊默然便從座起頭面禮足退還所在辦種種飲食味若干種種清旦自白時到爾時世尊到時著衣持鉢入拔祇城至長者家就座而坐是時長者已見世尊坐定手自斟酌行種種飲食已見世尊食訖行清淨水已更取一座在如來前坐白世尊曰善哉世尊若四部之衆須衣被飲食牀卧具病瘦醫藥盡使在我家取之世尊告曰如是長者如汝所言世尊即與長者說微妙之法已說法竟便從座起而去爾時世尊如屈伸臂頃從拔祇不現還來至舍衛祇桓精舍爾時世尊告諸比丘若四部之衆須衣被飲食牀卧具病瘦醫藥者當從那優羅父舍取之爾時世尊復告比丘如我今日優婆塞中第一弟子無所愛惜所謂那優羅父是爾時諸比丘聞佛所說歡喜奉行

聞如是一時佛在釋翅尼拘留園中與大比丘衆五百人俱爾時釋種諸豪姓者數千之衆往詣世尊所到已頭面禮足在一面坐爾時諸釋白世尊曰今日當作王治領此國界我等種姓便爲不朽無令轉輪聖王位於汝斷滅若當世尊不出家者當於天下作轉輪聖王統四天下千子具足我等種姓名稱遠布轉輪聖王出於釋姓以是故世尊當作王

治無令王種斷絶世尊告曰我今正是王身名曰法王所以然者我今問汝云何諸釋言轉輪聖王七寶具足千子勇猛我今於三千大千刹土中最尊最上無能及者成就七覺意寶無數千聲聞之子以爲營從爾時世尊便說此偈

今用此位爲　得已後復失　此位最爲勝
無終無有始　以勝無能奪　此勝最爲勝
然佛無量行　無跡誰跡將

是故諸瞿曇當求方便正法王治如是諸釋當作是學爾時諸釋聞佛所說歡喜奉行

聞如是一時佛在舍衛國祇樹給孤獨園爾時有一比丘至世尊所頭面禮足在一面坐爾時彼比丘白世尊曰頗有此色恒在不變易耶久存於世亦不移動頗有痛想行識恒在不變易耶久存於世亦不移動耶世尊告曰比丘無有此色恒在不變易久存於世者亦復無痛想行識恒在不變易久存於世者若復比丘當有此色恒在不變易久存於世者則梵行之人不可分別苦痛想行識久存不變易者梵行之人不可分別是故比丘以色不可分別不久存於世是故梵行之人乃能分別盡於苦本亦無痛想行識不久存於世是故梵行乃可分別盡於苦本爾時世尊取少許土著爪上語彼比丘曰云何比丘見此爪上土不比丘對曰唯然見世尊佛告比丘設當有爾許色恒存於世者則梵行之人不可分別得盡苦際以是比丘以無爾許色在便得行梵行得盡苦本所以然者比丘當知我昔曾爲大王領四天下以法治化統領

人民七寶具足所謂七寶者輪寶象寶馬寶珠寶玉女寶居士寶典兵寶比丘當知我爾時作此轉輪聖王領四天下有八萬四千神象象名善呼復有八萬四千羽葆之車或用師子皮覆或用狼豹皮覆者盡懸幢高蓋復有八萬四千高廣之臺猶如天帝所居之處復有八萬四千講堂如法講堂之比復有八萬四千玉女之衆像如天女復有八萬四千高廣之座皆用金銀七寶廁間復有八萬四千衣服被飾皆是文繡綩綖復有八萬四千飲食之具味若干種比丘當知我爾時乘一大象色極曰好口有六牙金銀校具身能飛行亦能隱形或大或小象名善呼我爾時乘一神馬毛尾珠色行不身動金銀校飾身能飛行亦能隱形或大或小馬名毛王我於爾時八萬四千高廣之臺住一臺中臺名須尼摩純金所作爾時我在一講堂中止宿講堂名法說純金所造我於爾時乘一羽葆之車車名最勝純金所造我於爾時將一玉女左右使令亦如姊妹我於爾時於八萬四千高廣之座在一座上金銀瓔珞不可稱計我於爾時著一妙服像如天衣所食之食味如甘露當於爾時我作轉輪聖王時八萬四千神象朝朝來至門外多有傷害不可稱計我於爾時便作是念此八萬四千神象朝朝來至門外多有傷害不可稱計我今意中欲使分爲二分四萬二千朝朝來賀爾時比丘我作是念昔作何福復作何德今得此威力乃至於是復作是念由三事因緣故使我獲此福祐云何爲三所謂惠施慈仁自守比丘當觀

爾時諸行永滅無餘爾時遊於欲意無有厭足所謂厭足於賢聖戒律乃爲厭足云何比丘此色有常耶無常耶比丘對曰無常也世尊若復無常爲變易法汝可得生此心此是我許我是彼所乎對曰不也世尊痛想行識是常耶無常耶比丘對曰無常也世尊設使無常爲變易法汝可得生此心此是我許我是彼所對曰不也世尊是故比丘諸所有色過去當來今現在者若大若小若好若醜若遠若近此色亦非我所我亦非彼所此是智者之所覺也諸所有痛過去當來今現在若遠若近此痛亦非我所我亦非彼所如是智者之所覺知比丘當作是觀若聲聞之人厭患於眼厭患於色厭患眼識若緣眼生苦樂亦復厭患亦厭於耳厭於聲厭於耳識若依耳識生苦樂者亦復厭患鼻舌身意法亦復厭患若依意生苦樂者亦復厭患已厭患便解脫已解脫便得解脫之智生死已盡梵行已立所作已辦更不復受有如實知之爾時彼比丘得世尊如是之教在閑靜處思惟自修所以族姓子剃除鬚髮著三法衣離家修無上梵行生死已盡梵行已立所作已辦更不復受有如實知之是彼比丘便成阿羅漢爾時彼比丘聞佛所說歡喜奉行

聞如是一時佛在摩竭國道場樹下初始得佛爾時世尊便作是念我今已得此甚深之法難解難了難曉難知極微極妙智所覺知我今當先與誰說法使解吾法者是誰爾時世尊便作是念羅勒迦藍諸根純熟應先得度又且待吾有法作此念已虛空中有天白

世尊曰羅勒迦藍死已七日是時世尊復作念曰何其苦哉不聞吾法而取命終設當聞吾法者即得解脱是時世尊復作是念我今先與誰說法使得解脱今鬱頭藍弗先應得度當與說之聞吾法已先得解脱世尊作是念虛空中有天語言昨日夜半已取命終是時世尊復作是念鬱頭藍弗何其苦哉不聞吾法而取命過設得聞吾法者即得解脱爾時世尊復作是念誰先聞法而得解脱是時世尊重更思惟五比丘多所饒益我初生時追隨吾後是時世尊復作是念今五比丘竟爲所在即以天眼觀五比丘乃在波羅柰仙人鹿園所止之處我今當往先與五比丘說法聞吾法已當得解脱爾時世尊七日之中熟視道樹目未曾眴爾時世尊便說此偈

我念此王處　經歷生死苦　執御智慧斧
永斷根原栽　天王來至此　及諸魔怨屬
復以方便降　今著解脱冠　今於此樹下
坐於金剛牀　已獲一切智　建所無礙慧
我坐此樹下　見生死之苦　已却死原本
老病永無餘

爾時世尊說此偈已便從座起而去欲向波羅柰國是時優比伽梵志遙見世尊光色炳然翳日月明見已白世尊曰瞿曇師主今爲所在爲依何人出家學道恒喜說何法教爲從何來爲欲所至爾時世尊向彼梵志而說此偈

我成阿羅漢　世間最無比　天及世間人
我今最爲上　我亦無師保　亦復無與等
獨尊無過者　冷而無復溫　今當轉法輪

往詣迦尸邦　今以甘露藥　開彼盲冥者
波羅㮈國界　迦尸國王土　五比丘住處
欲說微妙法　使彼早成道　及得漏盡通
以除惡法原　是故最爲勝

時彼梵志嘆吒頷頭叉手彈指含笑引導而去是時世尊往詣波羅㮈是時五比丘遥見世尊來見已各共論議此是沙門瞿曇從遠而來情性錯亂心不專精我等勿復共語亦莫起迎亦莫請坐爾時五人便說此偈

此人不應敬　亦莫共觀視　勿復稱善來
亦莫請使坐

爾時五人說此偈已皆共默然爾時世尊至五比丘所漸漸欲至時五比丘漸起來迎或與敷座者或與取水者爾時世尊即前就坐作是思惟此是愚癡之人竟不能全其本限爾時五比丘稱世尊爲卿是時世尊告五比丘曰汝等莫輕無上至眞等正覺所以然者我今已成無上至眞等正覺已獲甘露善自專念聽吾法語爾時五比丘白世尊曰瞿曇本苦行時尚不能得上人之法況復今日意情錯亂言得道乎世尊告曰云何五人汝等曾聞吾妄語乎五比丘曰不也瞿曇世尊告曰如來等正覺已得甘露汝等悉共專心聽吾說法是時世尊便復作是念我今堪任降此五人是時世尊告五比丘汝等當知有此四諦云何爲四苦諦苦集諦苦盡諦苦出要諦彼云何名爲苦諦所謂生苦老苦病苦死苦憂悲惱苦愁憂苦痛不可稱計怨憎會苦恩愛別苦所欲不得亦復是苦取要言之五盛陰苦是謂苦諦彼云何苦集諦所謂受愛

之分集之不倦意常貪著是謂苦集諦彼云何苦盡諦能使彼愛滅盡無餘亦不更生是謂苦盡諦彼云何名爲苦出要諦所謂賢聖八品道所謂等見等治等語等業等命等方便等念等定是謂名爲四諦之法然復五比丘此四諦之法苦諦者本未聞法眼生智生明生覺生光生慧生復次苦諦者實定不虛不妄終不有異世尊之所說故名爲苦諦苦集諦者本未聞法眼生智生明生覺生光生慧生復次苦集諦者實定不虛不妄終不有異世尊之所說故名爲苦集諦苦盡諦者本未聞法眼生智生明生覺生慧生光生復次苦盡諦者實定不虛不妄終不有異世尊之所說故名爲苦盡諦苦出要諦者本未聞法眼生智生明生覺生光生慧生復次苦出要諦者實定不虛不妄終不有異世尊之所說故名爲苦出要諦五比丘當知此四諦者三轉十二行如實不知者則不成無上正眞等正覺以我分別此四諦三轉十二行如實知之是故成無上至眞等正覺爾時說此法時阿若拘隣諸塵垢盡得法眼淨是時世尊告拘隣曰汝今已逮法得法拘隣報曰如是世尊已得法逮法是時地神聞此語已作此唱令如來在波羅㮈轉法輪諸天世人魔若魔天人及非人所不能轉者今日如來轉此法輪阿若拘隣已得甘露之法是時四天王從地神聞唱令聲復轉告曰阿若拘隣已得甘露之法是時三十三天復從四天王聞豔天從三十三天聞乃至兜術天展轉聞聲乃至梵天亦復聞聲如來在波羅㮈轉法輪諸天

世人魔若魔天人及非人所不轉者今日如來轉此法輪爾時便名爲阿若拘隣爾時世尊告五比丘汝等二人住受教誨三人乞食三人所得食者六人當共食之三人住受教誨二人往乞食二人所得食者六人當取食之爾時教誨此時成無生涅槃法亦成無生無病無老無死是時五比丘盡成阿羅漢是時三千大千刹土有五阿羅漢佛爲第六爾時世尊告五比丘汝等盡共人間乞食慎莫獨行然復衆生之類諸根純熟應得度者我今當往優留毗村聚在彼說法爾時世尊便往至優留毗村聚所爾時連若河側有迦葉在彼止住知天文地理靡不貫博筭數樹葉皆悉了知將五百弟子日日教化去迦葉不遠有石室中有毒龍在彼止住爾時世尊至迦葉所到已語迦葉言吾欲寄在石室中一宿若見聽者當往止住迦葉報曰我不愛惜但彼有毒龍恐相傷害耳世尊告曰迦葉無苦龍不害吾但見聽許止住一宿迦葉報曰若欲住者隨意往住爾時世尊即往石室敷座而宿結跏趺坐正身正意繫念在前是時毒龍見世尊坐便吐毒火爾時世尊入慈三昧從慈三昧起入焰光三昧爾時龍火佛光一時俱作爾時迦葉夜起瞻視星宿見石室中有大火光見已便告弟子曰此瞿曇沙門容貌端正今爲龍所害甚可憐愍我先亦有此言彼有惡龍不可止宿是時迦葉告五百弟子汝持水瓶及舉高梯往救彼火使彼沙門得濟此難爾時迦葉將五百弟子往詣石室而救此火或持水灑者或施梯者而不能

使火時滅皆是如來威神所致爾時世尊入慈三昧漸使彼龍無復瞋恚時彼惡龍心懷恐怖東西馳走欲得出石室然不能得出石室是時彼惡龍來向如來入世尊鉢中住是時世尊以右手摩惡龍身便說此偈

龍出甚爲難　龍與龍共集　龍勿起害心
龍出甚爲難　過去恒沙數　諸佛般涅槃
汝竟不遭遇　皆由瞋恚火　善心向如來
速捨此恚毒　已除瞋恚毒　便得生天上

增壹阿含經卷第十四

音釋

觸擾 觸昌六切觝也突也擾而沼切煩也亂也 柔輭 柔而由切順也輭而兗切亦柔也 霹靂 霹普辟切靂郎擊切雷之急激者曰霹靂 斟酌 斟知林切酌之若切斟酌謂手自斟酌飲食以奉佛敬之至也 狼豹 狼盧當切似犬銳頭白頰高前廣後牡曰貛牝曰狼豹北教切獸似虎而小曰豹 綩繻 綩於阮切纁色衣也繻相俞切亦衣也 瞤 舒閏切目動也 轝 羊諸切兩手對舉也 顉 五感切點頭也

增壹阿含經卷第十五

符秦三藏曇摩難提譯

高幢品第二十四之二

爾時彼惡龍吐舌舐如來手熟視如來面是時世尊明日清旦手擎此惡龍往詣迦葉所語迦葉曰此是惡龍極爲兇暴今已降之爾時迦葉見惡龍已便懷恐怖白世尊曰止止沙門勿復來前龍備相害世尊告曰迦葉勿懼我今已降之終不相害所以然者此龍已受教化是時迦葉及五百弟子歎未曾有甚奇甚特此瞿曇沙門極大威神能降此惡龍使不作惡雖爾故不如我得道眞爾時迦葉白世尊曰大沙門當受我九十日請所須衣被飲食牀臥具病瘦醫藥盡當供給爾時世尊默然受迦葉請是時世尊以此神龍著大海中而彼惡龍隨壽長短命終之後生四天王天上是時如來還上石室迦葉供辦種種飯食已往白世尊飲食已辦可往就食世尊告曰迦葉在前吾正爾當往迦葉去後便往至閻浮提界上閻浮樹下取閻浮果還先至迦葉石室中坐是時迦葉見世尊在石室中白世尊曰沙門爲從何道來至石室佛告迦葉汝去之後吾至閻浮提界上取閻浮果還來至此坐迦葉當知此果甚爲香美可取食之迦葉對曰我不須是沙門自取食之是時迦葉復作是念此沙門極有神足有大威力乃能至閻浮界上取此美果雖爾故不如我道眞是時世尊食已還在彼止宿迦葉清朝至世尊所到已白世尊曰食時已至可往就食佛告迦葉汝並在前吾後當往迦葉去後

便至閻浮提界上取阿摩勒果還先至迦葉石室中坐迦葉白世尊曰沙門爲從何道來至此間世尊告曰汝去之後至閻浮提界上取此果來極爲香美若須者便取食之迦葉對曰吾不須是沙門自取食之是時迦葉復作是念此沙門極有神力有大威神吾去之後取此果來雖爾故不如我我已得道眞是時世尊食已還彼止宿明日迦葉至世尊所而作是說食時已至可往就食佛告迦葉汝並在前吾後當往迦葉去後世尊至北鬱單越取自然粳米來還先至迦葉石室迦葉問佛沙門爲從何道來至此坐世尊告曰迦葉當知汝去之後吾至鬱單越取自然粳米極爲香好迦葉須者便取食之迦葉對曰吾不須是沙門自取食之迦葉復作是念此沙門

極有神足有大神力雖爾故不如我得道眞是時世尊食已還彼止宿明日迦葉至世尊所而作是說食時已至可往就食佛告迦葉汝並在前吾當後往迦葉去後世尊至瞿耶尼取呵梨勒果先至迦葉石室中坐迦葉問佛沙門爲從何道來至此坐佛告迦葉汝去之後吾至瞿耶尼取此果來極爲香美迦葉須者可取食之迦葉對曰我不須是沙門自取食之迦葉復作是念此沙門極有神力有大威神雖爾故不如我得道眞是時世尊食已還彼止宿明日迦葉至世尊所而白時至可往就食佛告迦葉汝並在前吾後當往迦葉去後世尊至弗于逮取毗醯勒果先至迦葉石室中坐迦葉問佛沙門爲從何道來至此坐佛告迦葉汝去之後吾至弗于逮取此

果來極爲香好迦葉須者可取食之迦葉對曰吾不須是沙門自取食之迦葉復作是念此沙門極有神力有大神足雖爾故不如我道眞是時世尊食已還彼止宿是時迦葉時欲大祠五百弟子執斧斫薪手擎斧而斧不下是時迦葉復作是念此必沙門所爲是時迦葉問世尊曰今欲破薪斧何故不下也世尊告曰欲得斧下耶曰欲使斧下尋時下是時彼斧既下復不得舉迦葉復白佛言斧何故不舉世尊告曰欲使斧舉耶曰欲使舉斧尋復舉爾時迦葉弟子意欲然火火不得然是時迦葉復作是念此必沙門瞿曇所爲迦葉白佛火何故不然佛告迦葉欲使火然耶曰欲使然火尋時然爾時意欲滅火火復不滅迦葉白佛火何故不滅佛告迦葉欲使火滅耶曰欲使滅火尋時滅迦葉便作是念此沙門瞿曇面目端正世之希有吾明日欲大祠國王人民盡當來集設當見此沙門者吾不復得供養此沙門明日不來者便爲大幸是時世尊知迦葉心中所念明日清旦至鬱單越取自然粳米瞿耶尼取乳汁往至阿耨達泉而食竟日在彼住向暮還至石室止宿迦葉明日至世尊所問曰沙門昨日何故不來佛告迦葉汝昨日作是念此瞿曇極爲端正世之希有吾明日大祠若國王人民見者便斷吾供養設不來者便是大幸我尋知汝心之所念乃至鬱單越取自然粳米瞿耶尼取乳汁往阿耨達泉上食竟日在彼向暮還至石室中止宿是時迦葉復作是念此大沙門極有神足實有威神雖爾故不如我得道

眞是時世尊食已還石室止宿即夜四天王至世尊所而聽經法四天王亦有光明佛亦大放光照彼山野洞然一色時彼迦葉夜見光明明日清旦至世尊所到已白世尊曰昨夜是何光明照此山野世尊告曰昨夜四天王來至我所而聽法是彼四天王之光明是時迦葉復作是念此大沙門極有神力乃能使四天王來聽經法雖爾故不如我得道眞是時世尊食已還在彼宿夜半釋提桓因來至世尊所而聽法天帝光明復照彼山時彼迦葉夜起瞻星見此光明明日清旦迦葉至世尊所問曰瞿曇昨夜光明極爲殊特有何因緣有此光明世尊告曰昨夜天帝釋來至聽經故有此光明耳時迦葉復作是念此沙門瞿曇極有神力有大威神乃能使天帝釋來聽經法雖爾故不如我得道眞是時世尊食已還在彼宿夜半梵天王放大光明照彼山中至世尊所而聽經法時迦葉夜起見光明明日至世尊所而問曰昨夜光明倍有所照勝於日月光明有何等因緣致此光明世尊告曰迦葉當知昨夜大梵天王來至我所而聽經法是時迦葉復作是念此沙門瞿曇極有神力乃能使我祖父來至此沙門所而聽經法雖爾故不如我得道眞爾時世尊得弊壞五納衣意欲浣濯便作是念我當於何處而浣此衣是時釋提桓因知世尊心中所念即化作浴池白世尊曰可在此浣衣是時世尊復作是念吾當於何處蹋浣此衣時四天王知世尊心中所念便舉大方石著水側白世尊曰可在此而蹋衣是時世尊復作是

念吾於何處而曝此衣時樹神知世尊心中所念便垂樹枝白世尊曰唯願在此曝衣明日清旦迦葉至世尊所問世尊曰本無此池今有此池本無此樹今有此樹本無此石今有此石有何因緣而有此變世尊告曰此是昨夜天帝釋知吾欲浣衣故作此浴池吾復作是念當於何處蹋浣此衣時四天王知吾心中所念便持此石來吾復作是念當於何處而曝此衣時樹神知我心中所念便垂此樹枝耳是時迦葉復作是念此沙門瞿曇雖神故不如我得道真是時世尊食已還於彼宿是時夜半有大黑雲起而作大雨連若大河極爲暴溢是時迦葉復作是念此河暴溢沙門必當爲水所漂我今看之是時迦葉及五百弟子往至河所爾時世尊在水上行脚不爲水所漬是時迦葉遙見世尊在水上行是時迦葉便作是念甚奇甚特沙門瞿曇乃能在水上行我亦能在水上行但不能使脚不汙耳此沙門雖神故不如我得道真是時世尊語迦葉言汝亦非阿羅漢復不知阿羅漢道汝尚不識阿羅漢名況得道乎汝是盲人目無所覩如來現爾許變化故言不如我得道真汝方作是語吾能在水上行今正是時可共在水上行耶汝今可捨邪見之心無令長夜受此苦惱是時迦葉聞世尊語已便前頭面禮足我今悔過深知非法乃觸如來唯願受悔如是再三世尊告曰聽汝改過乃能自知觸擾如來是時迦葉告五百弟子曰汝等各隨所宜我今自歸沙門瞿曇是時五百弟子白迦葉言我等先亦有心於沙門瞿

曇當降龍時尋欲歸命若師自歸瞿曇者我等五百弟子盡自歸於瞿曇所迦葉報言今正是時然復我心執此愚癡見爾許變化意猶不解故自稱言我道真正是時迦葉將五百弟子前後圍遶至世尊所頭面禮足在一面立白世尊曰唯願世尊聽我等得作沙門修清淨行諸佛常法若稱善來比丘便成沙門是時世尊告迦葉曰善來比丘此法微妙善修梵行是時迦葉及五百弟子所著衣裳盡變成袈裟頭髮自落如似剃髮已經七日是時迦葉學術之具及於呪術盡投水中時五百弟子白世尊曰唯願世尊聽我等得作沙門世尊告曰善來比丘時五百比丘即成沙門袈裟著身頭髮自落爾時順水下流有梵志名江迦葉在水側住是時江迦葉見呪術之具盡爲水所漂便作是念咄哉大兄爲水所溺是時江迦葉將三百弟子順水上流求兄屍骸遥見世尊在一樹下坐及大迦葉五百弟子前後圍遶而爲説法見已便前至迦葉所而作是語此事爲好耶本爲人師今爲弟子大師何故與沙門作弟子乎迦葉對曰此處爲妙無過此處是時優毗迦葉向江迦葉而説此偈

此師人天貴　我今師事之　諸佛興出世
甚爲難得遇

是時江迦葉聞佛名號甚懷歡喜踊躍不能自勝前白世尊願聽爲道世尊告曰善來比丘善修梵行盡於苦際是時江迦葉及三百弟子即成沙門袈裟著身頭髮自落是時江迦葉及三百弟子呪術之具盡投水中爾時

順水下頭有梵志名伽夷迦葉在水側住遥見呪術之具爲水所漂便作是念我有二兄在上學道今呪術之具盡爲水所漂二大迦葉必爲水所害即將二百弟子順水上流乃至學術之處遥見二兄而作沙門便作是語此處好耶本爲人尊今爲沙門弟子迦葉報曰此處最妙無過此處是時伽夷迦葉便作是念今我二兄多知博學此處必是善地使我二兄在中學道我今亦可在中學道是時伽夷迦葉前白世尊唯願世尊聽作沙門世尊告曰善來比丘善修梵行盡於苦際是時伽夷迦葉即成沙門袈裟著身頭髮自落如似剃頭已經七日是時世尊在彼河側住尼拘類樹下成佛未久將千弟子是皆耆舊宿長是時世尊以三事教化云何爲三所謂四神足教化言教教化訓誨教化彼云何名爲神足教化爾時世尊或作若干形還合爲一或現或不現或現石壁皆過無所罣礙或出地或入地猶如流水無所觸礙或結跏趺坐滿虚空中如鳥飛空無有罣礙亦如大火山烟出無量此日月有大神力不可限量以手往捉身乃至梵天如是世尊現神足彼云何名爲言教教化爾時世尊教諸比丘當捨是置是當近是遠是當念是去是當觀是不觀是彼云何當修是不修是修者當修七覺意滅者當滅三結彼云何當觀當不觀觀者當觀三結沙門善所謂出要樂無恚樂無怒樂彼云何不觀所謂三沙門苦云何爲三所謂欲觀恚觀怒觀彼云何念云何不念爾時當念苦諦當念集諦當念盡諦當念道諦莫念

邪諦有常見無常見有邊見無邊見彼命彼身非命非身如來命終如來不命終有終有不終亦不有終亦不無終莫作是念彼云何名爲訓誨教化復次當作是去不應作是去作是來不應作是來默然作是言說當持如是衣不應持如是衣應如是入村不應如是入村是謂名爲訓誨教化是時世尊以此三事教化千比丘是時彼比丘受佛教已千比丘盡成阿羅漢是時世尊已具千比丘得阿羅漢爾時閻浮里地有千阿羅漢及五比丘佛爲六師迴坐向迦毗羅衛是時優毗迦葉便作是念世尊何故向迦毗羅衛坐是時優毗迦葉即前長跪白世尊曰不審如來何故向迦毗羅衛坐耶世尊告曰如來在世間應行五事云何爲五一者當轉法輪二者當與父說法三者當與母說法四者當與凡夫人立菩薩行五者當授菩薩莂是謂迦葉如來出世當行此五法是時優毗迦葉復作是念如來故念親族本邦故向彼坐耳是時五比丘漸來至尼連水側到世尊所頭面禮足在一面坐是時尊者優陀耶遥見世尊向迦毗羅衛王見已便作是念世尊必當欲往至迦毗羅衛見諸親里是時優陀耶即前長跪白世尊曰我今堪任欲有所問唯願敷演世尊告曰欲有所問者便問之優陀耶白世尊曰觀如來意欲向迦毗羅衛世尊告曰如是如汝所言優陀耶當知先至白淨王所吾比後當往所以然者刹利之種先當遣信令知後如來當往汝到語王後七日如來當來見王優陀耶對曰如是世尊是時優陀耶即從座

起整衣服禮世尊足於世尊前不現往至迦毗羅衞到眞淨王所到已在王前立爾時眞淨王在大殿上坐及諸婇女是時優陀耶飛在空中時眞淨王見優陀耶手執鉢持杖而在前立見已便懷恐怖而作是說此是何人耶非人耶天耶鬼耶閱叉羅刹天龍鬼神時眞淨王問優陀耶曰汝是何人又以此偈向優陀耶說

爲天爲是鬼　乾沓和等乎　汝今名爲誰
我今欲知之

是時優陀耶復以此偈報王曰

我亦非是天　非是乾沓和　於是迦毗國
大王邦土人　昔壞十八億　弊魔波旬衆
我師釋迦文　是彼眞弟子

時眞淨王復以此偈向優陀耶說

誰壞十八億　弊魔波旬衆　誰字釋迦文
汝今歎說之

是時優陀耶復說此偈

如來初生時　天地普大動　誓願悉成辦
今日號悉達　彼降十八億　弊魔波旬衆
彼名釋迦文　今日成佛道　彼人釋師子
瞿曇次弟子　今日作沙門　本字優陀耶

是時眞淨王聞此語已便懷歡喜不能自勝語優陀耶曰云何優陀耶悉達太子今故在耶優陀耶報言釋迦文佛今日現在時王問言今已成佛耶優陀耶報言今已成佛道王復問言今日如來竟爲所在優陀耶報言如來今在摩竭國界尼拘類樹下時王報言異從弟子斯是何人優陀耶報言諸天億數及千比丘四天王恒在左右時王問言所著衣

服爲像何類優陀耶報言如來所著衣裳名爲袈裟時王問言食何等食優陀耶報言如來身者以法爲食王復問曰云何優陀耶如來可得見不優陀耶報言王勿愁悒却後七日當來入城是時王極歡喜不能自勝手自斟酌供養優陀耶是時眞淨王擊大鳴鼓勑國界人民平治道路除去不淨以香汁灑地懸繒幡蓋作倡妓樂不可稱計復勑國中諸有盲聾瘖瘂者盡使不現却後七日悉達當來入城是時眞淨王聞佛當來入城七日之中亦不睡眠是時世尊已至七日復作是念我今宜可以神足力往詣迦毗羅衞國是時世尊將諸比丘前後圍遶往詣迦毗羅衞國到已便詣城北薩盧園中是時眞淨王聞世尊已達迦毗羅衞城北薩盧園中是時眞淨王將諸釋衆往詣世尊所是時世尊復作是念若眞淨王躬自來者此非我宜我今當往與共相見所以然者父母恩重育養情深是時世尊將諸比丘衆往詣城門飛在虛空去地七仞是時眞淨王見世尊端正無比世之希有諸根寂靜無衆多念身有三十二相八十種好而自莊嚴發歡喜之心即便頭面禮足而作是說我是刹利王種名曰眞淨王世尊告曰今大王享壽無窮是故大王當以正法治化勿用邪法大王當知諸有用正法治化者身壞命終生善處天上是時世尊即空中行至眞淨王宮中到已就座而坐時王見世尊坐定手自斟酌行種種飲食見世尊食竟行淨水更取一小座而聽法爾時世尊與眞淨王漸說妙義所謂論者施論戒論生天

之論欲不淨行出要爲樂爾時世尊見王心開意解諸佛世尊常所說法苦集盡道盡向王說是時眞淨王即於座上諸塵垢盡得法眼淨是時世尊與王說法已即從座起而去是時眞淨王普集釋衆而作是說諸沙門等顏貌極醜刹利之種將諸梵志衆此非其宜刹利釋種還得刹利衆此乃爲妙諸釋報言如是大王如大王教刹利種還得刹利衆此乃爲妙是時王告國中諸有兄弟二人當取一人作道其不爾者當重讁罰時諸釋衆聞王教令諸有兄弟二人當取一人爲道其不從教當重讁罰是時提婆達兜釋種語阿難釋言眞淨王今日有教諸有兄弟二人當分一人作道汝今出家學道我當在家修治家業是時阿難釋歡喜踊躍報言如兄來教是時難陀釋語阿那律釋言眞淨王有教其有兄弟二人者當分一人作道其不爾者當重讁罰汝今出家我當在家是時阿那律釋聞此語已歡喜踊躍不能自勝報曰如是如兄來教是時眞淨王將穀淨釋叔淨釋甘露淨釋至世尊所爾時駕四馬之車白車白蓋白馬駕之第二釋乘青車青蓋青馬駕之第三釋乘黃車黃蓋黃馬駕之第四釋乘赤車赤蓋赤馬駕之是時諸釋有乘象者有乘馬者皆悉來集是時世尊遥見眞淨王將諸釋衆而來告諸比丘汝等觀此釋衆并觀眞淨王衆比丘當知三十三天出園觀時亦如此法而無有異是時阿難乘大白象白衣白蓋見已告諸比丘汝等見此阿難釋乘白車白象不乎諸比丘對曰唯然世尊我等見之佛告

比丘此人當出家學道第一多聞堪侍左右汝等見此阿那律釋不乎諸比丘對曰唯然見之佛告比丘此人當出家學道天眼第一是時眞淨王及兄弟四人并難陀阿難皆步進前除去五好至世尊所頭面禮足在一面坐爾時眞淨王白佛言昨日夜生此念刹利之衆不應將梵志衆還將刹利衆此是其宜我便告令國中諸有兄弟二人者便取一人使出家學道唯願世尊聽出家學道世尊告曰善哉大王多所饒益天人得安所以然者此是善知識之良祐福田我亦緣善知識得脫此生老病死是時諸釋衆便得爲道是時眞淨王白世尊曰唯願世尊敎誨此新比丘當如教誨優陀耶所以然者此優陀耶比丘極有神力願優陀耶比丘恒在宮中教化使衆生之類長夜獲安隱所以然者此比丘極有神力我初見優陀耶比丘便發歡喜之心我便作此念此弟子尚有神力況彼如來而無此神力乎世尊告曰如是大王如大王教此優陀耶比丘極有神力有大威德爾時世尊告諸比丘第一弟子博識多智國王所念所謂阿若拘隣比丘是能勸化人民優陀耶比丘是有速疾智所謂摩訶男比丘是恒喜飛行所謂須婆休比丘是空中往來所謂婆破比丘是多諸弟子所謂優毗迦葉比丘是意得觀空所謂江迦葉比丘是意得止所謂象迦葉比丘是爾時世尊廣與眞淨王說微妙之法爾時王聞法已即從座起頭面禮足便退而去爾時諸比丘及眞淨王聞佛所說歡喜奉行

聞如是一時佛在舍衛國祇樹給孤獨園爾時世尊告諸比丘十五日中有三齋法云何爲三八日十四日十五日比丘當知或有是時八日齋日四天王遣諸輔臣觀察世間誰有作善惡者何等衆生有慈孝父母沙門婆羅門及尊長者頗有衆生好喜布施修戒忍辱精進三昧演散經義持八關齋者具分别之設無衆生孝順父母沙門婆羅門及尊長者是時輔臣白四天王令此世間無有衆生孝順父母沙門道士行四等心慈愍衆生時四天王聞已便懷愁憂慘然不悦是時四天王即往忉利天上集善法講堂以此因緣具白帝釋天帝當知今此世間無有衆生孝順父母沙門婆羅門及尊長者是時帝釋三十三天聞斯語已皆懷愁憂慘然不悦減諸天衆增益阿須倫衆設復有時若世間衆生之類有孝順父母沙門婆羅門及諸尊長持八關齋修德清淨不犯禁戒大如毛髮爾時使者歡喜踊躍不能自勝即白四王令此世間多有衆生孝順父母沙門婆羅門及諸尊長天王聞已甚懷喜悦即往釋提桓因所以此因緣具白帝釋天帝當知今此世間多有衆生孝順父母沙門婆羅門及諸尊長時帝釋三十三天皆懷歡喜不能自勝增益諸天衆減損阿須倫衆地獄拷掠自然休息毒痛不行若十四日齋日之時遣太子下案行天下伺察人民施行善惡頗有衆生信佛信法信比丘僧孝順父母沙門婆羅門及尊長者好喜布施持八關齋閉塞六情防制五欲設無衆生修正法者孝順父母沙門婆羅門爾時

太子白四天王四天王聞已便懷愁憂慘然不悅往至釋提桓因所以此因緣具白天帝大王當知今此世間無有衆生孝順父母沙門婆羅門及尊長者是時天帝三十三天皆懷愁憂慘然不悅減諸天衆增益阿須倫衆設復衆生有孝順父母沙門婆羅門及尊長者持八關齋爾時太子歡喜踊躍不能自勝即往白四天王大王當知今此世間多有衆生孝順父母沙門婆羅門及諸尊長是時四天王聞此語已甚懷喜悅即往詣釋提桓因所以此因緣具白天帝聖王當知今此世間多有衆生孝順父母沙門婆羅門及諸尊長受三自歸慈心諫諍誠信不欺時天帝四王及三十三天皆懷歡喜不能自勝增益諸天衆減損阿須倫衆比丘當知十五日說戒之時四天王躬自來下案行天下伺察人民何等衆生有孝順父母沙門婆羅門及尊長者好喜布施持八關齋如來齋法設無衆生孝順父母沙門婆羅門及尊長者時四天王便懷愁悒慘然不悅往至帝釋所以此因緣具白天帝天王當知今此世間無有衆生孝順父母沙門婆羅門及諸尊長者是時釋提桓因三十三天皆懷愁憂慘然不悅減諸天衆增益阿須倫衆設復是時衆生之類有孝順父母沙門婆羅門及諸尊長持八關齋爾時四天王便懷歡喜踊躍不能自勝即往帝釋所以此因緣具白天帝天王當知今此世間多有衆生孝順父母沙門婆羅門及諸尊長是時釋提桓因三十三天及四天王皆懷歡喜踊躍不能自勝增益諸天衆減損阿須倫

衆爾時世尊告諸比丘云何十五日持八關齋法是時諸比丘白世尊曰如來是諸法之王諸法之印唯願世尊當爲諸比丘布演此義諸比丘聞已當奉行之世尊告曰諦聽諦聽善思念之吾當爲汝具分別說於是比丘若有善男子善女人於月八日十四日十五日說戒持齋時到四部衆中當作是說我今齋日欲持八關齋法唯願尊者當與我說之是時四部之衆當教與說八關齋法先教作是語善男子當自稱名字彼已稱名字便當與說八關齋法是時教授者當教前人作是語我今奉持如來齋法至明日清旦修清淨戒除去惡法若身行惡行口吐惡語意生惡念身三口四意三諸有惡行已作當作或能以貪欲故所造或能以瞋恚故所造或能以愚癡所造或能以豪族故所造或能因惡知識所造或能令身後身無數身或能不識佛不識法或能鬭亂比丘僧或能殺害父母諸尊師長我今自懺悔不自覆藏依戒依法成其戒行受八關如來齋法云何爲八關齋法持心如眞人盡形壽不殺無有害心於衆生有慈心之念我今字某持齋至明日清旦不殺無有害心有慈心於一切衆生如阿羅漢無有邪念盡形壽不盜好喜布施我今字某盡形壽不盜自今至明日持心如是眞人我今盡形壽不婬泆無有邪念恒修梵行身體香潔今日持不婬之戒亦不念己妻復不念他女人想至明日清旦無所觸犯如阿羅漢盡形壽不妄語恒知至誠不欺他人自今至明日不妄語我自今已後不復妄語如阿羅

漢不飲酒心意不亂持佛禁戒無所觸犯我今亦當如是自今日至明旦不復飲酒持佛禁戒無所觸犯如阿羅漢盡形壽不壞齋法恒以時食少食知足不著於味我今亦如是盡形壽不壞齋法恒以時食少食知足不著於味從今日至明旦如阿羅漢恒不在高廣之牀上坐所謂高廣之牀金銀象牙之牀或角牀佛座辟支佛座阿羅漢座諸尊師座是時阿羅漢不在此八種座上坐不犯此座如阿羅漢不著香花脂粉之飾我今亦當如是盡形壽不著香花脂粉之好我今字某離此八事奉持八關齋法不墮三惡趣持是功德不入地獄餓鬼畜生中八難之處恒得善知識莫與惡知識從事恒得好父母家生莫生邊地無佛法處莫生長壽天上莫與人作奴婢莫作梵天莫作釋身亦莫作轉輪聖王恒生佛前自見佛自聞法使諸根不亂若我誓願向三乘行速成道果比丘當知若有優婆塞優婆夷持此八關齋法彼善男子善女人當趣三道或生人中或生天上或般涅槃爾時世尊便說此偈

不殺亦不盜　不婬不妄語　避酒遠香花
著味犯齋者　歌儛作倡妓　學捨如羅漢
今持八關齋　晝夜不忘失　不有生老死
無有周旋期　莫與恩愛集　亦莫怨憎會
願滅五陰苦　諸病生死惱　涅槃無諸患
我今自歸之

是故諸比丘若有善男子善女人欲持八關齋離諸苦者欲得善處者欲得盡諸漏入涅槃城者當求方便成此八關齋法所以然者

人中榮位不足爲貴天上快樂不可稱計若善男子善女人欲求無上之福者當求方便成此八關齋法我今重告勑汝若有善男子善女人成八關齋者欲求生四天王天上亦獲此願持戒之人所願者得我以是故而説此義耳人中榮位不足爲貴若善男子善女人持八關齋者身壞命終生善處天上亦生豔天兜術天化自在天他化自在天終不有虛所以然者以其持戒之人所願者得諸比丘我今重告汝若有男子女人持八關齋者生欲天者生色天者亦成其願何以故爾以其持戒之人所願者得若復善男子善女人持八關齋欲得生無色天者亦果其願比丘當知若善男子善女人持八關齋者欲生四姓家者亦復得生又善男子善女人持八關齋者欲求作一方天子二方三方四方天子亦獲其願欲求作轉輪聖王者亦獲其願所以然者以其持戒之人所願者得若善男子善女人欲求作聲聞緣覺佛乘者悉成其願吾今成佛由其持戒五戒十善無願不獲諸比丘若欲成其道者當作是學爾時諸比丘聞佛所説歡喜奉行

增壹阿含經卷第十五

音釋

舐 甚爾切以舌餂之也
斧斫 斧匪父切刀斧也斫職略切擊也斬也
浣濯 浣胡管切濯衣垢也濯直角切亦澣也
蹋 徒合切以足踐蹋也
曝 步木切日乾也
漬 疾智切浸也
盲聾 盲眉耕切目無童子也聾盧東切耳病無聞曰聾
瘖瘂 瘖於金切疾不能言曰瘖瘂烏下切亦瘖也
仍 而振切數

也八尺曰仞

**謫罰** 謫陟革切責也罰房越切罪罰也

**穀淨釋** 梵語也穀胡谷切

**憂慘** 慘七感切憂慼也愁毒也

**拷掠** 拷苦浩切打也掠良灼切笞也

**豔天** 梵語也亦云須燄摩此云時分豔以贍切

增壹阿含經卷第十六

苻秦三藏曇摩難提譯

高幢品第二十四之三

聞如是一時佛在舍衛國祇樹給孤獨園爾時世尊告諸比丘有三事現在前爾時善男子善女人獲福無量云何爲三信在前善男子善女人獲福無量若財現在前爾時善男子善女人獲福無量若復持梵行者現在前爾時善男子善女人獲福無量是謂比丘有此三事現在前獲福無量爾時世尊便說此偈

信財梵難得　受者持戒人　覺此三事已
智者隨時施　長夜獲安隱　諸天恒扶將
在彼自娛樂　五欲無猒足

以是諸比丘若善男子善女人當求方便成此三法如是諸比丘當作是學爾時諸比丘聞佛所說歡喜奉行

聞如是一時佛在拘深城瞿師羅園中爾時拘深比丘恒好鬬訟犯諸惡行面相談說或時刀杖相加爾時世尊清旦往詣彼比丘所到已世尊告彼比丘汝等比丘慎莫鬬訟莫相是非諸比丘當共和合共一師侶同一水乳何爲鬬訟爾時拘深比丘白世尊曰唯願世尊勿憂此事我當自慮此理如此過狀自識其罪世尊告曰汝等云何爲王種作道爲畏恐故作道爲以世險故作道耶諸比丘對曰非也世尊世尊告曰云何比丘汝等豈非欲離生死求無爲道故作道乎然五陰之身實不可保諸比丘對曰如是世尊如世尊教我等族姓子所以出家學道者以求無爲道

滅五陰身是以學道世尊告曰諸比丘不應作道而復鬭諍手拳相加面相是非惡聲相向汝等當應成就此行共同一法共一師受亦當行此六種之法亦當行此身口意行亦當行此供養諸梵行者諸比丘對曰此是我等事世尊勿足慮此事爾時世尊告拘深比丘云何愚人汝等不信如來語乎方語如來勿慮此事然汝等自當受此邪見之報爾時世尊重告彼比丘曰過去久遠此舍衛城中有王名曰長壽王聰明黠慧無事不知然善明刀劒之法又乏寶物諸藏不充財貨減少四部之兵亦復不多臣佐之屬亦復減少當於爾時波羅㮏國有王名梵摩達勇猛剛健靡不降伏錢財七寶悉皆滿藏四部之兵亦復不乏臣佐具足爾時梵摩達王便作是念此長壽王無有臣佐又乏財貨無有珍寶我今可往攻伐其國爾時梵摩達王即便興兵往伐其國爾時長壽王聞興兵攻伐其國即設方計我今雖無七寶之財臣佐之屬四部之兵彼王雖復多諸兵衆如我今日一夫之力足能壞彼百千之衆殺害衆生不可稱計不可以一世之榮作永世之罪我今可出此城更在他國使無鬪諍爾時長壽王不語臣佐將第一夫人及將一人出舍衛城入深山中是時舍衛城中臣佐人民以不見長壽王便遣信使往詣梵摩達王所而作是說唯願大王來至此土今長壽王莫知所在是時梵摩達王來至迦尸國中而自治化然長壽王有二夫人皆懷妊臨欲在産是時夫人自夢在都市中生又日初出四部之兵手執五尺

刀各共圍遶而獨自產無有佐者見已便自驚覺以此因緣白長壽王時長壽王告夫人曰我今在此深山之中何緣乃當在舍衛城內在都市中產乎汝今欲產者當如鹿生是時夫人曰設我不得如此產者正爾取死是時長壽王聞此語已即於其夜更改衣服不將人衆入舍衛城時長壽王有一大臣名曰善華甚相愛念有小事緣出城而見長壽王入城時彼善華大臣熟視王已便捨而去歎息墮淚著道而行時長壽王便逐彼大臣將在屏處而共言語慎莫出口大臣對曰如大王敎不審明王有何敎勑長壽王曰憶我舊恩便有返復時臣對曰大王有敎令我當辦之長壽王曰我夫人者昨夜夢在都市中產又有四部之兵而自圍遶生一男兒極自端正若不如夢產者七日之中當取命終大臣報曰我今堪辦此事如王來勑作此語已各捨而去是時大臣便往至梵摩達王所到已而作是說七日之中意欲觀看大王軍衆象兵馬兵車兵步兵竟爲多少是時梵摩達王勑左右曰時催上兵衆如善華語是時善華大臣七日之中即集兵衆在舍衛都市中是時彼夫人七日之中來在都市中時善華大臣遙見夫人來便作是說善來賢女今正是時爾時夫人見四部兵衆已便懷歡喜勑左右人施張大幔時夫人日初出時便生男兒端正無雙世之希有時夫人抱兒還詣山中時長壽王遙見夫人抱兒而來便作是語使兒老壽受命無極夫人白王願王當與立字時王即以立字名曰長生時長生太子年向

八歲父王長壽有小因緣入舍衛城爾時長
壽王昔臣劫比見王入城從頭至足而熟觀
視見已便往至梵摩達王所到已而作是說
大王極爲放逸長壽王者今在此城時王瞋
恚勑左右人催收捕長壽王是時左右大臣
將此劫比東西求索時劫比遥見長壽王便
指示語大臣曰此是長壽王即前收捕至梵
摩達王所到已白大王言長壽王者此人身
是國中人民悉皆聞知傳捉得長壽王身時
夫人亦復聞長壽王爲梵摩達王所捉得聞
已便作是念我今復用活爲寧共大王一時
同命是時夫人即將太子入舍衛城夫人語
太子曰汝今更求活處時長生太子聞已默
然不語時夫人徑往至梵摩達王所王遥見
來歡喜踊躍不能自勝即勑大臣將此夫人
及長壽王至四衢道頭分作四分時諸大臣
受王教命將長壽王及夫人身皆取反縛遶
舍衛城使萬民見爾時人民之類莫不痛心
時長生太子在大衆中見將父母詣市取殺
顏色不變時長壽王還顧告長生曰汝莫見
長亦莫見短爾時便說此偈

怨怨不休息　自古有此法　無怨能勝怨
此法終不朽

是時諸臣自相謂曰此長壽王極爲愚惑長
生太子竟是何人在我等前而說此偈時長
壽王告諸臣曰我不愚惑但其中智者乃明
吾語耳諸賢者當知以我一夫之力足能壞
此百萬之衆然我復作是念此衆生類死者
難數不可以我一身之故歷世受罪怨怨不
休息自古有此法無怨能勝怨此法終不朽

時彼諸臣將長壽王及夫人身至四衢道頭分作四分即捨而去各還所在時長生太子向暮收拾薪草耶維父母而去爾時梵摩達王在高樓上遥見有小兒耶維長壽王及夫人身見已勑左右曰此必是長壽王親里汝催收捉來時諸臣民即往詣彼未到之頃兒已走去時長生太子便作是念此梵摩達王殺我父母又住我國中我今當報父母之怨是時長生太子便往至彈琴師所到已便作是說我今欲學彈琴時琴師問曰今汝姓誰父母爲何所在小兒對曰我無父母我本住此舍衞城中父母早死琴師報曰欲學者便學之比丘當知爾時長生太子便學彈琴歌曲時長生太子素自聰明未經數日便能彈琴歌曲無事不知是時長生太子抱琴往詣梵摩達王所在象廄中非人之時而獨彈琴並復清歌爾時梵摩達王在高樓上聞彈琴歌曲之聲便勑左右人曰此何人在象廄中而獨彈琴歌戲臣佐報曰此舍衞城中有一小兒而獨彈琴歌戲時王告侍者曰汝可約勑使此小兒來在此戲吾欲見之是時使人受王勑已即往喚此小兒來至王所是時梵摩達王問小兒曰汝昨夜在象廄中彈琴乎對曰如是大王梵摩達曰汝今可在吾前彈琴歌儛我當供給衣被飲食比丘當知爾時長生太子在梵摩達前彈琴歌儛極爲精妙時梵摩達王聞此琴音極懷歡喜便告長生太子當與吾守藏珍寶時長生太子受王敎勑未曾有失恒隨王意先笑後語恒忍王意爾時梵摩達王復告勑曰善哉善哉汝今作

人極爲聰明今復勑汝宫内可否汝悉知之是時長生太子在内宫中以此琴音教諸妓女亦復使乘象馬技術無事不知是時梵摩達意欲出遊園館共相娛樂催駕羽葆之車時長生太子即受王教尋駕羽葆之車鞁象金銀鞍勒還來白王嚴駕已辦王知是時梵摩達王乘羽葆之車使長生御之及將四部兵衆時長生太子御車引道恒離大衆時梵摩達王問長生太子曰今日軍衆悉爲所在長生對曰臣亦不知軍衆所在時王告曰可小停車吾體疲極欲小止息時長生太子即自停車使王憩息此頃軍衆未至比丘當知爾時梵摩達王即枕太子長生膝上睡眠時長生太子已見王眠便作是念此王於我極是大怨取我父母殺又住我國界今不報怨者何時當報怨我今正爾斷其命根時長生太子右手拔劒左手捉王髪然復作是念我父臨欲命終時而告我言長生當知亦莫見長亦莫見短又說此偈

怨怨不休息　自古有此法
無怨能勝怨　此法終不朽

我今捨此怨即還内劒如是再三復作是念此王於我極是大怨取我父母殺又住我國界今不報怨者何日當尅我今正爾斷其命根乃名爲報怨是時復作憶念汝長生亦莫見長亦莫見短父王有是教勑怨怨不休息自古有此法無怨能勝怨此法終不朽我今可捨此怨即還内劒是時王梵摩達夢見長壽王兒長生太子欲取我殺即便恐懼尋時得覺時長生太子曰大王何故驚起乃至於

斯梵摩達王曰向者睡眠夢見長壽王兒長生太子拔劒欲取吾殺是故驚耳是時長生太子便作是念今此王已知我是長生太子即右手拔劒左手捉髮而語王言我今正是長壽王兒長生太子然王是我大怨取我父母殺之加住我國界今不報怨何日當赴時梵摩達王即向長生而作是說我今命在汝手願垂原捨得全生命長生報曰我可活王然王不全我命王報長生惟願垂濟吾終不取汝殺是時長生太子與王共作言誓俱共相濟命者終不相害比丘當知爾時長生太子即活王命是時梵摩達王語長生太子言願太子還與我嚴駕羽葆之車還詣國界是時太子即嚴駕羽葆之車二人共乘徑來至舍衛城時王梵摩達即集羣臣而作是說設卿等見長壽王兒欲取何爲其中或有大臣而作是說當斷手足或有言當分身三段或有言當取殺之是時長生太子在王側坐正身正意思惟來言時梵摩達王躬自手捉長生太子語諸人言此是長壽王兒長生太子此人身是卿等勿得復有語敢有所說所以然者長生太子見活吾命吾亦活此人命時諸群臣聞此語已歎未曾有此王太子甚奇甚特乃能於怨而不報怨時梵摩達王問長生曰汝應取我殺何故見放復不殺之將有何因緣今願聞之長生對曰大王善聽父王臨欲命終之時而作是說汝今亦莫見長亦莫見短又作是語怨怨不休息自古有此法無怨能勝怨此法終不朽是時群臣聞父王此語皆相謂言此王狂惑多有所說長生者

竟是何人長壽王對曰卿等當知其中有智之人乃明此語耳憶父此語已是故全王命耳梵摩達王聞此語已甚奇所作歎未曾有乃能守亡父教勑不有所墮時梵摩達王語太子曰汝今所說之義吾猶不解今可與吾說其義使得意解時長生太子對曰大王善聽我當說之梵摩達王取長壽王殺設復長壽王本所有群臣極有親者亦當取王殺之設復梵摩達王所有臣佐復當取長壽王臣佐殺之是謂怨怨終不斷絕欲使怨斷者唯有無報耳我今觀此義已是故不害王也是時梵摩達王聞此語已甚懷踊躍不能自勝此王太子極爲聰明乃能廣演其義時王梵摩達即向懺悔是我罪過而取長壽王殺之即自脫天冠與長生使著又復嫁女與還將舍衛城國土人民尋付長生使領王還去波羅柰治比丘當知然古昔諸王有此常法雖有此諍國之法猶相堪忍不相傷害然汝等比丘以信堅固出家學道捨貪欲瞋恚愚癡之心今復諍競不相和順各不相忍而不懺改諸比丘當以此因緣知鬬非其宜然同一師侶共一水乳勿共鬬訟爾特世尊便說此偈

無鬬無有諍　慈心愍一切　無恚於一切
諸佛所歎譽

是時諸比丘當修行忍辱如是諸比丘當作是學是時拘深比丘白世尊曰唯願世尊勿慮此事我等自當分明此法世尊雖有此語其事不然是時世尊便捨而去詣跋耆國爾時跋耆國中有三族姓子阿那律難提金毗

羅然彼族姓子共作制限其有出乞食者後住者便掃灑地使淨事事不乏其得食來者分與使食足者則善不足者隨意所如有遺餘者瀉著器中便捨而去若復最後乞食來者足者則善不足者便取器中食而自著鉢中爾時便取水瓶更著一處即當一日掃除房舍復更在閑靜之處正身正意繫念在前思惟妙法然復彼人終不共語各自寂然爾時尊者阿那律思惟欲不淨想念得喜安而遊初禪是時難提金毗羅知阿那律心中所念亦復思惟欲不淨想念得喜安而遊初禪若復尊者阿那律思惟二禪三禪四禪爾時尊者難提金毗羅亦復思惟二禪三禪四禪若復尊者阿那律思惟空處識處不用處有想無想處是時尊者難提金毗羅亦復思惟空處識處不用處有想無想處若復尊者阿那律思惟滅盡定爾時尊者難提金毗羅亦復思惟滅盡定如此諸法諸賢思惟此法爾時世尊往師子國中爾時守園人遙見世尊來便作是說沙門勿來勿入園中所以然者此園中有三族姓子名阿那律難提金毗羅慎莫觸嬈是時尊者阿那律以天眼清淨及天耳通聞守園人與世尊作如是說使世尊不得入園是時尊者阿那律即出告守門人曰勿遮世尊今來欲至此看是時尊者阿那律尋入告金毗羅曰速來世尊今在門外是時尊者三人即從三昧起往至世尊所到已頭面禮足在一面住各自稱言善來世尊尊者阿那律前取世尊鉢尊者難提前敷座尊者金毗羅取水與世尊洗足爾時世尊告阿

那律曰汝等三人在此和合無有他念乞食如意乎阿那律曰如是世尊乞食不以爲勞所以然者若我思惟初禪時爾時難提金毗羅亦復思惟初禪若我思惟二禪三禪四禪空處識處不用處有想無想處滅盡三昧爾時難提金毗羅亦復思惟二禪三禪四禪空處識處不用處有想無想處滅盡定如是世尊我等思惟此法世尊告曰善哉善哉阿那律汝等頗有是時更得上人法乎阿那律報曰如是世尊我等更得上人之法世尊告曰何者是上人之法阿那律曰有此妙法出上人法上若復我等以慈心遍滿一方二方三方四方亦復如是四維上下亦復如是一切中一切以慈心遍滿其中無數無限不可稱計而自遊戲復以慈心悲心喜心護心遍滿一方二方三方四方亦復如是四維上下而自遊戲是謂世尊我等更得此上人之法爾時尊者難提金毗羅語阿那律曰我等何日至汝許問此義乎今在世尊前而自稱說阿那律曰汝等亦未曾至我許而問此義但諸天來至我所而說此義是故在世尊前而說此義耳但我長夜之中知諸賢心意然諸賢者得此三昧故在世尊前說此語耳爾時說此法時長壽大將至世尊所頭面禮足在一面坐是時長壽大將白世尊曰今日世尊與此諸人而說法乎是時世尊以此因緣具向長壽大將說之是時大將白世尊曰跋耆大國快得大利有此三族姓子而自遊化阿那律難提金毗羅世尊告曰如是大將如汝所言跋者大國快得善利且捨跋者大國摩竭

大國快得善利乃有此三族姓子若當摩竭大國人民之類憶此三族姓子便長夜獲安隱大將當知若當縣邑城郭有此族姓子者彼城郭之中人民之類長夜獲安隱此三族姓子所生之家亦獲大利乃能生此上尊之人彼父母五種親族若當憶此三人者亦獲大利若復天龍鬼神憶此三族姓子者亦獲大利若有人歎說阿羅漢者亦當歎說此三人若有人歎說無貪欲無愚癡無瞋恚者亦當歎說此三人若有人歎說此福田者亦當歎說此三人如我於三阿僧祇劫所行勤苦成無上道使此三人成此法義是故大將當於此三族姓子起歡喜心如是大將當作是學爾時大將聞世尊所說歡喜奉行

聞如是一時佛在舍衛國祇樹給孤獨園爾時世尊告諸比丘有三結使繫縛衆生不能從此岸至彼岸云何爲三身邪戒盜疑彼云何身邪結所謂計身有我生吾我想有衆生想有命有壽有人有士夫有緣有著是謂名爲身邪之結彼云何名爲疑結所謂有我耶無我耶有生耶無生耶有我人壽命耶無我人壽命耶有父母耶無父母耶有今世後世耶無今世後世耶有沙門婆羅門耶無沙門婆羅門耶世有阿羅漢耶世無阿羅漢耶有得證者耶無得證耶是謂名爲疑結彼云何名爲戒盜結所謂戒盜者我當以此戒生大姓家生長者家生婆羅門家若生天上及諸神中是謂戒盜結如是比丘有此三結繫縛衆生不能從此岸至彼岸猶如兩牛同一梔終不相離此衆生類亦復如是三結所繫不

能得從此岸至彼岸云何此岸云何彼岸所謂此岸者身邪是彼岸者所謂身邪滅是是謂比丘三結繫縛衆生不能從此岸至彼岸是故諸比丘當求方便滅此三結如是諸比丘當作是學爾時諸比丘聞佛所說歡喜奉行

聞如是一時佛在舍衛國祇樹給孤獨園爾時世尊告諸比丘有此三三昧云何爲三空三昧無願三昧無相三昧彼云何爲空三昧所謂空者觀一切諸法皆悉空虛是謂空三昧彼云何名爲無相三昧所謂無相者於一切諸法都無想念亦不可見是謂無相三昧彼云何名爲無願三昧所謂無願者於一切諸法亦不願求是謂無願三昧如是比丘有此三三昧久在生死不能自覺悟如是諸比丘當求方便得此三三昧如是諸比丘當作是學爾時諸比丘聞佛所說歡喜奉行

幢毗沙法王　瞿默神足化　齋戒神現前
長壽結三昧

增壹阿含經卷第十六

音釋

黠慧 黠胡八切亦慧也　捕 薄故切擒捉也　廐 居祐切象馬之舍也　歌儛 歌居何切詠唱聲也儛文甫切以手變弄曰儛　鞁 平義切以鞍裝被象猶今言鞁馬也　憩 去制切止息也　跋耆 梵語國名也跋薄撥切　枙 於革切轅前橫木駕牛領者曰枙

# 增壹阿含經卷第十七

符秦三藏曇摩難提譯

## 四諦品第二十五 四法初

聞如是一時佛在舍衛國祇樹給孤獨園爾時世尊告諸比丘當修行四諦之法云何爲四所謂初苦諦義不可盡義不可窮說法無盡第二苦集諦義不可盡義不可窮說法無盡第三苦盡諦義不可盡義不可窮第四苦出要諦義不可盡義不可窮彼云何苦諦所謂苦諦者生苦老苦病苦死苦憂悲惱苦怨憎會苦恩愛別苦所欲不得苦取要言之五盛陰苦是謂苦諦彼云何苦集諦所謂集諦者愛與欲相應心恒染著是謂苦集諦彼云何苦盡諦所謂盡諦者欲愛永盡無餘不復更造是謂苦盡諦彼云何苦出要諦所謂苦出要諦者謂賢聖八品道所謂正見正治正語正行正命正方便正念正三昧是謂苦出要諦如是比丘有此四諦實有不虛世尊所說故名爲諦諸有衆生二足三足四足欲者色者無色者有想無想者如來最上然成此四諦故名爲四諦是謂比丘有此四諦然不覺知長處生死輪轉五道我今已得此四諦從此岸至彼岸成就此義斷生死根本更不復受有如實知之爾時世尊便說此偈

今有四諦法　如實而不知　輪轉生死中
終不有解脫　如今有四諦　已覺已曉了
已斷生死根　更亦不受有

若有四部之衆不得此諦不覺不知便墮五道是故諸比丘當作方便成此四諦如是諸比丘當作是學爾時諸比丘聞佛所說歡喜

奉行

聞如是一時佛在舍衛國祇樹給孤獨園爾時世尊告諸比丘有此四法多饒益人云何爲四第一法者當親近善知識第二者當聞法第三者當知法第四者當法法相明是謂比丘有此四法多饒益人是故諸比丘當求方便成此四法如是諸比丘當作是學爾時諸比丘聞佛所說歡喜奉行

聞如是一時佛在舍衛國祇樹給孤獨園爾時世尊告阿難曰若如來出現於世時便有四未曾有法出現於世云何爲四此衆生類多有所著若說不染著法時亦復承受念修行之心不遠離若如來出現於世時有此四未曾有法出現於世是謂初未曾有法出現於世復次阿難輪轉不住恒在五道正使欲說法時亦復承受心不遠離若如來出現世時有此二未曾有法出現於世復次阿難此衆生類恒懷憍慢不去心首若使說法亦復承受心不遠離然復阿難此衆生類恒懷憍慢不去須臾設復說法時亦復承受是謂第三未曾有法出現於世復次阿難此衆生類無明所覆設復說有明法時亦復承受而不忘失若復阿難說此有明無明法時而心意柔和恒喜修行是謂阿難若如來出現世時便有此四未曾有法出現於世若有多薩阿竭現在時便有此四未曾有法出現於世是故阿難當發喜心向如來所如是阿難當作是學爾時阿難聞佛所說歡喜奉行

聞如是一時佛在舍衛國祇樹給孤獨園爾時世尊告諸比丘我今當說擔亦當說持擔

人亦當說擔因緣亦當說捨擔汝等比丘諦聽諦聽善思念之我今當說諸比丘對曰如是世尊是時諸比丘從佛受教世尊告曰彼云何爲擔謂五盛陰是云何爲五謂色痛想行識陰是謂爲擔彼云何持擔人所謂持擔人者人身是也字某名某如是生食如是食受如是苦樂壽命長短是謂持擔人彼云何擔因緣所謂擔因緣者愛著因緣是與欲共俱心不遠離是謂擔因緣彼云何當捨離擔謂能使彼愛永盡無餘已除已吐是謂捨擔如是比丘我今已說擔已說擔因緣已說持擔人已說捨擔然諸如來所應行者我今已辦若樹下空處露坐常念坐禪莫行放逸爾時世尊便說此偈

當念捨重擔　更莫造新擔　擔是世間病
捨擔第一樂　亦當除愛結　及捨非法行
盡當捨離此　更不復受有

是故諸比丘當作方便捨離於擔如是諸比丘當作是學爾時諸比丘聞佛所說歡喜奉行

聞如是一時佛在舍衛國祇樹給孤獨園爾時世尊告諸比丘有此四生云何爲四所謂卵生胎生濕生化生彼云何名爲卵生所謂卵生者雞雀烏鵲孔雀蛇魚之屬蟻子皆是卵生是謂卵生彼云何胎生捨欲界天及人之類畜生至二足蟲是謂胎生彼云何因緣生所謂腐肉中蟲廁中蟲如尸中蟲如是之屬皆名爲因緣生彼云何化生所謂天地獄餓鬼若人若畜生是謂化生是謂比丘有此四生諸比丘捨離此四生當求方便成四諦

法如是諸比丘當作是學爾時諸比丘聞佛所說歡喜奉行

聞如是一時尊者舍利弗尊者目揵連在羅閱城迦蘭陀竹園所爾時舍利弗告諸比丘世間有此四人云何爲四所謂第一人者與結相隨然內有結而不知或有一人與結相隨然內有結如實知之或有一人不與結相隨然內無結而不知或有一人不與結相隨然內無結如實知之諸賢當知第一人者與結相隨然內有結而不知此二有結人中此人最爲下賤所謂彼第二人與結相隨內有結如實知之此人極爲妙彼第三人不與結相隨內無結如實而不知此人於二人無結人中此人最爲下賤所謂彼第四人不與結相隨內無結如實知之此人於無結人中最爲第一諸賢當知世間有此四人是時尊者目連問舍利弗曰有何因緣有結相隨人一人下賤一人最妙復有何因緣此二無結人相隨一人下賤一人最妙舍利弗對曰彼與結相隨內有結如實不知彼人作是念我當作淨想彼便思惟作淨想當作淨想時便起欲心起欲心已便有貪欲瞋恚愚癡心而命終爾時不求方便滅此欲心便有瞋恚愚癡之心而命終目連當知猶如有人詣市買得銅器塵土垢坌極爲不淨彼人不隨時磨拭不俱時淨洗然彼銅器倍更生垢極爲不淨此第一人亦復如是與垢相隨內有結如實不知彼便作是念我當思惟淨想已思惟淨想便生欲心已生欲心則有貪欲瞋恚愚癡而命終不求方便滅此欲心彼第二人

與結相隨内有結如實知之我今可捨淨想思惟不淨想彼已捨淨想思惟不淨想彼已思惟不淨想便不生欲心求方便不得者得不獲者獲不及者及便無貪欲瞋恚愚癡亦復無結而命終猶如有人從市中買得銅器塵垢所染彼人隨時修治澡器使淨此人亦復如是與結相隨内有結如實知之彼人便捨淨想思惟不淨想彼思惟不淨想更求方便不得者得不獲者獲不作證者而令得證已無欲心無瞋恚愚癡而命終是謂目連有此二人與結相隨一人下賤一人最妙目連曰復以何因緣使此二人不與結相隨一人下賤一人最妙舍利弗曰彼第三人不與結相隨内無結如實而不知彼便作是思惟我不求方便思惟不得者得不獲者獲不作證者而作證彼人有欲心瞋恚愚癡所縛而命終猶如有人詣市買銅器塵垢所染然不隨時洗治亦不隨時修治此第三人亦復如是不與結相隨内無結如實不知亦不作是學我當求方便滅此諸結而有貪欲瞋恚愚癡之心而命終彼第四人不與結俱内無結如實知之彼便作是思惟求方便不得者得不獲者獲不作證者令作證彼以無此結而命終猶如有人詣市得好銅器極淨潔復加隨時修治其器爾時彼器倍復淨好此第四人亦復如是不與結相隨内無結如實知之彼作是思惟求方便不獲者獲不得者得不作證者而作證彼便無結使貪欲瞋恚愚癡身壞命終是謂目連有此二人不與結相隨内無結如實知之一人爲上一人下賤是時尊

者目連問舍利弗曰何以故名曰結舍利弗曰目連當知惡不善法起諸邪見故名爲結或復有人而作是念如來問我義已然後與諸比丘說法不問餘比丘義而如來與比丘說法或復有時世尊語餘比丘而說法然不語彼比丘如來說法如來不語我與比丘說法或有不善或有貪欲既有不善又有貪欲此二俱不善或復有時比丘作是念我恒在諸比丘前而入村乞食不使餘比丘在比丘前而入村乞食或有是時餘比丘在前而入村乞食不使彼比丘在比丘前而入村乞食我不在比丘前而入村乞食既有不善又有貪欲此二俱不善目連當知或有是時比丘作是念我當在比丘前坐先前受水先前得食不使餘比丘先比丘坐先前受水先前得食或復有時餘比丘在比丘前坐先前受水先前得食不使彼比丘在比丘前坐先前受水先前得食我不在比丘前坐先前受水生前得食既有不善又有貪欲此二俱不善或復有時比丘作是念我食已與檀越說法不使餘比丘食訖與檀越說法或復有時餘比丘食竟與檀越說法不使彼比丘食竟與檀越說法不使我食竟與檀越說法既有不善又有貪欲此二俱不善或復有時比丘作是念我當至園中與長者婆羅門說法不使餘比丘至園中與長者婆羅門說法或復有時餘比丘至園中與長者婆羅門說法不使餘比丘至園中與長者婆羅門說法不使我至園中與長者婆羅門說法既有不善又有貪欲此二俱不善或復有時比丘作是念我今

犯戒使諸比丘不知我犯戒或復有時彼比丘犯戒諸比丘知此比丘犯戒既有不善又有貪欲此二俱不善或復有時比丘作是念我今犯戒不使餘比丘語我言犯戒或復有時彼比丘犯戒餘比丘語我言犯戒既有不善又有貪欲此二俱不善或復有時彼比丘作是念我今犯戒使清淨比丘告我使不清淨比丘告我或復有時不清淨比丘告彼比丘言彼比丘犯戒既有不善又有貪欲此二俱不善或復有時比丘作是念我今犯戒若有比丘告我者當在屏處不在大衆之中或復有時彼比丘犯戒在大衆中告語不在屏處比丘復作是念此諸比丘在大衆中告我不在屏處既有不善又有貪欲此二俱不善目連當知此諸法之本興起此行者名爲結

使目連復知諸有四部之衆犯此行者皆共聞知雖言我行阿練若在閑靜之處正使著五納衣恒行乞食不擇貧富行不卒暴往來住止坐起動靜言語默然彼比丘作是念使比丘比丘尼優婆塞優婆斯諸梵行者恒來供養我彼比丘雖有是念然四部之衆亦不隨時供養所以然者以彼比丘惡不善行未除故見聞念知猶如有人一銅器極爲清淨復以不淨盛著銅器中復以餘器蓋其上持行詣國界衆人見已問彼人曰君所持者是何物乎我等欲得觀見是時衆人素既飢儉謂呼是好飲食尋發器看然是不淨皆共惡見此比丘亦復如是雖有阿練若行隨時乞食著五納衣正身正意繫念在前彼雖生此念欲使諸梵行者隨時來供養然復諸梵行

之人不隨時供養所以然者以彼比丘惡不善法結使未盡故目連當知諸有比丘無此惡不善法結使已盡見聞念知雖在城傍行猶是持法之人或受人請或受長者供養彼比丘無此貪欲之想是時四部之衆及諸梵行者皆來供養所以然者以彼比丘行清淨故皆見聞念知猶如有人有好銅器盛好飲食氣味極香復以物蓋其上持行詣國界衆人見已問彼人曰此是何物我等欲得觀見時尋發觀看見是飲食皆共取食此亦如是比丘見聞念知雖在城傍行受長者供養彼不作是念使諸梵行者來供養然復諸梵行者皆來供養之所以然者以彼比丘惡不善行已除盡故是故目連以此諸行故名爲結使是時尊者大目揵連歎曰善哉善哉舍利

弗所以然者我昔遊此羅閱城迦蘭陀竹園所到時著衣持鉢入羅閱城乞食至彼車師舍在門外默然而立是時彼工師手執斧而斫材是時更有長老工師有少事緣來至此工師舍是時彼工師修治材板是時彼老工師而生此念此小工師斫材如我意不我今當觀之是時彼工師所嫌之處彼工師盡取斫之是時彼老工師甚懷歡喜而作是念善哉善哉卿所斫材盡如我意此亦如是諸有比丘心不柔和捨沙門行心懷姦僞不從沙門之法性行麤跡不知慙愧強顔耐辱爲卑賤行無有勇猛或喜多忘失不憶所行心意不定所作錯亂諸根不定然今尊者舍利弗觀察性行已而修治之諸有族姓子以信堅固出家學道甚恭敬戒不捨沙門賢聖之法

無有幻僞不行卒暴心意柔和言常含笑不傷人意心恒一定無有是非諸根不亂彼聞尊者舍利弗語已便自承受亦不忌失猶如若男若女端正無雙極自沐浴著好華香兼用塗身若復有人復加以優鉢華持用奉上彼人得已即著頭上歡喜踊躍不能自勝此亦如是若有族姓子以信堅固出家學道恭敬於戒不失沙門之法無有幻僞不行卒暴心意柔和言常含笑不傷人意心恒一定又無是非諸根不亂彼從尊者舍利弗聞是語已甚懷歡喜不能自勝而受其教如此諸族姓子說此法教爾時諸賢各各聞其所說歡喜奉行

聞如是一時佛在舍衛國祇樹給孤獨園爾時世尊告諸比丘有此四果云何爲四或有果生而似熟或有果熟而似生或有果熟而似熟或有果生而似生是謂比丘世間有此四果世間有此四人亦復如是云何爲四或有人熟而像生或有人生而像熟或有人生而像生或有人熟而像熟彼何等人生而像熟或有人往來行步不行卒暴眼目視瞻恒隨法教著衣持鉢亦復隨法行步視地不左右顧望然復犯戒不隨正行實非沙門而似沙門不行梵行而自言行梵行盡壞敗正法根敗之種是謂此人生而像熟彼云何有人熟而像生或有比丘性行似疎視瞻不端亦不隨法行喜左右顧視然復精進多聞修行善法恒持戒律不失威儀見少非法便懷恐懼是謂此人熟而像生彼云何有人生而像生或有比丘不持禁戒不知行步禮節亦復

不知出入行來亦復不知著衣持鉢諸根錯亂心著色聲香味細滑之法彼犯禁戒不行正法不是沙門而似沙門不行梵行而似梵行根敗之人不可修飾是謂此人生而像生彼云何有人熟而像熟或有比丘持禁戒限出入行步不失時節看視不失威儀然極精進修行善法威儀禮節皆悉成就見小非法便懷恐怖況復大者是謂此人熟而像熟是謂比丘世間有此四果之人當學熟果之人如是諸比丘當作是學爾時諸比丘聞佛所說歡喜奉行

聞如是一時佛在舍衛國祇樹給孤獨園爾時世尊告諸比丘今日空中有隨嵐風設復有飛鳥至彼者若烏鵲鴻鵠值彼風者頭脅羽翼各在一處此間一比丘亦復如是捨禁戒已作白衣行是時三衣鉢器鍼筩六物之屬各在一處猶隨嵐之風吹殺彼鳥是故諸比丘當修行梵行如是諸比丘當作是學爾時諸比丘聞佛所說歡喜奉行

聞如是一時佛在舍衛國祇樹給孤獨園爾時世尊告諸比丘比丘當知有此四鳥云何爲四或有鳥聲好而形醜或有鳥形好而聲醜或有鳥聲醜形亦醜或有鳥形好聲亦好彼云何鳥聲好而形醜拘枳羅鳥是也是謂此鳥聲好而形醜彼云何鳥形好而聲醜所謂鷙鳥是也是謂此鳥形好而聲醜彼云何鳥聲醜形亦醜所謂梟是也是謂此鳥聲醜形亦醜復有何鳥聲好形亦好所謂孔雀鳥是也是謂此鳥聲好形亦好是謂比丘有此四鳥當共覺知此亦如是世間亦有四人似

鳥當共覺知云何爲四於是或有比丘顏貌端正出入行來著衣持鉢屈伸俯仰威儀成就亦復不能有所諷誦諸所有法初善中善竟善不能承法之教亦復不能善諷誦讀是謂此人形好而聲醜復有何等人聲好而形醜或有一比丘出入行來屈伸俯仰著衣持鉢威儀不成就恒好廣說然復彼人精進持戒聞法能知所學多聞諸所有法初善中善竟善義理深邃具足修梵行然復彼法善持善誦是謂此人聲好而形醜復有何等人聲醜形亦醜或有一人犯戒不精進亦不多聞所聞便失彼人於此法應具足行梵行然不肯承受是謂此人聲醜形亦醜復有何等人聲好形亦好或有比丘顏貌端正出入行來著衣持鉢不左右顧視然復精進修行善法然戒律具足見小非法尚懷恐懼何況大者亦復多聞所受不忘諸所有法初善中善竟善修其善行如此之法善諷誦讀是謂此人聲好形亦好是謂世間有此四人在世間者當共覺知是故諸比丘當學聲好形亦好如是諸比丘當作是學爾時諸比丘聞佛所說歡喜奉行

聞如是一時佛在舍衛國祇樹給孤獨園爾時世尊告諸比丘有四種雲云何爲四或有雲雷而不雨或有雲雨而不雷或有雲亦不雨亦不雷或有雲亦雨亦雷是謂四種雲世間四種人而像雲何等四人或有比丘雷而不雨或有比丘雨而不雷或有比丘亦不雨亦不雷或有比丘亦雨亦雷彼云何比丘雷而不雨或有比丘高聲誦習所謂契經祇夜

授決偈本末因緣已說生經頌方等未曾有法譬喻如是諸法善諷誦讀不失其義不廣與人說法是謂此人雷而不雨彼云何比丘雨而不雷或有比丘顏色端正出入行來進止之宜皆悉具知修諸善法無毫釐之失然不多聞亦不高聲誦習復不修行契經本末授決偈因緣譬喻生經方等未曾有法然從他受亦不忘失好與善知識相隨亦好與他說法是謂此人雨而不雷彼何等人亦不雨亦復不雷或有一人顏色不端正出入行來進止之宜皆悉不具不修諸善法然不多聞亦不高聲誦習復不修行契經至方等亦復不與他說法是謂此人亦不雨亦不雷彼有何等人亦雨亦雷或有一人顏色端正出入行來進止之宜亦悉具知好喜學問所受不失亦好與他說法勸進他人令使承受是謂此人亦雨亦雷是謂比丘世間有此四人是故比丘當作是學爾時諸比丘聞佛所說歡喜奉行

諦饒益阿難　重擔四生結　四果隨嵐風
四鳥雷在後

增壹阿含經卷第十七

音釋

擔 都濫切謂五陰重擔也 蟻 魚紀切蚍蜉小者曰蟻 腐 奉甫切爛也朽敗也 廁 初吏切溷廁也 磨拭 拭賞職切磨拭謂揩磨拭拭也 盪器 盪徒朗切謂滌器也 屏處 屏必郢切郭蔽也屏處謂屏蔽之處也 卒暴 卒倉没切急也暴蒲報切疾也卒暴不安詳也 姦僞 姦古閑切私詐也僞危睡切假

也謂假非真也

**隨嵐** 梵語也亦云毘嵐此云迅猛嵐盧含切

**鴻鵠** 鴻胡公切鴈之大者曰鴻鵠胡沃切水鳥也又黃鵠也

**鍼筩** 鍼諸深切縫器也筩徒東切斷竹筩也鍼筩藏鍼之筩也

**拘枳羅** 梵語也亦云拘耆羅此云好聲鳥又云鷀鷗

**鷙** 脂利切鵰也

**梟** 古堯切不孝鳥也

**深邃** 邃雖遂切幽也亦深也

# 增壹阿含經卷第十八

符秦三藏曇摩難提譯

## 四意斷品第二十六之一

聞如是一時佛在舍衛國祇樹給孤獨園爾時世尊告諸比丘猶如山河石壁百草五穀皆依於地而得長大然復此地最尊最上此亦如是諸善三十七道品之法住不放逸之地使諸善法而得長大若無放逸比丘修四意斷多修四意斷云何爲四於是比丘未生弊惡法求方便令不生心不遠離恒欲令滅已生弊惡法求方便令不生心不遠離恒欲令滅未生善法求方便令生已生善法求方便令增多而不忘失具足修行心意不忘如是比丘修四意斷是故諸比丘當求方便修四意斷如是諸比丘當作是學爾時諸比丘聞佛所說歡喜奉行

聞如是一時佛在舍衛國祇樹給孤獨園爾時世尊告諸比丘比丘當知諸有粟散國王及諸大王皆來附近於轉輪聖王轉輪聖王於彼最尊最上此亦如是諸善三十七道品之法無放逸之法最爲第一若無放逸比丘修四意斷多修四意斷於是比丘未生弊惡法求方便令不生心不遠離恒欲令滅已生弊惡法求方便令不生心不遠離恒欲令滅未生善法求方便令生已生善法重令增多終不忘失具足修行心意不忘如是比丘修四意斷是故諸比丘當求方便修四意斷如是諸比丘當作是學爾時諸比丘聞佛所說歡喜奉行

聞如是一時佛在舍衛國祇樹給孤獨園爾

時世尊告諸比丘諸有星宿之光月光最爲第一此亦如是諸善功德三十七道品之法無放逸行最爲第一最尊最貴若無放逸比丘修四意斷云何爲四於是比丘若未生弊惡法求方便令不生若已生弊惡法求方便令滅若未生善法求方便令生若已生善法求方便重令增多終不忘失具足修行心意不忘如是比丘修四意斷是故諸比丘當求方便修四意斷如是諸比丘當作是學爾時諸比丘聞佛所說歡喜奉行

聞如是一時佛在舍衛國祇樹給孤獨園爾時世尊告諸比丘諸有華之屬薝蔔之華須摩那華天上人中婆師華最爲第一此亦如是諸善功德三十七道品之法無放逸行最爲第一若無放逸比丘修四意斷云何爲四於是比丘若未生弊惡法求方便令不生已生弊惡法求方便令滅若未生善法求方便令生已生善法求方便令增多終不忘失具足修行心意不忘如是比丘修四意斷是故諸比丘當求方便修四意斷如是諸比丘當作是學爾時諸比丘聞佛所說歡喜奉行

聞如是一時佛在舍衛國祇樹給孤獨園爾時王波斯匿乘羽葆之車出舍衛城至祇洹精舍欲覲世尊諸王常法有五威容捨著一面前至世尊所頭面禮足在一面坐爾時世尊告大王曰大王當知世間有四種人出現於世云何爲四或有一人先闇而後明或有一人先明而後闇或有一人先闇而後闇或有一人先明而後明彼人云何先闇而後明於是或有一人生卑賤家或旃陀羅種或噉

人種或工師種或婬泆家生或無眼目或無手足或時倮跣或諸根錯亂然復身行善法口修善法意念善法彼若見沙門婆羅門諸尊長者恒念禮拜不失時節迎來起送先笑後語適時供給若復有時見乞兒者若沙門婆羅門若路行者若貧匱者若有錢財便持施與設無財貨者便往至長者家乞求施與若復見彼施者便還歡喜踊躍不能自勝身行善法口修善法意念善法身壞命終生善處天上猶如有人從地至牀從牀乘馬從馬乘象從象乘講堂由是故我今說此人先闇而後明如是大王此人名曰先闇而後明彼人云何先明而後闇於是或有一人在大家生若刹利種若長者種若婆羅門種饒財多寶金銀珍寶硨磲碼碯水精瑠璃僕從奴婢不可稱計象馬豬羊皆悉具足然復此人顏貌端正如桃華色彼人恒懷邪見與邊見相應彼便有此見無施無受亦無前人可所施物亦無善惡之行亦無今世後世亦無得道者世無阿羅漢可承敬者於今世後世可作證者彼若見沙門婆羅門便起瞋恚無恭敬心若見人惠施者心不喜樂身口意所作行而不平均已行非法之行身壞命終生地獄中猶如有人從講堂至象從象至馬從馬至牀從牀至地由是故我今說此人如是大王所謂此人先明而後闇彼云何有人從闇至闇若復有人生卑賤家或旃陀羅家或獸人家或極下窮家此人必生此中或復有時諸根不具顏色麤醜惡然復彼人恒懷邪見彼便有此見無今世後世無沙門婆羅門亦無得

道者亦無阿羅漢可承敬者亦無今世後世可作證者彼若見沙門婆羅門便起瞋恚無恭敬心若見人來惠施者心不喜樂身口意所作行而不平等誹謗聖人毀辱三尊彼既自不施又見他施甚懷瞋恚已行瞋恚身壞命終生地獄中猶如有人從闇至闇從火燄至火燄捨智就愚由是而言此人可謂先闇而後闇大王當知故名此人從闇至闇彼名何等人從明至明或有一人生豪族家或刹利種或國王家或大臣家饒財多寶不可稱計然復彼人顏色端正如桃華色彼人恒有正見心不錯亂彼有此正見有施有福有受者有善惡之報有今世後世有沙門婆羅門設復彼人若見沙門婆羅門起恭敬心和顏悅色已身恒喜布施亦復勸人使行布施設布施之日心懷踊躍不能自勝彼身行善口行善意行善身壞命終生善處天上猶如有人從講堂至講堂從宮至宮由是而言我今說此人從明至明是爲大王世間有此四人

爾時世尊便說此偈

王當知貧人　有信好布施　見沙門婆羅
及諸可施者　復能起迎逆　而教於正見
施時極歡喜　所求不逆人　彼人是良友
終不爲惡行　恒喜行正見　常念求善法
大王如彼人　死時有所適　必生兜術天
先闇而後明　如人極爲富　不信好喜恚
慳貪心怯弱　邪見而不改　見沙門梵志
及諸乞求者　恒喜所罵詈　邪見言無有
見施起瞋恚　不令有施人　彼人行極弊
造諸惡原本　如是彼人者　臨欲命終時

當生地獄中　先明而後闇　如有貧賤人
無信好瞋恚　造諸不善行　邪見不信正
設見沙門士　及諸可事者　而輒輕毀之
慳貪無有信　施時而不喜　見他施亦然
彼人所造行　所適無安處　如此彼之人
必當取命終　當生地獄中　先闇而後闇
如人極有財　有信好布施　正見不念他
恒喜求善法　設見諸道士　及諸可施者
起迎恭敬之　而學於正見　與時極和悅
常念於平均　惠施無悋惜　不逆於人心
彼人受命快　不造諸非法　當知彼之人
臨欲命終時　必生好善處　先明而後明

是故大王當學先明而後明莫學先明而後闇如是大王當作是學爾時波斯匿王聞佛所說歡喜奉行

聞如是一時佛在舍衛國祇樹給孤獨園爾時尊者阿難至世尊所頭面禮足在一面住斯須復以兩手摩如來足已復以口嗚如來足上而作是說天尊之體何故乃爾極緩今如來之身不如本故世尊告曰如是阿難如汝所言今如來身皮肉已緩今日之體不如本故所以然者夫受形體爲病所逼若應病衆生爲病所困應死衆生爲死所逼今日如來年已衰微年過八十是時阿難聞此語已悲泣哽咽不能自勝並作是語咄嗟老至乃至於斯是時世尊到時著衣持鉢入舍衛城乞食是時世尊漸漸乞食至王波斯匿舍當於爾時波斯匿門前故壞車數十乘棄在一面是時尊者阿難以見車棄在一面見已白世尊曰此是王波斯匿車昔日作時極爲精

妙如今日觀之與瓦石同色世尊告曰如是阿難如汝所言如今觀所有車昔日之時極爲精妙金銀所造今日壞敗不可復用如是外物尚壞敗況復內者爾時世尊便說此偈

咄此老病死　壞人極盛色　初時甚悅意
今爲死使逼　雖當壽百歲　皆當歸於死
無免此患苦　盡當歸此道　如內身所有
爲死之所驅　外諸四大者　悉起於本無
是故求無死　唯有涅槃耳　彼無死無生
都無此諸行

爾時世尊即就波斯匿王座是時王波斯匿與世尊辦種種飲食觀世尊食竟王更取一小座在如來前坐白世尊曰云何世尊諸佛形體皆金剛數亦當有老病死乎世尊告曰如是大王如大王語如來亦當有生老病死我今亦是人數父名眞淨母名摩耶出轉輪聖王種爾時世尊便說此偈

諸佛出於人　父名曰眞淨　母名極清妙
豪族種刹利　死徑極爲困　都不觀尊卑
諸佛尚不免　況復餘凡俗

爾時世尊與波斯匿王而說此偈

祠祀火爲上　詩書頌爲尊　人中王爲貴
衆流海爲首　衆星月爲上　光明日爲先
八方上下中　世界之所載　天及世人民
如來最爲尊　其欲求福祿　當供養三佛

是時世尊說此偈已便從座起而去還祇洹精舍就座而坐爾時世尊告諸比丘有四法在世間人所愛敬云何爲四少壯之年世間人民之所愛敬無有病痛人所愛敬壽命人所愛敬恩愛集聚人所愛敬是謂比丘有此

四法世間人民之所愛敬復次比丘復有四法世間人民所不愛敬云何爲四比丘當知少壯之年若時老病世人所不喜若無病者後便得病世人所不喜若有得壽命後便命終世人所不喜恩愛得集後復别離是世人所不喜是謂比丘有此四法與世迴轉諸天世人乃至轉輪聖王諸佛世尊共有此法是爲比丘世間有此四法與世迴轉若不覺此四法時便流轉生死周旋五道云何爲四賢聖戒賢聖三昧賢聖智慧賢聖解脱是謂比丘有此四法而不覺知者則受上四法我今及汝等以覺知此賢聖四法斷生死根不復受有如今如來形體衰老當受此衰耗之報是故諸比丘當求此永寂涅槃不生不老不病不死恩愛别離常念無常之變如是諸比丘當作是學爾時諸比丘聞佛所説歡喜奉行

聞如是一時佛在舍衛國祇樹給孤獨園爾時王波斯匿即勑臣佐嚴羽葆之車欲出舍衛城觀地講堂當於爾時波斯匿王母命過年極衰老垂向百歲甚尊敬念未曾離目是時波斯匿王邊有大臣名不奢蜜高才蓋世人所尊重時大臣便作是念此波斯匿王母年向百歲今日命終設當聞者王甚愁憂不能飲食而得重病我今當設方便使王不愁憂亦使不病是時大臣即嚴駕五百白象亦嚴駕五百疋馬復嚴駕五百步兵復嚴駕五百妓女復嚴駕五百老母復嚴駕五百婆羅門復有五百沙門復嚴駕五百衣裳復嚴駕五百珍寶與亡者作好大棺彩畫極令使妙

懸繒旛蓋作倡妓樂不可稱計出舍衛城是時波斯匿王還來入城是時王波斯匿有少事是時王逢見亡者問左右曰此是何人供養乃至於斯時不奢蜜曰此舍衛城中有長者母無常是彼之具時王復告曰此諸象馬車乘復用爲大臣報曰此五百老母者用奉上閻羅王持用贖命時王笑而作是說此是愚人之法命也難保有何可剋猶如有人墮摩竭魚口欲求出者實復難得此亦如是墮閻羅王邊欲求出實難得此五百妓女亦用贖命王報曰此亦難得時大臣曰若此妓女不可得者當用餘者贖之王曰此亦難得大臣曰若此不可得者當用五百珍寶贖之王報曰此亦難得大臣曰若此不可得者用五百衣裳贖之王曰此亦難得臣曰若此衣裳不可得者當用此五百梵志呪術行呪而取之王曰此亦難得大臣曰若此五百梵志不可得者復當持此沙門高才說法持用贖之王曰此不可得大臣曰若說法不可得者當集兵衆共大戰鬪而取之時波斯匿王大笑而曰此是愚人之法以墮摩竭魚口終不得出時王曰汝當知之頗有生而不死乎時大臣曰此實不可得也時王報曰實不可得諸佛亦作是說夫生有死命亦難得是時不奢蜜跪白王曰是故大王愼莫愁憂一切衆生皆歸於死時王問曰我何故愁憂時臣白王王當知之大王母者今日已死是時波斯匿王聞此語已八九歎息而語大臣曰善哉如汝所言乃能知善權方便是時王波斯匿還入城辦種種香華供養亡母供養亡母已便

還駕乘至世尊所到已頭面禮足在一面坐是時世尊問曰大王何故塵土坌身王白世尊天母命終向送至城外今來詣世尊所問其所由然天母在時持戒精進恒修善法年向百歲今日已命終故來至世尊所耳若當我持象贖命可得者亦當用象贖之若當馬贖命可得者當用馬贖之若當車乘贖命可得者當用車乘贖之若當金銀珍寶贖命可得者當用金銀珍寶贖之若當以奴婢僕從城郭國界贖命可得者當以城郭國界贖之若以迦尸國界人民贖命可得者當以迦尸人民贖之莫令我母命終世尊告曰是故大王慎勿愁憂一切衆生皆歸於死一切變易之法欲令不變易者終不有此事大王當知人身之法猶如雪摶要當歸壞亦如土坏同亦歸壞不可久保亦如野馬幻化虛僞不眞亦如空拳以誑小兒是故大王莫懷愁憂恃怙此身大王當知有此四大恐怖來至此身不可障護亦不可以言語呪術藥草符書所可除去云何爲四一者名爲老壞敗少壯使無顏色二者名爲病盡壞敗無病三者名爲死盡壞敗命根四者有常之物歸於無常是謂大王有此四法不可障護非力所能伏也大王當知猶如四方有四大山從四方來便壓衆生非力所却是故大王非牢固物不可恃怙是故大王當以法治化莫以非法王亦不久當至生死之海王亦當知諸以法治化者身壞命終生善處天上若復以非法治化者身壞命終生地獄中是故大王當以法治化莫以非法如是大王當作是學爾時波斯

匿王白世尊曰此法名何等當云何奉行世尊告曰此法名爲除愁憂之刺王白佛言實爾世尊所以然者我聞此法已所有愁憂之刺今日已除然世尊國界事猥欲還所在世尊告曰宜知是時波斯匿王即從座起頭面禮足便退而去爾時波斯匿王聞佛所說歡喜奉行

聞如是一時佛在舍衛國祇樹給孤獨園爾時世尊告諸比丘我今非獨在比丘比丘尼清信士清信女中爲尊乃至世間人民中獨尊今有四法本末我躬自知之而作證於四部之衆天上人中云何爲四一者一切諸行皆悉無常我今知之於四部之衆人中天上而作證二者一切諸行苦三者一切諸行無我四者涅槃休息我今知之於四部之衆天上人中而作證是謂比丘四法之本是故於天上人中而獨得尊爾時諸比丘聞佛所說歡喜奉行

聞如是一時佛在舍衛國祇樹給孤獨園爾時世尊與大比丘衆五百人俱爾時世尊欲詣羅閱城夏坐舍利弗亦欲詣羅閱城夏坐然舍利弗目揵連夏坐竟當取般涅槃爾時世尊將諸比丘舍利弗目揵連等遊羅閱城迦蘭陀竹園受夏坐已爾時世尊告舍利弗今千二百五十弟子爲汝等在此夏坐然舍利弗目揵連比丘當取滅度云何舍利弗而堪任與比丘說妙法乎我今脊痛欲小止息舍利弗對曰如是世尊爾時世尊躬襞僧伽棃右脅著地脚脚相累繫意在明爾時尊者舍利

弗告諸比丘我初受戒時已經半月得四辯才而作證義理具足我今當說之分別其義使汝等知布現分別之諦聽諦聽善思念之諸比丘對曰如是是時諸比丘從舍利弗受教舍利弗告曰何等是四辯才我得證者所謂義辯我由此得證所謂法辯我由此得證所謂應辯我由此得證所謂捷疾辯我今當廣分別其義若當四部之衆有狐疑者我今現在可問其義若復諸賢於四禪有狐疑者若復諸賢於四等心有狐疑者可問我義今當說之設復諸賢於四意斷有狐疑者可問我義我今當說四神足四意止四諦有狐疑者便來問我義我今當說之今不問者後悔無益我今唯有世尊無所著等正覺所有深法所行衆事亦問我義我當說之今不問者後勿有悔是時尊者大目揵連到時著衣持鉢欲入羅閱城乞食是時執杖梵志遙見目連來各各相語謂曰此是沙門瞿曇弟子欲來乞食諸瞿曇弟子中無有出此人上我等盡共圍已而取打殺是時彼梵志便共圍捉各以瓦石打殺而捨去身體無處不遍骨肉爛盡酷痛苦惱不可稱計是時大目揵連而作是念此諸梵志圍我取打骨肉爛盡捨我而去我今身體無處不痛極患疼痛又無氣力何還至國我今可以神足還至精舍是時目連即以神足還至精舍到舍利弗所在一面坐是時尊者大目揵連語舍利弗言此執杖梵志圍我取打骨肉爛盡身體疼痛實不可堪我今欲取般涅槃故來辭汝時舍利弗言世尊弟子之中神足第一有大威力何故

不以神足而避乎目連報言我本所造行極爲深重要索受報終不可是空中而受此報然我今日身體極患疼痛故來辭汝取般涅槃舍利弗言諸有比丘比丘尼修四神足多廣演其義若彼人意中欲住劫過劫乃至不滅度何以不住而滅度乎目連報言如是舍利弗如來言若比丘比丘尼修四神足欲住壽經劫者亦可得耳但如來住劫住者我亦住耳但今日世尊不久當取般涅槃衆生之類壽命極短又我不忍見世尊取般涅槃然我身體極爲疼痛欲取般涅槃爾時舍利弗語目連言汝今小停我當先取滅度是時目連默然不對是時舍利弗往至世尊所頭面禮足在一面坐時舍利弗白世尊言我今欲取滅度唯願聽許是時世尊默然不對時舍利弗再三白世尊言我今正是時欲取般涅槃是時世尊告舍利弗汝今何故不住一劫及過一劫舍利弗白世尊言我躬自從世尊聞躬自承受衆生之類壽命極短極壽不過百歲以衆生命短故如來壽亦短若當如來住壽一劫者我亦當住壽一劫世尊告曰如舍利弗言以衆生命短故如來壽亦短然復此事亦不可論所以然者過去久遠阿僧祇劫有佛名德善念誓願如來至眞等正覺出現於世當於爾時人壽八萬歲無有中天者彼善念誓願如來當成佛時即其日便化作無量佛立無量衆生在三乘行有在不退轉地住者復立無量衆生在四姓家復立無量衆生在四天王宮豔天兜術天化自在天他化自在天梵迦夷天欲天色天無色天亦於

其日於無餘涅槃界而般涅槃而今舍利弗言以衆生壽短故如來壽命亦短云何舍利弗而作是説如來當住一劫至一劫我亦當住一劫至一劫然復衆生不能知如來壽命長短舍利弗當知如來有四不可思議事非小乘所能知云何爲四世界不可思議衆生不可思議龍不可思議佛土境界不可思議是謂舍利弗有四不可思議舍利弗言如是世尊有四不可思議世界衆生龍宮佛土實不可思議然我長夜恒有此念釋迦文佛終不住一劫又復諸天來至我所而語我言釋迦文佛不久在世年向八十然今世尊不久當取涅槃我今不堪見世尊取般涅槃又我躬從如來聞此語諸過去當來今現在諸佛上足弟子先取般涅槃然後佛取般涅槃又最後弟子亦先取般涅槃然後世尊不久當取滅度唯願世尊聽取滅度世尊告曰今正是時舍利弗即於如來前坐正身正意繫念在前而入初禪從初禪起復入二禪從二禪起復入三禪從三禪起復入四禪從四禪起復入空處識處不用處有想無想處從有想無想起入滅盡定從滅盡定起入有想無想處從有想無想起入不用處識處空處從空處起入第四禪從第四禪起入第三禪從第三禪起入第二禪從第二禪起入初禪從初禪起入第二禪從第二禪起入第三禪從第三禪起入第四禪時尊者舍利弗從四禪起已告諸比丘此名師子奮迅三昧是時諸比丘歎未曾有甚奇甚特尊者舍利弗入三昧速疾乃爾爾時舍利弗即從座起頭面禮世

尊足便退而去當於爾時衆多比丘從舍利弗後時舍利弗還顧語諸賢各欲所至衆多比丘報曰我等欲得供養尊者舍利弗舍利弗言止止諸賢此則爲供養已吾自有沙彌足得供養我耳汝等各還所在思惟道化善修梵行盡於苦際如來出世甚難可遇時時乃出猶優曇鉢華時時乃出如來亦復如是億劫乃出人身亦復難尅有信成就亦復難得欲求出家學如來法亦復難得一切諸行欲使滅盡此亦難得滅於愛欲永盡無餘滅盡涅槃今有四法本末如來之所說云何爲四一切諸行無常是謂初法本末如來之所說一切諸行苦是謂第二法本末如來之所說一切諸行無我是謂第三法本末如來之所說涅槃爲永寂是謂第四法本末如來之所說是謂諸賢四法本末如來之所說爾時諸比丘咸共墮淚今舍利弗滅度何速乃爾時尊者舍利弗告諸比丘止止諸賢慎莫愁憂變易之法欲使不變易者此事不然如須彌山王尚有無常之變況復芥子之體舍利弗比丘而免此患乎如來金剛之身不久亦當取般涅槃何況我身然汝等各修其法行得盡苦際是時尊者舍利弗往詣精舍到已收攝衣鉢出於竹園往詣本生處是時尊者舍利弗漸漸乞食至摩瘦國爾時尊者舍利弗遊於摩瘦本生之處身遇疾病極爲苦痛時唯有均頭沙彌供養目下除去不淨供給清淨是時釋提桓因知舍利弗心中所念譬如力人屈伸臂頃從三十三天没不現來至舍利弗精舍中至已頭面禮足復以兩手摩

舍利弗足自稱姓名而作是說我是天王帝釋舍利弗言快哉天帝壽命無窮釋提桓因報言我今欲供養尊者舍利弗時舍利弗報言止止天帝此則爲供養已諸天清淨阿須倫龍鬼及諸天之衆我今自有沙彌足堪使令時釋提桓因再三白舍利弗言我今欲作福業莫見違願今欲供養尊者舍利是時舍利弗默然不對時釋提桓因躬自除糞不辭謙苦是時尊者舍利弗即以其疾而般涅槃是時此地六反震動有大音聲雨諸天華作倡妓樂諸天埛塞虛空神妙諸天亦散拘牟頭華或以栴檀雜碎之香而散其上時舍利弗已取滅度諸天皆在空中悲號啼哭不能自勝虛空之中欲天色天無色天悉共墮淚亦如春月細雨和暢爾時亦復如是今尊者舍利弗取般涅槃何其速哉是時釋提桓因集一切衆香而耶維尊者舍利弗身種種供養已而收舍利及衣鉢而付均頭沙彌又告之曰此是汝師舍利及衣鉢往奉世尊到已以此因緣具白世尊若世尊有所說者便奉行之是時均頭報言如是拘翼是時均頭沙彌提衣持鉢及舍利往至阿難所白阿難曰我師已取滅度今持舍利衣鉢用奉上世尊時阿難見已即墮淚而作是語汝亦來共至世尊所以此因緣共白世尊若世尊有所說我等當奉行之均頭報言如是尊者是時阿難將均頭沙彌至世尊所頭面禮足白世尊曰此均頭沙彌來至我所白我言我師已滅度今持衣鉢來奉上如來我今日心意煩惱志性迷惑莫知東西聞尊者舍利弗取般涅

槃悵然傷心世尊告曰云何阿難舍利弗比丘用戒身般涅槃乎阿難對曰非也世尊世尊告曰云何阿難用定身慧身解脫所見身而取滅度乎阿難白佛言舍利弗比丘不用戒身定身慧身解脫所見身而取滅度但舍利弗比丘恒喜教化說法無厭足與諸比丘教戒亦無厭足我今憶此舍利弗深恩過多是以愁悒耳世尊告曰止止阿難莫懷愁憂無常之物欲使恒在者此事不然夫生有死云何阿難過去諸佛盡非滅度乎如燈炷消息滅於油如從寶藏鋌光至今七佛及弟子衆盡非般涅槃乎如是辟支佛審諦高稱遠聞尼䟽優般尼䟽伽羅優般伽羅爾許辟支佛盡非滅度乎賢劫之初大國聖王名曰善悅摩訶提婆如是轉輪聖王今爲所在豈非盡般涅槃乎爾時世尊便說此偈

一切行無常　生者當有死　不生不復滅
此滅最第一

增壹阿含經卷第十八

音釋

弊惡（弊毗祭切姦欺也亦惡也）　覲（渠吝切見也）　倮跣（倮郎果切赤體也跣息淺切徒跣也足親地也）　誹謗（誹府尾切非議也謗補曠切毀也）　毀辱（毀許委切訾也辱而六切汙也僇也）　罵詈（罵莫駕切惡言毀斥也詈力地切正斥曰罵旁及曰詈）　摶（度官切捏聚成團也）　坏（普杯切未燒瓦器曰坏）　恃怙（恃承止切賴也依也怙侯五切亦恃也）　事猥（猥烏賄切謂事雜遝也）　襞（必益切摺疊衣也）　捷疾辯（捷疾葉切捷疾辯謂語言利便給疾也）　酷痛（酷苦沃切極也甚也酷痛謂極其痛苦也）　堋塞（堋初力切遏遮也塞悉則切充也堋塞謂遮遏充滿也）

# 增壹阿含經卷第十九

符秦三藏曇摩難提譯

## 四意斷品第二十六之二

世尊告阿難曰汝今授舍利弗舍利來阿難對曰如是世尊是時阿難即授舍利在世尊手爾時世尊手執舍利已告諸比丘今此是舍利弗比丘舍利智慧聰明高才大智若干種智智不可窮智無涯底有速疾之智有輕便之智有利機之智有甚深之智有審諦之智少欲知足樂閑靜處有勇猛之意所爲不亂無怯弱心能有所忍除去惡法體性柔和不好鬬訟恒修精進行於三昧習智慧念解脫修行解脫所見身比丘當知猶如大樹而無其枝然今日比丘僧如來是大樹舍利弗比丘而取滅度似樹無枝若舍利弗所遊之方彼方便遇大幸云舍利弗在彼方止所以然者舍利弗比丘能與外道異學共論議無不降伏者是時大目揵連聞舍利弗滅度即以神足至世尊所頭面禮足在一面住爾時大目揵連白世尊曰舍利弗比丘今已滅度我今世尊欲取滅度爾時世尊默然不對如是再三白世尊曰我欲取滅度爾時世尊亦復默然不報爾時目連已見世尊默然不報即禮世尊足便退而去還詣精舍收攝衣鉢出羅閱城自往本生處爾時有衆多比丘從尊者目揵連後是時衆多比丘共目揵連到摩瘦村在彼遊化身抱重患是時目連躬自露地敷座而坐而入初禪從初禪起入第二禪從第二禪起入第三禪從第三禪起入第四禪從第四禪起入空處從空處起入識處

從識處起入不用處從不用處起入有想無想處從有想無想處起入火光三昧從火光三昧起入水光三昧從水光三昧起入滅盡定從滅盡定起入水光三昧從水光三昧起入火光三昧從火光三昧起入有想無想定從有想無想起入不用處從不用處起入識處空處四禪三禪二禪初禪從初禪起飛在空中坐卧經行身上出火身下出水或身下出火身上出水作十八變神足變化是時尊者大目揵連還下就座結跏趺坐正身正意繫念在前復入初禪從初禪起入第二禪從第二禪起入第三禪從第三禪起入第四禪從第四禪起入空處從空處起入識處從識處起入不用處從不用處起入有想無想處從有想無想處起入火光三昧從火光三昧起入水光三昧從水光三昧起入滅盡定從滅盡定起還入水光火光有想無想處不用處識處空處四禪三禪二禪初禪復從初禪起入第二禪從第二禪起入第三禪從第三禪起入第四禪從第四禪起尋時取滅度爾時大目揵連已取滅度是時此地極大震動諸天各各相告來下覲省大目揵連持用供養尊德或以種種香華來供養者諸天在空中作倡妓樂彈琴歌儛用供養尊者目揵連上爾時尊者大目揵連已取滅度是時那羅陀村中一由延內諸天側滿其中爾時復有衆多比丘持種種香華散尊者目揵連屍上爾時世尊從羅閱城漸漸乞食將五百比丘人中遊化往詣那羅陀村五百比丘俱爾時舍利弗目揵連取滅度未久爾時世尊在露

地而坐默然觀諸比丘已告諸比丘我今觀此衆中大有損減所以然者今此衆中無有舍利弗目揵連比丘若舍利弗目揵連所遊之方彼方便爲空闕舍利弗目揵連今在此方所以然者舍利弗目揵連比丘堪任降此外道爾時世尊告諸比丘諸佛所造甚奇甚特有此二神足弟子取般涅槃然如來無有愁憂正使過去恒沙如來亦復有此智慧神足弟子正使當來佛出世亦當有此智慧神足弟子比丘當知世間有此二財業云何爲二所謂財施法施比丘當知若論財施者當從舍利弗目連比丘求若欲求法施者當從我求之所以然者我今如來無有財施汝等今日可供養舍利弗目揵連比丘舍利爾時阿難白佛言云何得供養舍利弗目揵連舍利世尊告曰當集種種香華於四衢道頭起四寺偷婆所以然者若有起寺此人有四種云何爲四轉輪聖王應起偷婆漏盡阿羅漢應起偷婆辟支佛應起偷婆如來應起偷婆是時阿難白有何因緣如來應起偷婆復有何因緣辟支佛漏盡阿羅漢轉輪聖王應起偷婆世尊告曰汝今當知轉輪聖王自行十善修十功德亦復教人行十善功德云何爲十已身不殺生復教他人使不殺生已身不盜復教他人使不盜已身不婬復教他人使不婬已身不妄語復教他人使不妄語已身不綺語復教他人使不綺語已身不嫉妬復教他人使不嫉妬已身不闘訟復教他人使不闘訟已身意正復教他人使不亂意身自正見復教他人使行正見比丘當知轉輪聖

王有此十功德是故應與起偷婆是時阿難白世尊曰復以何因緣如來弟子應與起偷婆世尊告曰阿難當知漏盡阿羅漢以更不復受有淨如天金三毒五使永不復現以此因緣如來弟子應與起偷婆阿難白佛以何因緣辟支佛應與起偷婆世尊告曰有辟支佛無師自悟去諸結使有更不受胎是故應與起偷婆是時阿難白世尊曰復以何因緣如來應與起偷婆世尊告曰於是阿難如來有十力四無所畏不降者降不度者度不得道者令得道不般涅槃者令般涅槃衆人見已極懷歡喜是謂阿難如來應與起偷婆是謂如來應與起偷婆爾時阿難聞佛所説歡喜奉行

聞如是一時佛在舍衛國祇樹給孤獨園爾時尊者婆迦梨身得重患卧在大小便上意欲自殺然無此勢可自坐起是時尊者婆迦梨告侍者曰汝可持刀來吾欲自殺所以然者如今釋迦文佛弟子之中信解脱者無出我上然我今日有漏心不解脱所以然者如來弟子遇苦惱時亦復求刀自殺我今用此命爲不能從此岸至彼岸是時婆迦梨弟子出家未久未知今世後世不知從此岸至彼岸亦復不知死此生彼便授刀與之時婆迦梨手執刀已以信堅固持刀自刺是時婆迦梨以自刺而作是念釋迦文佛弟子之中所作非法得惡利不得善利於如來法中不得受證而令命終是時尊者婆迦梨便思惟是五盛陰是謂此色是謂色集是謂色滅盡是謂痛想行識是謂痛想行識滅盡彼於此五

盛陰熟思惟之諸有生法皆是死法知此已便於有漏心得解脫爾時尊者婆迦梨於無餘涅槃界而般涅槃爾時世尊以天耳聽聞尊者婆迦梨求刀自殺爾時世尊告阿難曰諸比丘在舍衛城者盡集一處吾欲所勑是時尊者阿難受世尊教即集諸比丘在普集講堂還白世尊今日比丘已集一處是時世尊比丘僧前後圍遶至彼婆迦梨比丘精舍當於爾時弊魔波旬欲得知尊者婆迦梨神識所在爲在何處爲在人耶爲非人耶天龍鬼神乾沓和阿須倫迦留羅摩休勒閱叉今此神識竟爲所在在何處生遊不見東西南北四維上下皆悉周遍而不知神識之處是時魔波旬身體疲極莫知所在爾時世尊將比丘僧前後圍遶至彼精舍爾時世尊觀魔波旬欲得知神識所在世尊告諸比丘汝等頗聞此精舍之中有大聲乎又有光恠諸比丘對曰如是世尊我等已見世尊告曰此弊魔波旬欲得知婆迦梨神識所在是時尊者阿難白世尊曰唯願世尊受婆迦梨比丘神識爲所在世尊告曰婆迦梨比丘神識永無所著彼族姓子已般涅槃當作如是持是時尊者阿難白世尊曰此婆迦梨比丘何日得此四諦世尊告曰今日之中得此四諦阿難白佛此比丘抱病經久本是凡人世尊告曰如是阿難如汝所言但彼比丘謙苦甚久諸有釋迦文佛弟子之中信解脫者此人最勝然有漏心未得解脫我今可求刀自刺是時彼比丘臨自刺時即思惟如來功德捨壽之日思惟五盛陰是謂此色集此色滅盡爾時

彼比丘思惟此已諸有集之法皆悉滅盡此比丘已般涅槃爾時阿難聞佛所說歡喜奉行

四意斷之法　四闇老耄法　阿夷法本末　舍利婆迦梨

## 等趣四諦品第二十七

聞如是一時佛在舍衛國祇樹給孤獨園爾時世尊告諸比丘是諸比丘我等常所說法所謂四諦以無數方便而觀察此法分別其義廣與人演云何爲四所謂苦諦之法以無數方便而觀察此法分別其義廣與人演以無數方便說集盡道諦而觀察此法分別其義廣與人演汝等比丘當親近舍利弗比丘承事供養所以然者彼舍利弗比丘以無數方便說此四諦廣與人演當舍利弗比丘與諸衆生及四部衆分別其義廣與人演時不可計衆生諸塵垢盡得法眼淨汝等比丘當親近舍利弗目揵連比丘承事供養所以然者舍利弗比丘衆生之父母生已長養令大者目揵連比丘所以然者舍利弗比丘與人說法要成四諦目揵連比丘與人說法要成第一義成無漏行法汝等當親近舍利弗目揵連比丘世尊作是語已還入靜室世尊去未久爾時舍利弗告諸比丘其有能得四諦法者彼人快得善利云何爲四所謂苦諦以無數方便廣演其義云何爲苦諦所謂生苦老苦病苦死苦憂悲惱苦怨憎會苦恩愛別苦所求不得苦取要言之五盛陰苦是謂苦諦云何苦集諦所謂愛結是也云何爲盡諦所謂盡諦者愛欲結永盡無餘是謂盡諦云

何爲道諦所謂賢聖八品道是正見正治正語正方便正命正業正念正定是謂道諦也彼衆生快得善利乃能聞此四諦之法爾時尊者舍利弗當說此法無量不可計衆生聞此法時諸塵垢盡得法眼淨我等亦快得善利世尊與我說法安處福地是故四部之衆求於方便行此四諦如是諸比丘當作是學

爾時諸比丘聞佛所說歡喜奉行

聞如是一時佛在舍衛國祇樹給孤獨園爾時衆多比丘入舍衛城時衆多比丘便作是念然我等乞食日猶故早我等可往至外道異學村與共論議是時衆多比丘便往至外道村中到已共相問訊在一面坐爾時異學問道人曰沙門瞿曇與諸弟子而說此法汝等比丘盡當學此法悉當了知以了知已當共奉行我等與諸弟子而說此法汝等盡當而學此法悉當了知以了知已當共奉行沙門瞿曇與我等有何等異有何增減所謂彼說法我亦說法彼教誨我亦教誨爾時衆多比丘聞此語已亦不言是復不言非即從座起而去爾時衆多比丘自相謂曰我等當以此義往白世尊爾時衆多比丘入舍衛城乞食已收攝衣鉢以尼師壇著左肩上往詣世尊所頭面禮足在一面坐爾時衆多比丘以此因緣具白世尊爾時世尊告諸比丘若彼外道作此問者汝等當以此語報彼曰爲一究竟爲衆多究竟乎或能彼梵志平等說者應作是說是一究竟非衆多究竟彼究竟者爲是有欲究竟爲無欲究竟所謂彼究竟者謂無欲究竟云何彼究竟者有恚究竟爲無

恚究竟所謂彼究竟者無恚究竟非有恚究竟云何有癡究竟無癡究竟所謂彼究竟者無癡究竟云何彼究竟者爲是有愛究竟爲無愛究竟所謂彼究竟者無愛究竟云何彼究竟有受究竟爲無受究竟所謂彼究竟者無受究竟云何彼究竟者爲是智者爲非智者所謂智者所究竟此究竟者爲是怒者所究竟爲非怒者所究竟所謂此究竟彼當作是說非怒者所究竟比丘有此二見云何爲二見所謂有見無見諸有沙門婆羅門不知此二見之本末彼便有欲心有瞋恚心有愚癡心有愛心有受心彼是無知彼有怒心不與行相應彼人不脱生老病死愁憂苦惱辛酸萬端不脱於苦諸有沙門婆羅門如實而知之彼便無愚癡瞋恚之心恒與行相應便得脱生老病死今説苦之原本如是比丘有此妙法斯名平等之法諸不行平等法者則墮五見今當説四受云何爲四受所謂欲受見受戒受我受是謂四受若有沙門婆羅門盡知欲受之名彼雖知欲受之名復不相應者彼盡分别諸受之名先分别欲受之名而不分别見受戒受我受之名所以然者以彼沙門婆羅門不能分别此三受之名是故或有沙門婆羅門盡分别此諸受彼便分别欲受見受不分别戒受我受所以然者以彼沙門婆羅門不能分别二受若使沙門婆羅門盡能分别諸受或復有不具者彼便能分别欲受見受戒受不分别我受所以然者以彼沙門婆羅門不能分别我受故是故復有沙門婆羅門盡分别諸受然復有不具者此名

四受有何等義云何分別所謂四受者由愛而生如是比丘有此妙法所應分別若有不行此諸受此不名爲平等所以然者諸法之義難了難解如此非法之義者非三耶三佛之所説也比丘當知如來盡能分別一切諸受以能分別一切諸受則與相應則能分別欲受見受我受戒受是故如來盡分別諸受則與法共相應無有相違此四受由何而生然此四受由愛而生由愛而長成就此受彼便不能起於諸受已不起諸受則不恐懼已不恐懼便般涅槃生死已盡梵行已立所造已辦更不復受有如實知之如是比丘有此妙法如實知之具足諸法法行之本所以然者以其此法極微妙故諸佛之所説則於諸行無有缺漏於是比丘有初沙門第二沙門第三沙門第四沙門更無復有沙門出此上者能勝此者作如是師子之吼諸比丘聞佛所説歡喜奉行

聞如是一時佛在舍衛國祇樹給孤獨園爾時阿那邠邸長者往至世尊所頭面禮足在一面坐爾時世尊問長者曰云何長者汝家中恒布施耶長者白佛貧家恒行布施又飲食麤弊不與常同世尊告曰若布施之時若好若醜若多若少然不用心意復不發願復無信心由此行報所生之處不得好食意不貪樂意亦復不樂著於好衣裳亦復不樂著田業心亦不著五欲之中正使有僕從奴婢亦復不受其教所以然者正由其中不用心故故受其報若使長者布施之時若好若醜若多若少當至誠用心勿有增損癈後世橋

粱彼若所生之處飲食自然七財具足心恒樂著五欲之中正使有奴婢使人受其敎令所以然者由於中發歡喜心故長者當知過去久遠有梵志名毗羅摩饒財多寶眞珠琥珀硨磲碼碯水精瑠璃好喜布施爾時布施之時用八萬四千銀鉢盛滿碎金復有八萬四千金鉢盛滿碎銀作如是施復以八萬四千金銀澡罐施復以八萬四千牛皆以金銀覆角皆作如是布施復以八萬四千玉女布施衣裳自覆復以八萬四千卧具皆用氍氀文繡毾㲪自覆復以八萬四千衣裳布施復以八萬四千龍象布施皆以金銀校飾復以八萬四千疋馬布施皆以金銀鞍勒自覆復以八萬四千車布施作如是大施復以八萬四千房舍布施於四城門中布施須食與食須衣與衣衣被飲食牀卧具病瘦醫藥皆悉與之長者當知彼毗羅摩雖作是布施不如作一房舍持用布施此福不可計量正使彼作如是布施及作房舍持用施招提僧不如受三自歸佛法聖衆此福不可稱計正使彼人作如是施及作房舍又受三自歸雖有此福猶不如受持五戒正使彼人作如是施及作房舍受三自歸受持五戒雖有此福故不如彈指之頃慈愍衆生此福功德不可稱量正使彼人作如是施作僧房舍受三自歸奉持五戒及彈指之頃慈愍衆生雖有此福故不如須臾之間起於世間不可樂想其福功德不可稱量然彼所作功德我盡證明作僧房舍我亦知此福受三自歸我亦知此福受持五戒我亦知此福彈指之頃慈愍衆生我

亦知此福須臾之間起於世間不可樂想我亦知此福爾時彼婆羅門作如是大施者豈異人乎莫作是觀所以然者爾時施主者即我身是也長者當知過去久遠所作功德信心不斷不起著想是故長者若欲布施之時若多若少若好若醜歡喜惠施勿起想著手自布施莫使他人發願求報後求受福長者當獲無窮之福如是長者當作是學爾時長者聞佛所説歡喜奉行

聞如是一時佛在舍衛國祇樹給孤獨園爾時世尊告諸比丘若日初出之時人民之類普共田作百鳥悲鳴嬰孩哀喚我今比丘當知此是譬喻當解其義此義云何當解若日初出之時此譬如來出世人民之類普共田作此譬如檀越施主隨時供給衣被飲食牀卧具病瘦醫藥百鳥悲鳴者此高德法師之喻能以四部之衆説微妙之法嬰孩喚呼者此弊魔波旬之喻是故諸比丘如日初出如來出世除去闇冥靡不照明如是諸比丘當作是學爾時諸比丘聞佛所説歡喜奉行

聞如是一時佛在舍衛國祇樹給孤獨園爾時彌勒菩薩至如來所頭面禮足在一面坐爾時彌勒菩薩白世尊言菩薩摩訶薩成就幾法而行檀波羅蜜具足六波羅蜜疾成無上正真之道佛告彌勒若菩薩摩訶薩行四法本具足六波羅蜜疾成無上正真等正覺云何爲四於是菩薩惠施佛辟支佛下及凡人皆悉平均不選擇人恒施斯念一切由食而存無食則喪是謂菩薩成就此初法具足六度復次菩薩若惠施之時頭目髓腦國財

妻子歡喜惠施不生著想由如應死之人臨時還活歡喜踊躍不能自勝爾時菩薩發心喜悅亦復如是布施誓願不生想著復次彌勒菩薩布施之時普及一切不自爲已使成無上正眞之道是謂成就此三法具足六度

復次彌勒菩薩摩訶薩布施之時作是思惟諸有衆生之類菩薩最爲上首具足六度了諸法本何以故以諸根寂靜思惟禁戒不興瞋恚修行慈心勇猛精勤增其善法除不善法恒若一心意不錯亂具足辯才法門終不越次使此諸施具足六度成就檀波羅蜜若菩薩摩訶薩行此四法疾成無上正眞等正覺是故彌勒若菩薩摩訶薩欲施之時當發此誓願具足諸行如是彌勒當作是學爾時彌勒聞佛所說歡喜奉行

聞如是一時佛在舍衛國祇樹給孤獨園爾時世尊告諸比丘如來出世有四無所畏如來得此四無所畏便於世間無所著在大衆中而師子吼轉於梵輪云何爲四我今以辯此法正使沙門婆羅門魔若魔天蜎飛蠕動之類在大衆中言我不成此法此事不然於中得無所畏是爲第一無所畏如我今日諸漏已盡更不受胎若有沙門婆羅門衆生之類在大衆中言我諸漏未盡者此事不然是謂第二無所畏我今已離愚闇法欲使還就愚闇之法者終無此事若復沙門婆羅門魔若魔天衆生之類在大衆中言我還就愚闇之法者此事不然是謂如來三無所畏諸賢聖出要之法盡於苦際欲使不出要者終無此事若有沙門婆羅門魔若魔天衆生之類

在大衆中言如來不盡苦際者此事不然是謂如來四無所畏如是比丘如來四無所畏在大衆之中能師子吼轉於梵輪是故比丘當求方便成四無所畏如是諸比丘當作是學爾時諸比丘聞佛所說歡喜奉行

聞如是一時佛在舍衞國祇樹給孤獨園爾時世尊告諸比丘今有四人聰明勇悍博古明今法法成就云何爲四比丘多聞博古明今在大衆中最爲第一比丘尼多聞博古明今在大衆中最爲第一優婆塞多聞博古明今在大衆中最爲第一優婆斯多聞博古明今在大衆中最爲第一是謂比丘有此四人在大衆中最爲第一爾時世尊便說此偈

勇悍無所畏　多聞能說法　在衆爲師子
能除怯弱法　比丘戒成就　比丘尼多聞
優婆塞有信　優婆斯亦爾　在衆爲第一
若能和順衆　欲知此義者　如日初出時

是故諸比丘當學博古明今法法成就如是諸比丘當作是學爾時諸比丘聞佛所說歡喜奉行

聞如是一時佛在舍衞國祇樹給孤獨園爾時世尊告諸比丘有四種金翅鳥云何爲四有卵生金翅鳥有胎生金翅鳥有濕生金翅鳥有化生金翅鳥是四種金翅鳥如是比丘有四種龍云何爲四有卵生龍有胎生龍有濕生龍有化生龍是謂比丘有四種龍比丘當知若彼卵生金翅鳥欲食龍時上鐵叉樹上自投于海而彼海水縱廣二十八萬里下有四種龍宮有卵種龍有胎種龍有濕種龍有化種龍是時卵種金翅鳥以大翅闢水兩

向取卵種龍食之設當向胎種龍者金翅鳥身即當死爾時金翅鳥闢水取龍水猶未合還上鐵叉樹上比丘當知若胎生金翅鳥欲食龍時上鐵叉樹上自投于海然彼海水縱廣二十八萬里闢水下至值胎種龍若值卵生龍者亦能捉之銜出海水若值濕生龍者鳥身即死比丘當知若濕生金翅鳥欲食龍時上鐵叉樹上自投于海彼若得卵生龍胎生龍濕生龍皆能捉之設值化生龍者鳥身即死若比丘化生金翅鳥欲食龍時上鐵叉樹上自投于海然彼海水縱廣二十八萬里闢水下至值卵種龍胎種龍濕種龍化種龍皆能捉之海水未合之頃還上鐵叉樹上比丘當知若使龍王有事佛者是時金翅鳥不能食噉所以然者如來恒行四等之心以是故鳥不能食龍云何爲四等如來恒行慈心恒行悲心恒行喜心恒行護心是謂比丘如來恒有此四等心有大筋力有大勇猛不可沮壞以是之故金翅之鳥不能食龍是故諸比丘當行四等之心如是諸比丘當作是學

爾時諸比丘聞佛所說歡喜奉行

聞如是一時佛在舍衛國祇樹給孤獨園爾時世尊告諸比丘若善知識惠施之時有四事功德云何爲四知時而施非不知時自手惠施不使他人施常淨潔施非不淨潔施極微妙不有穢濁善知識施惠之時有此四功德是故諸比丘善男子善女人布施之時當具此四功德已具足此功德獲大福業得甘露滅然此福德不可稱量言當有爾許福業虛空所不能容受猶如海水不可斗量言一

斛半斛一合半合稱數之名但其福業不可具陳如是善男子善女人所作功德不可稱計獲大福業得甘露滅言當有爾許福德是故諸比丘善男子善女人當具此四功德如是諸比丘當作是學爾時諸比丘聞佛所說歡喜奉行

聞如是一時佛在舍衛國祇樹給孤獨園爾時世尊告諸比丘今有四種之人可敬可貴世之福田云何爲四所謂持信奉法身證見到彼云何名爲持信人或有一人受人教誡有篤信心意不疑難有信於如來於是如來至眞等正覺明行成爲善逝世間解無上士道法御天人師號佛世尊亦信如來語亦信梵志語恒信他語不任巳智是謂名爲持信人彼云何名爲奉法人於是有人分別於法不信他人觀察於法有耶無耶實耶虛耶彼便作是念此是如來語此是梵志語巳知是如來語法者便奉持之諸有外道語者而遠離之是謂名爲奉法之人彼云何爲身證人於是有人身自作證亦不信他人亦不信如來語諸尊所說言教亦復不信但任巳性而遊是謂名爲身證人彼云何名爲見到人於是有人斷三結成須陀洹不退轉法彼有此見便有惠施有受者有善惡之報有今世有後世有父有毋有阿羅漢我等受教者身信作證而自遊化是謂名爲見到人是謂比丘有此四人當念除上三人念修身證之法如是諸比丘當作是學爾時諸比丘聞佛所說歡喜奉行

增壹阿含經卷第十九

音釋

阿那邠邸梵語也此云好施即給孤長者也邠彼貧切邸典禮切

氍氀氍強魚切毛席也氀力朱切毛布也

毾毲毾吐盍切鄧都滕切毾毲罽毲也

博古博補各切博古謂多聞廣識前言徃行也

金翅翅施智切金翅鳥名也

闠水闠毗亦切開也

沮壞沮在呂切止之也亦壞也壞古賵切凡物不自敗而毀之曰壞

# 增壹阿含經卷第二十

符秦三藏曇摩難提譯

## 聲聞品第二十八

聞如是一時佛在羅閱城迦蘭陀竹園所與大比丘衆五百人俱是時四大聲聞集在一處而作是說我等共觀此羅閱城中誰有不供奉佛法衆作功德者由來無信今當勸令信如來法尊者大目揵連尊者迦葉尊者阿那律尊者賓頭盧爾時有長者名跋提饒財多寶不可稱計金銀珍寶硨磲碼碯眞珠琥珀象馬車乘奴婢僕從皆悉備具又復慳貪不肯布施於佛法衆無有毫釐之善無有篤信故福已盡更不造新恒懷邪見無施無福亦無受者亦無今世後世善惡之報亦無父母及得阿羅漢者亦復無有而取證者彼長者有七重門門門有守人不得使乞者詣門復以鐵籠絡覆中庭恐有飛鳥來至中庭長者有妹名難陀亦復慳貪不肯惠施不種功德之本故者已滅更不造新亦懷邪見無施無福亦無受者亦無今世後世善惡之報亦無父母得阿羅漢亦復無有而取證者難陀門戶亦有七重亦有守門人不令有來乞者亦復以鐵籠覆上不使飛鳥來入家中我等今日可使難陀毋篤信佛法衆爾時跋提長者清旦食餅是時尊者阿那律到時著衣持鉢便從長者舍地中踊出舒鉢向長者是時長者極懷愁憂即授少許餅與阿那律是時阿那律得餅已還詣所在是時長者便興瞋恚語守門人言我先有敎勑無令有人入門內何故使人來入時守門者報曰門閤牢固

不知此道人爲從何來爾時長者默然不言時長者食餅已竟次食魚肉尊者大迦葉著衣持鉢詣長者家從地中踊出舒鉢向長者時長者甚懷愁憂授少許魚肉與之是時迦葉得肉便於彼沒還歸所在是時長者倍復瞋恚語守門者言我先有敎令不使人入家中何故復使二沙門入家乞食時守門人報曰我等不見此沙門爲從何來入長者報曰此禿頭沙門善於幻術誑惑世人無有正行爾時長者婦去長者不遠而坐觀之然此長者婦是質多長者妹從摩師山中取之時婦語長者言可自護之勿作是語言沙門學於幻術所以然者此諸沙門有大威神所以來至長者家者多所饒益長者竟識先前比丘者乎長者報曰我不識之時婦報言長者頗聞迦毗羅衛穀淨王子名阿那律當生之時此地六反震動繞舍一由旬內伏藏自出長者報言我聞有阿那律然不見之耳時婦語長者言此豪族之子捨居家已出家學道修於梵行得阿羅漢道天眼第一無有出者然諸如來亦說我弟子中天眼第一所謂阿那律比丘是次第二比丘來入乞者爲識不乎長者報曰我不識之其婦語言長者頗聞此羅閱城內大梵志名迦毗羅饒財多寶不可稱計有九百九十九頭耕牛田作長者報言我躬自見此梵志身其婦報言長者頗聞彼梵志息名曰比波羅耶檀那身作金色婦名婆陁女中殊勝者設舉紫磨金在前猶黑比白長者報言我聞此梵志有子名曰比波羅耶檀那然復不見其婦報言向者後來比丘

即是其身捨此王女之寶出家學道今得阿羅漢恒行頭陀諸有頭陀之行具足法者無有出尊迦葉上也世尊亦說我弟子中第一比丘頭陀行者所謂大迦葉是今長者快得善利乃使賢聖之人來至此間乞食我觀此義已故作是言善自護口莫誹謗賢聖之人言作幻化此釋迦弟子皆有神德當說此語時尊者大目連著衣持鉢飛騰虛空詣長者家破此鐵籠落在虛空中結跏趺坐是時跋提長者見目連在虛空中坐便懷恐怖而作是說汝是天耶目連報言我非天也長者問言汝是乾沓和耶目連報言我非乾沓和長者問言汝是鬼耶目連報言我非鬼也長者問言汝是羅剎噉人鬼耶目連報言我亦非羅剎噉人鬼也是時跋提長者便說此偈

為天乾沓和　羅剎鬼神耶　又言非是天
羅剎鬼神者　不似乾沓和　方域所遊行
汝今名何等　我今欲得知

爾時目連復以偈報曰

非天乾沓和　非鬼羅剎種　三世得解脫
今我是人身　所可降伏魔　成於無上道
師名釋迦文　我名大目連

是時跋提長者語目連言比丘何所教勑目連報言我今欲與汝說法善思念之時長者復作是念此諸道士長夜著於飲食然今欲論者正當論飲食耳若當從我索食者我當言無也然復作是念我今少多聽此人所說爾時目連知長者心中所念便說此偈

如來說二施　法施及財施　今當說法施
專心一意聽

是時長者聞當說法施便懷歡喜語目連言願時演說聞當知之目連報言長者當知如來五事大施盡形壽當念修行時長者復作是念目連向者欲說法施行今復言有五大施是時目連知長者心中所念復告長者言如來說有二大施所謂法施財施我今當說法施不說財施長者報言何者是五大施目連報言一者不得殺生此名爲大施長者當盡形壽而修行之二者不盜名爲大施當盡形壽而修行之不婬不妄語不飲酒當盡形壽而修行之是謂長者有此五大施當念修行是時跋提長者聞此語已極懷歡喜而作是念釋迦文佛所說甚妙今所演說乃不用寶物如我今日不堪殺生此可得奉行又我家中饒財多寶終不偷盜此亦是我之所行又我家中有上妙之女終不他婬是我之所行又我不好妄語之人何況自當妄語此亦是我之所行如我今日意不念酒何況自嘗飲此亦是我之所行是時長者語目連言此五施者我所能奉行是時長者心中作是念我今可飯此目連長者仰頭語目連言可屈神下顧就此而坐是時目連尋聲來坐是時跋提長者躬自辦種種飲食與目連目連食訖行淨水長者作是念可持一端氎奉上目連是時入藏內而選取白氎欲取不好者便得好者尋復捨之而更取氎又故爾好捨之復更取之是時目連知長者心中所念便說此偈

施與心鬪諍　此福賢所棄　施時非鬪時
可時隨心施

爾時長者便作是念今目連知我心中所念便持白氎奉上目連是時目連即與呪願

觀察施第一　知有賢聖人　施中最爲上

良田生果實

時目連呪願已受此白氎使長者受福無窮是時長者便在一面坐目連漸與說法妙論所謂論者施論戒論生天之論欲不淨想出要爲樂諸佛世尊所說之法苦集盡道時目連盡與說之即於座上得法眼淨如極淨之衣易染爲色此跋提長者亦復如是即於座上得法眼淨已得法見法無有狐疑而受五戒自歸佛法聖衆時目連已見長者得法眼淨便說此偈

如來所說經　根元悉備具　眼淨無瑕穢

無疑無猶豫

是時跋提長者白目連曰自今已後恒受我請及四部衆當供給衣被飯食牀臥具病瘦醫藥無所愛惜是時目連與長者說法已便從座起而去餘大聲聞尊者大迦葉尊者阿那律語尊者賓頭盧言我等已度跋提長者汝今可往降彼老母難陀賓頭盧報曰此事大佳爾時老母難陀躬作酥餅爾時尊者賓頭盧到時著衣持鉢入羅閱城乞食漸漸至母難陀舍從地中踊出舒手持鉢從母難陀乞食是時老母見賓頭盧已極懷瞋恚而作是惡言比丘當知設汝眼脫者我終不乞汝食也是時賓頭盧即入三昧使雙眼脫出是時母難陀倍復瞋恚復作惡言正使沙門空中倒懸者終不與汝食是時尊者賓頭盧復以三昧力在空中倒懸時母難陀倍復瞋恚

而作惡言正使沙門舉身烟出者我終不與汝食是時賓頭盧復以三昧力舉身出烟是時老母見已倍復恚怒而作是語正使沙門舉身燃者我終不與汝食也是時賓頭盧即以三昧使身體盡燃老母見已復作是語正使沙門舉身出水者我終不與汝食也時賓頭盧復以三昧力使舉身皆出水老母見已復作是語正使沙門在我前死者終不與汝食也是時尊者賓頭盧即入滅盡三昧無出入息在老母前死時老母以不見出入息即懷恐怖衣毛皆竪而作是說此沙門釋子多所知識國王所敬設聞在我家死者必遭官事恐不免濟並作是語沙門還活者我當與沙門食是時賓頭盧即從三昧起時母難陀復作是念此餅極大當更作小者與之時老母取少許麪作餅餅遂長大老母見已復作是念此餅極大當更作小者然餅遂大當取先前作者持與之便前取之然復諸餅皆共相連時母難陀語賓頭盧曰比丘須食者便自取何故相嬈乃爾賓頭盧報曰大姊當知我不須食但須老母欲有所說耳母難陀報曰比丘何所誡勑賓頭盧曰老母當知爾持此餅往詣世尊所若世尊有所誡勑者我等當共奉行老母報曰此事甚快是時老母躬負此餅從尊者賓頭盧後往至世尊所到已頭面禮足在一面立爾時賓頭盧白世尊曰此母難陀是跋提長者妹慳貪獨食不肯施人唯願世尊爲說篤信之法使得開解爾時世尊告母難陀汝今持餅施與如來及與比丘僧是時母難陀即以奉上如來及餘比丘

僧故有遺餘餅在毋難陀白世尊曰今以飯比丘餘故有餅在世尊告曰更飯佛比丘僧毋難陀受佛教令復持此餅飯佛及比丘僧然後故有餅在是時世尊告毋難陀汝今當持此餅施與比丘尼衆優婆塞優婆斯衆然故有餅在世尊告曰可持此餅施與諸貧窮者然故有餅在世尊告曰可持此餅棄于淨地若著極淨水中所以然者我終不見沙門婆羅門天及人民能消此餅除如來至眞等正覺對曰如是世尊是時毋難陀即以此餅捨著淨水中即時火燄起毋難陀見已尋懷恐懼往至世尊所頭面禮足在一面坐是時世尊漸與說法所謂論者施論戒論生天之論欲不淨想漏爲穢汙出家爲要爾時世尊已見毋難陀心意開解諸佛世尊常所說法苦集盡道爾時世尊盡與毋難陀說之是時即於座上得法眼淨猶如白氎易染爲色此亦如是時毋難陀諸塵垢盡得法眼淨彼已得法成法無有狐疑已度猶豫得無所畏而承事三尊受持五戒爾時世尊重與說法使發歡喜爾時毋難陀白世尊曰自今已後使四部之衆在我家取施自今已去恒當布施修行功德奉諸賢者即從座起頭面禮足便退而去是時跋提長者及毋難陀有弟名曰優婆迦尼是阿闍世王少小同好極相愛念爾時優婆迦尼長者經營田作聞兄跋提及姊難陀受如來法化聞已歡喜踊躍不能自勝七日之中不復睡眠亦不飲食是時長者辦田作已還詣羅閱城中道復作是念我今先至世尊所然後到家爾時長者往至世尊

所頭面禮足在一面坐爾時長者白世尊曰我兄跋提及姊難陀受如來法化乎世尊告曰如是長者令跋提難陀已見四諦修諸善法爾時優婆迦尼長者白世尊曰我等居門極獲大利世尊告曰如是長者如汝所言汝令父母極獲大利種後世之福爾時世尊與長者說微妙之法長者聞法已即從座起頭面禮足便退而去往詣王阿闍世所在一面坐爾時王問長者曰汝兄及姊受如來化耶對曰如是大王王聞此語歡喜踊躍不能自勝即擊鳴鼓告勑城内自今已後無令事佛之家有所貲輸亦使事佛之人來迎去送所以然者此皆是我道法兄弟爾時王阿闍世出種種飲食持與長者時長者便作是念我竟不聞世尊說夫優婆塞之法為應食何等食應飲何等漿我今先往至世尊所問此義已然後當食爾時長者告左右一人曰汝往至世尊所到已頭面禮足持我聲而白世尊云優婆迦尼長者白世尊曰夫賢者之法當持幾戒又犯幾戒非清信士當應食何等食飲何等漿爾時彼人受長者教往至佛所頭面禮足在一面立爾時彼人持長者名白世尊曰夫清信士之法應持幾戒犯幾戒非優婆塞又應食何等食飲何等漿世尊告曰汝今當知食有二種有可親近有不可親近云何為二若親近食時起不善法善法有損此食不可親近若得食時善法增益不善法損此食可親近漿亦有二事若得漿時起不善法善法有損此不可親近若得漿時不善法損善法有益此可親近夫清信士之法限戒

有五其中能持一戒二戒三戒四戒乃至五戒皆當持之當再三問能持者使持之若清信士犯一戒已身壞命終生地獄中若復清信士奉持一戒生善處天上何況二三四五是時彼人從佛受教已頭面禮足便退而去彼人去不遠是時世尊告諸比丘自今已後聽授優婆塞五戒及三自歸若比丘欲授清信士女戒時教使露脚叉手合掌教稱姓名歸佛法衆再三教稱姓名歸佛法衆復更自稱我今已歸佛歸法歸比丘僧如釋迦文佛最初五百賈客受三自歸盡形壽不殺不盜不婬不欺不飲酒若持一戒餘封四戒若受二戒餘封三戒若受三戒餘封二戒若受四戒餘封一戒若受五戒當具足持之爾時諸比丘聞佛所說歡喜奉行

聞如是一時佛在舍衛國祇樹給孤獨園爾時世尊告諸比丘今日月有四重翳使不得放光明何等爲四一者雲也二者風塵三者烟四者阿須倫使覆日月不得放光明是謂比丘日月有此四翳使日月不得放大光明此亦如是比丘有四結覆蔽人心不得開解云何爲四一者欲結覆蔽人心不得開解二者瞋恚三者愚癡四者利養覆蔽人心不得開解是謂比丘有此四結覆蔽人心不得開解當求方便滅此四結如是諸比丘當作是學爾時諸比丘聞佛所說歡喜奉行

聞如是一時佛在阿羅毗祠側爾時極爲盛寒樹木凋落爾時手阿羅婆長者子出彼城中在外經行漸來至世尊所到已頭面禮足在一面坐爾時彼長者子白世尊言不審宿

宵之中得善眠乎世尊告曰如是童子快善眠也時長者子白佛今盛寒日萬物凋落然復世尊坐用草蓐所著衣裳極爲單薄云何世尊作是說我快得善眠世尊告曰童子諦聽我今還問汝隨所報之猶如長者家牢治屋舍無有風塵然彼屋中有牀蓐氍毹毾㲪事事俱具有四玉女顏貌端正面如桃華世之希有視無厭足燃好明燈彼長者快得善眠乎長者子報曰如是世尊有好牀臥快得善眠世尊告曰云何長者子若彼人快得善眠時有欲意起緣此欲意不得眠乎長者子對曰如是世尊若彼人欲意起者便不得眠也世尊告曰如彼欲意盛者今如來永盡無餘無復根本更不復興云何長者子設有瞋恚愚癡心起者豈得善眠乎童子報言不得善眠也所以然者由有三毒心故世尊告曰如來今日無復此心永盡無餘亦無根本童子當知我今當說四種之座云何爲四有卑座有天座有梵座有佛座童子當知卑座者坐轉輪聖王座也天座者釋提桓因坐也梵座者梵天王之坐也佛座者是四諦之坐也卑座者向須陁洹坐也天座者得須陁洹坐也梵座者向斯陀含坐也佛座者四意止之坐也卑座者得斯陀含之坐也天座者向阿那含之坐也梵座者得阿那含果坐也佛座者四等之坐也卑座者欲界之坐也天座者色界之坐也梵座者無色界之坐也佛座者四神足之坐也是故童子如來以坐四神足座快得善眠於中不起婬怒癡已不起此三毒之心便於無餘涅槃界而般涅槃生死已

盡梵行已立所作已辦更不復受有如實知之是故長者子我觀此義已是以說如來快得善眠爾時長者子便說此偈

相見日極久　梵志般涅槃　以逮如來力
明眼取滅度　甲座及天座　梵座及佛座
如來悉分別　是故得善眠　自歸人中尊
亦歸人中上　我今未能知　爲依何等禪

長者子作是語已世尊然可之是時長者子便作是念世尊已然可我極歡喜不能自勝即從座起頭面禮足便退而去爾時童子聞佛所說歡喜奉行

聞如是一時佛在羅閱城耆闍崛山中與大比丘衆五百人俱爾時世尊從靜室起下靈鷲山及將鹿頭梵志而漸遊行到大畏塜間爾時世尊取死人髑髏授與梵志作是說汝今梵志明於星宿又兼醫藥能療治衆病皆解諸趣亦復能知人死因緣我今問汝此是何人髑髏爲是男耶爲是女乎復由何病而取命終是時梵志即取髑髏反覆觀察又復以手而取擊之白世尊曰此是男子髑髏非女人也世尊告曰如是梵志如汝所言此是男子非女人也世尊問曰由何命終梵志復以手捉擊之白世尊言此衆病集湊百節酸疼故致命終世尊告曰當以何方治之鹿頭梵志白佛言當取訶利勒果并取蜜和然後服之此病得愈世尊告曰善哉如汝所言設此人得此藥者亦不命終此人今日命終爲生何處時梵志聞已復捉髑髏擊之白世尊言此人命終生三惡趣不生善處世尊告曰如是梵志如汝所言生三惡趣不生善處是

時世尊復更捉一髑髏授與梵志問梵志曰此是何人男耶女耶是時梵志復以手擊之白世尊言此髑髏女人身也世尊告曰由何疾病致此命終是時鹿頭梵志復以手擊之白世尊言此女人懷妊故致命終世尊告曰此女人由何命終梵志白佛此女人者產月未滿復以產兒故致命終世尊告曰善哉善哉梵志如汝所言又彼懷妊以何方治梵志白佛原此病者當須好酥醍醐服之則差世尊告曰如是如是如汝所言今此女人已取命終為生何處梵志白佛此女人已取命終生畜生中世尊告曰善哉善哉梵志如汝所言是時世尊復更捉一髑髏授與梵志問梵志曰男耶女耶是時梵志復以手擊之白世尊言此髑髏者男子之身世尊告曰善哉善哉如汝所言由何疾病致此命終梵志復以手擊之白世尊言此人命終飲食過差又遇暴下故致命終世尊告曰此病以何方治梵志白佛三日之中絕粮不食便得除愈世尊告曰善哉善哉如汝所言此人命終為生何處是時梵志復以手擊之白世尊言此人命終生餓鬼中所以然者意想著水故世尊告曰善哉善哉如汝所言爾時世尊復更捉一髑髏與梵志問梵志曰男耶女耶是時梵志復以手擊之白世尊言此髑髏者女人之身世尊告曰善哉善哉如汝所言此人命終由何疾病梵志復以手擊之白世尊言當產之時以取命終世尊告曰云何當產之時以取命終梵志復以手擊之白世尊言此女人身氣力虛竭又復飢餓以致命終世尊告曰此

人命終爲生何處是時梵志復以手擊之白世尊言此人命終生於人道世尊告曰夫餓死之人欲生善處者此事不然生三惡趣者可有此理是時梵志復以手擊之白世尊言此女人者持戒完具而取命終世尊告曰善哉善哉如汝所言彼女人身持戒完具致此命終所以然者夫有男子女人禁戒完具者設命終時當墮二趣若天上人中爾時世尊復捉一髑髏授與梵志問曰男耶女耶是時梵志復以手擊之白世尊言此髑髏者男子之身世尊告曰善哉善哉如汝所言此人由何疾病致此命終梵志復以手擊之白世尊言此人無病爲人所害故致命終世尊告曰善哉善哉如汝所言爲人所害故致命終世尊告曰此人命終爲生何處是時梵志復以手擊之白世尊言此人命終生善處天上世尊告曰如汝所言前論後論而不相應梵志白佛以何緣本而不相應世尊告曰諸有男女之類爲人所害而取命終者盡生三惡趣汝云何言生善處天上乎梵志復以手擊之白世尊言此人奉持五戒兼行十善故致命終生善處天上世尊告曰善哉善哉如汝所言持戒之人無所觸犯生善處天上世尊復重告曰此人爲持幾戒而取命終是時梵志復專精一意無他異想以手擊之白世尊言持戒一耶非耶二三四五耶非耶然此人持八關齋法而取命終世尊告曰善哉善哉如汝所言持八關齋而取命終爾時東方境界普香山南有優陀延比丘於無餘涅槃界而取般涅槃爾時世尊屈伸臂頃往取彼髑髏

來授與梵志問梵志曰男耶女耶是時梵志復以手擊之白世尊言我觀此髑髏原本亦復非男又復非女所以然者我觀此髑髏亦不見生亦不見斷亦不見周旋往來所以然者觀八方上下都無音響我今世尊未審此人是誰髑髏世尊告曰止止梵志汝竟不識是誰髑髏汝當知之此髑髏者無終無始亦無死生亦無八方上下所可適處此是東方境界普香山南優陀延比丘於無餘涅槃界取般涅槃是阿羅漢之髑髏也爾時梵志聞此語已歎未曾有即白佛言我今觀此蟻子之蟲所從來處皆悉知之鳥獸音響即能別知此是雄此是雌然我觀此阿羅漢永無所見亦不見來處亦不見去處如來正法甚爲奇特所以然者諸法之本出於如來神口然阿羅漢出於經法之本世尊告曰如是梵志如汝所言諸法之本出如來口正使諸天世人魔若魔天終不能知羅漢所趣爾時梵志頭面禮足白世尊言我能盡知九十六種道所趣向者皆悉知之如來之法所趣向者不能分別唯願世尊得在道次世尊告曰善哉梵志快脩梵行亦無有人知汝所趣向處爾時梵志即得出家學道在閑靜之處思惟道術所以族姓子剃除鬚髮著三法衣生死已盡梵行已立所作已辦更不復受胎如實知之是時梵志即成阿羅漢爾時尊者鹿頭白世尊言我今已知阿羅漢行所脩之法世尊告曰汝云何知阿羅漢之行鹿頭白佛今有四種之界云何爲四地界水界火界風界是謂如來有此四界彼時人命終地即自屬地

水即自屬水火即自屬火風即自屬風世尊告曰云何比丘今有幾界鹿頭白佛其實四界義有八界世尊告曰云何四界義有八界鹿頭白佛今有四界云何四界地水火風是謂四界彼云何義有八界地界有二種或內地或外地彼云何名爲內地種髮毛爪齒身體皮膚筋骨髓腦腸胃肝膽脾腎是謂名爲內地種云何爲外地種諸有堅牢者此名爲外地種此名爲二地種彼云何爲水種水種有二或內水種或外水種內水種者涎唾淚溺血髓是謂名爲內水種諸外濡弱物者此名爲二水種彼云何名爲火種然火種有二或內火或外火彼云何名爲內火所食之物皆悉消化無有遺餘此名爲內火云何名爲外火諸外物熱盛物此名爲外火種云何名爲風種又風種有二或有內風或有外風所謂脣內之風眼風頭風出息風入息風一切支節間之風此名爲內風彼云何名爲外風所謂輕飄動搖速疾之物此名爲外風是謂世尊有二種其實有四數有八如是世尊我觀此義人若命終時四種各歸其本世尊告曰無常之法亦不與有常并所以然者地種有二或內或外爾時內地種是無常法變易之法外地種者恒住不變易是謂地有二種不與有常無常相應餘三大者亦復如是不與有常無常相應是故鹿頭雖有八種其實有四如是鹿頭當作是學爾時鹿頭聞佛所說歡喜奉行

聞如是一時佛在舍衛國祇樹給孤獨園爾時世尊告諸比丘今有四大廣演之義云何

爲四所謂契經律阿毗曇戒是謂爲四比丘當知若有比丘從東方來誦經持法奉行禁戒彼便作是語我能誦經持法奉行禁戒博學多聞正使彼比丘有所說者不應承受不足篤信當取彼比丘而共論議案法共論云何案法共論所謂案法論者此四大廣演之論是謂契經律阿毗曇戒當向彼比丘說契經布現律分別法正使說契經時布現律分別法時若彼布現所謂與契經相應律法相應者便受持之設不與契經律阿毗曇相應者當報彼人作是語卿當知之此非如來所說然卿所說者非正經之本所以然者我今說契經律阿毗曇都不與相應以不相應當問戒行設不與戒行相應者當語彼人此非如來之藏也即當發遣使去此名初演大義之本復次比丘若有比丘從南方來而作是說我能誦經持法奉行禁戒博學多聞正使比丘有所說不應承受不足篤信當取彼比丘而共論義正使彼比丘有所說不與義相應者當發遣之設與義相應者當報彼人曰此是義說非正經本爾時當取彼義勿受經本所以然者義者解經之原是謂第二演大義之本復次比丘若有比丘從西方來誦經持法奉行禁戒博學多聞當向彼比丘說契經律阿毗曇然彼比丘正解味不解義當語彼比丘作是語我等不明此語爲是如來所說耶爲非也正使說契經律阿毗曇時解味不解義雖聞彼比丘所說亦不足譽善亦不足言惡復以戒行而問之設與相應者念承受之所以然者戒行與味相應義不可明故

是謂第三演義也復次比丘若有比丘從北方來誦經持法奉行禁戒諸賢有疑難者便來問我義當與汝說之設彼比丘有所說者不足承受不足諷誦然當向彼比丘問契經律阿毗曇戒設與契經律阿毗曇戒共相應者便當問義若復與義相應便當歎譽彼比丘善哉善哉賢士此真是如來所說義不錯亂盡與契經律阿毗曇戒共相應當以法供養待彼比丘所以然者如來恭敬法故其有恭敬法者則恭敬我已其觀法者則觀我已有法則有我已有法則有比丘僧有法則有四部之衆有法則有四姓在世所以然者由法在世則賢劫中有大威王出世從是已來便有四姓在世若法在世者便有四姓在世刹利婆羅門工師居士種若法在世者便有轉輪聖王位不絶若法在世者便有四天王種兜術天豔天化自在天他化自在天便在於世若法在世者便有欲界天色界天無色界天在於世間若法在世者須陀洹果斯陀含果阿那含果阿羅漢果辟支佛果佛乘便現於世是故比丘當善恭敬於法彼比丘隨時供養給其所須當語彼比丘作是語善哉善哉如汝所言今日所說者真是如來所說是謂比丘有此四大廣演之義是故諸比丘當持心執意行此四事勿有漏脫如是諸比丘當作是學爾時諸比丘聞佛所說歡喜奉行

聞如是一時佛在舍衞國祇樹給孤獨園爾時王波斯匿清旦集四種兵乘羽葆之車往至世尊所頭面禮足在一面坐爾時世尊問

大王曰大王爲從何來又塵土坌體集四種兵有何事緣波斯匿王白世尊曰今此國界有大賊起昨夜半興兵擒獲然身體疲倦欲還詣宫然中道復作是念我應先至如來所然後入宫以此事緣寤寐不安今已壞賊功勞有在歡喜踊躍不能自勝故詣來至拜跪覲省設我昨夜不即興兵者則不獲賊爾時世尊告曰如是大王如王所説王當知之有四事緣本先苦而後樂云何爲四清旦早起先苦而後樂設服油酥先苦而後樂若服藥時先苦而後樂家業娉娶先苦而後樂是謂大王有此四事緣本先苦而後樂爾時波斯匿王白世尊言世尊所説誠得其宜有此四事緣本先苦而後樂所以然者如我今日觀此四事如掌觀珠皆是先苦而後樂也唯願世尊與諸比丘説此緣本先苦而後樂義爾時世尊與波斯匿王説微妙之法發歡喜心王聞法已白世尊言國事猥多欲還所在世尊告曰宜知是時時波斯匿王即從座起頭面禮足繞佛三帀便退而去王去未久是時世尊告諸比丘今有此四事緣本先苦而後樂云何爲四修習梵行先苦而後樂誦習經文先苦而後樂坐禪念定先苦而後樂數出入息先苦而後樂是諸比丘行此四事者先苦而後樂也其有比丘行此先苦而後樂之法必應沙門後得果報之樂云何爲四若有比丘勤於此法無欲惡法念得喜安遊心初禪是謂初得沙門之樂復次有覺有觀息内喜心專精一意無覺無觀念得喜安遊於二禪是謂得第二沙門之樂復次無念遊心於

護恒自覺知覺身有樂諸賢聖所悕望者護念樂遊心三禪是謂獲第三沙門之樂復次苦樂已盡先無有憂慼之患無苦無樂護念清淨遊心四禪是謂有此四沙門之樂復次比丘若有比丘行此先苦後獲沙門四樂之報斷三內結成須陀洹不退轉法必至滅度復次比丘若永斷此三結婬怒癡薄成斯陀含來至此世必盡苦際復次比丘若有比丘斷五下分結成阿那含於彼般涅槃不來此世復次比丘若有比丘有漏盡成無漏心解脫智慧解脫於現法中身作證而自遊戲生死已盡梵行已立所作已辦更不復受胎如實知之是彼比丘修此先苦之法後獲沙門四果之樂是故諸比丘當求方便成此先苦而後樂如是諸比丘當作是學爾時諸比丘聞佛所說歡喜奉行

聞如是一時佛在舍衛國祇樹給孤獨園爾時世尊告諸比丘有四種之人出現於世云何爲四有似黃藍華沙門有似分陀利花沙門有似柔輭沙門於柔輭中柔輭沙門彼云何名爲似黃藍華沙門或有一人斷三結使成須陀洹不退轉法必至涅槃極遲經七死七生或復家家一種猶如黃藍之花朝取暮長此比丘亦復如是三結使盡成須陀洹不退轉法必至涅槃極遲經七死七生若求方便勇猛意者家家一種便成道迹是謂名爲黃藍華沙門彼云何名爲分陀利花沙門或有一人三結使盡婬怒癡薄成斯陀舍來至此世盡於苦際若小遲者來至此世盡於苦際若勇猛者即於此間盡於苦際猶如分陀

利華晨朝剖華向暮萎死是謂分陀利花沙門彼云何柔輭沙門或有一人斷五下分結成阿那含即於彼般涅槃不來此世是謂柔輭沙門彼云何柔輭中柔輭沙門或有一人有漏盡成無漏心解脱智慧解脱於現法中自身作證而自遊戲生死已盡梵行已立所作已辦更不復受胎如實知之是謂柔輭中柔輭沙門是謂比丘有此四人出現於世是故諸比丘當求方便於柔輭中作柔輭沙門如是諸比丘當作是學爾時諸比丘聞佛所說歡喜奉行

修陀修摩均　賓頭盧翳手　鹿頭廣演義

後樂柔輭音

增壹阿含經卷第二十

音釋

籠絡　籠盧紅切謂鐵籠罩也絡郎各切聯絡也

踊　尹竦切躍起也

縠淨王　梵語王名也縠胡谷切

氎　達協切白氎毛布也

猶豫　猶以周切豫羊恕切猶豫獸名性多疑故以事不決者爲猶豫

塚　展勇切高墳也

髑髏　髑音獨髏音樓髑髏首骨也

腸胃　腸直良切大小腸也又心府也胃于貴切穀府也

肝膽　肝古寒切木藏也膽覩感切連肝之府也

脾腎　脾頻彌切土藏也腎是忍切水藏也

涎唾　涎夕連切唾湯卧切涎唾並口液也

阿毗曇　梵語也亦云阿毗達磨此云無比法毗頻脂切曇徒南切

擒獲　擒渠今切擭胡摑切擒獲謂擒捉而獲得也

寤寐　寤五故切睡覺曰寤神藏寐彌二切卧也目閉曰寐

# 增壹阿含經卷第二十一

苻秦三藏曇摩難提譯

## 苦樂品第二十九

聞如是一時佛在舍衛國祇樹給孤獨園爾時世尊告諸比丘今有四人出現於世云何為四或有人先苦而後樂或有人先樂而後苦或有人先苦而後苦或有人先樂而後樂彼云何人先苦而後樂或有一人生卑賤家或殺人種或工師種或邪道家生及餘貧匱之家衣食不充彼人便生彼家然復彼人無有邪見彼便有此見有施有受者有今世後世有沙門婆羅門有父有母世有阿羅漢等受教者亦有善惡果報若彼有極富之家以知昔日施之德報不放逸報彼若復見無衣食家者知此人等不作施德恒值貧賤我今復值貧賤無有衣食皆由曩昔不造福故誑惑世人行放逸法緣此惡行之報今值貧賤衣食不充若復見沙門婆羅門修善法者便向懺悔改往所作若復所有乏匱餘與人等分彼身壞命終生善處天上若生人中多財饒寶無所乏短是謂此人先苦而後樂何等人先樂而後苦於是或有一人生豪族家或剎利種或長者種或大姓家及諸富貴之家衣食充足便生彼家然彼人恒懷邪見與邊見共相應彼便有此見無施無受者亦無今世後世之報亦無父母世無阿羅漢亦無有得證者亦復無有善惡之報彼人有此邪見若復見有富貴之家而作是念此人久有此財寶耳男者久是男女者久是女畜生者久是畜生不好布施不持戒律若彼見沙門婆

羅門奉持戒者起瞋恚此人虛僞何處當有福報之應彼人身壞命終之後生地獄中若得作人在貧賤家生無有衣食身體倮露衣食不充是謂此人先樂而後苦何等人先苦而後苦於是有人生貧賤家或殺人種或工師種及諸下劣之家無有衣食而此人生彼家然復彼人身抱邪見與邊見共相應彼人便有此見無施無有受者亦無今世後世善惡之報亦無父毋世無阿羅漢不好布施不奉持戒若復見沙門婆羅門即興瞋恚向賢聖人彼人見貧者言久來有是見富者言久來有是見父者昔者是父見毋者昔者是毋彼若身壞命終生地獄中若生人中極爲貧賤衣食不充是謂此人先苦而後苦彼云何人先樂而後樂彼或有一人生富貴家或剎利種或梵志種或生國王種或長者種生及諸饒財多寶家生所生之處無有乏短彼人便生此家然復彼人有等見無有邪見彼便有此見有施有受者有今世後世世有沙門婆羅門亦有善惡之報有父有毋世有阿羅漢彼人若復見富貴之家饒財多寶者便作是念此人昔日布施之所致若復見貧賤之家此人昔者皆由不布施故我今可隨時布施莫後更生貧賤之家然常好喜施惠於人彼人若見沙門道士者隨時問訊可否之宜供給衣被飲食牀敷臥具病瘦醫藥盡惠施之若復命終之後生善處天上若在人中生富貴之家饒財多寶是謂此人先樂而後樂是時有一比丘白世尊曰我觀今世衆生先苦而後樂或有衆生於今世先樂而後苦或

有衆生於今世先苦而後苦或有衆生先樂而後樂爾時世尊告彼比丘有此因緣使衆生之類先苦而後樂亦復有此衆生先樂而後苦亦復有此衆生先苦而後苦亦復有此衆生先樂而後樂比丘白佛復以何因緣先苦而後樂復以何因緣先樂而後苦復以何因緣先苦而後苦復以何因緣先樂而後樂世尊告曰比丘當知若人壽百歲正可十十耳若使壽終冬夏春秋若復比丘百歲之中作諸功德百歲之中造諸惡業作諸邪見彼於異時或冬受樂夏受苦若百歲之中功德具足未曾有短若復在中百歲之內作諸邪見造不善行先受其罪後受其福若復少時作福長時作罪後生之時少時受福長時受罪若復少時作罪長復作罪彼人後生之時先苦而後苦若復於少時作諸功德分檀布施長復作諸功德分檀布施彼於後生先樂而後樂是謂比丘以此因緣先苦而後樂亦由此因緣先樂而後苦亦由此因緣先苦而後苦亦由此因緣先樂而後樂比丘白佛言唯然世尊若有衆生欲先樂而後樂當行布施求此先樂而後樂世尊告曰如是比丘如汝所言若有衆生欲成涅槃及阿羅漢道乃至佛道當於中行布施作諸功德如是諸比丘當作是學爾時諸比丘聞佛所說歡喜奉行

聞如是一時佛在舍衛國祇樹給孤獨園爾時世尊告諸比丘有四人出現於世云何爲四或有人身樂心不樂或有人心樂身不樂或有人心亦不樂身亦不樂或有人身亦樂

心亦樂彼何等人身樂心不樂於是作福凡夫人於四事供養衣被飲食牀敷卧具病瘦醫藥無所乏短但不免餓鬼畜生地獄道亦復不免惡趣中是謂此人身樂心不樂彼何等人心樂身不樂所謂阿羅漢不作功德於是四事供養之中不能自辦終不能得但免地獄餓鬼畜生之道猶如羅漢維喻比丘是謂此人心樂身不樂彼何等人身亦不樂心亦不樂所謂凡夫之人不作功德不能得四事供養衣被飲食牀敷卧具病瘦醫藥復不免地獄餓鬼畜生道是謂此人身亦不樂心亦不樂彼何等人身亦樂心亦樂所謂作功德阿羅漢四事供養無所短乏衣被飲食牀敷卧具病瘦醫藥復免地獄餓鬼畜生道所謂尸婆羅比丘是是謂比丘世間有此四人是故比丘當求方便當如尸婆羅比丘如是諸比丘當作是學爾時諸比丘聞佛所說歡喜奉行

聞如是一時佛在舍衛國祇樹給孤獨園爾時世尊告諸比丘今當說四梵之福云何爲四若有信善男子善女人未曾起偷婆處於中能起偷婆者是謂初梵之福也復次善男子善女人補治故寺者是謂第二受梵之福也復次善男子善女人和合聖衆者是謂第三受梵之福也復次若多薩阿竭初轉法輪時諸天世人勸請轉法輪是謂第四受梵之福是謂四受梵之福爾時有異比丘白世尊曰梵天之福竟爲多少世尊告曰諦聽諦聽善思念之吾今當說諸比丘對曰如是世尊告曰閻浮里地東西七千由旬南北二萬一

千由旬地形像車其中衆生所有功德正可與一輪王功德等瞿耶尼縱廣三十二萬里地形如半月比丘當知閻浮地人民及一輪王之德比彼人者與彼一人德等復次比丘弗于逮人民地縱廣三十六萬里地形方正計閻浮之地及瞿耶尼二方之福故不如彼弗于逮一人之福比丘當知鬱單越縱廣四十萬里地形如月滿計三方人民之福故不如鬱單越一人之福比丘當知計四天下人民之福故不如四天王之德計四天下人民之福及四天王故不如三十三天之福計四天下及四天王三十三天故不如釋提桓因一人之福計四天下及四天王及三十三天及釋提桓因故不如一豔天之福計四天下及四天王三十三天釋提桓因豔天故不如一兜術天之福計從四天下至兜術天之福故不如一化自在天之福計從四天下至化自在天之福故不如一他化自在天之福計從四天下至他化自在天之福故不如一梵天王之福比丘當知此是梵天之福若有善男子善女人求其福者此是其量也是故比丘欲求梵天福者當求方便成其功德如是比丘當作是學爾時諸比丘聞佛所說歡喜奉行

聞如是一時佛在舍衛國祇樹給孤獨園爾時世尊告諸比丘衆生之類有四種食長養衆生何等爲四所謂摶食或大或小更樂食念食識食是謂四食彼云何名摶食彼摶食者如今人中所食諸入口之物可食噉者是謂摶食彼云何名更樂食所謂更樂食者衣

裳繖蓋雜香華熏火及香油與婦人集聚諸餘身體所更樂者是謂更樂食彼云何名念食諸意中所念所想所思惟者或以口說或以體觸及諸所持之法是謂念食彼云何名識食所念識者意之所知梵天爲首乃至有想無想天以識爲食是謂識食是謂比丘有此四食衆生之類以此四食流轉生死從今世至後世是故諸比丘當共捨離此四食如是諸比丘當作是學爾時諸比丘聞佛所說歡喜奉行

聞如是一時佛在舍衞國祇樹給孤獨園爾時世尊告諸比丘有四辯云何爲四所謂義辯法辯辭辯應辯彼云何名爲義辯所謂義辯者彼彼之所說若天龍鬼神之所說皆能分別其義是謂名爲義辯也彼云何名爲法辯十二部經如來所說所謂契經祇夜本末偈因緣授決已說造頌生經方等合集未曾有及諸有爲法無爲法有漏法無漏法諸法之實不可沮壞可總持者是謂名爲法辯彼云何名爲辭辯若前衆生長短之語男語女語佛語梵志天龍鬼神之語阿須倫迦留羅甄陀羅彼之所說隨彼根元與其說法是謂名爲辭辯彼云何名爲應辯當說法時無有怯弱無有畏懼能和悅四部之衆是謂名爲應辯我今當教勑汝當如摩訶拘絺羅所以然者拘絺羅有此四辯能與四部之衆廣分別說如我今日觀諸衆中得四辯才無有出拘絺羅者若此四辯如來之所有是故諸比丘當求方便成四辯才如是諸比丘當作是學爾時諸比丘聞佛所說歡喜奉行

聞如是一時佛在舍衛國祇樹給孤獨園爾時世尊告諸比丘有四事終不可思議云何爲四衆生不可思議世界不可思議龍國不可思議佛國境界不可思議所以然者不由此處得至滅盡涅槃云何衆生不可思議此衆生爲從何來爲從何生復從何起從此終當從何生如是衆生不可思議云何世界不可思議諸有邪見之人世界斷滅世界不斷滅世界有邊世界無邊是命是身非命非身梵天之所造諸大鬼神作此世界耶爾時世尊便說此偈

梵天造人民　世間鬼所造　或能諸鬼作
此語誰當定　欲恚之所纏　三者俱共等
心不得自在　世俗有災變

如是比丘世界不可思議云何龍界不可思議云何此雨爲從龍口出耶所以然者雨滴不從龍口出也爲從眼耳鼻出耶此亦不可思議所以然者雨滴不從眼耳鼻出也但龍意之所念若念惡亦雨若念善亦雨亦由本行而作此雨所以然者今須彌山腹有天名曰大力知衆生心之所念亦能作雨然雨不從彼天口出眼耳鼻出也皆由彼天有神力故而作此雨如是比丘龍境界不可思議云何佛國境界不可思議如來身者爲是父母所造耶此亦不可思議所以然者如來身者清淨無瑕穢受諸天氣爲是人所造耶此亦不可思議所以然者以過人行如來身者爲是天身耶此亦不可思議所以然者如來身者不可造作非諸天所及如來壽爲短耶此亦不可思議所以然者如來有四神足如來

爲長壽耶此亦不可思議所以然者然復如來故與世間周旋與善權方便相應如來身者不可摸則不可言長言短音響亦不可法則如來梵音如來智慧辯才不可思議非世間人民之所能及如是佛境界不可思議如是比丘有此四處不可思議非是常人之所思議然此四事無善根本亦不由此得修梵行不至休息之處乃至不到涅槃之處但令人狂惑心意錯亂起諸疑結所以然者比丘當知過去久遠此舍衛城中有一凡人便作是念我今當思議世界是時彼人出舍衛城在一華池水側結跏趺坐思議世界此世界云何成云何敗誰造此世界此衆生類爲從何來爲從何出爲何時生是時彼人思議此時便見池水中有四種兵出入是時彼人復作是念我今狂惑心意錯亂世間無者我今見之時彼人還入舍衛城在里巷之中作是說諸賢當知世界無者我今見之是時衆多人報彼人曰云何世間無者汝今見之時此人報衆多人曰我向者作是思議世界爲從何生便出舍衛城在華池側作是思議世界爲從何來誰造此世界此衆生類從何來爲誰所生若命終者當生何處我當思議此時便見池水中有四種兵出入世界無者我今見之是時衆多人報彼人曰如汝實狂愚池水之中那得四種兵諸世界狂愚之中汝爲最上是故比丘我觀此義已故告汝等耳所以然者此非善本功德不得修梵行亦復不得至涅槃處然思議此者則令人狂心意錯亂然比丘當知彼人實見四種之兵所以然

者昔日諸天與阿須倫共鬬時諸天得勝阿須倫不如是時阿須倫便懷恐怖化形極使小從藕根孔中過佛眼之所見非餘者所及如是比丘當思議四諦所以然者此四諦者有義有理得修梵行行沙門法得至涅槃是故諸比丘捨離此世界之法當求方便思議四諦如是諸比丘當作是學爾時諸比丘聞佛所說歡喜奉行

聞如是一時佛在舍衛國祇樹給孤獨園爾時世尊告諸比丘有四神足云何爲四自在三昧行盡神足心三昧行盡神足精進三昧行盡神足戒三昧行盡神足彼云何爲自在三昧行盡神足所謂諸有三昧自在意所欲心所樂使身體輕便能隱形極細是謂第一神足彼云何爲心三昧行盡神足所謂心所知法遍滿十方石壁皆過無所罣礙是謂心三昧行盡神足彼云何精進三昧行盡神足所謂此三昧無有懈惓亦無所畏有勇猛意是謂精進三昧行盡神足彼云何戒三昧行盡神足諸有三昧知衆生心中所念生時滅時皆悉知之有欲心無欲心有瞋恚心無瞋恚心有愚癡心無愚癡心有疾心無疾心有亂心無亂心有少心無少心有大心無大心有量心無量心有定心無定心有解脫心無解脫心皆悉了知是謂戒三昧行盡神足是故諸比丘有此四神足欲知一切衆生心中所念者當修行此四神足如是諸比丘當作是學爾時諸比丘聞佛所說歡喜奉行

聞如是一時佛在舍衛國祇樹給孤獨園爾時世尊告諸比丘有四起愛之法若比丘起

愛時便起云何爲四比丘緣衣服故便起愛由乞食故便起愛由牀座故便起愛由醫藥故便起愛是謂比丘有此四起愛之法有所染著其有比丘著衣裳者我不說此人所以然者彼未得衣時便起瞋恚與想著念其有比丘著是食者我不說此人所以然者彼未得乞食時便與瞋恚與想著念其有比丘著牀座者我不說此人所以然者彼未得牀座時便與瞋恚與想著念其有比丘著醫藥者我不說此人所以然者彼未得醫藥時便與瞋恚起想著念比丘當知我今當說衣裳二事亦當親近亦當不親近云何親近云何不親近若得衣裳極愛著衣者起不善法此不可親近若復得衣裳起善法心不愛著此可親近若乞食時起不善法此不可親近若乞食時起善法此可親近若得牀座時起不善法此不可親近若得牀座時起善法亦可親近醫藥亦爾是故諸比丘當親近善法除去惡法如是諸比丘當作是學欲使檀越施主獲其功德受福無窮得甘露味爾時世尊便說此偈

衣裳用布施　飲食牀卧具　於中莫起愛
不生諸世界

爾時諸比丘聞佛所說歡喜奉行

聞如是一時佛在舍衛國祇樹給孤獨園爾時世尊告諸比丘今有四大河水從阿耨達泉出云何爲四所謂恒伽新頭婆叉私陀彼恒伽水東流牛頭口出新頭南流師子口出私陀西流象口中出婆叉北流從馬口出是時四大河水遶阿耨達泉已恒伽入東海新

頭入南海婆叉入西海私陀入北海爾時四大河入海已無復本名字但名爲海此亦如是有四姓云何爲四刹利婆羅門長者居士種於如來所剃除鬚髮著三法衣出家學道無復本姓但言沙門釋迦弟子所以然者如來衆者其猶大海四諦其如四大河除去結使入於無畏涅槃城是故諸比丘諸有四姓剃除鬚髮以信堅固出家學道者彼當滅本名字自稱釋迦弟子所以然者我今正是釋迦子從釋種中出家學道比丘當知欲論生子之義者當名沙門釋種子是所以然者生皆由我生從法起從法成是故比丘當來方便得作釋種子如是諸比丘當作是學爾時諸比丘聞佛所說歡喜奉行

聞如是一時佛在舍衛國祇樹給孤獨園爾時世尊告諸比丘有四等心云何爲四慈悲喜護以何等故名爲梵堂比丘當知有梵大梵名千無與等者無過上者統千國界是彼之堂故名爲梵堂比丘此四梵堂所有力勢能觀此千國界是故名爲梵堂是故諸比丘若有比丘欲度欲界之天處無欲之地者彼四部之衆當求方便成此四梵堂如是諸比丘當作是學爾時諸比丘聞佛所說歡喜奉行

增壹阿含經卷第二十一

音釋

曩乃朗切曏也猶徃昔也　倮魯果切赤體也　摶徒官切以手團之也　繖蘇旱切繖蓋織絲綾為蓋也又雨繖也　沮壞沮在呂切止也過也壞古瞶切毀之也　甄陀羅梵語也亦云緊那羅此云疑神又云人非人甄音真　摩訶拘絺羅梵語也此云大膝絺抽遲切　罣礙罣古賣切礙牛代切罣礙罥也

# 增壹阿含經卷第二十二

符秦三藏曇摩難提譯

## 須陀品第三十

聞如是一時佛在摩竭國波沙山中與大比丘衆五百人俱爾時世尊清旦從靜室起在外經行是時須陀沙彌在世尊後而經行爾時世尊還顧謂沙彌曰我今欲問卿義諦聽諦聽善思念之須陀沙彌對曰如是世尊是時世尊告曰有常色及無常色爲是一義爲有若干之貌須陀沙彌白佛言有常色及與無常色者此義若干非一義也所以然者有常色者是内無常色者是外以是之故義有若干非有一也世尊告曰善哉善哉須陀如汝所言快説此義有常色無常色此義若干非一義也云何須陀有漏義無漏義爲是一義爲若干義乎須陀沙彌對曰有漏義無漏義爲若干非一義也所以然者有漏義是生死結使無漏義者是涅槃之法以是之故義有若干非一義也世尊告曰善哉善哉須陀如汝所言有漏是生死無漏是涅槃世尊告曰聚法散法爲是一義爲是若干義乎須陀沙彌白佛言聚法之色散法之色此義若干非一義也所以然者聚法之色者四大形也散法之色者苦集盡諦也以是言之義有若干非一義也世尊告曰善哉善哉須陀如汝所言聚法之色散法之色義有若干非一義也云何須陀受義陰義爲是一義爲有若干乎須陀沙彌白佛言受與陰義義有若干非一義也所以然者受者無形不可見陰者有色可見以是之故義有若干非一義也世尊

告曰善哉善哉須陀如汝所言受義隂義事有若干非一義也世尊告曰有字無字義有若干爲是一義沙彌白佛言有字無字義有若干非一義也所以然者有字者是生死結無字者是涅槃也以是言之義有若干非一義也世尊告曰善哉善哉須陀如汝所言有字者是生死無字者是涅槃世尊告曰云何須陀何以故名有字是生死無字是涅槃沙彌白佛言有字者有生有死有終有始無字者無生無死無終無始世尊告曰善哉善哉須陀如汝所言有字者是生死之法無字者是涅槃之法爾時世尊告沙彌曰快說此言今即聽汝爲大比丘爾時世尊還詣普集講堂告諸比丘摩竭國界快得善利使須陀沙彌遊此境界其有以衣被飲食牀敷卧具病瘦醫藥持供養者亦得善利彼所生父母亦得善利乃得生此須陀比丘若須陀比丘所至之家彼家便爲獲其大幸我今告諸比丘當學如須陀比丘所以然者此須陀比丘極爲聰明說法無滯礙亦無怯弱是故諸比丘當學如須陀比丘如是諸比丘當作是學彌時諸比丘聞佛所說歡喜奉行

聞如是一時佛在羅越城迦蘭陀竹園所與大比丘衆五百人俱爾時世尊與無央數之衆前後圍遶而爲說法爾時有長老比丘在彼衆中向世尊舒脚而睡爾時修摩那沙彌年始八歲去世尊不遠結跏趺坐繫念在前爾時世尊遥見長老比丘舒脚而眠復見沙彌端坐思惟世尊見已便說此偈

所謂長老者　未必剃鬚髮　雖復年齒長

不免於愚行　若有見諦法　無害於羣萌
捨諸穢惡行　此名爲長老　我今謂長老
未必先出家　修其善本業　分別於正行
設有年幼少　諸根無漏缺　此謂名長老
分別正法行

爾時世尊告諸比丘汝等頗見此長老舒脚而睡乎諸比丘對曰如是世尊我等悉見世尊告曰此長老比丘五百世中恒爲龍身今設當命終者當生龍中所以然者無有恭敬之心於佛法衆若有衆生無恭敬之心於佛法衆者身壞命終皆生龍中汝等頗見修摩那沙彌年向八歲去我不遠端坐思惟諸比丘對曰如是世尊是時世尊告諸比丘此沙彌却後七日當得四神足及得四諦之法於四禪而得自在善修四意斷所以然者此修摩那沙彌有恭敬之心向佛法衆以是之故諸比丘恒當勤加恭敬佛法之衆如是諸比丘當作是學爾時諸比丘聞佛所說歡喜奉行

聞如是一時佛在舍衛國祇樹給孤獨園爾時世尊與大比丘衆千二百五十人俱爾時有長者名阿那邠邸饒財多寶金銀珍寶硨磲碼碯眞珠琥珀水精瑠璃象馬牛羊奴婢僕從不可稱計爾時滿富城中有長者名滿財亦饒財多寶硨磲碼碯眞珠琥珀水精瑠璃象馬牛羊奴婢僕從不可稱量復是阿那邠邸長者少小舊好共相愛敬未曾忘捨然復阿那邠邸長者恒有數千萬珍寶財貨在彼滿富城中販賣使滿財長者經紀將護然滿財長者亦有數千萬珍寶財貨在舍衛城

中販賣使阿那邠邸長者經紀將護是時阿那邠邸有女名修摩提顔貌端正如桃華色世之希有爾時滿財長者有少事緣到舍衛城往至阿那邠邸長者家到已就座而坐是時修摩提女從靜室出先拜跪父毋後復拜跪滿財長者還入靜室爾時滿財長者見修摩提女顔貌端正如桃華色世之希有兒已問阿那邠邸長者曰此是誰家女阿那邠邸報曰向見女者是我所生滿財長者曰我有小息未有婚對可得嫡貧家不是時阿那邠邸長者對曰事不宜爾滿財長者曰以何等故事不宜爾爲以姓望爲以財貨耶阿那邠邸長者報曰種姓財貨足相儔匹但所事神祠與我不同此女事佛釋迦弟子汝等事外道異學以是事故不赴來意時滿財長者曰我等所事自當别祀此女所事别自供養阿那邠邸長者曰我女設當嫡汝家者所出財寶不可稱計長者亦當出財寶不可稱計滿財長者曰汝今索我幾許財寶阿那邠邸長者曰我今須六萬兩金是時滿財長者即與六萬兩金時阿那邠邸長者復作是念我以方便前却猶不能使止語彼長者曰設我嫁女當往問佛若世尊有所教勑當奉行之是時阿那邠邸長者假設事務如似小行即出門往至世尊所頭面禮足在一面立爾時阿那邠邸長者白世尊曰修摩提女爲滿富城中滿財長者所求爲可與爲不可與乎世尊告曰若當修摩提女嫡彼國者多所饒益度脫人民不可稱量是時阿那邠邸長者復作是念世尊以方便智應嫡彼土是時長者頭

面禮足遶佛三帀便退而去還至家中供辦種種甘饌飲食與滿財長者滿財長者曰我用此食爲但嫁女與我不耶阿那邠邸曰意欲爾者便可相從却後十五日使兒至此作此語已便退而去是時滿財長者辦具所須乘羽葆之車從八十由延內來阿那邠邸長者復莊嚴已女沐浴香熏乘羽葆之車將此女往迎滿財長者男中道相遇時滿財長者得女便將至滿富城中爾時滿富城中人民之類各作制限若此城中有女出嫡他國者當重刑罰若復他國娶婦將入國者亦重刑罰爾時彼國有六千梵志國人所奉制限有言設犯制者當飯六千梵志爾時長者自知犯制即飯六千梵志然梵志所食均食猪肉及猪肉羹重釀之酒又梵志所著衣服或被白氎或披毼衣然彼梵志之法入國之時以衣偏著右肩半身露現爾時長者即白時到飲食已具是時六千梵志皆偏著衣裳半身露現入長者家時長者見梵志來膝行前迎恭敬作禮最大梵志舉手稱善前抱長者頸往詣座所餘梵志者各隨次而坐爾時六千梵志坐已定訖時長者語修摩提女曰汝自莊嚴向我等師作禮修摩提女報曰止止大家我不堪任向倮人作禮長者曰此非倮人非不有慙但所著衣者是其法服修摩提女曰此無慙愧之人皆共露形體在外有何法服之用長者願聽世尊亦說有二事因緣世人所貴所謂有慙有愧若當無此二事者則父母兄弟宗族五親尊卑高下則不可分別如今有雞犬猪羊驢騾之屬皆共同類無有

尊卑以有此二法在世故則知有尊卑之序然此等之人離此二法似雞犬猪羊驢騾同類實不堪任向作禮拜時修摩提夫語其婦曰汝今可起向我等師作禮此諸人皆是我所事之天修摩提女報曰且止止族姓子我不堪任向此無慙愧倮人作禮我今是人向驢犬作禮夫復語曰止止貴女勿作是言自護汝口勿有所犯此亦非驢復非狂惑但所著之衣正是法衣是時修摩提女涕零悲泣顔色變異並作是語我父母五親寧形毀五刓斷其命根終不墮此邪見之中時六千梵志各共高聲而作是說止止長者何故使此婢駡詈乃爾若見請者時供辦飲食是時長者及修摩提夫即辦猪肉猪肉羮重釀之酒飯六千梵志皆使充足諸梵志食已少多論議便起而去是時滿財長者在高樓上煩寃愁惋獨坐思惟我今取此女來便爲破家無異辱我門户是時有梵志名修跋得五通亦得諸禪然滿財長者所見貴重時修跋梵志而作是念我與長者別來日久今可往相見是時梵志入滿富城往詣長者家問守門者曰長者今爲所在守門人報曰長者在樓上極爲愁憂大不可言時梵志徑上樓上與長者相見梵志問長者曰何故愁憂乃至於斯無縣官盜賊水火災變所侵枉乎又非家中不和順耶長者報曰無有縣官盜賊之變但小家中事緣不遂梵志問曰願聞其狀有何事緣長者報曰昨日爲兒娶婦又犯國限五親被辱請諸師在舍將見婦往禮拜而不從命梵志修跋報曰此女家者爲在何國近遠娉

娶長者曰此女舍衛城中阿那邠邸女時彼梵志修跋聞此語已愕然驚怖兩手掩耳而作是說咄咄長者甚奇甚特此女乃能故在又不自殺不投樓下甚是大幸所以然者此女所事之師皆是梵行之人今日現在甚奇甚特長者曰我聞汝語復欲嗤笑所以然者汝爲外道異學何故歎譽沙門釋種子行此女所事之師有何威德有何神變梵志報曰長者欲聞此女師神德乎我今粗說其原長者曰願聞其說梵志報曰我昔日詣雪山北人間乞食得食已飛來詣阿耨達泉時彼天龍鬼神遥見我來皆手持刀劒而來向我並語我言修跋仙士莫來至此泉邊莫汙辱此泉設不隨我語者正爾命根斷壞我聞此語即離彼泉不遠而食長者當知此女所事之師最小弟子名均頭沙彌然此沙彌亦至雪山北乞食飛來詣阿耨達泉水叉手執塚間死人之衣血垢汙染是時阿耨達大神天龍鬼神皆起前迎恭敬問訊善來人師可就此坐時均頭沙彌徃至泉水之處又復長者當泉水中央有純金之案爾時沙彌以此死人之衣漬著水中却後坐食食竟盪鉢在金案上結跏趺坐正身正意繫念在前便入初禪從初禪起入第二禪從第二禪起入第三禪從第三禪起入第四禪從第四禪起入空處從空處起入識處從識處起入不用處從不用處起入有想無想處從有想無想處起入滅盡三昧從滅盡三昧起入燄光三昧從燄光三昧起入水氣三昧從水氣三昧起入燄光三昧次復入滅盡三昧次復入有想無想

三昧次復入不用處三昧次復入識處三昧次復入空處三昧次復入四禪次復入三禪次復入二禪次復入初禪從初禪起而浣死人之衣是時天龍鬼神或與蹹衣者或以水澆者或取水而飲者爾時浣衣已舉著空中而曝之爾時彼沙彌收攝衣已便飛在空中還歸所在長者當知我爾時遥見而不得近此女所事之師最小弟子有此神力況復最大弟子有何可及乎何況彼師如來至眞等正覺而可及乎觀此義已而作是說甚奇甚特此女乃能而不自殺不斷命根是時長者語梵志曰我等可得見此女所事師乎梵志報曰可還問此女是時長者問須摩提女曰吾今欲得見汝所事師能使我見不乎時女聞已歡喜踊躍不能自勝而作是說願時辦具飲食明日如來當來至此及比丘僧長者報曰汝今自請吾不解法是時長者女沐浴身體手執香火上高樓上叉手向如來而作是說唯願世尊當善觀察無能見顧者然世尊無事不知無事不察女今在此困厄處唯願世尊當善觀察又以此偈而頌曰

觀世靡不周　佛眼之所察　降鬼諸神王
及降鬼子母　如彼噉人鬼　取人指作鬘
後復欲害母　然佛取降之　又在羅越城
暴象欲來害　見如自歸命　諸天歎善哉
復至烏仗國　復值惡龍王　見密迹力士
而龍自歸命　諸變不可計　皆使立正道
我今復值厄　唯願尊屈神　爾時香如雲
懸在虚空中　遍滿祇洹舍　住在如來前
諸釋虚空中　歡喜而禮佛　又見香在前

須摩提所請　雨諸種種華　而不可計量
悉滿祇洹林　如來笑放光

爾時阿難見祇洹中有此妙香見已至世尊所到已頭面禮足在一面立爾時阿難白世尊言唯願世尊此是何等香遍滿祇洹精舍中世尊告曰此香是佛使滿富城中須摩提女所請汝今呼諸比丘盡集一處而行籌作是告勅諸有比丘漏盡阿羅漢得神足者便取舍羅明日當詣滿富城中受須摩提請阿難白佛如是世尊是時阿難受佛教已即集諸比丘在普會講堂而作是念諸有得道阿羅漢者便取舍羅明當往受須摩提請當於爾時衆僧上座名曰君頭波漢得須陀洹結使未盡不得神足是時上座而作是念我今大衆之中最是上座又結使未盡未得神足我明日不能得至滿富城中食然如來衆中最下坐者名均頭沙彌此有神足有大威力得至彼受請我今亦當往受彼請爾時上座以心清淨居在學地而受舍羅爾時世尊以天眼清淨見君頭波漢居在學地而受舍羅得無學爾時世尊告諸比丘我弟子中第一受舍羅者君頭波漢比丘是也爾時世尊告諸神足比丘大目揵連大迦葉阿那律離越須菩提優毘迦葉摩訶迦匹那尊者羅云周利般特均頭沙彌汝等以神足先往至彼城中諸比丘對曰如是世尊是時衆僧使人名曰乾荼明日清旦躬負大釜飛在空中往至彼城是時彼長者及諸人民上高樓上欲觀世尊遙見彼使人負釜而來時長者與女便說此偈

白衣而長髮　露身而疾風　又復負大釜
此是汝師耶
是時女復以偈報曰
此非尊弟子　如來之使人　三道具五通
此人名乾茶
爾時乾茶使人遶城三帀往詣長者家是時均頭沙彌化作五百華樹色若干種皆悉敷拆其色甚好優鉢蓮華如是之華不可計限往詣彼城是時長者遥見沙彌來復以此偈問女曰
此華若干種　盡在虚空中　又有神足人
爲是汝師乎
是時女復以偈報曰
須跋前所說　泉上沙彌者　師名舍利弗
是彼之弟子
是時均頭沙彌遶城三帀往詣長者家是時尊者般特化作五百頭牛衣毛皆青在牛上結跏趺坐往詣彼城是時長者遥見復以此偈問女曰
此諸大羣牛　衣毛皆青色　在上而獨坐
此是汝師耶
女復以偈報曰
能化千比丘　在耆域園中　心神極爲明
此名爲般特
爾時尊者周利般特遶彼城三帀已往詣長者家爾時羅云復化作五百孔雀色若干種在上結跏趺坐往詣彼城長者見已復以此偈問女曰
此五百孔雀　其色甚爲妙　如彼軍大將
此是汝師耶

時女復以此偈報曰

如來說禁戒　一切無所犯　於戒能護戒

佛子羅云者

是時羅云遶城三帀往詣長者家是時尊者迦匹那化作五百金翅鳥極爲勇猛在上結跏趺坐往詣彼城時長者遙見已復以此偈問女曰

五百金翅鳥　極爲盛勇猛　在上無所畏

此是汝師耶

時女以偈報曰

能行出入息　回轉心善行　慧力勇猛盛

此名迦匹那

時尊者迦匹那遶城三帀往詣長者家爾時優毘迦葉化作五百龍皆有七頭在上結跏趺坐往詣彼城長者遙見已復以此偈問女曰

今此七頭龍　威顏甚可畏　來者不可計

此是汝師耶

時女報曰

恒有千弟子　神足化毘沙　優毘迦葉者

可謂此人是

時優毘迦葉遶城三帀往詣長者家是時尊者須菩提化作瑠璃山入中結跏趺坐往詣彼城爾時長者遙見已以偈問女曰

此山極爲妙　盡作瑠璃色　今在窟中坐

此是汝師耶

時女復以偈報曰

由本布施報　今獲此功德　已成良福田

解空須菩提

爾時須菩提遶城三帀往詣長者家時尊者

大迦旃延復化作五百鵠色皆純白往詣彼
城是時長者遥見已以此偈問女曰
今此五百鵠　諸色皆純白　盡滿虚空中
此是汝師耶
時女復以偈報曰
佛經之所説　分别其義句　又演結使聚
此名迦旃延
是時尊者大迦旃延遶彼城三帀往詣長者
家是時離越化作五百虎在上坐而往詣彼
城長者見已以此偈問女曰
今此五百虎　衣毛甚悦澤　又在上坐者
此是汝師耶
時女以偈報曰
昔在祇洹寺　六年不移動　坐禪最第一
此名離越者

是時尊者離越遶城三帀往詣長者家是時
尊者阿那律化作五百師子極爲勇猛在上
坐往詣彼城是時長者見已以偈問女曰
此五百師子　勇猛甚可畏　在上而坐者
此是汝師耶
時女以偈報曰
生時地大動　珍寶出於地　清淨眼無垢
佛弟阿那律
是時阿那律遶城三帀往詣長者家是時尊
者大迦葉化作五百疋馬皆朱毛尾金銀校
飾在上而坐並雨天華往詣彼城長者遥見
已以偈問女曰
金馬朱毛尾　其數有五百　爲是轉輪王
爲是汝師耶
女復以偈報曰

頭陀行第一　恒愍貧窮者　如來與半座
最大迦葉是
是時大迦葉遶城三帀往詣長者家是時尊者大目揵連化作五百白象皆有六牙七處平整金銀校飾在上坐而來放大光明悉滿世界詣城在虛空之中作娼妓樂不可稱計雨種種雜華又虛空之中懸繒旛蓋極爲奇妙爾時長者遥見已以偈問女曰
白象有六牙　在上如天王　今聞妓樂音
是釋迦文耶
時女以偈報曰
在彼大山中　降伏難陀龍　神足第一者
名曰大目連　我師故未來　此是弟子衆
聖師今當來　光明靡不照
是時尊者大目揵連遶城三帀往詣長者家

是時世尊已知時到被僧伽黎在虛空中去地七仞是時尊者阿若拘隣在如來右舍利弗在如來左爾時阿難承佛威神在如來後而手執拂千二百弟子前後圍遶如來最在中央及諸神足弟子阿若拘隣化作月天子舍利弗化作日天子諸餘神足比丘或化作釋提桓因或化作梵天者或化作提頭賴吒毘留勒形者毘留博叉或作毘沙門形者領諸鬼神或有作轉輪聖王形者或有入火光三昧或有入水精三昧或有放光者或有放煙者作種種神足是時梵天王在如來右釋提桓因在如來左手執拂密迹金剛力士在如來後手執金剛杵毘沙門天王手執七寶之蓋處虛空中在如來上恐有塵土坌如來身是時般遮旬手執瑠璃琴歎如來功德及

諸天神悉在虛空之中作倡妓樂數千萬種雨天雜華散如來上是時波斯匿王阿那邠邸長者及舍衛城内人民之類皆見如來在虛空中去地七仞見已皆懷歡喜踊躍不能自勝是時阿那邠邸長者便說此偈

如來實神妙　愛民如赤子　快哉須摩提
當受如來法

爾時波斯匿王及阿那邠邸長者散種種名香雜華是時世尊將諸比丘衆前後圍遶及諸神天不可稱計如似鳳凰在虛空中往詣彼城是時般遮旬以偈歎佛

諸生結永盡　意念不錯亂　以無塵垢礙
入彼舊邦土　心性極清淨　斷魔邪惡念
功德如大海　今入彼邦土　顏貌甚殊特
諸使永不起　爲彼不自處　今入彼邦土
以度四流淵　脫於生老死　以斷有根元
今入彼邦土

是時滿財長者遥見世尊從遠來諸根憺怕世之希有淨如天金有三十二相八十種好莊嚴其身猶須彌山出衆山上亦如金聚放大光明是時長者以偈問須摩提曰

此是日光耶　未曾見此容　數千萬億光
未敢能熟視

是時須摩提女長跪叉手向如來以此偈報長者曰

非日非不日　而放千種光　爲一切衆生
亦復是我師　皆共歎如來　如前之所說
今當獲大果　勤加供養之

是時滿財長者右膝著地復以偈歎如來曰

自歸十力尊　圓光金色體　天人所歎敬

今日自歸命　尊今自日王　如月星中明
以度不度者　今日自歸命　尊如天帝像
如梵行慈心　自脫脫衆生　今日自歸命
天世人中尊　諸鬼神王上　降伏諸外道
今日自歸命

是時須摩提女長跪叉手歎世尊曰

自降能降他　自正復正人　已度度人民
已解復脫人　度岸使度岸　自照照羣萌
靡不有度者　除闘無闘訟　極自淨潔住
心意不傾動　十力哀愍世　重自頂禮敬

有慈悲喜護之心具空無相願於欲界中最尊第一天中之上七財具足擁護天人自然梵生亦無與等亦不可像貌我今自歸命是時六千梵志見世尊作如此神變各各自相謂言我等可離此國更適他土此沙門瞿曇已降此國中人民是時六千梵志尋出國去更不復入國猶如師子獸王出於山谷而觀四方復三鳴吼方行所求諸有獸蟲之類各奔所趣莫知所如飛逝沉伏若復有力神象聞師子聲各奔所趣不能自安所以然者由師子獸王極有威神故此亦如是彼六千梵志聞世尊音響之聲各各馳走不得自寧所以然者由沙門瞿曇有大威力故是時世尊還捨神足如常法則入滿富城中是時世尊足蹈門閾上是時天地大動諸尊神天散華供養是時人民見世尊容貌諸根寂靜有三十二相八十種好而自莊嚴人民之類便說此偈

二足尊極妙　梵志不敢當　無故事梵志
失此人中尊

是時世尊往詣長者家就座而坐爾時彼國人民極爲熾盛時長者家有八萬四千人民之類皆悉雲集欲壞長者房舍見世尊及比丘僧爾時世尊便作是念此人民之類必有所損可作神力使舉國人民盡見我身及比丘僧爾時世尊化長者屋舍作瑠璃色內外相視如似觀掌中珠爾時須摩提女前至佛所頭面禮足悲喜交集便說此偈

一切智慧具　盡度一切法　復斷欲愛網
我今自歸命　寧使我父母　而毀我雙目
不來適此間　邪見五逆中　宿作何惡緣
得來至此處　如鳥入羅網　願斷此疑結

爾時世尊復以偈報女曰

汝今快勿慮　憺怕自開意　亦莫起想著
如來今當演　汝本無罪緣　得來至此間
願誓之果報　欲度此衆生　今當拔根元
不墮三惡趣　數千衆生類　汝前當得度
今日當淨除　使得智慧眼　使天人民類
見汝如觀珠

是時須摩提女聞此語已歡喜踊躍不能自勝是時長者將已僕從供給飲食種種甘饌見世尊食已訖行清淨水更取一小座在如來前坐及諸營從及八萬四千衆各各次第坐或有自稱姓名而坐爾時世尊漸與彼長者及八萬四千人民之類說於妙論所謂論者戒論施論生天之論欲不淨想漏爲穢惡出家爲要爾時世尊以見長者及須摩提女八萬四千人民之類心開意解諸佛世尊常所說法苦集盡道普與此衆生說之彼各於座上諸塵垢盡得法眼淨猶如極淨白氎易

染爲色此亦如是滿財長者須摩提女及八萬四千人民之類諸塵垢盡得法眼淨無復狐疑得無所畏皆自歸三尊受持五戒是時須摩提女即於佛前而説此偈

如來耳清徹　聞我遇此苦　降神至此化
諸人得法眼

爾時世尊已説法訖即從座起還詣所在是時諸比丘白佛言須摩提女本作何因緣生富貴家復作何因緣墮此邪見之家復作何善功德今得法眼淨復作何功德使八萬四千人皆得法眼淨爾時世尊告諸比丘過去久遠此賢劫中有迦葉佛明行成爲善逝世間解無上士道法御天人師號佛衆祐在波羅柰國界於中遊化與大比丘衆二萬人俱爾時有王名曰哀愍有女名須摩那是時此女極有敬心向迦葉如來奉持禁戒恒好布施又四事供養云何爲四一者布施二者愛敬三者利人四者等利於迦葉如來所而誦法句在高樓上高聲誦習普作此願恒有此四愛之法又於如來前而誦法句其中設有毫釐之福者所生之處不墮三惡趣亦莫墮貧家當來之世亦當復值如此之尊使我莫轉女人身即於女身得法眼淨是時城中人民之類聞王女作如此誓願皆共聚集至王女所而作是説王女今日極爲篤信作諸功德四事不乏布施兼愛利人等利復作誓復使當來之世值如此之尊若爲我説法尋得法眼淨今日王女已作誓願并及我等國土人民同時得度爾時王女報曰我持此功德并施汝等設值如來説法者同時得度汝等

比丘豈有疑乎莫作是觀爾時哀愍王今須達長者是爾時王女者今須摩提女是也爾時國土人民之類今八萬四千衆是由彼誓願今值我身聞法得道及彼人民之類盡得法眼淨此是其義當念奉行所以然者此四事者最是福田若有比丘親近四事者便獲四諦當求方便成四事法如是諸比丘當作是學爾時諸比丘聞佛所說歡喜奉行

增壹阿含經卷第二十二

音釋

邠邸　梵語也具云阿那邠邸此云好施即給孤長者名也邠彼貧切邸丁禮切

嫡　適施隻切嫁也女子謂嫁曰嫡

惋　烏貫切歎恨也

娉　匹正切娉問也

漬　資四切浸漬也

盪　待朗切滌器也

蹹　徒合切以足蹋而洗衣也

# 增壹阿含經卷第二十三

符秦三藏曇摩難提譯

## 增上品第三十一

聞如是一時佛在舍衛國祇樹給孤獨園爾時生漏婆羅門往至世尊所共相問訊在一面坐爾時婆羅門白世尊曰在閑居宂處甚爲苦哉獨處隻步用心甚難世尊告曰如是梵志如汝所言閑居宂處甚爲苦哉獨處隻步用心甚難所以然者我曩昔未成佛道時爲菩薩行恒作是念在閑居宂處甚爲苦哉獨處隻步用心甚難婆羅門白佛言若有族姓子以信堅固出家學道今沙門瞿曇最爲上首多所饒益爲彼萌類而作奬導世尊告曰如是婆羅門如汝所言諸有族姓子以信堅固出家學道我最爲上首多所饒益與彼萌類而作奬導設彼見我皆起慙愧詣山澤之中閑居宂處我爾時便作是念諸有沙門婆羅門身行不淨親近閑居無人之處身行不淨唐勞其功不是眞行畏惡不善法然我今日身行非爲不淨親近閑居之處諸有身行不淨親近閑靜之處者此非我之所有所以然者我今身行清淨諸阿羅漢身行清淨者樂閑居宂處我最爲上首如是婆羅門我自觀身所行清淨樂閑居之處倍復喜悅我爾時便作是念諸有沙門婆羅門意行不清淨命不清淨親近閑居無人之處彼雖有此行猶不眞正惡不善法彼皆悉備具此非我有所以然者我今所行身口意命清淨諸有沙門婆羅門身口意命清淨樂在閑居清淨之處彼則我所有所以然者我今所行身口

意命清淨諸有阿羅漢身口意命清淨者樂在閑靜之處我最爲上首如是婆羅門當我身口意命清淨在閑靜之處時倍增喜悅爾時我便作是念是謂沙門婆羅門多所畏懼處在閑靜之處爾時便畏懼惡不善法然我今日永無所畏在無人閑靜之處謂諸沙門婆羅門有畏懼之心在閑靜處者彼非我有所以然者我今永無畏懼在閑靜之處而自遊戲諸有畏懼之心在閑居者此非我有也所以然者我今已離苦患不與此同也如是婆羅門我觀此義已無有恐怖增於喜悅諸有沙門婆羅門毀彼自譽雖在閑居之處猶有不淨之想然我梵志亦非毀他復非自譽諸有自歎復毀他者此非我有所以然者我今無有慢故諸賢聖無有慢者我最爲上首我觀此義已倍復歡喜諸有沙門求於利養不能自休然我今日無有利養之求所以然者我今無求於人亦自知足然我知足之中我最爲上首我觀此義已倍復歡喜諸有沙門婆羅門心懷懈怠不勤精進親近閑靜之處彼非我有所以然者我今有勇猛之心故中不懈惓諸有賢聖勇猛之心者我最爲上首也我自觀此義已倍增歡喜我爾時復作是念諸有沙門婆羅門多諸忘失居在閑居雖有此行猶有惡不善法然我今日無有諸忘失設復梵志有忘失之人者彼非我有設有賢聖之人不忘失者我最爲上首我今觀此義已在閑居處倍增歡喜爾時我復作是念諸有沙門婆羅門意亂不定彼便有惡不善法與惡行共并然我今日意終不亂恒若

一心諸有亂意心不定者彼非我有所以然者我恒一心設有賢聖心一定者我最爲上首我今觀此義已雖居閑靜之處倍增歡喜我爾時復作是念諸有沙門婆羅門愚癡闇冥亦如羣羊彼人便有惡不善法彼非我有然我今日恒有智慧無有愚癡處在閑居設有如此行者彼非我有我今智慧成就諸有賢聖智慧成就者我最爲上首我今觀此義已雖在閑居倍增歡喜當我在閑居之中時設使樹木摧折鳥獸馳走爾時我作是念此是大畏之狀爾時復作是念設使畏怖來者當求方便不復使來若我經行有畏怖來者爾時我亦不坐不卧要使除其畏怖然後乃坐設我住時有畏怖來者爾時我亦不經行亦復不坐要使除其畏怖然後乃坐設我坐時有畏怖來者爾時我不經行要除其畏怖然後乃行若我卧時有畏怖來者爾時我亦不經行亦復不坐要除畏怖然後乃卧梵志當知諸有沙門婆羅門日夜之中不解道法我今說彼人極爲愚惑然我梵志日夜之中解於道法加有勇猛之心亦不虛妄意不亂錯恒若一心無貪欲想有覺有觀念持喜樂遊於初禪是謂梵志是我初心於現法中而自娛樂若除有覺有觀内有歡喜兼有一心無覺無觀定念喜安遊於二禪是謂梵志第二之心於現法中而得歡樂我自觀知内無念欲覺身快樂諸賢聖所希望護念歡樂遊於三禪是謂梵志第三之心若復苦樂已除無復憂喜無苦無樂護念清淨遊於四禪是謂梵志第四增上之心而自覺知遊於心意

當我在閑居之時有此四增上之心我以此三昧之心清淨無瑕穢亦無結使得無所畏自識宿命無數劫事爾時我憶宿命之事一生二生三生四生五生十生二十三十四十五十百生千生成敗之劫皆悉分別我曾生彼字某名某食如是之食受如是苦樂從彼終而此間生死此生彼因緣本末皆悉明了梵志當知我初夜時而得初明除其無明無復闇冥心樂閑居而自覺知復以三昧心無瑕穢亦無結使心意在定得無所畏復知衆生生者死者我復以天眼觀衆生類生者死者善色惡色善趣惡趣若好若醜隨行善惡皆悉分別諸有衆生身行惡口行惡意行惡誹謗聖賢恒懷邪見與邪見相應身壞命終生地獄中諸有衆生身行善行口修善行意修善行不誹謗賢聖恒修等見與等見相應身壞命終生善處天上復以天眼清淨無瑕穢觀衆生類生者死者善色惡色善趣惡趣若好若醜隨其行本皆悉知之梵志當知若中夜時得第二明無復闇冥而自覺知樂於閑居我復以三昧心清淨無瑕穢亦無結使心意得定得無所畏得盡漏心亦知此苦如實不虛當我爾時得此心時欲漏有漏無明漏心得解脱已得解脱便得解脱智生死已盡梵行已立所作已辦更不受胎如實知之是謂梵志我後夜時得第三明無復闇冥云何梵志頗有此心如來有欲心瞋恚心愚癡心未盡在閑居之處梵志莫作是觀所以然者如來今日諸漏永除恒樂閑居不在人間然我今日觀此二義已樂閑居之處云何爲

二又自遊閑居之處兼度衆生不可稱計爾時生漏梵志白佛言以爲衆生愍度一切時梵志復白佛言止止世尊所說過多猶如傴者得申迷者得道盲者得眼目在闇見明如是沙門瞿曇無數方便而爲說法我今歸佛法衆自今已後受持五戒不復殺生爲優婆塞爾時生漏梵志聞佛所說歡喜奉行

聞如是一時佛在拘深瞿師園中是過去四佛所居之處爾時王優填及五百女人舍彌夫人等欲詣園觀遊戲當於爾時舍衛城中有一比丘便作是念與世尊別久欲往禮敬承受問訊爾時彼比丘到時著衣持鉢入舍衛城乞食食後除去衣鉢坐具又以神足飛在虛空往詣拘深園中爾時彼比丘還捨神足往詣林中在閑靜之處結跏趺坐正身正意繫念在前爾時舍彌夫人將五百女人等往到此林是時舍彌夫人遥見比丘以道神足在樹下坐見已往至比丘前頭面禮足在前叉手而住及五百夫人皆悉頭面禮足亦復叉手而圍遶之爾時優填王遥見五百女人叉手遶此比丘而住見已便作是念此中必當有羣鹿若當有雜獸必然不疑爾時王乘馬急走往詣女人聚中是時舍彌夫人遥見王來便作是念此優填王極爲兇惡備能取此比丘害之是時夫人舉右手白王曰大王當知此是比丘勿復驚怖是時王即下馬捨弓來至比丘所語比丘言比丘與我說法是時彼比丘即舉眼仰觀王默然不語爾時王復語比丘曰速與我說法爾時比丘復舉眼仰觀王已默然不語是時王復作是念我

今可問禪中間事若當與我說者當供養之盡其形壽施與衣被飲食牀敷卧具病瘦醫藥設不與我說者當取殺之爾時王復語比丘言比丘與我說法爾時彼比丘亦默然不對爾時樹神即知其心便遙化作鹿羣欲亂王耳目使起異想是時王遙見鹿已便作是念今且捨此沙門沙門竟當何所至湊即乘馬往射羣鹿是時夫人白道人曰比丘今爲所詣比丘曰欲至四佛治處往覲世尊夫人白言比丘今正是時速往所在勿復住此備爲王所害者罪王甚重是時彼比丘即從座起收攝衣鉢飛在虛空遠逝而去是時夫人已見道人在虛空中高飛而去便遙語王曰唯願大王觀此比丘有大神足今在虛空踊没自在今此比丘尚有此力何況釋迦文佛

而可及乎是時彼比丘到瞿師園中還捨神足以常凡法至世尊所頭面禮足在一面坐爾時世尊問比丘曰云何比丘在舍衛城勞於夏坐乎隨時乞食不亦倦耶比丘曰在舍衛城實無所倦佛語比丘今日何故來至此間比丘白佛故來覲世尊問訊興居世尊告曰汝今見我及此四佛住處耶汝今得脫王乎甚爲大奇汝何爲不與王說法又優填王作是言比丘今當爲我說法汝今何故不與說法若當比丘與王說法者優填王極懷歡喜以有歡喜盡其形壽供養衣被飲食牀敷卧具病瘦醫藥是時比丘白佛言時王欲問禪中間事是故不報此義耳世尊告曰汝比丘何故不與王說禪中間事比丘報曰優填王用此禪爲本懷兇暴無有慈心殺害衆生

不可稱計與欲相應三毒熾盛沒在深溟不覩正法習惑無知諸惡普集行於憍慢依王力勢貪著財寶輕慢世人盲無有眼此人復用禪爲夫禪定法諸法中妙難可覺知無有形相非心所測此非常人所及乃是智者所知以是之故不與王說法是時世尊告曰若有朽故之衣要須浣之乃淨極盛欲心要當觀不淨之想然後乃除若瞋恚盛者以慈心除之愚癡之闇以十二緣法然後除盡比丘何故不與優塡王說法設當與說法者王極歡喜正使極盛之火猶可滅之何況人哉爾時彼比丘默然不語爾時佛告比丘如來處世甚奇甚特設天龍鬼神乾沓和問如來義者吾當與說之若使國王大臣人民之類問如來義者亦當與說之若刹利四姓來問義者亦當與說之所以然者今日如來得四無所畏說法無有怯弱亦得四禪於中自在兼得四神足不可稱計行四等心是故如來說法無有怯弱非羅漢辟支佛所能及也是故如來說法亦無有難汝今諸比丘當求方便行四等心慈悲喜護如是諸比丘當作是學所以然者若比丘所爲衆生善知識遇及一切父母知親盡當以四事教令知法云何爲四一者當恭敬於佛是時如來者至眞等正覺明行成爲善逝世間解無上士道法御天人師號佛衆祐度人無量當求於法修行正眞之法除去穢惡之行此是智者之所修行復當方便供養衆僧如來衆者恒共和合無有諍訟法法成就戒成就三昧成就智慧成就解脫成就解脫智見成就所謂四雙八輩

十二賢士此是如來聖衆可尊可貴世間無上福田復當勸助使行賢聖法律無染無玷寂靜無爲若有比丘欲行道者普共行此四事之法所以然者法之恭敬三尊最尊最上無能及者如是諸比丘當作是學爾時諸比丘聞佛所說歡喜奉行

聞如是一時佛在舍衛國祇樹給孤獨園爾時世尊告諸比丘有四事行跡云何爲四有樂行跡所行愚惑此名初行跡復有樂行跡所行速疾復有苦行跡所行愚惑復有苦行跡所行速疾彼云何名爲樂行跡所行愚惑或有一人貪欲熾盛瞋恚愚癡熾盛所行甚苦不與行本相應彼人五根愚闇亦不速疾云何爲五所謂信根精進根念根定根慧根若以愚意求三昧盡有漏者是謂名爲樂行跡鈍根得道者也彼云何名爲樂根行跡速疾或有一人無欲無婬然於貪欲恒自偏少不慇懃爲瞋恚愚癡極爲減少五根捷疾無有放逸云何爲五所謂信根精進根念根定根慧根是謂五根然得五根成於三昧盡有漏成無漏是謂名爲利根行於道跡也彼云何名爲苦行跡行於愚惑或有一人婬意偏多瞋恚愚癡熾盛彼以此法而自娛樂盡有漏成無漏是謂名爲苦行跡鈍根者也云何苦行跡行於速疾於是或有一人少欲少婬無有瞋恚亦不起想行此三昧爾時有此五根無有缺漏云何爲五所謂信根精進根念根定根慧根是謂爲五彼以此法得三昧盡有漏成無漏是謂苦行跡利根者也是謂比丘有此四行跡當求方便捨前三行跡後一

行者當共奉行所以然者苦行跡三昧者難得已得便成道久存於世所以然者不可以樂求樂由苦然後成道是故諸比丘恒以方便成此行跡如是諸比丘當作是學爾時諸比丘聞佛所說歡喜奉行

聞如是一時佛在羅越城迦蘭陀竹園所與大比丘衆五百人俱爾時四梵志皆得五通修行善法普集一處作此論議此伺命來時不避豪强各共隱藏使伺命不知來處爾時一梵志飛在空中欲得免死然不免其死即在空中而命終第二梵志復入大海水底欲得免死即於彼命終彼第三梵志欲得免死入須彌山腹中復於中死彼第四梵志入地至金剛刹欲得免死復即彼而命終爾時世尊以天眼觀見四梵志各各避死普共命終

爾時世尊便說此偈

非空非海中　非入山石間　無有地方所　脱之不受死

爾時世尊告諸比丘於是比丘有梵志四人集在一處欲得免死各歸所奔故不免死一人在空一人入海水一人入山腹中一人入地皆共同死是故諸比丘欲得免死者當思惟四法本云何爲四一切行無常是謂初法本當念修行　切行苦是謂第二法本當共思惟一切法無我此第三法本當共思惟滅盡爲涅槃是謂第四法本當共思惟如是諸比丘當共思惟此四法本所以然者便脱生老病死愁憂苦惱此是苦之元本是故諸比丘當求方便成此四法如是諸比丘當作是學爾時諸比丘聞佛所說歡喜奉行

聞如是一時佛在舍衛國祇樹給孤獨園爾時世尊告諸比丘三十三天有四園觀諸天於中而自娛樂五樂自娛云何爲四難檀槃那園觀麤澀園觀晝度園觀雜種園觀三十三天有此四園觀然四園之內有四浴池極冷浴池香味浴池輕便浴池清澈浴池云何爲四一名難陀浴池二名難陀頂浴池三名蘇摩浴池四名歡悦浴池比丘當知四園之內有此四浴池令人身體香潔無有塵垢何以故名難檀槃那園若三十三天入難檀槃那園已心性喜悦不能自勝於中而自娛樂故名爲難檀槃那園復以何故名爲麤澀園觀若三十三天入此園中已身體極麤猶如冬時以香塗身身體極麤此亦如是若三十三天入此園中已身體極麤不與常同以是之故名爲麤澀園觀復以何故名爲晝度之園若使三十三天入此園中已爾時諸天顏色各異作若干種形體猶如婦女著種種衣裳不與本形同此亦如是若三十三天入此園中已作若干種色不與本同以是之故名爲晝度之園復以何故名爲雜種之園爾時最尊之天及中天下天入此園中已皆同一類設復最下之天不得入餘三園中猶如轉輪聖王所入之園餘王不復得入園中浴洗人民之類正可得遥見耳此亦如是若最尊神天所入園中浴洗餘小天不復得入是故名爲雜種浴池復以何故名爲難陀浴池若三十三天入此池中已極懷歡喜是故名爲難陀浴池復以何故名爲難陀頂浴池若三十三天入此池中已兩兩捉手摩其頂而浴

洗正使天女亦復如是以是之故名爲難陀項浴池復以何故名爲蘇摩浴池若三十三天入此池中已爾時諸天顏貌盡同人色無有若干是故名爲蘇摩浴池復以何故名爲歡悅浴池若三十三天入此池中已盡無憍慢上下之想婬意偏少爾時盡同一心而浴洗故名爲歡悅浴池是謂比丘有此因緣便有此之名今如來正法之中亦復如是有四園之名云何爲四一者慈園二者悲園三者喜園四者護園是謂比丘如來正法之中有此四園復以何故名爲慈園比丘當知由此慈園生梵天上從梵天終當生豪尊之家饒財多寶恒有五樂自娛未曾離目以是之故名爲慈園復以何故名爲悲園比丘當知若能親近悲解脫心生梵光音天若來生人中生豪族家無有瞋恚亦饒財多寶故名爲悲園復以何故名爲喜園若能親近喜園者生光音天若來生人間生國王家恒懷歡喜是故名爲喜園復以何故名爲護園若有人親近護者生無想天壽八萬四千劫若復來生此人中當生中國家亦無瞋恚恒護一切非法之行以是之故名爲護園比丘當知如來正法之中有此四園使諸聲聞得遊戲其中然如來此四園之中有四浴池使我聲聞於中洗浴而自遊戲盡有漏成無漏無復塵垢云何爲四一名有覺有觀浴池二名無覺無觀浴池三名護念浴池四名不苦不樂浴池以何等故名爲有覺有觀浴池若有比丘得初禪已於諸法中恒有覺觀思惟諸法除去結纏永無有餘以是之故名爲有覺有觀復

以何故名爲無覺無觀浴池若有比丘得二禪已滅有覺有觀以禪爲食以是之故名爲無覺無觀復以何故名爲護念浴池若有比丘得三禪已滅有覺有觀滅無覺無觀恒護念三禪以是之故名爲護念浴池也復以何故名爲不苦不樂浴池若有比丘得四禪已亦不念樂復不念苦亦不念過去當來之法恒用心於現在法中以是之故名爲不苦不樂浴池是故諸比丘如來正法中有此四浴池使我聲聞於中洗浴滅二十一結度生死海入涅槃城是故諸比丘若欲度此生死海者當求方便滅二十一結入涅槃城如是諸比丘當作是學爾時諸比丘聞佛所說歡喜奉行

聞如是一時佛在舍衛國祇樹給孤獨園爾時世尊告諸比丘猶如四大毒蛇極爲兇暴舉著一函中若有人從四方求欲令活不求死欲求樂不求苦不愚不闇心意不亂無所繫屬是時若王若王大臣喚此人而告之曰今有四大毒蛇極爲兇暴汝今當隨時將養沐浴令淨隨時飲食無令使乏今正是時可往蛇所是時彼人心懷恐怖不敢進前便捨馳走莫知所湊復重告彼人作是語今使五人皆持刀劒而隨汝後其有獲汝者當斷其命不足稽遲是時彼人畏四大毒蛇復畏五人捉持刀劒者馳走東西不知如向復告彼人曰今復使六怨家而隨汝後其有得者當斷其命欲所爲者可時辦之是時彼人畏四大毒蛇復畏五人持刀仗者復畏六怨家便馳走東西彼人便見空墟之中欲入中藏若

值空舍若破牆間無堅牢處彼若見空器盡無所有若復有人與此人親友欲令免濟便告之曰此間空閑之處多諸賊寇欲所爲者今可隨意是時彼人復畏四大毒蛇復畏五人持刀仗者復畏六怨家復畏空墟村中便馳走東西彼人前行若見大水極深且廣亦無人民及橋梁可度得至彼岸然復彼人所立之處多諸惡賊是時彼人作是思惟此水極爲深廣饒諸賊寇當云何得渡彼岸我今可集聚材木草穰作栰依此栰從此岸得至彼岸是時彼人便集薪草作栰已即得至彼岸志不移動諸比丘當知我今作喻當念解之說此義時爲有何義言四毒蛇者即四大是也云何爲四大所謂地種水種火種風種是謂四大五人持刀劍者此是五盛陰也云何爲五所謂色陰痛陰想陰行陰識陰是也六怨家者欲愛是也空村者內六入是也云何爲六所謂六入者眼入耳入鼻入口入身入意入若有智者而觀眼時盡空無所有亦不牢固若復觀耳鼻口身意時盡空無所有皆虛皆寂亦不牢固云水者四流是也云何爲四所謂欲流有流見流無明流大栰者賢聖八品道是也云何爲八正見正治正語正方便正業正命正念正定是謂賢聖八品道也水中求度者善權方便精進之力也此岸者身邪也彼岸者滅身邪也此岸者阿闍世國界也彼岸者毘沙王國界也此岸者波旬國界也彼岸者如來之境界也是時諸比丘聞佛所說歡喜奉行

聞如是一時佛在舍衛國祇樹給孤獨園爾

時世尊與大比丘衆五百人俱爾時舍衛城中有一優婆塞而命終還生舍衛城中大長者家最大夫人妊身爾時世尊以天眼觀清淨無瑕穢見此優婆塞生舍衛城中最富長者家即於其日復有梵志身壞命終生地獄中爾時世尊亦以天眼觀彼即以其日阿那邠邸長者命終生善處天上是時世尊亦以天眼觀即以其日有一比丘而取滅度世尊亦以天眼觀見此四事已便說斯偈

若人受胞胎　惡行入地獄　善者生天上
無漏入涅槃　賢者今受胎　梵志入地獄
須達生天上　比丘取滅度

是時世尊從靜室起詣普集講堂而就坐爾時世尊告諸比丘今有四事若人能修行者身壞命終得生人中云何爲四所謂身口意命清淨無瑕穢者若命終時得生人中若復比丘更有四法有人習行者入地獄中云何爲四所謂身口意命不清淨是謂比丘有此四法若有人親近者身壞命終生地獄中復次比丘復有四法習修行者生善處天上云何爲四惠施仁愛利人等利是謂比丘行此四法者身壞命終生善處天上復次比丘更有四法若有人行此法者身壞命終盡有漏成無漏心解脫智慧解脫生死已盡梵行已立所作已辦更不復受胎如實知之云何爲四有覺有觀禪無覺無觀禪念護禪苦樂滅禪是謂比丘有四事法若有人習行者盡有漏成無漏心解脫智慧解脫生死已盡梵行已立所作已辦更不復受胎如實知之是故諸比丘若有族姓子四部之衆欲生人中者

當求方便行身口意命清淨若得生天上者亦當求方便行四恩若得盡有漏成無漏心解脫智慧解脫亦當求方便行四禪如是諸比丘當作是學爾時諸比丘聞佛所說歡喜奉行

聞如是一時佛在毘舍離城外林中爾時世尊告諸比丘我昔未成佛道時爾時依彼大畏山而住是時彼山其有欲心無欲心入中者衣毛皆竪若復極盛熱時野馬縱橫露其形體而坐夜便入深林中若復極寒之日風雪交流晝便入林中夜便露坐我爾時正能誦一偈昔所未聞昔所未見也憯怕夜安大畏山中露其形體是我誓願若我至塚間取彼死人之衣而覆形體爾時若寀吒村人來取木枝著我耳中或著鼻中或有唾者或有尿者或以土坋其身上然我爾時終不起意向彼人民爾時有此護心爾時有牛畜之處設見犢子屎便取食之若無犢子屎者便取大牛屎食之爾時食此之食我復作是念今用食爲乃可終日不食時我已生此念諸天便來到我所而作是言汝今勿復斷食若當斷食者我當以甘露精氣相益使存其命爾時我復作是念今已斷食何緣復使諸天送甘露與我令身將有虛詐是時我復作是念今可食麻米之餘爾時日食一麻一米形體劣弱骸骨相連頂上生瘡皮皮自墮猶如敗壞瓠蘆亦不成就我頭爾時亦復如是頂上生瘡皮皮自墮皆由不食故也亦如深水之中星宿現中爾時我眼亦復如是皆由不食故猶如故車敗壞我身亦復如是皆悉敗壞

不可承順亦如駱駝脚跡兩尻亦復如是若我以手按摩腹時便值脊骨若按脊時復值腹皮形體羸弱者皆由不食故我爾時復以一麻一米以此為食竟無所益亦復不得上尊之法若我意中欲大小便者即便倒地不能自起居是時諸天見已便作是念說此沙門瞿曇已取滅度或復有諸天而作是說此沙門未命終今必命終或復有諸天而作是說此沙門亦非命終此沙門實是阿羅漢夫羅漢之法有此苦行我爾時猶有神識知外來機趣時我復作是念今可入無息禪中便入無息禪中數出入息我以數出入息覺知有氣從耳中出是時風聲如似雷鳴爾時我復作是念我今可閉口塞耳使息不出息已不出是時內氣便從手脚中出正使氣不從耳鼻口出爾時內聲如似雷吼我爾時亦復如是是時神識猶隨身回是時復作是念我宜更入無息禪中是時盡塞諸孔之息我已塞諸出入息是時便患頭額痛如似有人以鑽鑽頭我亦如是極苦頭痛爾時我故有神識爾時我復作是念我今更可坐禪息氣不得出入爾時我便塞出入息是時諸息盡集腹中爾時息轉時極為少賴猶如屠牛之家以刀殺牛我亦如是極患苦痛亦如兩健人共執一劣人於火上炙極獲疼患不可堪忍我亦如是此苦疼患不可具陳爾時我猶有神識存當我爾時坐禪之日形體不作人色其中有人見已而作是說此沙門顏色極黑或有人見已而作是說此沙門顏色似綠比丘當知我六年之中作此苦行不得上尊之

法爾時我作是念今日可食一小果爾時我便食一果當我食一果之日身形萎弱不能自起居如年百二十骨節離散不能自扶比丘當知爾時一果者如似今日小棗耳爾時我復作是念此非成道之本故當更有餘道爾時我復作是念我自憶昔在父王樹下無婬無欲除去惡不善法遊於初禪無覺無觀遊於二禪護念清淨無有衆想遊於三禪無復苦樂意念清淨遊於四禪此或能是道我今當求此道我六年之中勤苦求道而不剋獲或臥荆棘之上或臥板木鐵釘之上或懸鳥身體遠地兩脚在上而頭首向地或交脚蹲踞或養長髮鬚未曾剪除或日曝火炙或盛冬坐冰身體没水或寂寞不語或時一食或時二食乃至七食或食菜果或食稻麻或食草根或食木實或食華香或食種種果蓏或時倮形或時著弊壞之衣或著莎草之衣或著毛毳之衣或時以人髮覆形或時養髮或時取他髮益戴如是比丘吾昔苦行乃至於斯然不獲四法之本云何爲四所謂賢聖戒律難曉難知賢聖智慧難曉難知賢聖三昧難曉難知賢聖解脱難曉難知是謂比丘有此四法吾昔苦行不獲此要爾時我復作是念吾今要當求無上之道何者是無上之道所謂向四法是也賢聖戒律賢聖三昧賢聖智慧賢聖解脱爾時我復作是念不可以此羸劣之體求於上尊之道少多食精微之氣長育身體氣力熾盛然後得修行道當食精微之氣時五比丘捨我還退此沙門瞿曇性行錯亂已捨眞法而就邪業當我爾時即

從座起東向經行是時我復作是念過去久遠恒沙諸佛成道之處爲在何所是時虛空神天住在上而語我曰賢士當知過去恒沙諸佛世尊坐於道樹清涼蔭下而得成佛時我復作是念爲坐何處得成佛道坐耶立耶是時諸天復來告我而作是說過去恒沙諸佛世尊坐於草蓐然後成佛是時去我不遠有吉祥梵志在側刈草即往至彼所汝是何人爲名何等爲有姓耶梵志報曰我名吉祥其姓弗星我爾時語彼人曰善哉善哉如是姓字世之希有姓名不虛必成其號當使現世吉無不利生老病死永使除盡汝姓弗星與我昔同吾今欲有所求見惠少草吉祥報曰瞿曇今日用斯草爲爾時我報吉祥曰吾欲敷樹王下求於四法云何爲四所謂賢聖戒律賢聖三昧賢聖智慧賢聖解脫比丘當知爾時吉祥躬自執草詣樹王所吾即坐其上正身正意結跏趺坐繫念在前爾時貪欲意解除諸惡法有覺有觀遊心初禪有覺有觀除盡遊心二禪護念清淨遊心三禪憂喜除盡遊心四禪我爾時以清淨之心除諸結使得無所畏自識宿命無數來變我便自憶無數世事或一生二生三四五生十生二十三十四十五十百生千生百千萬生成劫敗劫成敗之劫無數成劫無數敗劫無數成敗之劫我曾死此生彼從彼命終而來生此原其本末因緣所從憶如此無數世事我復以天眼清淨無瑕穢觀衆生類生者終者善趣惡趣善色惡色若好若醜隨其行本皆悉知之或有衆生身修惡行口修惡行意修惡行

誹謗賢聖造邪業本與邪見相應身壞命終生地獄中或有衆生之類身口意行善不誹謗賢聖與等見相應身壞命終生於人間是謂此衆生身口意行無有邪業我以三昧之心清淨無瑕穢有漏盡成無漏心解脱智慧解脱生死已盡梵行已立所作已辦更不復受胎如實知之即成無上正真之道若使比丘或有沙門婆羅門明了諸趣然此趣原本吾昔未始不行除一淨居天上不來此世或復沙門婆羅門當可所生之處然我不生者則非其宜已生淨居天不復來此世間卿等已得賢聖戒律我亦得之賢聖三昧卿等亦得我亦得之賢聖智慧卿等亦得我亦得之賢聖解脱卿等亦得我亦得之以斷胞胎之根生死永盡更不復受胎是故諸比丘當求方便成就四法所以然者若有比丘得此四法者成道不難如我今日成無上正真之道皆由四法而得成果如是諸比丘當作是學

是時諸比丘聞佛所說歡喜奉行

聞如是一時佛在舍衛國祇樹給孤獨園爾時世尊告諸比丘過去久遠三十三天釋提桓因將諸玉女在難檀槃那園遊戲是時有一天人便說此偈

不見難檀園　則不知有樂　諸天之所居
無有過是者

是時更有天語彼天言汝今無智不能分別正理憂苦之物反言是樂無牢之物而言是牢無常之物反言是常不堅之物復言堅要所以然者汝不聞如來說偈乎

一切行無常　生者必有死　不生必不死

此滅最爲樂
然有此義又有此偈云何方言此處最爲樂
耶汝今當知如來亦說有四流法若一切衆
生沒在此流者終不得道云何爲四所謂欲
流有流見流無明流彼云何名爲欲流所謂
五欲是也云何爲五所謂若眼見色起眼識
想若耳聞聲起識想若鼻齅香起識想若舌
知味起識想若身知細滑起識想是謂名爲
欲流云何名爲有流所謂有者三有是也云
何爲三所謂欲有色有無色有是謂名爲有
流也云何名爲見流所謂見流者世有常世
無常有邊見無邊見彼身彼命非身非命有
如來死無如來死若有如來死若無如來死
亦非有如來死亦非無如來死是謂名爲見
流彼云何無明流所謂無明者無知無信無

見心意貪欲恒有悕望及其五蓋貪欲蓋瞋
恚蓋睡眠蓋調戲蓋疑蓋若復不知苦不知
集不知盡不知道是謂名爲無明流天子當
知如來說此四流若有人沒在此者亦不能
得道是時彼天聞此語已猶如力士屈伸臂
頃從三十三天沒來至我所頭面禮足在一
面立爾時彼天而白我言善哉世尊快說此
義如來乃說四流若凡夫之人不聞此四流
者則不獲四樂云何爲四所謂休息樂正覺
樂沙門樂涅槃樂若凡夫之人不知此四流
者不獲此四樂作是語已我復告曰如是天
子如汝所言若不覺此四流則不覺此四樂
我時與彼天人漸漸共論所謂論者施論戒
論生天之論欲不淨想漏爲大患出要爲樂
爾時天人已發歡喜之心是時我便廣演說

四流之法及說四樂爾時彼天專心一意思惟此法已諸塵垢盡得法眼淨我今亦說此四法四樂便得四諦之法如是諸比丘當作是學爾時諸比丘聞佛所說歡喜奉行

聞如是一時佛在舍衛國祇樹給孤獨園爾時世尊告諸比丘當修無常想當廣布無常想已修無常想廣布無常想斷欲界愛色界愛無色界愛盡斷無明盡斷憍慢猶如燎燒草木皆悉除盡此亦如是若修無常想盡除斷一切諸結所以然者往昔久遠有一天子將五百玉女前後導從出遊難檀槃那戲盧轉詣迦尼樹下五欲自娛樂時彼天子登樹遊戲心意錯亂並復採華即便墮樹而命終生此舍衛城中大長者家是時五百玉女椎胷喚呼不能自勝我爾時以天眼觀見天子而命終生舍衛城中大長者家經八九月便生男兒端正無雙如桃華色是時長者子漸漸長大父母便求婦處娶婦未久便復命終生大海中作龍蛇形是時彼長者居門大小追慕號哭痛毒傷心是時彼龍復爲金翅鳥所食身壞命終生地獄中是時諸龍女追慕情切實不可言爾時世尊便說此偈

彼天採華時　心意亂不寧　猶水漂村落
悉沒不得濟　是時玉女眾　圍遶而啼哭
顏貌極端正　愛華而命終　人中亦號哭
失我窮腸子　尋復取命終　無常之所壞
龍女隨後追　諸龍皆共集　七頭皆勇猛
金翅之所害　諸天亦愁憂　人中亦復爾
龍女亦愁憂　地獄受苦痛　四諦之妙法
如實而不知　有生亦有死　不脫長流海

是故當起想　修諸清淨法　必當離苦惱
更不受有患

是故諸比丘常當修行無常想廣布無常想便斷色愛無色愛亦斷憍慢無明永盡無餘如是諸比丘當作是學爾時諸比丘聞佛所說歡喜奉行

聞如是一時佛在舍衛國祇樹給孤獨園爾時目連弟子阿難弟子二人共談我等二人同聲經唄誰者爲勝是時衆多比丘聞此二人各各共論聞已便往至世尊所頭面禮足在一面坐爾時衆多比丘白世尊言今有二人共論我等二人共誦經唄何者爲妙爾時世尊告一比丘汝往呼此二比丘使來比丘對曰如是世尊比丘從佛受教即往至彼二人所語彼二人曰世尊喚卿是時二人聞比丘語已即至世尊所頭面禮足在一面住爾時世尊告二人曰汝等愚人實有此語我等共誦經唄何者爲妙二人對曰如是世尊世尊告曰汝等頗聞我說此法共諍競乎如此之法何異梵志諸比丘對曰不聞如來而說此法世尊告曰我由來不與諸比丘而說此法當諍勝負耶然我今日所以說法欲有降伏有所教化若有比丘受法之時當念思惟四緣之法此法竟與契經阿毗曇律共相應不設共相應者當念奉行爾時世尊便說此偈

多誦無益事　此法非爲妙　猶筭計牛頭
此非沙門要　若少多誦習　於法而行法
此法極爲上　可謂沙門法
雖誦千章不義何益不如一義聞可得道

雖誦千言　不義何益　不如一義　聞可得道
千千爲敵　一夫勝之　未若自勝　以忍者上

是故諸比丘自今已後勿復諍訟有勝負心所以然者當念降伏一切人民若復比丘有勝負心共諍訟心而共競者即以法律治彼比丘以是之故當自修行是時二比丘聞佛此語已即從座起禮世尊足而求悔過自今已後更不復爲唯願世尊受其悔過世尊告曰大法之中快得改過自知有諍競之心聽汝悔過諸比丘更莫復爾如是諸比丘當作是學爾時諸比丘聞佛所說歡喜奉行

增上坐行跡　無常園觀地　無漏無息禪
四樂無諍訟

增壹阿含經卷第二十三

音釋

傴 委羽切傴僂背曲不仰也 玷 都念切缺也瑕玷也 捷 疾葉切亦疾也 澀 色立切不滑也 穰 汝陽切稻莖也 栰 音伐簰也大曰栰小曰桴 瓠盧 瓠洪孤切盧落胡切瓠盧瓢之無柄者也 尻 苦刀切脽也脊梁盡處爲尻 萎 於危切枯也蔫也 蹲踞 蹲徂尊切踞居御切蹲踞謂足蹲手踞如獸之直前足而坐也 蓐 而欲切薦也

# 增壹阿含經卷第二十四

符秦三藏曇摩難提譯

## 善聚品第三十二五法初

聞如是。一時佛在舍衛國祇樹給孤獨園。爾時世尊告諸比丘。我今當說善聚。汝等善思念之。諸比丘對曰。如是。世尊。諸比丘從佛受教。世尊告曰。彼云何名爲善聚。所謂五根是也。云何爲五。所謂信根。精進根。念根。定根。慧根。是謂比丘有此五根。若有比丘修行五根者。便成須陀洹。得不退轉法。必成至道。轉進其行。成斯陀含。而來此世。盡其苦際。轉進其道。成阿那含。不復來此世。即彼取般涅槃。轉進其行。有漏盡成無漏。心解脫。智慧解脫。自身作證而自遊戲。生死已盡。梵行已立。所作已辦。更不復受胎。如實知之。言善聚者。即五根是也。所以然者。此最大聚。衆聚中妙。若不行此法者。則不成須陀洹。斯陀含。阿那含。阿羅漢。辟支佛及如來至眞等正覺也。若得此五根者。便有四果。三乘之道。言善聚者。此五根爲上。是故。諸比丘。當求方便。行此五根。如是。諸比丘。當作是學。爾時諸比丘聞佛所說。歡喜奉行。

聞如是。一時佛在舍衛國祇樹給孤獨園。爾時世尊告諸比丘。我今當說不善之聚。汝等當善思念之。諸比丘對曰。如是。世尊。爾時諸比丘從佛受教。世尊告曰。彼云何名爲不善聚。所爲五蓋。云何爲五。貪欲蓋。瞋恚蓋。睡眠蓋。調戲蓋。疑蓋。是謂名爲五蓋。欲知不善聚者。此名爲五蓋。所以然者。比丘當知。若有此五蓋。便有畜生。餓鬼。地獄之分。諸不善法皆

由此起是故諸比丘當求方便滅貪欲蓋瞋恚蓋睡眠蓋調戲蓋疑蓋如是諸比丘當作是學爾時諸比丘聞佛所説歡喜奉行

聞如是一時佛在舍衛國祇樹給孤獨園爾時世尊告諸比丘承事禮佛有五事功德云何爲五一者端正二者好聲三者多財饒寶四者生長者家五者身壞命終生善處天上所以然者如來無與等也如來有信有戒有聞有慧有善色成就是故成就五功德復以何因緣禮佛而得端正以見佛形像已發歡喜心以此因緣而得端正復以何因緣得好音聲以見如來形像已三自稱號南無如來至眞等正覺以此因緣得好音聲復以何因緣多財饒寶緣彼如來而作大施散華然燈及餘所施之物以此因緣獲大財寶復以何因緣生長者家若見如來形已心無染著右膝著地長跪叉手至心禮佛以此因緣生長者家復以何因緣身壞命終生善處天上諸佛世尊常法諸有衆生以五事因緣禮如來者便生善處天上是謂比丘有此五因緣禮佛功德是故諸比丘若有善男子善女人欲禮佛者當求方便成此五功德如是諸比丘當作是學爾時諸比丘聞佛所説歡喜奉行

聞如是一時佛在舍衛國祇樹給孤獨園爾時世尊告諸比丘如獨屋舍有兩門相對有人在中住復有人在上住觀其下出入行來皆悉知見我亦如是以天眼觀衆生之類生者終者善趣惡趣善色惡色若好若醜隨行所種皆悉知之若復有衆生身行善口行善意行善不誹謗賢聖行等見法與等見相應

身壞命終生善處天上是謂名衆生行善者復有衆生行此善法不造惡行身壞命終來生人中若復有衆生身口意行惡造不善行命終之後生餓鬼中或復有衆生身口意行惡誹謗賢聖與邪見相應命終之後生畜生中或復有衆生身口意行惡造不善行誹謗賢聖命終之後生地獄中時獄卒將此罪人示閻羅王並作是說大王當知此人前世身意行惡作諸惡行已生此地獄中大王當觀此人以何罪治是時閻羅王漸與彼人私問其罪告彼人曰云何男子汝本前世爲人身時不見人有生者得作人身處胎之時極爲困厄痛實難處及其長大將養乳哺沐浴身體耶是時罪人報曰實見大王閻羅王曰云何男子汝自不知生法之要行耶身口意法修諸善趣罪人報曰如是大王如大王教但爲愚惑不別善行閻羅王曰如卿所說其事不異亦復知卿不作身口意行但爲今日當究汝放逸罪行非父母爲亦非國王大臣之所爲也本自作罪今自受報是時閻羅王先問其罪約勑治之次復第二天使問彼人曰汝本爲人時不見老人形體極劣行步枯竭衣裳垢坋進止顫頓氣息呻吟無復少壯之心是時罪人報曰如是大王我已見之閻羅王報曰汝當自知我今亦有此形老之法爲老所馱當修其善行罪人報曰如是大王爾時實不信之閻羅王報曰我實知之汝不作身口意行今當治汝罪使後不犯汝所作惡非父母爲亦非國王大臣人民所造汝今自造其罪當自受報是時閻羅王以此第二天

使約勑已復以第三天使告彼人曰汝前身作人時不見有病人乎臥在屎溺之上不能自起居罪人報曰如是大王我實見之閻羅王曰云何男子汝不自知我亦當有此病不免此患罪人報曰實爾大王我實不見之閻羅王曰我亦知之愚惑不解我今當處汝罪使後不犯此之罪行非父非母爲亦非國王大臣之所造作是時閻羅王以此教勑已復以第四天使告彼人曰云何男子身如枯木風去火冷而無情想五親圍遶而號哭罪人報曰如是大王我已見之閻羅王曰汝何故不作是念我亦當不免此死罪人報曰實爾大王我實不覺閻羅王曰我亦信汝不覺此法今當治汝使後不犯此不善之罪非父非母爲亦非國王大臣人民所造汝本自作今自受罪是時閻羅王復以第五天使告彼人曰汝本爲人時不見有賊腔墻破舍取他財實或以火燒或道路隱藏設當爲國王所擒得者或截手足或取殺之或閉著牢獄或反縛詣市或使負沙石或取倒懸或攅箭射或以鎔銅而灌其身或以火炙而剥其皮還使食之或開其腹以草措之或以湯中煑之或以刀斫輪轢其頭或以象脚蹈殺或著標頭乃至於死罪人報曰我實見之閻羅王曰汝何故私盜他物情知有事何爲犯之閻羅王曰我亦信汝所言今當治汝罪使後不犯此之罪者非父母爲亦非國王大臣人民所爲自作其罪還自受報是時閻羅王以問罪已便勑獄卒速將此人往著獄中是時獄卒受王教令將此罪人往著獄中地獄左側極爲

火然鐵城鐵郭地亦鐵作有四城門極爲臭
處如似屎溺所見染汙刀山劒樹圍遶四面
復以鐵䟽籠而覆其上爾時世尊便說此偈

四壁四城門　廣長實爲牢　鐵籠之所覆
求出無有期　彼時鐵地上　火然極爲熾
壁方百由旬　洞然一種色　中央有四柱
覩之實恐畏　及其劒樹上　鐵觜鳥所止
臭處實難居　覩之衣毛竪　種種之畏器
鬲子有十六

比丘當知是時獄卒以若干苦痛打此人若
彼罪人舉脚著獄中時血肉斯盡唯有骨在
是時獄卒將此罪人復以利斧破其形體苦
痛難計求死不得要當罪滅之後乃爾得脫
彼於人間所作罪業要使除盡後乃得出是
時彼獄卒將此罪人緣刀劒樹或上或下是
時罪人以在樹上便爲此鐵觜鳥所食或啄
其頭取腦食之或取手脚打骨取髓然罪未
畢若罪畢者然後乃出是時獄卒取彼罪人
使抱熱銅柱坐前世時喜婬泆故致此罪
爲罪所追終不得脫是時獄卒從脚根拔筋
乃至項中而前挽之或使車載或進或退不
得自在其中受苦不可稱計要當使罪滅然
後乃出是時獄卒取彼罪人著火山上驅使
上下是時極爲爛盡然後乃出是時罪人由
此因緣求死不得要當使罪除盡然後乃出
是時獄卒復取罪人拔其舌擲著背後於中
受苦不可稱計求死不得是時獄卒復取罪
人著刀山上或斷其脚或斷其頭或斷其手
要當使罪滅然後乃出是時獄卒復以熱火
鐵鍱覆罪人身如生時著衣當時苦痛毒爲

難處皆由貪欲之故故致斯罪是時獄卒復使罪人五種作役驅令偃卧取其鐵釘釘其手足復以一釘而釘其心於中受斯苦痛實不可言要當使罪滅然後乃出是時獄卒復取罪人顛倒其身舉著鑊中時身下至皆悉爛盡若還至上亦復爛盡若至四邊亦復爛盡酸楚毒痛不可稱計現亦爛不現亦爛猶如大釜而煑小豆或上或下令此罪人亦復如是現亦爛不現亦爛於中受苦不可稱計要當受罪畢然後乃出比丘當知或復有時彼地獄中經歷數年東門乃開是時罪人復徃趣門門自然閉是時彼人皆悉倒地於中受苦不可具稱或時各各自稱怨債我由汝等不得出門爾時世尊便說此偈

愚者常喜悅　亦如光音天　智者常懷憂　如似獄中囚

是時大地獄中經歷百千萬歲北門復開是時罪人復向北門門便復閉要當使罪滅然後乃出是時彼罪人復經數百萬歲乃復得出人中所作罪要當使畢是時獄卒復取罪人以鐵斧破罪人身經爾許之罪使令更之要當使罪苦畢盡然後乃出比丘當知或復有時彼東門復更一開是時彼衆生復詣東門門復自閉而不得出設復得出外復有大山而徃趣之彼入山中爲兩山所壓猶如壓麻油於中受苦不可稱計要當苦盡然後乃出爾時彼罪人轉得前進復值熱灰地獄縱廣數千萬由旬於中受苦不可稱計要當畢其罪源然後乃出轉復前進次有刀刺地獄是時罪人復入此刀刺地獄中便有大風起

壞此罪人身體筋骨於中受苦不可稱計要當罪滅然後乃出次復有大熱灰地獄是時罪人復入此大熱灰地獄中形體融爛受苦無量要當使罪滅然後乃出是時罪人雖得出此熱灰地獄復值刀劍地獄縱廣數千萬里是時罪人入此刀劍地獄中於中受苦不可稱計要當使罪滅然後乃出次復有沸屎地獄中有細蟲入骨徹髓食此罪人雖得出此地獄前值獄卒是時獄卒問罪人曰卿等欲何所至爲從何來罪人報曰我等不知所從來處亦復不知當何所至但我等今日極爲飢困意欲須食獄卒報曰我等當相供給是時獄卒取罪人仰臥取大熱鐵丸使罪人吞之然罪人受苦不可稱計是時熱鐵丸從口下過腸胃爛盡受苦難量要當使罪滅然後乃出然彼罪人不堪受此苦痛還復入熱屎地獄刀劍地獄大熱灰地獄還來經爾許地獄是時彼衆生不堪受苦還回頭至熱屎地獄中是時獄卒語彼衆生曰卿等欲何所至爲從何來罪人報曰我等不能自知滅從何所來今復不知當何所至獄卒問曰今須何物罪人報曰我等極渴欲須水飲是時獄卒取罪人仰臥鎔銅灌口使令下過於中受罪不可具計要當使罪滅然後乃出是時彼人不堪受此苦復入沸屎地獄劍樹地獄熱灰地獄還入大地獄中比丘當知爾時罪人苦痛難可稱計設彼罪人眼見色者心不愛樂設復耳聞聲鼻齅香舌知味身更細滑意知法皆起瞋恚所以然者由本不作善行之報恒作惡業故致斯罪是時閻羅王勑彼罪

人曰卿等不得善利昔在人中受人中福身口意行不與相應亦不惠施仁愛利人等利以是之故今受此苦此之惡行非父母爲亦非國王大臣之所爲也諸有衆生身口意清淨無有玷汙如似光音天諸有衆生作諸惡行如似地獄中卿等身口意不淨故致斯罪比丘當知閻羅王便作是說我當何日脫此苦難於人中生以得人身便得出家剃除鬚髮著三法衣出家學道閻羅王尚作是念何況汝等今得人身得作沙門是故諸比丘當常念行身口意行無令有缺當滅五結修行五根如是諸比丘當作是學爾時諸比丘聞佛所說歡喜奉行

聞如是一時佛在舍衞國東苑鹿母園中與大比丘衆五百人俱是時世尊七月十五日於露野地敷坐諸比丘僧前後圍遶佛告阿難曰汝今於露地速擊揵椎所以然者今七月十五日是受歲之日是時尊者阿難右膝著地長跪叉手便說此偈

淨眼無與等　無事而不練　智慧無染著
何等名受歲

爾時世尊復以偈報阿難曰

受歲三業淨　身口意所作　兩兩比丘對
自陳所作短　還自稱名字　今日衆受歲
我亦淨意受　唯願原其過

爾時阿難復以偈問其義曰

過去恒沙佛　辟支及聲聞　盡是諸佛法
獨是釋迦文

爾時佛復以偈報阿難曰

恒沙過去佛　弟子清淨心　皆是諸佛法

非今釋迦文　辟支無此法　無歲無弟子
獨逝無伴侶　不與他說法　當來佛世尊
恒沙不可計　彼亦受此歲　如今瞿曇法

是時尊者阿難聞此語已歡喜踊躍不能自勝即升講堂手執揵椎並作是說我今擊此如來信鼓諸有如來弟子衆者盡當普集爾時復說此偈

降伏魔力怨　除結無有餘　露地擊揵椎
比丘聞當集　諸欲聞法人　度流生死海
聞此妙響音　盡當雲集此

爾時尊者阿難以擊揵椎至世尊所頭面禮足在一面住白世尊言今正是時唯願世尊何所勑使是時世尊告阿難曰汝隨次坐如來自當知時是時世尊坐于草座告諸比丘汝等盡當坐于草座諸比丘對曰如是世尊時諸比丘各坐草座是時世尊嘿然觀諸比丘已便勑諸比丘我今欲受歲我無過咎於衆人乎又不犯身口意如來說此語已諸比丘嘿然不對是時復再三告諸比丘我今欲受歲然我無過於衆人乎是時尊者舍利弗即從座起長跪叉手白世尊言諸比丘衆觀察如來無身口意過所以然者世尊今日不度者度不脫者脫不般涅槃者令般涅槃無救者爲作救護盲者作眼目爲病者作大醫王三界獨尊無能及者最尊最上未起道意者使發道意衆人未寤尊令寤之未聞法者使令聞之爲迷者作徑路恒以正法以此事緣如來無咎於衆人亦無身口意過是時舍利弗白世尊言我今向如來自陳然無咎於如來及比丘僧乎世尊告曰汝今舍利弗都

無身口意所作非行所以然者汝今智慧無能及者種種智慧無量智慧無邊之智無與等智疾智捷智甚深之智平等之智少欲知足樂靜之處多諸方便念不錯亂總持三昧根原具足戒成就三昧成就智慧成就解脫見慧成就勇悍能忍所說知惡之爲非法心性庠序不行卒暴猶如轉輪聖王最大太子當紹王位轉於法輪舍利弗亦如是轉於無上法輪諸天世人及龍鬼魔若魔天本所不轉汝今所說常如法義未曾違理是時舍利弗白佛言此五百比丘盡當受歲此五百人盡無咎於如來乎世尊告曰亦不責此五百比丘身口意行所以然者此舍利弗大衆之中極爲清淨無有瑕穢今此衆中最小下坐得須陀洹道必當上及不退轉法以是之故我不怨責此衆爾時多耆奢在此衆中即從座起前至世尊所頭面禮足白世尊言我今堪任欲有所論世尊告曰欲有所說今正是時多耆奢即於佛前嘆佛及比丘僧而說此偈

十五清淨日　五百比丘集　諸結縛悉解
無愛更不生　轉輪大聖王　群臣所圍遶
普遍諸世界　天上及世間　大將人中尊
爲人作導師　弟子樂徒衆　三達六通徹
皆是真弟子　無有塵垢者　能斷欲愛刺
今日自歸命

爾時世尊可多耆奢所說是時多耆奢作是念如來今日可我所說歡喜踊躍不能自勝即從座起禮佛却退還就本位爾時世尊告諸比丘我聲聞中第一造偈弟子所謂多耆

奢比丘是所說無疑難亦是多耆奢比丘是也爾時諸比丘聞佛所說歡喜奉行

聞如是一時佛在羅越城迦蘭陀竹園所與大比丘衆五百人俱爾時三十三天有一天子身形有五死瑞應云何爲五一者華冠自萎二者衣裳垢坋三者腋下流汗四者不樂本位五者玉女違叛爾時彼天子愁憂苦惱搥胷嘆息時釋提桓因聞此天子愁憂苦惱搥胷嘆息便勑一天子此何等音聲乃徹此間彼天子報言天王當知今有一天子命欲終有五死瑞應一者華冠自萎二者衣裳垢坋三者腋下流汗四者不樂本位五者玉女違叛爾時釋提桓因往至彼欲終天子所語彼天子言汝今何故愁憂苦惱乃至於斯天子報言尊者因提那得不愁憂苦惱命將欲終有五死恠華冠自萎衣裳垢膩腋下流汗不樂本處玉女違離今此七寶宮殿悉當已失及五百玉女亦當星散我所食甘露者今無氣味是時釋提桓因語彼天子言汝豈不聞如來說偈乎

一切行無常　生者必有死　不生則不死
此滅爲最樂

汝今何故愁憂乃至於斯一切行無常之物欲使有常者此事不然天子報言云何天帝我那得不愁憂我今天身清淨無瑕穢光俞日月靡所不照捨此身已當生羅越城中猪腹中生生恒食屎死時爲刀所割是時釋提桓因語彼天子言汝今可自歸佛法衆若當爾時便不墮三惡趣是時天子報言豈當以歸三尊不墮三惡趣乎釋提桓因曰如是天

子其有自歸三尊者終不墮三惡趣也如來亦說此偈

諸有自歸佛　不墮三惡趣　盡漏處天人
便當至涅槃

爾時彼天問釋提桓因今如來竟爲所在釋提桓因曰今如來在摩竭國羅越城中迦蘭陀竹園所與大比丘衆五百人俱天子報言我今無有此力可得至彼覲省如來釋提桓因報言天子當知右膝著地長跪叉手向下方界而作是說唯願世尊善觀察之今在垂窮之地願矜愍之今自歸三尊如來無所著是時彼天子隨釋提桓因言即便長跪向下方自稱姓名自歸佛法衆盡其形壽爲眞佛子非用天子如是至三說此語已不復處猪胎乃當更生長者家是時彼天見此緣已即向釋提桓因而說此偈

善緣非惡緣　爲法非爲財　導引以正道
此者尊所嘆　蒙尊不墮惡　猪胎甚難因
自察生長者　因彼當見佛

是時天子隨時壽長短生羅越城中大長者家是時長者婦自知有身十月欲滿生一男兒端正無雙世之希有是時釋提桓因已知此兒向十歲數數往告汝可憶本所作緣本自言我當因彼見佛今正是時可見世尊若不往者後必有悔是時尊者舍利弗到時著衣持鉢入羅越城乞食漸漸往至彼長者家在門外靜然而住爾時長者子見舍利弗著衣持鉢容貌殊特見已便往至舍利弗前而作是說汝今是誰爲誰弟子爲行何法舍利弗言我師出釋種於中出家學道師名如來

至眞等正覺恒從彼受法是時小兒即向舍
利弗而說此偈
尊今靜然立　持鉢容貌整　今欲求何等
與誰在此住
是時舍利弗復以偈報曰
我今不求財　非食非服飾　故來爲汝故
善察聽我語　憶汝本所說　天上言誓時
人中當見佛　故來相告耳　諸佛出興難
說法亦復然　人身不可獲　亦如優曇華
汝今隨我來　但覲如來容　必當爲汝說
至要之善處
是時長者子聞舍利弗語已即往至父母所
頭面禮足在一面立是時長者子白父母言
唯願聽許至世尊所承事禮敬問訊康强父
母報曰今正是時長者子即集香華及好白

氎共尊者舍利弗相隨往至世尊所頭面禮
足在一面住爾時舍利弗白世尊言此長者
子居此羅越城中不識三尊唯願世尊善與
說法令得度脫是時長者子遙見世尊威容
端正諸根寂靜有三十二相八十種好莊嚴
其身亦如須彌山出衆山上面如日月視之
無猒前進禮足在一面住爾時長者子即以
香華散如來上復以新白氎奉上如來頭面
禮足在一面住是時世尊漸與說法所謂論
者施論戒論生天之論欲爲不淨漏爲是大
患出家爲要是時世尊已知小兒心開意解
諸佛世尊常所說法苦集盡道是時世尊盡
與彼長者子說是時長者子即於座上諸塵
垢盡得法眼淨無復瑕穢是時長者子即從
座起頭面禮足白世尊言唯願世尊聽受出

家得作沙門世尊告曰夫爲道者不辭父母不得作沙門是時長者子白世尊言要當使父母聽許世尊告曰今正是時爾時長者子即從座起頭面禮足便退而去還至所在白父母言唯願聽許得作沙門父母報言我等今日唯有一子然家中生業饒財多寶行沙門法甚爲不易長者子報言如來出世億劫乃有甚不可遇時時乃出耳亦如優曇鉢華時時乃有耳如來亦復如是億劫乃出耳是時長者子父母各共嘆息而作是言今正是時隨汝所宜是時長者子頭面禮足便辭而去往至世尊所頭面禮足在一面立爾時彼長者子白世尊言父母見聽唯願世尊聽使作道爾時世尊告舍利弗汝今度此長者子使作沙門舍利弗對曰如是世尊爾時舍利弗從佛受教度作沙彌日日教誨是時彼沙彌在閑靜處而自剋修所以族姓子出家學道剃除鬚髮修無上梵行者欲得離苦是時沙彌即成阿羅漢往至世尊所頭面禮足白世尊言我今已見佛聞法都無有疑世尊告曰汝今云何見佛聞法而無狐疑沙彌白佛言色者無常無常者即是苦苦者是無我無我者即是空空者非有非不有亦復無我如是智者所覺知痛想行識無常無常者是苦苦者無我無我者是空空者非有非不有此智者所覺知此五盛陰無常苦空無我非有多諸苦惱不可療治恒在臭處不可久保悉觀無有我今日觀察此法便爲見如來已世尊告曰善哉善哉沙彌即聽汝爲大沙門爾時彼沙彌聞佛所說歡喜奉行

聞如是一時尊者那羅陀在波羅梨國長者竹林中爾時文茶王第一夫人而取命終甚愛敬念未曾去懷是時有一人至王所而白王言大王當知第一夫人今已命終是時王聞夫人無常即懷愁憂告來人曰汝速舉夫人死屍著麻油中使我見之是時彼人受王教命即往持夫人身著麻油中爾時王聞夫人逝喪極懷愁惱不食不飲不治王法不理王事是時左右有一人名曰善念恒與大王執劍白大王曰大王當知此國界中有沙門名那羅陀得阿羅漢有大神足博識多知無事不練辯才勇慧語常含笑顏王當往至彼聽其說法若王聞法無復愁憂苦惱王報之曰善哉善哉善說此語汝今善念先往語彼沙門所以然者夫轉輪聖王欲有所至先當遣人不先遣信而至者此事不然時善念報曰如大王教即受王教往至長者竹園中至那羅陀所頭面禮足在一面立爾時善念白尊者那羅陀言尊當知之大王夫人今已命終緣此苦惱不食不飲亦復不治王法國事今欲來覲省尊顏唯願善與說法使王無復愁苦那羅陀報言欲來者今正是時是時善念已聞教令即頭面禮足便退而去往至王所而白王言已語沙門王宜知之是時即勑善念汝速嚴駕羽葆之車吾今欲往與沙門相見是時善念即嚴駕羽葆之車前白王言嚴駕已辦王知是時是時王乘羽葆之車出城詣那羅陀所步入長者竹園中夫人王法除五威容捨著一面至那羅陀所頭面禮足在一面坐是時那羅陀告王曰大王當知夢

幻之法起於愁憂泡沫之法及以雪揣而起愁憂亦復不可以華法之想起於愁憂所以然者今有五事最不可得是如來之所說也云何爲五夫物應盡欲使不盡者此不可得夫物應滅欲使不滅者此不可得夫老之法欲使不老者此不可得復次病法欲使不病者此不可得復次死法欲使不死者此不可得是謂大王此有五事最不可得是如來之所說爾時邪羅陀便說此偈

不可愁憂惱　而獲其福祐　設有懷愁憂
外境得其便　若使有智者　終不思惟是
外敵便有愁　而不得其便　威儀禮節具
好施無慳心　當求此方便　使獲其大利
設使不可得　我及彼衆人　無愁便無患
行報知如何

又大王當知應失之物便失之已便愁憂苦惱痛不可言我所愛者今日已失是謂失物便失之於中起愁憂苦惱痛不可言是謂大王第一愁刺染著心意凡夫之人有此法不知生老病死之所來處又復聞賢聖弟子所應失物便失之是時彼人不起愁憂苦惱當作是學我今所失非獨一已餘人亦有此法設我於中起愁憂者此非其宜或能使親族起愁憂怨家歡喜食不消化即當成病身體煩熱由此緣本便致命終爾時便能去憂畏之刺便脫生老病死無復灾患苦惱之法復次大王應滅之物便滅之已滅便愁憂苦惱痛不可言我所愛者今日已滅是謂滅物便滅之於中起愁憂苦惱痛不可言是謂大王第二愁刺染著心意凡夫之人有此法不知

生老病死之所來處又復聞賢聖弟子所應滅物便滅之是時彼人不起愁憂苦惱常作是學我今所滅非獨一已餘人亦有此法設我於中起愁憂者此非其宜或能使親族起憂怨家歡喜食不消化即當成病身體煩熱由此緣本便致命終爾時便能除去憂畏之刺便脫生老病死無復災患苦惱之法復次大王應老之物便老已老便愁憂苦惱痛不可言我所愛者今日已老是謂老物便老於中起憂愁苦惱痛不可言是謂大王第三愁憂之刺染著心意凡夫之人有此法不知生老病死之所來處又復聞賢聖弟子所應老物便老是時彼人不起愁憂苦惱常作是學我今所老非獨一已餘人亦有此法設我於中起愁憂者此非其宜或能使親族起憂怨家歡喜食不消化即當成病身體煩熱由此緣本便致命終爾時便能除去憂畏之刺脫生老病死無復災患苦惱之法次復大王應病之物便病已病便愁憂苦惱病痛不可言我所愛者今日已病是謂病物便病於中起愁憂苦惱痛不可言是謂大王第四愁憂之刺染著心意凡夫之人有此法不知生老病死之所來處又復聞賢聖弟子所應病物便病是謂彼人不起愁憂苦惱常作是學今我所病非獨一已餘人亦有此法設我於中起愁憂者此非其宜或能使親族起憂怨家歡喜食不消化即當成病身體煩熱由此緣本便致命終爾時便能除去愁畏之刺脫生老病死無復災患苦惱之法復次大王應死之物便死已死是謂死物於中起愁憂苦惱痛

不可言是謂大王第五愁憂之刺染著心意凡夫之人有此法不知生老病死之所來處又復聞賢聖弟子所應死者便死是時彼人不起憂愁苦惱常作是學我今死者非獨一巳餘人亦有此法我設於中起愁憂者此非其宜或能使親族起憂怨家歡喜食不消化即當成病身體煩熱由此緣本便致命終爾時便除去愁畏之刺脫生老病死無復災患苦惱之法是時大王白尊者那羅陀曰此名何法當云何奉行那羅陀言此經名曰除憂之患當念奉行時王報言實如所說除去愁憂所以然者我聞此法巳所有愁苦今日永除若尊者有所教勑者數至宮中當相供給使國土人民長受福無窮唯願尊者廣演此法永存於世使四部之衆長夜安隱我今自歸尊者那羅陀那羅陀曰大王莫自歸我當自歸於佛時王問今佛在何處那羅陀曰大王當知迦毗羅衛大國轉輪聖王種出於釋姓彼王有子名曰悉達出家學道今自致成佛號釋迦文當自歸彼大王復問今在何方去此幾所那羅陀曰如來巳取涅槃大王曰如來取滅度何其速疾若當在世者經數千萬由旬當往覲省是時即從座起長跪叉手而作是說我自歸如來法及比丘僧盡形壽聽爲優婆塞不復殺生國事猥多今欲還宮那羅陀曰今正是時是時王從座起禮足遶三帀而去爾時文荼王聞那羅陀所說歡喜奉行

聞如是一時佛在舍衛國祇樹給孤獨園爾時世尊告諸比丘疾病之人成就五法不得

時差恒在牀蓐云何爲五於時病人不擇飲食不隨時而食不親近醫藥多憂喜瞋不起慈心向瞻病人是謂比丘疾病之人成就此五法不得時差若復病人成就五法便得時差云何爲五於是病人選擇而食隨時而食親近醫藥不懷愁憂慼起慈心向瞻病人是謂比丘病人成就此五法便得時差如是比丘前五法者當念捨離後五法者當共奉行如是比丘當作是學爾時諸比丘聞佛所說歡喜奉行

聞如是一時佛在舍衛國祇樹給孤獨園爾時世尊告諸比丘若瞻病人成就五法不得時差恒在牀蓐云何爲五於是瞻病之人不別良藥懈怠無勇猛心常喜瞋恚亦好睡眠但貪食故瞻視病人不以法供養故亦不與病人語談往返是謂比丘若瞻病之人成就此五法者不得時差若復比丘瞻病之人成就五法便得時差不著牀蓐云何爲五於是瞻病之人分別良醫亦不懈怠先起後臥恒善言談少於睡眠以法供養不貪飲食堪任與病人說法是謂比丘瞻病之人成就此五法者便得時差是故比丘若瞻病人時當捨前五法就後五法如是諸比丘當作是學爾時諸比丘聞佛所說歡喜奉行

聞如是一時佛在毗舍離獼猴林中與大比丘衆五百人俱爾時師子大將便往至世尊所頭面禮足在一面坐爾時佛告師子云何師子家中恒布施乎師子白佛言常於四城門外及都市隨時布施不令有缺須食給衣裳華香車馬坐具隨彼所須皆令給與佛

告師子善哉善哉乃能惠施不懷悋想施主檀越隨時惠施有五功德云何爲五於是檀越施主名聞四遠衆大嘆譽其甲村落有檀越施主恒喜接納沙門婆羅門隨所給與不令有乏是謂師子檀越施主獲此第一之德復次師子檀越施主若至沙門剎利婆羅門長者衆中不懷慙愧亦無所畏猶如師子獸王在群鹿中亦無畏難是謂師子檀越施主獲此第二之德復次師子檀越施主衆人敬仰見者歡悅如子見父瞻視無猒是謂師子檀越施主獲此第三之德復次師子檀越施主命終之後當生二處或生天上或生人中在天爲天所敬在人爲人尊貴是謂師子檀越施主獲此第四之德復次師子檀越施主智慧遠出衆人上現身盡漏不經後世是謂師子檀越施主獲此第五之德夫人惠施主此五德恒隨已身爾時世尊便說此偈

心常喜惠施　功德具足成　在衆無疑難
亦復無所畏　智者當惠施　初無變悔心
在三十三天　玉女而圍遶

所以爾者師子當知檀越施主生二善處現身盡漏至無爲處爾時世尊便說此偈

施爲後世糧　要至究竟處　善神常將護
亦復致歡喜

所以然者師子當知布施之時恒懷歡悅身意牢固諸善功德皆悉具足得三昧意亦不錯亂如實而知之云何如實而知苦諦如實而知苦集苦盡苦出要如實而知是故師子當求方便隨時惠施若欲得聲聞道辟支佛道佛道皆悉如意如是師子當作是學爾時

師子聞佛所說歡喜奉行

聞如是一時佛在舍衛國祇樹給孤獨園爾時世尊告諸比丘若檀越主惠施之日得五事功德云何爲五一者施命二者施色三者施安四者施力五者施辯是謂爲五復次檀越施主施命之時欲得長壽施色之時欲得端正施安之時欲得無病施力之時欲令無能勝施辯之時欲得無上正眞之辯比丘當知檀越施主惠施之日有此五功德爾時世尊便說此偈

施命色及安　力辯爲第五　五功德以備
後受無窮福　智者當念施　除去貪欲心
今身有名譽　生天亦復然

若有善男子善女人欲得五功德者當行此五事如是諸比丘當作是學爾時諸比丘聞佛所說歡喜奉行

聞如是一時佛在舍衛國祇樹給孤獨園爾時世尊告諸比丘應時之施有五事云何爲五一者施遠來人二者施遠去人三者施病人四者儉時施五者若初得新果蓏若穀食先施與持戒精進人然後自食是謂比丘應時施有此五事爾時世尊便說此偈

智者應時施　信心不斷絶　於此快受樂
生天衆德備　隨時念惠施　受福如響應
永以無短乏　所生常富貴　施爲衆行具
得至無上位　億施不起想　歡喜遂增益
心中生此念　亂意永無餘　覺知身安樂
心便得解脫　是故有智人　不問男與女
當行此五施　無失方便宜

是故諸比丘若善男子善女人欲行此五事

者當念隨時施如是諸比丘當作是學爾時諸比丘聞佛所說歡喜奉行

善不善禮佛　天使歲五瑞　文荼觀瞻病
五施隨時施

增壹阿含經卷第二十四

音釋

哺薄故切哺咀也口飼也　垢坋垢古厚切塵也坋古鎋切垢汙也　顫頄頄有救切顫也病也　腔苦貢切穿垣也　擒渠金切捉也　攢祖官切族聚也　擆張略切置也　轢郎狄切車所踐也　摽紕招切擊也　觜即委切鳥喙也　鍱音葉鐵薄鍱也　揵椎梵語也此云磬亦云鍾又凡法器皆曰揵椎揵渠焉切椎音槌　悍侯旰切有力也亦勇也　葆博抱切合五采羽爲幢曰羽葆　揣徒官切以手團之也　蓏郎果切草實也蔓生曰蓏

# 增壹阿含經卷第二十五

符秦三藏曇摩難提譯

## 五王品第三十三

聞如是一時佛在舍衛國祇樹給孤獨園爾時五大國王波斯匿爲首集在園觀之中各作此論云何爲五王所謂波斯匿王毘沙王優填王惡生王優陀延王爾時五王集在一處各作此論諸賢當知如來說此五欲云何爲五若眼見色甚愛敬念世人所希望若耳聞聲鼻齅香舌知味身知細滑如來說此五欲此五欲中何者最妙爲眼見色妙耶爲耳聞聲妙耶爲鼻齅香妙耶爲舌知味妙耶爲身知細滑妙耶此五事何者爲最妙其中或有國王而作是說色最爲妙或有作是論聲最爲妙或有作是論香最爲妙或有作是論味最爲妙或有作此論細滑最爲妙是時言色妙者優陀延王之所說也言聲妙者優填王之所論也言香妙者惡生王之所論也言味妙者波斯匿王之所論也言細滑妙者毘沙王之所論也是時五王各相謂言我等雖共論此五欲然復不知何者爲妙是時波斯匿王語四王曰今如來近在舍衛國祇樹給孤獨園我等盡共至世尊所問斯義若世尊有所教勅當共奉行是時諸王聞波斯匿王語已便共相將至世尊所頭面禮足在一面坐是時波斯匿王所共論五欲者具白如來爾時世尊告諸五王曰諸王所論各隨時宜所以然者夫人性行染著色者覩無猒足此人於色最妙最上無復過者爾時彼人不著聲香味細滑之法五欲之中色爲最妙若復

有人性行著聲彼聞聲已極懷歡喜而無猒足此人於聲最妙最上五欲之中聲最爲妙若復有人性行著香彼聞香已極懷歡喜而無猒足此人於香最妙最上五欲之中香最爲妙若復有人性行著味彼知味已極懷歡喜而無猒足此人於味最妙最上五欲之中味最爲妙若復有人性行著細滑彼得細滑已極懷歡喜而無猒足此人於細滑最妙最上五欲之中細滑最爲妙若復彼人心以著色爾時彼人不著聲香味細滑之法若復彼人性行著聲爾時彼人不著色香味細滑之法若復彼人性行著香爾時彼人不著色聲味細滑之法若復彼人性行著味爾時彼人不著色聲香細滑之法若復彼人性行著細滑爾時彼人不著色聲香味之法是時世尊便說此偈

欲意熾盛時　所欲必可剋　得已倍歡喜
所願無有疑　彼已得此欲　貪欲意不解
以此爲歡喜　緣之最爲妙　若欲聽聲時
所欲必可剋　聞已倍歡喜　所願無有疑
彼已得此聲　貪之意不解　以此爲歡喜
從之最爲妙　若復齅香時　所欲必可剋
齅已倍歡喜　所願無有疑　彼已得此香
貪之意不解　以此爲歡喜　從之最爲妙
若復得味時　所欲必可剋　得已倍歡喜
所欲無有疑　彼已得此味　貪之意不解
以此爲歡喜　從之最爲妙　若得細滑時
所欲必可剋　得已倍歡喜　所欲無疑難
彼已得細滑　貪之意不解　以此爲歡喜
從之最爲妙

是故大王若言色妙者當平等論之所以然者於色有氣味故若色無味者衆生終不染著以其有味故五欲之中色爲最妙然色有過失若當色無過失衆生則不猒患以其有過失故衆生猒患之然色有出要若當色無出要者此衆生類不得出生死之海以其出要故衆生得至無畏涅槃城中五欲之中色爲最妙然復大王若言聲妙者當平等論之所以然者於聲有氣味故若聲無味者衆生終不染著以其有味故五欲之中聲爲最妙然聲有過失若當聲無過失衆生則不猒患以其有過失故衆生猒患之然聲有出要若當聲無出要者此衆生類不得出生死之海以其出要故衆生得至無畏涅槃城中五欲之中聲爲最妙大王當知若言香妙者當平等論之所以然者於香有氣味故若香無氣味者衆生之類終不染著以其有味故五欲之中香爲最妙然香有過失若香無過失者衆生則不猒患以其有過失故衆生猒患之然香有出要若當香無出要者此衆生類不得出生死之海以其出要故衆生得至無畏涅槃城中五欲之中香爲最妙然復大王若言味妙者當平等論之所以然者於味有氣味故若味無氣味者衆生之類終不染著以其有氣味故五欲之中味爲最妙然味有過失若當味無過失者衆生則不猒患以其有過失故衆生猒患之然味有出要若當味無出要者此衆生類不得出生死之海以其出要故衆生得至無畏涅槃城中五欲之中味爲最妙然復大王當知若言細滑妙者當平

等論之所以然者於細滑有氣味若細滑無氣味者衆生之類終不染著以其有味故五欲之中細滑爲最妙然細滑有過失若細滑無過失者衆生之類則不猒患之以其有過失故衆生猒患之然細滑有出要若當細滑無出要者此衆生類不得出生死之海以其出要故衆生得至無畏涅槃城中五欲之中細滑最爲妙是故大王所樂之處心即染著如是大王當作是知爾時五王聞佛所說歡喜奉行

聞如是一時佛在舍衛國祇樹給孤獨園爾時舍衛城中有月光長者饒財多寶象馬七珍皆悉備具金銀珍寶不可稱計然月光長者無有兒息爾時長者以無兒故求禱天神請求日月天神地神鬼子母四天王二十八大鬼神王釋及梵天山神樹神五道之神樹木藥草靡處不周皆悉歸命見賜一男兒爾時月光長者婦經數日中便自懷妊即語長者我自覺有娠長者聞已歡喜踊躍不能自勝即與夫人敷好牀座食好甘食著好衣裳是時夫人經八九月便生男兒顏色端正世之希有如桃華色是時此兒兩手執無價摩尼珠即時便說此偈

此家頗有財　寶物及穀食　我今欲惠施
使貧無有乏　若此無物者　財寶及穀食
今有無價珠　常用惠施人

是時父母及家中人聞此語已各各馳走云何乃生此鬼魅種唯有父母哀愍兒故不東西馳走即時母向兒說此偈

爲天乾沓和　鬼魅及羅刹　是誰姓字何

我今欲知之
是時小兒復以偈報母曰
非天乾沓和　非鬼魅羅刹　我今父母生
是人不足疑
是時夫人聞此語已歡喜踊躍不能自勝以此因緣盡向月光長者說是時長者便作是念此將是何緣我今當以此事向尼揵子說是時月光長者即抱此兒詣尼揵子所頭面禮足在一面坐是時月光長者以此因緣具向尼揵子說時尼揵子聞此語已告長者曰此兒薄福之人無益於身當取殺之若不殺者門戶衰耗皆當死盡是時月光長者作是思惟我前後來無有兒息由此因緣請求天地無處不遍乃經歷爾許年歲方生此兒我今不堪取此兒殺當更問餘沙門婆羅門令斷我疑爾時如來成佛未久衆人稱號名大沙門是時月光長者便作是念我可以此因緣具向大沙門說之是時長者即從座起抱此兒往詣世尊所中道復作是念今有長老梵志年過耆艾聰明黠慧衆人所敬待彼尚不知不見況此沙門瞿曇年少學道未久豈能知此事乎將恐不解吾疑我今宜可中道還家是時有天神昔與長者知舊知長者心中所念在虛空中而告之曰長者當知小可前進必當獲利得大果報亦當至甘露之處如來出世甚爲難遇如來降甘露雨時時乃有又復長者有四事最小不可輕云何爲四國王雖小最不可輕火雖小亦不可輕龍雖小復不可輕學道之人雖復年幼亦不可輕是謂長者有此四事最不可輕是時天神便

說此偈

國王雖復小　斬害由其法　小火雖未熾
焚燒山草木　神龍雖現小　降雨隨時宜
學者年幼稚　度人無有量

爾時月光長者心開意解歡喜踊躍不能自勝即前進至世尊所頭面禮足在一面坐以此因緣具白世尊爾時世尊告長者曰今此小兒極有大福此小兒若當大者當將五百徒衆來至我所而出家學道得阿羅漢我聲聞中福德第一無能及者是時長者聞此語已歡喜踊躍不能自勝白世尊言如世尊教非如尼揵子語是時月光長者重白世尊唯願受請及比丘僧并愍此小兒爾時世尊默然受請時長者已見默然受請即從座起頭面禮足便退而去還至家中供辦種種甘饌飲食敷好坐具清旦自白時到惟尊降神是時世尊已知時到將諸比丘前後圍遶入舍衛城至長者家即就于座是時長者見佛比丘僧坐已定即辦種種飲食自手斟酌歡喜不亂已見食竟除去鉢器行清淨水更取小座在如來前坐欲得聞佛所說妙法是時月光長者白世尊言我今持居家田業盡與此兒唯願世尊當與立名世尊告曰此兒生時人皆馳走東西云是尸婆羅鬼今即立字名尸婆羅爾時世尊漸與長者及長者婦而說妙論所謂論者施論戒論生天之論欲不淨想漏爲大患出要爲妙爾時世尊以見長者及長者婦心開意解無復狐疑諸佛世尊常所說法苦集盡道是時世尊盡與長者說之令發歡喜之心長者夫婦即於座上諸塵垢

盡得法眼淨猶如新白氎易染爲色是時長者夫婦亦復如是即於座上得法眼淨彼以見法得法分别諸法已度猶豫無復狐疑得無所畏解如來深奥之法即受五戒爾時世尊便說此偈

祀祠火爲上　諸論頌爲首　王爲人中尊
海爲衆流源　月爲星中明　日爲衆明最
八方及上下　所生萬品物　欲求其福者
三佛最爲尊

爾時世尊說此偈已即從座起而去是時長者求五百童子使侍衛尸婆羅是時尸婆羅年向二十往至父母所白父母言唯願二尊許使出家學道爾時二親即便聽許所以然者世尊先已記之當將五百童子至世尊所求作沙門是時尸婆羅及五百人禮父母足便退而去至世尊所頭面禮足在一面立爾時尸婆羅白世尊言唯願聽許得在道次是時世尊即便聽許使作沙門未經幾日便成阿羅漢六通清徹具八解脱是時五百童子前白佛言唯願世尊聽作沙門世尊默然許之出家未經幾日便成阿羅漢爾時尊者尸婆羅還在舍衛國本邦之處衆人敬仰得四事供養衣被飲食牀褥卧具病瘦醫藥是時尊者尸婆羅便作是念我今在此本邦之中極爲煩鬧今可在人間遊化是時尊者尸婆羅到時著衣持鉢入舍衛城乞食乞食已還詣所止收攝坐具著衣持鉢出祇桓精舍將五百比丘前後圍遶在人間遊化所至到處無不供養者皆供給衣被飯食牀褥卧具病瘦醫藥復有諸天告諸村落今有尊者尸婆

羅得阿羅漢福德第一將五百比丘在人間遊化諸賢可往供養今不去者後悔無益是時尊者尸婆羅便作是念今甚猒患此供養當何處避之令人不知吾處是時即入深山之中諸天復在村落間各各告曰今尊者尸婆羅在此山中可往供養今不爲者後悔無益是時人民聞天語已即負飲食往詣尊者尸婆羅所唯願尊住爲我等故是時尸婆羅漸漸人中遊化來至羅越城迦蘭陀竹園所與大比丘衆五百人俱亦得供養衣被飯食牀褥臥具病瘦醫藥時尸婆羅復作是念我今向在何處夏坐使人不知吾處復重作是念當在耆闍山東廣普山西於中夏坐即將五百比丘在彼山中而受夏坐是時釋提桓因知尸婆羅心中所念即於山中化作浮圖園果樹木皆悉備具周帀有浴池化作五百高臺復化作五百牀座復化作五百小牀座復化作五百繩牀以天甘露而食之是時尊者尸婆羅便作是念我今以夏坐訖不見如來甚久今可往覲觀世尊即將五百比丘往詣舍衛城爾時盛熱比丘衆皆悉汗出汙染身體是時尊者尸婆羅作是念今日比丘衆身體極熱得少許雲在上及細雨者甚是佳事値小浴池及得少漿以生此念即空中有大雲及作細雨亦有浴池有四非人負好甘漿毘沙門王所遺唯願尊者受此甘漿及施比丘僧爾時受此漿已與比丘僧使飲之爾時尸婆羅復作是念我今可在此間止宿是時釋提桓因知尸婆羅心中所念即於道側化作五百房舍牀座備具是時諸天奉上飲

食尸婆羅食訖即從座起而去爾時尊者尸婆羅叔父在舍衛城内住饒財多寶無所短乏然復慳貪不肯布施不信佛法衆不造功德是時諸親族語此人曰長者用此財貨爲然復不作後世資糧爾時彼長者聞此語已一日之中以百千兩金布施與外道梵志不向三尊是時尊者尸婆羅聞叔父以百千兩金施與外道異學不布施與三尊是時尊者尸婆羅徃詣祇桓精舍至世尊所頭面禮足在一面坐爾時世尊與尸婆羅說微妙之法是時尊者尸婆羅從如來聞法已即從座起禮世尊足右遶三帀便退而去是時尊者尸婆羅即以其日著衣持鉢入舍衛城乞食漸漸徃詣叔父家到已在門外默然立是時長者見尊者尸婆羅在門外乞食即語之曰汝

昨日何故不來我昨日以百千兩金惠施我可以一張氍持用施卿尸婆羅對曰我今不用氍爲今日來者故乞食耳長者對曰我昨日以用百千兩金惠施更不能復惠施是時尊者尸婆羅欲得度長者故便飛在空中身出水火坐卧經行隨意所造是時長者見此變化已便作是說可還來下就坐今當相施是時尊者尸婆羅即捨神足尋來就坐是時彼長者以弊惡飲食極爲麤澁與尊者尸婆羅使食之是時尊者尸婆羅生長豪家飲食自恣但以彼長者故而受此食便取食之是時尊者尸婆羅食訖還詣所在即其夜虚空中神天來語此長者曰

善施極大施　乃與尸婆羅　無欲以解脱
愛斷以無疑

夜半清旦二時說此偈

善施極大施　乃與尸婆羅　無欲以解脫
愛斷以無疑

是時長者聞天人語便作是念我昨日以百千兩金施與外道乃無此應我今日以弊惡食施與尸婆羅乃致此應何時當曉自當以百千兩金施與尸婆羅是時長者即其日檢校家中所有直百千兩金者即持詣尸婆羅所到已頭面禮足在一面住爾時長者以此百千兩金奉上尸婆羅並作是念唯願受此百千兩金是時尊者尸婆羅報曰當使長者受福無窮長受自然然復如來不許比丘受百千兩金是時長者便往至世尊所到已頭面禮足在一面坐爾時彼長者白世尊言唯願世尊使尸婆羅比丘受此百千兩金使我蒙其福爾時世尊告一比丘汝往至尸婆羅比丘所云吾喚卿比丘對曰如是世尊是時彼比丘從佛受教即往至彼尸婆羅所以如來語而告之是時尊者尸婆羅承彼比丘語即往至世尊所頭面禮足在一面坐爾時世尊告尸婆羅曰汝今可受此長者百千兩金使蒙其福此是宿緣之業可受其報尸婆羅對曰如是世尊是時尊者尸婆羅即時而說嗟嚫

施衣及餘物　欲求其福德　往至天世人
五欲自娛樂　從天至人中　度有無疑難
涅槃無爲處　諸佛之所樂　施惠無難者
蒙此獲福祐　當起慈惠心　作福無有懈

是時尊者尸婆羅語長者言可持此百千兩金著我房中爾時長者承受其教持此百千

兩金著尊者尸婆羅房中便退而去是時尸婆羅告諸比丘諸有所乏者來至此而取之若復須衣被飯食牀敷臥具病瘦醫藥皆來取之勿在餘處而求之也展轉相告令知之是時衆多比丘白世尊言此尸婆羅昔作何福生長者家端正無雙如桃華色復作何福兩手捉珠出母胎中復作何福將五百人詣如來所出家學道值如來世復作何福所至到處衣食自然無所短乏之餘比丘無能及者爾時世尊告諸比丘過去久遠九十一劫有佛號毘婆尸如來至眞等正覺明行成爲善逝世間解無上士道法御天人師號佛世尊出現於世遊在槃頭國界與六十萬八千衆共俱四事供養衣被飲食牀敷臥具病瘦醫藥爾時有梵志名曰耶若達往彼土界饒財多寶金銀珍寶硨磲碼碯眞珠琥珀不可稱計是時耶若達出彼國界往至毘婆尸如來所到已共相問訊在一面坐是時毘婆尸如來漸與說法便發歡喜之心爾時耶若達白毘婆尸如來唯願當受我請欲飯佛及比丘僧是時如來默然受請耶若達梵志以見世尊默然受請即從座起遶佛三帀而去往至家中辦種種甘饌飲食是時耶若達夜半便作是念我今已辦種種飲食唯無有酪明日清旦當往城門中其有賣酪者盡當買之是時耶若達梵志清旦敷好坐具尋復詣城門中求酪當於爾時有放牛人持酪名尸婆羅欲往祠祀是時耶若達梵志語放牛人曰卿酪賣者吾當與價尸婆羅報曰我今欲祠祀婆羅門報曰汝今祀天爲何所求但賣與我

當重顧價放牛人報曰梵志今用酪爲梵志報曰我今請毘婆尸如來及比丘僧然飲食盡辦唯無有酪是時尸婆羅問梵志曰毘婆尸如來者爲何等相貌梵志報曰如來者無與等也戒具清淨慧定三昧皆不可及天上人中無能及者是時耶若達梵志歎說如來之德尸婆羅聞已心開意解是時尸婆羅語梵志曰我今躬持此酪往施如來復用祀天爲是時耶若達梵志將此放牛人往至家中往詣佛所即白時到今正是時唯尊屈顧時如來以知時到著衣持鉢將諸比丘前後圍遶至耶若達梵志家各次第坐是時放牛人見如來容貌世之希有諸根憺怕有三十二相八十種好莊嚴其身面如日月猶如須彌山出衆山上光明遠照靡不蒙潤見已歡喜便前進世尊所而作是說設當如來功德如梵志所論者使此一瓶酪盡充衆僧爾時尸婆羅白世尊言願受此酪是時如來即舒鉢受酪亦復與比丘僧猶故有酪爾時放牛人白世尊言今故有餘酪時如來告曰汝今更持此酪施佛及比丘衆時放牛人對曰如是世尊是時放牛人更重行酪猶故遺餘酪在放牛人復白佛言今故有遺餘酪在是時如來告此人曰今可持此酪與比丘尼衆優婆塞優婆斯衆使得充飽故有遺餘酪在爾時佛語放牛人汝今可持此酪與檀越主人對曰如是尋復與檀越主人故有遺餘酪在復施與乞人貧匱者亦有遺餘酪在來白佛言故有遺餘酪在時佛告曰今持此酪瀉著淨地若著水中所以然者我不見有天人及世

人能有消此酪者唯除如來時放牛人即受佛教持此酪而著水中尋時水中大火𦦨出高數十仞是時放牛人見此變怪已歎未曾有還至世尊所頭面禮足叉手而住復作此誓願令持此酪施與四部之衆設當有福德者緣此福祐莫墮八難之處莫生貧匱之家所生之處六情完具面目端正亦莫在家使將來之世亦值如此聖尊比丘當知三十一劫復有佛名式詰如來出現於世是時式詰如來遊化於野馬世界與大比丘十萬人俱是時式詰如來到時著衣持鉢入城乞食時彼城中有大商客名曰善財是時善財遥見式詰如來來諸根寂靜容貌端正有三十二相八十種好莊嚴其身面如日月見已便發歡喜之心前至世尊所頭面禮足在一面坐

爾時賈人以好寶珠散如來上現其微心普作誓願持此功德所生之處饒財多寶無所乏短無令手中有空缺時乃至母胞胎中亦使不空於此劫中復有毘舍羅婆如來至眞等正覺明行成爲善逝世間解無上士道法御天人師號佛世尊爾時有長者名善覺饒財多寶復請毘舍羅婆如來至眞等正覺及比丘僧時彼長者少於使人是時長者躬自辦種種甘饌飲食飯彼如來作是誓願我持此功德所生之處常值三寶無所短乏恒多使人令將來之世值如來如今日也令此賢劫中有佛名拘樓孫如來至眞等正覺出現於世爾時有長者名多財復請拘樓孫如來七日之中飯佛及比丘僧供養衣被飯食牀敷卧具病瘦醫藥所生之處常饒財多寶莫

生貧賤之家使我所生之處恒得四事供養爲四部之衆國王人民所見宗敬天龍鬼神人若非人所見接遇諸比丘當知爾時耶若達梵志豈異人乎莫作是觀所以然者今月光長者身是也爾時放牛人名尸婆羅以酪供養佛者今比丘尸婆羅是也爾時善財賈人豈異人乎莫作是觀今尸婆羅比丘是也爾時善覺長者豈異人乎莫作是觀今尸婆羅比丘是也爾時多財長者豈異人乎莫作是觀今日尸婆羅比丘是也諸比丘當知尸婆羅比丘作此誓願使我所生之處恒端正無雙常在富貴家生使將來之世值遇世尊設爲我說法者即得解脫得出家作沙門緣此功德今尸婆羅比丘得生富貴家端正無雙今遭值我即得阿羅漢然比丘當知復以寶珠散如來上持是功德今處母胎手執雙珠出母胎中價直閻浮提當生之日便作是說復請拘樓孫如來求多使人今將五百徒衆來至我所出家學道盡得阿羅漢復於七日之中供養拘樓孫如來求得四事供養今日不乏衣被飯食牀敷臥具病瘦醫藥緣此功德餘比丘所不及釋提桓因身來供養給其所須又且諸天轉告村落使四部之衆知有尸婆羅此其義也我弟子中第一福德者尸婆羅比丘是也爾時諸比丘聞佛所說歡喜奉行

聞如是一時佛在舍衛國祇樹給孤獨園爾時世尊告諸比丘五健丈夫堪任戰鬭出現於世云何爲五於是有人著鎧持仗入軍戰鬭遙見風塵便懷恐怖是謂一戰鬭人也復

次第二戰鬭人著鎧持仗欲入軍戰若見風塵不懷恐怖但見高幢便懷恐怖不堪前鬭是謂第二人復次第三戰鬭人著鎧持仗欲入軍戰鬭彼若見風塵若見高幢不懷恐怖若見弓箭便懷恐怖不堪戰鬭是謂第三人復次第四戰鬭人著鎧持仗入軍共鬭彼若見風塵若見高幢若見弓箭不懷恐怖但入陣時便爲他所捉或斷命根是謂第四戰鬭人也復次第五戰鬭人著鎧持仗欲入陣鬭彼若見風塵若見高幢若見弓箭爲他所捉乃至於死不懷恐怖能壞他軍境界內外而領人民是謂第五戰鬭人也如是比丘世間有此五種人今比丘衆中亦有此五種之人出現於世云何爲五或有一比丘遊他村落彼聞村中有婦人端正無雙面如桃華色彼聞已到時著衣持鉢入村乞食即見此女人顏貌無雙便起欲想除去三衣還捨禁戒而作居家猶如彼鬭人小見風塵以懷恐怖似此比丘也復次有比丘聞有女人在村落中佳端正無比到時著衣持鉢入村乞食彼若見女人不起欲想但與彼女人共相調戲言語往來因此調戲便捨法服還爲白衣如彼第二人見風塵不怖但見高幢便懷恐怖此比丘亦復如是復次有一比丘聞村落中有女人容貌端正世之希有如桃華色到時著衣持鉢入村乞食若見女人不起欲想設共女人共相調戲亦復不起欲意之想但與彼女人手拳相加或相捻挃於中便起欲想捨三法衣還爲白衣習於家業如彼第三人入陣時見風塵見高幢不恐怖見弓箭便懷恐

怖復次有一比丘聞村落中有女人面容端正世之希有到時著衣持鉢入村乞食彼若見女人不起欲想設共言語亦復不起欲想設彼女人共相捻挃便起欲想然不捨法服習於家業如彼第四人入軍爲他所獲或喪命根而不得出復次有一比丘聞村落中有女人到時著衣持鉢入村乞食彼若見女人不起欲想設共言語亦不起欲想若復共相捻挃亦復不起欲想是時比丘觀此身中三十六物惡穢不淨誰著此者由何起欲此欲爲止何所爲從頭耶形體出耶觀此諸物了無所有從頭至足亦復如是五藏所屬無有想像亦無來處彼觀緣本不知所從來處彼復作是念我觀此欲從因緣生彼比丘觀此已欲漏心得解脫有漏心解脫無明漏心得解脫已得解脫便得解脫智生死已盡梵行已立所作已辦更不復受胎如實知之如彼第五戰鬪之人不難衆敵而自遊化由是故我今說此人捨於愛欲入於無畏之處得至涅槃城是謂比丘有此五種之人出現於世爾時世尊便說此偈

欲我知汝本　意以思想生　非我思想生
且汝而不有

是故諸比丘當觀惡穢婬不淨行除云色欲如是諸比丘當作是學爾時諸比丘聞佛所說歡喜奉行

聞如是一時佛在舍衛國祇樹給孤獨園爾時世尊告諸比丘有五戰鬪之人出現於世云何爲五或有一人著鎧持仗入軍戰鬪彼見風塵便懷恐怖不敢入彼大陣之中是謂

第一之人復次第二戰鬬之人著鎧持仗入軍戰鬬彼見風塵不生畏懼但聞擊鼓之音便懷恐怖是謂第二之人復次第三之人著鎧持仗入軍戰鬬彼若見風塵不生畏懼設聞鼓角之聲不起畏懼彼若見高幢便懷恐怖不堪戰鬬是謂第三之人復次第四戰鬬之人著鎧持仗入軍戰鬬中若見風塵不起畏懼若聞鼓角之音復不恐懼若見高幢亦不怖畏設爲他所捉或斷命根是謂第四之人復次第五有人著鎧持仗入軍共鬬彼盡能有所忍無所畏難能有所壞廣接國界是謂第五之人出現於世比丘當知今此比丘中亦復有五種之人出現於世間云何爲五或有一比丘住村落中彼聞有女人端正無雙如桃華色彼比丘到時著衣持鉢入村乞食不守根門不護身口意法彼若見女人便起欲意還捨禁戒習白衣法如彼初人聞揚塵之聲不堪戰鬬便懷恐怖我由是故而說此人復次有比丘住在村落彼聞村中有女人端正無比面如桃華色即便捨戒習白衣法如彼第二鬬人但聞鼓角之聲不堪戰鬬此亦如是復次有比丘住在村落聞有女人在彼村落彼聞已便起欲意彼若見女人不起欲想但共女人共相調戲於中便捨禁戒習白衣法如彼第三人遥見箭已便懷恐懼不堪戰鬬由是故今說此人是謂第三戰鬬之人復次有比丘住在村落彼比丘聞村中有女人聞已著衣持鉢入村乞食不守護身口意彼見女人端正無雙於中便起欲意或與女人共相捻挃或手拳相加便捨禁戒還

爲白衣如彼第四戰鬪之人在大軍中爲他所捉或喪命根由是之故今說此人復次有比丘聞村落中有女人世之希有彼雖聞此不起欲想彼比丘到時著衣持鉢入村乞食而守護身口意彼雖見女人不起欲想無有邪念設共女人言語往返亦不起欲想亦無邪念設共女人共相捻挃手拳相加爾時便起欲想身口意便熾盛欲意已熾盛還詣園中至長老比丘所以此因緣向長老比丘說之諸賢當知我今欲意熾盛不能自禁制唯願說法使脫欲之惡露不淨是時長老比丘告曰汝今當觀此欲爲從何生復從何滅如來所說夫去欲者以不淨觀除之及修行不淨觀之道是時長老比丘便說此偈

設知顛倒者　加心而熾盛　當去諸識想
欲意便休息

諸賢知之欲從想生以興想念便生欲意或能自害復害他人起若干災患之變於現法中受其苦患復於後世受苦無量欲意已除亦不自害復不害他人於現法報不受其苦是故汝今當除想念以無想念便無欲心以無欲心便無亂想爾時彼比丘受如此教勅即思惟不淨之想以思惟不淨之想爾時有漏心得解脫至無爲處如彼第五人著鎧持仗入軍戰鬪彼見衆敵無有恐懼設有來害者心不移動能破外寇居他界中由是故今說此人能敵魔衆去諸亂想至無爲處是謂第五人出現於世比丘當知世間有此五人出現世間是故諸比丘當念修行欲不淨想如是諸比丘當作是學爾時諸比丘聞佛所

說歡喜奉行

聞如是一時佛在舍衛國祇樹給孤獨園爾時世尊告諸比丘夫掃地之人有五事不得功德云何爲五於是掃地之人不知逆風不知順風復不作聚復不除糞然掃地之處復非淨潔是謂比丘掃地之人雖有五事不成大功德復次比丘掃地之人成五功德云何爲五於是掃地之人知逆風順風之理亦知作聚亦能除之不留遺餘極令淨好是謂比丘有此五事成大功德是故諸比丘當除前五事修後五法如是諸比丘當作是學爾時諸比丘聞佛所說歡喜奉行

聞如是一時佛在舍衛國祇樹給孤獨園爾時世尊告諸比丘若有人掃偷婆不得五功德云何爲五於是有人掃偷婆不以水灑地不除去瓦石不平整其地不端意掃地不除去穢惡是謂比丘掃地之人不成五功德比丘當知掃地之人成五功德云何爲五於是掃偷婆之人以水灑地除去瓦石平整其地端意掃地除去穢惡是謂比丘有五事令人得功德是故諸比丘欲求其功德者當行此五事如是諸比丘當作是學爾時諸比丘聞佛所說歡喜奉行

聞如是一時佛在舍衛國祇樹給孤獨園爾時世尊告諸比丘長遊行之人有五難事云何爲五於是恒遊行人不誦法教所誦之教而忘失之不得定意以得三昧復忘失之聞法不能持是謂比丘多遊行人有此五難比丘當知不多遊行人有五功德云何爲五未曾得法而得法已得不復忘失多聞能有所

持能得定意以得三昧不復失之是謂比丘不多遊行人有此五功德是故諸比丘莫多遊行如是諸比丘當作是學爾時諸比丘聞佛所說歡喜奉行

聞如是一時佛在舍衛國祇樹給孤獨園爾時世尊告諸比丘若有比丘恒一處止有五非法云何爲五於是比丘一處住者意著屋舍畏恐人奪或意著財產復恐人奪或多集物猶如白衣貪著親親不欲使人至親親家恒共白衣而相往來是謂比丘一處住人有此五非法是故諸比丘當求方便勿一處住如是諸比丘當作是學爾時諸比丘聞佛所說歡喜奉行

聞如是一時佛在舍衛國祇樹給孤獨園爾時世尊告諸比丘不一處住人有五功德云何爲五不貪屋舍不貪器物不多集財物不著親族不與白衣共相往來是謂比丘不住一處人有此五功德是故諸比丘當求方便行此五事如是諸比丘當作是學爾時諸比丘聞佛所說歡喜奉行

聞如是一時佛在摩竭國光明池側爾時世尊與大比丘衆五百人俱在人間遊化爾時世尊遥見大樹爲火所燒見已如來更詣一樹下到已就樹下坐爾時世尊告諸比丘云何比丘寧持身投此火中爲寧與端正女人而共交遊爾時諸比丘白佛言寧與女人共相交遊不投身入此火中所以然者此火毒熱不可稱計斷其命根受苦無量世尊告曰我今告汝等非沙門行言是沙門非梵行人言是梵行不聞正法言我聞正法無清白法

如是之人寧投身入此火中不與女人共相交遊所以然者彼人寧受此苦痛不以此罪入地獄中受苦無量云何比丘寧受人禮拜恭敬爲寧使人取利劒斷其手足諸比丘對曰寧受恭敬禮拜不使人以劒斷其手足所以然者斷其手足痛不可稱計世尊告曰我今告汝等非沙門行言是沙門非梵行人言是梵行不聞正法言聞正法無清白行斷善根本如是之人寧投身受此利劒不以無戒受他恭敬所以然者此痛斯須間耳地獄苦痛不可稱計云何比丘寧受人衣裳爲寧以熱鐵鍱用纏裹身諸比丘對曰寧以受人衣裳不受此苦痛所以然者此毒痛不可稱計世尊告曰我今重告汝無戒之人寧以熱鐵鍱纏裹其身不受人衣裳所以然者此痛須臾間耳地獄苦痛不可稱計云何比丘寧受人信施之食爲寧以吞熱鐵丸乎諸比丘對曰寧受人信施之食不吞熱鐵丸也所以然者此痛不可堪處世尊告曰我今告汝寧吞熱鐵丸不以無戒受人信施所以然者吞熱鐵丸痛斯須間不以無戒受他信施云何比丘寧受人牀臥之具爲寧臥熱鐵牀上諸比丘對曰我等世尊寧受人牀臥之具不臥熱鐵牀上所以然者此之毒痛不可稱計世尊告曰彼愚癡之人無有戒行非沙門言是沙門無有梵行言修梵行寧當臥鐵牀上不以無戒受他信施所以然者臥鐵牀上痛斯須間不以無戒受他信施比丘當知如我今日觀無戒之人所趣向處設彼人聞者形體枯悴沸血從面孔出便取命終不與女人共相

交遊不受人禮敬之德不受人衣被飯食牀敷卧具病瘦醫藥以其無戒之人不觀後世前世之罪不顧命根受此苦痛無戒之人當生三惡趣中所以然者以其造惡行之所致也如來今日觀察善行人之所趣向正使中毒爲力所傷自斷命根何以故欲捨此身受天之福當生善處皆由前世受善行報之所致也是故諸比丘當念修行戒身定身慧身解脱身解脱知見身欲使今世獲其果報得甘露道正使受人衣被飯食牀敷卧具病瘦醫藥而無過失又使檀越受福無窮如是諸比丘當作是學爾時說此法時六十比丘漏盡意解六十比丘還捨法服而作白衣爾時諸比丘聞佛所說歡喜奉行

五王及月光　尸婆二種鬪　二掃二行法

去住有二種　枯樹最在後

增壹阿含經卷第二十五

音釋

娠 失人切妊也　魅 明祕切老精物也　噠嚫 梵語也此云財施噠堂滑切嚫初覲切　式詰 梵語也亦云尸棄此云火依佛名也詰契吉切　鎧 可亥切甲也　捻挃 捻諾協切揑也指捻也挃徒結切摘也又陟栗切撞也　捽 秦醉切憂瘠也　沸 方味切涌出貌

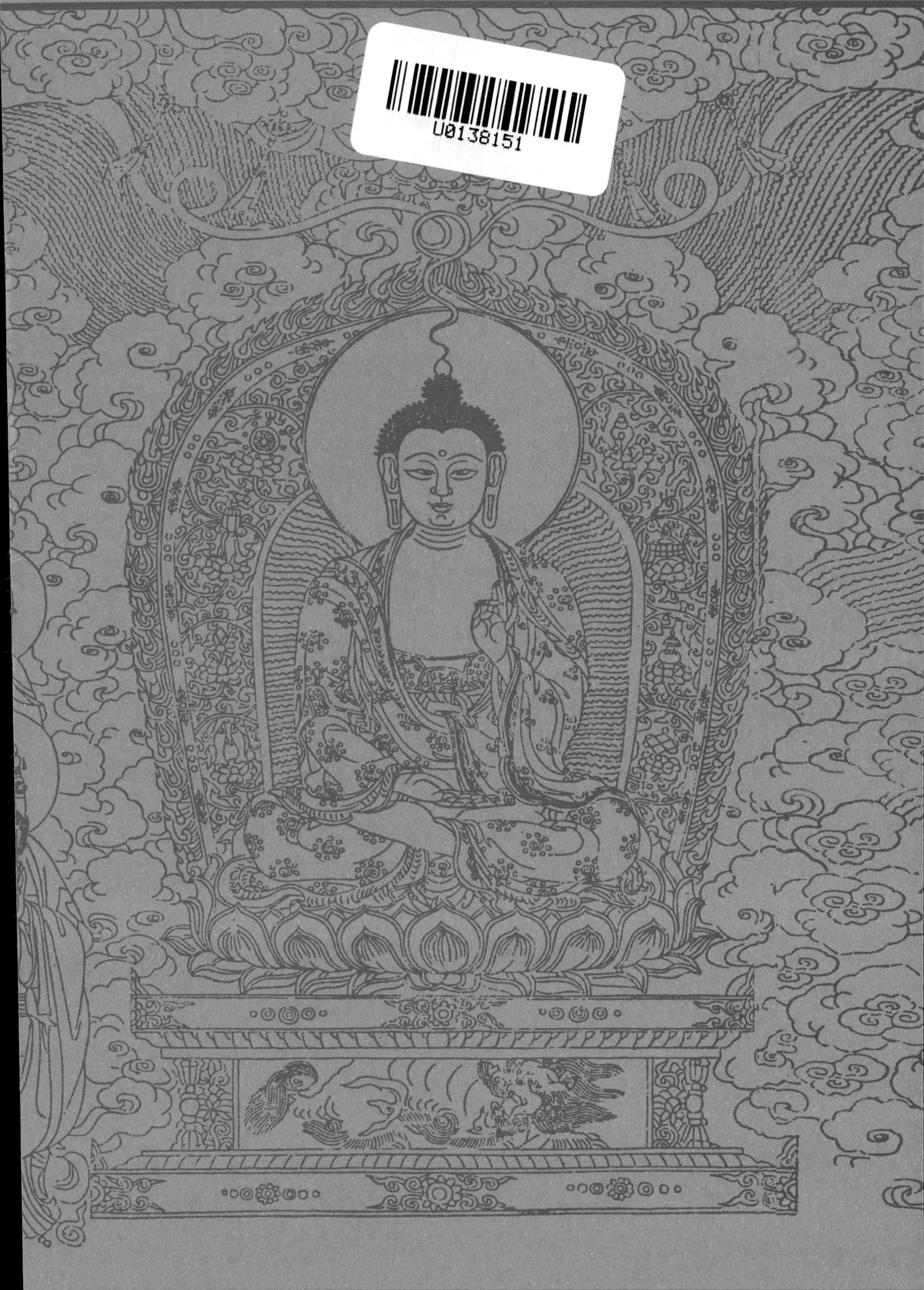